JUBILÄUMS-EDITION
40 JAHRE HEYNE SCIENCE FICTION

Das Buch

Woher kommt unser Bewußtsein? Woher unsere Intelligenz? Dieser Roman entwirft das faszinierende Panorama eines von zahllosen Lebensformen bewohnten Universums, in dem jeweils eine Spezies einer anderen auf die nächste evolutionäre Stufe hilft. Nur die Menschheit, die sich der Delphine angenommen und sie zu sprachbegabten Wesen gemacht hat, bleibt ein Rätsel: Bisher hat sich niemand gefunden, der als Auslöser für ihre zivilisatorische Entwicklung in Frage käme. Doch auf einem abgelegenen Wasserplaneten, auf dem ein Raumschiff von der Erde notlandet, finden sich erstmals einige Hinweise auf unseren Entwicklungsprozeß – Hinweise, die die Rolle des Menschen im Kosmos auf eine völlig neue Grundlage stellen.

›Sternenflut‹ ist der anregendste und spannendste Beitrag, den die Science Fiction bisher zum Thema Evolution geleistet hat. Das Buch wurde als bester Roman des Jahres 1983 mit dem Hugo Gernsback Award, dem Nebula Award sowie dem Locus Award ausgezeichnet.

»David Brin schriebt nicht nur einfach Romane, nein, er zündet ein Feuerwerk.« – Washington Post

Der Autor

David Brin, einer der bedeutendsten SF-Autoren der Gegenwart, wurde 1950 im kalifornischen Glendale geboren. Nach dem Studium der Astronomie war er vier Jahre lang als Ingenieur in der Luft- und Raumfahrtindustrie tätig, setzte dann sein Studium fort und promovierte 1981 mit einer Arbeit über Kometen. Anschließend lehrte er einige Jahre Physik und Astronomie an diversen Universitäten. Seit dem großen Erfolg von ›Sternenflut‹ lebt er als freiberuflicher Schriftsteller mit seiner Familie in Santa Monica.

Eine Liste der im WILHELM HEYNE VERLAG erschienenen Bücher von David Brin finden Sie am Ende des Bandes.

JUBILÄUMS-EDITION
40 JAHRE HEYNE SCIENCE FICTION

David Brin

Sternenflut

Roman

Mit einem Vorwort von
Charles Sheffield

Sonderausgabe

WILHELM HEYNE VERLAG
MÜNCHEN

HEYNE SCIENCE FICTION & FANTASY
Band 06/8208

Titel der amerikanischen Originalausgabe
STARTIDE RISING

Deutsche Übersetzung von Rainer Schmidt
Deutsche Übersetzung des Vorworts von Erik Simon
Das Umschlagbild ist von Jim Burns

Umwelthinweis:
Dieses Buch wurde auf chlor- und
säurefreiem Papier gedruckt

Redaktion: Wolfgang Jeschke

http://www.heyne.de
Printed in Germany 01/00
Umschlaggestaltung: Hauptmann und Kampa
Werbeagentur, CH-Zug
Technische Betreuung: M. Spinola
Satz: Schaber Satz- und Datentechnik, Wels
Druck und Bindung: Ebner Ulm

ISBN 3-453-16416-4

»Meinen eigenen
Progenitoren gewidmet…«

Vorwort

von Charles Sheffield

David Brin ist ein Mann von mittlerer Größe und mittlerer Statur. Seine Gesichtszüge sehen einer älteren Version des Tennisspielers Andre Agassi recht ähnlich. Im Gegensatz zu jenem wird mir David hoffentlich verzeihen, wenn ich sage, daß er kein Mann ist, den man wegen seines Äußeren aus einer Menschenmenge herauspicken würde. Erst wenn man ihn sprechen oder aus seinen Werken lesen hört, wird einem klar, daß man es mit einer ungewöhnlichen und komplexen Persönlichkeit zu tun hat.

Gleich werde ich mich ›Sternenflut‹ zuwenden, einer Perle in jener Folge von Büchern, die oft als der ›Entwicklungs-Zyklus‹ (auch: Uplift-Zyklus) bezeichnet wird. Zuvor jedoch möchte ich ein paar Worte über das gesamte Œuvre Brins verlieren. Es ist bemerkenswert unterschiedlich. ›Gordons Berufung‹ (The Postman) etwa handelt von einem unheroischen Helden, der nach dem nuklearen Holocaust eine Postboten-Uniform als das ausgefallene Mittel benutzt, um die Wiedergeburt der Zivilisation einzuleiten (der Roman ist von und mit Kevin Costner verfilmt worden, doch an den Film erinnere ich mich nicht – lesen Sie lieber das Buch). Was Handlung und Erzählmethode angeht, ist es eine simple Geschichte aus der nahen Zukunft, aus einem einzigen Blickwinkel erzählt und im Nordwesten der Vereinigten Staaten angesiedelt. Seinen Erfolg verdankt es zwei Markenzeichen Brins: Er hat etwas Interessantes über Menschen zu sagen und er ist der geborene Geschichtenerzähler – mit einer fast magischen Kraft, den Leser zu fesseln und zu begeistern.

Im Gegensatz zu ›Gordons Berufung‹ ist ›Erde‹ (Earth) ein wild wuchernder, komplizierter Roman mit zahlreichen Handlungsfäden. Viele Vignetten vom Leben auf der Erde in der Zukunft sind über das Buch verstreut und tragen dazu bei, ein vollständiges Bild von unserem Planeten in hundert Jahren zu entwerfen. Die zahlreichen handelnden Personen erfreuen sich detailreicher und verschlungener Lebensläufe. Durch die Verbindung einer weit in der Zukunft liegenden Wissenschaft von kleinen, sich im Erdinnern bewegenden Schwarzen Löchern mit dem ausführlich dargestelltem gesellschaftlichen und politischen Umfeld ist ›Erde‹ keinesfalls simpel zu nennen. Der Roman ist völlig anders als ›Gordons Berufung‹, aber ebenso fesselnde Lektüre.

Und da haben wir ›Der Übungseffekt‹ (The Practice Effect), ein frühes Werk und reine Phantasie, wo Brin mit der Physik spielt – insbesondere mit dem Zweiten Hauptsatz der Thermodynamik – und sich übermütig in Wortspielen und Parodien ergeht; ›Die Clans von Stratos‹ (Glory Season), eine in ferner Zukunft angesiedelte feministische Utopie, die nicht die Billigung der heutigen Feministinnen erringen konnte; ›Foundation's Triumph‹, eine der drei ›autorisierten‹ Fortsetzungen von Isaac Asimovs Foundation-Trilogie*; ›Im Herzen des Kometen‹ (Heart of the Comet), ein stark naturwissenschaftlich orientiertes Gemeinschaftswerk mit Gregory Benford und ein faszinierendes Amalgam zweier Stile und Persönlichkeiten; und schließlich den Entwicklungs-Zyklus, der gegenwärtig die Romane ›Sternenflut‹ (Startide Rising), ›Sonnentaucher‹ (Sundiver), ›Entwicklungskrieg‹ (The Uplift War), ›Sternenriff‹/›Fremder der fünf Galaxien‹ (Brightness Reef, deutsch zwei Bände), ›Das Ufer der Unendlichkeit‹/›Die Botschaft der Delphine‹ (Infinity's Shore, deutsch zwei Bände) und ›Ring der Sonnen‹/›Am Grenzpunkt der Ewigkeit‹ (Heaven's Reach, deutsch zwei Bände) umfaßt, denen noch weitere folgen sollen.

---

* Die beiden anderen sind ›Foundation's Fear‹ von Gregory Benford und ›Foundation and Chaos‹ von Greg Bear (alle bei Heyne in Vorbereitung).

Kann man angesichts dieser Bandbreite ein Buch oder eine Gruppe von Büchern auswählen, die für David Brin in gewissem Sinne repräsentativ sind? Ich denke, man kann, und ich halte ›Sternenflut‹ für einen ausgezeichneten Anwärter auf die Rolle eines solch repräsentativen Buches.

Oberflächlich betrachtet, könnte man die Handlung irrtümlich für die eines Romans aus den fünfziger Jahren halten, als John W. Campbell der Herausgeber von *Astounding Science Fiction* war und die SF den Menschen eine privilegierte Stellung im Kosmos zuerkannte. In gewisser Weise schließt sich die Grundidee von ›Sternenflut‹ diesem Standpunkt an: Im Weltall gibt es zahlreiche verschiedenartige Aliens, die allesamt durch genetisches ›Lifting‹ zu intelligentem Bewußtsein gebracht worden sind – entweder von der uralten und verschwundenen Spezies der Progenitoren oder von einer anderen, bereits gelifteten Intelligenz. Auf ähnliche Weise haben wir die Schimpansen und Delphine geliftet. Die Menschen jedoch scheinen insofern einzigartig zu sein, als offenbar niemand uns solch einen Dienst erwiesen hat: Wir sind eine Rasse von Ausgesetzten, von ›Waisen‹, die einzigen, von denen keine andere Spezies als Förderer bekannt ist.

Die Ereignisse des Buches spielen auf dem metallreichen Planeten Kithrup und in seiner Umgebung; hier ist ein beschädigtes Raumschiff, die *Streaker,* dessen Besatzung aus Menschen, Delphinen und einem Schimpansen besteht, zur Landung gezwungen worden. Der Großteil der Handlung findet auf dem und unter Wasser statt. Die *Streaker* möchte mit dem von ihr entdeckten Geheimnis um eine riesige und sehr alte Raumflotte entkommen, doch gleichzeitig bekriegen sich diverse Aliens auf und rings um Kithrup, während sie nach dem niedergegangenen Schiff suchen.

Das soll als grobe Zusammenfassung genügen; schließlich halten Sie das Buch in Händen und möchten sich vermutlich Davis Brins Geschichte nicht von jemand anderem erzählen lassen. Und so wie ich es beschrieben habe, wirkt das Buch in der Tat nur mäßig interessant. Nichts von dem, was ich gesagt habe, erklärt, wieso ›Sternenflut‹ vom Tage seiner Veröffentlichung an ein so außergewöhnlicher Erfolg war, den Hugo Gernsback Award und den Nebula Award für den besten Roman des Jahres 1983 gewonnen hat und sich seither kontinuierlich gut verkauft hat. Was macht das Buch also zu solch einem Lesevergnügen? In einem Wort: Erfindungsreichtum. Die Fünf Galaxien, die der Geschichte als Hintergrund dienen, sind äußerst detailreich entworfen, und man hat den Eindruck, Brin könnte mit der Beschreibung ihrer Wunder und Seltsamkeiten solange fortfahren, wie er eine Feder führen oder eine Tastatur bedienen kann (hier wollen wir ihm alles Gute wünschen – er hat in letzter Zeit sehr unter Sehnenscheidenentzündung gelitten und konnte nicht schreiben). Die fremden Bewohner der Fünf Galaxien sind wahrhaft fremdartig, so unverkennbar, vielfältig und eigentümlich wie nur je welche in der Science Fiction. Es bekämpfen nicht nur die Hauptgruppen einander, sondern innerhalb jeder Gruppe gibt es komplizierte Symbiosen und Konflikte zwischen den gelifteten Rassen und ihren Patronen. Die unglaublich alte und nahezu allwissende Bibliothek, zu der alle intelligenten Spezies Zugang haben, trägt das ihre zur vielfältigen Textur des Weltentwurfs bei, ebenso der unsichtbare, aber allgegenwärtige Einfluß der ursprünglichen Lifter, der Progenitoren. Jene uralten Wesen scheinen sich außerhalb des Geschehens zu halten, doch man hat den Eindruck, daß sie es noch immer beobachten und vielleicht sogar unter Kontrolle haben.

Vor diesem Hintergrund verfolgen die irdischen Spezies ihre eigenen Ziele. Die Haltung der gelifteten Tiere in der Besatzung, der Delphine und des Schimpansen, ist weit entfernt von Unterwürfigkeit oder Dienstfertigkeit gegenüber ihren menschlichen Liftern. Der Schimpanse ist andauernd frech, äußerst eigenwillig und oft sehr komisch. Die Delphine befinden sich sowohl untereinander als auch mit den Menschen in einem ständigen Kampf um die Vorherrschaft. Und um die Sache noch komplizierter zu machen, haben Menschen und Delphine erhebliche Schwierigkeiten, sich miteinander zu verständigen. Die Delphinsprache, wie sie sich Brin ausgedacht hat, ist voller Meer- und Wasserbilder, und es fehlt ihr die menschliche Sichtweise von Kausalität und von klar feststehender Vergangenheit, Gegenwart und Zukunft. Nimmt man dazu noch die Vorliebe der Delphine für Haikus und andere hochgradig strukturierte Ausdrucksformen sowie etliche verschiedene Arten von Sprechweisen, wird klare Kommunikation zum Dauerproblem. ›Delphin-Rhetorik‹, mitunter ziemlich rätselhaft, belebt das Buch vom ersten bis zum letzten Kapitel.

›Sternenflut‹ ist ein großes Buch, groß in jeder Hinsicht. Von Anfang bis Ende spannt sich ein weiter Bogen. Die Handlung und die Hintergrundereignisse entwickeln sich mit atemberaubendem Tempo und erfassen dabei die größten Maßstäbe – räumlich wie zeitlich. Das Ensemble von Akteuren – Spezies, Örtlichkeiten und Individuen – ist groß. Ohne zu versuchen, mich an jeden einzelnen zu erinnern, kann ich über dreißig aufzählen, und ich bin überzeugt, daß eine vollständige Liste diese Zahl verdrei- oder vervierfachen würde. Wie das Tempo, läßt auch der Einfallsreichtum bis zum Schluß keinen Augenblick nach.

Natürlich: Andere SF-Bücher aus früheren Jahren waren einfallsreich und aufregend und enthielten handelnde Personen in großer Zahl. Warum bestehe ich dann darauf, daß weder David Brin noch sonst jemand beispielsweise 1955 ›Sternenflut‹ hätte schreiben können? Nun, die Antwort liegt in der Plausibilität, die dem Roman innewohnt. Eine Gleichwertigkeit der Geschlechter unter den handelnden Personen etwa wird als gegeben vorausgesetzt (obwohl Gemeinheit vor allem eine Eigenschaft männlicher Delphine und weiblicher Menschen zu sein scheint). Gewiß gibt es ›Gute‹ und ›Böse‹, ganz wie in der Science Fiction früherer Generationen, doch in diesem Buch leiden und sterben die einen wie die anderen gleichermaßen. Tugend ist kein Schutz. Einige von meinen Lieblingshelden fanden ein unangenehmes Ende zu einem Zeitpunkt, als ich überhaupt nicht damit rechnete. In Brins Universum sind nicht alle Delphine liebenswert und anschmiegsam, Menschen sind oft eher schlau als weise, und wie die Sache ausgeht, läßt sich nie vorhersagen. Mißgeschick befällt die Gerechten wie die Ungerechten – obwohl das Gleichgewicht gerade weit genug zur Seite der Guten tendiert, daß wir uns am Ende befriedigt fühlen.

Schließlich hat das Buch eine weitere Eigenschaft, die selbst in der Welt der SF-Endlosserien selten ist: ›Sternenflut‹ liest sich wie ein Abschnitt aus einem weitaus größeren Kontinuum an Ereignissen. Gewiß hat dieses Werk Anfang und Ende, doch weder beginnt noch endet mit ihm die ganze Geschichte. Wir wissen, daß frühere und spätere Geschichten darauf warten, erzählt zu werden, daß Geheimnisse erwähnt, aber nicht enträtselt wurden, und daß intergalaktische Kämpfe aufzuzeichnen sind, die vor Jahrmillionen oder -milliarden begonnen haben und immer noch andauern. Mehr noch, wir sind überzeugt, daß der Autor all diese Ereignisse genau im Kopf hat. Er braucht sie nur aufzuschreiben.

Das Gefühl nach dem Ende der Lektüre ist nicht Unzufriedenheit, es ist eher Ungeduld – Ungeduld, ein weiteres Buch dieses großen Autors zu lesen und herauszufinden, auf welche wilde Fahrt uns David Brin als nächstes mitnehmen will.

Charles Sheffield, britischer SF-Autor, ist mit der ›Proteus‹-Trilogie bekannt geworden. Zuletzt erschien sein Roman ›Die Welt der Handelsfahrer‹ (Heyne SF 06/5463).

Glossar und Personen des Romans

AKZEPTOR: Angehöriger einer Klientenrasse der Tandu, PSI-Adept.

AKKI: Ein Delphin-Kadett von Calafia.

BEIE CHOHOOAN (Bei Tschouhuan): Eine synthianische Spionin.

BIBLIOTHEK: Das Informationsreservoir, das die galaktische Gesellschaft zusammenhält. Ein komplexes Archiv des Wissens, das seit dem Zeitalter der Progenitoren akkumuliert wird.

BROOKIDA (Brukida): Ein Delphin-Metallurg.

BASKIN, GILLIAN: Ärztin und Agentin des Rates der Terragenen; Produkt human-genetischer Manipulationstechnik.

BRÜDER DER NACHT: Eine galaktische Patronatsrasse.

CALAFIA: Eine von Menschen und Delphinen bewohnte Koloniewelt.

CREIDEIKI: Delphin, Captain der *Streaker.*

D'ANITE, EMERSON: Menschlicher Ingenieur, Besatzungsmitglied der *Streaker.*

DART, CHARLES: Neo-Schimpanse, Planetologe.

EPISIARCH: Angehöriger einer Klientenrasse, durch Dienstkontrakt den Tandu verpflichtet; PSI-Adept.

›FIN‹: Fachterminus für ›Neo-Delphin‹ (Plural: ›Fins‹ oder ›Fen‹)

›FEM‹: Anglische Bezeichnung für weibliche Menschen.

GALACTICS: Die älteren raumfahrenden Spezies, die zusammen die Gesellschaft der Fünf Galaxien bilden. Viele von ihnen sind Patronatsrassen und haben teil an den uralten Traditionen des Liftens.

GUBRU: Pseudo-avianische Galactic-Rasse, den Menschen gegenüber feindselig eingestellt.

HAOKE: Ein *Tursiops*-Neo-Delphin.

HERBIE: Die Mumie eines antiken Raumfahrers unbekannter Herkunft.

HEURKA-PETE (Hiurka-Piet): Ein *Stenos*-Neo-Delphin.

HIKAHI: Ein weiblicher Neo-Delphin, dritthöchster Offizier an Bord der *Streaker*.

IFNI: Die Unendlichkeit (›Infinitas‹), Göttin des Glücks.

IWASHIKA, TOSHIO: Mensch, Kadett von der Koloniewelt Calafia.

IKI: Eine uralte Insel des Todes und der Vernichtung.

KANTEN: Eine der wenigen galaktischen Spezies, die den Menschen gegenüber unverhohlen freundlich sind.

KARRANK% (Korrekte Aussprache für Menschen unmöglich): Galaktische Spezies, die im Laufe ihres Dienstkontraktes als Klientenrasse so gründlich modifiziert wurde, daß sie dem Wahnsinn verfiel.

KENEENK: Eine Schule der Disziplin, die logisches Denken nach menschlicher Art und das Erbteil des Wal-Traumes miteinander kombiniert.

KEEPIRU (Kipiru): Erster Pilot der *Streaker;* stammt vom Planeten Atlast.

KIQUI: Amphibische, präintelligente Lebewesen, Eingeborene des Planeten Kithrup.

KLIENT: Eine Spezies, die ihre volle Intelligenz dem genetischen Lifting durch ihre Patronatsrasse zu verdanken hat. Eine Klientenspezies mit *Dienstkontrakt* ist eine, die ihre daraus entstandene Schuld noch abarbeitet.

K'THA-JON: Unteroffizier der *Streaker*, Spezialvariante der Gruppe *Stenos*-Neo-Delphin.

KRAT: Commander der Soro-Streitkräfte.

LIFTING: Ein gentechnisches Aufzuchtverfahren, mit dem ältere raumfahrende Rassen neue Spezies in die Kultur der Galactics einführen. Als Bezahlung für diese Gunst verpflichtet sich die ›geliftete‹ Klientenspezies ihrem Patron durch einen Dienstkontrakt.

MAKANEE: Weiblicher Neo-Fin, Schiffsärztin an Bord der *Streaker*.

›MEL‹: Im Anglischen spezifische Bezeichnung für männlichen Menschen.

METZ, IGNACIO: Lifting-Experte an Bord der *Streaker.*

NISS-MASCHINE: Ein pseudointelligenter Computer, der Thomas Orley von Tymbrimi-Agenten leihweise überlassen worden ist.

ORLEY, THOMAS: Agent des Terragenen-Rates; Produkt leichter gentechnischer Manipulationen.

PILA: Galaktische Patronatsrasse, Angehörige des Soro-Klans und den Menschen gegenüber feindselig eingestellt.

PRIMAL: Die Halb-Sprache der natürlichen, unmodifizierten Delphine auf der Erde.

PROGENITOREN: Die mythische erste Spezies, die vor mehreren Milliarden Jahren die Galaktische Kultur und die *Bibliothek* etablierte.

SAH'OT: Ein *Stenos*-Neo-Delphin, Linguist an Bord der *Streaker,* Zivilist.

SEICHTER STERNENHAUFEN: Ein selten besuchter, unbewohnter, kugelförmiger Sternenhaufen, in dem die Verlassene Flotte entdeckt wurde.

SORO: Eine alte galaktische Patronatsrasse, der Erde gegenüber feindselig eingestellt.

Stenos: Terminus für Neo-Fins, deren Gene Elemente des natürlichen *Stenos bredanensis*-Delphins enthalten.

Stenos bredanensis: Eine natürliche Unterart von Delphinen auf der Erde.

SUDMAN, DENNIE: Eine menschliche Exobiologin.

SUESSI, HANNES: Ein menschlicher Ingenieur.

SYNTHIER: Den Menschen gegenüber freundliche galaktische Spezies.

TANDU: Militante galaktische Spezies. Der Erde gegenüber feindselig eingestellt.

TAKKATA-JIM: *Stenos*-Neo-Fin, Vize-Captain der *Streaker.*

THENNANIN: Militante galaktische Spezies.

TSH'T (Tischut): Weiblicher Neo-Fin, Vierter Offizier der *Streaker.*

Tursiops: Fachterminus für Neo-Fins ohne *Stenos*-Genmaterial.

Tursiops Amicus: Moderner Neo-Delphin (›Freundliche Flaschennase‹).

Tursiops Truncatus: Natürlicher Flaschennasen-Delphin auf der Erde.

TYMBRIMI (Timbraimi): Galactics, freundlich gegenüber Terranern, bekannt wegen ihrer Cleverness.

VERLASSENE FLOTTE: Eine Flotte steuerlos treibender Raumschiffe von gewaltiger Größe; bis zu ihrer Entdeckung durch die *Streaker* lange Zeit unbemerkt.

WATTACETI: Ein Neo-Fin, Unteroffizier auf der *Streaker.*

Prolog

Aus Gillian Baskins Tagebuch

Die Streaker *hinkt wie ein Hund auf drei Beinen.*

Gestern haben wir einen heiklen Sprung mittels Overdrive riskiert, nur einen Schritt vor den Galactics, die uns auf den Fersen waren. Die eine Wahrscheinlichkeitsspule, die die Morgran-Schlacht überstand, hat geächzt und gemeutert, aber schließlich hat sie uns doch hierher befördert, in den seichten Gravitationsschacht eines Zwergsterns der Populationsklasse II namens Kthsemenee.

Die Bibliothek *verzeichnet eine bewohnbare Welt im Orbit, den Planeten Kithrup.*

Wenn ich ›bewohnbar‹ sage, so ist dies mit einigem Wohlwollen verbunden. Toni, Hikahi und ich haben zusammen mit dem Captain stundenlang nach Alternativen gesucht. Dann hat Creideiki sich entschlossen, uns hierher zu bringen.

Als Ärztin denke ich mit Grauen daran, auf einem Planeten zu landen, der so trügerisch gefährlich ist wie dieser, aber Kithrup ist eine Wasserwelt, und unsere Besatzung, größtenteils Delphine, braucht Wasser, damit sie sich umherbewegen und das Schiff reparieren kann. Kithrup ist reich an Schwermetallen und dürfte über die Rohstoffe verfügen, die wir brauchen.

Außerdem hat dieser Planet den Vorteil, daß er nur selten besucht wird. Die Bibliothek *sagt, er liege seit langer Zeit brach. Vielleicht werden die Galactics nicht auf den Gedanken kommen, uns hier zu suchen.*

Das habe ich auch gestern abend zu Tom gesagt, als wir händchenhaltend zuschauten, wie die Planetenscheibe in einer Luke im Aufenthaltsraum immer größer wurde. Es ist eine täuschend hübsch anzusehende blaue Kugel, umgeben von weißen Wolkenbändern. Die Nachtseite war hier und dort von matt schimmernden Vulkanen und flackernden Blitzen beleuchtet.

Zu Tom habe ich gesagt, ich sei sicher, daß niemand uns folgen werde – und ich habe diese Vorhersage äußerst zuversichtlich klingen lassen und niemanden damit zum Narren gehalten. Tom hat gelächelt und nichts gesagt, um mich in meinem Anfall von Wunschdenken nicht zu enttäuschen.

Selbstverständlich werden sie hier suchen. Es gibt nur eine Handvoll Interraumstrecken, die die Streaker *benutzt haben kann, ohne einen Transferpunkt einzuschieben. Die Frage ist nur: Können wir mit den Reparaturen rechtzeitig fertig werden und von hier verschwinden, bevor die Galactics uns erwischen?*

Tom und ich hatten zum erstenmal seit Tagen ein paar Stunden für uns. Wir sind in die Kabine gegangen und haben miteinander geschlafen.

Ich schreibe diesen Eintrag, während er schläft. Ich weiß nicht, wann ich wieder Gelegenheit dazu haben werde.

Eben hat Captain Creideiki angerufen. Er will, daß wir beide auf die Brücke hinaufkommen, vermutlich, damit die Fins uns sehen können und wissen, daß ihre menschlichen Patrone in der Nähe sind. Kann sein, daß sogar ein kompetenter Delphin-Spacer wie Creideiki dieses Bedürfnis von Zeit zu Zeit verspürt.

Wenn wir Menschen nur auch eine solche psychologische Zufluchtsmöglichkeit hätten.

Es ist Zeit, Schluß zu machen und meinen müden Freund zu wecken. Aber vorher will ich noch rasch aufschreiben, was Tom gestern abend zu mir sagte, während wir Kithrups stürmische Meere betrachteten.

Er sah mich an, lächelte so sonderbar, wie er es immer tut, wenn er etwas Ironisches denkt, und flötete ein kurzes Haiku auf Delphin-Trinär:

Die Sterne beben von Stürmen
Die Wellen rollen vom Donner -
Und dennoch - sind wir naß, Geliebte?

Ich mußte lachen. Manchmal glaube ich, Tom ist selbst ein halber Delphin.

Teil Eins

AUFTRIEB

»Alle eure besseren Taten
werden geschrieben sein
ins Wasser...!«

Francis Beaumont
und John Fletcher

1
Toshio

Seit Jahrtausenden rissen die Fins ihre Witzchen über die Menschen. Schon immer hatten sie die Menschen zum Schießen gefunden. Die Tatsache, daß die Menschen sich an ihren Genen zu schaffen gemacht und ihnen die technischen Wissenschaften beigebracht hatten, änderte diese Einstellung um keinen Deut.

Fins waren immer noch Klugscheißer.

Toshio starrte auf das kleine Instrumentenpaneel seines Wasserschlittens und tat, als beobachte er den Tiefenmesser. Der Schlitten brummte in einer konstanten Tiefe von zehn Metern unter der Wasseroberfläche dahin. Es gab nichts zu regulieren, aber er konzentrierte sich trotzdem auf die Instrumente, als Keepiru längsseits heranglitt – zweifellos, um eine neue Runde seiner Hänseleien zu eröffnen.

»Kleine Hand, pfeife!« Der schlanke, graue Kleinwal rollte einmal um seine Längsachse und kam dann noch näher, um den Jungen lässig zu beäugen. »Pfeif unsss ein Lied über Schiffe und Weltraum und Heimfahren!«

Keepirus Stimme hallte aus einer komplizierten Anordnung von Kammern in seinem Schädel und rumpelte wie ein weinendes Fagott. Ebensogut hätte er eine Oboe oder ein Tenorsaxophon imitieren können.

»Nun, Kleine Hand! Wo bleibt dein Lied?«

Keepiru achtete darauf, daß alle anderen ihn ebenfalls hören konnten. Die anderen Fins schwammen schweigend dahin, aber Toshio merkte, wie sie zuhörten. Er war froh, daß Hikahi, die Führerin der Expedition, zum Kundschaften weit vorausgeschwommen war. Nicht auszudenken, wenn sie hier wäre und Keepiru den Befehl gäbe, ihn in Ruhe zu lassen. Nichts, was Keepiru sagen könnte, käme der Schande gleich, beschützt zu werden wie ein kleines Kind.

Keepiru rollte sich träge mit dem Bauch nach oben

neben den Schlitten des Jungen. Mit langsamen Schlägen seiner Schwanzflosse blieb er mühelos vor Toshios Maschine. Im kristallklaren Wasser des Planeten Kithrup wirkte alles seltsam gebrochen. Die korallenartigen Gipfel der Metallhügel schimmerten wie Berge im Dunst eines langgezogenen Tals. Wehende gelbe Fahnen von Treibgras hingen unter dem Wasserspiegel.

Ein phosphoreszierender Schimmer lag auf Keepirus grauer Haut, und die nadelspitzen Zähne in seinem langgezogenen, schmalen, V-förmigen Mund glitzerten mit einer spöttischen Grausamkeit, die einfach vergrößert sein *mußte*... wenn nicht durch das Wasser, dann durch Toshios eigene Phantasie.

Wie konnte ein Fin nur so gemein sein?

»Willssst du nicht für unsss singen, Kleine Hand? Sing uns ein Lied, dasss uns eine Fischsuppe einbringt, wenn wir diesen sogenannten Planeten verlassen haben und einen freundlichen Hafen finden! Pfeif uns ein Lied, das die Träumer vom Land träumen lässst!«

Ein Summen der Verlegenheit erfüllte Toshios Ohren, das das feine Sirren des Luftaufbereiters beinahe übertönte. Er war sicher, Keepiru würde jeden Augenblick aufhören, ihn ›Kleine Hand‹ zu nennen und statt dessen den neuen Spitznamen benutzen, den er sich ausgedacht hatte: ›Großer Träumer‹.

Es war schon schlimm genug, verspottet zu werden, weil er den Fehler begangen hatte, zu pfeifen, als er ein Erkundungsteam von Fins begleitet hatte – sie hatten seine gedankenverlorene Melodie mit unbändiger Heiterkeit und zwitscherndem Spott begrüßt –, aber wenn sie ihn jetzt noch mit einem Titel verhöhnten, der fast nur großen Musikern oder Buckelwalen zukam... das war beinahe mehr, als er ertragen konnte.

»Ich habe jetzt keine Lust zum Singen, Keepiru. Wieso gehst du nicht mal jemand anderem auf die Nerven?« Toshio empfand es als kleinen Triumph, daß es ihm gelungen war, ein Zittern in seiner Stimme zu unterdrücken.

Zu Toshios Erleichterung quiekte Keepiru nur etwas in schrillem, schnellem Gossen-Trinär – es war fast Delphin-Primal, und das an sich war schon wieder eine Beleidigung. Dann schwenkte der Delphin zur Seite und schoß hinauf zur Oberfläche, um zu atmen.

Das Wasser zu allen Seiten war heil und blau. Schimmernde kithrupanische Fische huschten vorüber, und das Licht funkelte in den Facetten ihrer schuppigen Rücken wie auf reifüberzogenen Blättern, die vom Wind davongewirbelt werden. Ringsumher sah man die verschiedenartigen Farben und Strukturen der Metalle. Die Morgensonne strahlte in das klare, ruhige Seewasser und glitzerte auf den eigentümlichen Lebensformen dieser fremdartigen und unausweichlich tödlichen Welt.

Toshio hatte kein Auge für die Schönheiten der Gewässer dieses Planeten. Er haßte Kithrup, er haßte das verkrüppelte Schiff, das ihn hergebracht hatte, und er haßte die Fins, die seine Leidensgenossen waren, gestrandet wie er – mit ingrimmiger Lust versenkte er sich in das Erfinden von vernichtenden Erwiderungen, mit denen er Keepiru *hätte* bedenken sollen.

»Wenn du es so gut kannst, Keepiru, wieso pfeifst du uns dann nicht ein bißchen Vanadium herbei?« oder »Ich glaube nicht, daß es Sinn hat, ein Menschenlied an ein Delphinpublikum zu verschwenden.«

In seiner Phantasie waren solche Entgegnungen wirkungsvoll genug, aber Toshio wußte, daß er sie in Wirklichkeit nie herausbringen würde.

Zunächst einmal waren es die Cetaceen, nicht die Anthropoiden, deren Vokalisationen in einem Viertel aller Raumhäfen in der Galaxis als gesetzliches Zahlungsmittel galten. Sicher, es waren die traurigen Balladen ihrer größeren Vettern, der Wale, mit denen sich ein echtes Vermögen machen ließ, aber auch Keepirus Sippschaft konnte sich durch bloße Lungenübungen auf einem Dutzend Welten mit Rauschmitteln versorgen.

So oder so, es wäre ein schrecklicher Fehler gewesen,

sich einem Besatzungsmitglied der *Streaker* gegenüber als Mensch aufspielen zu wollen. Der alte Hannes Suessi, einer der anderen sechs Menschen an Bord, hatte ihn gleich zu Beginn ihrer Reise davor gewarnt, kurz nachdem sie Neptun verlassen hatten.

»Versuch's, und du wirst sehen, was passiert«, hatte der Techniker gesagt. »Die werden sich kaputtlachen, und ich auch, wenn ich das Glück habe, dabeizusein, wenn du es probierst. Und es würde mich nicht wundern, wenn einer von ihnen dir gründlich eine verpaßt. Wenn es etwas gibt, was die Fins überhaupt nicht respektieren, dann ist es ein Mensch, der sich als Patron gebärdet, ohne das Recht dafür erworben zu haben.«

»Aber die Protokolle...«, hatte Toshio protestiert.

»Die Protokolle kannst du dir sonstwohin schieben! Das sind Vorschriften, die aufgestellt wurden, damit Menschen und Schimps und Fins sich richtig benehmen, wenn Galactics in der Nähe sind. Wenn die *Streaker* von einer Soro-Patrouille gestoppt wird oder wenn wir einen Pila-Bibliothekar nach irgendwelchen Daten fragen müssen, *dann* könnte es sein, daß Dr. Metz oder Mr. Orley – oder vielleicht sogar du oder ich – so tun müßte, als führten wir das Kommando... denn keiner von diesen aufgeblasenen ETs würde sich auch nur eine Minute lang mit einer Rasse abgeben, die so jung ist wie die Fins. Aber ansonsten empfangen wir unsere Anweisungen von Captain Creideiki.

Verdammt, das wäre schlimm genug – sich von einem Soro runterputzen zu lassen und dabei noch so zu tun, als hätte man's gern, bloß weil der verfluchte ET so freundlich ist, zuzugeben, daß zumindest *Menschen* eine Stufe über den Obstfliegen stehen. Kannst du dir vorstellen, wie schwierig es wäre, wenn wir dieses Schiff tatsächlich *steuern* müßten? Was wäre denn, wenn wir versucht hätten, die Delphine zu einer lieben, wohlerzogenen, sklavischen Klientenrasse zu machen? Würde dir das gefallen?«

Damals hatte Toshio heftig den Kopf geschüttelt. Die Vorstellung, mit den Fins umzuspringen, wie man in der Galaxis gemeinhin mit Klienten umzuspringen pflegte, war scheußlich. Akki, sein bester Freund, war ein Fin.

Trotzdem gab es Augenblicke wie diesen, in denen Toshio sich wünschte, es gäbe einen Ausgleich für die Tatsache, daß er der einzige menschliche Junge in einem Raumschiff war, dessen Besatzung großenteils aus erwachsenen Delphinen bestand. In einem Raumschiff, das im Augenblick nirgendwo hinflog, erinnerte Toshio sich. Der akute Ärger über Keepirus Sticheleien wich der tieferen, hohlen Sorge, er könne womöglich nie wieder von dieser Wasserwelt Kithrup entrinnen und sein Zuhause wiedersehen.

Fahre langsam - Schlittenknabe
Erkundungsgruppe - sammelt sich hier
Hikahi kommt - wir erwarten sie hier

Toshio sah auf. Brookida, der alte Delphin-Metallurg, war von links herangeschwommen. Toshio pfiff eine Antwort auf Trinär.

Hikahi kommt - mein Schlitten hält an

Er drosselte das Schlittentriebwerk.

Auf seinem Sonarschirm sah Toshio winzige Echos, die von vorn und von beiden Seiten konvergierten. Die Scouts kehrten zurück. Er blickte auf und sah, wie Hist-t und Keepiru an der Oberfläche spielten.

Brookida redete auf Anglisch weiter. Er sprach zwar schrill und ein wenig stotternd, aber sein Anglisch war besser als Toshios Trinär. Schließlich hatte man die Delphine ja in generationenlangen gentechnischen Verfahren so modifiziert, daß sie sich den Menschen anpaßten, nicht umgekehrt.

»Du hast keine Sp-puren der benötigten Substanzen gefunden, Toshio?« erkundigte sich Brookida.

Toshio warf einen Blick auf das Molekularsieb. »Nein, Sir. Gar nichts bisher. Angesichts des vielen Metalls in der Planetenkruste ist dieses Wasser unglaublich rein. Es finden sich so gut wie keine Schwermetallsalze.«

»Und was sagt der Langstrecken-Ssscanner?«

»Auf den Frequenzen, die ich überprüft habe, gibt es nicht die geringsten Resonanzen. Allerdings ist der Geräuschpegel furchtbar hoch. Ich bin nicht einmal sicher, daß ich monopolgesättigtes Nickel feststellen könnte, ganz zu schweigen von dem anderen Zeugs, das wir suchen. Es ist, als wollte man eine Nadel in einem Heuhaufen finden.«

Es war widersinnig. Der Planet besaß Metalle im Überfluß. Das war einer der Gründe, weshalb Captain Creideiki ihn überhaupt als Zufluchtsort angesteuert hatte. Trotzdem aber war das Wasser relativ rein... so rein, daß die Delphine frei umherschwimmen konnten, wenngleich einige von ihnen über Juckbeschwerden klagten und jeder von ihnen eine Chelatbehandlung brauchen würde, wenn sie wieder im Schiff waren.

Die Erklärung dafür war überall zu sehen, an Pflanzen und Fischen.

Nicht aus Kalzium bestanden die Knochen der kithrupanischen Lebensformen. Sie waren aus Metall. Das Wasser wurde durch biologische Filter gesiebt und gesäubert. Daher strahlte das Meer von bunten Metallen und Metalloxiden ringsumher. Die schimmernden Wirbelsäulen lebendiger Fische, die silbrigen Samenkapseln der Unterwasserpflanzen, dies alles kontrastierte mit dem gewöhnlichen Grün chlorophyllhaltiger Blätter und Algenwedel.

Die Metallhügel beherrschten die Szenerie – große, schwammartige Inseln, die sich aus Millionen von Generationen korallenähnlicher Lebewesen geformt hatten, indem sich deren metalloorganische Exoskelette zu großen, flachen Hügeln akkumuliert hatten, deren Gipfel einige Meter hoch über den mittleren Wasserstandspegel hinausragten.

Auf diesen Inseln wuchsen die Bohrbäume, die die Metallspitzen ihrer Wurzeln in die Hügel versenkten und Silikate und organische Stoffe aus den Tiefen heraufbeförderten. Diese Bäume bedeckten die Metallhügel mit einer nichtmetallischen Schicht und schufen einen Hohlraum darunter. Es war ein sonderbarer Vorgang. In der *Bibliothek* an Bord der *Streaker* hatte sich keine Erklärung dafür gefunden.

Toshios Instrumente hatten Klumpen von reinem Zinn entdeckt, Trauben von Fischeiern aus Chrom, Korallenkolonien aus einer Art Bronze, aber bisher keine brauchbaren, leicht einzusammelnden Vanadiumanhäufungen, nicht einen einzigen Brocken der speziellen Nickelsorte, die sie suchten.

Was sie brauchten, war ein Wunder, eines, das eine Mannschaft von Delphinen, unterstützt durch sieben Menschen und einen Schimpansen, befähigen würde, das Schiff zu reparieren und schleunigst aus diesem Teil der Galaxis zu verschwinden, ehe ihre Verfolger sie erwischen konnten.

Sie hatten bestenfalls ein paar Wochen Zeit, sich abzusetzen. Die Alternative war, daß irgendeine aus einem Dutzend nicht völlig rationaler ET-Rassen sie zu fassen bekam. Schlimmstenfalls konnte das einen interstellaren Krieg bedeuten, wie er seit einer Million Jahre nicht mehr vorgekommen war.

Angesichts all dessen fühlte Toshio sich klein, hilflos und schrecklich jung.

Schwach hörte Toshio die hohen Sonar-Echos der zurückkehrenden Scouts. Jeder der fernen Pfeiftöne erschien als winziger, bunter Punkt auf seinem Scannermonitor. Dann erschienen aus östlicher Richtung zwei graue Gestalten, die schließlich zu der wartenden Gruppe herabtauchten und, verspielt springend und beißend, umeinander kreisten.

Endlich knickte einer der Delphine ab und stieß geradewegs zu Toshio herunter. »Hikahi kommt. Sie will den Schlitten an der Oberfläche haben.« Keepiru schnatterte so schnell, daß seine Worte beinahe bis zur Unverständlichkeit ineinander verschmolzen. »Paß auf, daß du dich auf dem Weg nach oben nicht verirrssst.«

Toshio zog eine Grimasse, als er Ballast abließ. Keepiru brauchte seine Verachtung nicht gar so offen zu zeigen. Schon wenn sie Anglisch normal sprachen, klangen die Fins immer, als verpaßten sie ihrem Zuhörer eine Serie von höhnischen Rüffeln.

Der Schlitten stieg in einer Wolke feiner Bläschen auf. Als er an die Oberfläche drang, rauschte das Wasser in langen, gurgelnden Strömen an den Seiten des Schlittens herunter. Toshio stellte den Motor ab und drehte sich auf den Rücken, um seine Sichtscheibe zu öffnen.

Die plötzliche Stille war eine Erleichterung. Das Sirren des Schlittens, die *pings* des Sonar, das Quieken der Fins, alles war verstummt. Die frische Brise strich über sein feuchtes, glattes schwarzes Haar und kühlte seine heißen Ohren. Sie wehte ihm die Düfte eines fremden Planeten ins Gesicht – den beißenden Geruch von Sekundärgewächsen auf einer alten Insel, das schwere, ölige Aroma eines Bohrbaumes auf dem Höhepunkt seiner Aktivität.

Und über allem lag der scharfe Hauch von Metall.

Es dürfte ihnen kaum schaden, hatte es an Bord geheißen, Toshio in seinem wasserdichten Anzug am allerwenigsten. Durch Chelieren würde man die Schwerelemente, die sie auf einer Erkundungsmission aller Voraussicht nach absorbieren würden, restlos entfernen können ... Allerdings konnte niemand mit Sicherheit sagen, welche Gefahren auf dieser Welt sonst noch lauern mochten.

Aber wenn sie nun gezwungen waren, monatelang hierzubleiben? Jahrelang?

In diesem Fall würden die medizinischen Anlagen der *Streaker* nicht ausreichen, um die allmähliche Akkumulation von Metallen zu verhindern. Nach einer Weile würden sie dann beten, daß die Schiffe der Jophur, der Thennanin oder der Soro auftauchen und sie mitnehmen möchten, um sie zu verhören oder Schlimmeres mit ihnen anzustellen – Hauptsache sie kamen von einem wunderschönen Planeten herunter, der sie langsam, aber sicher tötete.

Es war kein angenehmer Gedanke. Toshio war froh, als Brookida neben dem Schlitten auftauchte.

»Wieso wollte Hikahi, daß ich an die Oberfläche komme?« fragte er den älteren Delphin. »Ich dachte, ich sollte unter Wasser und außer Sichtweite bleiben, falls schon Spitzelsatelliten im Orbit sind?«

Brookida seufzte. »Vermutlich denkt sie, du brauchssst eine Pause. Außerdem, wer sollte eine so kleine Maschine wie diesen Schlitten entdecken, bei diesen Unmengen von Metall überall?«

Toshio zuckte die Achseln. »Na ja, es war auf jeden Fall nett von Hikahi. Eine Ruhepause habe ich wirklich gebraucht.«

Brookida erhob sich aus dem Wasser und balancierte auf dem Schwanz, unter dessen Schlägen das Wasser aufschäumte. »Ich höre Hikahi«, verkündete er. »Da issst sie.«

Zwei Delphine kamen rasch von Norden heran. Einer war hellgrau, der andere dunkel und fleckig. In seinem Kopfhörer vernahm Toshio die Stimme der Teamführerin.

Ich, flammenschwänzig – Hikahi ruft dich
Rücken lauschend – Bauch bewegend
Lacht meiner Worte – doch erst befolgt sie
Versammelt euch am Schlitten – und lauscht!

Hikahi und Ssattatta umkreisten den Rest der Gruppe einmal, dann kamen sie vor der versammelten Expedition zum Stillstand.

Unter den Gaben, die der Neo-Delphin dem Menschen verdankte, war auch ein erweitertes Repertoire von Gesichtsausdrucksmöglichkeiten. Fünfhundert Jahre gentechnischer Manipulationen konnten den Kleinwalen nicht ermöglichen, was eine Million Jahre der Evolution dem Menschen ermöglicht hatte, und noch immer gaben die Fins ihren Gefühlen zumeist durch Laute und Bewegungen Ausdruck. Aber ihre Gesichter waren nicht mehr zu dem erstarrt, was die Menschen (nicht ganz zu Unrecht) für ein ewig amüsiertes Grinsen gehalten hatten. Die Fins waren jetzt in der Lage, besorgt *auszusehen.* Hikahis augenblickliche Miene hätte Toshio als klassischen Ausdruck delphinischer Betrübnis betrachten können.

»Phip-pit ist verschwunden«, verkündete Hikahi. »Ich hörte ihn südlich von mir rufen – und dann nichts mehr. Er war auf der Suche nach Ssassia, die vorher in derselben Richtung verschwunden war. Wir werden Kartographie und Metallsuche zurückstellen und nach ihnen suchen. An alle werden Waffen ausgegeben.«

Ein allgemeines Murmeln der Unzufriedenheit erhob sich. Dies alles bedeutete nämlich, daß die Fins die Geschirre würden anlegen müssen, die sie beim Verlassen des Schiffes eben erst mit großem Vergnügen abgelegt hatten. Dennoch mußte auch Keepiru zugeben, daß die Sache drängte.

Eine Zeitlang war Toshio damit beschäftigt, die Geschirre ins Wasser zu werfen. Eigentlich sollten sie sich dort ganz von allein so auseinanderfalten, daß ein Delphin mühelos hineinschlüpfen konnte, aber immer wieder gab es einen oder zwei unter den Fins, denen man helfen mußte, das Geschirr an der Buchse des Nervenverstärkers anzuschließen, die bei jedem von ihnen über dem linken Auge saß.

Toshio brachte diese Arbeit rasch und mit der unbewußten Fingerfertigkeit langjähriger Übung hinter sich. Er machte sich Sorgen um Ssassia, einen sanftmütigen Fin, der stets freundlich und nett zu ihm gewesen war.

»Hikahi«, rief er, als die Führerin vorüberglitt, »soll ich das Schiff rufen?«

Das kleine, graue *Tursiops*-Weibchen erhob sich aus

dem Wasser und sah ihn an. »Negativ, Leiterläufer. Wir halten unsss an die Anweisungen. Spitzelsatelliten sind vielleicht schon unterwegs. Schalte die Rückkehr-Automatik deines Schlittens ein, falls wir das, was im Südosten liegt, nicht überleben.«

»Aber niemand hat irgendwelche großen Tiere gesehen...«

»Dasss ist nur eine Möglichkeit-t. Ich will sicher sein, daß das Schiff erfährt, was immer unser Geschick... selbsst wenn wir alle vom Rettungsfieber befallen werden.«

Toshio spürte, wie es ihn bei dem Wort ›Rettungsfieber‹ schauderte. Natürlich hatte er davon schon gehört. Aber er hatte nicht das geringste Verlangen danach, es einmal mitzuerleben.

In Gefechtsformation machten sie sich nach Südosten auf. Abwechselnd glitten die Fins unter dem Wasserspiegel entlang und tauchten dann herab, um neben Toshio zu schwimmen. Der Grund des Ozeans sah aus wie eine endlose Folge von Schlangenspuren – durchsetzt von sonderbaren, wie Pockennarben erscheinenden Kratern, die dunkel und bedrohlich gähnten. In den Tälern war der Boden, der zumeist etwa hundert Meter tief unter Toshio noch zu sehen war, von düsteren, dunkelblauen Greifarmen bedeckt.

Auf den langgestreckten Riffen erhoben sich in regelmäßigen Abständen die schimmernden Metallhügel wie plumpe Burgen mit glänzendem, schwammigem Panzer. Viele waren von dichten, efeuartigen Gewächsen überwuchert, in denen kithrupanische Fische nisteten und brüteten. Einer dieser Metallhügel schien am Rande eines Abgrundes zu balancieren: Unter ihm klaffte die Höhle, die sein eigener, hoch aufragender Bohrbaum gegraben hatte, bereit, die ganze Festung zu verschlingen, wenn sie vollends unterminiert war.

Die Maschine des Schlittens summte mit hypnotischer Gleichförmigkeit. Die Instrumente im Auge zu behalten, war eine so simple Beschäftigung, daß sie Toshios Geist nicht in Anspruch nahm. Er merkte, wie er ohne eigenes Zutun nachdachte und in Erinnerungen versank.

Ein schlichtes Abenteuer hatte er erwartet, als man ihn zur Teilnahme an dieser Reise aufgefordert hatte. Er hatte den Springereid bereits abgelegt gehabt, und so wußten sie, daß er bereit war, die Vergangenheit hinter sich zu lassen. Und sie brauchten einen Kadetten für die Hand-Augen-Arbeit auf dem neuen Delphinschiff.

Die *Streaker* war ein kleines Forschungsschiff, das auf einzigartige Weise konstruiert war. Es gab nicht viele flossengliedrige, sauerstoffatmende Rassen in der interstellaren Raumfahrt, und die wenigen, die es gab, lebten der Bequemlichkeit halber in künstlicher Gravitation und heuerten Angehörige einer Klientenspezies als Schiffspersonal und Handhelfer.

Aber das erste mit Delphinen besetzte Raumschiff mußte anders aussehen. Man hatte es auf der Grundlage eines Prinzips entworfen, das die Erdlinge schon zwei Jahrhunderte lang geleitet hatte: »Macht es einfach, wo immer es möglich ist. Vermeidet es, die Wissenschaft der Galactics zu benutzen, wenn ihr sie nicht versteht.«

Zweihundertfünfzig Jahre nach dem ersten Kontakt mit der galaktischen Zivilisation hatte die Menschheit immer noch alle Hände voll zu tun, um den Anschluß zu finden. Die galaktischen Rassen, die die Jahrmillionen alte *Bibliothek* schon benutzt hatten, bevor die ersten Säuger auf der Erde erschienen waren – und die das universale Kompendium des Wissens mit gletscherhafter Langsamkeit immer weiter vergrößert hatten –, waren den primitiven Erdmenschen mit ihren frühen, schwerfälligen Schiffen fast wie Götter erschienen. Inzwischen verfügte die Erde ebenfalls über eine Zweigstelle der *Bibliothek,* die ihr, wie es hieß, Zugang zu aller Weisheit eröffnete, die im Laufe der galaktischen Geschichte angesammelt worden war. Aber erst in den letzten Jahren hatte sich dieser Zugang als große Hilfe und nicht als verwirrendes Hindernis erwiesen.

Die *Streaker* mit ihren komplizierten Arrangements von

zentrifugal gehaltenen Bassins und schwerelosen Werkstatträumen mußte den Aliens, die sie kurz vor dem Start besichtigt hatten, unglaublich archaisch vorgekommen sein. Aber für die Neodelphingemeinde der Erde war sie Gegenstand äußersten Stolzes.

Nach ihrer ersten Probefahrt machte die *Streaker* bei der kleinen Menschen-Delphin-Kolonie Calafia halt, um ein paar der besten Absolventen ihrer winzigen Akademie an Bord zu nehmen. Es sollte Toshios erster und möglicherweise letzter Besuch auf der alten Erde sein.

Die ›Alte Erde‹ war noch immer Heimat von neunzig Prozent der Menschheit, nicht zu reden von den anderen vernunftbegabten terrestrischen Rassen. Galaktische Touristen strömten noch immer in hellen Scharen herbei, um die Heimat jener *enfants terribles* zu beglotzen, die in ein paar kurzen Jahrhunderten solches Aufsehen erregt hatten, und ganz unverhohlen stellten sie Vermutungen darüber an, wie lange die Menschheit ohne die Protektion eines Patrons überleben würde.

Natürlich hatte jede Spezies ihre Patrone. Niemand erreichte das für die Raumfahrt notwendige Intelligenzniveau ohne die Intervention einer anderen raumfahrenden Rasse. Hatten nicht auch die Menschen diese Funktion für Schimps und Delphine übernommen? Schon immer, seit den Tagen der Progenitoren, jener mythischen Urrasse, war jede Spezies, die sprechen und Raumschiffe fliegen konnte, von einer anderen, älteren herangezogen worden. Keine Rasse aus dieser fernen Vergangenheit existierte mehr, aber die Zivilisation und die allumfassende *Bibliothek*, die die Progenitoren begründet hatten, lebten fort.

Das Schicksal der Progenitoren selbst war Inhalt zahlreicher Legenden und Grundlage mehrerer heftig widerstreitender Religionen.

Toshio fragte sich, wie die Patrone des Menschen wohl gewesen sein mochten, aber das fragte sich seit dreihundert Jahren wohl jeder. Falls sie überhaupt existiert hatten. War es möglich, daß sie sogar zu diesen Fanatikerspezies gezählt hatten, von denen die arglose *Streaker* überfallen worden war und von denen sie jetzt noch gehetzt wurde wie der Fuchs von den Hunden? Diesen Gedanken weiterzuverfolgen, war nicht angenehm, wenn man bedachte, was die *Streaker* entdeckt hatte.

Der Rat der Terragenen hatte sie beauftragt, sich einer weitverstreuten Flotte von Forschungsschiffen anzuschließen, die mit der Überprüfung des Wahrheitsgehalts der *Bibliothek* beschäftigt war. Bislang hatten sich nur wenige und geringfügige Lücken finden lassen – hier ein Stern falsch eingeordnet, dort eine Spezies falsch katalogisiert. Es war, als stelle man fest, daß jemand eine Liste verfaßt hatte, in der jedes einzelne Sandkorn an einem Strand beschrieben wurde. Selbst wenn man über das Tausendfache der Lebensspanne einer Spezies verfügte, konnte man diese Liste nicht vollständig überprüfen, aber man konnte immerhin Stichproben nehmen.

Die *Streaker* hatte sich in einem kleinen Gravitationstümpel umgesehen, fünfzigtausend Parsec abseits der galaktischen Ebene, als sie die Flotte fand.

Toshio seufzte: Das Ganze war so unfair. Einhundertfünfzig Delphine, sieben Menschen und ein Schimpanse – woher sollten wir wissen, was wir da gefunden hatten?

Und wieso mußten wir es finden?

Fünfzigtausend Schiffe, ein jedes so groß wie ein Mond. Das war es, was sie gefunden hatten. Die Delphine waren entzückt von dieser Entdeckung gewesen. Es war die größte verlassene Flotte, die man je gesehen hatte, und anscheinend unglaublich alt. Über Telepsi hatte Captain Creideiki die Erde um Instruktionen gebeten.

Verdammt! Weshalb mußte er auch die Erde rufen? Hätte der Bericht nicht warten können, bis wir wieder zu Hause waren? Mußte denn die ganze neugierig lauschende Galaxis erfahren, daß man in der Mitte von Nirgendwo ein Sargassomeer voller uralter Riesenschiffe aufgetan hatte?

Der Terragenenrat hatte verschlüsselt geantwortet.

»Verstecken. Weitere Befehle abwarten. Nicht antworten.«

Creideiki hatte selbstverständlich gehorcht. Aber erst nachdem die Hälfte aller Patronatsrassen der Galaxis ihre Kriegsschiffe auf die Suche nach der *Streaker* geschickt hatten.

Toshio blinzelte.

Da war etwas. Endlich ein Resonanzecho? Ja, der magnetische Erzdetektor zeigte ein schwaches Echo aus südlicher Richtung. Er konzentrierte sich auf den Empfänger, erleichtert darüber, endlich etwas zu tun zu haben. Das ewige Selbstmitleid wurde allmählich langweilig.

Ja. Es mußte sich um eine recht ansehnliche Lagerstätte handeln. Sollte er Hikahi Bescheid sagen? Natürlich ging die Suche nach den vermißten Crew-Fen vor, aber...

Ein Schatten legte sich über ihn. Die Gruppe schwamm am Rande eines massigen Metallhügels vorbei. Der kupferfarbene Berg war von den dicken Ranken eines grünen Hängegewächses bedeckt.

»Schwimm nicht zu dicht heran, Kleine Hand«, pfiff Keepiru von links. Nur Keepiru und der Schlitten hatten sich überhaupt so dicht an den Hügel herangewagt. Die übrigen Fins umschwammen ihn in ziemlich weitem Bogen.

»Wir wissen nichts über diese Flora«, fuhr Keepiru fort. »Und esss war ganz in der Nähe, wo Phip-pit verschwand. Du solltest dich im Schutze unseres Konvois halten.« Keepiru rollte sich faul an Toshio vorbei, und mit lässigen Schlägen seiner Schwanzflosse glitt er neben dem Schlitten dahin. Die adrett verschränkten Arme seines Geschirrs schimmerten im Glanz des kupfernen Hügels rötlich.

»Aber dann ist es um so wichtiger, daß man ein paar Proben nimmt, oder?« Toshio reagierte gereizt. »Zumindest sind wir deshalb hier!« Ohne Keepiru Zeit zu einer Antwort zu lassen, legte Toshio seinen Schlitten schräg und kurvte auf die schattige Erhebung zu.

Es wurde dunkler um ihn herum, denn die Insel hielt das Licht der Nachmittagssonne zurück. Eine dahintreibende Schule silbrig glitzernder Fische schien vor ihm zu explodieren, als er schräg auf das dicke, fasrige Gestrüpp zuschwamm.

Keepiru quiekte erschrocken hinter ihm her. Es war ein Fluch auf Delphin-Primal – ein Zeichen dafür, wie betroffen der Fin war. Toshio grinste.

Der Schlitten summte friedfertig an dem Hügel entlang, der sich gebirgig zur Rechten aus dem Wasser erhob. Toshio legte sich auf die Seite und griff nach dem nächsten, was grün neben ihm aufblitzte. Er schnappte zufriedenstellend, als die Probe sich in seiner Hand löste. Kein Fin konnte so etwas! Genußvoll krümmte er die Finger, dann verrenkte er sich nach hinten, um den Klumpen in einen Sammelbeutel zu stopfen.

Toshio blickte hoch und sah, daß die grüne Masse, statt zurückzuweichen, näher als vorher war. Keepiru quiekte jetzt auch lauter.

Angsthase! dachte Toshio. Hab' ich eben das Steuer für einen Augenblick losgelassen. Na und? Ich bin wieder bei deinem verdammten Konvoi, bevor du auch nur ein Fluchgedicht fertigkriegst.

Er legte sich noch steiler in die Linkskurve und stellte gleichzeitig das Bugruder auf Aufstieg. Einen Moment später begriff er seinen taktischen Fehler: Durch dieses Manöver verringerte er seine Geschwindigkeit so weit, daß das Bündel der Fangarme, die sich nach ihm ausstreckten, seinen Schlitten erreichen konnte.

Offenbar gab es größere Meerestiere auf Kithrup, als die Gruppe bislang zu Gesicht bekommen hatte, denn die Tentakel, die ihn jetzt von allen Seiten einschlossen, waren augenscheinlich darauf eingerichtet, große Beute zu schnappen.

»O Koino-Anti! Jetzt hab' ich's!« Er schaltete die Maschine auf volle Kraft und bereitete sich auf die erwartete Beschleunigung vor.

Die Kraft kam... aber die Beschleunigung nicht. Der Schlitten ächzte, und die langen, seilähnlichen Fangarme streckten sich. Aber eine Vorwärtsbewegung kam nicht zustande. Dann verstummte die Maschine. Toshio spürte etwas Glitschiges an seinen Beinen, dann noch etwas. Die Tentakel strafften sich und begannen zu ziehen.

Keuchend drehte er sich auf den Rücken und tastete nach dem Messer in der Scheide an seinem Oberschenkel. Die Greifarme waren sehnig und knotig. Die Knoten hafteten an allem, was sie berührten, und als einer von ihnen über Toshios ungeschützten Handrücken strich, ließ der sengende Schmerz dieser Berührung den Jungen aufschreien.

Die Fins riefen einander, und ganz in der Nähe waren heftige Bewegungen zu hören. Ein kurzes Stoßgebet, daß niemand sonst gefangen sein möge, ging Toshio durch den Kopf, aber ansonsten hatte er wenig Zeit, an etwas anderes als den bevorstehenden Kampf zu denken.

Das Messer glitt hoffnungsschimmernd hervor. Und aus der Hoffnung erwuchs neue Hoffnung, als zwei dünne Stränge unter der scharfen Klinge zerrissen. Einen dritten, größeren durchzusägen, erforderte ein paar Sekunden. Beinahe augenblicklich wurde er durch zwei neue ersetzt.

Und dann sah Toshio, wohin er gezerrt wurde.

Ein tiefer Spalt klaffte in der Seite des Metallhügels. Darin erwartete ihn ein Gewimmel von Ranken. Tief drinnen, ein Dutzend Meter weiter, lag ein schlankes, graues Etwas, umschlungen von einem Gestrüpp aus trügerisch trägen Lianen.

Toshio fühlte, wie sein weit aufgerissener Mund die Sichtscheibe beschlagen ließ. Das Spiegelbild seiner eigenen Augen, groß und entsetzt, verschmolz mit Ssassias regloser Gestalt. Sanft, wie ihr Leben, aber nicht ihr Tod gewesen war, wiegte sie sich in den Fluten.

Mit einem Aufschrei hackte Toshio weiter auf die Tentakel ein. Er wollte Hikahi rufen, wollte ihr von Ssassias

Schicksal berichten, aber alles, was aus seinem Munde drang, war ein Schrei des Hasses auf diese kithrupanische Schlingpflanze. Blätter und Wedel wirbelten durch das brodelnde Wasser davon, aber es half ihm wenig, denn immer neue Ranken erfaßten ihn und zogen ihn auf den Spalt zu.

Flinker Reimer - Leiternsteiger
Gib Signal - den Suchern, Rettern
Sonartriller - blind vor Blättern

Hikahi rief ihn.

Durch das Rauschen seines Abwehrkampfes und sein eigenes heiseres Keuchen hörte Toshio den Gefechtslärm des Delphinteams: Kurze Trinärtriller, die - abgesehen von dem kurzen Ruf - nicht für menschliche Ohren verlangsamt waren, und dazu das Sirren der Geschirre.

»Hier! Hier bin ich!« Er hackte nach einer blättrigen Ranke, die seinem Luftschlauch bedrohlich nahe kam, und verfehlte selbst den Schlauch nur mit knapper Not. Er leckte sich über die Lippen und versuchte, Trinär zu pfeifen.

Stehe vor - des Kraken Schlund
Saugnapf klebrig - zieht mich zum Grund
Ssassia tot - entsetzlicher Fund

Miserabel in Form und Rhythmus, aber die Fins würden es besser hören, als wenn er weiter auf Anglisch brüllte. Sie waren erst seit vierzig Generationen vernunftbegabt, und so konnten sie in Notsituationen besser denken, wenn sie sich in gepfiffenen Versen verständigten.

Toshio hörte das Kampfgetöse näherkommen. Aber wie durch diese Bedrohung angespornt, zerrten ihn die Tentakel jetzt mit wachsender Heftigkeit auf den Schlund zu. Plötzlich wickelte sich ein mit Saugnäpfen bedeckter Strang um seinen rechten Arm. Noch bevor er seinen Griff verlagern konnte, hatte einer der brennenden Knoten seine Hand erreicht. Er schrie und riß die Ranke ab, aber das Messer war ihm aus der Hand gefallen und in der Dunkelheit verschwunden.

Immer neue Ranken schlangen sich um ihn herum. In diesem Augenblick drang ihm, wie aus weiter Ferne, ins Bewußtsein, daß jemand mit ihm *sprach,* langsam und auf Anglisch!

»...sagt, es seien Schiffe dort draußen! Vize-Captain Takkata-Jim will wissen, weshalb Hikahi keine Monopuls-Bestätigung geschickt hat...«

Es war Akkis Stimme, die ihn vom Schiff aus rief! Toshio konnte seinem Freund nicht antworten. Der Schalter des Schlittenradios war außer Reichweite, und im Augenblick hatte er anderes zu tun.

»Antworte nicht auf diesen Funkspruch«, fuhr Akki jetzt entgegenkommend fort. Toshio stöhnte angesichts der Ironie seiner Situation auf, während er einen Greifarm von seiner Sichtscheibe zu reißen versuchte, ohne daß seine Hände dabei Schaden litten. »Sende nur einen Monopuls, und dann kommt zurück-k, und zwar alle. Wir glauben, daß über Kithrup eine Raumschlacht im Gange ist. Wahrscheinlich sind die verrückten ETs uns hierher gefolgt, und jetzt prügeln sie sich um das Recht, uns zu fangen, genau wie bei Morgran. Muß aber jetzt-t Schluß machen. Funkstille. Kommt zurück, so schnell ihr könnt. Akki over.«

Toshio merkte, daß eine Ranke seinen Luftschlauch erfaßt hatte, mit festem Griff diesmal.

»Klar doch, Akki, alter Freund«, grunzte er, während er an dem Ding zerrte. »Ich komme nach Hause, sobald das Universum mich läßt.«

Der Luftschlauch wurde zusammengekniffen, und er konnte nichts dagegen tun. Dunst erfüllte seine Gesichtsmaske. Während ihm schwarz vor Augen wurde, war ihm, als sehe er den Rettungstrupp heraneilen, aber er war nicht mehr sicher, ob es Wirklichkeit oder Halluzination war. Er hätte zum Beispiel nicht erwartet, ausgerechnet Keepiru an der Spitze zu sehen, und einen so unerschrockenen, flammenden Mut hätte er dem Fin, der, der brennenden Saugnäpfe nicht achtend, dort heranschoß, auch nicht zugetraut.

Schließlich entschied er, daß es sich um einen Traum handeln müsse. Die Laserblitze waren zu grell, die Saserklänge zu schrill: Und die Gruppe kam mit flatternden Wimpeln im Kielwasser auf ihn zugestürmt wie die Kavallerie, deren Bild von der anglischsprechenden Menschheit seit fünfhundert Jahren mit der Vorstellung von Rettung aus höchster Not verbunden wurde.

2

Galactics

Auf einem Schiff im Zentrum einer ganzen Flotte von Schiffen nahm eine Phase der Negation ihren Verlauf.

Gewaltige Kreuzer ergossen sich aus einem Riß im Raum und fielen auf den nadelfeinen Lichtpunkt einer unbekannten rötlichen Sonne zu. Einer nach dem anderen taumelten sie aus dem leuchtenden Spalt, und mit ihnen kam gebrochenes Sternenlicht von dort, woher sie kamen, einem Ort, der viele hundert Parsec entfernt war.

Es gab Regeln, die etwas Derartiges hätten verhindern müssen. Der Tunnel war ein unnatürlicher Weg, von einem Ort zum anderen zu gelangen. Es erforderte einen starken Willen, die Natur zu negieren und eine solche Öffnung im Raum ins Dasein zu rufen.

Der Episiarch, in seiner wütenden Ablehnung Dessen, was ist, *hatte diese Passage für seine Tandu-Herren eröffnet, und die unerbittliche Kraft seines Ego hielt sie offen, seine grundsätzliche Weigerung, der Realität auch nur das mindeste Zugeständnis zu machen.*

Als das letzte Schiff hindurchgeschlüpft war, wurde der Episiarch zielstrebig abgelenkt, und die Öffnung stürzte mit lautloser Wucht in sich zusammen. Augenblicke später vermochten nur noch die Meßinstrumente festzustellen, daß sie einmal existiert hatte. Der Affront gegen die Physik war ausgelöscht.

Der Episiarch hatte die Tandu-Armada weit vor den anderen Flotten zum Zielstern befördert – vor den Flotten, die den Tandu das Recht, das Erdenschiff in ihre Gewalt zu bringen, streitig machen würden. Die Tandu sendeten Lobimpulse in die Behagenszentren des Episiarchen. Er heulte und schwenkte dankbar seinen mächtigen, pelzigen Schädel.

Für die Tandu hatte sich wieder einmal erwiesen, daß eine obskure und gefahrvolle Form des Reisens ihr Risiko wert war. Es war gut, wenn man vor dem Feind auf dem Schlachtfeld eintraf. Der Zeitgewinn würde ihnen einen taktischen Vorsprung verschaffen.

Der Episiarch hatte kein anderes Interesse, als Dinge zu negieren. Jetzt, da seine Aufgabe vollendet war, wurde er in seine Kammer der Täuschungen zurückgebracht, wo er sich damit beschäftigte, eine endlose Kette von Ersatzrealitäten zu verändern, bis die Herren seine entsetzlichen Fertigkeiten wieder benötigten. Seine zottige, amorphe Gestalt rollte aus dem Sensornetz, und er wälzte sich davon, eskortiert von wachsamen Wärtern.

Als der Weg frei war, kam der Akzeptor *herein und kletterte auf spindeldürren Beinen zu seinem Platz im Netz.*

Längere Zeit vertiefte er sich in die Realität, umschloß sie ganz. Der Akzeptor *betastete, kostete, liebkoste diese neue Raumregion mit seinen weitreichenden Sinnen. Dann stieß er einen gurrenden Schrei des Behagens aus.*

»Wie undicht sie sind!« verkündete der Akzeptor *freudig. »Ich habe schon vernommen, daß die Gejagten recht schludrige Sophonten seien, aber sie lecken ja sogar, wenn sie wissen, daß ihnen Gefahr droht. Sie haben sich auf dem zweiten Planeten versteckt. Nur langsam gerinnen die Ränder ihrer psychischen Schutzschilde, die ihren exakten Aufenthaltsort vor mir verbergen. Wer waren die Herren, von denen die Delphine gelernt haben, so leichte Beute zu sein?«*

»Ihre Herren sind die Menschen – selber noch nicht

fertig«, antwortete der Pirschmeister der Tandu. Seine Stimme war ein rhythmisches Muster aus raschen Klick- und Schnapplauten in den gezahnten Gelenken seiner Mantisbeine. »Die Erdlinge sind vergiftet vom falschen Glauben und von der Schande ihrer eigenen Leichtfertigkeit. Der Lärm von drei Jahrhunderten wird verstummen, wenn sie verspeist sind. Dann werden wir Jäger frohlocken, wie du frohlockst, wenn du einen neuen Ort oder ein neues Ding entdeckst.«

»O welche Freude«, stimmte der Akzeptor *zu.*

»Und jetzt spute dich, damit du Einzelheiten erkundest«, befahl der Pirscher. »Bald werden wir mit Ketzern zu kämpfen haben. Ich muß deine Mitklienten mit ihren Aufgaben vertraut machen.«

Der Akzeptor *drehte sich in seinem Netz, als der Pirschmeister hinausging, und öffnete seine Gefühle für diesen neuen Flecken der Realität. Alles war gut. Er erstattete Bericht über das, was er sah, und die Herren bewegten die Schiffe entsprechend, aber mit dem größeren Teil seiner Sinne nahm er die winzige rote Sonne auf... er akzeptierte sie, sie und jeden ihrer kleinen Planeten, das köstliche Erwartungsbeben eines Ortes, der bald zu einem Schlachtfeld werden würde.*

Nach einer Weile spürte er, daß weitere Schlachtflotten in das System eindrangen, eine jede auf ihre eigene Weise. Jede von ihnen bezog eine schlechtere Position. Die frühzeitige Ankunft der Tandu ließ ihnen keine andere Möglichkeit.

Der Akzeptor *spürte die Gelüste der kriegerischen Klienten, und er spürte auch die kühlen Berechnungen der gelasseneren Älteren. Er fuhr liebkosend über glatte Psychoschilde, die gegen ihn errichtet waren, und er fragte sich, was wohl hinter ihnen vorgehen mochte. Er nutzte die Offenheit anderer Kombattanten, die ihre Gedanken keck nach außen strahlen ließen und den Lauscher trotzig aufforderten, ihre unverhohlene Verachtung zu empfangen.*

Er fing wütende Erwägungen über seine eigene Vernich-

tung auf, als die gewaltigen Flotten aufeinander zustürzten und die ersten strahlenden Explosionen aufblitzten.

Der Akzeptor *nahm dies alles freudig auf. Wie sollte man nicht Freude fühlen, wenn das Universum solche Wunder enthielt?*

3

Takkata-Jim

Hoch oben im Backbordbereich des kugelförmigen Steuerraums der *Streaker* warf sich eine Psi-Funkerin in ihrem Geschirr hin und her. Ihre Schwanzflosse ließ das Wasser schäumen, und sie jammerte auf Trinär.

Tintenschwarze, achtarmige Krakenköpfe finden uns!
In reisenden Schwärmen ziehen sie in den Kampf!

Der Bericht der Funkerin bestätigte die Entdeckung, die der Neutrino-Detektor erst vor wenigen Minuten gemacht hatte. Es war eine Litanei schlimmer Neuigkeiten, in Tranceversen dargebracht.

Fieberhaft schreiend – uns finden, uns fangen…

Von einer anderen Station kam eine etwas ruhigere Meldung auf Anglisch mit Delphinakzent.

»Wir registrieren schweren Gravitonverkehr, Vize-Captain Takkata-Jim. Gravitationsturbulenzen deuten auf den Ausbruch einer größeren Schlacht-t, nicht weit von diesem Planeten.«

Der Leitende Offizier der *Streaker* lauschte dem Bericht ruhig und ließ sich dabei von der zirkulierenden Strömung in der Kommandozentrale seitwärts treiben. Ein Schwall von Luftblasen drang aus seinem Blasloch, als er ein wenig von der Spezialflüssigkeit inhalierte, mit der die Schiffsbrücke angefüllt war.

»Verstanden«, sagte er schließlich. Unter Wasser war seine Stimme nur ein gedämpftes Summen. Die Konsonanten vermischten sich. »Wie groß ist die Dissstanz bis zum nächsten Kontakt-t?«

»Fünf AE, Sssir. Sie werden mindestens eine Stunde brauchen, um herzukommen, selbst wenn sie mit dem Teufel unter einer Decke stecken.«

»Hmmm. Also gut. Bleiben Sie auf Stufe gelb. Fahren Sie mit Ihren Beobachtungen fort-t, Akeakemai.«

Der Vize-Captain war ungewöhnlich groß für einen Neo-Fin. Er war dick und muskulös, während die meisten anderen eher schlank und schmal gebaut waren. Seine ungleichmäßige graue Färbung und die spitzen Zähne waren Kennzeichen der *Stenos*-Linie der Delphinrasse, und sie unterschieden ihn und einige andere von der *Tursiops*-Majorität.

Der Mensch neben Takkata-Jim nahm die schlechten Neuigkeiten ungerührt zur Kenntnis. Sie bestätigten nur, was er schon befürchtet hatte.

»Wir sollten dann wohl besser den Captain informieren«, meinte Ignacio Metz. Seine Gesichtsmaske verstärkte seine Worte im sprudelnden Wasser. Luftbläschen entschwebten dem schütteren grauen Haar des großen Menschen.

»Ich habe Creideiki prophezeit, daß so etwas geschehen würde, wenn wir versuchen, vor den Galactics auszureißen. Ich hoffe nur, er entschließt sich jetzt, vernünftig zu sein, jetzt, da es unmöglich ist, ihnen zu entkommen.«

Takkata-Jim klappte seinen Nahrungsmund diagonal auf und zu, er nickte nachdrücklich.

»Ja, Doktor Metz. Jetzt muß sogar Creideiki zugeben, daß Sie recht hatten. Man hat unsss in die Enge getrieben, und dem Captain bleibt nichts anderes übrig, als auf Sie zu hören.«

Metz nickte befriedigt. »Was ist mit Hikahis Team? Sind sie informiert?«

»Ich habe den Explorationstrupp bereitsss zurückbeordert. Allein der Schlitten könnte schon zu riskant sein. Wenn die Eaties schon im Orbit sind, haben sie Mittel, ihn zu entdecken.«

»Extraterrestrier«, korrigierte Metz automatisch und professoral. »Die Bezeichnung ›Eatie‹ klingt nicht eben höflich.«

Takkata-Jim verzog keine Miene. Er führte das Kommando über das Schiff und die Crew, solange der Captain keine Wache hatte. Trotzdem behandelte dieser Mensch ihn wie einen eben entwöhnten Klippschüler. Es war ziemlich ärgerlich, aber Takkata-Jim achtete sorgfältig darauf, Metz nicht merken zu lassen, wie sehr es ihn störte. »Ja, Dr. Metz«, sagte er.

Der Mann redete weiter. »Hikahis Gruppe hätte das Schiff nie verlassen dürfen. Ich habe Tom Orley gewarnt, daß so etwas passieren könnte. Der junge Toshio ist da draußen... und eine ganze Reihe von Crew-Fen. Sie sind zu lange ohne Kontakt mit uns. Es wäre *schrecklich,* wenn ihnen irgend etwas zustieße.«

Takkata-Jim hatte das Gefühl, zu wissen, was Metz wirklich bedrückte. Wahrscheinlich dachte der Mensch daran, wie schrecklich es sein würde, wenn irgend jemand von der Crew der *Streaker* ums Leben käme, wo er nicht dabeisein könnte... da draußen, wo er nicht in der Lage wäre, Verhaltensstudien und genetische Untersuchungen anzustellen. »Wenn Creideiki doch nur auf Sie gehört hätte, Sssir«, wiederholte er. »Sie haben immer so viel zu sagen.«

Das war jetzt riskant; aber wenn der Mensch Takkata-Jims respektvolle Maske durchschaute und den sarkastischen Kern erkannte, dann ließ er sich nichts anmerken.

»Nun, es ist nett, daß Sie das sagen. Und sehr aufmerksam. Ich weiß, Sie haben jetzt viel zu tun. Ich werde mir deshalb eine freie Leitung suchen und Creideiki für Sie wecken. Dann kann ich ihm schonend beibringen, daß unsere Verfolger Kithrup gefunden haben.«

Takkata-Jim schenkte dem Menschen ein ehrerbietiges Kopfnicken aus der Aufrechten. »Dasss ist nett von Ihnen, Dr. Metz. Sie tun mir einen großen Gefallen.«

Metz tätschelte die rauhe Flanke des Leutnants, als wolle er ihn trösten. Takkata-Jim ertrug die herablassende Geste mit äußerlicher Ruhe und starrte dem Menschen nach, als dieser sich abwandte und davonschwamm.

Die Brücke war eine mit Flüssigkeit gefüllte Kugel, die sich aus dem Bug des zylindrischen Schiffes wölbte. Durch die Hauptluken der Kommandozentrale sah man eine düstere Szenerie von Meeresriffen, Ablagerungen und Seetieren.

Die von Netzen durchzogenen Arbeitsplätze der Crew waren von kleinen Scheinwerfern erleuchtet. Der größte Teil des Raumes war von ruhigen Schatten erfüllt, zwischen denen das Elitepersonal der Brücke rasch und beinahe lautlos seinen Aufgaben nachging. Abgesehen vom Zischen und Sprudeln des aufbereiteten Oxywassers hörte man nur das regelmäßige Klicken von Sonarpulsen und die knappen Bemerkungen, die zwischen den Technikern gewechselt wurden.

Eins muß man Creideiki wirklich lassen, dachte Takkata-Jim. Mit seiner Brückenmannschaft hat er eine tadellos funktionierende Maschine geschaffen.

Natürlich waren Delphine weniger beständig als Menschen. Man wußte nie im voraus, was einen Neo-Fin dazu bringen konnte, auszurasten, solange man ihn nicht unter Streß arbeiten sah. Eine bessere Brückenmannschaft als diese hatte er noch nicht gesehen, aber war sie deshalb gut genug?

Wenn ihnen auch nur ein einziges Strahlungs- oder Psi-Leck entgangen war, würden die ETs ihnen schneller im Nacken sitzen als Mörderwale einem Schwarm Hafenseehunde.

Die Fins draußen beim Erzsuchtrupp waren sicherer als ihre Kameraden an Bord des Schiffes, dachte Takkata-Jim mit einiger Bitterkeit. Es war töricht von Metz, sich ihretwegen Sorgen zu machen. Wahrscheinlich hatten sie eine Menge Spaß!

Takkata-Jim versuchte sich daran zu erinnern, wie es war, ohne Geschirr und mit natürlicher Luft frei in einem Ozean zu schwimmen. Er versuchte sich daran zu erinnern, wie es war, im tiefen Wasser zu tauchen, im tiefen Wasser des *Stenos,* wo die großmäuligen, klugscheißerischen, am Ufer klebenden *Tursiops* so selten wie Seekühe waren.

»Akki«, rief er zu dem E.L.F.-Funker, dem jungen Delphin-Kadetten aus Calafia, hinüber. »Hast du eine Antwort von Hikahi? Hat sie den Rückruf bestätigt?«

Der Koloniesprößling war ein kleiner *Tursiops* von gelblichgrauer Farbe. Er antwortete ein wenig zögernd, denn er war noch nicht daran gewöhnt, im Oxywasser zu atmen und zu sprechen. Es erforderte einen äußerst sonderbaren Unterwasserdialekt des Anglischen.

»Sh-sorry, Vize-Captain... sie hat nicht geantwortet. Ich habe alle K-kanäle nach einem Monopuls abgesucht-t. Da war nichts.«

Takkata-Jim bog irritiert den Kopf nach hinten. Vielleicht hatte Hikahi ja entschieden, daß selbst eine kurze Monopulsantwort zu riskant sei. Aber wenn sie bestätigt hätte, wäre ihm damit eine unangenehme Entscheidung erspart geblieben.

»Mm-m-m, Sir?« Akki neigte den Kopf und senkte respektvoll den Schwanz.

»Wasss?«

»Äh... sollten wir den Funkspruch vielleicht wiederholen? Es ist immerhin möglich, daß sie abgelenkt waren und ihn beim erschten... ersten Mal nicht hörten...«

Wie alle Delphine vom Kolonieplaneten Calafia war auch Akki stolz auf sein kultiviertes Anglisch. Offensichtlich genierte es ihn, daß er schon mit solchen einfachen Sätzen Schwierigkeiten hatte.

Dem Vize-Captain war dies nur recht. Wenn es ein anglisches Wort gab, das sich mühelos ins Trinär übersetzen ließ, dann war es das für ›Klugscheißer‹. Auf klugscheißerische Kadetten konnte Takkata-Jim verzichten.

»Nein, Funker. Wir haben unsere Befehle. Wenn der Captain es noch einmal versuchen will, wenn er hier ist, soll's mir recht sein. Bis dahin bleiben Sie auf Ihrem Possten.«

»Jawohl – äh, aye, aye, Shir.« Der junge Delphin rollte herum und schwamm zu seiner Station zurück, wo er in einer Luftkuppel atmen konnte, statt Wasser zu schlucken wie ein Fisch. Dort konnte er wie eine normale Person sprechen, während er auf Nachricht von seinem besten Freund wartete, dem menschlichen Kaddy draußen im weiten, fremden Ozean.

Takkata-Jim wünschte, der Captain käme bald. Ein Gefühl des Eingeschlossenseins, der Leblosigkeit, erfüllte ihn auf der Brücke. Am Ende seiner Wache war er immer todmüde vom Atmen des gashaltigen, sprudelnden Oxywassers. Es schien nie genug Sauerstoff zu enthalten. Vereitelte Instinkte ließen seine Zusatzkiemenlunge gereizt jucken, und die Pillen – die ihm durch den Darm zusätzlichen Sauerstoff in den Kreislauf pressen sollten – verursachten ihm Sodbrennen.

Sein Blick fiel wieder auf Ignacio Metz. Der weißhaarige Wissenschaftler klammerte sich an eine Strebe und hatte den Kopf unter eine Comm-Kuppel geschoben, um Creideiki anzurufen. Wenn er damit fertig wäre, würde er wahrscheinlich in der Nähe bleiben. Der Mann hing immer irgendwo in der Nähe herum und beobachtete ihn... er gab ihm immer das Gefühl, getestet zu werden.

»Ich brauche einen menschlichen Verbündeten«, rief Takkata-Jim sich ins Gedächtnis. Delphine führten das Kommando an Bord der *Streaker,* aber es schien, daß die Besatzung einem Offizier bereitwilliger gehorchte, wenn er augenscheinlich das Vertrauen eines Angehörigen der Patronatsrasse besaß. Creideiki hatte Tom Orley. Hikahi hatte Gillian Baskin. Brookidas menschlicher Gefährte war der Ingenieur Suessi.

Metz würde Takkata-Jims Mensch sein müssen. Zum Glück ließ der Mann sich manipulieren.

Die Berichte über die Raumschlacht kamen jetzt immer schneller über die Datendisplays herein. Es schien sich allmählich zu einer gewaltigen Feuersbrunst über dem Planeten auszuwachsen. Mindestens fünf große Flotten waren darin verwickelt. Takkata-Jim widerstand dem plötzlichen Drang, sich umzudrehen und irgendwo hineinzubeißen oder heftig mit der Schwanzflosse zu schlagen. Was er brauchte, war etwas, wogegen er kämpfen konnte! Etwas Greifbares anstatt dieser bedrohlich über allem schwebenden Wolke!

Nach wochenlanger Flucht saß die *Streaker* in der Falle. Was für einen Trick würden Creideiki und Orley sich wohl diesmal einfallen lassen, um von hier zu verschwinden?

Und was, wenn ihnen gar nichts einfiele? Oder schlimmer noch – wenn sie sich irgendeinen Schwachsinnsplan ausdachten, der sie alle den Kopf kosten könnte? Was würde er *dann* tun?

Takkata-Jim grübelte über dieses Problem nach, um sich zu beschäftigen, während er darauf wartete, daß der Captain kam und ihn ablöste.

4

Creideiki

Seit Wochen hatte er das erste Mal wirklich ruhig geschlafen. Natürlich *mußte* man ihn dabei stören.

Creideiki war daran gewöhnt, bei null g zu ruhen, schwebend, in feuchter Luft. Aber solange sie sich versteckten, waren Antigravitationsbetten untersagt, und die einzige andere Möglichkeit für einen Delphin war, in Flüssigkeit zu schlafen.

Eine Woche lang hatte er versucht, während seiner Ruheperioden Oxywasser zu atmen. Das Resultat waren Alpträume und erschöpfende Erstickungsvisionen gewesen.

Makanee, der Schiffsarzt, hatte vorgeschlagen, es auf die althergebrachte Weise zu versuchen: An der Wasseroberfläche treibend zu schlafen.

Creideiki beschloß, Makanees Alternative auszuprobieren. Er sorgte dafür, daß der obere Teil seines Quartiers von einer großen Luftblase gefüllt war. Dann vergewisserte er sich dreimal, daß die redundanten Sauerstoffalarmanlagen in Ordnung waren. Schließlich wand er sich aus seinem Geschirr, schaltete die gesamte Beleuchtung aus, schwamm an die Oberfläche und blies das Oxywasser aus seiner Kiemenlunge.

Dieser Teil des Unterfangens war eine Erleichterung. Trotzdem lag er erst nur in der Luftblase unter der Kabinendecke, seine Gedanken rasten und seine Haut juckte verlangend nach dem Geschirr. Es war ein irrationales Jucken, das wußte er. Die präastronautischen Menschen in ihren primitiven, neurotischen Gesellschaften mußten in dieser Weise auf Nacktheit reagiert haben.

Armer *Homo sapiens!* Die Geschichte der Menschheit zeigte so viel Leid in den unbeholfenen Jahrtausenden des Heranwachsens vor dem Kontakt, als sie noch unwissend waren und abgeschnitten von der galaktischen Gesellschaft.

Derweilen, dachte Creideiki, hatten sich die Delphine fast im Stande der Gnade befunden, wie sie so in ihrer Ecke des Wal-Traumes schwebten. Als die Menschen endlich eine Art von Erwachsenenalter erreicht hatten und anfingen, die höheren Arten der Erde zu sich heraufzuheben, waren die Delphine der Gattung *Amicus* recht mühelos aus dem einen ehrenvollen Status in den anderen hinübergewechselt.

Wir haben unsere eigenen Probleme, erinnerte er sich. Es verlangte ihn danach, sich an seiner Verstärkerbuchse zu kratzen, aber ohne sein Geschirr hatte er keine Möglichkeit, sie zu erreichen.

Er schwamm an der Oberfläche in der Dunkelheit und wartete auf den Schlaf. Es war in der Tat irgendwie geruhsam, wie winzige Wellen über die glatte Haut bei seinen Augen leckten. Und richtige Luft konnte man auf jeden Fall entspannter atmen als Oxywasser.

Aber ein vages Unbehagen bei dem Gedanken, zu *sinken,* wollte ihn einfach nicht verlassen... als ob es irgend etwas ausmachen könnte, in Oxywasser zu versinken... als ob nicht schon Millionen von anderen Delphinen ihr ganzes Leben lang so geschlafen hätten.

Lästig war auch seine Raumfahrergewohnheit, ständig hochzuschauen. Die Deckenluke war nur wenige Zoll von der Spitze seiner Rückenflosse entfernt. Selbst wenn er die Augen schloß, gemahnte ihn der Sonarsinn an die Enge des Raumes. Er konnte ebensowenig schlafen, ohne Echolokationsklicks auszusenden, wie ein Schimp schlafen konnte, ohne sich zu kratzen.

Creideiki schnaubte. Er wollte sich auf den Strand werfen, wenn er es zuließe, daß Bordvorschriften ihm Schlaflosigkeit einbrachten! Er blies nachdrücklich und begann dann, die Sonarklicks zu zählen. Er begann mit einem Grundrhythmus und baute darauf allmählich eine Fuge auf, indem er dem Schlaflied immer tiefere Elemente hinzufügte.

Echos entsprangen seiner Stirn, verbreiteten sich und brachen sich überall in der Kabine. Die Töne wehten übereinander, überlappten sich in sanftem Singen und Baßgrollen. Sie schufen ein Schallgebäude, eine Struktur, die *anders war.* Mit den richtigen Kombinationen, das wußte er, würde es sein, als verschwänden die Wände der Kabine selbst.

Mit Bedacht entledigte er sich der Dienstpflichtstarre des Keneenk und hieß einen kleinen, wohlvertrauten Teil des Wal-Traumes willkommen.

Wenn die Muster -
der Zykloiden
Wispernd rufen -
sanft erinnernd
Murmelnd singen -
Morgenlieder
Und vom Mond -
Gezeitenliebling
Rufen wispernd -
sanft erinnernd
Uns die Muster
der Zykloiden...

Der Schreibtisch, die Schränke, die Wände verschwanden unter falschen Schallschatten. Sein Gesang erblühte aus eigener Kraft - eine üppige, sehr körperliche Poesie aus ziselierten Reflexionen. Schwebende Formen schienen vorbeizutreiben, Schwärme von Traumgeschöpfen huschten mit winzigen Schwanzschlägen vorüber. Echos eröffneten den Raum ringsumher, als reiche das Wasser in endlose Weiten.

Und die Traum-See -
immerwährend
Ruft uns wispernd -
sanft erinnernd...

Bald spürte er, daß etwas anwesend war. Langsam verdichtete es sich aus den Reflexionen der Töne.

Langsam nahm sie neben ihm Gestalt an, während sein Ingenieursbewußtsein sich treiben ließ... der Schatten einer Göttin. Und dann schwebte Nukapai neben ihm... ein Geist aus feinen Wellen, von Klängen gekräuselt. Das schlanke Schwarz ihres Körpers wich zurück ins Dunkel, ungehindert durch Schotten, die nicht mehr da zu sein schienen.

Die Sicht schwand. Das Wasser rings um Creideiki verdunkelte sich, und Nukapai war mehr als nur ein Schatten, das passive Gefäß seines Liedes. Ihre Nadelzähne blitzten, und sie sang seine eigenen Lieder zu ihm zurück.

Dicht umhüllt –
von weiten Wassern
Grenzenlose –
Schicht aus Träumen
Buckelwal –
der alte Vetter
Singt sein Lied –
den ernsten Fischen
Findest hier mich –
wandernder Bruder
Selbst in diesem –
Menschenrhythmus
Wo die Menschen –
und anderen Füßler
Freude bringen –
den Sternen selbst…

Eine Art von Glückseligkeit senkte sich über ihn, und sein Herzschlag verlangsamte sich. Creideiki schlief an der Seite der sanften Traum-Göttin. Scherzhaft nur schalt sie ihn einen Ingenieur, weil er sie in starren, konzentrierten Trinärversen träumte und nicht im chaotischen Primal seiner Vorfahren.

Sie hieß ihn willkommen im Schwellenmeer, wo Trinär genügte und er das Tosen des Wal-Traumes und der alten Götter, die dort hausten, nur schwach vernehmen konnte. Es war so viel Ozean, wie sein Ingenieursverstand hinzunehmen vermochte.

Wie starr die Trinärverse manchmal erschienen! Das Muster der einander überlappenden Töne und Symbole war beinahe menschlich präzise… beinahe menschlich eng.

Er war so erzogen, daß er dergleichen Bezeichnungen als Komplimente betrachtete. Teile seines eigenen Gehirns waren nach menschlichem Muster genentwickelt. Aber hin und wieder schlichen sich doch chaotische Klangvisionen in sein Denken, die ihn mit einer Andeutung der alten Gesänge neckten.

Nukapai klickte verständnisvoll. Sie lächelte...

Nein! Sie tat nichts dergleichen Landaffenartiges! Unter allen Cetaceen waren es nur die Neo-Delphine, die mit ihren Mündern ›lächelten‹.

Was Nukapai tat, war etwas anderes. Sie streichelte seine Flanke, die sanfteste aller Göttinnen, und sagte:

Sei ruhig nun
Es ist Das, Was Ist
Und Ingenieure
Fern vom Meer
Hören es noch

Die Spannung, die sich seit Wochen in ihm gestaut hatte, zerbrach, und er schlief. Creideikis Atem sammelte sich als glitzerndes Kondenswasser am Schott der Decke. Die Brise aus einer nahe gelegenen Lüftungsöffnung strich über die Tröpfchen, und diese erschauerten und fielen wie ein sanfter Regen.

Als Ignacio Metz' Bild einen Meter zu seiner Rechten Gestalt annahm, drang es nur langsam in Creideikis Bewußtsein.

»Captain...«, sagte das Bild. »Ich rufe Sie von der Brücke aus. Ich fürchte, die Galactics haben uns früher gefunden, als wir erwartet haben...«

Creideiki ignorierte die dünne Stimme, die ihn zu Taten und Schlachten zurückrufen wollte. Er schwebte in einem schwankenden Wald von Tangwedeln und lauschte langgezogenen Nachtklängen. Schließlich war es Nukapai selbst, die ihn behutsam aus seinem Traum drängte. Sie schwand neben ihm und ermahnte ihn sanft:

Pflicht, Pflicht - Ehre ist, ist -
Ehre, Creideiki - wachsam
Geteilt, ist - Ehre

Nur Nukapai durfte Creideiki ungestraft auf Primal anreden. Er konnte die Traumgöttin ebensowenig ignorieren wie sein eigenes Gewissen. So richtete er zumindest ein Auge schließlich auf das Hologramm des unnachgiebigen Menschen, und die Worte drangen in sein Bewußtsein.

»Ich danke Ihnen, Doktor Metz«, seufzte er. »Sagen Sie Takkata-Jim, ich komme gleich. Und bitte lassen Sie Tom Orley ausssrufen. Ich möchte ihn auf der Brücke haben. Creideiki over.«

Er atmete ein paar Augenblicke lang tief durch und wartete, bis der Raum um ihn herum wieder seine Gestalt angenommen hatte. Dann krümmte er sich einmal und tauchte hinab, um sein Geschirr heraufzuholen.

5

Tom Orley

Ein großer, dunkelhaariger Mann hing mit einer Hand am Fuß eines Bettes. Das Bett war an den Fußboden eines Raumes genietet, dessen Unterstes sich zuoberst gekehrt hatte. Der Fußboden ragte schräg über seinem Kopf auf. Sein linker Fuß balancierte wacklig auf der Bodenplatte einer Schublade, die aus einem der umgekehrten Wandschränke gezogen war.

Als das gelbe Alarmlicht plötzlich aufblitzte, wirbelte Tom Orley herum, und seine freie Hand fuhr zum Pistolenhalfter. Er hatte die Nadelpistole schon halb herausgezogen, als er begriff, woher die Störung kam. Er fluchte leise und schob die Waffe in den Halfter zurück. Was gab es *jetzt* wieder für einen Notfall? Aus dem Stegreif hätte er ein Dutzend Möglichkeiten aufzählen können, und hier hing er nun, an einer Hand, im hintersten Winkel des Schiffes!

»Ich nehme Kontakt auf, Thomas Orley.«

Es klang, als liege der Ursprung der Stimme über seinem rechten Ohr. Tom verlagerte seinen Griff am Bettfuß und drehte sich herum. Ein abstraktes, dreidimensionales Muster drehte sich einen Meter vor seinen Augen wie bunte Stäubchen in einem kleinen Wirbelwind.

»Ich nehme an, Sie würden den Grund für diesen Alarm gern wissen. Korrekt?«

»Verdammt, das kann man wohl sagen!« kläffte er. »Werden wir angegriffen?«

»Nein.« Die bunte Erscheinung schwebte zur Seite. »Dieses Schiff wird noch nicht angegriffen, aber Vize-Captain Takkata-Jim hat einen Alarm angeordnet. Es befinden sich derzeit mindestens fünf fremde Flotten in der Nachbarschaft von Kithrup. Anscheinend sind sie in der Nähe des Planeten in einen Kampf verwickelt.«

Orley seufzte. »Dann wird's wohl nichts mit schneller Reparatur und ab durch die Mitte.« Er hatte nicht damit gerechnet, daß die Jäger sie noch einmal würden entkommen lassen. Die beschädigte *Streaker* hatte eine lärmende Spur hinterlassen, als sie aus dem Wirrwarr des Hinterhalts bei Morgran entwischt war.

Tom hatte der Mannschaft im Maschinenraum dabei geholfen, den Stasisgenerator der *Streaker* zu reparieren. Sie waren eben mit dem Teil der Arbeit fertig gewesen, der detaillierten Hand-Augen-Einsatz erforderte, und der Augenblick war gekommen, sich in den verlassenen Teil des Trockenrades zu stehlen, in dem der Niss-Computer versteckt worden war.

Das ›Trockenrad‹ war ein Ring aus Arbeitsräumen und Wohnquartieren, der frei rotierte, wenn sich das Schiff im Raum befand. Auf diese Weise wurde für die Menschen an Bord eine Pseudogravitation geschaffen. Jetzt lag es still, und die Sektion mit den kopfüber gekehrten Korridoren und Kabinen lag, durch die Gravitation des Planeten unbenutzbar gemacht, verlassen da.

Die Einsamkeit kam Tom gut zustatten, obgleich das Kopfüber-Arrangement ein wenig beschwerlich war.

»Du solltest dich nicht melden, bevor ich dich manuell

einschalte«, erklärte er. »Du solltest meinen Daumenabdruck und meine Vokalidentifikation abwarten, bevor du erkennen läßt, daß du mehr bist als eine ganz normale Sprechanlage.«

Das rotierende Muster nahm kubistische Formen an. Die Stimme der Maschine klang ungerührt. »Angesichts der besonderen Umstände habe ich mir diese Freiheit genommen. Wenn ich im Irrtum war, bin ich bereit, Disziplinarmaßnahmen bis Stufe drei zu akzeptieren. Bestrafung höherer Ordnung wird als ungerechtfertigt betrachtet und wegen Voreingenommenheit zurückgewiesen.«

Tom gestattete sich ein ironisches Lächeln. Die Maschine würde ihn im Kreis herumlaufen lassen, wenn er es zuließe, und damit, daß er auf seiner nominellen Vorrangposition beharrte, würde er überhaupt nichts gewinnen. Der Tymbrimi-Spion, der ihm die Niss geliehen hatte, hatte ihm ausdrücklich erklärt, daß die Nützlichkeit der Maschine zum Teil auf ihrer Flexibilität und Eigeninitiative basierte, so aufreizend dies manchmal sein mochte.

»Über den Grad deines Irrtums wird noch zu befinden sein«, erwiderte er. »Und was kannst du mir jetzt über unsere gegenwärtige Lage erzählen?«

»Eine verschwommene Frage. Ich kann Ihnen Zugang zum Kampfcomputer des Schiffes verschaffen. Darin allerdings könnte ein gewisses Risiko liegen.«

»Nein, im Augenblick läßt du das vielleicht doch besser sein.« Wenn die Niss versuchte, sich während eines Alarms in den Kampfcomputer zu schleichen, würde Creideikis Brückenbesatzung es vielleicht bemerken. Tom vermutete, daß der Captain von der Anwesenheit der Niss an Bord wußte, wie er auch von Gillian Baskins Geheimprojekt wußte. Aber der Delphinkommandant äußerte sich nicht dazu und ließ die beiden ihre Arbeit tun.

»Also gut. Kannst du mich mit Gillian verbinden?«

Blaue Flecken tanzten durch das Holo. »Sie ist allein in ihrem Büro. Ich stelle den Anruf durch.«

Die Lichtpunkte verblaßten plötzlich, und an ihre Stelle trat das Bild einer blonden Frau von Anfang Dreißig. Einen Moment lang machte sie ein verblüfftes Gesicht, aber dann leuchtete ihr Gesicht in einem strahlenden Lächeln auf.

Sie lachte.

»Ah, du besuchst deine mechanische Freundin, wie ich sehe. Tom, was hat eine sarkastische Alienmaschine, was ich nicht habe? Meinetwegen hast du noch nie so buchstäblich Hals über Kopf irgendwo gehangen.«

»Sehr komisch.« Trotzdem, ihr Benehmen ließ seine Besorgnis über den Alarm für einen Augenblick verfliegen. Er hatte schon befürchtet, ein Kampf könne unmittelbar bevorstehen. In einer runden Woche würde die *Streaker* vielleicht in der Lage sein, einigen Wirbel zu machen, bevor sie zerstört oder gekapert würde. Aber jetzt hatte sie die Schlagkraft eines betäubten Kaninchens.

»Ich nehme an, die Galactics landen noch nicht.«

Gillian schüttelte den Kopf. »Nein. Allerdings sind Makanee und ich für alle Fälle in Rufbereitschaft für die Krankenstation. Die Brücke sagt, mindestens drei Flotten sind ganz in der Nähe in diesen Raumsektor hereingeplatzt. Sie sind sofort übereinander hergefallen, genau wie bei Morgran. Wir können nur hoffen, daß sie sich gegenseitig eliminieren.«

»Da besteht nicht viel Hoffnung, befürchte ich.«

»Nun, du bist der Taktiker in der Familie. Dennoch, es kann Wochen dauern, bevor es einen Sieger gibt, der dann zu uns herunterkommt. Es wird Verhandlungen geben, Bündnisse in letzter Minute und dergleichen mehr. Wir werden genug Zeit haben, uns irgend etwas auszudenken.«

Tom wünschte sich, er könnte ihren Optimismus teilen. Als Familientaktiker hatte *er* die Aufgabe, sich ›etwas auszudenken‹.

»Na, wenn die Situation nicht drängt...«

»Ich glaube nicht, daß sie es tut. Du kannst noch ein bißchen Zeit mit deinem Schätzchen dort unten verbringen – mit meiner elektronischen Rivalin. Ich revanchiere mich, indem ich mit Herbie intim werde.«

Tom konnte nur den Kopf schütteln und es bei ihrem Scherz belassen. Herbie war ein Kadaver, das einzige handfeste Beutestück aus der verlassenen Flotte. Gillian hatte herausgefunden, daß der Alienleichnam über zwei Milliarden Jahre alt war. Die Mini-*Bibliothek* des Schiffes schien jedesmal einen Anfall zu bekommen, wenn man sie fragte, zu welcher Spezies der Leichnam einmal gehört hatte.

»Okay. Sag Creideiki, ich komme gleich, ja?«

»Mach' ich, Tom. Sie wecken ihn gerade. Ich werde ihm sagen, ich hätte dich irgendwo herumhängen sehen.« Sie zwinkerte ihm zu und schaltete ab.

Tom starrte auf die Stelle, an der ihr Bild gewesen war, und fragte sich wieder einmal, was er getan hatte, daß er eine solche Frau verdiente.

»Aus Gründen der Neugier, Thomas Orley, interessiere ich mich für einige Untertöne dieser letzten Konversation. Gehe ich recht in der Annahme, daß ein paar dieser milden Beleidigungen, mit denen Doktor Baskin Sie bedachte, zur Kategorie ›zärtliches Necken‹ gehören? Meine tymbrimischen Erbauer sind selbstverständlich Telempathen, aber auch sie, so scheint mir, frönen diesem Zeitvertreib. Ist es Teil des Paarungsprozesses? Oder ist es eine bestimmte Art von Freundschaftstest?«

»Ein wenig von beidem, schätze ich. Machen die Tymbrimi tatsächlich die gleiche...?« Tom schüttelte sich. »Vergiß es! Meine Arme werden müde, und ich muß jetzt schleunigst nach unten. Hast du noch etwas zu berichten?«

»Nichts, was für Ihr Überleben oder für Ihre Mission sonderlich bedeutsam wäre.«

»Darf ich diesen Worten entnehmen, daß es dir nicht gelungen ist, die Mini-*Bibliothek* des Schiffes dazu zu bewegen, etwas über Herbie oder die verlassene Flotte auszuspucken?«

Das Holo floß zu scharfen geometrischen Formen zusammen. »Das ist das Hauptproblem, nicht wahr? Doktor Baskin hat mir die gleiche Frage gestellt, als sie vor dreizehn Stunden bei mir war.«

»Und hast du ihr vielleicht eine direktere Antwort gegeben als mir?«

»Einen Weg zur Überwindung der Zugangssperre der Mini-*Bibliothek* des Schiffes zu finden ist der Zweck meiner Anwesenheit hier an Bord. Ich würde es Ihnen sagen, wenn es mir gelungen wäre.« Die körperlose Stimme der Maschine war so trocken, daß sie eine Melone hätte entsaften können. »Die Tymbrimi hegen schon seit langem den Verdacht daß das *Bibliotheks*-Institut alles andere als neutral ist und die Zweig-*Bibliotheken,* die es verkauft, auf sehr subtile Weise fehlerhaft programmiert sind, um lästige Rassen dadurch zu benachteiligen. Die Tymbrimi haben an diesem Problem schon gearbeitet, als Ihre Vorfahren noch in Tierhäuten herumliefen, Thomas Orley. Niemand hat von uns erwartet, daß wir auf dieser Reise mehr finden würden als ein paar Scherben neuer Daten, und vielleicht würde es uns noch gelingen, ein paar geringfügige Sperren zu eliminieren.«

Orley begriff, daß die langlebige Maschine eine so geduldige Perspektive entwickeln konnte. Trotzdem fühlte er Abneigung dagegen. Bei all den Beschwernissen, mit denen die *Streaker* und ihre Crew zu kämpfen hatten, wäre die Vorstellung, wenigstens etwas erreicht zu haben, ganz nett gewesen. »Nach all den Überraschungen, die wir erlebt haben, muß diese Reise dir doch ein bißchen mehr als nur eine Handvoll neue Krumen zum Verdauen gegeben haben«, drängte er.

»Der Hang der Erdlinge, in Schwierigkeiten zu geraten und daraus zu lernen, war der Grund dafür, daß meine Eigentümer diesem wahnwitzigen Unternehmen überhaupt zugestimmt haben – allerdings hat niemand mit einer derartigen Verkettung der *ungewöhnlichsten* Kalamitäten gerechnet, wie sie über dieses Schiff hereingebrochen ist. Man hat euer Talent unterschätzt.«

Was sollte er darauf antworten? Toms Arme begannen zu schmerzen. »Na, ich muß jetzt zurück. Im Notfall melde ich mich über das Intercom.«

»Selbstverständlich.«

Orley ließ los und landete in Hockstellung neben der geschlossenen Tür, einem Rechteck hoch oben in einer steil ansteigenden Wand.

»Dr. Baskin hat mir eben mitgeteilt, daß Takkata-Jim dem Explorationstrupp befohlen hat, zum Schiff zurückzukehren«, berichtete die Niss unvermittelt. »Sie meinte, das würde Sie vielleicht interessieren.«

Orley fluchte. Womöglich hatte Metz dabei die Finger im Spiel gehabt. Wie sollten sie das Schiff reparieren, wenn der Mannschaft nicht gestattet wurde, die Rohstoffe zu suchen, die sie dazu benötigten? Der Hauptgrund für Creideikis Entscheidung, nach Kithrup zu kommen, war der Überfluß an präraffinierten Metallen in einer ozeanischen Umgebung, die den Delphinen zugänglich war. Wenn Hikahis Prospektoren zurückgerufen wurden, mußte schon ernste Gefahr drohen... oder jemand war in Panik geraten.

Tom wandte sich zum Gehen, aber dann hielt er inne und sah nach oben. »Niss, wir *müssen* wissen, was es ist, von dem die Galactics glauben, daß wir es gefunden haben.«

Das bunte Funkeln wurde stumpf. »Ich habe die offen zugänglichen Listen der Bord-*Bibliothek* überaus gründlich nach irgendwelchen Aufzeichnungen durchsucht, die Licht auf das Geheimnis der verlassenen Flotte werfen könnten, Thomas Orley. Abgesehen von einigen vagen Ähnlichkeiten zwischen den Mustern, die wir auf den gigantischen Schiffen sahen, und einigen antiken Kultsymbolen vermag ich nichts zu finden, was die Hypothese von einem Zusammenhang zwischen den Schiffen, die wir gefunden haben, und den sagenhaften Progenitoren unterstützen könnte.«

»Aber du hast auch nichts gefunden, was dagegen spricht?«

»Richtig. Es kann sein, daß die alten Schiffe zu der Legende gehören, die alle sauerstoffatmenden Rassen der fünf Galaxien miteinander verbindet. Möglicherweise besteht da aber auch kein Zusammenhang.«

»Es könnte also sein, daß wir gewaltige Massen von galaktischem Treibgut gefunden haben, das historisch so gut wie belanglos ist.«

»So ist es. Das entgegengesetzte Extrem im Bereich der Möglichkeiten ist der größte archäologische und religiöse Fund dieses Zeitalters. Diese bloße Möglichkeit erklärt unter Umständen, weshalb in diesem Sonnensystem eine Schlacht ausgebrochen ist. Die Weigerung der Mini-*Bibliothek* des Schiffes, weitere Details zu enthüllen, läßt erkennen, wie ein großer Teil der galaktischen Kulturen zu den Ereignissen dieser fernen Vergangenheit eingestellt ist. Solange das Forschungsschiff *Streaker* allein die Informationen über die verlassene Flotte besitzt, bleibt sie ein wertvolles Beutestück, erstrebenswert für Fanatiker jeglicher Couleur.«

Orley hatte gehofft, die Niss würde einen Beweis dafür finden, daß ihre Entdeckung völlig harmlos sei. Damit hätte man die ETs vielleicht dazu bewegen können, sie in Ruhe zu lassen. Aber wenn die verlassene Flotte tatsächlich so bedeutsam war, wie sie aussah, würde die *Streaker* einen Weg finden müssen, ihre Informationen zur Erde zu übermitteln, wo klügere Köpfe sich mit dem Problem beschäftigen könnten, was damit zu geschehen habe.

»Dann denk mal weiter nach«, empfahl er der Niss. »Unterdessen werde ich mein Bestes tun, um dafür zu sorgen, daß uns die Galactics nicht an die Gurgel springen. Kannst du mir jetzt wohl sagen...«

»Selbstverständlich kann ich«, unterbrach die Niss wieder. »Der Gang draußen ist leer. Glauben Sie etwa, ich würde es Ihnen verheimlichen, wenn jemand draußen wäre?«

Tom schüttelte den Kopf. Er war sicher, daß man die Maschine zu solchen Sachen absichtlich programmiert hatte. Es wäre typisch für die Tymbrimi. Die größten Verbündeten der Erde waren unglaubliche Witzbolde. Wenn er ein Dutzend anderer Dinge erledigt hatte, die unglücklicherweise Vorrang hatten, würde er der Maschine mit einer Rohrzange zu Leibe rücken und seinen Tymbrimi-Freunden hinterher etwas von einem ›bedauerlichen Mißgeschick‹ erzählen.

Als die Tür beiseite geglitten war, packte Tom den Rahmen, schwang sich hinaus und sprang auf die halbdunkle Korridordecke unter ihm. Die Tür glitt automatisch summend ins Schloß. In regelmäßigen Abständen blinkten im sanft gekrümmten Korridor rote Alarmlichter.

Also gut, dachte er. Unsere Hoffnungen auf eine schnelle Flucht sind zerschlagen, aber ich habe bereits ein paar Notfallpläne entwickelt.

Einige davon hatte er mit dem Captain erörtert. Einen oder zwei hatte er für sich behalten.

Ich werde den einen oder anderen in Gang setzen müssen, dachte er bei sich. Er wußte aus Erfahrung, daß der Zufall auch den besten Plan über den Haufen werfen konnte. Wer konnte sagen, ob nicht ohnehin etwas völlig Unerwartetes auftauchen und ihnen eine letzte Hoffnung geben würde?

6

Galactics

In der ersten Phase der Schlacht kämpfte jeder gegen jeden. Dutzende von Kriegsparteien schlugen probehalber aufeinander ein, und jede suchte nach einer schwachen Stelle des Gegners. Schon trieb eine Anzahl von Wracks im Orbit, zerfetzt, verbogen und bedrohlich leuchtend. Glühende Plasmawolken säumten den Weg der Schlacht, und scharfzackige Metallsplitter rotierten funkelnd auf ihrer endlosen Bahn.

In ihrem Flaggschiff blickte eine lederhäutige Königin

auf die Sichtschirme, die ihr das Schlachtfeld zeigten. Sie ruhte auf einem breiten, weichen Polster und strich sich versonnen über die braunen Schuppen ihres Bauches.

Die Displays, die Krats Diwan umsäumten, zeigten zahlreiche Gefahren. Auf einem sah man sich kräuselnde Linien, die auf Zonen anomaler Wahrscheinlichkeit hindeuteten. Andere ließen erkennen, daß der durch Psychowaffen hier und da hervorgerufene Sumpf noch immer gefährlich brodelte.

Die anderen Flotten waren als Schwärme von Lichtpunkten zu sehen, die sich jetzt, da die erste Phase ihrem Ende zuging, neu gruppierten. An den Rändern des Sektors tobten noch Kämpfe.

Krat lag auf einem Kissen aus Vleetorfell. Sie verlagerte ihr Gewicht, um den Druck in ihrem dritten Leib zu verringern. Die Kampfhormone brachten das wachsende Leben in ihr immer zu besonders heftigen Regungen. Dies war eine Unbequemlichkeit, die ihre weiblichen Vorfahren in alten Zeiten gezwungen hatte, daheim im Nest zu bleiben und den dummen Männchen das Kämpfen zu überlassen.

Aber das war heute anders.

Ein kleines, vogelähnliches Geschöpf erschien an ihrer Seite. Krat nahm eine Lingpflaume von dem Tablett, das es ihr darbot. Sie biß hinein und sog genießerisch den Saft auf, der über ihre Zunge und an ihrem Schnurrbart herunterrann. Das kleine Forski stellte das Tablett hin und begann eine betörende Ballade über die Freuden des Kampfes zu singen.

Die Forski, eine flugfähige Rasse, waren selbstverständlich zu voller Intelligenz geliftet worden. Das Gesetz des Liftens untersagte es, mit einer Klientenrasse anders zu verfahren. So konnten sie sprechen und in Notfällen sogar Raumschiffe steuern, aber Ehrgeiz und Unabhängigkeit hatte man ihnen abgezüchtet. Sie waren als Helfer und Entertainer zu nützlich, als daß man ihnen etwas anderes als Spezialisierung hätte angedeihen lassen dürfen. An-

passungsfähigkeit hatte sich beim intelligenten und anmutigen Vollzug ihrer Funktionen allenfalls als hinderlich erwiesen.

Einer der kleineren Monitore wurde plötzlich dunkel. Ein Zerstörer in der Nachhut der Soro war zerstört worden. Krat nahm es kaum zur Kenntnis. Bisher war das Unternehmen ohne nennenswerte Verluste vonstatten gegangen.

Die Kommandozentrale war wie eine Torte in Sektionen eingeteilt. Von ihrem Befehlsdiwan aus konnte Krat in jede der einzelnen Abteilungen hineinblicken. Die Crew wimmelte geschäftig umher. Alle gehörten zu Klientenrassen der Soro, und alle beeilten sich, den Willen der Königin, ein jeder nach seinen Spezialfähigkeiten, zu vollstrecken.

In den Sektionen für Navigation, Kampf und Beobachtung beruhigte sich die hektische Gefechtsatmosphäre allmählich. In der Planungssektion hingegen war wachsende Aktivität zu verzeichnen. Die Besatzung machte sich daran, neue Entwicklungen auszuwerten, einschließlich der eben zustande gekommenen Allianz zwischen Abdikator- und Transzendorstreitkräften. Ein Paha-Unteroffizier streckte den Kopf aus der Beobachtungssektion. Krat sah ihm nach, wie er zu einem Speisespender huschte, einen dampfenden Becher Amoklah ergriff und auf seinen Posten zurückhastete.

Den Paha hatte man mehr von ihren Eigenarten gelassen als den Forski, um ihren Wert als Ritualkrieger zu vergrößern. Infolgedessen waren sie nicht so fügsam, wie Krat sie gern gehabt hätte, aber für gute Kämpfer zahlte man eben seinen Preis. Krat beschloß, den Verstoß zu ignorieren. Sie lauschte dem kleinen Forski, das von kommenden Siegen sang - von dem Ruhm, der Krat umstrahlen würde, wenn sie die Erdlinge erst gefangen und ihr Geheimnis aus ihnen herausgequetscht hätte.

Sirenen kreischten. Erschrocken sprang das Forski in die Luft und floh in sein Schlupfloch. Plötzlich rannten unzählige Palia durcheinander.

»Ein Tandu-Jäger!« schrie der Taktische Offizier. »Schiffe

zwei bis zwölf, er ist genau zwischen euch! Ausweichmanöver einleiten! Rasch!«

Das Flaggschiff erbebte, als es gleichfalls in einer irrwitzigen Kurve einem Geschoßhagel auswich. Auf Krats Monitoren leuchtete ein pulsierender, gefährlich blauer Punkt – der tollkühne Tandu-Kreuzer war mitten in ihrer Flotte ins Dasein geplatzt –, der die Soro-Schiffe unverzüglich unter Beschuß nahm.

Fluch über ihre verdammungswürdigen Wahrscheinlichkeitstriebwerke! *Krat wußte, daß niemand so schnell von einem Ort zum anderen gelangte wie die Tandu, denn keine andere Spezies war bereit, diese Risiken auf sich zu nehmen!*

Krats Paarungsklaue pochte irritiert. Ihre Soro-Schiffe waren so sehr damit beschäftigt, den Geschossen auszuweichen, daß niemand zurückfeuerte!

»Narren!« zischte Krat in ihren Kommunikator. »Schiffe sechs und zehn, bleibt, wo ihr seid, und konzentriert euer Feuer auf diese Obszönität!«

Aber noch bevor ihre Worte die Sub-Captains erreichten, bevor auch nur ein einziges Soro-Schiff zurückschoß, begann das schreckliche Tandu-Schiff sich von allein aufzulösen! Vor einer Sekunde war es noch dagewesen, rasend und tödlich auf den zahlenmäßig starken, aber hilflosen Gegner eindringend, im nächsten Augenblick war der spindelförmige Zerstörer von einem gleitenden, mißfarbigen Funkenring umgeben. Die Abschirmung brach zusammen, und der Kreuzer stürzte in sich wie ein Kartenhaus.

Mit einem blendenden Blitz verschwand der Tandu, und nur eine häßliche Dunstwolke blieb zurück. Noch durch die Abschirmung ihres eigenen Schiffes spürte Krat ein entsetzliches psychisches Brüllen.

Wir haben Glück gehabt, *begriff Krat, als der Psi-Lärm langsam verhallte. Nicht ohne Grund mieden die anderen Rassen die Methoden der Tandu. Aber wenn dieses Schiff noch ein paar Augenblicke länger ausgehalten hätte…*

Es war nichts passiert, und Krat stellte fest, daß alle Be-

satzungsmitglieder ihre Pflicht getan hatten. Einige allerdings waren langsam gewesen. Diese mußten bestraft werden…

Sie winkte den Cheftaktiker, einen großen, vierschrötigen Paha, zu sich. Der Krieger kam auf sie zu. Er versuchte, seine stolze Haltung zu bewahren, aber seine hängenden Wimpern verrieten, daß er wußte, was ihn erwartete. Ein tiefes Grollen drang aus Krats Kehle.

Sie wollte sprechen, aber in der Aufregung des Augenblicks spürte die Soro-Kommandantin einen schwellenden Druck in sich. Grunzend krümmte sie sich, und der Paha-Offizier flüchtete, als sie sich auf dem Vletoorkissen zu winden begann. Endlich heulte sie auf und fand Erleichterung. Einen Augenblick später beugte sie sich vor, um das Ei aufzuheben, das sie gelegt hatte.

Sie nahm es an sich, und für den Augenblick hatten Bestrafungen und Kämpfe keinen Platz in ihren Gedanken. Mit einem Instinkt, den ihre Spezies schon besessen hatte, bevor sie vor nunmehr zwei Millionen Jahren von den scheuen Hul geliftet worden war, reagierte sie auf den Geruch von Pheromonen und leckte den Geburtsschleim von den winzigen Haarrissen, die sich über die ledrige Oberfläche des Eies zogen.

Aus reinem Behagen leckte Krat noch ein wenig weiter und wiegte das Ei langsam in einem uralten, unmanipulierten Reflex der Mutterschaft.

7

Toshio

Natürlich kam ein Schiff darin vor. Alle seine Träume hatten mit Schiffen zu tun gehabt, seit er neun war. Zuerst waren es Schiffe aus Plastahl und Jubber gewesen, die die Meerengen und Archipele von Calafia befahren hatten, später dann Raumschiffe. Toshio hatte von Schiffen jeglicher Art geträumt, einschließlich derer der machtvollen galaktischen Patronatsrassen, die er eines Tages zu sehen gehofft hatte.

Jetzt träumte er von einem Dinghi.

Die winzige Menschen-Delphin-Kolonie seiner Heimatwelt hatte ihn mit Akki auf dem Ausleger ausgesandt, und seine calafianische Akademieplakette funkelte in Alphs Strahlen. Der Tag versprach freundlich zu werden.

Aber nur zu bald verfinsterte sich der Himmel, und alles ringsumher nahm die Farbe des Wassers an. Die See wurde gallig gelb, dann schwarz, und dann verwandelte sie sich in ein Vakuum, und plötzlich waren überall Sterne.

Er sorgte sich um Luft. Weder er noch Akki hatten einen Anzug. Es war *schwierig,* das Vakuum zu atmen!

Er wollte eben umkehren und wieder heimfahren, als er seine Verfolger erblickte. Galactics, mit Köpfen in allen Formen und Farben, mit langen, sehnigen Armen, winzigen Greifklauen oder Schlimmerem, ruderten stetig auf ihn zu. Die geschwungenen Silhouetten ihrer schlanken Boote funkelten wie die Sterne.

»Was wollt ihr?« rief er, während er aus Leibeskräften paddelte, um ihnen zu entrinnen. (Hatte das Boot nicht bei der Ausfahrt noch einen Motor gehabt?)

»Wer ist dein Herr?« Sie brüllten in tausend verschiedenen Sprachen. »Ist Er es, der neben dir schwimmt?«

»Akki ist ein Fin! Fins sind *unsere* Klienten! Wir haben sie geliftet und freigelassen!«

»Dann sind sie frei«, erwiderten die Galactics und kamen näher. »Aber wer hat euch geliftet? Wer hat *euch* freigelassen?«

»Das weiß ich nicht!« schrie er. »Vielleicht haben wir es selbst getan!« Er paddelte noch schneller, und die Galactics lachten.

Verzweifelt mühte er sich, das harte Vakuum zu atmen. »Laßt mich in Ruhe! Laßt mich nach Hause fahren!«

Plötzlich ragte die *Flotte* vor ihm auf. Es schien, als

seien die Schiffe größer als Monde, größer als Sterne. Dunkel und schweigend schwebten sie vor ihnen, und ihr Anblick schüchterte sogar die Galactics ein.

Dann begann die vorderste der uralten Kugeln sich zu öffnen. Toshio begriff, daß Akki nicht mehr da war. Sein Boot war nicht mehr da. Die ETs waren nicht mehr da.

Er wollte schreien, aber Luft war überaus kostbar.

Ein durchdringender Pfiff ließ ihn augenblicklich und schmerzhaft verwirrt zu sich kommen. Er richtete sich jäh auf und fühlte, wie der Schlitten unter der Bewegung widerwillig schaukelte. Der Horizont schwankte verschwommen vor seinen Augen, und eine steife Brise wehte ihm ins Gesicht. Der scharfe Duft von Kithrup drang ihm in die Nase.

»Es wird Zeit, Leiterläufer. Du hast uns einen schönen Schrecken eingejagt.«

Toshio wankte, dann sah er neben sich Hikahi schwimmen. Sie inspizierte ihn mit einem Auge.

»Alles in Ordnung, kleines Scharfauge?«

»Mmm... ja. Ich denke schon.«

»Dann solltest du jetzt deinen Luftschlauch reparieren. Wir mußten ihn durchschneiden, damit du Luft bekamst.«

Toshio belastete die scharfen Schnittkanten. Er sah, daß seine beiden Hände säuberlich verbunden waren.

»Ist sonst noch jemand verletzt?« erkundigte er sich, während er seine Hüfttasche nach dem Flickzeug durchwühlte.

»Ein paar geringfügige Verbrennungen. Der Kampf hat uns Spaß gemacht, nachdem wir wußten, daß du unversehrt warst-t. Danke, daß du uns das mit Ssassia gesagt hassst. Wir hätten dort nie nach ihr gesucht, wenn du nicht gefangen worden wärest und uns gesagt hättest, was du gefunden hast. Die anderen sind jetzt dabei, sie loszuschneiden.«

Toshio wußte, daß er Hikahi dafür dankbar sein mußte, daß sie das mißliche Abenteuer in diesem Licht darstellte.

Mit Fug und Recht hatte er eine Standpauke verdient, weil er eigenmächtig die Formation verlassen hatte und beinahe ums Leben gekommen wäre.

Aber Toshio fühlte sich so verloren, daß er dem Delphin-Lieutenant nicht einmal Dankbarkeit entgegenzubringen vermochte. »Phip-pit haben sie vermutlich nicht gefunden?«

»Nein, da ist keine Spur von ihm.«

Die langsame Rotation des Planeten hatte die Sonne über den Punkt hinwegwandern lassen, der auf der Erde vier Uhr bedeutet hätte. Tiefhängende Wolken sammelten sich am östlichen Horizont. Die See bekam eine rauhe Oberfläche, die sie vorher nicht gehabt hatte.

»Vielleicht gibt es bald ein kleines Unwetter«, meinte Hikahi. »Mag sein, daß es unklug ist, auf einer anderen Welt auf Erdinstinkte zu vertrauen, aber ich glaube, wir haben nichts zu befürchten...«

Toshio hob den Kopf. Da war etwas, im Süden... Seine Augen verengten sich.

Da war es wieder – ein Blitz, dann noch einer. Zwei winzige Lichtblitze in rascher Folge, beinahe unsichtbar über dem Gleißen des Meeres.

»Wie lange geht das schon so?« Er deutete zum südlichen Himmel.

»Was meinst du, Toshio?«

»Die Blitze. Ist es ein Gewitter?«

Die Augen des Fins weiteten sich, der Mund kräuselte sich ein wenig. Hikahis Schwanzflosse ließ das Wasser aufschäumen, und sie richtete sich auf, um erst mit dem einen, dann mit dem anderen Auge nach Süden zu spähen.

»Ich kann nichts erkennen, Scharfauge. Sag mir, was du siehst.«

»Farbige Blitze. Kurze Lichtfunken. Eine Menge...« Toshio hörte auf, das Reparaturband um seinen Luftschlauch zu schlingen. Einen Augenblick lang starrte er vor sich hin und versuchte, sich zu erinnern.

»Hikahi«, sagte er schließlich langsam, »ich glaube, Akki hat mich gerufen, während ich mit der Schlingpflanze kämpfte. Haben Sie etwas davon gehört?«

»Nein, Toshio. Aber vergiß nicht: Wir Fins können nicht so gut abstrakt denken, wenn wir kämpfen. Versuche dich zu erinnern, wasss er gesagt hat-t. Bitte.«

Toshio strich sich über die Stirn. Im Augenblick hatte er keine große Lust, noch einmal an die Begegnung mit der Schlingpflanze zu denken. Das alles verschmolz mit seinem Alptraum, ein Wirrwarr von Farben, Geräuschen und Bewegungen.

»Ich glaube... ich glaube, er sagte, wir sollten Funkstille halten und nach Hause kommen oder dergleichen... und irgend etwas von einer Raumschlacht, die im Gange sei?«

Hikahi stöhnte pfeifend und sprang in einem Rückwärtssalto aus dem Wasser. Im nächsten Augenblick war sie wieder eingetaucht, und ihre Schwanzflosse ließ das Meerwasser aufgischten.

Schließt euch zusammen
Eng zusammen
Taucht hinunter – nicht hinauf

Schludriges Trinär. Im Primal gab es Nuancen, die Toshio natürlich nicht verstehen konnte, aber sie ließen ihm einen Schauer über den Rücken laufen. Hikahi war der letzte Fin, von dem er erwartet hätte, daß er in Primal verfiele. Während er den letzten Dichtungsstreifen um seinen Luftschlauch wickelte, wurde ihm mit schmerzlicher Deutlichkeit klar, was sein Versäumnis, Hikahi sofort zu informieren, sie alle hätte kosten können.

Er klappte sein Visier zu und legte sich auf die Seite, um das Auftriebsventil des Schlittens zu öffnen. Gleichzeitig behielt er die Skalen am Rande seines Helms im Auge. Er ging die Tauch-Checkliste mit einer Geschwindigkeit durch, die nur ein calafianischer Kolonist der vierten Generation erreichen konnte.

Der Bug des Schlittens sank rapide, als das Meer zu seiner Rechten aufplatzte: Sieben Delphine brachen in einer Gischtwolke durch die Wasseroberfläche und bliesen Luft ab.

»S-s-ssassia haben wir an deinem Heck befestigt, Toshio. Würdest du dich gefälligst beeilen?« drängte Keepiru. »Wir haben jetzt keine Zeit, herumzutrödeln und Liedchen zu erfinden.«

Toshio verzog das Gesicht. Wie hatte Keepiru nur so aufopferungsvoll kämpfen können, um jemandem das Leben zu retten, den er ständig lächerlich machte?

Er dachte daran, wie Keepiru über die Schlingpflanze hergefallen war, an den verzweifelten Ausdruck in seinem Blick und an das Leuchten, das in seine Augen getreten war, als er ihn entdeckt hatte. Aber jetzt war der Fin grausam und höhnisch wie eh und je.

Ein gleißender Lichtblitz erstrahlte im Osten und versengte den Himmel ringsumher. Die Fins schrien beinahe wie aus einem Munde auf und tauchten sofort unter – alle bis auf Keepiru, der an Toshios Seite blieb –, während die Wolkenkette im Osten Feuer in den Nachmittagshimmel spie.

Schließlich sank auch der Schlitten unter die Wasseroberfläche, aber im letzten Moment erhaschten Toshio und Keepiru noch einen Blick auf die tosende Schlacht der Giganten.

Ein riesiges, pfeilspitzenförmiges Raumschiff stürzte auf sie herab, zernarbt und feurig. Purpurfarbener Rauch brodelte aus klaffenden Rissen in seinen Flanken und verwehte flatternd wie Fahnen im Wind, nur um sogleich in die nadelspitze Schockfront des Überschallfluges zurückgerissen zu werden. Die Schockwelle verwarf sogar den Schimmer der Verteidigungsschilde des gewaltigen Schiffes, Schalen aus Schwerkraft und Plasma, die von ungesunder Überlastung glitzerten.

Zwei hakenförmige Zerstörer jagten, weniger als vier Schiffslängen entfernt, hinter ihm her. Strahlen aus beschleunigter Antimaterie blitzten auf. Zweifach trafen sie auf das Ziel mit furchtbaren Explosionen.

Toshio war fünf Meter tief unter dem Wasserspiegel, als die Schallwelle ihn erreichte. Sie schleuderte den Schlitten auf die Seite, und er taumelte kopfüber durch dröhnendes Getöse, das an das Grollen eines einstürzenden Hauses erinnerte. Das Wasser war ein kochender Mahlstrom voller Blasen und durcheinanderwirbelnder Körper.

Während er mit dem Schlitten kämpfte, dankte Toshio der Unendlichkeit dafür, daß er nicht an der Wasseroberfläche gewesen war, als die Schlacht vorübertobte. Bei Morgran hatte er schon Schiffe sterben sehen, aber aus dieser Nähe noch nie.

Endlich nahm das Dröhnen ab und wurde zu einem langgezogenen, lauten Rollen, und bald hatte Toshio auch seinen Schlitten wieder in der Gewalt.

Ssassias trauriger Leichnam lag immer noch angebunden auf dem Heck des Schlittens. Die anderen Fins, zu ängstlich oder zu klug, um an die Oberfläche zu schwimmen, wechselten sich jetzt an den kleinen Luftkuppeln ab, die die Unterkante des Schlittens umsäumten. Toshio hatte die Aufgabe, den Schlitten ruhig zu halten. Das war in dem brodelnden Wasser nicht einfach, aber er tat es, ohne einen Gedanken daran zu verschwenden.

Sie standen dicht vor dem ansteigenden westlichen Rand eines großen, grau schimmernden Metallhügels. Hier und dort wuchsen Meerespflanzen auf seinen Hängen. Sie hatten keinerlei Ähnlichkeit mit dem Würgetang, aber das war keine Garantie für irgend etwas.

Toshio mißfiel es immer mehr, hier zu sein. Er wünschte sich nach Hause, wo die Gefahren einfach waren – Krakenalgen, Inselschildkröten und dergleichen – und es keine ETs gab.

»Bist du okay?« fragte Hikahi, als sie an ihm vorüberschwamm. Sie strahlte ruhige Gelassenheit aus.

»Mir geht's prima«, knurrte er. »Aber es ist schon gut, daß ich nicht noch länger damit gewartet habe, Ihnen von

Akkis Funkspruch zu erzählen. Sie haben allen Grund, wütend auf mich zu sein.«

»Sei nicht albern. Wir machen uns jetzt auf den Rückweg. Brookida ist erschöpft, deshalb habe ich ihn unter eine Luftkuppel geschnallt. Du übernimmst zusammen mit den Scouts die Spitze. Wir folgen euch dann. Und jetzt losss!«

»Aye, Sir.« Toshio ging auf Kurs und legte den Gashebel um. Die Schubdüsen summten, der Schlitten beschleunigte. Mehrere der besseren Schwimmer hielten das Tempo neben ihm, während der Hügel rechts hinter ihnen zurückblieb.

Es hatte ungefähr fünf Minuten gedauert, bis sie sich in Marsch gesetzt hatten. Sie waren kaum unterwegs, als die Tsunami über sie hereinbrach.

Es war keine große Woge, lediglich die erste einer Serie von Wellen, die von einem Punkt ausgingen, an dem ein Steinchen ins Meer gefallen war. Das Steinchen allerdings war ein Raumschiff gewesen, etwa einen halben Kilometer lang. Es war mit Überschallgeschwindigkeit ins Wasser gestürzt, nicht mehr als fünfzig Kilometer weit von ihnen entfernt.

Die Woge riß den Schlitten aufwärts und zur Seite, und fast wäre der Junge heruntergeschleudert worden. Eine Wolke von Meeresmüll, abgerissene Pflanzen, tote und lebende Fische, wirbelte um ihn herum wie Grassoden in einem Zyklon. Der Lärm war ohrenbetäubend.

Toshio klammerte sich verzweifelt an die Steuerkonsole. Irgendwie gelang es ihm, gegen die unglaublichen Fliehkräfte den Bug des Schlittens langsam aufwärts und weg von der Wellenfront zu drehen. Im letzten Augenblick schoß er aus der im Kreisbogen zum Meeresgrund wirbelnden Welle heraus, und das winzige Tauchboot jagte in die Richtung, die die Strömung nehmen wollte. Nach Osten.

Links neben ihm flog eine aschgraue Gestalt pfeilschnell an ihm vorbei. Blitzartig erkannte er Keepiru, der verzweifelt versuchte, sich von den tosenden Wassermassen nicht überwältigen zu lassen. Der Fin quiekte etwas Unverständliches auf Trinär, dann war er verschwunden.

Irgendein Instinkt leitete Toshio. Vielleicht aber war es auch der Sonarmonitor, eine wüst verschneite Fläche jetzt, auf der aber immer noch blasse, schwindende Spuren der topographischen Karte zu erkennen waren, die er noch vor wenigen Augenblicken gezeigt hatte. Toshio drückte den Schlitten so scharf wie möglich nach links.

Das Brüllen der Notfall-Zusatzaggregate wurde zu einem Kreischen, als er den Schlitten so plötzlich und mit verzweifelter Gewalt nach Backbord riß. Die riesige, finstere Silhouette eines Metallhügels ragte vor ihm auf! Schon fühlte er die Rückströmung, als die Woge zu seiner Rechten Brecher zu formen begann, die krachend ineinanderstürzten, während die Fluten auf das ansteigende Ufer der Insel hinaufrollten.

Am liebsten hätte Toshio geschrien, aber der Kampf mit der Woge erforderte seinen ganzen Atem. Er biß die Zähne zusammen und zählte die entsetzlichen Sekunden, die jetzt verstrichen.

Der Schlitten zog durch Wolken von Luftblasen am zerklüfteten Nordufer vorbei. Obwohl er immer noch unter Wasser war, konnte er zu seiner Rechten ein Dutzend Meter weit in die Tiefe schauen und die niedrigen Strandpflanzen der Insel sehen. Er schwamm im Zentrum eines riesigen Wasserberges.

Dann war er vorüber! Die See öffnete sich, und einer der tiefen ozeanischen Gräben klaffte unter ihm, dunkel und scheinbar bodenlos. Toshio drückte das Bugruder nach unten und flutete die Tanks. Der Schlitten tauchte schneller ab als je zuvor.

Das Heck zog bedenklich weit nach vorn. Toshio stieß durch Wolken herabsinkender Brocken und Fetzen. Dunkelheit und Kälte stiegen ihm entgegen, aber die eisigen Temperaturen schienen ihm Zuflucht zu bieten.

Der Boden unter ihm fiel immer weiter ab, und er brachte den Schlitten in ruhige Tiefen. Er fühlte die Tsunami, die über ihm dahinrollte. Die Meerespflanzen ringsumher schwankten in offensichtlich ungewohnter Weise. Herabsinkender Unrat wehte wie träger Regen zu allen Seiten an ihm vorbei, aber zumindest versuchte das Wasser nicht mehr, ihn totzuschlagen. Toshio ließ die steile Tauchbahn langsam abflachen und nahm Kurs auf das Zentrum des Tales, weg von allem anderen. Dann sackte er in der Agonie geschundener Muskeln und heftiger Adrenalinreaktionen zusammen.

Er segnete die winzigen, vom Menschen entwickelten Symbionten, die in diesem Augenblick seinen Blutkreislauf von überschüssigem Stickstoff säuberten und so verhinderten, daß er in diesen Tiefen in einen Ohnmachtstaumel verfiel.

Toshio drosselte die Maschinen auf ein Viertel, und sie seufzten beinahe erleichtert. Die Lampen an der Steuerkonsole des Schlittens leuchteten größtenteils grün; er sah es mit Überraschung, eingedenk der Behandlung, die der Schlitten hatte über sich ergehen lassen müssen.

Eines der Signallichter erregte seine Aufmerksamkeit – es zeigte an, daß eine der Luftkuppeln in Betrieb war. Plötzlich vernahm Toshio leise, singende Laute. Es war ein Pfeifen voller Geduld und Ehrfucht.

Der Ozean ist und ist und ist…
und endlos seufzend träumt er…
von andren Meeren, die sind und sind…
und andere träumen in ihnen

Toshio streckte die Hand aus und schaltete das Hydrophon ein.

»Brookida! Bist du okay? Ist die Luft in Ordnung?« Als Antwort erscholl ein Seufzen, bebend und matt. »Flotten-Finger. Hallo. Danke, daß du mir das Leben gerettet hast-t. Du bist wahrlich geflogen wie ein echter *Tursiops*.«

»Das Schiff, das wir gesehen haben, muß abgestürzt sein. Wenn es so war, dann kannst du darauf wetten, daß wir noch ein paar Schockwellen zu erwarten haben. Vielleicht sollten wir ein Weilchen hier unten bleiben. Ich werde das Sonar einschalten, damit die anderen uns finden und hier unten atmen können, während die Wellen vorüberziehen.« Er legte einen Schalter um, und augenblicklich ertönten leise Klicklaute, die in regelmäßigen Abständen im Wasser verhallten. Brookida stöhnte.

»Sie werden nicht kommen, Toshio. Kannst du sie nicht hören? Sie werden auf deinen Ruf nicht antworten.«

Toshio runzelte die Stirn. »Aber sie müssen! Hikahi wird wissen, daß noch nicht alles vorbei ist. Wahrscheinlich suchen sie uns schon. Vielleicht sollte ich doch zurückfahren...« Er schickte sich an, den Schlitten zu drehen und Ballast abzulassen. Brookida hatte ihn beunruhigt.

»Bleib hier, Toshio. Es wird niemandem nützen, wenn du auch stirbst. Warte, bis die Wellen vorüber sind. Du mußt leben, damit du es Creideiki sagen kannssst.«

»Wovon sprichst du?«

»Hör doch, Scharfauge. Hör doch!«

Toshio schüttelte den Kopf, dann fluchte er und zog den Gashebel zurück, bis die Maschine erstarb. Er drehte die Lautstärke am Hydrophon herauf.

»Hörst du?« fragte Brookida.

Toshio legte den Kopf auf die Seite und lauschte. Die See war ein wildes Durcheinander von Klängen. Das Tosen der in der Ferne verrollenden Woge schallte gedopplert herab. Schwärme von Fischen gaben panische Laute von sich. Von allen Seiten hallte das Krachen von rutschendem Felsgestein und das dumpfe Dröhnen der Brandung an den Ufern der Inseln.

Und dann hörte er es. Das schrille, gleichförmige Kreischen von Delphinprimal. Kein moderner Delphin benutzte diese Sprache, wenn er ganz Herr seiner selbst war.

Das an sich war schon eine schlechte Nachricht.

Einer dieser Schreie war deutlich und klar. Ohne Mühe erkannte er den einfachen Notruf. Es war das erste Delphinsignal, das die menschlichen Wissenschaftler verstanden hatten. Aber da war noch ein anderer Laut... mindestens drei Stimmen waren daran beteiligt. Es war ein merkwürdiger Laut, durchdringend und *äußerst* beunruhigend!

»Esss ist Rettungsfieber«, stöhnte Brookida. »Hikahi ist auf den Strand geworfen worden und verwundet. *Sie* hätte dies alles vielleicht aufhalten können, aber sie liegt im Delirium und vergrößert damit das Problem nur.«

»Hikahi...«

»Genau wie Creideiki ist sie eine Jüngerin des Keneenk, des Studiums der logischen Disziplin. Sie hätte die anderen zwingen können, die Schreie derer, die ans Ufer gespült worden sind, zu ignorieren und vorläufig zu tauchen und sich in Sicherheit zu bringen.«

»Wissen sie denn nicht, daß noch weitere Schockwellen kommen?«

»Die Wellen sind kaum von Bedeutung, Scharfauge!« rief Brookida. »Womöglich werfen sie sich selbst auf den Strand, wenn ihnen niemand hilft-t! Du bist Calafianer. Wie kommt es, daß du das nicht weißt über unsss? Ich selbst kann mich nur mit Mühe diesem Ruf widersetzen und hinauf in meinen eigenen Tod schwimmen!«

Toshio stöhnte. Natürlich wußte er, was Rettungsfieber war: Panik und Angst rissen das Furnier der Zivilisation herunter und ließen den Cetaceen nur noch einen einzigen Gedanken – ihre Gefährten zu retten, wie hoch das persönliche Risiko auch sein mochte. Alle paar Jahre befiel eine solche Tragödie auch die hochentwickelten Fins von Calafia. Akki hatte ihm erzählt, daß es manchmal sei, als rufe die See selbst um Hilfe. Auch Menschen behaupteten hin und wieder, es gespürt zu haben, vor allem solche, die bei den Riten des Träumerkultes Delphin-RNS zu sich nahmen.

Früher war der *Tursiops*, der flaschennasige Delphin,

derjenige unter den Cetaceen gewesen, bei dem es am unwahrscheinlichsten war, daß er sich selbst auf den Strand werfen würde. Aber gentechnische Manipulationen hatten an irgendeinem Punkt das Gleichgewicht durcheinandergebracht. Indem man dem *Tursiops*-Grundmodell die Gene anderer Arten aufgepfropft hatte, war hier und dort die Balance verschoben worden. Seit drei Generationen arbeiteten menschliche Genetiker schon an diesem Problem, aber vorläufig schwammen die Fins noch gleichsam auf Messers Schneide dahin, und die Irrationalität schwebte als beständige Gefahr über ihnen.

Toshio kaute auf seiner Unterlippe. »Sie haben ihre Geschirre«, sagte er unsicher.

»Man kann noch hoffen. Aber ist es wahrscheinlich, daß sie sie in der richtigen Weise benutzen, wenn sie schon P-primal sprechen?«

Toshio schlug mit der geballten Faust auf den Schlitten. Die Kälte ließ seine Hände bereits taub werden. »Ich gehe nach oben!« verkündete er.

»Nein! Das darfst du nicht! Du mußt für deine Sicherheit sorgen!«

Toshio knirschte mit den Zähnen. *Immer bemuttern sie mich. Sie bemuttern oder sie verspotten mich. Diese Fins behandeln mich wie ein Kind, und ich hab' die Nase voll davon!*

Er schaltete das Triebwerk auf Viertelkraft und zog das Bugruder hoch. »Ich werde dich ausklinken, Brookida. Kannst du schwimmen?«

»Ja. Aber...«

Toshio schaute auf den Sonarmonitor. Im Westen nahm eine verschwommene Linie Gestalt an.

»Ob du schwimmen kannst?« wiederholte er entschlossen.

»Ja, ich kann schwimmen. Aber du darfst mich so nah beim Rettungsfieber nicht losmachen! Und du mußt den Schockwellen aus dem Weg gehen!«

»Ich sehe eine kommen. Sie werden in Abständen von

mehreren Minuten heranrollen und jedesmal schwächer sein. Ich richte es so ein, daß wir auftauchen, wenn die vor uns vorbei ist, und dann solltest du so schnell wie möglich zum Schiff zurückschwimmen. Sag ihnen, was passiert ist, und hole Hilfe.«

»Genau das solltest du tun, Toshio.«

»Das laß meine Sorge sein! Wirst du tun, was ich dir sage? Oder muß ich dich gebunden lassen?«

Es trat eine fast unmerkliche Pause ein, aber Brookidas Stimme klang verändert. »Ich werde tun, was du sagst, Toshio. Ich werde Hilfe holen.«

Toshio überprüfte seine Trimmung, dann ließ er sich über den Rand gleiten und hielt sich dabei mit einer Hand an den Haltegriffen fest. Brookida sah ihn durch die transparente Schale der Luftkuppel hindurch an. Die zähe Blasenmembran umgab den Kopf des Delphins. Toshio riß die Schnallen auf, die Brookida hielten. »Du wirst einen Atmer mitnehmen müssen.«

Brookida seufzte, als Toshio einen Hebel an der Luftkuppel umlegte. Ein kleiner Schlauch senkte sich herab, und ein Ende schob sich über Brookidas Blasloch. Drei Meter Schlauch wickelten sich wie eine Schlange um Brookidas Körper. Atmer waren unbequem und machten das Sprechen unmöglich. Aber so würde Brookida zum Luftholen nicht auftauchen müssen. Der Atmer würde dem alten Metallurgen außerdem helfen, die Schreie im Wasser zu ignorieren – eine unablässige, unbequeme Erinnerung an seine Zugehörigkeit zu einer technologischen Kultur.

Toshio löste sämtliche Schnallen bis auf eine, die Brookida als Halt dienen konnte. Dann zog er sich wieder auf den Schlitten hinauf, während oben die erste Nachwelle vorüberrollte.

Der Schlitten bäumte sich auf, aber diesmal war er darauf vorbereitet. Sie waren tief unten, und die Woge war erstaunlich rasch vorüber.

»Okay, los geht's!« Er stieß den Gashebel auf volle Kraft und ließ Ballast ab.

Bald erschien zur Linken die Metallinsel. Das Sonar zeigte die Schreie der Kameraden sichtbar lauter. Der Notruf überwog inzwischen die Rettungsfieber-Antworten.

Toshio steuerte an dem Hügel vorbei nach Norden. Er wollte Brookida möglichst weit auf den Weg bringen.

In diesem Augenblick aber schoß knapp über ihm eine schlanke graue Gestalt vorbei. Er erkannte sie sofort und wußte, wohin sie unterwegs war.

Er löste die letzte Schnalle. »Los, Brookida! Wenn du in die Nähe dieser Insel zurückkommen solltest, werde ich dir dein Geschirr herunterreißen und den Schwanz abbeißen!«

Er schaute sich nicht einmal um, als Brookida unter ihm absackte und der Schlitten scharf zur Seite bog. Mit dem Fuß schaltete er das Zusatzaggregat ein, um Keepiru einzuholen. Der schnellste Schwimmer der *Streaker*-Besatzung war schnurstracks unterwegs zum Weststrand. Seine Schreie waren reinstes Delphin-Primal.

»Verdammt, Keepiru! Stop!«

Der Schlitten jagte knapp unter der Wasseroberfläche dahin. Der Nachmittag neigte sich dem Ende zu. Die Wolken hatten einen rötlichen Hauch angenommen, aber Toshio sah Keepiru deutlich vor sich, wie er von Welle zu Welle springend vorwärtshastete. Toshios Rufe schienen ihn nicht zu erreichen, und er kam der Insel, auf deren Strand seine Gefährten im Delirium lagen, immer näher.

Toshio fühlte sich hilflos. In drei Minuten würde die nächste Nachwoge über sie hereinbrechen, und wenn sie den Delphin nicht auf den Strand schleuderte, würde Keepirus eigener Wahn dies tun. Keepiru kam von Atlast, einer neuen, recht schlichten Koloniewelt, und so war es zweifelhaft, daß er die Werkzeuge der geistigen Disziplin beherrschte, die Creideiki und Hikahi studiert hatten.

»Stop! Wenn wir auf das Timing achten, können wir im Team arbeiten! Wir können den Schockwellen ausweichen! *Warte doch auf mich!*« kreischte Toshio. Aber es half nichts. Der Fin hatte zu viel Vorsprung.

Die erfolglose Jagd frustrierte Toshio. Wie konnte es sich nur zutragen, daß er sein Leben lang mit Delphinen zusammengelebt und gearbeitet hatte und sie doch so wenig kannte? Wenn man sich vorstellte, daß der Rat der Terragenen ihn wegen seiner *Erfahrung* mit Fins für diese Reise ausgewählt hatte! Hah!!

Toshio hatte schon immer einiges an Hänseleien von den Fins entgegengenommen. Sie hänselten *alle* Menschenkinder, während sie sie gleichzeitig mit wütender Entschlossenheit beschützten. Aber mit seinem Dienstantritt an Bord der *Streaker* hatte Toshio erwartet, daß man ihn wie einen Erwachsenen und Offizier behandeln würde. Sicher, kleine Geplänkel würde es wohl geben – die hatte er auch daheim zwischen Menschen und Fins schon erlebt –, aber man würde sich doch gegenseitige Achtung entgegenbringen.

Es war anders gekommen.

Keepiru war immer der Schlimmste gewesen. Gleich zu Anfang hatte er mächtig Sarkasmus versprüht, ohne jemals nachzulassen.

Weshalb versuche ich also, ihn zu retten?

Er erinnerte sich an den wilden Mut, den Keepiru gezeigt hatte, als er ihn aus den Fängen der Schlingpflanze rettete. Da hatte ihn das Rettungsfieber nicht überfallen. Der Fin hatte sein Geschirr vollständig beherrscht.

Also sieht er mich als Kind an, begriff Toshio verbittert. *Kein Wunder, daß er mich jetzt nicht hört.*

Andererseits bot sich hier eine neue Möglichkeit. Toshio biß sich auf die Lippe und wünschte sich, es gäbe eine Alternative. Um Keepirus Leben zu retten, würde er sich auf das äußerste demütigen müssen. Es war nicht leicht, sich dafür zu entscheiden, denn man hatte seinem Stolz schon jetzt übel mitgespielt.

Mit einem wilden Fluch zog er den Gashebel zurück und drückte das Bugruder herunter. Dann drehte er das

Hydrophon auf Maximallautstärke, schluckte einmal und rief auf Pidgin-Trinär:

Kind ertrinkt - Kind in Gefahr
Kind ertrinkt - Kind in Not
Menschenkind - Retter braucht
Menschenkind - zu sterben droht

Er wiederholte den Ruf wieder und wieder, er pfiff, und seine Lippen waren trocken vor Scham. Alle Kinder von Calafia lernten diesen Kindervers. Aber wenn ihn ein Kind benutzte, das älter war als neun Jahre, bat es gewöhnlich hinterher, auf eine andere Insel versetzt zu werden, um dem unausweichlichen Gespött zu entrinnen. Für Erwachsene gab es würdevollere Arten von Hilferufen.

Aber Keepiru hatte keinen davon gehört!

Mit brennenden Ohren wiederholte Toshio seinen Ruf.

Natürlich kamen nicht alle calafianischen Kinder gut mit den Fins aus. Nur ein Viertel der menschlichen Bevölkerung des Planeten verrichtete eine Arbeit, die in engem Zusammenhang mit dem Meer stand. Aber diese Erwachsenen waren es, die die besten Methoden im Umgang mit Delphinen gelernt hatten. Und Toshio war stets davon ausgegangen, daß er dazugehörte.

Jetzt war damit Schluß. Wenn er zur *Streaker* zurückkäme, würde er sich in seiner Kabine verstecken müssen... zumindest für die paar Tage oder Wochen, die vergehen würden, bis die Sieger der Schlacht über Kithrup herunterkamen und sie allesamt gefangennahmen.

Auf seinem Sonarschirm sah er eine verschwommene Linie: Ein Rauschen näherte sich von Westen her. Toshio ließ den Schlitten ein wenig tiefer sinken. Nicht, daß es ihn noch besonders interessiert hätte. Er pfiff weiter, aber ihm war zum Heulen.

wo – wo – wo ist Kind? – wo ist Kind? – wo

Delphin-Primal! Ganz in der Nähe! Fast hätte Toshio seine Scham vergessen. Er ergriff eines der Seile, mit denen Brookida am Schlitten befestigt gewesen war, und pfiff immer weiter.

Ein Streifen von grauem Zwielicht jagte vorüber. Toshio zog die Knie unter den Leib und packte das Tau mit beiden Händen. Er wußte, daß Keepiru unten einen Bogen schlagen und an der anderen Seite heraufkommen würde. Als er den ersten Schimmer der grauen, aufwärtsschießenden Gestalt erblickte, stieß Toshio sich vom Schlitten ab.

Der granatenförmige Körper des Delphins verrenkte sich in einem abrupten, panischen Versuch, die Kollision zu verhindern, Toshio stieß einen Schrei aus, als der Schwanz des Cetaceen ihn an der Brust traf. Aber es war eher ein Freuden- als ein Schmerzensschrei. Er hatte den richtigen Augenblick genau abgepaßt!

Als Keepiru erneut herumfuhr, warf Toshio sich nach hinten und ließ den Fin zwischen sich und dem Seil hindurchgleiten. Dann schlang er die Beine um den glatten Schwanz des Delphins und zerrte mit aller Kraft an dem Tau, als wolle er ihn erwürgen.

»Hab' ich dich!« schrie er.

In diesem Augenblick rollte die Schockwelle über sie hinweg.

Der Wellenkreis riß und zerrte an ihm. Treibgut stieß gegen ihn, während der Sog der Welle, scheinbar im Bunde mit dem wie irrsinnig tobenden Delphin, seinen Körper umherwarf.

Diesmal verspürte Toshio keine Angst vor der Woge. Wilde Kampfeslust erfüllte ihn. Adrenalin durchströmte ihn wie heißes Öl. Er genoß es, Keepiru das Leben zu retten, indem er ihn für die wochenlangen Demütigungen physisch züchtigte.

Der Delphin wand sich in panischer Angst. Als die Welle vorüber war, stieß Keepiru den Basisschrei für

Luftmangel aus. Verzweifelt strebte der Fin an die Oberfläche.

Sie durchbrachen den Meeresspiegel, und Toshio entging dem scharfen Strahl aus Keepirus Blasmund mit knapper Not. Keepiru vollführte eine Serie von spiraligen Sprüngen, mit denen er seinen ungebetenen Reiter abzuschütteln versuchte.

Jedesmal, wenn sie ins Wasser eintauchten, schrie Toshio aus Leibeskräften. »Du bist *vernünftig!*« keuchte er. »Verdammt, Keepiru... du bist... du bist ein *Raumschiffpilot!*«

Er wußte, daß er seine Besänftigungsversuche eigentlich auf Trinär vornehmen sollte, aber dies auch nur zu versuchen, hatte keinen Sinn. Er mußte froh sein, wenn er sich festhalten konnte.

»Du spatzenhirniges... Phallussymbol!« kreischte er, als das Wasser über ihnen zusammenschlug. »Du überschätzter *Fisch!* Du bringst mich *um,* du verdammtes... Inzwischen gehört Calafia den Eaties, weil ihr Fins die Klappe nicht halten konntet! Wir hätten euch niemals mit in den Weltraum nehmen sollen!«

Die Worte waren haßerfüllt. Verächtlich. Endlich schien auch Keepiru zu hören. Er erhob sich aus dem Wasser wie ein wütender Hengst. Toshio fühlte, wie seine Hände abglitten. Wie eine Puppe wurde er davongeschleudert und stürzte klatschend ins Wasser.

In den vierzig Generationen, nachdem die Delphine geliftet worden waren, hatte man nur achtzehn Fälle verzeichnen können, in denen ein Fin einen Menschen mit mörderischen Absichten attackiert hatte. In all diesen Fällen war jeder Fin, der mit dem Übeltäter verwandt war, sterilisiert worden. Trotzdem rechnete Toshio damit, jeden Augenblick zermalmt zu werden. Es war ihm egal. Er hatte – endlich – den Grund für seine Depressionen erkannt, er war an die Oberfläche gedrungen, während er mit Keepiru rang.

Es war nicht die Unmöglichkeit, nach Hause zurückzukehren, die ihn in diesen letzten paar Wochen geschmerzt hatte. Es war eine andere Tatsache, die er seit der Schlacht bei Morgran gewaltsam aus seinen Gedanken verbannt hatte.

Die ETs, die Extraterrestrier, die Galactics jeder Farbe und Philosophie, die der *Streaker* auf den Fersen waren... sie würden sich nicht damit zufriedengeben, das delphinbemannte Schiff zur Strecke zu bringen.

Zumindest eine ET-Rasse würde begreifen, daß die *Streaker* sich möglicherweise mit Erfolg verstecken konnte. Oder sie würden – irrtümlich – glauben, es sei der Crew gelungen, das Geheimnis der Entdeckung an die Erde weiterzuleiten. So oder so – der nächste logische Schritt für die amoralischen und boshaften unter den ET-Rassen würden Zwangsmaßnahmen gegen die Terraner sein.

Die Erde würde sich vielleicht verteidigen können. Omnivarium und Hermes wahrscheinlich auch. Die Tymbrimi würden die Caanan-Kolonien schützen.

Aber Planeten wie Calafia oder Atlast waren jetzt gewiß schon erobert. Sie waren Geiseln, seine Familie und alle, die er kannte. Und Toshio erkannte, daß er den Fins dafür die Schuld gab.

Die nächste Welle mußte jetzt jeden Augenblick kommen. Toshio kümmerte das nicht.

Trümmer trieben allenthalben umher. Toshio konnte den Metallhügel erkennen, nicht mehr als einen Kilometer weit entfernt. Es sah zumindest so aus, als sei es derselbe. Er konnte nicht sehen, ob gestrandete Delphine am Ufer lagen oder nicht.

Ein großer Brocken trieb heran. Einen Augenblick später erkannte er, daß es Keepiru war.

Wassertretend öffnete Toshio sein Helmvisier.

»Na?« fragte er. »Bist du stolz auf dich?«

Keepiru legte sich langsam auf die Seite und schaute Toshio mit einem dunklen Auge an. Die Wölbung an der Oberseite des Walkopfes, wo menschliche Manipulationen aus dem früheren Blasloch einen Vokalapparat gemacht hatten, gab ein langes, leises, gurrendes Geräusch von sich.

Toshio vermochte nicht zu erkennen, ob es nicht nur ein Seufzer gewesen war. Ebensogut konnte es sich um eine Entschuldigung auf Primal gehandelt haben. Die bloße Möglichkeit reichte aus, ihn wütend werden zu lassen.

»Hör auf mit dem Quatsch! Ich will nur eines wissen. Muß ich dich zum Schiff zurückschicken? Oder glaubst du, du kannst lange genug vernünftig bleiben, um mir zu helfen? Antworte mir auf anglisch, und ich rate dir, tu es ohne grammatische Fehler.«

Keepiru stöhnte schmerzerfüllt. Einen Moment lang atmete er schwer, dann sprach er, langsam und leise.

»Schicke mich nicht zurück-k. Sie rufen immer noch um Hilfe! Ich werde tun, was du sagssst-t.«

Toshio zögerte. »Okay. Du tauchst jetzt dem Schlitten nach. Wenn du ihn gefunden hast, legst du einen Atmer an. Ich will nicht, daß du durch Luftmangel behindert wirst, und außerdem brauchst du eine beständige Erinnerung. Danach bringst du den Schlitten dicht an die Insel heran – *aber nicht zu dicht!*«

Keepiru schwenkte den Kopf in einer mächtigen Nickbewegung auf und ab. »Jawohl!« rief er. Mit einem Schlag seiner Schwanzflosse tauchte er unter. Toshio war es recht, daß Keepiru ihm das Denken überlassen hatte.

Der Fin hätte es womöglich mit der Angst zu tun bekommen, wenn er begriffen hätte, was Toshio als nächstes plante.

Bis zur Insel war es ein Kilometer. Es gab nur eine Möglichkeit, schnell dorthin zu gelangen und eine Klettertour über die steile, scharfkantige Metallkorallenoberfläche zu vermeiden. Noch einmal orientierte er sich, dann sagte ihm das Absinken des Wasserspiegels, daß die nächste Woge herankam.

Diese vierte Woge schien bei weitem die sanfteste zu

sein, aber er wußte, dieses Gefühl konnte trügerisch sein. Er war weit genug im Wasser, so daß die Welle wie eine sanfte Erhebung im Ozean auf ihn zukam, nicht wie ein schaumgekrönter Brecher. Er tauchte in den Wasserberg ein und schwamm ein Weilchen gegen die Bewegungsrichtung, bevor er wieder auftauchte.

Er mußte es haargenau abschätzen. Wenn er zu weit zurückschwämme, würde er die Insel nicht erreichen, ehe das nächste Wellental käme und ihn wieder hinaus aufs offene Meer zöge. Wenn er direkt vor der Welle bliebe, würde er wie ein Surfer ohne Brett auf einem tückischen Brecher an den Strand reiten, mit Rückströmung und allem Drum und Dran.

Aber es ging alles viel zu schnell. Er schwamm aus Leibeskräften, aber er konnte nicht feststellen, ob er nun hinter dem Wellenkamm angekommen war oder nicht. Dann zeigte ihm ein Blick, daß es zu spät war, noch irgend etwas zu ändern. Er warf sich herum und starrte auf den laubbedeckten Hügel, der vor ihm aufragte.

Hundert Meter weit vor ihm begann die Welle zu brechen, aber der Steilhang fraß sie rasch auf, während der flache Grund die Kreiswelle zu einem gischtgekrönten Ungeheuer zerstieben ließ. Der Wellenkamm bewegte sich zurück, auf Toshio zu, noch während der Gischt am Strand hinaufleckte.

Der Junge straffte sich, als die Wellenkrone ihn erreichte. Er war darauf vorbereitet, steil in die Tiefe zu schauen und dann nichts mehr zu sehen.

Was er sah, war ein Katarakt aus weißem Schaum. Die Welle starb ab. Toshio schrie, um seine Gehörgänge offenzuhalten, und mit hastigen Schwimmbewegungen mühte er sich, auf dem Gipfel der brodelnden Flut aus Gischt und Unrat zu bleiben.

Und plötzlich war es grün ringsumher. Bäume und Büsche, die den ersten Attacken widerstanden hatten, erbebten unter dieser. Einige wurden aus dem Boden gerissen, als Toshio an ihnen vorübergeschwemmt wurde. Andere blieben stehen und zerrten an ihm, als er zwischen ihnen hindurchgeschleudert wurde.

Kein spitzer Ast spießte ihn auf. Keine unzerreißbare Liane erwürgte ihn im Vorüberfliegen. Inmitten der taumelnden, stürzenden Konfusion kam er schließlich zur Ruhe. Er umklammerte den Stamm eines mächtigen Baumes, während die Welle noch einmal aufgischtete und dann zurückwich.

Wie durch ein Wunder war er immer noch auf den Beinen – der erste Mensch, der auf dem Boden von Kithrup stand. Benommen starrte Toshio umher, und einen Moment lang wollte er nicht glauben, daß er noch lebte.

Dann klappte er hastig die Sichtscheibe hoch, und gleich darauf war er auch noch der erste Mensch, dem auf dem Boden von Kithrup das Frühstück aus dem Gesicht fiel.

8

Galactics

»Vernichtet sie!« verlangte der Hohepriester der Jophur. »Vernichtet die isolierten Kampfkreuzer der Thennanin in unserem sechsten Quadranten!«

Der Jophur-Stabschef beugte den zwölfgliedrigen Rumpf vor dem Hohenpriester.

»Die Thennanin sind unsere Verbündeten-des-Augenblicks! Wie können wir uns gegen sie wenden, ohne zuvor das geheime Ritual des Verrates zu vollziehen? Ihre Ahnen werden sich nicht beschwichtigen lassen.«

Der Hohepriester ließ seine sechs äußeren Saftringe anschwellen. Er erhob sich hoch auf seinem Podest im hinteren Teil des Kommandoraumes.

»Wir haben keine Zeit, die Rituale zu vollziehen! Jetzt, da unsere Verbündeten diesen Sektor gesäubert haben! Jetzt, da sie hier die Stärksten geworden sind! Jetzt, da die

törichten Thennanin uns ihre Flanke geöffnet haben! Jetzt können wir ihnen großen Schaden zufügen!«

Der Stabschef pulsierte erregt, und seine äußeren Saftringe entfärbten sich in der Aufwallung seiner Gefühle.

»Wir mögen die Verbündeten wechseln, wie es uns gerade beliebt, zugestanden. Wir mögen tun, was immer nötig sein mag, um die Beute zu erringen, zugestanden. Aber wir dürfen es nicht tun, ohne die Rituale zu vollziehen! Die Rituale sind es, die aus uns die gebührenden Gefäße für den Willen der Ahnen machen! Geht es nach deinem Wunsche, ziehst du uns auf die Ebene von Ketzern hinab!«

Das Podest erbebte unter dem Zorn des Hohenpriesters.

»Meine Ringe entscheiden! Meine *Ringe sind die der Priesterschaft!* Meine *Ringe...«*

Die flammende Rede des pyramidenförmigen Hohenpriesters explodierte in einem Geysir von heißem, buntschillerndem Saft. Klebrige, bernsteingelbe Flüssigkeit spritzte durch die Brücke des Jophur-Flaggschiffes.

»Setzt den Kampf fort.« Der Stabschef winkte der Besatzung, sich wieder auf ihre Posten zu begeben. »Ruft mir den Zeugmeister der Frömmigkeit. Er soll Ringe heraufschicken, um damit einen neuen Priester zu machen. Setzt den Kampf fort, während wir uns darauf vorbereiten, das Ritual des Verrats zu vollziehen.«

Der Stabschef verneigte sich vor den glotzenden Sektionschefs. »Wir werden die Ahnen der Thennanin beschwichtigen, ehe wir uns gegen sie wenden.

Aber vergeßt nicht, dafür zu sorgen, daß die Thennanin selbst unsere Absichten nicht spüren!«

9

Aus Gillian Baskins Tagebuch

Es ist schon ein Weilchen her, seit ich einen Eintrag in dieses persönliche Log habe vornehmen können. Seit wir den Seichten Sternhaufen verlassen haben, scheinen wir unaufhörlich in hektischer Bewegung gewesen zu sein... Wir haben die Entdeckung des Jahrtausends gemacht, sind bei Morgran überfallen worden und kämpfen seitdem um unser liebes Leben. Tom sehe ich kaum noch. Er ist dauernd im Maschinenraum unten oder bei den Waffensystemen. Und ich bin entweder hier im Labor oder helfe in der Krankenstation aus.

Makanee, die Schiffsärztin, hat den Schnabel voller Probleme. Die Fen waren schon wieder talentierte Hypochonder. Bei jeder Sprechstunde taucht ein Fünftel der Mannschaft mit psychosomatischen Beschwerden auf. Man kann ihnen nicht einfach sagen, daß es alles in ihrem Kopf sitzt – also streicheln wir sie und sagen ihnen, was für tapfere Burschen sie sind und daß alles wieder gut wird.

Ich glaube, wenn es den Captain nicht gäbe, die Hälfte der Crew wäre mittlerweile hysterisch. Vielen von ihnen kommt er vor wie ein Held aus dem Wal-Traum. Creideiki streift durch das Schiff, beobachtet die Reparaturarbeiten und erteilt kleine Lektionen in Keneenk-Logik. Die Fen sind wie ausgewechselt, wenn er in der Nähe ist.

Aber es kommen immer neue Berichte über die Raumschlacht herein. Sie wird, statt nachzulassen, immer härter und schwerer!

Und allmählich machen wir uns alle ernsthafte Sorgen um Hikahis Erkundungstrupp.

Gillian legte den Stift aus der Hand. Vom kleinen Lichtkreis der Schreibtischlampe aus gesehen, wirkte der Rest des Labors undurchdringlich und düster. Das einzige andere Licht brannte am hinteren Ende des Raumes. Die

Silhouette einer halbwegs humanoiden Gestalt zeichnete sich vor den Lichtpunkten ab, ein geheimnisvoller Schatten, der auf einem Stasistisch lag. »Hikahi«, seufzte Gillian. »Wo, in Ifnis Namen, steckst du?«

Daß Hikahis Team nicht einmal einen Monopuls gesandt hatte, um den Rückruf zu bestätigen, bot jetzt Anlaß zu größter Besorgnis. Die *Streaker* konnte sich nicht leisten, diese Crew-Fen zu verlieren. Bei all seiner Unzuverlässigkeit, außerhalb der Brücke war Keepiru immer noch der beste Pilot an Bord. Und sogar Toshio Iwashika war ein vielversprechender Bursche.

Aber Hikahi zu verlieren, würde besonders schmerzlich sein. Wie würde Creideiki ohne sie zurechtkommen?

Hikahi war Gillians beste Delphin-Freundin. Sie standen einander mindestens ebenso nahe wie Tom und Creideiki oder Tsh't. Gillian fragte sich, weshalb man Takkata-Jim wohl zum Vize-Captain gemacht hatte und nicht Hikahi. Es erschien nicht sinnvoll. Sie konnte sich nicht vorstellen, daß eine solche Entscheidung von anderen als politischen Motiven geleitet worden sein konnte. Takkata-Jim war ein *Stenos.* Vielleicht hatte Ignacio Metz die Hand im Spiel gehabt, als die Besatzung für diese Mission zusammengestellt worden war. Metz gab sich als leidenschaftlicher Advokat gewisser Delphin-Rassen auf der Erde.

Diese Gedanken schrieb Gillian nicht nieder. Es waren müßige Spekulationen, und dafür hatte sie keine Zeit.

Es ist ohnehin an der Zeit, zu Herbie zurückzugehen.

Sie klappte das Tagebuch zu, stand auf und ging zu dem Stasistisch hinüber, auf dem eine trockene, ausgedörrte Gestalt in einem schwer abgeschirmten Suspensionszeitfeld schwebte.

Der uralte Kadaver grinste sie durch das Glas hindurch an. Er war nicht menschlich. Es hatte noch keine mehrzelligen Lebewesen auf der Erde gegeben, als dieses Ding gelebt, geatmet und Raumschiffe gesteuert hatte. Trotzdem sah es auf unheimliche Weise humanoid aus. Seine

Arme und Beine waren gerade, und Kopf und Hals waren sehr menschenähnlich. Kiefer und Augäpfel sahen seltsam aus, aber dennoch zeigte der Schädel ein beinahe menschliches Grinsen.

Wie alt bist du, Herbie? fragte sie in Gedanken. *Eine Milliarde Jahre? Zwei?*

Wie kommt es, daß die Flotte deiner uralten Schiffe so lange unentdeckt blieb und der galaktischen Zivilisation entgehen konnte? Wie kommt es, daß sie gewartet hat, bis wir vorüberkamen? Wir: ein Haufen wolfsjunger Menschen und frischgelifteter Delphine? Warum waren wir es, die dich finden sollten?

Und wieso hat ein einziges kleines Hologramm von dir, das wir zur Erde gebeamt haben, die Hälfte der galaktischen Patronatsrassen zur Raserei gebracht?

Die Mini-*Bibliothek* der *Streaker* bot keine Hilfe. Sie weigerte sich, Herbie auch nur zu erkennen. Vielleicht hielt sie mit etwas hinterm Berg. Vielleicht aber war sie auch nur ein zu kleines Archiv, als daß sie sich an eine obskure und schon so lange ausgestorbene Rasse hätte erinnern können.

Tom hatte die Niss-Maschine beauftragt, sich darum zu kümmern. Aber bisher war es auch dem Tymbrimi-Apparat nicht gelungen, der *Bibliothek* eine Antwort abzuluchsen.

Unterdessen mußte Gillian zwischen Krankenstation und ihren übrigen Pflichten täglich ein paar Stunden erübrigen, in denen sie dieses Relikt untersuchte, ohne es zu zerstören, und vielleicht noch herausfand, was die Eaties so sehr aufgebracht hatte. Wenn sie es nicht täte, würde es niemand tun.

Irgendwie hatte sie es bis heute jeden Tag geschafft.

Armer Tom, dachte Gillian, und sie mußte lächeln. *Gleich kommt er völlig erschöpft aus seinem Maschinenraum zurück und ich werde amouröse Gelüste verspüren. Nur gut, daß er ein solcher Sportsmann ist.*

Sie ergriff eine Pion-Mikrosonde.

Okay, Herbie. Mal sehen, ob wir herausbringen können, was für 'n Gehirn du gehabt hast.

10

Metz

»Tut mir leid, Dr. Metz. Der Captain ist mit Thomasss Orley in der Waffensektion. Wenn ich Ihnen vielleicht helfen kann...?«

Wie gewöhnlich verströmte Vize-Captain Takkata-Jim makellose Höflichkeit. Seine englische Aussprache war sogar nahezu perfekt, wenn er Oxywasser atmete. Ignacio Metz mußte unwillkürlich zufrieden lächeln. Er hatte ein besonderes Interesse an Takkata-Jim.

»Nein, Vize-Captain. Ich bin nur auf der Brücke vorbeigekommen, um zu hören, ob der Erkundungstrupp aufgetaucht ist.«

»Er ist noch nicht da. Wir können nur warten.«

Metz schnalzte mißbilligend. Er war bereits zu dem Schluß gekommen, daß Hikahis Team vernichtet worden sein müsse.

»Na ja. Ich nehme nicht an, daß die Galactics bereits ein Verhandlungsangebot gemacht haben?«

Takkata-Jim schüttelte den großen, graugefleckten Kopf von links nach rechts.

»Bedauerlicherweise nein, Sir. Sie scheinen ein größeres Interesse daran zu haben, sich gegenseitig abzuschlachten. Alle paar Stunden, so scheint es, kommt eine neue Flotte in das Kthsemenee-System und stürzt sich sogleich ins Getümmel. Es wird wohl noch ein Weilchen vergehen, bevor jemand diplomatische Schritte unternimmt.«

Dr. Metz runzelte angesichts dieser unlogischen Vorgehensweise die Stirn. Wenn die Galactics rational dächten, würden sie der *Streaker* gestatten, ihre Entdeckung an das

Bibliotheksinstitut zu übergeben, und damit fertig! Dann hätte jeder den gleichen Anteil daran! Aber die galaktische Zivilisation war bei Zwistigkeiten einiger als im Frieden. Und allzu viele wütende Arten verfügten über große Schiffe und Waffen.

Da sind wir nun, dachte er, *genau in der Mitte, und wir haben etwas, das sie alle wollen.*

Dabei kann es sich nicht nur um diese Riesenflotte von alten Schiffen handeln. Es muß mehr dahinterstecken. Gillian Baskin und Tom Orley haben da draußen im Seichten Sternhaufen etwas gefunden, und ich frage mich, was es war.

»Werden Sie wünschen, daß ich heute mit Ihnen zu Abend esse, Dr. Metz?«

Metz blinzelte. Welcher Tag war heute? Ach ja. Mittwoch.

»Selbstverständlich, Vize-Captain. Ihre Gesellschaft und Ihre Konversation würden mir, wie gewöhnlich, großes Vergnügen bereiten. Sagen wir, gegen sechs?«

»Neunzehn null-null wäre vielleicht besser, Sir. Dann endet mein Dienst.«

»Also gut. Bis dann.«

Takkata-Jim nickte. Er drehte sich um und schwamm zurück auf seine Station.

Metz beobachtete den Fin befriedigt.

Er ist der beste von allen meinen Stenos, dachte er. *Er weiß nicht, daß ich sein Pate bin – sein Gen-Vater. Aber ich bin nichtsdestoweniger stolz.*

Alle Delphine an Bord waren aus *Tursiops amicus*-Material, aber einige hatten genetische Veredelungen vom *Stenos bredanensis,* dem Tiefwasserdelphin, welcher der Flaschennase, was die Intelligenz betraf, immer am nächsten gestanden hatte.

Der wilde *Bredanensis* war bekannt für seine unersättliche Neugier und die rücksichtslose Mißachtung jeglicher Gefahr. Metz hatte die Bestrebungen, die DNS dieser Spezies dem Gen-Material der Neo-Fins hinzuzufügen, geleitet. Auf der Erde waren viele der neuen *Stenos* zu prächtigen Exemplaren geworden. Sie zeigten Tatkraft und individuelle Brillanz.

Aber sie standen auch in dem Ruf, ein rauhes Temperament zu haben, und in letzter Zeit war unter den menschlichen Küstenbewohnern auf der Erde ein leichter Widerwille aufgekommen. Es war ein hartes Stück Arbeit für Metz gewesen, den Rat davon zu überzeugen, daß es eine wichtige Geste sein würde, einige *Stenos*-Delphine mit verantwortungsvollen Positionen an Bord des ersten delphinbemannten Raumschiffes zu betrauen. Takkata-Jim war der Beweis seiner These. Er war von eiskalter Logik, steif und korrekt, er sprach fast nur Anglisch und so gut wie kein Trinär, und der Wal-Traum, der ältere Modelle wie Creideiki so sehr in seinem Bann hielt, schien ihn überhaupt nicht zu beeindrucken. Takkata-Jim war der menschenähnlichste Delphin, den Metz je kennengelernt hatte.

Er beobachtete, wie der Vize-Captain die Brückenbesatzung führte - ohne die kleinen Keneenk-Parabeln, mit denen Creideiki ständig operierte, aber statt dessen mit englischer Präzision und Knappheit. Kein einziges seiner Worte war verschwendet.

Tja, dachte Metz. Der bekommt ein gutes Zeugnis, wenn wir zu Hause sind.

»Doktor Metsss?«

Metz drehte sich um und schrak zurück, als er den mächtigen Delphin erblickte, der lautlos neben ihn geschwommen war. »Wa...? Oh. K'tha-Jon. Sie haben mich erschreckt. Was kann ich für Sie tun?«

Ein wahrhaft riesenhafter Delphin grinste ihn an. Das stumpfe Maul, die Schattierung seines Körpers und die hervorquellenden Augen hätten Metz alles über ihn verraten - wenn er nicht schon alles gewußt hätte.

Feresa attenuata, dachte der Mann genußvoll. *So schön und so wild. Mein geheimstes Projekt - und niemand, nicht einmal du, K'tha-Jon, weiß, daß du mehr bist als ein ganz gewöhnlicher Stenos.*

»Verzeihen Sie, daß ich störe, Doktor Metsss, aber der Schimp-Wissenschaftler Charlesss Dart-t hat gefragt, ob er mit Ihnen sprechen kann. Ich glaube, der kleine Affe sucht wieder jemanden, den er nerven kann.«

Metz runzelte die Stirn. K'tha-Jon war nur Bootsmann, und man konnte nicht so viel Kultiviertheit wie von Takkata-Jim erwarten. Gleichwohl gab es Grenzen, selbst wenn man den geheimen Background des Riesen mit in Betracht zog.

Ich werde ein Wörtchen mit dem Burschen reden müssen, dachte er. *Ein solches Benehmen ist nicht akzeptabel.*

»Bitte informieren Sie Doktor Dart, daß ich unterwegs bin«, befahl er dem Fin. »Ich bin hier vorläufig fertig.«

11

Creideiki und Orley

»Jetzt sind wir also wieder bewaffnet«, seufzte Creideiki. »Gewissermaßen jedenfalls.«

Thomas Orley schaute von den eben reparierten Geschoßrohren auf und nickte. »Besser kriegen wir's kaum hin, Creideiki. Wir hatten ja keinen Ärger erwartet, als wir am Morgran-Transferpunkt mitten in eine Schlacht hineinplatzten. Wir können von Glück sagen, daß wir keinen größeren Schaden erlitten haben.«

Creideiki stimmte zu. »Trotzdem...« Er seufzte verdrießlich. »Wenn ich nur schneller reagiert hätte...«

Orley bemerkte die Niedergeschlagenheit seines Freundes. Er spitzte die Lippen und pfiff. Seine Atemmaske verstärkte ein mattes Klangschattenbild. Das kleine Echo tanzte und hüpfte wie eine verrückte Elfe von einer Ecke zur anderen durch die mit Oxywasser geflutete Kammer. Die Fins, die in der Geschützkammer arbeiteten, hoben die schmalen, klangempfindlichen Kiefer und verfolgten das springende Sonarbild, das unsichtbar umherhuschte und in spöttischem Mitgefühl zwitscherte.

Den, der befiehlt,
beneiden die Leute, –
doch ach! welch hartes Los!

Der Klanggeist verschwand, aber das Lachen blieb. Die Besatzung der Geschützkammer prustete und quiekte.

Creideiki wartete, bis die Heiterkeit sich gelegt hatte. Dann kam aus seiner Stirn ein Muster von Klicklauten, die die Kammer erfüllten und ineinander verschmolzen, bis sie dem Klang aufziehender Gewitterwolken ähnelten. In dem geschlossenen Raum hörten die Anwesenden das Wispern von Regentropfen, die der Wind vor sich hertrieb. Tom schloß die Augen und ließ das Bild eines Meeresunwetters über sich zusammenschlagen.

Sie stehen mir im Weg,
irrsinnige, alte, scheußliche Dinge.
Sagt ihnen: Hinweg! Denn sonst…

Orley senkte den Kopf und gab sich geschlagen. Niemand hatte Creideiki beim Verfassen von Trinär-Haikus jemals schlagen können. Das bewundernde Seufzen der Fen bestätigte dies nur.

Natürlich änderte sich damit nichts. Als Orley und Creideiki sich umwandten, um die Geschützkammer zu verlassen, wußten sie, daß Trotz allein die Mannschaft nicht durch diese Krise führen würde. Es mußte auch Hoffnung geben.

Aber Hoffnung war karg. Creideiki machte sich verzweifelte Sorgen um Hikahi, wenngleich er es gut zu verbergen verstand.

Als sie außer Hörweite der anderen waren, fragte Creideiki: »Hat Gillian beim Studium dieses *Dingsss*, das wir gefunden haben, irgendwelche Fortschritte gemacht? Hier liegt ja wohl der Grund für alle unsere Schwierigkeiten.«

Tom schüttelte den Kopf. »Ich habe in den letzten zwei Tagen nicht mehr als eine Stunde mit ihr verbracht, und deshalb weiß ich es nicht. Ich weiß bis jetzt lediglich, daß *die* Mini-*Bibliothek* an Bord immer noch behauptet, etwas wie Herbie habe nie existiert.«

Creideiki seufzte. »Es wäre nett-t gewesen, zu wissen, was wir gefunden haben. Na ja…«

Ein plötzlicher Pfiff hinter ihnen ließ sie anhalten. Tsh't, der Vierte Offizier des Schiffes, kam in einer Wolke von Luftblasen in den Gang geschossen.

»Creideiki! Tom! Das Sonar meldet einen Delphin in großer Entfernung, weit im Osssten, aber anscheinend mit Höchstgeschwindigkeit auf dem Weg hierher!«

Creideiki und Orley sahen einander an. Dann nickte Tom zu Creideikis unausgesprochenem Befehl.

»Kann ich Tsh't und zwanzig Fen mitnehmen?«

»Ja. Stellen Sie ein Team zusammen. Aber brechen Sie erst auf, wenn wir wissen, wer das ist. Vielleicht werden Sie mehr als zwanzig brauchen. Oder es ist überhaupt sinnlos, das Schiff noch zu verlassen.«

Tom sah den Schmerz in den Augen des Captains. Die kommende Stunde des Wartens würde ihm schwerfallen.

Orley winkte Lieutenant Tsh't, ihm zu folgen, dann wandte er sich um und schwamm, so schnell es ging, den gefluteten Korridor hinunter auf die Außenschleuse zu.

12

Galactics

Die Freuden des Patronats und der Befehlsgewalt erfüllten Krat, die Soro, als sie die Kreaturen beobachtete: Die Gello, die Paha, die Pila – ihre Kreaturen, die jetzt die Soro-Flotte erneut in die Schlacht steuerten.

»Herrin«, meldete sich der Detektoroffizier, ein Gello,

»wir nähern uns der Wasserwelt mit Viertellichtgeschwindigkeit, wie Ihr befohlen habt.«

Zur Antwort ließ Krat lediglich die Zunge hervorschnellen, aber insgeheim war sie glücklich. Ihr Ei war gesund. Wenn sie hier gesiegt hatten, würde sie heimkehren und sich erneut paaren müssen. Und die Besatzung ihres Flaggschiffes funktionierte so reibungslos wie eine gutgeölte Maschine.

»Die Flotte ist dem Zeitplan um ein Paktaar voraus, Herrin«, verkündete der Detektoroffizier.

Unter allen Klientenrassen, die den Soro Gefolgschaft schuldeten, empfand Krat die Gello als etwas Besonderes. Sie waren die ersten Klienten ihrer Spezies gewesen. Vor langer Zeit hatten die Soro sie geliftet. Die Gello waren inzwischen ihrerseits Patrone geworden und hatten dem Klan zwei weitere Klientenrassen zugeführt. Die Soro waren stolz auf sie, denn die Kette des Liftens wuchs weiter.

Weit in der Vergangenheit waren es die Progenitoren gewesen, die das Galaktische Recht begründet hatten. Seither hatte eine Rasse der anderen zu Vernunft und Bewußtsein verholfen und sich dafür mit Dienstkontrakten bezahlen lassen.

Vor vielen Millionen Jahren hatten die antiken Luber die Puber geliftet – so wenigstens behauptete es die Bibliothek. *Die Luber waren mittlerweile längst ausgestorben. Die Puber existierten noch irgendwo, aber sie waren jetzt degeneriert und dekadent. Bevor sie jedoch der Dekadenz verfallen waren, hatten die Puber die Hul gefördert, welche wiederum aus Krats steinebehauenden Soro-Vorfahren Klienten gemacht hatten. Kurz darauf hatten die Hul sich auf ihre Heimatwelt zurückgezogen und waren Philosophen geworden.*

Inzwischen hatten die Soro selber zahlreiche Klienten. Ihre erfolgreichsten Sprößlinge aber waren die Gello, die Paha und die Pila.

Krat hörte die hohe Stimme des Pila-Taktikers Cubbercabub, der seinen Untergebenen in der Planungssektion einen Vortrag hielt. Er ermahnte sie eindringlich, mehr Mühe darauf zu verwenden, der Mini-Bibliothek des Schiffes die Informationen zu entlocken, die sie angefordert hatte. Cubber-cabub klang verängstigt. Gut. Er würde sich größere Mühe geben, wenn er sie fürchtete.

Von allen Rassen an Bord waren nur die Pila Säuger – kurze Zweifüßler von einer Welt mit hoher Schwerkraft. In zahlreichen, die Galaxis umspannenden bürokratischen Organisationen, einschließlich des bedeutenden Bibliotheks-Instituts, waren sie zu einer mächtigen Rasse geworden. Die Pila hatten selbst Klienten aufgezogen und dadurch zum Ansehen des Klans beigetragen.

Trotzdem war es schade, daß die Pila keine Kontraktklienten mehr waren. Es wäre reizvoll gewesen, ihre Gene noch ein wenig zu manipulieren. Die pelzigen kleinen Sophonten flusten, und sie verbreiteten einen lästigen Geruch.

Keine Klientenrasse war vollkommen. Es war erst zweihundert Jahre her, daß die Pila von den Menschen der Erde gründlich in Verlegenheit gebracht worden waren. Es war schwierig und kostspielig gewesen, die Affäre zu vertuschen. Krat war nicht mit allen Fakten der Angelegenheit vertraut, aber es hatte etwas mit der Sonne der Erdlinge zu tun. Seit jener Zeit jedenfalls haßten die Pila die Menschen leidenschaftlich.

Krats Paarungsklaue pochte, als sie an die Erdlinge dachte. In nur dreihundert ihrer Jahre hatten sie sich zu einem beinahe ebenso großen Ärgernis entwickelt wie die scheinheiligen Kanten oder die Tymbrimi, diese teuflischen Betrüger!

Die Soro warteten geduldig auf den rechten Augenblick, um den Flecken von ihrer Klanehre zu waschen. Zum Glück waren die Menschen von einer beinahe lächerlichen Ignoranz und Verwundbarkeit. Vielleicht war die Gelegenheit bereits da!

Wie köstlich würde es sein, den Homo sapiens den Soro als Kontraktklienten zugeteilt zu wissen. Und das konnte *leicht geschehen. Die Veränderungen, die sich dann bewerkstelligen ließen! Was man aus den Menschen machen könnte!*

Krat betrachtete ihre Crew und wünschte sich, sie könnte auch diese erwachsenen Spezies ganz nach Belieben manipulieren, formen und verändern. Es ließ sich noch so viel mit ihnen anstellen! Aber dazu wäre es notwendig, die Regeln zu ändern.

Wenn die naseweisen Wassersäuger von der Erde entdeckt hatten, was sie vermutete, dann würden sich die Regeln vielleicht ändern… wenn die Progenitoren tatsächlich zurückgekommen waren. Welche Ironie, daß ausgerechnet die jüngste unter den Raumfahrerrassen die verlassene Flotte entdecken sollte! Fast war Krat bereit, ihnen dafür zu vergeben, daß sie existierten und sie diesen Menschen den Status von Patronen ermöglicht hatten.

»Herrin!« rief der große Gello. »Das Bündnis zwischen Jophur und Thennanin ist zerbrochen. Sie kämpfen gegeneinander. Das bedeutet, daß sie die Kontrolle über den Sektor verloren haben.«

»Bleibt auf der Hut.« Krat seufzte. Der Gello sollte nicht soviel Wind um einen kleinen Verrat machen. Dergleichen war nichts Ungewöhnliches. Allianzen würden sich bilden und auflösen, bis eine Macht als Sieger hervorging. Ihr Wille war es, daß die Soro dies sein sollten. Wenn der Kampf gewonnen war, würde sie sich die Siegesprämie holen.

Die Delphine mußten hier sein! Wenn die Schlacht gewonnen war, würde sie die Handlosen aus ihren Unterwasserschlupflöchern hervorzerren und zum Reden bringen!

Mit einem trägen Winken ihrer linken Klaue gebot sie den Pila-Bibliothekar aus seiner Nische zu sich.

»Laß dir alle Daten über die Wasserkreaturen geben, die wir jagen«, befahl sie ihm. »Ich will mehr über ihre Gewohnheiten wissen, was sie mögen, was sie nicht mögen und so weiter. Es heißt, die Bindung zu ihren mensch-

lichen Patronen sei schwach und korrumpierbar. Finde heraus, wo ich ansetzen muß, um diese... Delphine *umzudrehen.«*

Cubber-cabub verneigte sich und zog sich in die Bibliotheks-*Sektion zurück, über deren Eingang das strahlenumsäumte Spiralzeichen angebracht war.*

Krat fühlte das Wirken des Schicksals ringsumher. Dieser Ort im All war ein Dreh- und Angelpunkt der Macht. Sie brauchte keine Instrumente, um das zu wissen.

»Ich werde sie bekommen! Die Regeln werden geändert werden!«

13

Toshio

Toshio fand Ssattatta neben dem Stamm des riesigen Bohrbaumes. Sie war gegen die monströse Pflanze geschleudert und zerschmettert worden. Ihr Geschirr war in Stücke zersprungen.

Toshio stolperte durch das zerfetzte Unterholz und pfiff einen Trinärruf, sooft er dazu in der Lage war. Zumeist aber hatte er alle Mühe, auch nur auf den Beinen zu bleiben. Seit er die Erde verlassen hatte, war er nicht viel gelaufen, und Blutergüsse und Übelkeit dienten auch nicht eben dazu, ihn munterer zu machen.

K'Hith fand er auf einem weichen Polster aus grasähnlichen Gewächsen. Sein Geschirr war intakt, aber der Delphin-Paläontologe war an drei tiefen Schnitten in seinem Bauch verblutet. Toshio merkte sich den Platz und ging weiter.

In der Nähe des Ufers entdeckte er Satima. Das kleine Weibchen war blutüberströmt und hysterisch, aber am Leben. Toshio versorgte ihre Wunden mit Schaumfleisch und Klebstreifen. Dann packte er die Manipulatorarme ihres Geschirrs und hämmerte sie mit einem dicken Stein tief in den lehmigen Boden. Es war die einzige Möglichkeit, sie am Boden zu sichern, bevor die fünfte Woge über sie hereinbrach.

Es war eher eine Flut als eine Woge. Toshio klammerte sich an einen Baum, als sie vorüberströmte. Sie zerrte an ihm und stieg ihm fast bis zum Hals.

Als die Woge zurückging, ließ er los und stürzte sich auf Satima. Mit tastenden Fingern fand er die Verriegelung an ihrem Geschirr. Er befreite sie und ließ sie in der starken Rückströmung davontreiben. Angestrengt schob er sie ein Stück weit vor sich her, damit sie nicht zurückblieb.

Eben mühte er sich, sie gegen den wachsenden Sog der Rückströmung um einen Busch herumzuschieben, als eine schnelle Bewegung in einem Baum über ihm seine Aufmerksamkeit erregte, eine Bewegung, die zu dem vorherrschenden Muster allmählich nachlassenden Schwankens nicht paßte. Er sah hoch und blickte in ein Paar kleiner, schwarzer Augen.

Die Zeit reichte gerade für ein erschrockenes Auffahren, und dann riß der Tidenstrom ihn und Satima geradewegs durch das Gestrüpphindernis hindurch und in einen kleinen, erst kürzlich entstandenen Sumpf. Toshio war so beschäftigt, daß er nur noch geradeaus schauen konnte.

Auf den letzten paar Metern mußte er Satima über glitschige Algen ziehen und darauf achten, daß ihre Wunden nicht wieder aufplatzten. Seit einigen Minuten kam sie ihm klarer vor. Ihr delphinisches Quieken nahm allmählich Form an und klang wie Trinärworte.

Ein Pfiff ließ Toshio aufblicken. Keepiru war nur vierzig Meter weit vom Strand entfernt und steuerte den Schlitten auf ihn zu. Der Fin trug einen Atmer, aber den Signalpfiff konnte er immer noch ausstoßen.

»Satima!« schrie Toshio dem verwundeten Delphin zu. »Schwimm zum Schlitten! Schwimm zu Keepiru! Binde sie an eine Luftkuppel!« rief er sodann zu Keepiru hinüber. »Und behalte den Sonarmonitor im Auge! Schwimm hinaus, wenn du eine Welle kommen siehst!«

Keepiru warf den Kopf hin und her. Als Satima etwa dreißig Meter weit hinausgeschwommen war, zog er sie mit dem Schlitten in tieferes Wasser.

Das waren fünf. Damit blieben noch Hist-t und Hikahi.

Toshio kletterte über die Wasserpflanzen hinauf und stolperte noch einmal durch das Buschwerk. Das Gelände seiner Sinne schien ebenso zerfetzt und trostlos zu sein wie die Insel, über die er taumelte. Für einen einzigen Tag hatte er zu viele Leichen gesehen – zu viele tote Freunde.

Er begriff jetzt, daß er die ganze Zeit über unfair gegen die Fins gewesen war.

Es war ungerecht gewesen, ihnen vorzuwerfen, sie würden ihn necken. Es war nicht ihre Schuld, daß sie so waren. Ungeachtet aller Genmanipulationen durch den Menschen, waren die Delphine auf der Ebene gutmütigen Spottes mit der Menschheit umgegangen, seit der erste Mensch in einem Einbaum aufs Meer hinausgepaddelt war. Dieses erheiternde Bild hatte genügt, um ein Muster zu prägen, das sich durch das Liften allenfalls verändern, aber nicht eliminieren ließ.

Und weshalb sollte man es eliminieren? Toshio sah jetzt, daß die Menschen, die er auf Calafia gekannt hatte und die am besten mit den Delphinen hatten arbeiten können, eine ganz spezielle Persönlichkeit besessen hatten: Sie zeigten zumeist eine Mischung aus Dickfelligkeit und Sicherheit sowie einen bereitwilligen Sinn für Humor. Niemand arbeitete lange mit den Fins, wenn er sich nicht ihre Achtung verdienen konnte.

Toshio hastete auf eine graue Gestalt zu, die im Unterholz lag. Aber nein. Es war wieder Ssattatta. Die letzte Welle hatte sie hierher getragen. Toshio stapfte weiter.

Den Delphinen war sehr wohl bewußt, was die Menschheit für sie getan hatte. Das Liften war ein schmerzhafter Prozeß. Aber keiner von ihnen würde freiwillig zum Wal-Traum zurückkehren.

Die Fins wußten außerdem, daß der lockere Regelkodex, der das Verhalten der galaktischen Rassen untereinander bestimmte – Regeln, die seit Äonen in der *Bibliothek* festgelegt waren –, den Menschen die Möglichkeit gegeben hätte, von ihren Klienten hunderttausend Jahre Dienstbarkeit zu verlangen. Aber bei diesem Gedanken hatte die Menschheit ein kollektiver Schauder überkommen. *Homo sapiens sapiens* selbst war ja kaum so alt. Falls die Menschheit doch einen Patron dort draußen hätte, einen, der stark genug wäre, diesen Titel zu beanspruchen, dann würde diese Spezies nicht auch noch *Tursiops amicus* als zusätzlichen Bonus einsacken.

Es gab keinen Fin auf der Welt, der sich dieser Haltung der Erde nicht bewußt gewesen wäre. Delphine gehörten zum Terragenen-Rat und auch Schimpansen.

Toshio sah ein, wie sehr seine Worte bei dem Kampf im Meer Keepiru verletzt haben mußten. Am meisten bereute er, was er über Calafia gesagt hatte. Keepiru würde bereitwillig tausend Tode sterben, um die Menschen von Toshios Heimatwelt zu retten. Toshios Zunge würde abfallen, bevor er solche Dinge noch einmal sagte. Jemals.

Er wankte auf eine Lichtung. Dort, in einem seichten Tümpel, lag ein *Tursiops-Delphin.*

»Hikahi!«

Der Fin war zerschunden und zerschlagen. Feine Blutrinnsale überzogen seine Flanken. Aber Hikahi war wach. Als Toshio auf sie zustürzen wollte, rief sie ihn an.

»Bleib da, Scharfauge! Rühr dich nicht-t! Wir haben Gesellschaft.«

Toshio blieb wie angewurzelt stehen. Hikahis Befehl war deutlich. Gleichwohl war es dringend nötig, sich um sie zu kümmern. Die Fleischwunden, die sie davongetragen hatte, sahen unangenehm aus. Wenn Metallsplitter unter der Haut saßen, müßte man sie schleunigst entfernen, ehe die Blutvergiftung einsetzen konnte. Außerdem würde es nicht leicht sein, Hikahi ins offene Meer hinauszuschaffen.

»Hikahi, gleich wird eine neue Welle kommen. Vielleicht reicht sie bis hier herauf. Wir müssen uns darauf vorbereiten!«

»Bleib da, Toshio. Die Woge wird nicht bis zu uns kommen. Außerdem – sieh dich um. Sieh nur, um wieviel wichtiger diesss hier issst!«

Jetzt erst nahm Toshio die Lichtung wirklich zur Kenntnis. Der Tümpel lag an ihrem Rand, und er war von Kratzspuren umgeben, die darauf hindeuteten, daß er erst kürzlich ausgehoben worden war. Und dann sah er, daß die Manipulatorarme an Hikahis Geschirr fehlten.

Aber wer...? Toshios Blick wanderte umher. Am hinteren Ende der Lichtung lag ein Gewirr von Unrat im Gestrüpp verstreut, und er erkannte die Trümmer eines zerstörten, niedergewalzten Dorfes.

Im gleichförmigen Schimmer eines kithrupanischen Waldes sah er Fetzen von groben, zerrissenen Webnetzen, weithin verstreute Lagen abgerissener Blätterdächer und scharfe Metallstücke, die roh an hölzerne Stangen gebunden waren.

In den Ästen eines Baumes sah er flinke kleine Bewegungen. Dann erschienen, eine nach der anderen, zierliche, gespreizte, mit Schwimmhäuten versehene Hände, gefolgt von behutsam spähenden, glitzernden schwarzen Augen, die ihn unter einer flachen, grünlichen Stirn anstarrten.

»Abos!« wisperte er. »Ich hab' vorhin schon einen gesehen, aber gleich wieder vergessen! Anscheinend im vorbewußten Stadium!«

»Ja«, seufzte Hikahi. »Deshalb ist es um so wichtiger, diesss geheimzuhalten. Rasch, Scharfauge! Sag mir, was geschehen ist.«

Toshio berichtete nur, was er nach der ersten Woge unternommen hatte. Nur die Einzelheiten seines Kampfes mit Keepiru ließ er aus. Es fiel ihm schwer, sich zu konzentrieren. Zunächst starrten die Augen im Baum auf ihn herunter, aber behende verschwanden sie im Laub, als er zu ihnen hinaufschaute. Er hatte seinen Bericht eben beendet, als die letzte Woge heranrollte. Man sah, wie die Brecher unter Donner und weiß gischtend am steilen Ufer emporschlugen. Aber Hikahi hatte offensichtlich recht. Das Wasser würde nicht mehr so hoch steigen.

»Toshio!« pfiff Hikahi. »Das hast du sehr gut gemacht-t. Vielleicht hast du auch diese kleinen Leute gerettet, wie du uns gerettet hast. Brookida wird es schaffen. Er wird Hilfe bringen. Deshalb ist es wichtig, *mich* zu retten. Du *mußt* tun, was ich dir sage! Keepiru soll sofort tauchen. Er soll außer Sicht bleiben und sich so ruhig wie möglich verhalten, während er nach Trümmern und Leichen sucht. Du mußt Ssattatta und K'Hith begraben und die Trümmer ihrer Geschirre zusammensuchen. Wenn die Hilfe kommt, müssen wir uns rasch bewegen können.«

»Sind Sie sicher, daß es geht? Ihre Wunden...«

»Kümmere dich nicht um mich! Meine Freunde halten mich feucht-t. Die überhängenden Bäume verbergen mich. Beobachte den Himmel, Scharfauge! Laß dich nicht sehen! Bis du fertig bist, werde ich unsere Freunde hier hoffentlich dazu gebracht haben, dir zu vertrauen.«

Sie klang erschöpft. Toshio war unschlüssig. Schließlich seufzte er und wandte sich dem Wald zu. Er zwang sich, durch das abgerissene Blattwerk zu rennen und dem zurückweichenden Wasser zum Strand zu folgen.

Keepiru tauchte eben auf, als er dort ankam. Der Fin hatte den Atmer abgelegt und trug statt dessen eine Luftkuppel. Er berichtete, daß er Phip-pits Leichnam gefunden habe. Vermutlich war der Delphin dem Killertang zum Opfer gefallen. Der von Saugnapfwunden übersäte Körper war offenbar von der Tsunami losgerissen worden.

»Irgendeine Spur von Hist-t?« rief Toshio.

Keepiru verneinte. Toshio gab Hikahis Befehle weiter und sah zu, wie der Schlitten wieder versank.

Einen Moment lang blieb er noch stehen und spähte über das Meer nach Westen.

Kithrups rötliche Sonne ging unter. Ein paar Sterne blitzten durch die vereinzelten Wolken am Himmel. Im

Osten begannen die Wolken sich bedrohlich aufzutürmen. In der Nacht würde es regnen. Toshio beschloß, seinen Tauchanzug anzubehalten, aber als kleines Zugeständnis nahm er wenigstens die Gummikapuze ab. Die Brise war eisig, aber sie erfrischte ihn gewaltig.

Er blickte nach Süden. Wenn die Schlacht im All noch anhielt, so sah Toshio keine Anzeichen dafür. Kithrups Rotation hatte sie von der leuchtenden Wolke aus Plasma und Trümmern entfernt, die da draußen jetzt schweben mußte.

Toshio brachte nicht mehr die Willenskraft auf, um die Faust zu schütteln, aber er zog eine Grimasse, als er in den südlichen Himmel starrte. Er hoffte, daß die Galactics sich gegenseitig ausradiert hatten.

Wahrscheinlich war es nicht. Es würde Sieger geben. Und irgendwann in den nächsten Tagen würden sie herunterkommen und nach Delphinen und Menschen suchen.

Toshio riß sich trotz seiner Erschöpfung zusammen und marschierte mit zielstrebiger Gelassenheit auf den Wald und die schützenden überhängenden Bäume zu.

Sie fanden den jungen Mann und den Delphin kurz nach der Landung. Die beiden lagen aneinandergeschmiegt unter einem roh zusammengezimmerten Schutzdach, von dem der warme Regen in langen Rinnsalen troff. Blitze verschlangen das gedämpfte gelbe Licht der Lampen, die die Retter mitgebracht hatten. Im Licht des ersten Blitzes glaubte Thomas Orley ein halbes Dutzend kleiner, gedrungener Gestalten zu sehen, die den Erdling und die Calafianerin umringten. Aber als er und sein Partner sich durch das Gestrüpp gearbeitet hatten und besser sehen konnten, waren die Tiere – oder was immer sie gewesen waren – verschwunden.

Seine erste Befürchtung, es könne sich um Aasfresser gehandelt haben, verflog, als er sah, daß Toshio sich bewegte. Trotzdem hielt er die rechte Hand am Kolben seiner Nadelpistole und hob die Lampe hoch, um Hannes Suessi darunter hindurchschlüpfen zu lassen. Wachsam spähte er auf der Lichtung umher, nahm die Gerüche und Laute der lebendigen Oberfläche des Metallhügels in sich auf und prägte sich alle Einzelheiten ins Gedächtnis.

»Sind sie okay?« fragte er nach ein paar Sekunden.

»Sssch, es ist alles gut Toshio, ich bin's nur – Hannes«, hörte er den Ingenieur murmeln. Der Bursche klang geradezu mütterlich. »Ja, Mr. Orley«, rief er dann zurück. »Sie sind beide wach, aber zum Reden reicht's noch nicht.«

Thomas Orley ließ seinen Blick noch einmal über die Lichtung wandern. Dann ging er hinüber und stellte die Lampe neben Suessi auf den Boden. »Bei dem Blitz kann man alles sehen«, meinte er. »Ich werde zwei Mechanicos rufen, damit wir die zwei so schnell wie möglich von hier fortschaffen können.« Er drückte auf einen Knopf am Rande seiner Sichtscheibe und stieß einen kurzen Pfiff in perfektem Trinär aus. Er dauerte genau sechs Sekunden. Es hieß, Thomas Orley beherrsche sogar Delphin-Primal, aber kein Mensch hatte es ihn je benutzen gehört.

»Sie sind in ein paar Minuten hier. Sie müssen ihre Spuren verwischen.« Er hockte sich neben Toshio nieder. Dieser hatte sich aufgerichtet, während Suessi sich mit Hikahi beschäftigte.

»Hallo, Mr. Orley«, sagte der Junge. »Tut mir leid, daß wir Sie von Ihrer Arbeit wegholen mußten.«

»Schon gut, mein Sohn, Ich wollte mich sowieso mal hier oben umsehen. Diese Sache hier hat mir einen guten Vorwand für den Captain verschafft, mich herzuschicken. Wenn wir euch auf den Rückweg zum Schiff gebracht haben, werden Hannes, Tsh't und ich uns noch das Schiff ansehen, das da draußen zu Bruch gegangen ist. Glaubst du, du kannst uns jetzt zu Ssattatta und K'Hith führen? Wir wollen alle Spuren auf der Insel beseitigt haben, ehe das Gewitter vorüber ist.«

Toshio nickte. »Jawohl, Sir, ich denke, so lange werde

ich mich noch auf den Beinen halten können. Ich nehme an, Hist-t hat niemand gefunden?«

»Nein. Wir machen uns deshalb Sorgen, aber nicht halb so viele Sorgen wie in dem Augenblick, als Brookida zurückkam. Keepiru hat uns fast alles erzählt. Dieser Fin hat ja eine hohe Meinung von dir, weißt du. Du hast gute Arbeit geleistet.«,

Toshio wandte sich ab, als mache ihn das Lob verlegen.

Orley sah ihn neugierig an. Bisher hatte er sich über diesen Kadetten noch keine Gedanken gemacht. Auf dem ersten Teil der Reise hatte der Junge einen pfiffigen, aber etwas leichtfertigen Eindruck gemacht. Später, nachdem sie die verlassene Flotte gefunden hatten, war er verdrießlich geworden, um so mehr, je geringer ihre Chancen wurden, jemals wieder nach Hause zu kommen.

Und jetzt dieser neue Aspekt. Es war zu früh, zu sagen, was die langfristigen Folgen sein würden, aber ganz offensichtlich hatte Toshio hier einen Übergangsritus vollzogen.

Summende Laute wehten vom Strand herauf. Kurz darauf stolzierten zwei spinnenbeinige Mechanicos auf die Lichtung, gesteuert von zwei Delphinen im Geschirr, die in den Netzen der Schreiter lagen.

Toshio seufzte ein wenig keuchend, als Orley ihm aufhalf. Dann bückte sich der Ältere, um einen Gegenstand vom Boden aufzuheben. Er wog ihn in der Linken.

»Ein Schaber, wie? Aus metallenen Fischgräten, die an einem Holzgriff befestigt sind...«

»Ja, vermutlich.«

»Haben sie schon eine nennenswerte Sprache?«

»Nein, Sir – na ja, Rudimente vielleicht. Sie scheinen stabilisiert zu sein. Strikte Jäger-Sammler. Hikahi nimmt an, daß sie seit einer halben Million Jahre festsitzen.«
Orley nickte. Diese Aborigines erschienen auf den ersten Blick reif. Eine vorbewußte Rasse, genau im richtigen Stadium für das Liften. Es war ein Wunder, daß nicht schon irgendeine galaktische Patronatslinie aufgekreuzt war und

sie sich geschnappt hatte, als Klienten, die ihnen eine Ewigkeit lang zu Diensten sein würden.

Jetzt hatten die Menschen und die Fen der *Streaker* eine weitere Verpflichtung, und Geheimhaltung war wichtiger als je zuvor.

Orley schob das Artefakt in seine Tasche und legte Toshio die Hand auf die Schulter.

»Gut, wenn wir wieder an Bord sind, kannst du uns alles darüber erzählen, mein Sohn. Bis dahin wirst du dir ein wenig den Kopf zerbrechen müssen.«

»Sir?« Toshio sah ihn verwirrt an.

»Nun, nicht jedermann bekommt die Gelegenheit, einer zukünftigen Raumfahrerrasse einen Namen zu geben. Weißt du, die Fen werden erwarten, daß du ein Lied darüber machst.«

Toshio sah den Älteren an. Er wußte nicht genau, ob der Mann Witze machte. Aber Thomas Orley zeigte seinen gewohnten, undurchdringlichen Gesichtsausdruck.

Orley blickte hoch zu den Regenwolken. Als die Mechanicos herankamen, um Hikahi aufzunehmen, trat er zurück und lächelte den Vorhang an, der vorläufig vor dem Theater des Himmels hing.

TEIL ZWEI

STRÖMUNGEN

»Denn das Meer und der Himmel
und der Himmel und das Meer
lasten auf meinem müden Auge schwer,
und die Toten liegen zu meinen Füßen.«

S.T. COLERIDGE

14
Dennie

Charles Dart trat von seinem Polarisationsmikroskop zurück und knurrte einen Fluch. Einer Angewohnheit folgend, die er abzulegen versuchte, solange er sich erinnern konnte, legte er gedankenverloren die Unterarme über den Kopf und zupfte an seinen haarigen Ohren herum. Es war eine affenartige Verrenkung, die ihm niemand an Bord so leicht nachmachte. Wenn ihm diese Handlung bewußt gewesen wäre, hätte er sogleich damit aufgehört.

Bei einer Besatzung von einhundertfünfzig Personen *hatten* überhaupt nur acht an Bord der *Streaker* Arme... oder externe Ohren. Eine von diesen teilte das Trockenlabor mit ihm.

Dennie Sudman fiel es nicht ein, Charles Darts körperliche Verhaltensweisen zu kommentieren. Dinge wie seinen lockeren, rollenden Wiegegang, sein kreischendes Schimpansenlachen oder das Fell, das fast seinen ganzen Körper bedeckte, bemerkte sie längst nicht mehr.

»Was ist los?« fragte sie. »Hast du immer noch Probleme mit deinen Kernproben?«

Charlie nickte geistesabwesend und starrte auf den Bildschirm. »Yeah.«

Seine Stimme klang tief und rauh. Unter günstigsten Umständen sprach Charles Dart wie ein Mann mit Kies in der Kehle. Manchmal, wenn er etwas Kompliziertes zu sagen hatte, bewegte er unbewußt seine Hände in der Zeichensprache seiner Jugend.

»Ich kann einfach keinen Sinn in diese Isotopenkonzentration bringen«, grollte er. »Und überall sind Mineralien, wo sie gar nicht hingehören... Siderophile ohne Metalle, komplexe Kristalle in einer Tiefe, wo es solche Komplexität nicht mehr geben dürfte... Captain Creideikis lächerliche Einschränkungen behindern mich in meiner Arbeit! Ich wünschte, ich dürfte ein paar seismische Scans durchführen oder das Tiefenradar benutzen.« Er schwang in seinem Drehstuhl herum und sah Dennie ernsthaft an, als hoffe er, sie werde ihm zustimmen.

Dennie schenkte ihm ein breites Grinsen unter hohen Wangenknochen. Ihre Mandelaugen verengten sich amüsiert.

»Klar, Charlie. Warum auch nicht? Wir sitzen hier in einem verkrüppelten Schiff, versteckt im Ozean einer tödlichen Welt, die Flotten eines Dutzends arroganter und mächtiger Patronatslinien prügeln sich um das Recht, uns fangen zu dürfen – und du willst Explosionen auslösen und mit Gravitationsstrahlen in der Gegend herumstochern. Eine ausgezeichnete Idee. Aber ich hab' noch eine bessere. Warum malen wir nicht ein riesiges Schild und halten es in den Himmel? Wir könnten draufschreiben: ›Juhuu, ihr Monsterchen! Kommt und freßt uns!‹ Hmm?«

Charlie schaute sie aus den Augenwinkeln an und verzog den Mund zu einem schiefen, gelenklosen Grinsen, wie man es von ihm selten zu sehen bekam. »Oh, es brauchte ja kein großer Gravitations-Scan zu sein. Und für die seismographischen Untersuchungen würde ich nur ein paar kleine Explosiönchen brauchen. Das würden die ETs doch gar nicht bemerken, oder?«

Dennie lachte. In Wahrheit wollte Charlie den Planeten wie eine Glocke läuten lassen, um die Muster der seismischen Wellen bis ins tiefste Innere hinein zu verfolgen. Winzig kleine Explosiönchen – wahrhaftig! Eher ging es hier um Detonationen im Kilotonnenbereich! Manchmal schien Charlie so engstirnig mit seiner Planetologie befaßt zu sein, daß es Dennie störte. Diesmal allerdings trieb er offensichtlich Scherz auf eigene Kosten.

Er lachte ebenfalls und stieß dabei kurze Jauchzer aus, die von den kahlen, weißen Wänden des Trockenlabors widerhallten. Dabei schlug er mit der Faust auf den Tisch neben ihm.

Grinsend stopfte Dennie Papiere in eine Aktenmappe.

»Weißt du, Charlie, nur wenige Grade von hier entfernt gehen ständig Vulkane los. Wenn du Glück hast, bricht vielleicht auch mal direkt neben uns einer aus.«

Charlie machte eine hoffnungsfrohe Miene. »O ja! Meinst du wirklich?«

»Klar. Und wenn die ETs anfangen, den Planeten zu bombardieren, um uns zu erwischen, kriegst du jede Menge Daten von den danebengegangenen Sprengköpfen. Das heißt, wenn sie uns nicht so heftig bombardieren, daß jede geophysikalische Analyse von Kithrup zweifelhaft wird. Aber ich beneide dich um diesen potentiellen Silberstreif am Horizont. Inzwischen jedoch beabsichtige ich, dies und meine eigene frustrierende Forschungsarbeit zu vergessen und zum Essen zu gehen. Kommst du mit?«

»Nein. Trotzdem vielen Dank. Ich hab' mir was mitgebracht. Ich glaube, ich bleibe hier und arbeite noch ein wenig.«

»Wie du willst. Trotzdem könntest du mal versuchen, dir das Schiff anzusehen. Es gibt hier noch mehr als deine Kabine und dieses Labor.«

»Ich rede die ganze Zeit mit Metz und Brookida über den Monitor. Ich brauche nicht herumzuspazieren und diese Rube-Goldberg-Konstruktion anzuglotzen, die nicht einmal mehr fliegen kann.«

»Und außerdem...«, soufflierte sie.

Charlie grinste. »Und außerdem hasse ich es, naß zu werden. Ich bin immer noch der Meinung, ihr Menschen hättet euch als nächstes die Hunde vornehmen sollen, nachdem ihr uns Pan-Typen mit eurem Zauberbann belegt hattet. Delphine sind ja in Ordnung – ein paar meiner besten Freunde sind Fins. Aber als Raumfahrerrasse sind sie schon ein komischer Haufen.«

Er schüttelte den Kopf. Ein Ausdruck trauriger Weisheit lag in seinem Gesicht, der seine Meinung offenlegte: Wenn seine eigene Spezies für das Liften auf der Erde verantwortlich gewesen wäre, hätte alles besser geklappt.

»Nun, zum einen sind sie hervorragende Raumpiloten«,

gab Dennie zu bedenken. »Keepiru beispielsweise ist doch wohl ein heißer Sternenjockey.«

»Yeah, und vergiß nicht, was für ein Clown er ist, wenn er gerade mal *nicht* fliegt. Ehrlich, Dennie – diese Reise hat mich wirklich daran zweifeln lassen, daß die Fins für die Raumfahrt schon reif sind. Hast du gesehen, wie sich manche von ihnen benehmen, seit wir hier in der Tinte sitzen? Der ständige Druck läßt einige von ihnen demnächst ausrasten – vor allem Metz' große *Stenos.*«

»Du bist nicht sehr gnädig«, tadelte Dennie. »Niemand hat damit rechnen können, daß diese Mission mit so viel Streß verbunden sein würde. Ich finde, die meisten Fins halten sich hervorragend. Überleg doch, wie Creideiki uns aus dem Schlamassel bei Morgran herausgemogelt hat.«

Charlie schüttelte den Kopf. »Ich weiß nicht. Ich wünschte immer noch, es wären mehr Menschen und Schimps an Bord.«

Die Schimps waren nicht mehr als hundert Jahre vor den Delphinen als Raumfahrerspezies anerkannt worden, aber Dennie vermutete, daß sie die Fins noch in einer Million Jahren mit dieser Herablassung betrachten würden.

»Gut. Wenn du nicht mitkommst, dann gehe ich jetzt«, erklärte sie. Sie ergriff ihre Mappe und berührte die Abtastplatte an der Tür mit der Handfläche. »Bis später, Charlie.«

Bevor die Tür zischend hinter ihr ins Schloß glitt, rief der Schimp ihr nach: »Ach, übrigens, wenn du Tkaat oder Sah'ot sehen solltest, sag ihnen, sie sollen mich anrufen, ja? Ich könnte mir vorstellen, daß diese Subduktionsanomalien paläotechnischer Herkunft sind. Für einen Archäologen könnte das interessant sein.«

Dennie ließ die Tür hinter sich zugleiten und antwortete nicht. Wenn sie nicht zu erkennen gab, daß sie Charlies Ansinnen gehört hatte, würde sie später Unwissenheit vorschützen können. Unter keinen Umständen würde sie irgend etwas unternehmen, um mit Sah'ot zu reden, ganz gleich, wie wichtig Charlies Entdeckung war!

Diesem Delphin aus dem Weg zu gehen, nahm schon viel zuviel Zeit in Anspruch.

Die trockenen Sektionen des Raumschiffs *Streaker* waren weitläufig, obwohl sie nur acht Besatzungsmitgliedern problemlos zugänglich waren. Die einhundertdreißig Delphine – seit dem Start von der Erde hatte sich diese Zahl um zweiunddreißig verringert – konnten nur auf einem mechanischen Schreiter, einer ›Spinne‹, in das Trockenrad gelangen.

Es gab einige Räume, die nicht mit hyper-sauerstoffangereichertem Wasser geflutet oder den Gravitationsfluktuationen des Zentralschachtes ausgesetzt werden sollten, wenn sich das Schiff im Raum befand. Es gab Lagerräume, die trockengehalten werden mußten, und Maschinenkammern, in denen bei Hitze und Schwerkraft gearbeitet wurde. Und es gab die Wohnquartiere für die Menschen und den Schimp.

Dennie blieb an der Kreuzung zweier Korridore stehen. Sie schaute in den Gang hinein, in dem die meisten der Menschen ihre Kabinen hatten, und sie dachte daran, an die Tür der zweiten Kabine zu klopfen. Wenn Tom Orley da war, wäre dies vielleicht eine gute Gelegenheit, ihn wegen eines Problems um Rat zu fragen, das von Tag zu Tag lästiger wurde: Wie sie nämlich Sah'ots ungewöhnliche… ›Aufmerksamkeiten‹ behandeln sollte.

Es gab nur wenige Menschen, die besser als Thomas Orley qualifiziert gewesen wären, ihr im Zusammenhang mit nichtmenschlichem Verhalten einen Rat zu geben. Sein offizieller Titel war ›Berater für Alientechnologien‹, aber es war klar, daß er auch als Psychologe hier draußen war, um Dr. Metz und Dr. Baskin dabei zu helfen, die Leistungen einer integrierten Delphinbesatzung zu evaluieren. Er kannte die Cetaceen, und vielleicht würde er ihr sagen können, was Sah'ot von ihr wollte.

Tom würde wissen, was zu tun war. Aber…

Ihre gewohnheitsmäßige Unentschlossenheit machte

sich wieder bemerkbar. Es gab zahllose Gründe, Tom jetzt nicht zu stören, beispielsweise die Tatsache, daß er jede wache Minute damit zubrachte, einen Weg zu finden, das Leben der ganzen Besatzung zu retten. Selbstverständlich ließ sich das gleiche auch von allen anderen sagen, aber Orleys Erfahrung und sein Ruf ließen immerhin den Schluß zu, daß er unter Umständen in der Lage sein könnte, tatsächlich einen Weg zu finden, die *Streaker* und ihre Crew von Kithrup fortzubringen, bevor sie den ETs in die Hände fielen.

Dennie seufzte. Ein weiterer Grund, die Sache aufzuschieben, war ihre Verlegenheit. Es war nicht leicht für eine junge Fem, einen so weltgewandten Mel wie Thomas Orley um persönlichen Rat anzugehen, vor allem, wenn es darum ging, wie mit den Avancen eines amourösen Tümmlers zu verfahren sei.

Ganz gleich, wie freundlich Tom auch sein mochte, er würde zwangsläufig lachen müssen oder sein Lachen ganz offensichtlich unterdrücken. Die Situation, das mußte Dennie einräumen, *mußte* einfach komisch wirken – für jeden außer für das Objekt der delphinischen Verführungskünste.

Dennie beschleunigte ihren Schritt und ging den sanft aufwärtsgekrümmten Korridor hinauf zum Lift. *Wieso wollte ich überhaupt jemals in den Weltraum?* fragte sie sich. *Sicher, es war eine gute Gelegenheit, meine Karriere voranzutreiben. Und mein Privatleben auf der Erde war sowieso ruiniert. Aber wo bin ich jetzt? Meine Analyse der kithrupanischen Biologie steckt fest. Tausende glotzäugiger Ungeheuer kreisen über dem Planeten und lechzen danach, herunterzukommen und mich zu fangen, und zu allem Überfluß nervt mich ein geiler Delphin mit Vorschlägen, die Katharina die Große zum Erröten bringen würden.*

Es war natürlich nicht fair, aber wann war das Leben jemals fair gewesen?

Die *Streaker* war als modifiziertes Forschungsschiff der *Snarkjäger*-Klasse gebaut worden. Nur noch wenige Snarks standen im Dienst. Die Terraner fanden sich in den raffinierten Technologien der *Bibliothek* immer besser zurecht, und so lernten sie, das Alte mit dem Neuen zu kombinieren – uralte galaktische Verfahren und die einheimischen Technologien der Erde. Diese Methode hatte sich in einem ungewöhnlich unbeholfenen Entwicklungsstadium befunden, als man die Snarks gebaut hatte.

Das Schiff war ein blasenförmig endender Zylinder mit abstehenden, auslegerartigen Realitätsflanschen, die den Rumpf in fünf Ringen zu je fünf Flanschen umgaben. Im All verankerten diese Flanschen sie in einer schützenden Stasissphäre. Jetzt, da die verwundete *Streaker* auf der Seite in einem schlammigen Canyon achtzig Meter unter dem Meeresspiegel eines außerirdischen Ozeanes lag, dienten sie als Landefüße.

Zwischen dem dritten und vierten Flanschenring wölbte die Schiffswand sich leicht nach außen, um dem Trockenrad Platz zu bieten. Im freien Weltraum rotierte dieses Rad und produzierte so eine primitive Art von künstlicher Schwerkraft. Die Menschen und ihre Klienten hatten zwar gelernt, Gravitationsfelder zu generieren, aber beinahe jedes terranische Schiff verfügte noch über ein Zentrifugalrad. Manche betrachteten es als Markenzeichen, das verkünden sollte, was die Terraner nach Ansicht einiger ihnen freundlich gesonnener Spezies besser mit dem Mantel des Schweigens bedeckt hätten: Daß nämlich die drei Rassen von Sol anders seien als alle anderen im Universum – die ›Waisen‹ von der Erde…

Das Rad der *Streaker* bot Platz für maximal vierzig Menschen, aber jetzt wohnten hier nur sieben und ein Schimpanse. Es enthielt außerdem Freizeiteinrichtungen für die Delphin-Crew, Pools, in denen sie während der Freiwachen springen und planschen und sexuelle Spiele treiben konnten.

Aber am Boden eines Planeten konnte sich das Rad nicht drehen. Die meisten seiner Räume waren schief und unzugänglich. Und die große Zentralkammer des Schiffes war überflutet.

Dennie fuhr mit einem Lift in einer der Speichen, die das Trockenrad mit der starren Zentralachse verbanden, nach oben. Die Achse trug den offenen Innenraum der *Streaker.* Dennie verließ den Aufzug und trat in einen sechseckigen Gang mit Türen und Zugangsluken, die in alle Richtungen gingen, und bald darauf hatte sie die Hauptkammerschleuse, fünfzig Meter vor den Speichen des Rades, erreicht.

In der Schwerelosigkeit wäre sie den langen Gang hinuntergeglitten und nicht gegangen. Die Gravitation ließ ihr den Korridor auf unheimliche Weise fremd erscheinen.

Eine Wand von verglasten Schränken in der Kammerschleuse enthielt Raumanzüge und Tauchausrüstungen. Dennie nahm einen Bikini aus ihrem Spind, eine Gesichtsmaske und Schwimmflossen. Unter ›normalen‹ Bedingungen hätte sie einen Overall angezogen, einen leichten Düsengürtel und vielleicht ein Paar breiter Armschwingen. Damit hätte sie in die Zentralkammer springen und durch die feuchte Luft überall hinschweben können; lediglich den rotierenden Speichen des Trockenrades hätte sie aus dem Weg gehen müssen.

Jetzt aber standen die Speichen natürlich still, und die Zentralkammer enthielt etwas Feuchteres als Luft.

Rasch zog sie sich aus und legte den Badeanzug an. Dann stellte sie sich vor einen Spiegel und zupfte an den Bändern, bis der Bikini bequem saß. Dennie wußte, daß sie eine attraktive Figur hatte. Zumindest hatten die Mels, die sie kannte, ihr das oft genug erzählt. Gleichwohl gaben ihr die ein wenig zu breiten Schultern den Vorwand für die Selbstvorwürfe, den sie bei allem zu suchen schien.

Sie testete den Spiegel mit einem Lächeln. Sogleich veränderte sich das Bild. Kräftige weiße Zähne bildeten ein strahlendes Gegengewicht zu dunkelbraunen Augen.

Sie stellte es gleich wieder ein. Grübchen ließen sie jünger aussehen, ein Effekt, der unter allen Umständen zu vermeiden war. Sie seufzte und stopfte ihr rabenschwarzes Haar sorgfältig unter eine Tauchkappe aus Gummi.

Nun, bringen wir's hinter uns.

Sie überprüfte die Verschlüsse ihrer Aktenmappe und betrat dann die Schleuse. Als sie die innere Luke geschlossen hatte, begann sprudelndes Salzwasser aus Öffnungen ringsum am Boden zu dringen und die Schleuse zu überfluten.

Dennie vermied es, zu Boden zu sehen. Sie hantierte mit ihrer Batteau-Atemmaske und drückte sie fest ans Gesicht. Die transparente Membran fühlte sich zäh an, aber sie ließ die Luft ungehindert ein- und ausdringen, als Dennie schnell und tief ein- und ausatmete. Zahlreiche flexible Platten dienten dazu, hinreichend Luft aus dem überladenen Oxywasser zu ziehen. Am Rande des Gesichtsfeldes war die Maske mit kleinen Sonardisplays ausgerüstet, die die substantielle Taubheit des Menschen unter Wasser halbwegs ausgleichen sollten.

Warmes, blubberndes Wasser stieg an ihren Beinen empor. Mehrmals rückte Dennie ihre Gesichtsmaske zurecht. Mit dem Ellbogen preßte sie die Mappe fest an ihre Seite. Als die Flüssigkeit ihre Schultern fast erreicht hatte, tauchte sie mit dem Kopf unter und atmete mit geschlossenen Augen heftig ein und aus.

Die Maske funktionierte. Selbstverständlich – sie funktionierte immer. Es war, als atme man einen dicken, ozeanischen Nebel ein, aber die Luft reichte aus. Sie kam sich ein wenig albern vor mit ihrem ängstlichen kleinen Ritual, daher richtete sie sich wieder auf und wartete standhaft, bis ihr das Wasser über dem Kopf zusammenschlug.

Endlich öffnete sich die Tür, und Dennie schwamm hinaus in ein geräumiges Abteil, in dem Spinnen, Schreiter und anderes Delphingerät säuberlich zusammengelegt in Nischen lagerte. Auf schnurgeraden Regalen stapelten sich die kleinen Wasserdüsensets, mit denen sich die Delphine im schwerelosen Zustand durch das Schiff bewegten. Im freien Fall ermöglichten diese Jets verblüffende akrobatische Übungen, aber auf einem Planeten und in einem großenteils gefluteten Schiff waren sie nutzlos.

Meistens befanden sich ein oder zwei Fen in diesem äußeren Umkleideraum, die damit beschäftigt waren, sich in ihre Geräte zu winden oder sie abzulegen. Jetzt aber war der Raum leer, und erstaunt schwamm Dennie zu der Öffnung am anderen Ende und spähte hinaus in die Zentralkammer.

Der große Zylinder maß nicht mehr als zwanzig Meter im Durchmesser. Der Blick war längst nicht so überwältigend wie der von der Nabe einer jener Weltraumstädte in Sols Asteroidengürteln. Gleichwohl war ihr erster Eindruck in der Zentralkammer immer der eines endlosen, von geschäftigem Treiben erfüllten Raumes. Lange Radialspeichen reichten vom Zentralschaft zu den Zylinderwänden. Sie hielten das Schiff in Form und transportierten die Kraft zu den Stasisflanschen. Zwischen diesen pfeilerartigen Speichen befanden sich die Arbeitsbereiche der Delphine, ausgestattet mit federnden Netzen.

Delphine, auch *Tursiops amicus,* waren nur ungern mehr als nötig beengt. Im Weltraum arbeitete die Crew in der schwerelosen Weite der Zentralkammer, wo sie in feuchter Luft, von ihren Jets getrieben, umherschwebten. Aber Creideiki hatte sein beschädigtes Schiff auf Grund setzen müssen, und dies bedeutete, er hatte es auch fluten müssen, um seinen Mitarbeitern Zugang zu ihren Instrumenten zu ermöglichen.

Schimmerndes, nur wenig unterdrücktes Schäumen und Sprudeln erfüllte die ganze Kammer. Überall schwebten feine Blasenströme zur leicht gekrümmten Decke empor. Das Wasser von Kithrup wurde sorgfältig gefiltert, man fügte Lösungsmittel hinzu und preßte Sauerstoff hinein, um es in Oxywasser umzuwandeln. Neo-Delphine waren gen-technisch befähigt worden, es zu atmen, wenngleich es ihnen keinen sonderlichen Genuß bereitete.

Dennie sah sich verwirrt um. Wo waren alle?

Dann bewegte sich etwas. Über einem Fünf-Meter-Abschnitt der Zentralachse schwammen zwei Delphine und zwei Menschen mit hoher Geschwindigkeit auf den Bug des Schiffes zu.

»He!« rief Dennie. »Wartet auf mich!«

Die Gesichtsmaske sollte den Klang ihrer Stimme bündeln und verstärken, aber für ihre Ohren klang es, als verschlucke das Wasser ihre Worte.

Die Fen stoppten sofort. Sie schwammen wie auf Kommando eine Schleife und schossen auf sie zu. Die beiden Menschen schwammen einen Augenblick lang weiter, aber dann hielten sie inne, sahen sich um und bewegten langsam die Arme. Als sie Dennie erblickten, winkte einer von ihnen.

»Beeilen Sie sich, verehrte Biologin.« Ein großer, holzkohlengrauer Delphin im schweren Arbeitsgeschirr glitt an ihr vorbei. Der andere umkreiste sie ungeduldig.

Dennie schwamm, so schnell sie konnte. »Was ist los? Ist die Raumschlacht vorüber? Hat uns jemand gefunden?«

Ein untersetzter, schwarzhäutiger Mann grinste, als sie herankam. Der andere Mensch, eine hochgewachsene, stattliche blonde Frau, wandte sich ungeduldig um und schwamm schnell weiter, kaum daß Dennie sie erreicht hatte.

»Na, hätten wir denn nich' 'n Alarm gehört, wenn die ETs da wären?« fragte der Schwarze spöttisch, während sie über der Achse dahinschwammen. Wieso Emerson D'Anite mit seiner dunklen Hautfarbe manchmal wie ein englischer Proletarier zu reden versuchte, war ein Geheimnis, das Dennie noch würde ergründen müssen.

Sie war erleichtert, als sie hörte, daß sie nicht angegriffen wurden, aber wenn die Galactics nicht unterwegs waren, um sie zu fangen, was steckte dann hinter dieser Aufregung?

»Die Metallsucher!« Das Schicksal der vermißten Patrouille hatte sie völlig vergessen, so sehr war sie mit ihren eigenen Problemen beschäftigt gewesen. »Gillian, sind sie wieder da? Sind Toshio und Hikahi wieder zurück?«

Die ältere Frau schwamm mit weit ausgreifender, langbeiniger Grazie, um die Dennie sie beneidete. Ihre leise Altstimme trug erstaunlich gut durch das Wasser. Ihr Gesichtsausdruck war grimmig.

»Ja, Dennie, sie sind wieder da. Aber mindestens vier von ihnen sind tot.«

Dennie schnappte nach Luft. Sie mußte sich anstrengen, um das Tempo zu halten. »Tot? Wie...? Wer...?«

Gillian Baskin schwamm mit unverminderter Geschwindigkeit. Über ihre Schulter hinweg antwortete sie: »Wir wissen nicht genau, wie... Als Brookida zurückkam, erwähnte er Phip-pit und Ssassia... und sagte dem Rettungstrupp, auf dem Strand würden sie wahrscheinlich noch weitere verletzt oder tot finden.«

»Brookida...?«

Emerson stieß sie mit dem Ellbogen an. »Und wo hast du gesteckt? Es wurde durchgesagt, als er ankam – schon vor Stunden. Mr. Orley war mit dem alten Hannes und zwanzig Crew-Fen unterwegs, um die anderen zu finden.«

»Ich... ich habe wohl geschlafen.« Dennie erwog, einen gewissen Schimpansen Stück für Stück auseinanderzunehmen. *Wieso hat Charlie mir nichts gesagt, als ich zur Arbeit kam?* Wahrscheinlich hatte er es völlig vergessen. Eines Tages würde jemand diesen Schimp wegen seiner Monomanie erwürgen!

Dr. Baskin war mit den beiden Delphinen schon vorausgeschwommen. Sie konnte fast ebenso schnell schwimmen wie Tom Orley, und keiner der fünf anderen Menschen an Bord konnte mit ihr Schritt halten, wenn sie sich beeilte.

Dennie wandte sich an D'Anite. »Was ist denn passiert?«

Emerson berichtete in knappen Worten, was Brookida von einer mörderischen Schlingpflanze, einem brennenden, abstürzenden Sternenkreuzer und den wilden Wogen, die seinem Absturz folgten und den verzweifelten Zyklus des Rettungsfiebers in Gang setzten, erzählt hatte.

Dennie war überwältigt von dieser Geschichte, vor allen Dingen von der Rolle, die der junge Toshio dabei gespielt hatte. Das alles klang überhaupt nicht nach Toshio Iwashika. Er war der einzige Mensch an Bord der *Streaker* gewesen, der ihr noch jünger und noch einsamer vorgekommen war als sie selbst. Natürlich hatte sie den Kadetten gemocht, und sie hoffte, seine Versuche, ein Held zu sein, hatten ihn nicht das Leben gekostet.

Schließlich erzählte Emerson ihr die jüngsten Gerüchte – von einer Rettungsaktion während eines mitternächtlichen Gewitters auf der Insel und von eingeborenen Werkzeugbenutzern. Diesmal hielt Dennie wirklich mitten im Schwimmzug inne.

»*Abos?* Bist du sicher? Präintelligente Eingeborene?« Wassertretend starrte sie den schwarzen Ingenieur an.

Es waren nur noch zehn Meter bis zu einer großen, offenen Luke am Bugende der Zentralkammer. Aus der Luke drang eine Kakophonie von schrillem Kreischen und Zwitschern.

Emerson zuckte die Achseln. Dabei löste sich eine Schicht von Luftbläschen, die seine Schultern und die Randplatten seiner Gesichtsmaske bedeckt hatte. »Dennie, warum schwimmen wir nicht einfach hinein und finden es heraus? Bis jetzt ist alles nur Tratsch. Aber inzwischen müßten sie ja dekontaminiert sein.«

Vor ihnen erklang plötzlich das hohe Sirren von Maschinen, und im nächsten Augenblick jagten drei weiße Schnellschlitten nacheinander aus der Luke der Außenschleuse. Einer nach dem anderen, schossen sie um Dennie und D'Anite herum, noch ehe sich einer der beiden rühren konnte. In ihrem Kielwasser tanzte eine sprudelnde Kette glitzernder Bläschen.

Auf den Schlitten lagen verwundete Delphine angeschnallt unter einer Plastikkuppel. Zwei von ihnen hatten gräßliche Schnitte in den Flanken, die nur notdürftig verbunden waren. Mit überraschtem Blinzeln erkannte Dennie, daß Hikahi dabei war, der Dritte Offizier der *Streaker*.

Die Ambulanzschlitten tauchten unter der Zentralachse hinweg und nahmen Kurs auf eine Öffnung in der Innenwand des großen Zylinders. Die große blonde Frau, die sie herbegleitet hatte, klammerte sich an einen Handgriff am letzten Schlitten und ließ sich ziehen. Mit der freien Hand drückte sie einen Diagnosemonitor an die Flanke des Delphins auf dem Schlitten.

»Kein Wunder, daß Gillian es so eilig hatte. Es war dumm von mir, sie aufzuhalten.«

»Oh, mach dir deshalb keine Sorgen.« Emerson faßte sie am Arm. »Die Verletzungen sahen nicht so aus wie die, für die man einen menschlichen Arzt benötigt. Makanee und die Autodoks schaffen so gut wie alles allein, weißt du.«

»Trotzdem, vielleicht haben sie biochemische Schäden davongetragen... Vergiftungen... Vielleicht kann ich mich nützlich machen.«

Sie wollte sich abwenden, aber der Ingenieur ließ sie nicht los.

»Man wird dich rufen, wenn Makanee oder feMister Baskin nicht zurechtkommen. Und ich glaube nicht, daß du Neuigkeiten versäumen willst, die für dein Spezialgebiet wichtig sein könnten.«

Dennie schaute den Ambulanzschlitten nach, aber dann nickte sie. Emerson hatte recht. Falls man sie brauchte, würde man sie über das Intercom überall erreichen können, und ein Schlitten würde sie abholen, der sie schneller hinbrächte, als sie schwimmen könnte. So schwammen sie auf das Gezeter der aufgeregten Cetaceen in der Außenschleuse zu, und als sie in die vordere Kammer gelangten, fanden sie dort eine wild durcheinanderwirbelnde Schar schlanker grauer Gestalten und Wolken von funkelnden Luftblasen.

Die vordere Außenschleuse im Bug der *Streaker* war die

Hauptverbindung des Schiffes mit der Außenwelt. Die zylindrische Wand war von Lagerzellen bedeckt, in denen Spinnen, Schlitten und anderes Gerät für den Außeneinsatz aufbewahrt wurden. Im Bug lagen drei große Luftschleusen.

An Backbord und an Steuerbord beherbergte die geräumige Kammer das Skiff und das Langboot. Mit ihren Nasen berührten die beiden kleinen Raumschiffe die Irisluken, durch die sie, je nach Situation, in Vakuum, Luft oder Wasser hinausgelangten.

Das Heck des Skiffs reichte bis dicht vor das hintere Schott der zwanzig Meter tiefen Schleuse, aber das größere Langboot verschwand mit dem Heck in einer Ausbuchtung, die bis in das Gewirr von Gängen und Kabinen im dicken, zylindrischen Leib der *Streaker* reichte.

Über ihnen lag ein drittes, leeres Ankerdock. Die Gig des Captains war einige Wochen zuvor zusammen mit zehn Besatzungsmitgliedern bei einem merkwürdigen Zwischenfall in der Region, die Creideiki den ›Seichten Sternenhaufen‹ getauft hatte, verlorengegangen. Dieser Verlust, der sich bei der Untersuchung der verlassenen Flotte ereignet hatte, war ein Thema, das selten zur Sprache kam.

Dennie griff nach D'Anites Arm, als ein weiterer Schlitten vorüberglitt. Er war langsamer als die weißen Ambulanzschlitten der Krankenstation. Versiegelte grüne Säcke waren darauf festgebunden. Am vorderen Ende liefen sie flaschenartig spitz zu, am hinteren waren sie flach und breit, und so war nur unschwer zu erraten, was sie enthielten.

Ein kleiner Sack ist nicht dabei, dachte Dennie. Heißt das, Toshio lebt noch? Dann entdeckte sie bei der Dekontaminationsschleuse einen jungen Menschen im Taucheranzug, umgeben von einer Schar Delphine.

»Da ist Toshio!« rief sie, ein wenig überrascht von der Intensität der Erleichterung, die sie empfand. Sie zwang sich zu einem ruhigen Tonfall. »Ist das Keepiru neben ihm?« Sie streckte den Arm aus.

D'Anite nickte. »Yeah. Anscheinend sind sie unverletzt. Wenn ich richtig gezählt habe, dann bedeutet das wohl, daß Hist-t auf dem Himmelsstrom davongeschwommen ist. Das ist eine hundsgemeine Schande. Wir haben uns gut verstanden.« Emerson hatte seinen affektierten Tonfall völlig abgelegt, als er nun um den verlorenen Freund trauerte.

Er spähte durch die Menge. »Kannst du dir einen hinreichend offiziellen Grund ausdenken, weshalb wir uns dort hineinquetschen müssen? Die meisten der Fen würden uns ja gewohnheitsmäßig aus dem Weg gehen. Aber mit Creideiki ist es was anderes. Patrone oder nicht, der reißt uns den Arsch auf, wenn er meint, wir lungern nutzlos herum und sind bloß allen im Weg.«

Eben darüber hatte Dennie gerade nachgedacht. »Überlaß das mir.« Sie führte ihn in die drängende Menge hinein, drückte hier eine Nase, da eine Schwanzflosse beiseite und bahnte ihnen einen Weg durch das Geschiebe. Die meisten der Fen schwammen beiseite, sobald sie die Menschen erblickten.

Dennie schaute sich in der quiekenden, klickenden Meute um. Müßte Tom Orley nicht hier sein? dachte sie. Er und Hannes und Tsh't hatten doch zur Rettungsmannschaft gehört, oder nicht? Weshalb sah sie ihn nirgends? Irgendwann *mußte* sie mit ihm reden – und zwar bald.

Toshio sah aus wie ein sehr müder junger Mann. Frisch dekontaminiert, schälte er sich langsam aus seinem Taucheranzug, während er mit Creideiki sprach. Bald trieb er nackt bis auf die Gesichtsmaske im Wasser. Fetzen von synthetischer Haut bedeckten seine Hände, seinen Hals und sein Gesicht. Keepiru schwebte nicht weit von ihm. Der erschöpfte Delphin trug einen Atmer, wahrscheinlich auf ärztliche Anordnung.

Plötzlich wirbelten die Zuschauer, die Dennie die Sicht

versperrten, herum und schossen pfeilschnell nach allen Seiten davon.

...müßig gaffende Bande –
Schluß mit dem faulen Gelausche!
Sonst mögen die Netze von Iki euch finden –
euch strafen für lungernde Trägheit!

Die plötzlich auseinanderstiebenden Delphine ließen Dennie und Emerson verblüfft innehalten. In wenigen Augenblicken hatte das Gedränge sich aufgelöst.

»Lassst-t es mich nicht noch einmal sagen!« drohte Creideiki. Seine Stimme hallte hinter den flüchtenden Crew-Fen her. »Hier geschieht alles, was notwendig ist. Denkt klare Gedanken und tut eure Arbeit!«

Ein Dutzend Fen blieb in Creideikis und Toshios Nähe; es war das Schleusenpersonal und die Adjutanten des Captains. Creideiki wandte sich an Toshio. »Nun denn, kleiner Haibeißer, führe deinen Bericht jetzt endlich zu Ende.«

Der Junge errötete. Er wußte nicht, was er zu diesem Ehrennamen sagen sollte. Mit Mühe verhinderte er, daß ihm die schweren Lider zufielen, und mit letzter Kraft behielt er in der sanften Strömung zumindest annähernd Standardhaltung.

»Äh, ich denke, das war's in etwa, Sir. Ich habe Ihnen alles gesagt, was Mr. Orley und Tsh't mir von ihren Plänen mitgeteilt haben. Wenn das ET-Wrack brauchbar aussieht, werden sie einen Schlitten mit einem Bericht herschicken. Wenn nicht, kommen sie mit dem, was sie womöglich herausholen können, so schnell wie möglich zurück.«

Langsam beschrieb Creideiki kleine Kreise mit dem Unterkiefer. »Ein riskantesss Spiel«, bemerkte er. »Es wird mindestens einen Tag dauern, bis sie das Wrack erreichen. Und weitere Tage werden vergehen, ohne daß wir miteinander Verbindung haben.«

Luftblasen stiegen aus seinem Maul...

»Nun gut. Du wirst dich ausruhen, und dann wirst du mit mir zu Abend essen. Ich fürchte, der Lohn für die Rettung Hikahis und vermutlich unser aller Leben wird ein Verhör sein, wie du es wahrscheinlich nicht einmal von unseren Feinden zu erwarten hättest.«

Toshio lächelte matt.

»Ich verstehe, Sir. Aber ich werde mich mit Vergnügen von Ihnen auswringen lassen, wenn ich nur vorher etwas essen kann... und wenn ich für ein Weilchen ins Trockene darf.«

»So soll es sein. Bis dann!« Der Captain nickte und wollte davonschwimmen.

Dennie war im Begriff, Creideiki anzurufen, als jemand anders ihr zuvorkam.

»Captain, bitte! Darf ich einen Augenblick mit Ihnen sprechen?«

Es war eine musikalische Stimme. Der Sprecher war ein großer, männlicher Delphin mit der fleckig grauen Haut einer *Stenos*-Unterart. Er trug ein ziviles Geschirr, ohne die klobigen Gerätschaften und die schweren Manipulatorarme, mit denen die Besatzung sonst ausgerüstet war. Dennie verspürte ein starkes Bedürfnis, sich hinter Emerson D'Anite zu verstecken. Sie hatte Sah'ot in der Menge nicht bemerkt, bevor er das Wort ergriff.

»Bevor Sie gehen, Sir...«, flötete der Delphin. Sein Tonfall war überaus lässig. »Ich muß Sie um Erlaubnis bitten, zu der Insel schwimmen zu dürfen, auf der Hikahi strandete.«

Mit einem Schlag seiner Schwanzflosse bäumte sich Creideiki auf und beäugte den Sprecher mit nach oben gewandtem Bauch. Mit skeptischem Unterton redete er den Fin an. »Sprecher-zu-den-Rassen, es ist keine Fischbräukneipe, diese Insel, wo Sie mit einem Gedicht einen Irrtum zurückkaufen können. Weshalb jetzt ein solcher Mut, den Sie vorher nie gezeigt haben?«

Einen Moment lang blieb Sah'ot regungslos. Trotz ihrer Abneigung gegen den zivilen Spezialisten fühlte Dennie

Mitleid in sich aufsteigen. Sah'ots Verhalten bei der verlassenen Flotte – er hatte sich geweigert, das später zugrunde gegangene Erkundungsteam zu begleiten – war nicht eben bewunderungswürdig gewesen. Er hatte sich wie eine Primadonna benommen.

Aber es hatte sich gezeigt, daß er recht gehabt hatte. Das Captainsgig und zehn ausgezeichnete Besatzungsmitglieder waren verlorengegangen, unter anderem auch der Erste Offizier der *Streaker.*

Alles, was dieses Opfer ihnen eingebracht hatte, war ein drei Meter langes Rohr aus irgendeinem fremdartigen Metall, über und über zernarbt von Mikrometeoriteinschlägen, denen es eine Ewigkeit lang ausgesetzt gewesen war. Thomas Orley hatte es persönlich an Bord gebracht. Gillian Baskin hatte die versiegelte Antiquität übernommen, und nach allem, was Dennie wußte, hatte seither niemand das Stück zu Gesicht bekommen. Aber nach Dennies Meinung wog es keinesfalls diesen schweren Verlust auf.

»Captain«, sagte Sah'ot jetzt, »ich glaube, daß es da noch etwas gibt, was nicht einmal Thomas Orley in dieser kurzen Zeitspanne in allen Einzelheiten hat untersuchen können. Er ist unterwegs zu dem abgestürzten Raumschiff, aber diese Insel ist für uns noch immer wichtig.«

Unfair! Dennie hatte sich darauf vorbereitet, das zu übernehmen! Es hätte ein Akt von Professionalismus, von *Selbstsicherheit,* sein sollen, den Mund aufzutun und zu *verlangen…*

»Seien Sie ehrlich, Captain«, fuhr Sah'ot fort. »Was ist – nach unserer Pflicht, aus dieser Falle hier zu entrinnen und dem Klan der Erdspezies zu dienen – die wichtigste Verantwortung, die uns obliegt?«

Creideiki war sichtbar unschlüssig. Man sah deutlich, daß er Sah'ot am liebsten die Rückenflosse abgebissen hätte, weil dieser ihn auf solche Weise köderte. Ebenso offensichtlich war, daß Sah'ot ihn mit einer doppelten Harpune getroffen hatte, indem er das Wort ›Pflicht‹ benutzt und es in ein Rätsel gekleidet hatte. Der Captain schlug mit der Schwanzflosse hin und her und gab eine Kette von leisen Breitband-Sonarklicks von sich. Es klang wie das Ticken einer Uhr. Seine Augen waren verschleiert und dunkel.

Dennie konnte es nicht mehr erwarten, bis der Captain entweder das Rätsel löste oder Sah'ot in eine Zelle sperren ließ.

»Die Abos!« schrie sie.

Creideiki drehte sich um und sah sie an. Dennie errötete, als sie das analytische Klangfeld über sich hinwegfließen fühlte. Sie wußte, daß die Wellen bis in ihre Eingeweide drangen und alles erfaßten, inklusive dessen, was sie gefrühstückt hatte. Creideiki flößte ihr Angst ein. Angesichts des machtvollen und undurchschaubaren Geistes hinter dieser breiten Stirn fühlte sie sich ganz und gar nicht wie ein Patron.

Der Captain wirbelte unvermittelt herum und schwamm auf Toshio zu. »Hast-t du noch die Artefakte, die Thomas Orley ausgewählt hat, junger Jäger?«

»Ja, Sir, ich...«

»Du wirst sie bitte der Biologin Sudman und dem Rassensprecher Sah'ot überlassen, bevor du dich zur Ruhe begibst. Wenn du dich ausgeruht hast, wirst du sie wieder abholen, und dazu die Empfehlungen der Experten. Ich werde sie dann während des Abendessens selbst untersuchen.«

Toshio nickte, und der Captain wandte sich an Dennie.

»Bevor ich Ihnen die Erlaubnis erteile, müssen Sie einen Plan haben. Sie werden wenig materielle Unterstützung von mir bekommen, und Sie werden bei dem geringsten Anzeichen irgendwelcher Gefahren unverzüglich zurückgerufen werden. Können Sie diese Bedingungen akzeptieren?«

»J-ja... wir werden dann ein Monofaserkabel zum Schiff benötigen, wegen der Computeranschlüsse, und außerdem...«

»Besprechen Sie dasss mit Keepiru, bevor er sich zur

Ruhe begibt. Er muß Ihnen helfen, etwas militärisch Akzetables auf die Beine zu bringen.«

»Keepiru? Aber ich dachte...« Dennie sah den jungen Delphin an und verschluckte im letzten Moment die Taktlosigkeit, die sie hatte äußern wollen. Stumm unter seinem Atmer, wirkte der Pilot so unglücklich wie nie zuvor.

»Ich habe meine Gründe, Fem-Sir. Als Pilot ist er von geringem Nutzen, solange wir bewegungsunfähig sind. Ich kann seine Mitarbeit an Bord entbehren und ihn als Ihren Feldverbindungsfin einsetzen... *falls* ich mit Ihrem Plan einverstanden bin.«

Die Aufmerksamkeit, die der Captain ihm angedeihen ließ, veranlaßte Keepiru, sich zusammenzuziehen und den Blick abzuwenden. Toshio legte ihm eine Hand auf den glatten Rücken. Auch das war eine Veränderung. Dennie hatte früher nie den Eindruck gehabt, die beiden seien besonders eng befreundet.

Creideikis Zähne blitzten im hellen Licht der Schleusenkammer.

»Gibt-t es noch weitere Kommentare?« Alle schwiegen.

Creideiki schlug mit dem Schwanz hin und her und pfiff die Floskel für das Ende der Befehlsausgabe. Dann bäumte er sich auf und jagte mit schnellen, kraftvollen Flossenschlägen davon. Seine Adjutanten folgten ihm.

Keepiru wartete, bis der Captain nicht mehr zu sehen war. Dann wandte er sich an Dennie und Sah'ot.

Könnt mich finden, euch zu dienen –
in Kabine, atmend, schwebend –
Bringe Toshio nur zur Ruhe...

Toshio grinste, als Dennie ihn kurz umarmte. Dann wandte er sich ab und schwamm davon, den Arm über Keepirus Rücken gelegt. Langsam entfernten sich die beiden.

Just in diesem Moment glitt eine der Liftluken in der Schiffswand beiseite, und eine blau-gelbe Gestalt schoß wie ein Torpedo hervor. Ein ausgelassenes Gezeter erfüllte die Kammer, als der andere Kadett des Schiffes an Keepiru und dem Knaben vorüberschnellte und dann in immer enger werdenden Kreisen und unter aufgeregtem Geschnatter um die beiden herumsauste.

»Glaubst du wirklich, daß Toshio auch nur eine Sekunde schlafen wird?« meinte Emerson.

»Nicht, wenn Akki ihn zwingt, die ganze Geschichte zu erzählen, bevor er mit dem Captain zu Abend ißt.« Dennie beneidete Akki und Toshio um ihre Kameradschaft, die so beständig und intensiv war wie ein Stern. Sie sah, wie der Junge lachte, als er seinen Freund abwehrte, bis sie beide in der Liftröhre verschwunden waren.

»Tja, Schwester...« Emerson D'Anite grinste Dennie an. »Mir scheint, du hast die wissenschaftliche Befehlsgewalt. Meinen Glückwunsch.«

»Es ist noch nichts entschieden«, erwiderte sie. »Außerdem wird Keepiru das Kommando haben.«

»Keepiru wird das *militärische* Kommando haben. Dieser Teil der Angelegenheit verwirrt mich ein wenig. Ich weiß nicht, worauf Creideiki abzielt, wenn er Keepiru diesen Auftrag gibt, nachdem er sich da draußen so benommen hat, wie man mir erzählte. Ich vermute fast, er will sich das arme Bürschchen auf diese Weise vom Halse schaffen.«

Dennie mußte zustimmen, wenngleich sie dies für eine recht grausame Methode hielt. Plötzlich fühlte sie die Berührung von etwas Weichem, Flachem an der Innenseite ihres linken Oberschenkels. Sie schrie auf und wirbelte mit der Hand an der Kehle herum. Dann seufzte sie auf, als sie sah, daß es der Neo-Fin-Anthropologe war. Sah'ot hatte die linke Brustflosse zwischen ihre Beine geschoben, um sie zu streicheln. Der *Stenos* grinste schief. Seine rauhen Zähne leuchteten.

Dennies Herz klopfte wie wild. »Haifischatem! Knittelreimer! Hau ab und treib's mit einem ungespülten Reagenzglas!« Ihre Stimme versagte.

Sah'ot fuhr zurück, und für einen Moment erstrahlte das Weiße in seinen Augen, so überrascht war er. Anscheinend hatte er nicht damit gerechnet, daß Dennie so rasch explodieren würde.

»Ach, Dennie«, seufzte er. »Ich wollte dir nur dafür danken, daß du mich bei Creideiki unterstützt hast. Offenbar überzeugt ihn dein Charme mehr als jedes Argument, das ich aufbieten könnte. Tut-t mir leid, wenn ich dich erschreckt habe.«

Dennie rümpfte die Nase zu dieser zweischneidigen Entschuldigung. Immerhin, vielleicht hatte sie ja überzogen reagiert. Ihr Pulsschlag beruhigte sich langsam. »Oh... Na ja, schon gut. Aber schleich dich nicht so an mich heran!«

Sie brauchte sich nicht erst umzudrehen, um zu wissen, daß Emerson D'Anite hinter vorgehaltener Hand grinste. *Männer!* dachte sie. *Ob die jemals erwachsen werden?*

»Ach, äh... Dennie...« Sah'ots Stimme gurrte wie ein Geigentrio. »Da ist noch eine Kleinigkeit, die wir besprechen müssen, wenn wir zusammen auf diese Expedition zur Insel gehen. Wirst du kleinkariert sein und Creideiki den wissenschaftlichen Leiter auf der Basis eines Vorurteils auswählen lassen? Oder wirst du mir eine Chance geben? Ich meine, vielleicht-t können wir ja darum *ringen...?*«

D'Anite bekam einen Hustenanfall. Er wandte sich ab und räusperte sich angestrengt.

Dennie errötete. »Wir werden den Captain entscheiden lassen, was er für das Beste hält. Außerdem... Ich bin nicht sicher, ob wir *beide* gehen sollten. Charlie hat mir gesagt, seine Analyse der Proben aus der Planetenkruste könnte für dich von einigem Interesse sein... In den jüngeren Schichten finden sich Spuren einer Paläotechnologie... Du solltest ihn gleich mal besuchen.«

Sah'ots Augen wurden schmal. »Das *issst* interessant. Ich hätte geglaubt, dieser Planet-t liege schon so lange brach, daß es paläotechnische Reste nicht gibt.«

Aber gleich darauf zerschlug er Dennies Hoffnungen. »Aber ach, das Graben nach dem längst verkohlten Abfall versunkener kithrupanischer Zivilisationen kann nicht halb so wichtig sein wie die Kontaktaufnahme mit einer präintelligenten Spezies und das Sichern des Patronatsanspruchs für euch Menschen. Vielleicht haben wir Fins neue Klientenvettern, noch bevor die Neo-Hunde fertig sind! Der Himmel helfe den armen Kreaturen, wenn die Tandu, die Soro oder ähnliches Pack sie einkassieren! Außerdem«, fuhr er besänftigend fort, »ist dies eine Gelegenheit für uns, einander besser kennenzulernen... und professionelle Informationen auszutauschen natürlich.«

Emerson D'Anite wurde von einem neuerlichen Hustenanfall geschüttelt.

»Ich hab' meine Reparaturen jetzt schon zu lange liegenlassen, Kids.« Jetzt redete er wieder wie sonst. »Ich denk', ich geh' mal wieder an meine Maschinen, damit ihr eure Pläne diskutieren könnt.«

Dabei grinste er kaum verhohlen. Dennie schwor ihm insgeheim fürchterliche Rache. »Emerson!« zischte sie.

»Ja, mein Mädchen?« Er sah ihr unschuldsvoll in die Augen.

Sie funkelte ihn an. »Oh... Ich wette, du hast nicht einen Tropfen keitisches Blut in deinen Adern!«

Der dunkelhäutige Ingenieur lächelte sie an. »Aber Kind, hast du nicht gewußt, daß alle Schotten Ingenieure sind und alle Ingenieure Schotten?« Er winkte und schwamm davon, bevor Dennie eine Erwiderung einfiel. *Gefangen!* dachte sie erbost. *Von einem Klischee!*

Als D'Anite außer Hörweite war, glitt Sah'ot dicht an ihre Seite. »Wollen wir anfangen, unsere Expedition zu planen?« Sein Blasmund war dicht an ihrem Ohr.

Dennie erschrak. Plötzlich erkannte sie, daß alle anderen verschwunden waren. Ihr Herz begann schneller zu schlagen. Ihr war, als dringe nicht mehr genügend Luft durch ihre Gesichtsmaske.

»Wollen wir nicht! Nicht hier!« Sie drehte sich um und

begann zu schwimmen. »Gehen wir in den Umkleideraum. Da sind Plotter... und Luftkuppeln! Da kann ein Mensch wenigstens atmen!«

Sah'ot schwamm neben ihr her. Er hielt sich beunruhigend dicht neben ihr,

»Ach, Dennie...«, sagte er, aber er drängte nicht. Stattdessen begann er zu singen, eine leise, atonale, verschlungene Melodie in einem komplizierten, obskuren Trinärdialekt.

Gegen ihren Willen fühlte Dennie sich von dem Lied aufgesogen. Es war ein seltsames und gespenstisch schönes Lied, und sie brauchte mehrere Minuten, um zu begreifen, daß es außerdem ein unglaublich schmutziges Lied war.

15

Stenos

Moki, Sreekah-pol und Hakkuka-jo verbrachten ihre gegenwärtige Freiwache so, wie sie seit ein paar Wochen jede Freiwache verbrachten: mit Klagen.

»Heute war er wieder in meiner Abteilung«, jammerte Sreekah-pol. »Überall hat-t er ssseinen Schnabel hineingesteckt-t. Hält sich für soooo diskret, und dabei verstopft er den ganzen K-klangraum mit seinen Keneenk-Echosss!«

Moki nickte. Es konnte keinen Zweifel daran geben, wer ›er‹ war.

Jammernd – Gurrend,
Rhythmisch redend
Alle nicken
zu seiner Logik Logik!

Hakkuka-jo zuckte zusammen. Moki sprach nur noch selten Anglisch, und in seinem Trinär steckte mehr Primal, als schicklich gewesen wäre.

Aber Sreekah-pol fand offensichtlich, daß Moki recht hatte. »Alle *Tursiopsss* beten Creideiki an! Sie imitieren ihn, und sie versuchen, sich aufzuführen wie Keneenk-Jünger! Sogar unsere *Stenos*-Brüder hat-t er schon halb verzaubert-t!«

»Nun, wenn er unsss hier lebendig herausssbringt, will ich sogar seine naseweisen Inspektionen gern vergessen«, meinte Hakkuka-jo.

Moki warf den Kopf nach hinten.

Lebendig! Lebendig!
in tiefes, reiches Wasser!
Wir folgen, wir folgen,
einem rauhgezahnten Führer!

»Willst du wohl still sein?« Hakkuka-jo fuhr herum und lauschte auf die Echos, die den Ruheraum erfüllten. An den Speiseautomaten schwebten ein paar Crew-Fen, aber sie ließen nicht erkennen, daß sie etwas gehört hatten. »Paß auf dein Geschwätz auf. Du hast Ärger genug, ohne aufrührerisches Meutererklicken! Ich habe gehört-t, daß Doktor Metz sich bei Takkata-Jim nach dir erkundigtet hat.«

Moki verzog trotzig das Maul. Sreekah-pol bestärkte Mokis unausgesprochenen Kommentar. »Metz wird nichtsss tun«, meinte er. »Esss ist allgemein bekannt, daß er die Hälfte der Stenos an Bord selber ausgesucht-t hat. Wir sind seine Babysss.« Sreekah-pol gurrte. »Solange Orley und Tsh't nicht da sind und Hikahi in der Krankenstation issst, brauchen wir unsss um niemanden zu kümmern außer um den Oberschlauberger selbsst!«

Hakkuka-jo blickte erregt umher. »Du auch? Ich rate dir, sei still! Da kommt-t K'tha-Jon.«

Die beiden anderen drehten sich um und schauten in die Richtung, in die er deutete. Sie sahen einen großen Neo-Fin, der aus dem Lift kam und auf sie zuschwamm.

Delphine, die nur halb so groß waren wie er, wichen dem Riesen hastig aus.

»Na und? Er ist-t einer von unsss!« meinte Sreekah-pol unsicher.

»Er ist aber auch ein Bootsmann!« erwiderte Hakkukajo hitzig.

»Er haßt die *Tursiopsss*-Klugscheißer genauso wie wir!« warf Moki auf Anglisch ein.

»Vielleicht-t, aber wenn er es tut, dann behält er es für sich! Er weiß, was die Menschen von Rassismusss halten.«

Moki wandte sich ab. Der dunkelgefleckte Delphin betrachtete die Patronatsrasse wie viele Fins mit einer Art abergläubischer Furcht. Er konterte lahm auf Trinär.

Frag die schwarzen Menschen –
frag die braunen und die gelben
Frag die Wale –
nach menschlichem Rassismus!

»Das ist lange her!« schnappte Hakkuka-jo, sichtlich schockiert. »Und die Menschen hatten keinen Patron, der sie führte!«

»Trotzdem...«, entgegnete Sreekah-pol, aber es klang unsicher.

Alle verstummten, als K'tha-Jon sich näherte. Hakkukajo überlief es immer wieder eisig, wenn er den Bootsmann betrachtete.

K'tha-Jon war ein Riese, mehr als drei Meter lang und mit einem Umfang, den zwei Menschen mit ausgestreckten Armen nicht umschließen konnten. Seine Flaschennase war stumpf, und anders als bei den anderen sogenannten *Stenos* an Bord war seine Farbe nicht fleckig, sondern dunkel schattiert. Es hieß, daß K'tha-Jon auch einer von Dr. Metz' ›Spezialfällen‹ sei.

Der Riese schwamm heran und stieß lautstark einen Blasenschwall aus. Sein offenes Maul starrte von einem furchterregenden Sortiment rauher Zähne. Die anderen nahmen beinahe unbewußt eine unterwürfige Haltung an: Sie wandten die Augen ab und schlossen die Nahrungsmünder.

»Wie ich höre, hat es hier wieder Streitereien gegeben«, grollte K'tha-Jon mit tiefer Stimme auf Unterwasser-Anglisch. »Zum Glück habe ich den Ersten Bootsmann, S'thata, mit einem seltenen Senso-Tape bestechen können, so daß er sich bereit erklärte, dem Captain nichts davon zu melden. Ich erwarte, daß jemand die Kosten für das Tape übernimmt, und zwar mit Zinsen...«

Moki schien etwas sagen zu wollen, aber K'tha-Jon schnitt ihm das Wort ab.

»Keine Ausreden! Deine Disziplinlosigkeit ist eine Belassstung, auf die ich verzichten kann! S'thata hätte ganz recht gehabt, wenn er dich für deine hinterlistige Beißerei gleich gefordert hätte!«

Er soll es wagen, soll es wagen!
Feiger Tursiops!
Soll es wagen...

Moki hatte kaum die ersten Worte gepfiffen, als K'tha-Jons mächtige Schwanzflosse seine Flanke traf. Der Schlag trieb ihn ein paar Meter durch das Wasser, bevor er, pfeifend vor Schmerz, wieder auf der Stelle verharrte. K'tha-Jon schwamm zu ihm und murmelte leise: »Du bist *Tursiops!* Es ist der Name für unsere ganze, in der *Bibliothek* registrierte Spezies! *Tursiopsss amicusss...* ›Freundliche Flaschennase‹! Frag Doktor Metz, wenn du mir nicht glaubst. Bringst du diejenigen unter uns, die wir *Stenos*-Elemente in unseren Genen haben – Vize-Captain Takkata-Jim und mich zum Beispiel – noch einmal in Verlegenheit, indem du dich wie ein Tier benimmst, werde ich dir zeigen, *wie* man sich als freundliche Flaschennase aufzuführen hat! Ich mache Taue ausss deinen Eingeweiden!«

Moki zitterte und wandte sich mit fest geschlossenem Maul ab.

K'tha-Jon ließ einen verachtungsvollen Sonarspray über den niedergeschmetterten Fin rieseln, und dann wandte er sich den anderen zu. Hakkuka-jo und Sreekah-pol betrachteten unbeteiligt die leuchtend bunten, dekorativen Garibaldi- und Engelsfische, die man ungehindert in der Zentralkammer umherschwimmen ließ. Hakkuka-jo flötete leise.

»Die Pause ist gleich vorüber«, kläffte der Bootsmann. »Zurück an eure Arbeit-t! Und spart euch euren Haß für euer Privatleben auf!« K'tha-Jon bäumte sich auf und jagte davon. Die Turbulenzen, die seine Schwanzflosse aufwirbelte, brachten die beiden anderen fast aus dem Gleichgewicht.

Hakkuka-jo sah ihm nach und pfiff einen langen, leisen Seufzer.

Das dürfte genügen, dachte K'tha-Jon, als er zu seinem Arbeitsplatz in den Laderäumen zurückkehrte. Vor allem Moki würde sich jetzt für eine Weile zurückhalten. Es war ihm zu raten.

Wenn es etwas gab, das er und Takkata-Jim nicht gebrauchen konnten, dann war es eine Flut von unterschwelligem Rassismus und Verdächtigungen. Nichts würde die Menschen in der Fremde so fest zusammenschweißen wie dergleichen.

Und es würde Creideikis Aufmerksamkeit erregen. Takkata-Jim besteht darauf, daß wir dem Captain noch eine Chance geben, sich einfallen zu lassen, wie er uns alle lebendig nach Hause bringen will.

Also gut. Ich kann warten.

Aber wenn ihm nun nichts einfällt! Wenn er immer neue Opfer von einer Crew verlangt, die sich nie danach gedrängt hat, Helden zu werden?

In diesem Fall müßte jemand in der Lage sein, der Crew eine Führungsalternative zu bieten. Noch zögert Takkata-Jim, aber vielleicht nicht mehr lange.

Wenn der Augenblick käme, würden sie die Unterstützung der Menschen brauchen, und Mokis rassistisches Gezänk konnte die Chancen dafür drastisch verringern. K'tha-Jon gedachte diesen *Stenos* fest im Auge zu behalten und dafür zu sorgen, daß er freundlich und zahm blieb.

Auch wenn es hin und wieder tatsächlich Spaß machte, einem bescheuerten, an der Küste klebenden, scheinheiligen, klugscheißerischen *Tursiops* den Schwanz abzufressen!

16

Galactics

– Frohlocket – *gurrte der vierte Bruder des Ebenholzschwarzen Schattens.* Frohlocket, denn der fünfte Mond des kleinen, staubigen Planeten ist erobert! –

Erbittert hatten die Brüder der Nacht um diesen Dreh- und Angelpunkt der Macht gekämpft, und von hier aus nun würden sie schon bald ihre unwiderstehliche Kraft durch das All strahlen lassen und Ketzer und Lästerer vom Himmel fegen.

Dieser Mond war die Gewähr dafür, daß die Siegesprämie ihnen gehörte, ihnen allein!

Keiner der anderen Monde im System von Kthsemenee besaß das Attribut, das dieser aufwies: Einen Kern mit beinahe einem Prozent Unerhaltium-Anteil. Schon dreißig Schiffe der Brüder waren dort gelandet und hatten mit dem Bau der Waffe begonnen.

Die Bibliothek *war, wie immer, der Schlüssel gewesen. Vor vielen Zyklen war der vierte Bruder der Ebenholzschwarzen Schatten auf einen obskuren Hinweis auf ein Gerät gestoßen, welches einmal in einem Krieg zwischen zwei unterdessen längst ausgestorbenen Rassen verwendet worden war. Er hatte sein halbes Leben darauf verwendet, Einzelheiten darüber aufzuspüren, denn die Bibliothek war ein Labyrinth. Aber jetzt würde seine Arbeit ihren Lohn finden!*

– Frohlocket! – *Der Ruf hallte durch das All, eine Fanfare des Triumphes, die gehört werden sollte. Und in der Tat begannen einige der Kombattanten zu bemerken, daß in einem Winkel des Kthsemenee-Systems etwas Eigenartiges vor sich ging. Während rings um den strategisch bedeutsamen Gasriesen und um Kithrup selbst die wütendsten Kämpfe tobten, hatten einige der Feinde Scouts hierher geschickt, um auszuspähen, was die Brüder der Nacht im Sinn haben mochten.*

– Sollen sie kommen und spähen! Was tut das schon? –

Ein Schiff der Soro beobachtete sie seit einer Weile. Ahnte es, was sie beabsichtigten?

– Niemals! *Die Passage war zu obskur! Unsere neue Waffe hat allzu lange unbemerkt in staubigen Archiven geruht. Sie werden erst verstehen, wenn dieser Mond auf dem fünfzehnten Unwahrscheinlichkeitsband zu vibrieren beginnt und Unbestimmtheitswellen aussendet, die ihre Flotten auseinanderreißen werden! Dann werden sich ihre Bord-*Bibliotheken *erinnern, doch dann wird es zu spät sein! –*

Der Bruder der Ebenholzschwarzen Schatten schaute aus den Tiefen des Alls zu, wie der Resonator sich seiner Vollendung näherte, wie die gelandeten Schiffe ihn mit ihren gebündelten Energien speisten. Tausend Einheiten weit draußen fühlte er immer noch, wie die Welle sich aufbaute…

– Aber was tun sie da? Was tun die Soro, dieser Auswurf der Progenitoren? –

Die Instrumente zeigten, daß die Brüder der Nacht nicht allein auf dem fünfzehnten Band waren. Ein feiner Ton drang aus dem Soro-Schiff, eine Variation auf die Schwingungen, die der kleine Mond absonderte. Ein Echo.

Das fünfzehnte Band begann zu pulsieren! *Es war unmöglich, aber es vibrierte im Rhythmus der Soro!*

Die Brüder am Boden versuchten, das entschlüpfende

Signal zu dämpfen, aber es war schon zu spät! Der kleine Mond erbebte und zerbröckelte dann. Felsblöcke brachen auseinander und zermalmten die kleinen Schiffe zu ihren Füßen.

– Wie konnten sie davon wissen? Wie konnten sie...? –

Und dann begriff der Bruder der Ebenholzschwarzen Schatten. Vor langer Zeit, als er mit seiner Suche nach einer neuen Waffe begonnen hatte, war ihm ein hilfsbereiter Bibliothekar begegnet – ein Pila. Der Pila war stets zur Stelle gewesen, hier ein nützlicher Vorschlag, da ein hilfreicher Hinweis. Der Bruder hatte sich nichts dabei gedacht. Bibliothekare hatten schließlich hilfsbereit und neutral zu sein, ganz gleich, woher sie kommen mochten.

– Aber die Pila sind Klienten der Soro – *durchfuhr es den Bruder.* – Krat hat es die ganze Zeit gewußt. –

Er befahl seinen verbliebenen Streitkräften, sich schleunigst zu verstecken. – Dies ist nichts als ein kleiner Rückschlag. Gleichwohl werden wir es sein, die die Erdlinge fangen! –

Und während die Reste der Flotte die Flucht ergriffen, zerfiel der kleine Mond zu Staub.

17

Tom Orley

Hannes Suessie lag flach auf dem schweren Arbeitsschlitten neben Thomas Orley. Der hagere, allmählich kahl werdende Maschinist deutete auf das Wrack vor ihnen.

»Es ist ein Thennanin-Schiff«, meinte der Erste Ingenieur. »Ziemlich verbeult, aber man kann es trotzdem erkennen. Sehen Sie? Da sind keine Objektivitätsanker, nur Stasisprojektoren an den Hauptflanschen. Die Thennanin haben schreckliche Angst vor Realitätsveränderungen. Dieses Schiff ist nicht dafür gebaut, einen Wahrscheinlichkeitsantrieb zu verwenden. Es sind Thennanin, möglicherweise auch Thennaninklienten oder -verbündete.«

Die Delphine kreisten langsam in der Nähe, wechselten sich an den Luftkuppeln unter dem Schlitten ab und gaben aufgeregte Sonarklicks von sich, während sie die gigantische, zerschmetterte Pfeilspitze unter ihnen beäugten.

»Ich glaube, Sie haben recht, Hannes«, meinte Tom. »Es ist ein Behemoth.«

Erstaunlicherweise war das Schiff nicht auseinandergebrochen. Bei seinem Mach-Fünf-Zusammenstoß mit dem Ozean war es von mindestens zwei unter dem Meeresspiegel liegenden Hügeln abgeprallt und hatte beachtliche Scharten in ihnen hinterlassen. Es hatte eine tiefe Rinne in den Meeresboden gepflügt und war dann in einem Schlickhaufen steckengeblieben, kurz bevor es an einer steilen Klippe zerschellen konnte. Das Riff machte einen bröckeligen, wenig haltbaren Eindruck. Eine kräftige Erschütterung würde es zusammenbrechen lassen, und dann würde es das Wrack unter sich begraben.

Orley wußte, daß es an der Qualität der Stasisschilde lag, die die Thennanin verwendeten. Die hielten solche Belastungen aus. Selbst ein sterbendes Thennanin-Schiff, so hieß es, brauchte man nicht von seinen Leiden zu erlösen. Im Kampf waren sie langsam und schwerfällig – und ebenso schwer außer Gefecht zu setzen wie eine Kakerlake.

Vorerst konnte man den Schaden kaum überblicken. Hier unten war das Licht, das von der Oberfläche herabdrang, bläulich und matt. Die Fen würden die installierten Bogenlampen erst einschalten, wenn Tsh't sich vergewissert hatte, daß keine Gefahr drohte. Zum Glück war das Wasser hier flach genug, um das Wrack erreichen zu können, und zugleich tief genug, um sie vor Späheraugen am Himmel zu verbergen.

Eine rosabäuchige Flaschennasenfrau schwamm neben

den Schlitten. Sie bewegte ihren Schnabel in nachdenklichen Kreisbewegungen.

»Es ist wirklich verblüffend, nicht wahr, Tom?« meinte sie. »Eigentlich müßte esss in eine Trillion Stücke zersprungen sein.«

In dieser Tiefe war ihre Stimme von merkwürdiger Klarheit. Luftströme aus ihrem Blasmund und Sonarklicks verbanden sich zu einem komplexen Muster, das die Sprache zu einem verwickelten Jonglieren mit Körperfunktionen machte. Für die Ohren einer menschlichen Landratte klang ein Neo-Delphin, der unter Wasser sprach, wie ein Avantgarde-Orchester beim Stimmen der Instrumente.

»Meinen Sie, wir können etwas davon gebrauchen?« fragte der Fin-Offizier.

Orley betrachtete das Schiff. Es war leicht möglich, daß im Schlachtengetümmei keiner der Kämpfenden über Kithrup darauf geachtet hatte, wo dieser Sperling abgestürzt war. Er hatte schon ein paar Ideen, und eine oder zwei davon waren vielleicht dreist, überraschend und idiotisch genug, um zu funktionieren.

»Sehen wir's uns mal an«, antwortete er. »Ich schlage vor, wir bilden drei Teams. Team eins nimmt sich alle Strahlenquellen vor, insbesondere Wahrscheinlichkeits-, Psi- oder Neutrinostrahlung, und schaltet sie aus. Außerdem sollte es nach Überlebenden Ausschau halten, obwohl ich kaum glaube, daß es welche gibt.«

Suessi schnaubte, als sein Blick über das schwer mitgenommene Wrack wanderte. Orley fuhr fort.

»Team zwei konzentriert sich auf das Ausschlachten. Hannes sollte dabei die Führung übernehmen, zusammen mit Ti-tcha. Sie sollen nach Feinmetallen suchen, für die wir auf der *Streaker* Verwendung haben könnten. Mit etwas Glück finden sie vielleicht Ersatz für die Spulen, die wir brauchen.

Mit Ihrer Erlaubnis, Tsh't, übernehme ich Team drei. Ich möchte mich von der strukturellen Unversehrtheit des

Schiffes überzeugen und die Topographie der Umgebung studieren.«

Tsh't klappte zustimmend mit den Kiefern. »Das ist gute Logik, Tom. So werden wir es angehen. Ich werde Lucky Kaa als Wache bei dem anderen Schlitten zurücklassen. Der Ressst bildet unverzüglich diese Teams.«

Orley ergriff Tsh'ts Rückenflosse, als sie sich anschickte, den Befehl hinauszupfeifen. »Oh, vielleicht sollten wir besser alle die Atmer anlegen, nicht wahr? Trinär ist vielleicht nicht so effizient, aber mir ist es lieber, wir verschieben komplizierte Unterredungen auf Anglisch, als zu riskieren, daß ständig alle zum Atmen hin- und herpendeln und vielleicht jemand zu Schaden kommt.«

Tsh't zog eine Grimasse, aber sie gab den Befehl weiter. Die Gruppe bestand aus lauter disziplinierten Fen – den besten der *Streaker*-Besatzung –, und so bot der Ruf zum Schlitten lediglich Anlaß für leises Grummeln und empörtes Blubbern, als die Delphine die Luftschläuche um den Leib gewickelt bekamen.

Tom hatte von stromlinienförmigen Atmer-Prototypen gehört, mit denen die Fins atmen konnten, ohne daß ihr Sprechmund verschlossen wurde. Wenn er je Zeit dazu fände, würde er selber solche Geräte zu entwickeln versuchen. Trinär zu sprechen fiel ihm nicht sonderlich schwer, aber er wußte aus Erfahrung, daß die Fen Probleme haben würden, technische Informationen in einer anderen Sprache als Anglisch darzustellen.

Der alte Hannes knurrte schon jetzt. Mit schlecht verhohlenem Widerwillen teilte er die Atmer aus. Selbstverständlich beherrschte auch der Chefmaschinist Trinär, aber er empfand die dreischichtige Logik als schwierig. Zu allem Überfluß war er ein lausiger Dichter. Der Gedanke, technische Angelegenheiten in gepfiffenen Verschen zu diskutieren, erfüllte ihn ganz offensichtlich nicht mit Vorfreude.

Als nächstes wurde allen erläutert, was sie zu tun

hätten. Mehrere der ausgewählten Offiziere und Mannschaftsdienstgrade, die sie bei dem Rettungseinsatz begleitet hatten, waren mit Toshio, Hikahi und den übrigen Opfern der Schockwellen zum Schiff zurückgekehrt. Nur wenige Fen waren noch bei der Gruppe geblieben. Wenn sich etwas Gefährliches ereignen sollte, würden sie allein damit fertig werden müssen. Hilfe von der *Streaker* würde nicht rechtzeitig bei ihnen eintreffen.

Es wäre gut gewesen, Gillian bei sich zu haben, sinnierte Tom. Die Inspektion von Alienkreuzern war zwar nicht ihr Fachgebiet, aber mit Fins kannte sie sich aus, und sie verlor nicht gleich den Kopf, wenn es einmal brenzlig wurde.

Aber sie hatte ihre eigene Arbeit an Bord der *Streaker:* Sie mußte versuchen, das Rätsel einer Milliarden Jahre alten Mumie zu lösen, die strenggenommen überhaupt nicht hätte existieren dürfen. Und im Notfall war sie - mit der möglichen Ausnahme von Creideiki selbst - die einzige Person an Bord der *Streaker,* die von der Niss-Maschine wußte und ahnte, was diese potentiell zu leisten vermochte, wenn sie Zugang zu den richtigen Daten erhielt.

Tom lächelte, als er merkte, daß er wieder dabei war, rationale Begründungen zu finden.

Okay, es gibt also gute und logische Gründe dafür, daß wir zwei jetzt nicht zusammen sein können. Nimm es hin. Tu deine Arbeit hier, tu sie gut, und in ein paar Tagen kannst du vielleicht schon wieder bei ihr sein.

Seit sie einander als Heranwachsende begegnet waren, hatte nie ein Zweifel daran bestanden, daß sie ein Paar sein würden. Er fragte sich manchmal, ob ihre Planer, als sie die Keimzellen von ausgesuchten Ehepaaren auswählten, im voraus gewußt hatten, daß zwei der heranwachsenden Zygoten später so vollkommen zusammenpassen würden - bis hin zur einfachen Telempathie, die sie manchmal miteinander verband.

Wahrscheinlich war es ein glücklicher Zufall. Humangenetische Planung war durch Sitte und Gesetz strengen Beschränkungen unterworfen. Aber, Zufall oder nicht, Tom war dankbar. Bei seinen Missionen im Auftrage des Rates der Terragenen hatte er die Gefährlichkeit und die desillusionierende Natur des Universums kennengelernt. Viel zu wenig Sophonten bekamen genug Liebe, selbst wenn sie dafür ausgerüstet waren.

Als die Atmer verteilt waren, benutzte Tom den Lautsprecher des Schlittens, um seine Stimme zu verstärken. »Denkt bitte alle daran: Zwar basieren alle galaktischen Technologien auf der *Bibliothek,* aber diese Sammlung von Weisheit ist so gewaltig, daß beinahe jeder Typ von Maschine in diesem Schiff stecken kann. Behandelt alles so, als sei eine Bombe darin versteckt, bis ihr es identifiziert und unschädlich gemacht habt. Die wichtigste Aufgabe für Team eins, gleich nach der Stillegung des Wracks, ist es, die Kampfcomputer ausfindig zu machen. Vielleicht findet sich dort eine Aufzeichnung der ersten Stadien dieser Schlacht da oben. Eine solche Information könnte für den Captain von unschätzbarem Wert sein.

Außerdem soll jeder von euch Ausschau nach dem *Bibliotheks*-Emblem halten. Falls ihr das Symbol irgendwo entdeckt, merkt euch bitte die Stelle und setzt mich davon in Kenntnis. Ich würde gern sehen, welche Art von Mikro-*Bibliothek* dort an Bord ist.«

Er nickte Tsh't zu. »Ist das in Ihrem Sinne, Leutenant?« Der Vierte Offizier der *Streaker* klappte mit den Kiefern und nickte. Sie wußte Orleys Höflichkeit zu schätzen, aber sie hätte sich vermutlich eher den Schwanz abgebissen, als einem Vorschlag zuwiderzuhandeln, den er gemacht hatte. Die *Streaker* war die erste große Expedition, die von Delphinen befehligt und durchgeführt wurde. Von Anfang an war klar gewesen, daß bestimmte Menschen dabei waren, deren Rat die Patina der Patronomie trug.

Sie rief auf Trinär:

Team eins, zu mir -
verstummen zu lassen, was himmelwärts schallt
Team zwei, zu Suessi -
zu suchen, was hier sich an Schätzen verbirgt
Team drei, zu Orley -
zu helfen ihm, wenn er die Pläne ergründet
Hinterlaßt nichts Irdisches hier -
was unsern Besuch verrät
Und wenn ihr denn scheißen müßt -
beseitigt gründlich, was bleibt
Denkt vor dem Handeln -
mit tropisch-klarer Logik
Und jetzt, Streakers, lautlos -
hinweg!

In präzisen Formationen schwammen die drei Teams auseinander, und eine Gruppe vollführte eine synchronisierte Rolle, als sie an Orleys Schlitten vorüberglitt. Wie Tsh't es befohlen hatte, war außer dem schnellen Klicken der Delphinsonare nichts zu hören.

Orley glitt mit dem Schlitten bis auf vierzig Meter an das Wrack heran. Dann klopfte er Hannes auf den Rücken und ließ sich seitlich herunterrollen.

Welch ein wundervoller Fund dieses Schiff war! Orley benutzte einen Schweißbrenner-Spektrographen, um eine schnelle Analyse des Metalls an den Rändern des klaffenden Risses in der Flanke des Schiffes durchzuführen. Als er das Verhältnis der verschiedenen Beta-Verfallsprodukte bestimmt hatte, stieß er einen Pfiff aus, der die Fen in seiner Nähe veranlaßte, sich umzudrehen und ihn neugierig anzuschauen. Hinsichtlich der ursprünglichen Legierung und der Frage, in welchem Ausmaß sie der Neutrinostrahlung seit dem Zeitpunkt ihrer Herstellung ausgesetzt gewesen war, konnte er nur Vermutungen anstellen, aber nach vernünftigen Schätzungen war das Schiff mindestens dreißig Millionen Jahre alt!

Tom schüttelte den Kopf. Eine Erkenntnis wie diese ließ einen erkennen, wie weit der Weg war, den die Menschheit noch zurücklegen mußte, bevor sie die Galactics eingeholt hatte.

Wir stellen uns gern vor, daß die Rassen, die die Bibliothek *benutzen, in eingefahrenen Bahnen stecken, unkreativ und wenig anpassungsfähig sind,* dachte Orley.

Großenteils schien es auch so zu sein. Nicht selten wirkten die galaktischen Rassen stur und phantasielos. Aber...

Er starrte auf das dunkle, unförmige Schlachtschiff und überlegte.

Die Legende wußte zu berichten, daß die Progenitoren zur unablässigen Suche nach Wissen aufgerufen hatten, bevor sie vor Äonen in unbekannte Regionen verschwunden waren. Aber in der Praxis suchten die meisten Spezies in der *Bibliothek,* und nur in der *Bibliothek,* nach Wissen. Aus diesem Grund wuchs sie nur sehr langsam.

Was hatte es für einen Sinn, Dinge zu erforschen, die in Urzeiten schon viele tausend Male entdeckt worden sein mußten? Es war zum Beispiel ein leichtes, hochentwikkelte Raumschiffentwürfe aus den *Bibliotheks*-Archiven zu nehmen und ihnen blindlings zu folgen, ohne mehr als nur einen Bruchteil dessen, was man baute, auch zu verstehen. Die Erde besaß ein paar Schiffe, die so entstanden waren, und es waren Wunderwerke.

Der Terragenenrat, der für die Beziehungen zwischen der Erde und der galaktischen Zivilisation verantwortlich war, hatte sich dieser bestrickenden Logik einmal fast unterworfen. Viele Menschen drängten darauf, galaktische Modelle zu kopieren, die schon von älteren Rassen ihrerseits nach uralten Entwürfen kopiert worden waren. Sie beriefen sich dabei auf das Beispiel Japans, das im neunzehnten Jahrhundert vor einem ähnlichen Problem gestanden hatte – wie es nämlich neben Nationen überleben sollte, die unermeßlich viel mächtiger waren als es selbst. Das Meiji-Japan hatte alle seine Energien darauf konzentriert, zu lernen, wie es seine Nachbarn am besten imitieren konnte, und am Ende war es geworden wie diese.

Die Mehrheit im Rat der Terragenen einschließlich nahezu aller cetaceischen Mitglieder hatte dieses Ansinnen jedoch abgelehnt. Sie betrachtete die *Bibliothek* als einen Honigtopf – verlockend und wahrscheinlich nahrhaft, aber zugleich eine gefährliche Falle.

Man fürchtete das Syndrom des ›Goldenen Zeitalters‹... die Verlockung, ›rückwärts zu schauen‹, Weisheit in den ältesten, verstaubtesten Texten zu finden, statt in den neuesten Journalen.

Mit Ausnahme einiger weniger Rassen – wie der Kanten und der Tymbrimi – schien die galaktische Gemeinde insgesamt in dieser Mentalität verhaftet zu sein. Die *Bibliothek* war erste und letzte Instanz für jedes Problem. Die Tatsache, daß die alten Aufzeichnungen fast immer etwas Nützliches enthielten, ließ diese Verfahrensweise vielen der Wölflinge von der Erde, darunter auch Tom, Gillian und ihr alter Mentor, Jacob Demwa, nicht weniger abstoßend erscheinen.

Die Führer der Erde wurzelten in der Tradition selbstentwickelter Technologien, und so waren sie davon überzeugt, daß sich auch zu einem so späten Zeitpunkt in der galaktischen Geschichte durch Innovationen noch etwas gewinnen ließe. Zumindest war es ein besseres *Gefühl*, dies zu glauben. Für eine wolfsjunge Rasse war Stolz etwas Wichtiges.

Waisen haben oft nichts anderes.

Aber *hier* zeigte sich nun in greifbarer Form, wie machtvoll die Methode des ›Goldenen Zeitalters‹ war. Alles an diesem Schiff schimmerte von seidiger Finesse. Noch als Wrack erschien es wunderbar schlicht konstruiert und schwelgerisch und prachtvoll in seinen Verzierungen. Schweißstellen waren mit bloßem Auge nirgends zu sehen. Stützen und Streben waren immer noch in eine andere Funktion integriert. Hier trug eine einen Stasisflansch, während sie anscheinend zugleich als Dämpfungsradiator für Überschußwahrscheinlichkeit diente. Orley meinte noch weitere Überlappungen zu sehen, Feinheiten, die sich nur über Ewigkeiten der langsamen Verbesserung uralter Entwürfe hatten entwickeln können.

Die Dekadenz der Struktur fiel ihm auf, eine Protzerei, die er über ihre bloße Fremdartigkeit hinaus als arrogant und bizarr empfand.

Eine von Toms Hauptaufgaben an Bord der *Streaker* war die Untersuchung von Alienkonstruktionen und -geräten, vor allem militärischer Art. Das hier war nicht das Beste, was die Galactics vorzuweisen hatten, aber er kam sich trotzdem vor wie ein Kopfjäger von Neuguinea, stolz auf seine neue Vorderlader-Muskete, doch schmerzlich bewußt, daß es Maschinengewehre gab.

Er schaute hoch. Sein Team sammelte sich. Mit dem Kinn betätigte er den Hydrophonschalter.

»Alle fertig? Okay. Untergruppe zwei, ihr macht euch auf den Weg und stellt fest ob dieser Canyon sich durch das ganze Riff zieht. Er würde uns den Weg zur *Streaker* um zwanzig Kilometer abkürzen.«

Er hörte einen zustimmenden Pfiff von Karacha-jeff, dem Führer der Untergruppe zwei. Gut. Der Fin war zuverlässig.

»Seid vorsichtig«, fügte er hinzu, als die Delphine davonschwammen. Dann winkte er den anderen, ihm zwischen den versengten, aufgerollten Rändern des Risses hindurch in das Wrack zu folgen.

Sie drangen in dunkle Korridore von gespenstisch vertrauter Bauweise ein. Überall fanden sich Spuren der Gemeinsamkeiten in der galaktischen Zivilisation, überlagert von den Idiosynkrasien einer einzelnen Alienrasse. Die Lichtbänder sahen nicht anders aus als die, welche auch auf den Schiffen von einhundert anderen Spezies verwendet wurden, aber die Zwischenräume waren mit Thennanin-Hieroglyphen grell verziert.

Orley nahm eine eidetische Untersuchung des Ganzen vor, aber immer suchte er nach etwas Speziellem, nach einem Symbol, das man überall in den Fünf Verbundenen Galaxien finden konnte: Nach einer Spirale mit einem Strahlenkranz.

Sie werden es mir sagen, wenn sie es finden, erinnerte er sich. *Die Fins wissen, daß es mich interessiert.*

Aber ich hoffe, sie ahnen nicht, wie sehr ich mir wünsche, dieses Emblem zu sehen.

18

Gillian

»Ach, weshalb sollte ich! Heh? Du bist auch nicht eben kooperativ. Ich will nichts weiter, als eine Minute mit Brookida reden. Das ist ja wohl nicht zuviel verlangt!«

Gillian Baskin war müde und gereizt. Das Holobild des Schimpansen-Planetologen Charles Dart funkelte sie an. Es wäre ein leichtes gewesen, ätzend zu werden und Charlie zum Rückzug zu zwingen. Aber dann würde er sich wahrscheinlich bei Ignacio Metz beschweren, und der würde ihr dann einen Vortrag über das ›Schikanieren von Leuten, bloß weil sie Klienten sind‹, halten.

Quatsch. Von keinem Menschen hätte Gillian sich gefallen lassen, was dieser aufgeblasene kleine Neo-Schimp ihr bieten durfte.

Sie streifte eine Strähne ihres dunkelblonden Haars beiseite, die ihr übers Auge gefallen war. »Charlie, zum letzten Mal: Brookida schläft. Er hat deine Nachricht erhalten, und er wird sich bei dir melden, wenn Makanee sagt, daß er sich genug ausgeruht hat. Inzwischen will ich von dir nichts weiter als ein Listing der Isotopenüberschüsse bei den transferrischen Elementen hier auf Kithrup. Wir haben eben eine mehr als vierstündige Operation an Satima beendet, und wir benötigen diese Daten, damit wir eine Chelatbehandlungssequenz für sie entwickeln können. Ich will so schnell wie möglich jedes Mikrogramm Schwermetall aus ihrem Körper bringen.

Wenn das nun zuviel verlangt ist, wenn du mit dem Studium kleiner geologischer Puzzles überlastet sein solltest, dann werde ich den Captain oder Takkata-Jim anrufen und sie bitten, jemanden zu beauftragen, zu dir hinunterzugehen und dir zu *helfen!*«

Der Schimp-Wissenschaftler zog eine Grimasse. Seine Lippen wölbten sich zurück und entblößtem eine Reihe großer, gelber, kräftiger Zähne. Trotz der vergrößerten Kuppel seines Schädels, seiner vorspringenden Kiefer und seiner gegengreifenden Daumen ähnelte er in diesem Augenblick eher einem wütenden Affen als einem verständigen Wissenschaftler.

»Ja, ja, schon gut!« Seine Hände flatterten, und die Aufregung ließ ihn stammeln. »A-aber das ist wichtig! Verstehst du? Ich glaube, daß Kithrup noch vor dreißigtausend Jahren von technologiebenutzenden Sophonten bewohnt war! Dabei hat das Galaktische Migrationsinstitut diesen Planeten als brachliegend und unberührbar verzeichnet – und zwar für die letzten hundert Millionen Jahre!«

Gillian unterdrückte das Bedürfnis zu antworten: »Na und?« In der Geschichte der Fünf Galaxien hatte es mehr ausgestorbene und vergessene Spezies gegeben, als selbst die *Bibliothek* hätte zählen können.

Offenbar wußte Charlie ihren Gesichtsausdruck zu deuten. »Das ist illegal!« schrie er. Seine rauhe Stimme brach. »Wenn es stimmt, dann m-muß man das M-migrationsinstitut informieren! Vielleicht sind sie uns dafür so dankbar, daß sie die verrückten religiösen Sp-p-pinner da oben dazu bringen, uns in Ruhe zu lassen!«

Gillian hob überrascht eine Augenbraue. Was war denn das? Charles Dart erwog Implikationen, die über seine Arbeit hinausgingen? Also dachte offenbar auch er von Zeit zu Zeit ans Überleben. Sein Argument hinsichtlich der Migrationsgesetze war natürlich naiv, wenn man bedachte, wie oft die Vorschriften von den mächtigeren unter den Klans gebrochen und verdreht wurden. Aber Charlie verdiente Anerkennung.

»Okay, Charlie, das ist ein guter Hinweis.« Sie nickte. »Ich werde später mit dem Captain zu Abend essen. Ich werde es ihm gegenüber zur Sprache bringen. Ich werde auch Makanee fragen, ob sie Brookida ein wenig früher herausläßt. Genügt dir das?«

Charlie sah sie argwöhnisch an. Aber er war nicht fähig, einen so subtilen und ambivalenten Gesichtsausdruck lange zu halten, und so zog bald ein Grinsen über sein Gesicht.

»Das genügt«, knurrte er. »Und dein Fax hast du innerhalb von vier Minuten in den Händen. Ich verlasse dich in guter Gesundheit!«

»Gesundheit«, erwiderte Gillian leise, während das Holo verblaßte.

Eine ganze Weile starrte sie auf den leeren Bildschirm. Sie stützte die Ellbogen auf den Schreibtisch und ließ das Gesicht auf die Hände sinken.

Ifni! Ich sollte mit einem wütenden Schimp wirklich besser umgehen können! Was ist bloß los mit mir?

Sanft rieb sie sich die Augen. *Nun, zum einen bin ich seit sechsundzwanzig Stunden auf den Beinen...*

Ein langer, unproduktiver Streit über Semantik mit Toms verdammter, sarkastischer Niss-Maschine hatte ihr überhaupt nichts eingebracht. Sie hatte nur die Hilfe der Niss bei einigen obskuren Querverweisen der *Bibliothek* beansprucht. Das Ding wußte, daß sie Hilfe brauchte, wenn sie Herbies Geheimnis, das Rätsel um diesen alten Kadaver, der in ihrem Privatlabor unter Glas ruhte, lüften wollte. Aber dauernd hatte es das Thema gewechselt und sie nach ihrer Meinung über diverse, völlig irrelevante Dinge befragt, beispielsweise über sexuelle Sitten und Gebräuche der Menschen. Am Ende der Sitzung hatte Gillian kurz davor gestanden, das Ding mit bloßen Händen auseinanderzunehmen.

Aber Tom würde es wahrscheinlich mißbilligen, und so hatte sie von ihrem Vorhaben abgelassen.

Sie hatte gerade zu Bett gehen wollen, als der Notruf von der Außenschleuse gekommen war. Kurz darauf war sie damit beschäftigt gewesen, Makanee und den Autodoks dabei zu helfen, die Überlebenden des Erkundungstrupps zu behandeln. Die Sorge um Hikahi und Satima hatte jeden Gedanken an Schlaf aus ihrem Kopf vertrieben, bis die Behandlung abgeschlossen war.

Jetzt, da die beiden außer Gefahr zu sein schienen, half ihr keine Adrenalinreaktion mehr dabei, das Gefühl von Leere zu verdrängen, das sich nach dem langen harten Tag in ihr ausbreitete.

Es ist keine Zeit, in der man gern allein ist, dachte sie. Sie hob den Kopf und betrachtete ihr eigenes Spiegelbild auf dem toten Bildschirm des Intercom. Ihre Augen waren gerötet. Von der Arbeit, gewiß, aber auch von der Sorge.

Gillian wußte, wie sie mit diesen Gefühlen zurechtkommen konnte, aber ›zurechtkommen‹ war eine sterile Lösung. Ihr Instinkt verlangte Wärme, jemanden, an den sie sich anschmiegen, der dieses physische Verlangen stillen könnte.

Sie fragte sich, ob Tom in diesem Augenblick wohl genauso empfinden mochte. Oh, natürlich tat er das. Durch die schlichte telempathische Verbindung, die es manchmal zwischen ihnen gab, kannte sie ihn ziemlich gut. Das wußte sie. Sie waren vom selben Typ, sie beide.

Nur manchmal… manchmal hatte Gillian das Gefühl, daß die Planer mit ihm erfolgreicher gewesen waren als mit ihr. Jeder schien sie für über die Maßen kompetent zu halten, aber Thomas Orley betrachteten sie alle mit einem Hauch von Ehrfurcht.

Und in Augenblicken wie diesem, wenn eidetisches Erinnerungsvermögen eher ein Fluch als ein Segen zu sein schien, fragte sich Gillian, ob sie tatsächlich so neurosenfrei war, wie die Herstellergarantie es versprach.

Der Faxprinter auf ihrem Tisch spie eine Kopie aus. Es war das Isotopendistributionsprofil, das Charlie ihr versprochen hatte – eine Minute vor der Zeit, wie sie bemerkte. Gillian überflog die Spalten. Gut. Wenige Abweichungen von den jahrtausendealten *Bibliotheks*-Angaben über Kithrup. Nicht daß sie viele erwartet hätte, aber überprüfen mußte man dergleichen immer.

Ein kurzer Zusatz am Fuße des Ausdrucks warnte sie, daß diese Profile nur für die Planetenkruste und die oberen Regionen der Asthenosphäre gültig seien und nur bis in eine Tiefe von maximal zweitausend Metern gelten könnten.

Gillian lächelte. Eines Tages würde Charlies zwanghafte Gründlichkeit ihnen allen noch das Leben retten.

Sie verließ ihr Büro und betrat eine Galerie über einer geräumigen, offenen Kammer. Der zentrale Teil des Raumes war mit Wasser gefüllt, dessen Spiegel zwei Meter unterhalb der Galerie lag. Klobige Maschinen ragten aus dem Wasser. Die obere Hälfte der Kammer wie auch Gillians Büro war für Delphine unzugänglich, es sei denn, sie benutzten einen Schreiter oder eine Spinne.

Gillian machte sich nicht die Mühe, die zusammengefaltete Gesichtsmaske an ihrem Gürtel anzulegen. Sie schaute nach unten und sprang dann zwischen zwei Reihen dunkler Autodoks ins Wasser. Die großen, länglichen Glasitcontainer waren stumm und leer.

Die Wasserstrecken der Krankenstation waren seicht, damit offenes Atmen und Trockenchirurgie möglich waren. Mit langen, kräftigen Zügen schwamm sie zwischen den Autodoks dahin, ergriff die Ecke einer Maschine, um eine Wende zu vollführen und gelangte durch eine Pendeltür in die Wundabteilung.

Mit offenem Mund erhob sie sich über das Wasser, um nach Luft zu schnappen, dümpelte einen Augenblick auf der Stelle und schwamm dann hinüber zu einer Wand aus dickem Bleiglas. Zwei bandagierte Delphine schwebten in einem gut abgeschirmten Gravitationstank.

Der eine war an ein Gewirr von Schläuchen angeschlossen. In seinen Augen lag der dumpfe Ausdruck, der von starken Beruhigungsmitteln herrührt. Aber der andere pfiff fröhlich, als Gillian sich näherte.

»Ich grüße dich, Lebensreinigerin! Deine Elixiere säubern meine Adern, aber es ist dieser Geschmack von Schwerelosigkeit, der mein Astronautenherz höher schlagen lässst. Ich danke dir.«

»Nicht der Rede wert, Hikahi.« Gillian verharrte wassertretend vor der Scheibe, ohne den dort angebrachten Handgriff und den Sockel eines Blickes zu würdigen. »Aber gewöhne dich nicht allzu sehr an diese Bequemlichkeit. Ich fürchte, Makanee und ich werden dich bald hinauswerfen, zur Strafe für deine eiserne Konstitution.«

»Im Gegensatz zu einer aus Wismut oder K-k-kadmium?« Hikahi stieß ein spöttisches Kichern aus.

Gillian lachte. »Wahrhaftig. Und daß du so gesund bist, ist dein Pech. In kürzester Zeit bist du wieder draußen, mußt Bläschen atmen und vor dem Captain auf dem Schwanz stehen.«

Hikahi schenkte ihr ein kleines Neo-Fin-Lächeln. »Bist du sicher, daß esss nicht zu rissskant ist, diesen Gravitationstank einzuschalten? Es würde mir nicht gefallen, wenn Satima und ich dafür verantwortlich wären, wenn man uns entdeckt.«

»Beruhige dich, Fem-Fin«, erwiderte Gillian und schüttelte den Kopf. »Wir haben uns dreifach abgesichert. Die Leckdetektorbojen zeigen nicht das geringste an. Genieße die Bequemlichkeit, und mach dir keine Sorgen.

Ach, und wie ich gehört habe, wird der Captain ein kleines Team zu deiner Insel zurückschicken, um die Präsophonten in Augenschein zu nehmen, die ihr entdeckt habt. Ich dachte, das könnte dich interessieren. Es ist ein Zeichen dafür, daß er sich wegen der Galactics vorläufig keine allzu großen Sorgen macht. Die Raumschlacht kann noch lange dauern, und vielleicht können wir uns ja auch ewig verstecken.«

»Ein ewiger Aufenthalt auf Kithrup entspricht nicht meiner Vorstellung vom Paradies.« Hikahi öffnete den Mund in einem ironischen Lächeln. »Wenn das eine aufmunternde Nachricht sein sollte, dann warne mich bitte, wenn du mir etwas Niederschmetterndes zu sagen hassst.«

Gillian lachte. »Mach ich. Und jetzt mußt du ein wenig schlafen. Soll ich das Licht dämpfen?«

»Ja, bitte. Und, Gillian... danke für die Neuigkeiten. Ich halte es in der Tat für sehr wichtig, daß wir in bezug auf die Abos etwas unternehmen. Ich hoffe, die Expedition ist erfolgreich.

Sag Creideiki, ich bin wieder im Dienst, bevor er eine Büchse Thunfisch aufmachen kann.«

»Ich werd's ihm ausrichten. Träume süß, meine Liebe.« Gillian berührte den Dimmerschalter, und das Licht verdunkelte sich langsam. Hikahi blinzelte ein paarmal; anscheinend versank sie in ein Seemannsnickerchen.

Gillian machte sich auf den Weg zur Außenklinik, wo Makanee damit beschäftigt sein würde, in ihrer Sprechstunde eine Reihe klagender Crew-Fen zu verarzten. Gillian würde der Ärztin Charlies Isotopenprofile zeigen und dann in ihr eigenes Labor zurückkehren, um dort noch ein wenig zu arbeiten.

Der Schlaf rief sie, aber sie wußte, daß er noch lange auf sich warten lassen würde. In der Stimmung, die sie jetzt überkommen hatte, zögerte sie, zu Bett zu gehen.

Logik war der Segen und der Fluch ihrer Erziehung. Sie wußte, daß Tom dort war, wo er sein sollte: Draußen, auf der Suche nach einem Weg, sie alle zu retten. Er wußte es ebenfalls.

Seine Abfahrt war hastig und nötig gewesen, und er hatte schlichtweg keine Zeit gehabt, sie zu suchen, um ihr Auf Wiedersehen zu sagen.

Gillian war sich all dieser Überlegungen bewußt. Sie

wiederholte sie ständig, während sie schwamm. Aber sie schienen nur die größeren von ihren kleineren Problemen zu trennen und die Scheußlichkeit ihres leeren Bettes des brennenden Trostes zu berauben.

19

Creideiki

»Keneenk ist das Studium der Beziehungen«, erläuterte er seinen Zuhörern. »Dieser Teil entstammt unserem delphinischen Erbe. Keneenk ist aber auch das Studium *strenger Vergleiche.* Diesen zweiten Teil lernen wir von unseren menschlichen Patronen. Keneenk ist eine Synthese aus unseren beiden Weltsichten, so, wie wir selbst es sind.«

Etwa dreißig Neo-Delphine schwebten ihm gegenüber. Luftblasen stiegen aus ihren Blasmündern, und gelegentliche, unbewußt ausgestoßene Sonarklicks waren die einzigen Laute im Raum.

Da keine Menschen zugegen waren, brauchte Creideiki nicht die scharfen Konsonanten und langgezogenen Vokale des Standardanglischen zu verwenden. Aber auf Papier transkribiert, hätten seine Worte einen anglischsprechenden Grammatiker in Entzücken versetzt.

»Denkt nur an die Reflexe von der Oberfläche des Ozeans, wo Luft und Wasser einander gegenüberstehen«, schlug er seinen Schülern vor. »Was sagen uns diese Reflexe?«

Er sah sich von ratlosen Gesichtern umgeben.

»Reflexe von welcher Seite des Wassers, so fragt ihr euch? Spreche ich von den Reflexen an der Unterseite der Grenzebene oder von denen an der Oberseite?

Und weiter, welche Reflexe meine ich? Klangreflexe? Oder Lichtreflexe?«

Er sah einen der lauschenden Delphine an. »Wattaceti,

stelle dir vor, du seist einer unserer Ahnen. Welche Kombination würde dir in den Sinn kommen?«

Der Maschinenraumtechniker blinzelte. »Klangbilder, Captain. Ein präintelligenter Delphin hätte an Klangreflexe im Wasser gedacht, die, von unten kommend, an der Oberfläche zurückgeworfen werden.«

Der Techniker klang erschöpft, aber er nahm stets an diesen Sitzungen teil. Er war von einem brennenden Verlangen nach Selbstverbesserung erfüllt. Es war die Moral von Fen wie Wattaceti, die den vielbeschäftigten Captain veranlaßte, sich die Zeit für diesen Unterricht zu nehmen.

Creideiki nickte. »Ganz recht. Nun, und an welche Art von Reflexen würde ein Mensch als erstes denken?«

»An das Abbild des *Lichtes* von oben«, antwortete S'tat, der Chef der Messe, ohne zu zögern.

»Höchstwahrscheinlich, obgleich wir wissen, daß selbst manche der ›Großohren‹ irgendwann hören lernen.«

Allgemeines Gelächter erhob sich bei dieser harmlosen kleinen Verspottung der Patronatsrasse. Das Gelächter war ein Maßstab für die Moral der Crew, und er maß sie, wie er die Masse einer Treibstoffzelle abschätzte, indem er sie zwischen die Kiefer nahm.

Zum ersten Mal sah Creideiki auch Takkata-Jim und K'tha-Jon, die sich zu der Gruppe gesellt hatten. Ein kurzes Aufwallen von Besorgnis wischte der Captain beiseite. Takkata-Jim hätte ihm ein Zeichen gegeben, wenn etwas passiert wäre. Anscheinend war er nur gekommen, um zuzuhören.

Wenn dies ein Zeichen dafür sein sollte, daß der Vize-Captain sein langes, unerklärliches Schmollen zu beenden gedachte, dann würde Creideiki sich darüber freuen. Er hatte Takkata-Jim an Bord behalten, anstatt ihn mit Orley und der Rettungsmannschaft hinauszuschicken, weil er seinen Vertreter im Auge behalten wollte. Gegen seinen Willen war ihm der Gedanke gekommen, daß es möglicherweise an der Zeit sein könne, die Befehlshierarchie zu verändern.

Er wartete, bis das Gekicher verstummt war. »Und jetzt denkt nach. In welcher Hinsicht sind die Gedanken eines Menschen angesichts der Reflexe auf der Oberfläche des Wassers den euren *ähnlich?*«

Die Schüler zeigten sich konzentriert. Dies würde das vorletzte Problem sein. Creideiki hatte so viele Reparaturarbeiten zu beaufsichtigen, daß er sich versucht gefühlt hatte, die Sitzungen überhaupt abzusagen. Aber es gab so viele in der Besatzung, die unbedingt Keneenk erlernen wollten.

Zu Beginn der Reise hatten fast alle Fen an den Kursen, den Spielen und athletischen Wettkämpfen teilgenommen, die dazu dienten, das verdrießliche Einerlei einer Raumreise aufzulockern. Aber seit jener entsetzlichen Episode im Seichten Sternenhaufen, bei der ein Dutzend Crew-Fen anläßlich der Erforschung der verlassenen Flotte verlorengegangen war, hatten manche begonnen, sich aus der Bordgemeinschaft abzusondern und kleine Gruppen zu bilden. Einige zeigten sogar einen merkwürdigen Atavismus: Sie hatten wachsende Schwierigkeiten mit dem Anglischen und mit jener Art des konzentrierten Denkens, das ein Spacer benötigte.

Creideiki hatte sich gezwungen gesehen, mit den Dienstplänen zu jonglieren, um für den einen oder anderen Ersatz zu finden. Takkata-Jim hatte er mit der Aufgabe betraut, Beschäftigungen für die Regressiven zu finden. Dieser Auftrag schien dem Vize-Captain zu behagen. Mit der Hilfe des Bootsmanns K'tha-Jon hatte er auch für die am schlimmsten betroffenen noch nützliche Arbeit finden können.

Aufmerksam lauschte Creideiki dem Säuseln der Flossen, dem unbehaglichen Gurgeln der Kiemenlungen, dem Rhythmus der Herzschläge. Takkata-Jim und K'tha-Jon schwebten schweigend im Raum. Anscheinend hörten sie interessiert zu. Aber Creideiki spürte eine unterschwellige Spannung in beiden.

Ein Schauder überlief ihn. Vor seinem geistigen Auge

waren plötzlich in lebhaften Farben das verschlagene, mürrische Auge des Vize-Captains und die mächtigen scharfen Zähne des Bootsmanns erschienen. Er verdrängte dieses Bild und schalt sich selbst für seine überaktive Phantasie. Es gab keinen logischen Grund, auch nur einen dieser beiden zu fürchten!

»Wir betrachten die Reflexe von einer Schnittfläche zwischen Luft und Wasser.« Hastig nahm er seinen Vortrag wieder auf. »Sowohl Menschen als auch Delphine denken an eine *Barriere,* wenn sie eine solche Fläche betrachten. Auf der anderen Seite liegt ein Bereich, der nur schwach sichtbar ist, bis man diese Barriere überquert. Aber der moderne Mensch mit seinen *Werkzeugen* fürchtet sich nicht mehr vor der Wasserseite, wie er es einst tat. Und der Neo-Fin kann mit seinen Werkzeugen an der Luft leben und arbeiten und ohne Unbehagen hinunterschauen.

Nun überlegt, wohin eure eigenen Gedanken sich bewegten, als ich euch meine ursprüngliche Frage stellte. Die Vorstellung von Klang, der, von unten kommend, reflektiert wird, kam euch als erstes in den Sinn. Unsere Ahnen hätten sich mit dieser ersten Verallgemeinerung begnügt, aber *ihr* habt euch damit noch nicht zufriedengegeben. Ihr habt keine allgemeinen Schlüsse gezogen, ohne zunächst die Alternativen zu erwägen. Dies aber ist ein weit verbreitetes Kennzeichen für *planende* Geschöpfe. Für uns ist es etwas Neues.«

Der Timer Creideikis summte. Es wurde spät. So müde er war, hatte er noch an einer Sitzung teilzunehmen, und außerdem wollte er auf der Brücke vorbeischauen und hören, ob es Nachricht von Thomas Orley gab.

»Wie lernt ein Cetacee, dessen Erbgut, ja, dessen *Gehirn* auf intuitivem Denken aufgebaut ist, ein komplexes Problem Stück für Stück zu *analysieren?* Manchmal liegt der Schlüssel zu einer *Antwort* in der Art, wie man eine *Frage* formuliert. Ich hinterlasse euch heute eine Übung, die ihr in euren Mußestunden betreiben könnt.

Versucht, das Problem der Reflexe von der Wasserfläche in Trinär zu fassen... auf eine Weise, die nicht etwa eine einzige Antwort oder eine Drei-Ebenen-Opposition erfordert, sondern eine einfache Aufzählung der möglichen Reflexe.«

Er sah, wie mehrere der Fen voller Unbehagen die Stirn runzelten.

Der Captain lächelte beruhigend. »Ich weiß, es klingt schwierig, und ich werde heute keine Rezitation verlangen. Aber damit ihr seht, daß es möglich ist, nehmt das Echo dieses Traumes auf.«

Eine Schicht trennt
  See-Stern - Himmel-Stern
Was kommt zu uns
  im spitzen Winkel?
Der Oktopus, jagdschrill, sternfangend -
  Reflex!
Die Seeschwalbe, nachtrufend, sternfolgend -
  Reflex!
Das Auge meiner Liebe, sternfunkelnd -
  Reflex!
Die Sonne, lautlos tosend, protzend -
  Reflex!

Das Staunen seiner Zuhörer, die ihn mit weit aufgerissenen Augen anstarrten, war Creideiki Lohn genug. Als er sich umdrehte, um davonzuschwimmen, sah er, daß sogar Takkata-Jim langsam den Kopf schüttelte, als erwäge er einen Gedanken, der ihm noch nie zuvor in den Sinn gekommen war.

Als die Versammlung sich auflöste, wiederholte K'tha-Jon seine Äußerung. »Haben Sie gesehen? Haben Sie ihn gehört-t, Takkata-Jim?«

»Ich habe ihn gesehen, und ich habe ihn gehört, Bootsmann. Und wie gewöhnlich war ich beeindruckt. Creideiki ist-t ein Genie. Worauf also wollten Sie mich aufmerksam machen?«

K'tha-Jon klappte mit dem Unterkiefer - keine besonders höfliche Geste einem vorgesetzten Offizier gegenüber.

»Er sagt *nichtsss* über die Galacticsss! Kein Wort-t über die Belagerung! *Überhaupt nichts* über irgendwelche Pläne, uns von hier fortzubringen! Kein Gedanke an Kampf, falls das nicht geht-t!

Und unterdessen ignoriert er die wachsende Spaltung unter der Besatzung!«

Takkata-Jim ließ eine Kette von Luftblasen aufsteigen. »Eine Spaltung, die Sie geschäftig fördern, K'tha-Jon. Nein, machen Sie sich nicht die Mühe, Ihre Unschuld zu beteuern. Sie arbeiten mit feinen Methoden, und ich weiß, daß Sie es tun, um eine Machtbasis für mich zu schaffen. Deshalb schließe ich die Augen. Aber seien Sie nicht sicher, daß Creideiki immer zu beschäftigt sein wird, um etwas zu merken! Und *wenn* er es merkt, K'tha-Jon, dann passen Sie auf Ihren Schwanz auf. Denn ich werde dann nichts von Ihren kleinen Tricksss wissen.«

K'tha-Jon stieß stumm ein paar Blasen aus. Er machte sich nicht die Mühe, zu antworten.

»Und was Creideikis Pläne betrifft, nun, wir werden sehen. Wir werden sehen, ob er bereit ist, auf Dr. Metz und auf mich zu hören, oder ob er auf seinem Traum beharrt-t, seine Geheimnisse ungelöst zur Erde zu transssportieren.«

Takkata-Jim sah, daß der riesige *Stenos* Anstalten machte, ihn zu unterbrechen.

»Ja, ich weiß, Sie finden, wir sollten eine dritte Option in Erwägung ziehen. Stimmt's? Ihnen würde es gefallen, wenn wir ausbrechen und alle Galactics auf einmal in die Schranken weisen würden, he, K'tha-Jon?«

Der große Delphin antwortete nicht, aber seine Augen glitzerten den Vize-Captain an.

Bist du mein Boswell, mein Igor, mein Seaton oder mein

Jago? dachte Takkata-Jim, während er den riesigen Mutanten betrachtete. *Jetzt dienst du mir, aber wie ist es auf lange Sicht bestellt? Benutze ich dich, oder benutzt du mich?*

20

Galactics

Kreischend tobte die Schlacht rings um die Flottille der winzigen xappischen Schlachtschiffe.

»Soeben haben wir die X'tau *und die* X'klennu *verloren! Das bedeutet, daß fast ein Drittel der xappischen Streitmacht vernichtet ist!«*

Der alte xappische Leutnant seufzte. »So? Knabe, bringe mir Neuigkeiten, nicht Dinge, die ich längst weiß.«

»Unsere Xatinni-Patrone verschwenden ihre Klienten, als wären sie Reaktionsgas, und mit ihren eigenen Kräften geizen sie. Seht nur, wie sie sich im Hintergrund halten, bereit, zu fliehen, wenn die Schlacht zu heftig toben sollte! Aber uns schicken sie in die Gefahr!«

»So haben sie es immer gehalten«, sagte der andere.

»Aber wenn die xappische Flotte hier in diesem unsinnigen Gefecht vernichtet wird, wer soll dann unsere drei winzigen Welten beschützen und unsere Rechte durchsetzen?«

»Sind dazu nicht unsere Patrone da?« Der ältere Leutnant wußte um seine Ironie. Er justierte die Schilde, um einen überraschenden Psionenangriff abzuwehren, ohne daß sich der Klang seiner Stimme veränderte.

Der junge Offizier würdigte diese Antwort keines Kommentars. Er knurrte: »Was haben uns diese Erdlinge überhaupt angetan? In welcher Weise bedrohen Sie unsere Patrone?«

Ein sengender Strahl von einem Tandu-Kreuzer verfehlte um Haaresbreite den linken Flügel des kleinen Lappischen Aufklärers. Der junge Leutnant jagte das Schiff durch ein wildes Ausweichmanöver. Der ältere beantwortete seine Frage, als sei nichts geschehen.

»Ich nehme an, du glaubst nicht daran, daß die Progenitoren zurückgekehrt sind?«

Der andere schnaubte nur, während er das Visier seiner Torpedos neu justierte.

»Treffend ausgedrückt. Auch ich bin der Meinung, daß dies nur ein Teil eines Programmes zur Vernichtung der Erdlinge ist. Die alten Patronatsrassen betrachten die Terraner als Bedrohung. Sie sind Wölflinge und deshalb gefährlich. Sie predigen revolutionäre Praktiken des Liftens, also sind sie noch gefährlicher. Sie sind Verbündete der Tymbrimi - ein nicht zu vergebender Frevel. Und sie missionieren - eine unverzeihliche Beleidigung.«

Der Aufklärer erbebte, als der Torpedo startete und Kurs auf den Tandu-Zerstörer nahm. Sogleich beschleunigte das winzige Schiff mit höchsten Werten, um vom Schauplatz zu verschwinden.

»Nun, ich finde, wir sollten den Erdlingen einmal zuhören«, brüllte der junge Leutnant. »Wenn alle Klientenrassen der Galaxis auf einmal rebellieren...«

»Ist schon vorgekommen«, unterbrach der ältere. »Du mußt die Aufzeichnungen der Bibliothek *studieren. Sechsmal in der Geschichte der Galaxis. Und zweimal mit Erfolg.«*

»Nein! Und was ist dann passiert?«

»Was glaubst du? Die Klienten wurden zu Patronen für neue Spezies, und dann behandelten sie diese, wie man sie selbst vorher behandelt hatte.«

»Das glaube ich nicht! Das kann ich nicht glauben!«

Der alte Leutnant seufzte. »Lies es nach.«

»Das werde ich auch tun!«

Aber er tat es nicht. Eine unentdeckte Unwahrscheinlichkeits-Mine lag auf ihrer Flugbahn. Der winzige Aufklärer verschwand auf pittoreske, wenngleich am Ende tödliche Weise aus der Galaxis.

21
Dennie und Toshio

Noch einmal überprüfte Dennie die Sprengladungen. Es war dunkel und eng hier unten zwischen den Wurzeln des Bohrbaumes.

Der Strahl ihres Helmscheinwerfers warf kontrastreiche Schatten in dem Gewirr der Wurzelfasern.

»Bist du gleich fertig, Toshio?« rief sie nach oben.

Er brachte seine Explosivladungen im oberen Bereich, nahe der Oberfläche des Metallhügels, an.

»Ja, Dennie. Wenn du fertig bist, geh schon mal nach unten. Ich komme dann gleich.«

Sie konnte seine in Schwimmflossen steckenden Füße über sich nicht mehr erkennen. Das enge, wassergefüllte Dickicht verzerrte seine Stimme. Es war eine Erleichterung, von hier verschwinden zu dürfen.

Vorsichtig bahnte sie sich ihren Weg nach unten. Immer wieder mußte sie Wellen der Klaustrophobie niederkämpfen. Freiwillig hätte Dennie eine solche Arbeit nie übernommen. Aber sie mußte getan werden, und die beiden Delphine waren von Natur aus dazu nicht qualifiziert.

Auf halbem Wege nach unten verhakte sie sich an einer Ranke. Sie kam nicht frei, als sie daran zerrte. Je heftiger sie um sich schlug, desto schlimmer verhedderte sie sich, und lebhaft erinnerte sie sich an Toshios Erzählung von dem Killertang. Fast hätte die Panik sie überwältigt, aber sie zwang sich, mit dem Strampeln aufzuhören, tief durchzuatmen und sich anzuschauen, was sie da gefangenhielt.

Es war nur eine abgestorbene Ranke, die sich um ihr Bein geschlungen hatte. Mit dem Messer ließ sie sich leicht zerteilen. Mit noch größerer Vorsicht setzte sie den Abstieg fort und gelangte schließlich erleichtert in die Grotte unter dem Metallhügel.

Keepiru und Sah'ot erwarteten sie unten. Schlauchförmige Atmer bedeckten ihre Blasmünder und schlangen sich um ihre Leiber. Das Scheinwerferlicht der beiden Schlitten brach sich in Tausenden haarfeiner Fäden, die die Kammer wie treibende Nebelschwaden zu erfüllen schienen. Mattes Licht sickerte durch den Höhleneingang herein, durch den sie eingedrungen waren.

Echos hallen hier im Felsenkäfig,
doch sie künden nicht vom frohen Fischen

Dennie schaute Sah'ot an. Sie war nicht sicher, ob sie das eigenwillige Trinär des Poeten verstanden hatte.

»Oh! Ja, wenn Toshio die Zünder aktiviert, schwimmen wir besser hinaus. Die Explosion wird in dieser Kammer widerhallen, und das ist vermutlich nicht gesund.«

Keepiru nickte zustimmend. Der militärische Leiter der Expedition hatte auf dem Weg vom Schiff hierher die meiste Zeit über geschwiegen.

Dennie sah sich in der Unterwasserhöhle um. Die korallenähnlichen, mikroskopischen Allesfresser hatten ihr Schloß auf dem satten Silikatgestein einer ozeanischen Anhöhe erbaut. Das Bauwerk war nur langsam gewachsen, aber als der Hügel schließlich den Meeresspiegel durchbrochen hatte, war auf seiner Oberfläche Leben möglich geworden. Zu der Vegetation, die hier gesprossen war, gehörte auch der Bohrbaum.

Auf irgendeine Weise hatte die Pflanze den Metallkern des Hügels durchbohrt und war zu den organisch brauchbaren Schichten unter der Insel durchgedrungen. Mineralien wurden heraufgesaugt und oben abgelagert. Unten bildete sich derweilen eine Höhlung, die sich immer weiter ausdehnte und den Hügel schließlich verschlingen würde.

Etwas an diesem Vorgang erschien der Ökologin in Dennie eigenartig. Die kleine Mikrozweigstelle der *Bibliothek* an Bord der *Streaker* hatte die Metallhügel mit keinem Wort erwähnt, und das war merkwürdig.

Es war schwer, zu glauben, daß der Bohrbaum sich in seiner ökologischen Nische allmählich entwickelt haben sollte, wie die meisten Spezies dies taten. Denn beim Überleben ging es für diesen Baum von Anfang an um alles oder nichts, und es erforderte große Kraft und Beharrlichkeit. Wie hatte der Baum so werden können? Das fragte Dennie sich.

Und was wurde aus den Hügeln, wenn sie in die Höhlen gestürzt waren, die die Bäume für sie bereitet hatten? Sie hatte schon Grotten gesehen, die ihre Hügel verschluckt hatten. Es waren dunstige, finstere Krater, die anscheinend weit tiefer reichten, als sie erwartet hätte.

Sie richtete den Strahl ihrer Lampe auf den Boden des Hügels. Die Reflexe, die von oben herableuchteten, waren verblüffend. Dennie hatte etwas Zerklüftetes, Unregelmäßiges erwartet, nicht ein Feld von hellen, konkaven Dellen an der glänzenden Metallunterseite.

Sie schwamm zu einer der umfangreicheren Ausbuchtungen hinauf und nahm die Kamera mit. Charles Dart wollte, daß sie ihm Bilder und Proben von diesem Ausflug mitbrachte. Sie wußte, daß sie Dank nicht zu erwarten hatte. Eher würde vermutlich jedes quälend aufregende Photo, jeder Stein ihn empört aufstöhnen lassen, weil sie versäumt habe, *offensichtliche* Hinweise weiter zu verfolgen.

Tief in einem der kleinen Krater über ihr bewegte sich etwas, es wand und drehte sich langsam. Dennie richtete den Lichtstrahl darauf und sah es sich näher an. Es war eine Art Wurzel. Sie sah, wie einige der zarten, wehenden Fäden in die Nähe des herabhängenden Fühlers trieben und sogleich ergriffen und eingezogen wurden. Sie fischte ein paar davon auf und steckte sie in ihre Materialtasche.

»Gehen wir, Dennie!« Sie hörte Toshio rufen. Mit summendem Motor glitt ein Schlitten unter sie. »Komm schon! Wir haben nur fünf Minuten, bis sie hochgehen!«

»Okay, okay«, antwortete sie. »Eine Minute.« Professionelle Neugier ließ für den Augenblick alles andere für sie in den Hintergrund treten. Dennie konnte sich nicht denken, aus welchem Grunde ein lebendes Ding sich an die lichtlose Unterseite einer Masse von beinahe purem Metall wühlen sollte. Sie langte tief in den Trichter hinein und packte die sich windende Fühlerwurzel. Dann stemmte sie sich gegen die Decke und zog mit aller Kraft.

Zuerst war die drahtige Wurzel unnachgiebig, ja, sie schien sogar ihrerseits zu ziehen. Die Möglichkeit, daß sie in eine Falle geraten war, durchzuckte Dennie mit plastischer Deutlichkeit.

Aber dann riß die Wurzel plötzlich ab. Dennie sah ihre glänzend harte Spitze, als sie sie in ihre Probentasche schob. Sie vollführte eine Rolle und stieß sich von der Metallfläche ab.

Keepiru starrte sie vorwurfsvoll an, als sie sich an den Schlitten klammerte. Er ließ die Maschine aufheulen und jagte auf die Höhlenmündung zu und hinaus ins Tageslicht, wo Toshio und Sah'ot warteten. Wenige Augenblicke später hallten die dröhnenden Echos einer mächtigen Explosion durch das flache Wasser.

Sie warteten eine Stunde, dann schwammen sie wieder in die Grotte hinein.

Die Sprengladungen hatten den Stamm des Bohrbaumes dort zerfetzt, wo er die Unterseite des Metallhügels durchdrang. Ein abgerissener Teil lag schräg unten und verschwand in finsteren Tiefen. Noch immer rieselten kleine Trümmer aus der Öffnung im Boden des Hügels. Dichte Wolken von wirbelnden Vegetationsfetzen erfüllten die Kammer unter der Insel.

Vorsichtig näherten sie sich der Öffnung. »Vielleicht schicke ich besser einen Robot voraus«, meinte Toshio. »Kann sein, daß noch lose Brocken im Schacht hängen.«

Laß es mich tun - Leiter-Läufer
Robot hängt an - Nervenbuchse

Toshio nickte. »Ja, du hast recht. Übernimm du das, Keepiru.« Der Pilot würde die Robotsonde mit seinem direkten Maschinen-Nerven-Interface weit besser steuern können als Toshio. Unter den Menschen an Bord verfügten nur Emerson D'Anite und Thomas Orley über solche Kyborg-Verbindungen. Es würde noch lange dauern, bis alle Menschen mit den Nebenwirkungen der Implantation solcher Anschlußbuchsen so gut zurechtkommen würden wie die Delphine, die dieses Interface aber viel dringender benötigt hatten und entsprechend gezüchtet worden waren.

Gesteuert von Keepiru, löste sich eine kleine Sonde vom Heck des Schlittens. Sie glitt auf die Öffnung zu und verschwand darin.

Toshio hatte nicht damit gerechnet, daß man ihn sofort wieder mit Keepiru zusammen hinausschicken würde, zumal an einen Ort, an dem sie sich, seiner Meinung nach, alle beide nicht von ihrer besten Seite gezeigt hatten. Die Bedeutung ihrer Mission, nämlich zwei wichtige Wissenschaftler zu unterstützen und zu beschützen, verwirrte ihn weiter. Weshalb hatte Creideiki nicht andere damit beauftragt? Zuverlässigere Leute?

Natürlich konnte es sein, daß der Captain sie alle vier von Bord geschickt hatte, um sie aus dem Weg zu schaffen. Aber das wollte auch nicht recht zu ihm passen.

Toshio beschloß, nicht erst zu versuchen, Creideikis Logik zu durchdringen. Sie schien im Innersten undurchdringlich zu sein. Vielleicht war es das, was einen zum Captain machte. Toshio wußte nur, daß er und Keepiru entschlossen waren, auf dieser Expedition gute Arbeit zu leisten.

Als Kadett stand er rangmäßig über Keepiru. Aber traditionell waren Deckoffiziere und Piloten die Vorgesetzten der Kaddys, es sei denn, höhere Stellen hatten es anders bestimmt. Toshio würde Dennie und Sah'ot bei ihren Untersuchungen assistieren. In Sicherheitsfragen hatte Keepiru das Kommando.

Noch immer überraschte es Toshio, daß andere innehielten und zuhörten, wenn er einen Vorschlag machte. Routinemäßig hatte man auch ihn nach seiner Meinung befragt. Daran würde er sich erst gewöhnen müssen.

Der Monitor zeigte ein Bild, das der Robot ihnen zukommen ließ: einen hohlen, zylindrischen Schacht durch das schaumige Metall. Abgebrochene Stümpfe waren alles, was von den Ankerhalterungen geblieben war, die den Bohrbaum an Ort und Stelle gehalten hatten. Kleine Trümmer trieben an der Kamera vorbei, während sie den Bildschirm beobachteten.

Je höher der Robot stieg, desto helleres Licht drang von oben durch den feinen Blasendunst.

»Glaubst du, es ist groß genug, um einen Schlitten durchzulassen?« fragte Toshio. Keepiru pfiff zurück, er meine, der Schacht sei befahrbar.

In einem mehrere Meter breiten Tümpel drang der Robot an die Oberfläche. Die Kamera schwenkte über den Rand und zeigte Bilder von blauem Himmel und grüner Vegetation. Der hoch anfragende Stamm des Bohrbaumes war krachend in den Wald gestürzt. Wegen der Uferböschung des Wassertümpels war nicht zu sehen, wie groß der Schaden war, den er angerichtet hatte, aber Toshio glaubte, daß er nicht in Richtung des Eingeborenendorfes gefallen war.

Sie hatten befürchtet, daß unter den Sammlern und Jägern der Insel eine Panik ausbrechen könnte, wenn sie sich den Weg nach oben freisprengten, aber sie hatten es dennoch riskiert, denn ein Versuch, den tückischen, steilen Strand der Insel in der offenen Brandung zu erklimmen, wäre gefährlich gewesen und zudem töricht, sich den Spionagesatelliten der Galactics auf diese Weise zu offenbaren. Das scheinbar zufällige Umstürzen eines Baumes auf irgendeiner Insel hingegen würde ein Beobachter am Himmel kaum zur Kenntnis nehmen.

»Oha.« Toshio streckte den Zeigefinger aus.

Dennie kam näher und spähte auf den Bildschirm. »Was ist, Tosh? Gibt's ein Problem?«

Keepiru hielt die Kamera an, kurz bevor sie ihren Schwenk beendet hatte. »Da«, sagte Toshio. »Eine scharfkantige Korallenzacke hängt direkt über dem Tümpel. Es sieht so aus, als könnte sie jeden Augenblick herunterfallen.«

»Kann denn der Robot nicht irgend etwas darunterkeilen, um es zu verhindern?«

»Weiß ich nicht. Was meinst du, Keepiru?«

Ein Plan geht auf –
wenn Ifni hilft
Wir machen das Spiel –
Versuch kostet nichts

Keepiru starrte auf seinen Doppelmonitor und konzentrierte sich. Toshio wußte, daß der Pilot einem komplexen Muster von Klangbildern lauschte, das er über seine Neuralkupplung empfing. Von Keepiru gesteuert, bewegte der Robot sich zum Rande des Tümpels. Seine Klauenarme packten das schwammige Metall des Uferrandes und zogen daran. Kleine Bröckchen rieselten herab, als er sich mit seinen Stützbeinen gegen das Ufer stemmte.

»Paß auf!« rief Toshio.

Der scharfkantige Brocken geriet ins Wanken. Die Kamera zeigte sein bedrohliches Wackeln. Dennie wich vom Monitor zurück. Dann kippte der Brocken nach vorn und stürzte auf den Robot.

Ein Wirbel rotierender Bilder folgte. Dennie starrte wie gebannt auf den Monitor, aber Toshio und Keepiru blickten hoch zu der Schachtöffnung. Plötzlich ergoß sich ein Regen von Trümmern aus dem Loch, die nach unten in die Dunkelheit sanken. Sie funkelten im Licht der Schlittenscheinwerfer, bis sie im Abgrund verschwunden waren.

Keepiru brach das langandauernde Schweigen.

Die Sonde ist dort unten - atmet nicht mehr
Bin verschont geblieben - Kurzschluß Falschtod
Höre noch ihr Pfeifen - Echos stranden

Keepiru brachte damit zum Ausdruck, daß die Sonde ihm von dem finsteren Vorsprung im Abgrund, auf dem sie gestrandet war, immer noch Signale zusendete. Ihr kleines Gehirn und ihr Sender waren nicht zerstört worden, und Keepiru war von dem Schlag verschont geblieben, den Kurzschluß und plötzliches Abschalten einem angeschlossenen Nervensystem zufügen konnten.

Aber die Fluttanks der Sonde waren leckgeschlagen. Sie würde nicht mehr heraufkommen können.

Dies war wohl - die letzte Sperre
Ich will gehen -
sorgsam prüfend -
Dennie, nimm den Schlitten - und gib acht!

Bevor Toshio oder Keepiru ihn hindern konnte, hatte Sah'ot den Schlitten verlassen und war davongejagt. Mit mächtigen Schlägen seiner Schwanzflosse verschwand er im Schacht. Keepiru und Toshio sahen einander an, und beide dachten die gleich boshaften Gedanken über verrückte Zivilisten.

Wenigstens, dachte Toshio, hätte er eine Kamera mitnehmen können! Andererseits, wenn Sah'ot abgewartet hätte, hätte Toshio selber vermutlich die Gelegenheit beim Schopf ergriffen und auf dem zweifelhaften Privileg beharrt, den Schacht zu erkunden.

Er sah Dennie an. Sie starrte auf den Bildschirm der Robotsonde, als könnte sie darauf sehen, was Sah'ot widerfuhr. Er mußte sie aus ihrer Versenkung reißen, damit sie hinüberschwamm und das Steuer des anderen Schlittens übernahm.

In Toshios Augen hatte Dennie Sudman immer zu den erwachsenen Wissenschaftlern gehört - freundlich, aber rätselhaft. Jetzt sah er, daß sie nicht so schrecklich viel reifer war als er. Und während sie zwar den ehrenvollen Status eines vollwertigen Profis besaß, verfügte sie doch nicht über den Eklektizismus, mit dem ihn seine Offiziersausbildung ausgestattet hatte. Niemals würde sie so viele Leute, Dinge und Situationen kennenlernen, wie er es im Laufe seiner Karriere tun würde.

Wieder schaute er zum Schachteingang hinauf. Keepiru ließ nervös eine Kette von Luftblasen aufsteigen. Sie würden bald entscheiden müssen, was zu tun sei, wenn Sah'ot nicht wieder zurückkäme.

Sah'ot war offensichtlich ein genetisches Experiment, bei dem die Gen-Techniker einen bestimmten Satz von Eigenschaften auf ein kalkuliertes Optimum zu treiben versuchten. Wenn das Experiment als erfolgreich gelten konnte, würde man diese Eigenschaften dem Gen-Material der gesamten Neo-Delphin-Spezies aufpfropfen. Dieser Prozeß war eine Imitation des Auswahl- und Mischungsverfahrens, wie es in der Natur anzutreffen war; er verlief nur erheblich schneller.

Manchmal allerdings hatten solche Experimente Resultate, die man nicht geplant hatte.

Toshio war nicht sicher, ob er Sah'ot vertraute. Die Undurchschaubarkeit dieses Fins hatte nichts zu tun mit einer Unerforschlichkeit, wie Creideiki sie zeigte – tiefgründig und nachdenklich. Sie knarrte wie die Heuchelei einiger Menschen, die er gekannt hatte.

Außerdem war da dieses sexuelle Spielchen zwischen Sah'ot und Dennie. Nicht daß er prüde gewesen wäre, solche Hobbys waren strenggenommen nicht verboten, aber man hatte schon erlebt, daß Probleme daraus erwuchsen.

Anscheinend war Dennie sich der feinen Winke, mit denen sie Sah'ot ermutigte, nicht einmal bewußt. Toshio überlegte, ob er sich wohl trauen würde, es ihr einmal zu sagen, oder ob es ihn überhaupt etwas anginge.

Eine weitere Minute der Anspannung verstrich. Dann, gerade als Toshio sich anschickte, selbst nach oben zu tauchen, kam Sah'ot aus dem Schacht geschossen und jagte auf sie zu.

Der Weg ist frei –
ich führe euch luftwärts!

Keepiru steuerte seinen Schlitten zu dem Delphin-Anthropologen hinüber und quiekte etwas so schrill, daß Toshio es trotz seines calafianischen Gehörs nicht genau verstand.

Sah'ot verzog den Mund und schloß ihn dann in widerwilliger Unterwerfung. Dennoch lag etwas wie Trotz in seinem Blick. Er schaute Dennie an, während er sich auf den Rücken rollte und Keepiru seine Bauchflosse darbot.

Der Pilot biß symbolisch in die Flosse und wandte sich dann den anderen zu.

Der Weg ist frei –
ich glaube ihm
So laßt uns gehen –
entfernt die Atmer
Wir sprechen wie Menschen –
über die Arbeit
Begrüßen zukünftige –
Bruder-Piloten

Der Schlitten glitt unter den Schacht des Bohrbaumes und stieg in einer Wolke von Luftblasen auf. Die anderen folgten ihm.

22

Creideiki

Die Besprechung dauerte schon viel zu lange.

Creideiki bedauerte, daß er Charles Dart überhaupt gestattet hatte, per Holoschirm daran teilzunehmen. Der Planetologe hätte sicherlich weniger langstielig dahergeredet, wenn er hier im sprudelnden Oxywasser der Zentralkammer hätte treiben müssen, naß und mit einer Gesichtsmaske vor der Nase.

Dart rekelte sich in seinem eigenen Labor und projizierte sein Bild in den Konferenzbereich im zylindrischen Bauch der *Streaker.* Er schien nicht zu merken, wie gereizt seine Zuhörer allmählich wurden. Zwei Stunden lang vor einer Konsole Oxywasser atmen zu müssen, war für einen Neo-Fin überaus unbequem.

»Selbstverständlich, Captain«, hallte der heisere Bariton des Schimps durch das Wasser, »begrüßte ich es von ganzem Herzen, als Sie beschlossen, uns in der Nähe einer größeren tektonischen Grenze niedergehen zu lassen. Nirgendwo sonst hätte ich an einer einzigen Stelle Zugang zu so vielen Informationen finden können. Gleichwohl denke ich, daß ich überzeugend habe darstellen können, wie notwendig es ist, sechs oder sieben weitere Sammelstellen auf Kithrup einzurichten, um Gesteinsproben zusammenzutragen und Untersuchungen durchzuführen, mit denen sich einige der über alle Maßen interessanten Entdeckungen, die wir hier haben machen können, verifizieren ließen.«

Mit gelinder Überraschung vernahm Creideiki die Verwendung der ersten Person Plural. Es war das erste Mal, daß Charlie etwas Bescheidenes sagte.

Er warf Brookida, der in der Nähe schwebte, einen Blick zu. Der Metallurg arbeitete in letzter Zeit mit Charles Dart zusammen, da seine Fertigkeiten im Reparaturteam derzeit nicht benötigt wurden. Während der vergangenen Stunde hatte er zumeist geschwiegen, während der Schimp eine Flut von technischem Jargon abgesondert hatte, die Creideiki schwindlig werden ließ.

Was ist los mit Brookida? Glaubt er, der Captain eines belagerten Schiffes habe nichts Besseres zu tun?

Hikahi, erst kürzlich aus der Krankenstation entlassen, rollte sich auf den Rücken, atmete die sprudelnde, mit Sauerstoff versetzte Flüssigkeit und behielt das Holo des Schimpansen mit einem Auge im Blick.

Sie sollte das lassen, dachte Creideiki. *Es fällt mir so schon schwer genug, mich zu konzentrieren.*

Lange Besprechungen, an denen teilzunehmen er gezwungen war, hatten immer eine solche Wirkung auf Creideiki. Er fühlte, wie das Blut in seiner Penisscheide und um sie herum in Wallung geriet. Ihn gelüstete jetzt viel eher danach, zu Hikahi zu schwimmen und sie an verschiedenen Stellen ihrer Flanken sanft zu beißen.

Ganz schön neckisch, vor allem in der Öffentlichkeit, aber zumindest war er ehrlich gegen sich selbst.

»Planetologe Dart«, seufzte er, »ich versuche zu verstehen, was Sie entdeckt zu haben glauben. Was die unterschiedlichen Kristall- und Isotopenanomalien unter der Kruste von Kithrup betrifft, so kann ich Ihnen noch folgen. Was aber die Subduktionsschicht angeht...«

»Eine Subduktionszone ist die Grenze zwischen zwei Krustenplatten, wo sich die eine unter die andere schiebt«, unterbrach Charlie.

Creideiki hatte Lust, seine Würde für einen Augenblick zu vergessen und den Schimpansen zu beschimpfen.

»Soviel verstehe ich schon noch von Planetologie, Doktor Dart.« Er sprach mit großer Sorgfalt. »Und ich bin froh, daß unsere Position in der Nähe einer dieser Plattengrenzen Ihnen hat nützlich sein können. Sie müssen jedoch verstehen, daß diese Auswahl des Landeplatzes auf taktischen Erwägungen basierte. Wir brauchen sowohl die Metalle als auch die Tarnung, die uns diese ›Korallenhügel‹ bieten. Wir sind hier gelandet, um uns zu *verstecken* und um unser Schiff zu reparieren. Solange sich über uns feindliche Kreuzer befinden, denke ich überhaupt nicht daran, Expeditionen zu anderen Teilen dieses Planeten zu gestatten, ja, ich muß sogar Ihren Antrag auf weitere Bohrungen an dieser Stelle zurückweisen. Das Risiko ist jetzt, da die Galactics hier sind, einfach zu groß.«

Der Schimp runzelte die Stirn. Seine Hände begannen zu flattern. Noch ehe er die rechten Worte finden konnte, fuhr Creideiki fort.

»Was sagt denn übrigens die Mikrozweigstelle des Schiffes über Kithrup? Enthält die *Bibliothek* nichts zu den Problemen, denen Sie sich gegenübersehen?«

»Die *Bibliothek!*« schnaubte Dan. »Dieser Lügenhaufen! Dieser beschissene Sumpf von Fehlinformationen!« Charlies Stimme senkte sich zu einem Knurren. »Sie enthält *nichts* über die Anomalien! Die Metallhügel erwähnt sie nicht einmal! Die letzte Untersuchung wurde vor mehr als *vierhundert* Millionen Jahren vorgenommen, als man diesen Planeten als Reservat für die Karrank%...«

Der langgezogene Glottalverschlußlaut blieb Charlie buchstäblich im Halse stecken und drohte ihn zu erwürgen. Die Augen quollen ihm aus den Höhlen, und hustend trommelte er sich auf die Brust.

Creideiki wandte sich an Brookida. »Stimmt das? Ist die *Bibliothek* tatsächlich so mangelhaft in ihren Auskünften über diesen Planeten?«

»Ja.« Brookida nickte langsam. »Vierhundert Epochen sind in der Tat-t eine lange Zeit. Wenn ein Planet zum Reservat erklärt wird, dann geschieht das gewöhnlich, weil man einer neuen Speziesss Gelegenheit geben will, sich zu einem Stadium der Präintelligenz zu entwickeln, in dem sie dann reif für das Liften sind, oder weil man einer alten Rasse, die zu vergreisen beginnt, einen ruhigen Ort-t für ihren Abstieg zur Verfügung stellen möchte. Planeten sperrt man, um sie entweder zu Kindergärten oder zu Altersheimen zu machen.

Bei Kithrup-p scheint nun beidesss der Fall zu sein. Wir

haben eine reife, halbintelligente Rasse entdeckt, die sich anscheinend entwickelt hat, nachdem die *Bibliotheks*-Eintragungen auf den letzten Stand gebracht worden waren. Außerdem gewährte man den... Karrank%...« – auch Brookida hatte Schwierigkeiten mit diesem Namen – »... diesen Planeten als friedlichen Ort zum Sterben, und dazu haben sie ihn anscheinend auch benutztet. Anscheinend gibt es hier keine... Karrank%... mehr.«

»Aber vierhundert Epochen ohne neuerliche Untersuchung?« Das war schwer vorstellbar.

»Ja, gewöhnlich wird ein Planet sehr viel früher durch das Migrationsinstitut neu lizenziert. Aber Kithrup issst eine so eigenartige Welt... Nur wenige Spezies würden freiwillig hier leben wollen. Zudem gibt es nicht viele gute Zufahrtswege. Diese Raumregion ist hinsichtlich ihrer Gravitation äußerst seicht. Diesss ist einer der Gründe, weshalb wir hergekommen sind.«

Charles Dart schnappte noch immer nach Luft. Dann trank er aus einem hohen Wasserglas. Während dieser kleinen Pause lag Creideiki still und dachte nach. Brookidas Argumenten zum Trotz, würde man Kithrup tatsächlich in einer übervölkerten Galaxis, in der jedes Grundstück heiß umkämpft war, so lange brachliegen lassen?

Das Migrationsinstitut war die einzige der locker organisierten galaktischen Bürokratien, die dem *Bibliotheks*-Institut an Macht und Einfluß gleichkam. Traditionell hielten sich alle Patronatslinien an seine Vorschriften hinsichtlich des Ökosphären-Managements. Wer sich anders verhielt, würde eine galaxisweite Katastrophe heraufbeschwören. Das Potential niederer Spezies, eines Tages zu Klienten und beizeiten auch zu Patronen zu werden, sorgte für einen machtvollen ökologischen Konservatismus, der in der gesamten Galaxis verbreitet war.

Die meisten Galactics sahen bereitwillig über die Geschichte der Menschen vor dem Kontakt hinweg. Man vergaß das Gemetzel an Mammut, Riesenfaultier und Seekuh im Gedenken an den ›Waisen‹-Status der Menschheit. Die wirkliche Schuld gab man dem vermuteten Patron der Menschheit, jener geheimnisvollen, nie entdeckten Rasse, die das Liften des Menschen vor Tausenden von Jahren halb vollendet abgebrochen hatte, wie alle vermuteten.

Die Delphine wußten, wie dicht die Cetaceen selbst davorgestanden hatten, durch die Hand des Menschen ausgerottet zu werden, aber woanders als auf der Erde erwähnten sie diese Tatsache niemals. Zum Guten oder zum Schlechten, ihr Schicksal war jetzt mit dem der Menschheit verknüpft.

Die Erde gehörte den Menschen, bis die Rasse weiterzöge oder ausstürbe. Die zehn Koloniewelten der Menschen waren für kurzfristige Perioden lizenziert, Perioden, die auf komplexen Öko-Management-Plänen basierten. Der kürzeste Pachtvertrag lief über nur sechstausend Jahre. Am Ende dieser Zeit würden die Kolonisten Atlast verlassen müssen, und der Planet würde wieder brachliegen.

»Vierhundert Millionen Jahre!« überlegte Creideiki. »Das scheint mir eine ungewöhnlich lange Zeit zu sein, falls sie ohne neuerliche Untersuchung verstrichen sein sollte.«

»Das finde ich auch!« schrie Charlie Dart, der sich von seinem Anfall wieder ganz erholt hatte. »Und wenn ich Ihnen nun sage, es gibt Anzeichen dafür, daß Kithrup noch vor dreißigtausend Jahren von einer Maschinen benutzenden Zivilisation bewohnt wurde? Ohne daß die *Bibliothek* darüber auch nur die geringste Auskunft gibt?«

Hikahi rollte ein wenig näher heran. »Glauben Sie, diese Krussstenanomalien sind womöglich der Abfall einer Zivilisation, die sich hier eingeschlichen hat, Doktor Dart?«

»Ja!« schrie er. »Genau! Gut geraten! Wie Sie wissen, errichten ja viele ökosensitiven Rassen die wesentlichen Anlagen ihrer Zivilisation nur an den Plattengrenzen eines Planeten. Auf diese Weise werden, wenn der Planet später geräumt wird und brachliegen soll, *alle* Spuren ihrer Anwesenheit in den Mantel hineingezogen, und dort verschwinden sie. Viele glauben, daß es deshalb auf der Erde keine Spuren von früheren Bewohnern gibt.«

»Und wenn eine Spezies hier illegal gesiedelt hat...?«

»Dann hat sie an einer Plattengrenze gebaut! Die *Bibliothek* untersucht die Planeten in Abständen von mehreren Epochen, und in dieser Zeit würden die Beweise für eine illegale Besiedlung unter die Oberfläche des Planeten gesaugt werden!« Der Schimp spähte aufgeregt vom Holobildschirm.

Creideiki fiel es schwer, dies alles richtig ernst zu nehmen. Wie Charlie es darstellte, klang es wie ein Kriminalromanrätsel, nur daß die Täter in diesem Fall Zivilisationen waren und die Spuren ganze Städte, und der Teppich, unter den man das Beweismaterial gekehrt hatte, war die Kruste eines Planeten! Es war das perfekte Verbrechen! Die Streife kam schließlich nur alle paar Millionen Jahre mal vorbei, und jetzt hatte sie sogar Verspätung.

Creideiki merkte plötzlich, daß jede Metapher, die er verwendet hatte, eine menschliche gewesen war. Nun, das war zu erwarten. Es gab Zeiten, beispielsweise beim Durchqueren von Raumkrümmungen, in denen Wal-Analogien nützlicher waren. Aber wenn man über die verrückte Politik der Galactics nachdachte, war es hilfreich, wenn man viele der alten Kinothriller der Menschen gesehen und Bücher über ihre verrückte Geschichte gelesen hatte.

Jetzt stritten sich Brookida und Dart über einen technischen Punkt... und alles, woran Creideiki denken konnte, war der Geschmack des Wassers in Hikahis Umgebung. Nur zu gern hätte er sie gefragt, ob dieses Aroma bedeutete, was er vermutete. War es ein Parfum, das sie aufgelegt hatte, oder war es natürliches Pheromon?

Mit einer Schwierigkeit zwang er sich dazu, sich auf das Thema zu konzentrieren, um das es hier ging.

Unter normalen Umständen wäre Charlies und Brookidas Entdeckung eine aufregende Sache gewesen.

Aber sie ist ohne Bedeutung für die Flucht meines Schiffes und meiner Mannschaft, und sie hilft uns auch nicht, unsere Daten an den Terragenenrat zu übermitteln. Selbst die Mission, mit der ich Toshio und Keepiru betraut habe – das Studium der präintelligenten Eingeborenen –, ist dringlicher als die Jagd nach geheimnisvollen Spuren zwischen Aliengestein.

»Ich bitte um Entschuldigung, Captain. Es tut mir leid, daß ich zu spät komme. Ich höre Ihnen allerdings schon seit einer Weile zu.«

Creideiki wandte sich um und sah Dr. Ignacio Metz heranschweben. Der schlaksige, grauhaarige Psychologe ruderte langsam mit den Beinen und kompensierte lässig eine leichte Negativdünung. Der Ansatz eines Kugelbauches wölbte seinen engsitzenden, glatten braunen Taucheranzug.

Brookida und Dart stritten sich immer noch, jetzt über Erhitzungsraten bei Radioaktivität, Gravitation oder Meteoriteneinschlag. Hikahi fand das anscheinend alles faszinierend.

»Auch mit Verspätung sind Sie willkommen, Doktor Metz. Ich bin froh, daß Sie noch haben herkommen können.«

Creideiki war verwundert darüber, daß er den Mann nicht hatte kommen hören. Normalerweise machte Metz ein Getöse, das man durch die halbe Zentralkammer hören konnte. Manchmal strahlte ein Summen von zwei Kilohertz aus seinem rechten Ohr. Jetzt war es kaum vernehmbar, aber manchmal konnte es absolut unerträglich sein. Wie hatte der Mann so lange mit Fins zusammenarbeiten können, ohne es je korrigieren zu lassen?

Jetzt klinge ich allmählich wie Charlie Dart! schalt er sich in Gedanken. *Sei nicht so mißmutig, Creideiki!*

Er pfiff ein Verslein, das nur durch seinen eigenen Kopf hallte.

Alles Leben
muß vibrieren
Alles
Und es wird
Gesang der Welt

»Captain, eigentlich bin ich aus einem anderen Grunde hergekommen, aber Darts und Brookidas Entdeckung ist möglicherweise von Bedeutung für das, was ich zu sagen habe. Können wir unter vier Augen miteinander reden?«
Creideikis Gesicht wurde ausdruckslos. Es war allmählich an der Zeit, daß er sich ausruhte und ein paar Übungen machte. Die Überarbeitung rieb ihn auf, und das konnte die *Streaker* sich nicht leisten.

Aber dieser Mensch war mit Vorsicht zu behandeln. Metz hatte ihm nichts zu befehlen, weder an Bord der *Streaker,* noch anderswo, aber er besaß Macht, und zwar Macht von einer besonders potenten Sorte. Creideiki wußte, sein eigenes Recht auf Fortpflanzung war garantiert, wie immer diese Mission auch enden mochte. Gleichwohl würden Metz' Bewertungen von Gewicht sein. Jeder Delphin an Bord benahm sich in seiner Gegenwart so ›vernünftig‹, wie er nur konnte. Auch der Captain.

Vielleicht habe ich deshalb eine Konfrontation vermieden, dachte Creideiki. Aber bald würde er Dr. Metz trotzdem zwingen, ihm ein paar Fragen bezüglich einiger Crewmitglieder zu beantworten.

»Gut, Doktor«, antwortete er. »Nur einen Moment noch. Ich denke, ich bin hier so gut wie fertig.«

Auf ein Kopfnicken von Creideiki kam Hikahi dicht herangeschwommen. Sie grinste und winkte Metz mit den Brustflossen zu.

»Hikahi, führen Sie das hier bitte für mich zu Ende. Lassen Sie sie nicht mehr alsss zehn Minuten weiterreden, und dann sollen sie ihre Vorschläge zusammenfasssen. In einer Stunde treffe ich Sie im Erholungsbecken 3-A, um Ihre Empfehlungen zu hören.«

Sie antwortete, wie er sie angesprochen hatte, in schnellem, stark gebrochenem Unterwasser-Anglisch. »Aye aye, Captain. Gibt es sonst-t noch etwas?«

Verdammt! Creideiki wußte, daß Hikahis Sonar ihr alles über seine sexuelle Erregung verriet. Bei einem männlichen Fin war derlei leicht zu erkennen. Wenn er die gleichen Informationen über sie einholen wollte, würde er einen expliziten Sonar-Scan ihrer Eingeweide durchführen müssen, und das wäre nicht sehr höflich.

In alten Zeiten mußten diese Dinge so viel einfacher gewesen sein!

Nun, in einer Stunde würde er herausfinden, welchen Sinnes sie war. Eines der Privilegien, die ein Captain genoß, war die Möglichkeit, einen Erholungspool räumen zu lassen. Hoffentlich würde sich bis dahin nicht noch ein Notfall ereignen!

»Nein, für den Augenblick ist das alles, Hikahi. Machen Sie weiter.«

Sie salutierte forsch mit einem Arm ihres Geschirrs.

Als Creideiki sich wieder Metz zuwandte, stritten Brookida und Charlie sich immer noch. »Ist es Ihnen Vertraulichkeit genug, wenn wir uns auf einem Umweg zur Brücke begeben, Doktor? Ich würde gern bei Takkata-Jim vorbeischauen, bevor ich mich anderen Aufgaben widme.«

»Das ist mir recht, Captain. Was ich zu sagen habe, wird nicht viel Zeit in Anspruch nehmen.«

Creideiki behielt seinen unbeteiligten Ausdruck bei. Grinste Metz über irgend etwas Spezielles? War der Mann amüsiert über etwas, das er gesehen oder gehört hatte?

»Ich bin immer noch ratlos angesichts der Anordnung der Vulkane längsss der Dreitausend-Meilen-Zone, wo die beiden Platten aneinanderstoßen«, erklärte Brookida. Er sprach langsam, teils wegen Charlie und teils, weil es schwierig war, in Oxywasser zu streiten. Die Luft schien dazu nie auszureichen.

»Wenn man die Übersichtskarten anschaut, die wir aus

dem Orbit angefertigt haben, dann sieht-t man, daß der Vulkanismussss auf diesem Planeten überall dünn gesät ist. Aber *hier* sind Vulkane häufig, und sie haben alle die gleiche Größe.«

Charlie zuckte die Achseln. »Ich sehe nicht ein, wieso das irgend etwas bedeuten soll, Alter. Ich halte es einfach für einen Riesenzufall.«

»Aber ist dies nicht auch die einzige Region, in der die Metallhügel zu finden sind?« gab Hikahi plötzlich zu bedenken. »Ich bin keine Expertin, aber als Spacer lernt man, doppelten Zufällen zu mißtrauen.«

Charlie klappte den Mund auf und zu, als habe er etwas sagen wollen, und sich dann eines anderen besonnen. Schließlich meinte er: »Das ist nicht schlecht. Ja! Brookida, meinst du, diese Korallentierchen brauchen vielleicht eine Nahrung, die sie nur von diesem Vulkantyp erhalten können?«

»Möglich. Unsere Expertin für Exobiologie ist-t Dennie Sudman. Aber sie ist jetzt auf einer der Inseln und studiert die Aborigines.«

»Sie muß uns Proben beschaffen!« Charlie rieb sich die Hände. »Ob es wohl zu riskant wäre, sie um einen kleinen Abstecher zu einem der Vulkane zu bitten? Ich meine, nicht zu weit natürlich, nach dem, was Creideiki eben gesagt hat... Nur einen winzig kleinen Abstecher!«

Hikahi stieß einen kurzen, lachenden Pfiff aus. Der Kerl hatte Nerven! Trotzdem, seine Begeisterung war ansteckend, eine wunderbare Ablenkung von ihren Sorgen. Wenn sie es sich doch auch leisten könnte, sich vor dem gefahrvollen Universum in Abstraktionen zu flüchten wie Charles Dart.

»Und eine Temperatursonde!« rief Charlie. »Das würde Dennie bestimmt für mich tun.«

Creideiki umkreiste den schwimmenden Mann in weiten Spiralen und streckte seine Muskeln, während er sich krümmte und bog.

Mit einem Neuralbefehl bewegte er die Hauptmanipulatoren seines Harnischs, wie ein Mensch die Arme ausstreckt. »Also, Doktor, was kann ich für Sie tun?«

Metz schwamm mit knappen Ruderbewegungen seiner Beine. Er sah Creideiki liebenswürdig an. »Captain, ich glaube, es ist Zeit, unsere Strategie ein wenig zu überdenken. Die Dinge haben sich verändert, seit wir auf Kithrup gelandet sind. Wir brauchen einen neuen Ansatz.«

»Würden Sie sich ein wenig deutlicher ausdrücken?«

»Gewiß. Wie Sie sich erinnern, sind wir vom Transferpunkt bei Morgran geflohen, weil wir einem siebenfachen Hinterhalt aus dem Weg gehen wollten, in dem wir zermalmt worden wären. Selbst wenn wir uns einer der Parteien ergäben, würde dies nur zu einer Allianz aller anderen Beteiligten gegen unseren Bezwinger führen, was am Ende unsere Vernichtung bedeuten würde. Das haben Sie rasch erkannt, und ich habe Ihre Logik zu jenem Zeitpunkt nicht sofort verstanden. Jetzt aber muß ich ihr meinen Beifall zollen. Selbstverständlich waren Ihre taktischen Manöver brillant.«

»Ich danke Ihnen, Dr. Metz. Einen weiteren Grund für unsere Flucht haben Sie allerdings unerwähnt gelassen. Der Rat der Terragenen hat uns befohlen, unsere Daten direkt zu überbringen, ohne daß es unterwegs zu Lecks kommen kann. Eine Gefangennahme wäre zweifellos ein solches ›Leck‹, meinen Sie nicht auch?«

»Ohne Zweifel!« stimmte Metz zu. »Und dies war auch die Situation, als wir nach Kithrup flohen – ein Zug, den ich für überaus inspiriert halte. Meiner Ansicht nach war es nur Pech, daß es mit diesem Versteck nicht so geklappt hat, wie es geplant war.«

Creideiki enthielt sich des Hinweises darauf, daß sie noch nicht entdeckt waren. Umzingelt, ja, aber noch nicht im Netz. »Sprechen Sie weiter.«

»Nun, solange noch die Möglichkeit bestand, einer Gefangennahme ganz und gar zu entrinnen, war Ihre Fluchtstrategie gut. Jetzt aber hat die Lage sich geändert. Die

Chancen für eine Flucht liegen bei Null. Kithrup ist nach wie vor nützlich als Zufluchtsort vor dem Chaos der Schlacht, aber wenn es im All erst einen endgültigen Sieger gibt, wird dieser Planet uns nicht mehr lange verbergen können.«

»Wollen Sie damit sagen, wir können nicht darauf hoffen, der Gefangennahme zu entgehen?«

»So ist es. Ich denke, wir sollten unsere Prioritäten überdenken und Pläne für unangenehme Notsituationen vorbereiten.«

»Was betrachten Sie als Prioritäten?« Creideiki wußte schon, welche Antwort er zu erwarten hatte.

»Ja, das Überleben des Schiffes und der Besatzung natürlich! Was war denn letztendlich unsere Hauptaufgabe hier draußen? Hmm?« Metz stoppte und schwebte wassertretend auf der Stelle. Er starrte Creideiki an wie ein Lehrer, der einen Schüler ausfragt.

Creideiki hätte ein halbes Dutzend Aufgaben aufzählen können, die man der *Streaker* mit auf den Weg gegeben hatte, von der Verifizierung der *Bibliotheks*-Angaben über die Kontaktaufnahme mit potentiellen Verbündeten bis zu Thomas Orleys militärischer Aufklärungsarbeit.

Diese Aufgaben waren wichtig. Aber Hauptziel der Mission war es, die Leistungsfähigkeit eines delphinbemannten und delphinbefehligten Raumschiffes zu untersuchen. Die *Streaker* und ihre Besatzung waren das Experiment.

Aber seit sie die verlassene Flotte gefunden hatten, war alles anders! Er konnte nicht mehr mit den Prioritäten operieren, die er zu Beginn der Reise erhalten hatte. Wie sollte er das einem Mann wie Metz erklären?

Vernunft, dachte Creideiki bei sich, *du bist gefloh'n zum dumpfen Tier, und Menschen haben den Verstand verloren...*

Manchmal dachte er, der Barde müsse selbst ein halber Delphin gewesen sein.

»Ich verstehe, was Sie meinen, Dr. Metz. Aber ich sehe nicht ein, weshalb es eine Veränderung der Strategie erfordern soll. Es würde immer noch unser Ende bedeuten, wenn wir den Schnabel aus dem kithrupanischen Meer stecken wollten.«

»Nur, wenn wir es tun, bevor es oben einen Sieger gibt. Selbstverständlich sollten wir uns nicht offenbaren, solange die Schlacht noch im Gange ist. Wir sind jedoch durchaus in einer Position, in der wir verhandeln können, sobald ein Sieger da ist. Und wenn wir klug verhandeln, wird unsere Mission vielleicht am Ende doch noch erfolgreich sein.«

Creideiki fuhr fort, seine Spiralbahnen zu ziehen, und zwang so den Genetiker, auf die Brückenschleuse zuzuschwimmen.

»Darf ich fragen, was wir in einer Verhandlung anzubieten hätten, Dr. Metz?«

Metz lächelte. »Zum einen haben wir die Informationen, die Brookida und Dart buchstäblich ausgegraben haben. Das Institut pflegt die Meldung ökologischer Verbrechen zu belohnen. Die meisten der kämpfenden Parteien sind traditionalistische Konservative der einen oder anderen Couleur, und sie würden unsere Entdeckung begrüßen.«

Creideiki unterließ es, seiner Verachtung für die Naivität des Menschen mit Kicherlauten Ausdruck zu verleihen. »Sprechen Sie weiter, Doktor«, sagte er ungerührt. »Wasss haben wir sonst noch zu bieten?«

»Nun, Captain, da ist zum anderen das Ehrenvolle unserer Mission. Selbst wenn die, die uns gefangennehmen, beschließen, die *Streaker* für eine Weile in ihren Händen zu behalten, werden sie unseren Zielen zweifellos wohlwollend gegenüberstehen. Die Klienten in der Benutzung von Raumschiffen zu unterweisen, ist einer der grundlegenden Bestandteile des Liftens. Gewiß werden sie uns gestatten, einige Menschen und Fen mit den Daten für die Verhaltensevaluation nach Hause zu schicken, damit Fortschritte in bezug auf weitere delphinbemannte Schiffe gemacht werden können. Alles andere wäre, als wollte sich ein Fremder störend in die Entwicklung eines Kindes einschalten, weil er Streit mit seinen Eltern hat.«

Und wie viele Kinder wurden für die Sünden ihrer Eltern gefoltert und getötet, damals, in euerm eigenen Dunklen Zeitalter? Creideiki hätte gern gefragt, wer der Abgesandte sein sollte, der die Liftdaten zur Erde brächte, während man die *Streaker* festhielt.

»Dr. Metz, ich glaube, Sie unterschätzen den Fanatismus der Beteiligten. Aber haben Sie noch mehr anzuführen?«

»Selbstverständlich. Das Wichtigste habe ich für den Schluß aufgespart.« Metz berührte Creideikis Flanke, um seinen Worten Nachdruck zu verleihen. »Wir müssen in Erwägung ziehen, den Galactics das zu geben, was sie haben wollen, Captain.«

Das hatte Creideiki erwartet. »Sie meinen, wir sollten ihnen sagen, wo sich die verlassene Flotte befindet.«

»Ja. Und wir sollten ihnen alle Daten und Souvenirs überlassen, die wir von dort mitgebracht haben.«

Creideiki bewahrte sein Pokergesicht. *Wieviel weiß er über Gillians Herbie?* fragte er sich. *Der Große Träumer! Aber dieser Kadaver hat uns Ärger gebracht!*

»Sie werden sich erinnern, Captain, der eine kurze Funkspruch, den wir von der Erde erhielten, besagte, daß wir uns verstecken und die Daten geheimhalten sollten, *falls möglich!* Zudem hieß es, wir sollten nach bestem Wissen und Gewissen entscheiden. Wird denn unser Stillschweigen tatsächlich in der Lage sein, die Entdeckung dieser Sargassosee verlorener Schiffe lange hinauszuzögern, jetzt, da bekannt ist, daß sie existiert? Zweifellos hat inzwischen jede zweite Patronatslinie der Fünf Galaxien Schwärme von Scouts ausgesandt, die den Auftrag haben, unsere Entdeckung nachzuvollziehen. Sie wissen bereits, wo sie zu suchen haben: in einem lose zusammenhängenden, matten und kugelförmigen Sternenhaufen. Es ist nur eine Frage der Zeit, wann sie auf den richtigen Gravitationstümpel im richtigen Sternenhaufen stoßen.«

Creideiki dachte, daß man darüber sicherlich streiten könne. Die Galactics dachten nicht oft wie die Erdgeborenen, und sie würden eine Suche nicht auf diese Weise durchführen. Man brauchte nur daran zu denken, wie lange die Flotte unentdeckt geblieben war. Trotzdem, langfristig gesehen hatte Metz wahrscheinlich recht.

»Warum senden wir in diesem Fall die Positionsdaten nicht einfach an die *Bibliothek,* Doktor? Sie wären dann Allgemeingut und nicht länger unsere Sache. Gewiß sollte diese wichtige Entdeckung doch durch ein autorisiertes Team der Institute untersucht werden?«

Creideiki hatte diese Frage sarkastisch gemeint, aber als Metz ihn herablassend anlächelte, begriff er, daß der Mensch sie ernst genommen hatte.

»Sie sind naiv, Captain. Die Fanatiker dort oben kümmern sich den Teufel um lockere galaktische Vorschriften, wenn sie glauben, das Goldene Zeitalter stehe vor der Tür. Wenn alle wissen, wo die verlassene Flotte steht, wird sich das Schlachtfeld dorthin verlagern, und die alten Schiffe werden durch das Kreuzfeuer vernichtet werden, ganz gleich, wie stark das eigenartige Schutzfeld sein mag, das sie umgibt. Währenddessen werden uns die Galactics immer noch zu fangen versuchen, denn wir hätten sie ja auch belogen haben können.«

Sie hatten die Brückenschleuse erreicht. Creideiki verharrte dort. »Also wäre es besser, wenn nur eine der kämpfenden Parteien die Daten erhielte und sich daranmachen könnte, die Flotte allein zu untersuchen?«

»Jawohl! Was bedeutet ein Haufen treibender Schiffe schon für uns? Es ist nichts weiter als eine gefährliche Angelegenheit, die uns bereits einen Aufklärer und zwölf hervorragende Crew-Fen gekostet hat. Wir sind keine Ahnenanbeter wie dieses Dutzend fanatischer ETs, die dort oben um uns kämpfen, und abgesehen vom intellektuellen Reiz dieser Frage ist es uns völlig schnuppe, ob diese verlassene Flotte nun ein Überbleibsel aus den Tagen der Progenitoren ist, oder ob die Progenitoren gar selbst zurückgekehrt sind. Dafür zu sterben lohnt sich ganz bestimmt nicht! Wenn wir in den letzten zweihundert Jahren etwas gelernt haben, dann dies: Ein kleiner Klan von Neulingen wie wir Erdlinge sollte sich tunlichst ducken, wenn großen Tieren wie den Soro und den Cubru eine Laus über die Leber gelaufen ist.«

Dr. Metz' silbriges Haar umwehte seinen Kopf, als er ihn nachdrücklich auf und ab bewegte. Ein glitzernder Lichtkranz aus feinen Luftbläschen sammelte sich in den Strähnen.

Creideiki hatte nicht die Absicht, seinen Respekt für Ignacio Metz zu erneuern, aber wenn der Mann leidenschaftlich genug wurde, um seine steife Fassade einmal abzulegen, wurde er beinahe sympathisch.

Unglücklicherweise war es nur so, daß Metz einem fundamentalen Irrtum erlag.

Creideiki summte, und er begriff erschrocken, wie spät es geworden war.

»Ein interessantesss Argument, das Sie da vorbringen, Doktor. Im Augenblick habe ich nicht die Zeit, weiter darauf einzugehen. Aber vor einer umfassenden Mitarbeiterbesprechung im Schiffsrat wird nichts entschieden werden. Ist das fair?«

»Ja, ich denke schon. Allerdings...«

»Und da wir gerade von der Schlacht über Kithrup sprachen, ich muß jetzt zu Takkata-Jim und sehen, was er zu berichten hat.« Er hatte nicht vorgehabt, so viel Zeit mit Metz zu verbringen, und er hatte *keinesfalls* die Absicht, seine ohnehin schon allzu lange aufgeschobenen Übungen ausfallen zu lassen.

Metz schien noch nicht bereit zu sein, ihn gehen zu lassen. »Ah. Die Erwähnung von Takkata-Jim erinnert mich an einen zweiten Punkt, über den ich mit Ihnen sprechen wollte, Captain. Ich mache mir Sorgen über das Gefühl der sozialen Isolation, welches einige derjenigen Crew-Fen zum Ausdruck gebracht haben, die zufällig diversen experimentellen Subzüchtungen entstammen. Sie beklagen sich darüber, daß man sie schneide und sie in einem unverhältnismäßig hohen Umfang mit Disziplinarmaßnahmen belege.«

»Sie sprechen von einigen der *Stenos*, nehme ich an.«

Metz machte ein gepeinigtes Gesicht. »Eine umgangssprachliche Bezeichnung, die sich anscheinend eingebürgert hat, wenngleich alle Neo-Fen taxonomisch als *Tursiops amicus* betrachtet werden müssen...«

»Ich habe die Lage im Schnabel, Dr. Metz.« Creideiki scheute sich nicht länger, den Mel zu unterbrechen. »Es geht hier um subtile gruppendynamische Vorgänge, und ich wende, wie ich glaube, effektive Techniken an, um die Mannschaftssolidarität aufrechtzuerhalten.«

Nur etwa ein Dutzend der *Stenos* ließ Unzufriedenheit erkennen. Creideiki vermutete, daß es sich um Fälle von streßbedingtem Atavismus handelte, um einen Vernunftsverfall, ausgelöst durch Angst und entsprechenden Druck. Der angebliche Experte Dr. Metz hingegen schien zu glauben, die Mehrheit der *Streaker*-Besatzung betreibe Rassendiskriminierung.

»Implizieren Sie damit, daß auch Takkata-Jim solche Probleme hat?« fragte Creideiki.

»Ganz gewiß nicht! Er ist ein überaus beeindruckender Offizier! Die Erwähnung seines Namens erinnerte mich nur daran, weil...« Metz verstummte.

Weil er ein Stenos *ist*, vollendete Creideiki in Gedanken an seiner Statt. *Ob ich Metz sagen soll, daß ich daran denke, Hikahi zum Vize-Captain zu machen? So fähig Takkata-Jim auch ist, seine verdrießliche Isolation wirkt sich allmählich nachteilig auf die Mannschaftsmoral aus. Ich kann mir das bei meinem Stellvertreter nicht leisten.*

Creideiki vermißte Lieutenant Yachapa-Jean, die im Seichten Sternenhaufen umgekommen war.

»Dr. Metz, da Sie dieses Thema zur Sprache bringen, muß ich Ihnen sagen, daß ich zwischen den psycho-biologischen Profilen bestimmter Mitarbeiter, wie sie vor dem Start angefertigt worden waren, und ihren nachfolgenden

Leistungen auch schon vor der Entdeckung der verlassenen Flotte einige Diskrepanzen habe feststellen müssen. Ich bin natürlich kein Cetapsychologe, aber in bestimmten Fällen bin ich davon überzeugt, daß die betreffenden Fen gar nicht erst an Bord hätten kommen dürfen. Haben Sie dazu einen Kommentar?«

Metz' Gesicht war steinern. »Ich bin nicht sicher, ob ich weiß, wovon Sie reden, Captain.«

Creideikis Geschirr sirrte, als ein Arm nach vorn klappte, um eine juckende Stelle über dem rechten Auge zu kratzen. »Ich habe nur wenige Anhaltspunkte, und ich glaube, demnächst werde ich mich auf das Captainsprivileg berufen und Ihre Aufzeichnungen einsehen wollen. Streng inoffiziell natürlich. Vielleicht halten Sie sie bereit, und ich komme...«

Ein Summton unterbrach ihn. Er kam von dem Intercomanschluß an seinem Geschirr. »Ja, sprechen Sie!« befahl er. Einige Augenblicke lauschte er einer blechernen Stimme, die über die Neuralkupplung an sein Gehör drang.

»Alles stoppen«, antwortete er schließlich. »Ich komme sofort. Creideiki Ende.«

Er richtete einen Sonarstrahl auf die Abtastplatte neben der Schleusentür. Die Luke öffnete sich summend.

»Das war die Brücke«, erklärte er Metz. »Ein Scout ist gekommen, mit Nachrichten von Tsh't und Thomas Orley. Man braucht mich. Aber wir werden in Kürze über diese Angelegenheit sprechen, Doktor.«

Mit zwei kraftvollen Schlägen seiner Schwanzflosse war Creideiki durch die Schleusentür geschwommen und unterwegs zur Brücke.

Ignacio Metz sah dem Captain nach.

Creideiki ahnt etwas, dachte er. *Er ahnt, daß ich Spezialstudien durchführe. Ich werde etwas unternehmen müssen. Aber was?*

Die Bedingungen des Belagerungsdrucks sorgten für

phantastische Datenausbeute vor allem bei den Delphinen, die Dr. Metz in die Besatzung der *Streaker* eingeschmuggelt hatte. Aber jetzt geriet manches außer Kontrolle. Einige seiner Subjekte zeigten Streßsymptome, mit denen er nicht gerechnet hatte.

Und jetzt mußte er sich zusätzlich zu seinen Sorgen über die ET-Fanatiker auch noch mit Creideikis Argwohn befassen. Es würde nicht leicht sein, ihn auf die falsche Spur zu bringen. Metz wußte geniale Begabung zu würdigen, vor allem bei einem gelifteten Delphin.

Wenn er doch einer von meinen wäre, dachte er. *Wie gern würde ich mich seiner rühmen!*

23
Gillian

Die Schiffe hingen im Raum wie dichte Reihen loser Perlen, die das schwache Leuchten der Milchstraße matt reflektierten. Die nächstliegenden Sterne waren die dunklen, rötlichen Greise eines kleinen, kugelförmigen Haufens, Überbleibsel aus der ersten Epoche der Sternformation – ohne Planeten, ohne Metalle. Gillian betrachtete die Photographie, eine von sechsen, die die *Streaker* in aller Unschuld von einem scheinbar obskuren und uninteressanten Gravitationsgezeitentümpel, weit abseits der ausgefahrenen Bahnen, zur Erde gestrahlt hatte.

Eine gespenstische, lautlose Armada, die auf keinen Anruf reagierte. Die Erdlinge hatten nichts damit anzufangen gewußt. Für diese Flotte von Geisterschiffen war kein Platz in der geordneten Struktur der Fünf Galaxien.

Wie lange war sie schon unbemerkt geblieben?

Gillian legte das Holo beiseite und nahm ein anderes auf. Es war eine Nahaufnahme von einem der gigantischen verlassenen Schiffe. Riesig wie ein Mond, zernarbt und alt, hing es schimmernd inmitten eines schwachen

Leuchtens, eines Schutzfeldes von unergründlicher Beschaffenheit. Diese Aura hatte sich jeder Analyse widersetzt. Sie hatten lediglich festgestellt, daß es sich um ein intensives Wahrscheinlichkeitsfeld von ungewöhnlicher Art handelte.

Bei dem Versuch, an einem der Geisterschiffe anzudocken, hatte die Gig-Besatzung der *Streaker* in den äußeren Bereichen des Feldes offenbar eine Kettenreaktion ausgelöst. Grelle Blitze waren zwischen dem uralten Behemoth und dem kleinen Scout hin und her gezuckt. Lieutenant Yachapa-Jean hatte gemeldet, daß alle Delphine intensive Visionen und Halluzinationen erlebten. Sie hatte versucht, sich aus dem Feld zu lösen, aber in ihrer Desorientierung hatte sie in dem sonderbaren Feld die Stasisschirme eingeschaltet, und die daraus resultierende Explosion hatte sowohl das winzige Erdenschiff als auch den alten Giganten in Stücke gerissen.

Gillian legte das Photo hin und sah sich im Labor um. Herbie hing noch immer in seinem Stasisnetz, eine Silhouette, die viele hundert Millionen, ja, Milliarden von Jahren alt war.

Nach der Katastrophe war Tom Orley ganz allein hinausgegangen und hatte die mysteriöse Reliquie heimlich durch eine der Seitenschleusen der *Streaker* hereingeschafft.

Einen hohen Preis hat diese Trophäe gefordert, dachte Gillian. *Wir haben dich teuer bezahlt, Herb. Wenn ich nur herausfinden könnte, was wir da eigentlich gekauft haben…*

Herb war ein Rätsel, das der konzertierten Erforschung durch die großen Institute würdig war, nicht durch eine einsame Frau auf einem belagerten Raumschiff fern der Heimat.

Es war frustrierend, aber jemand mußte diese Anstrengung auf sich nehmen. Jemand mußte zu verstehen versuchen, was sie zu gehetzten Tieren hatte werden lassen. Tom war nicht da, und Creideiki mußte dafür sorgen, daß

Schiff und Mannschaft funktionierten: Damit blieb sie für diese Aufgabe übrig. Wenn sie es nicht täte, würde niemand es tun.

Langsam brachte sie das eine oder andere über Herbie heraus: Sie wußte genug, um bestätigen zu können, daß der Leichnam uralt war, die Skelettstruktur eines Planetenläufers aufwies und die Mikro-*Bibliothek* des Schiffes immer noch behauptete, dergleichen habe niemals existiert.

Sie legte die Füße auf den Schreibtisch und nahm ein anderes Photo von dem Stapel. Auf diesem erkannte man durch das schimmernde Wahrscheinlichkeitsfeld deutlich eine Reihe von Symbolen, die in die Seite der massiven Außenhaut eingegraben waren.

»*Bibliothek* öffnen«, sagte sie. Einer der vier Holomonitore auf ihrem Schreibtisch, der linke äußere mit dem strahlenumkränzten Spiralemblem, leuchtete auf.

»Akte Sargasso, Symbolreferenzsuche. Öffnen und Veränderungen anzeigen.«

Eine knappe Textspalte leuchtete an der Wand zur Linken Gillians auf. Die Liste war betrüblich kurz.

»Sub-Persona: Handbibliothek – Anfragen«, sagte sie. Die Textspalte blieb an der Wand, daneben nahm ein rotierendes Muster die Form der strahlenumkränzten Spirale an. Eine leise, ruhige Stimme intonierte: »*Handbibliotheks*-Modus. Kann ich Ihnen helfen?«

»Ist das alles, was du im Zusammenhang mit den Symbolen auf der Seite des verlassenen Schiffes auftreiben konntest?«

»Positiv.« Die Stimme klang kühl. Die Sprechmelodie war korrekt, aber man hatte keinen Versuch unternommen, die Tatsache zu verschleiern, daß die Stimme zu einer Minimalpersona gehörte, einem winzigen Winkel im Programm der Bord-*Bibliothek*.

»Ich habe die Aufzeichnungen nach Korrelaten zu diesen Symbolen durchsucht. Selbstverständlich sind Sie sich der Tatsache bewußt, daß ich eine sehr kleine Mikrostelle bin und Symbole im Laufe der Zeit endlos wandelbar sind. Das Listing zeigt Ihnen alle denkbaren Referenzen, die ich innerhalb der von Ihnen gesetzten Parameter habe finden können.«

Gillian überflog die kurze Liste. Es war schwer zu glauben. Zwar war die *Bibliothek* unvorstellbar klein, verglichen mit den Zweigstellen eines Planeten oder eines Sektors, aber sie enthielt immer noch so viele Informationen, wie etwa alle bis zum Ende des einundzwanzigsten Jahrhunderts auf der Erde erschienenen Bücher zusammen. Da mußte es doch mehr Korrelate geben!

»Ifni!« seufzte sie. »Irgend etwas hat die Hälfte aller Fanatiker der Galaxis in helle Aufregung versetzt. Vielleicht war es das Bild von Herbie, das wir nach Hause geschickt haben. Vielleicht sind es diese Symbole. Was ist es?«

»Für Spekulationen bin ich nicht programmiert«, antwortete das Programm.

»Die Frage war rhetorisch gemeint und nicht an dich gerichtet. Wie ich sehe, zeigst du eine dreißigprozentige Korrelation von fünf Symbolen mit religiösen Glyphen der ›Abdikator‹-Allianz. Gib mir einen Überblick über die Abdikatoren.«

Die Stimmlage veränderte sich. »Kulturübersichts-Modus...

Abdikator ist ein dem Anglischen entlehnter Ausdruck, mit dem eine der größeren philosophischen Gruppierungen der galaktischen Gesellschaft bezeichnet wird.

Der Glaube der Abdikatoren wurzelt in der legendären Tarseuh-Periode des fünfzehnten Äons, die etwa sechshundert Millionen Jahre zurückliegt. Es war eine ungewöhnlich gewalttätige Zeit, in der es den galaktischen Instituten nur knapp gelang, die Ambitionen dreier mächtiger Patronatslinien (Referenznummern 87AcF109t, 87AcG136t und 87AcG986s) unbeschadet zu überstehen.

Zwei dieser Spezies gehörten zu den stärksten und

aggressivsten Militärmächten in der Geschichte der Fünf Galaxien. Die dritte Spezies war verantwortlich für die Einführung neuartiger Techniken der Raumfahrzeugkonstruktion…«

Die *Bibliothek* verfiel in eine hochspezialisierte Abhandlung über Herstellungsmethoden und Hardware von Raumfahrzeugen, zwar interessant, aber für Gillians Problem kaum von Bedeutung. Mit dem Zeh berührte sie den ›Vorlauf‹-Knopf an ihrer Konsole, und der Bericht sprang nach vorn.

»…Eroberer nahmen einen Titel an, der sich mit ›die Löwen‹ übersetzen läßt. Es gelang ihnen, die meisten Transferpunkte und Machtzentren sowie alle großen *Bibliotheken* in ihre Gewalt zu bringen. Zwanzig Millionen Jahre lang schien ihre Macht unangreifbar zu sein. Die Löwen betrieben unregulierte Bevölkerungsexpansion und Kolonisation, was zur Ausrottung von achtzig Prozent aller zeitgenössischen Prä-Klientenrassen der Fünf Galaxien führte. Die Tarseuh trugen schließlich zur Beendigung dieser Tyrannei bei, indem sie sechs alte Spezies, die man bis zu diesem Zeitpunkt für ausgestorben hielt, zur Intervention veranlaßten. Diese sechs verbündeten sich mit den Tarseuh zu einem erfolgreichen Gegenangriff der galaktischen Zivilisationen. Als die Institute wieder etabliert worden waren, begleiteten die Tarseuh die sechs Retterrassen in das obskure Dunkel der Vergessenheit…«

Gillian unterbrach den Wortschwall. »Woher kamen die sechs Spezies, die den Rebellen halfen? Sagtest du, sie seien ausgestorben gewesen?«

Die Monitorstimme antwortete: »Nach den Aufzeichnungen aus jener Zeit galten sie als ausgestorben. Wünschen Sie Referenznummern?«

»Nein. Mach weiter.«

»Heutzutage sind die meisten Sophonten der Auffassung, daß es sich bei den sechsen um die Reste von Rassen gehandelt haben muß, die den Übergang in ein späteres Stadium der Evolution noch nicht ganz hinter sich gebracht hatten. Dies würde bedeuten, sie waren nicht ausgestorben, sondern lediglich beinahe unkenntlich geworden. Sie waren aber noch immer in der Lage, sich für weltliche Angelegenheiten zu interessieren, wenn diese Angelegenheiten nur ernst waren. Wünschen Sie Referenzen zu Artikeln über die natürlichen Übergangsmethoden verschiedener Spezies zu erhalten?«

»Nein. Mach weiter. Was hat sich nach dem Glauben der Abdikatoren ereignet?«

»Die Abdikatoren glauben an die Existenz gewisser ätherischer Rassen, die hin und wieder physische Gestalt anzunehmen geruhen, und sich scheinbar einem normalen Vorgang des Liftens unterziehen. Diese ›Großen Geister‹ erscheinen als Prä-Klienten, absolvieren einen Dienstkontrakt und werden schließlich zu führenden Senioren, ohne jemals ihre wahre Natur zu enthüllen. In Notfällen jedoch können diese Superspezies rasch und unmittelbar in die Angelegenheiten der Sterblichen eingreifen.

Die Progenitoren, so heißt es, seien die frühesten, die erhabensten und die mächtigsten dieser Großen Geister.

Selbstredend besteht hier ein grundlegender Unterschied zu der gemeinhin verbreiteten Progenitorenlegende, welche besagt, daß die Ältesten die Heimatgalaxis vor langer Zeit verlassen und dabei versprochen hätten, eines Tages zurückzukehren…«

»Stop!« Die *Bibliothek* verstummte augenblicklich. Gillian runzelte die Stirn, als sie über die Formulierung ›Selbstredend besteht hier ein grundlegender Unterschied...‹ nachdachte.

Quatsch! Der Abdikatorenglaube war nichts als eine Variante desselben fundamentalen Dogmas, die sich nur geringfügig von anderen Jahrtausendlegenden über die ›Rückkehr‹ der Progenitoren unterschied. Die Kontroverse erinnerte sie an die alten Religionsstreitigkeiten auf der Erde, in denen die Gläubigen mit Besessenheit Exegese über die Natur der Dreifaltigkeit oder über die Zahl der Engel, die auf einer Nadelspitze Platz finden würden, betrieben hatten.

Diese eigentümliche Besessenheit in eher unbedeutenden Punkten der Doktrin wäre beinahe komisch gewesen, wenn nicht im selben Augenblick, nur wenige tausend Kilometer über ihr, eine Schlacht im All getobt hätte.

Sie notierte sich, einem Querverweis zum hinduistischen Avatara-Glauben, dem Glauben an das ›Herabsteigen‹ von Gottheiten, nachzugehen. Angesichts der Ähnlichkeit zu den Lehren der Abdikatoren fragte sie sich, weshalb die *Bibliothek* darauf nicht einging und weshalb sie nicht wenigstens auf die Analogie hinwies.

Jetzt reicht es.

»Niss!« rief sie.

Der Bildschirm ganz rechts leuchtete auf. Ein abstraktes Muster aus funkelnden Pünktchen explodierte in einer scharf begrenzten Zone dicht vor dem Bildschirm.

»Gillian Baskin, wie Sie wissen, ist es wünschenswert, daß die *Bibliothek* von meiner Existenz an Bord dieses Schiffes nichts erfährt. Ich habe mir die Freiheit genommen, sie abzuschirmen, damit sie unsere Unterredung nicht registrieren kann. Sie wünschen mir eine Frage zu stellen?«

»Das kann man wohl sagen. Hast du diesen Bericht eben mit angehört?«

»Ich höre alles, was die Mini-*Bibliothek* dieses Schiffes

tut. Es ist meine wichtigste Funktion hier. Hat Thomas Orley Ihnen das nie erklärt?«

Gillian beherrschte sich. Ihr Fuß war zu nah an dem beleidigenden Monitor. Sie nahm ihn vom Tisch und setzte ihn auf den Boden, um der Versuchung leichter widerstehen zu können. »Niss«, begann sie mit ruhiger Stimme, »weshalb redet die Mini-*Bibliothek* Blödsinn?«

Die Tymbrimi-Maschine stieß einen anthropomorphen Seufzer aus. »Doktor Baskin, mit Ausnahme der Menschheit ist buchstäblich jede sauerstoffatmende Rasse der Galaxis mit einer Semantik aufgewachsen, die sich über Dutzende von Patron-Klienten-Beziehungen entwickelt hat, von denen jede von der *Bibliothek* beeinflußt war. Die Sprachen der Erde sind für galaktische Verhältnisse chaotisch und wunderlich. Die Übertragung der galaktischen Archive in Ihre unkonventionelle Syntax ist mit enormen Problemen verbunden.«

»Das weiß ich alles! Beim Kontakt wollten die ETs, daß wir allesamt Galactic Sieben erlernten. Wir haben ihnen gesagt, sie könnten sich diese Idee sonstwohin schieben.«

»Eine sehr plastische Wendung. So kam es jedenfalls, daß die Menschheit ungeheure Mittel darauf verwendete, die *Bibliotheks*-Zweigstelle der Erde auf Umgangs-Anglisch umzurüsten, zu welchem Zweck man Kanten, Tymbrimi und andere als Berater anstellte. Aber es gibt immer noch Probleme, nicht wahr?«

Gillian rieb sich die Augen. Dies alles führte nirgendwohin. Wieso bildete Tom sich ein, diese sarkastische Maschine könnte von irgendeinem Nutzen sein? Immer wenn sie eine einfache Antwort erwartete, stellte das Ding Fragen über Fragen.

»Auf das Sprachenproblem reden sie sich seit über zweihundert Jahren hinaus!« erwiderte sie. »Wie lange wollen sie auf diesem Vorwand noch beharren? Seit dem Kontakt studieren wir *Sprache,* wie sie in Jahrmillionen noch nicht studiert worden ist! Wir haben die verzwickten Probleme von ›Wölflingssprachen‹ wie Anglisch, Englisch und Japanisch in den Griff bekommen und Delphinen und Schimps das Sprechen beigebracht. Wir haben sogar Fortschritte bei der Kommunikation mit diesen seltsamen Kreaturen gemacht – mit den Solariern von der Sonne der Erde! Und trotzdem will das *Bibliotheks*-Institut uns immer noch weismachen, unsere Sprache sei der Grund für all die lausigen Korrelationen und für die miserabel übersetzten Aufzeichnungen! Zum Teufel, Tom und ich sprechen vier oder fünf galaktische Sprachen! Jeder von uns! Es ist doch nicht der Sprachunterschied, der all diesen Schwierigkeiten zugrunde liegt! Mit den *Daten*, die man uns gibt, stimmt etwas nicht!«

Die Niss summte ein Weilchen wortlos vor sich hin. Die glitzernden Stäubchen verschmolzen und trennten sich wieder, wie zwei unmischbare Flüssigkeiten, die ineinanderflossen und dann zu kleinen Tröpfchen zerfielen.

»Doktor Baskin, haben Sie nicht eben den Hauptgrund für die Existenz von Schiffen wie diesem beschrieben, die das All durchstreifen und nach Unstimmigkeiten in den Aufzeichnungen der *Bibliothek* suchen? Ist just dies nicht auch der Grund für meine Existenz: die Bibliothek bei einer Lüge zu ertappen, herauszufinden, ob gar die mächtigsten der Patronatsrassen ›gezinkte Karten‹, wie Sie sagen würden, an die jüngeren Sophonten, die Menschen und die Tymbrimi, verteilen?«

»Wieso hilfst du mir dann nicht?« Gillians Herz klopfte heftig. Sie klammerte sich an die Schreibtischkante und merkte plötzlich, daß sie im Begriff war, sich von der Frustration überwältigen zu lassen.

»Wieso bin ich so fasziniert von der Art, wie die Menschen die Dinge sehen, Doktor Baskin?« fragte die Niss. Ihre Stimme klang plötzlich beinahe mitfühlend. »Meine Herren, die Tymbrimi, sind ungewöhnlich geschickt. Ihre Anpassungsfähigkeit sorgt für ihr Überleben in einer gefährlichen Galaxis. Doch auch sie sind gefangen in der galaktischen Denkungsart. Mag sein, daß ihr Erdlinge mit eurer frischen Perspektive Dinge seht, die sie nicht sehen.

Die Vielfalt der Glaubensrichtungen und Verhaltensweisen unter den Sauerstoffatmern ist gewaltig, aber die Erfahrungen des Menschen sind einzigartig. Mit Sorgfalt geliftete Klientenrassen durchleiden niemals solche Irrtümer wie die menschlichen Nationen in der Zeit vor dem Kontakt. Diese Irrtümer haben Sie anders werden lassen.«

Das war nur zu wahr, wie Gillian wußte. Die frühen Männer und Frauen hatten himmelschreiende Idiotien begangen, Torheiten, wie sie eine Spezies, die sich der Naturgesetze bewußt war, niemals in Betracht gezogen hätte. Im Laufe der wilden Jahrhunderte hatte man verzweifelte Ausformungen des Aberglaubens gehegt. Regierungen, Intrigen, Philosophien jeglicher Art hatte man getestet und verworfen. Es war fast, als sei die Waise Erde ein planetarisches Laboratorium gewesen, in dem eine Serie sinnloser und bizarrer Experimente vorgenommen worden sei.

Aber so unlogisch und schändlich diese Erfahrungen im Rückblick auch erschienen, sie hatten den modernen Menschen dennoch bereichert. Nur wenige Rassen hatten in so kurzer Zeit so viele Fehler begangen oder so viele vergebliche Versuche unternommen, hoffnungslose Probleme zu lösen.

Künstler von der Erde waren bei vielen der gelangweilten, überdrüssigen ETs gesucht und wurden von ihnen gut bezahlt, weil sie sich Geschichten ausdenken konnten, wie sie keinem der Galactics in den Sinn gekommen wären. Den Tymbrimi gefielen besonders die Fantasyromane der Menschen, in denen haufenweise Drachen, Riesen und Zauberer vorkommen mußten – je mehr, desto besser. So fanden sie sie entsetzlich grotesk und lebendig.

»Es entmutigt mich nicht, wenn Sie die *Bibliothek* frustriert«, erklärte die Niss. »Es macht mich *froh*. Ich lerne aus Ihrer Frustration. Sie stellen Dinge in Frage, die die gesamte galaktische Zivilisation für selbstverständlich hält. Ich bin nur in zweiter Linie dazu da, Ihnen zu helfen, Mrs. Orley. In erster Linie habe ich zu beobachten, wie Sie leiden.«

Gillian blinzelte. Die Maschine mußte einen Zweck damit verbinden, wenn sie eine solche alte Ehrentitulatur verwendete – und wenn sie so offensichtlich versuchte, sie wütend zu machen. Sie blieb regungslos sitzen und fühlte, wie widerstreitende Emotionen in ihr brodelten.

»Das führt zu nichts«, blaffte sie. »Und es macht mich verrückt. Ich fühle mich total eingepfercht.«

Die Niss funkelte stumm. Gillian beobachtete, wie die Funken kreisten und tanzten.

»Du schlägst vor, wir sollten es für ein Weilchen darauf beruhen lassen, nicht wahr?« meinte sie schließlich.

»Vielleicht. Die Tymbrimi wie die Menschen besitzen ein vorbewußtes Selbst. Vielleicht sollten wir beide diese Dinge eine Weile im dunkeln lassen, damit die verborgenen Bereiche unseres Ich sich damit beschäftigen können.«

Gillian nickte. »Ich werde Creideiki bitten, mich zu Hikahis Insel zu schicken. Diese Abos sind wichtig. Nach unserer Flucht von diesem Planeten sind sie vermutlich das Wichtigste überhaupt.«

»Eine normale moralische Ansicht vom galaktischen Standpunkt und deshalb von geringem Interesse für mich.« Die Niss klang sogleich furchtbar gelangweilt. Der glitzernde Wirbel verschmolz zu dunklen Mustern rotierender Linien. Sie kreisten und flossen ineinander, wurden zu einem winzigen Punkt und verschwanden dann ganz.

Gillian glaubte ein leises *pop* zu hören, als die Niss verschwand.

Als sie Creideiki über das Intercom erreichte, blinzelte der Captain sie an.

»Gillian, machen Ihre Psikräfte Überstunden? Ich wollte Sie eben anrufen.«

Sie setzte sich auf. »Haben Sie etwas von Tom gehört?«

»Ja. Esss geht ihm gut-t. Er hat mich gebeten, Ihnen einen Auftrag zu geben. Können Sie gleich herunterkommen?«

»Ich bin schon unterwegs, Creideiki.«
Sie schloß das Labor ab und lief eilig zur Brücke.

24
Galactics

Beie Chohooatz konnte in ihrer Verblüffung angesichts der Großartigkeit dieser Schlacht nur knurren. Wie hatte es den Fanatikern nur gelingen können, in so kurzer Zeit solche Streitkräfte auf die Beine zu stellen?

Beies kleiner synthianischer Aufklärer jagte die uralte, steinige Bahn eines längst toten Kometen entlang. Im Kthsemenee-System loderten gleitende Blitze. Auf ihren Monitoren sah sie, wie die Kriegsflotten ringsumher zu wirbelnden Knoten verschmolzen, wie sie einander zerfetzten und töteten und sich wieder trennten. Allianzen entstanden und zerfielen, wie es den Parteien gerade vorteilhaft erschien. Gegen die Vorschriften des Instituts für Zivilisierte Kriegführung wurde in keinem Fall Pardon gegeben.

Beie war eine erfahrene Spionin für die Synthianische Enklave, aber so etwas hatte sie noch nie gesehen.

»Ich war als Beobachterin bei Paklatuthl, als die Klienten der J'81ek ihren Dienstkontrakt auf dem Schlachtfeld brachen. Ich habe gesehen, wie die Allianz der Gehorsamen im rituellen Krieg gegen die Abdikatoren antraten. Aber noch nie habe ich ein derartiges Gemetzel gesehen! Haben sie denn keinen Stolz? Keinen Sinn für die Kunst des Krieges?«

Beie sah, wie das stärkste der Bündnisse in hitzigem Verrat auseinanderbrach und eine Flanke über die andere herfiel.

Beie schnaubte voller Verachtung. »Treulose Fanatiker«, murmelte sie.

Auf einem Regal zu ihrer Linken erhob sich ein Zwit-

schern. Eine Reihe kleiner, rosafarbener Augen sah auf sie herab.

»Wer von euch hat das gesagt?« Sie funkelte die kleinen, lemurenartigen Wazootis an, die aus den Eingangsluken ihrer eigenen kleinen Aufklärerkugeln spähten. Ihre Augen erwiderten das Funkeln. Die Wazoons zwitscherten amüsiert, aber keines von ihnen beantwortete ihre Frage.

Beie schnüffelte. »Nun, ihr habt natürlich recht. Die Fanatiker nutzen den Vorteil rascher Reaktionen. Sie halten nicht inne, um nachzudenken, sondern stürzen sich unverzüglich ins Getümmel, während wir Moderaten erst denken müssen, bevor wir handeln.«

Vor allem die immer vorsichtigen Synthier, dachte sie. Angeblich sind die Erdlinge unsere Verbündeten, aber wir halten uns scheu zurück, wir reden und denken nach, wir protestieren bei den ohnmächtigen Instituten und schicken entbehrliche Aufklärer aus, die die Fanatiker ausspähen sollen.

Die Wazoons stießen einen schnatternden Warnruf aus.

»Ich weiß!« *schnappte sie. »Glaubt ihr nicht auch, daß ich mein Geschäft verstehe? Da ist eine Beobachtungssonde vor uns – na und? Eines von euch kann sich darum kümmern, ohne mich zu belästigen. Seht ihr nicht, daß ich beschäftigt bin?«*

Die Augen glitzerten sie an. Ein Augenpaar verschwand, als das Wazoon in sein winziges Schiff huschte und die Luke verschloß. Einen Augenblick später durchlief den Aufklärer ein sanfter Schauer, als die Sonde ins All hinausschoß.

Viel Glück, kleines Wazoon, treuer Klient, *dachte sie. Gelassenheit vortäuschend, beobachtete sie, wie das winzige Boot sich durch die Planetoidentrümmer schlängelte und an die Beobachtungssonde heranschlich, die Beie den Weg versperrte. Ein entbehrlicher Aufklärer, dachte sie verbittert. Die Tymbrimi kämpfen um ihr Leben. Die Erde wird belagert, die Hälfte ihrer Kolonien ist gefallen, und wir Synthier warten ab und beobachten alles, schicken nur mich und mein winziges Team an den Schauplatz.*

Eine kleine Flamme flackerte plötzlich auf, und Schatten zuckten durch das Asteroidenfeld. Die Wazootis gaben einen leisen, stöhnenden Klagelaut von sich, verstummten aber rasch, als Beie sie ansah.

»Verbergt eure Gefühle nicht vor mir, meine tapferen Wazoons«, murmelte sie. »Ihr seid Klienten und kühne Krieger, nicht Sklaven. Betrauert euern Kollegen, der so brav für uns gestorben ist.«

Sie dachte an ihr eigenes, kühles, vorsichtiges Volk, bei dem sie sich immer wie eine Fremde vorkam.

»Fühlt!« drängte sie, überrascht von ihrer eigenen Vehemenz. »Es ist keine Schande, etwas zu empfinden, meine kleinen Wazoons. In dieser Hinsicht werdet ihr vielleicht größer sein als eure Patrone, wenn ihr erst erwachsen seid und auf eigenen Füßen steht.«

Beie steuerte das Schiff dichter an die Wasserwelt heran, wo die Schlacht tobte, und sie fühlte eine Verwandtschaft mit ihren kleinen Klienten-Kameraden, die stärker zu sein schien als die mit ihrer eigenen, immer vorsichtigen Rasse.

25

Thomas Orley

Thomas Orley sah auf seinen Schatz hinunter. Es war ein Gegenstand, den er seit zwölf Jahren suchte. Anscheinend war er intakt, der erste seiner Art, der je in menschliche Hände gefallen war.

Nur zweimal in den vergangenen zweihundert Jahren hatten menschliche Crews auf Schiffen, die sie in kleinen Scharmützeln besiegt hatten, Mini-*Bibliotheken* erobern können, die für andere Rassen gebaut waren. In beiden Fällen waren sie beschädigt gewesen. Versuche, sie zu untersuchen, hatten nichts erbracht. Immer hatte der eine oder andere Fehler die halbintelligenten Maschinen veranlaßt, sich selbst zu zerstören.

Diese hier war die erste, die man je intakt von einem Kriegsschiff einer mächtigen galaktischen Patronatsrasse hatte bergen können. Und es war die erste, die man in die Hände bekommen hatte, seit gewisse Tymbrimi sich an den geheimen Forschungen beteiligten.

Die Einheit war ein beigefarbener Kasten, dessen Abmessungen etwa drei mal zwei mal einen Meter betrugen. Er war mit einfachen optischen Zugangsluken versehen. Auf halber Höhe an einer Seite befand sich das strahlenumkränzte Spiralzeichen der *Bibliothek*.

Zusammen mit der übrigen Beute, darunter drei Wahrscheinlichkeitsspulen, unbeschädigt und unersetzlich, wurde sie auf einem Lastschlitten festgezurrt. Hannes Suessi sollte damit zur *Streaker* zurückfahren und sie beschützen wie eine Henne ihr Gelege. Erst wenn alles sicher in Emerson D'Anites Händen wäre, würde er zurückkommen.

Tom notierte die Streckeninstruktionen auf einer Wachstafel. Mit etwas Glück würde die Crew an Bord der *Streaker* die Mini-*Bibliothek* an Creideiki oder Gillian weiterleiten können, ohne übermäßige Aufmerksamkeit zu erregen. Er brachte die Frachtpapiere so an der Ladung an, daß sie das *Bibliotheks*-Emblem verdeckten.

Nicht, daß sein Interesse an einer fremden *Bibliotheks*-Einheit sonderlich geheim gewesen wäre. Die Mannschaft hier hatte ihm dabei geholfen, sie aus dem Thennaninschiff auszubauen. Aber je weniger über die Details Bescheid wußten, desto besser, vor allem, wenn sie einmal in Gefangenschaft geraten sollten. Wenn man sich an seine Instruktionen hielt, würde man die Einheit an die Kommunikationsanlage in seiner eigenen Kabine anschließen, und nach außen hin würde sie dann wie ein normaler Kommunikationsmonitor erscheinen.

Er stellte sich vor, wie beeindruckt die Niss sein würde. Tom wünschte, er könnte dabeisein, wenn die Tymbrimi-

Maschine erfuhr, was ihr da plötzlich zur Verfügung stand. Das selbstgefällige Ding würde vermutlich einen halben Tag lang sprachlos sein.

Er hoffte nur, sie würde nicht zu verblüfft sein. Da war nämlich etwas, das er sofort von ihr wollte.

Suessi schlief bereits, festgeschnallt an seine kostbare Last. Tom vergewisserte sich, daß für die Ausführung seiner Instruktionen gesorgt war. Dann schwamm er hoch und auf die steile Felsenklippe zu, die über das Wrack des Alienschiffes hinausragte.

Neo-Fen umschwärmten den Rumpf und nahmen innen und außen detaillierte Messungen vor. Auf Creideikis Befehl hin würde man Sprengladungen zünden und einen Prozeß in Gang setzen, der das gigantische Schlachtschiff innerlich aushöhlte und leer zurückbleiben ließ.

Inzwischen würde der Scout, den sie zurückgeschickt hatten, mit den ersten Berichten bei der *Streaker* angelangt sein, vermutlich war auch schon ein Schlitten unterwegs, der über die neue Abkürzung, die sie entdeckt hatten, eine Monofaser-Intercomleitung vom Schiff zu ihnen legte. Suessi mit seinem Frachtschlitten mußte ihm auf halber Strecke begegnen.

Vorausgesetzt natürlich, das Schiff war noch da. Tom vermutete, daß die Schlacht über Kithrup noch immer tobte. Das Weltall bewegte sich langsam, vor allem, was die Angelegenheiten der weit vorausschauenden Galactics betraf. Vielleicht würden sie noch in ein, zwei Jahren gegeneinander kämpfen, wenngleich er dies bezweifelte. Wenn es so lange dauerte, würden Verstärkungskräfte eintreffen, und dann würde sich die Schlacht in einen Zermürbungskrieg verwandeln. Höchstwahrscheinlich würden es die Fanatiker-Allianzen nicht dazu kommen lassen.

So oder so, die Crew der *Streaker* mußte sich so verhalten, als könne der Krieg jeden Tag zu Ende sein. Solange dort oben noch solche Konfusion herrschte, hatten sie eine Chance.

Tom durchdachte seinen Plan noch einmal und kam zu dem gleichen Schluß. Er hatte keine Wahl.

Es gab drei denkbare Möglichkeiten, aus dieser Falle zu entrinnen: Rettung, Verhandlung oder Täuschung.

Die Vorstellung, gerettet zu werden, war angenehm. Aber die Erde verfügte nicht über die Kräfte, um ihnen zu Hilfe zu eilen. Im Verein mit allen ihren Verbündeten würde sie vielleicht einer einzigen der über Kithrup streitenden pseudo-religiösen Parteien die Stirn bieten können.

Die Galaktischen Institute konnten intervenieren. Die für solche Fälle gültigen Gesetze verlangten, daß die *Streaker* ihnen unmittelbar Bericht erstattete. Das Problem war nur, die Institute verfügten selbst über wenig Macht. Wie die hilflosen Versionen einer Weltregierung, die im zwanzigsten Jahrhundert fast zum Tode der Erde geführt hatten, waren auch sie abhängig von der Meinung der Massen und von freiwilliger Unterstützung. Vielleicht würde die Mehrheit der ›Moderaten‹ am Ende entscheiden, daß die Entdeckung der *Streaker* allen gehören solle, aber Tom schätzte, daß Jahre vergehen würden, bis die dazu notwendigen Allianzen sich gebildet hätten.

Auf Verhandlungen bestand ebensowenig Hoffnung wie auf Rettung. Jedenfalls aber konnte Creideiki auf Gillian, Hikahi und Metz zurückgreifen, wenn es gälte, mit einem Sieger aus der Raumschlacht zu verhandeln. Dazu würde er Tom nicht brauchen.

Damit blieben raffinierte Pläne und gerissene Täuschungsmanöver...

Es mußte ein Weg gefunden werden, den Feind an der Nase herumzuführen, wenn Rettung und Verhandlungen unmöglich waren.

Das ist mein Job, dachte er.

Der Ozean war hier tiefer und dunkler als in der Region, die nur fünfzig Kilometer weiter östlich lag, wo Ketten von Metallhügeln sich in den wenigen Untiefen am Rande der Krustenplatte erhoben.

In der Gegend, in der Hikahis Team gerettet worden war, hatte eine Reihe von semiaktiven Vulkanen das Wasser mit Metallen angereichert.

Hier in dieser Region gab es keine echten Metallhügel, und die Inseln längst erloschener Vulkane waren unter den Meeresspiegel gesunken.

Wenn er den Blick von dem zerbeulten Thennanin-Wrack und der Spur der Verwüstung, die es hinterlassen hatte, bevor es zu einem Halt gekommen war, abwandte, fand Tom die Szenerie entspannend und in ihrer Schönheit beruhigend. Treibende, dunkelgelbe Wasserranken, die wie Maisgrannen von der Wasseroberfläche herabhingen, erinnerten ihn an die Farbe von Gillians Haar.

Orley summte leise eine Melodie, die nur wenige andere Menschen hätten hervorbringen können. Kleine, genetisch produzierte Höhlungen in seinem Schädel resonierten sanft und ließen seinen leisen Refrain in das Wasser hinausstrahlen.

Im Schlaf berührt mich
dein Gefühl,
Wo wachend ich's vermehr'
Und aus der Ferne
rufe ich,
berühre dich im Schlaf

Natürlich konnte Gillian sein lyrisches Geschenk nicht wirklich hören. Seine eigenen Psi-Kräfte waren recht bescheiden. Aber immerhin würde sie vielleicht einen Hauch davon auffangen. Sie hatte schon Dinge vollbracht, die ihn mehr überrascht hatten.

Die Delphineskorte hatte sich am Schlitten versammelt. Suessi war aufgewacht und kontrollierte zusammen mit Lieutenant Tsh't die Haltegurte.

Tom verließ seine hohe Warte und schwamm auf die Gruppe zu. Tsh't sah ihn und nahm einen raschen Atemzug aus der Luftkuppel, bevor sie auf ihn zukam und ihn auf halbem Wege traf.

»Ich wünschte, Sie würden sich noch einmal überlegen, wasss Sie da vorhaben«, sagte sie eindringlich. »Ich will ehrlich sein: Ihre Anwesenheit ist-t gut für die Moral. Wenn Sie verlorengingen, wäre das ein Schlag für unsss.« Tom lächelte und legte ihr eine Hand auf die Flanke. Er hatte sich schon damit abgefunden, daß die Chancen für seine Rückkehr erbärmlich waren.

»Ich sehe keinen anderen Weg, Tsh't. Alle anderen Bestandteile meines Planes können von anderen bewältigt werden, aber ich bin der einzige, der den Köder am Haken befestigen kann. Sie wissen das. Außerdem« – er grinste – »wird Creideiki noch eine Gelegenheit haben, mich zurückzurufen, wenn ihm mein Plan nicht gefällt. Ich habe ihn bitten lassen, er möge Gillian zu mir auf Hikahis Insel schicken, mit dem Gleiter und dem Material, das ich brauche. Wenn sie mir mitteilt, daß er nein sagt, werde ich noch vor Ihnen beim Schiff sein.«

Tsh't wandte den Blick ab. »Ich bezweifle, daß er nein sagen wird«, pfiff sie leise, beinahe unhörbar.

»Hmm? Was sagen Sie?«

Tsh't begann ausweichend auf Trinär zu pfeifen.

Creideiki führt uns –
ist unser Herr
Doch wir glauben an –
geheime Befehle

Tom seufzte. Da war er wieder, dieser Argwohn, daß die Erde das erste von Delphinen kommandierte Schiff niemals ohne heimliche menschliche Aufsicht ins All schicken würde. Natürlich drehten sich die meisten dieser Gerüchte um seine Person. Dies war störend, denn Creideiki war ein ausgezeichneter Captain. Außerdem lenkte es von einem wichtigen Zweck dieser Mission ab: Eine Demonstration zu veranstalten, die das Selbstbewußtsein der Neo-Fins für die kommende Generation verdoppeln sollte.

Wenn ich fort bin –
lernt das eine:
An Bord der Streaker
ist euer Captain

Offenbar wurde Tsh't die Luft knapp, die sie an der Kuppel des Schlittens eingeatmet hatte. Blasen drangen aus ihrem Blasmund. Trotzdem sah sie ihn resigniert an und antwortete auf anglisch: »Nun gut-t. Wenn Suessi fort ist, helfen wir Ihnen beim Aufbruch. Dann werden wir hier weiterarbeiten, bis wir Order von Creideiki erhalten.«

»Gut.« Tom nickte. »Gut. Und mit dem Rest des Planes sind Sie immer noch einverstanden?«

Tsh't wandte sich ab; ihre Augen sanken in die Höhlen.

Keneenk und Logik
singen zusammen
Sein Lied
Der Plan ist alles
zwischen uns
Und dem Verhängnis
Wir alle tun, was unser ist

Tom legte den Arm um sie und drückte sie an sich. »Ich weiß, daß wir uns auf dich verlassen können, du entzückende alte Fischerin. Da mache ich mir überhaupt keine Sorgen. Aber jetzt sagen wir Hannes Auf Wiedersehen, damit ich mich auch auf den Weg machen kann. Ich will nicht, daß Jill vor mir auf der Insel ist.«

Er tauchte zum Schlitten hinunter. Aber Tsh't blieb einen Augenblick zurück. Obgleich die Luft in ihrer Lunge schal wurde, schwebte sie regungslos im Wasser und sah ihm nach.

Als er nach unten schwamm, rieselten ihre Sonarklicks

auf ihn herab. Sie liebkoste ihn mit ihrem Gehör und sang ein leises Requiem.

Sie werfen ihre Netze, uns zu fangen –
die von Iki
Doch du bist da, –
sie zu zerschneiden.

Guter Läufer,
immer
Schneidest du die Netze –

Wenngleich mit deinem
Leben du bezahlst…

26

Creideiki

Selbst äußerst formelles Anglisch, sorgfältig gesprochen von einem Neo-Delphin, hätte ein im Gebrauch des Menschen-Englischen aufgewachsener Mensch nur schwer verstehen können. Syntax und viele Wortwurzeln waren die gleichen. Aber ein Londoner aus der Zeit vor der Raumfahrt hätte den Klang wohl ebenso seltsam gefunden wie die Stimmen, die ihn hervorbrachten.

Die modifizierte Blaskammer der Delphine brachte Pfeif- und Quaklaute, Vokale und ein paar Konsonanten hervor. Sonarklicks und zahlreiche andere Laute kamen aus komplexen Resonanzhöhlen im Schädel.

Beim Sprechen waren diese Einzelbeiträge manchmal auf den Punkt genau abgestimmt und manchmal nicht. Selbst in den besten Fällen kam es zu überdehnten Zischlauten, gestottertem T und gequetschten Vokalen. Sprechen war eine Kunst.

Trinär diente der Entspannung sowie zum Ausdruck

von imaginären und persönlichen Angelegenheiten. Es war ein Ersatz und zugleich eine umfassende Erweiterung des Delphin-Primal. Aber das Anglische verband den Neo-Delphin mit der Welt von Ursache und Wirkung.

Anglisch war eine Sprache des Kompromisses zwischen den Stimmfähigkeiten der beiden Rassen, zwischen der Hand-und-Feuer-Welt der Menschen und den wehenden Legenden des Wal-Traumes. Wenn er es beherrschte, konnte ein Delphin es den meisten Menschen im analytischen Denken gleichtun, er konnte Vergangenheit und Zukunft bedenken, Pläne schmieden, Werkzeuge benutzen und Kriege führen.

Es gab nachdenkliche Menschen, die sich fragten, ob man den Cetaceen mit dem Anglischen wirklich ein segensreiches Geschenk gemacht hatte.

Wenn zwei Neo-Delphine miteinander allein waren, konnten sie aus Gründen der Konzentration anglisch sprechen, ohne sich noch darum zu bekümmern, ob der *Klang* englischen Worten glich. Sie pflegten dann zumeist in Frequenzen zu verfallen, die das menschliche Hörvermögen überstiegen. Konsonanten verschwanden dann gänzlich.

Keneenk gestattete dies. Nur die Semantik zählte. Wenn die Grammatik, die Zwei-Ebenen-Logik, die Zeitorientierung anglisch waren, dann kam es allein auf pragmatische Resultate an.

Als Creideiki Hikahis Bericht entgegennahm, sprach er mit Absicht eine sehr entspannte Form des Fin-Anglischen. Damit wollte er ihr unter anderem zu verstehen geben, daß das, was hier vor sich ging, vertraulich und privat sei.

Er lauschte ihr, während er die Verspannungen aus seinem Körper entfernte, indem er nach unten tauchte oder im ganzen Trainingsbecken hin und her jagte. Hikahi erstattete Bericht über die Planetologenbesprechung, und dabei genoß sie den süßen Duft echter Luft in ihrer Hauptlunge. Hin und wieder verstummte sie und schwamm pfeilschnell eine Strecke weit neben ihm dahin, ehe sie weiterredete.

Ihre Worte hatten jetzt nicht die mindeste Ähnlichkeit mit menschlicher Rede, aber ein sehr begabter Stimmenschreiber hätte sie übertragen können.

»...er ist ganz erpicht darauf, Captain. Charlie schlägt sogar vor, ein kleines Forschungsteam mit dem Langboot hier zurückzulassen, wenn die *Streaker* entkommen sollte. Selbst Brookida findet diese Idee verlockend. Ich war verblüfft, muß ich sagen.«

Creideiki schoß an ihr vorbei und spie eine kurze Frage aus. »Und was würden sie tun, wenn wir sie zurücklassen und dann gefaßt werden?« Er sprang hoch, tauchte wieder ein und jagte auf die hintere Wand zu.

»Charlie meint, man könnte ihn und eine definierte Gruppe zu Nicht-Kombattanten erklären, und die Sudman-Sah'ot-Gruppe auf der Insel ebenfalls. Er sagt, es gebe Präzedenzfälle. Auf diese Weise wäre ein Teil der Mission gerettet, ob wir nun davonkommen oder nicht.«

Die Übungskammer befand sich im Zentrifugalrad der *Streaker*, etwa zehn Grad über der Unterseite. Deshalb waren die Wände schräg, und Creideiki mußte auf Untiefen an der Backbordseite achten. An der Steuerbordseite schwamm eine Traube von Bällen, Ringen und komplexen Spielzeugen.

Creideiki schwamm rasch unter einen Berg von Bällen und schoß aus dem Wasser. Er drehte sich, als er durch die Luft flog, und landete klatschend auf dem Rücken. Unter Wasser vollführte er eine Rolle und stieg dann mit gischtender Schwanzflosse über den Wasserspiegel. Schweratmend betrachtete er Hikahi mit einem Auge.

»Ich habe auch schon daran gedacht«, sagte er. »Wir könnten auch Metz und seine Unterlagen zurücklassen. Ihn vom Halse zu haben, wäre mir dreißig Heringe und eine Anchovis zum Nachtisch wert.« Er ließ sich ins Wasser zurücksinken. »Zu schade, daß diese Lösung unmoralisch und undurchführbar ist.«

Verwirrt versuchte Hikahi zu ergründen, was er damit meinte.

Creideiki fühlte sich schon viel besser. Seine Frustration, die ihren Höhepunkt erreicht hatte, als er Tom Orleys Bericht gehört hatte, schwand. Wenigstens vorläufig konnte er die Depressionen beiseite schieben, die er ziemlich stark verspürte, seit er dem Plan des Mannes zugestimmt hatte.

Jetzt hatte er nur noch die formellen Empfehlungen des Schiffsrates einzuholen.

Er hoffte inständig, daß der Rat eine bessere Idee haben würde, aber er zweifelte daran.

»Überlegen Sie doch«, forderte er seinen Lieutenant auf. »Ein paar Leute zu Nicht-Kombattanten zu erklären, könnte klappen, wenn wir getötet oder gefangengenommen werden. Aber was ist, wenn wir *fliehen* und unsere ET-Freunde uns nachjagen?«

Hikahi klappte den Mund auf, eine von den Menschen entlehnte Geste. »Natürlich. Ich kann es hören. Kthsemenee ist zu isoliert. Es gibt nur wenige An- und Abflugrouten. Das Langboot könnte wahrscheinlich allein nicht zur Zivilisation zurückfinden.«

»Und was würde das bedeuten?«

»Sie würden zu Schiffbrüchigen werden, gestrandet auf einem fremden Planeten mit minimaler medizinischer Versorgung. Verzeihen Sie mir meinen Mangel an Weitsicht.«

Sie rollte leicht herum und präsentierte ihre linke Brustflosse. Es war die zivilisierte Version einer uralten Unterwerfungsgeste, wie etwa der belämmert gesenkte Kopf eines menschlichen Schülers vor seinem Lehrer.

Mit etwas Glück würde Hikahi eines Tages Schiffe befehligen, die größer waren als die *Streaker*, und zwar um ein Vielfaches. Der Captain und Lehrer in ihm sah die Kombination von Bescheidenheit und Cleverness, die sie an den Tag legte, mit Wohlgefallen. Aber ein anderer Teil seiner selbst verfolgte unmittelbarere Ziele mit ihr.

»Nun, wir werden über Ihren Vorschlag beraten. Falls wir den Plan rasch in die Tat umsetzen müssen, sorgen Sie bitte dafür, daß das Langboot vorbereitet und entsprechend ausgerüstet wird. Aber stellen Sie auch eine Wache daneben auf.«

Es war ein schlechtes Zeichen, wenn *drinnen* und nicht nur draußen Sicherheitsvorkehrungen getroffen werden mußten, das war klar.

Ein buntgestreifter Gummiring schwamm an ihnen vorüber. Creideiki verspürte den Drang, ihn durch das Bassin zu jagen... ebenso wie er Hikahi in eine Ecke drängen und an ihr knabbern wollte, bis... er schüttelte sich.

»Weitere tektonische Forschungen«, erklärte er, »kommen überhaupt nicht in Frage. Gillian Baskin ist unterwegs zu Ihrer Insel. Sie bringt Thomas Orley Material und wird Dennie Sudman dabei helfen, die Aborigines zu studieren. Wenn sie zurückkommt, kann sie Gesteinsproben für Charlie mitbringen. Damit wird er sich zufriedengeben müssen.

Wir anderen werden sehr viel zu tun haben, wenn Suessi mit den Ersatzteilen zurückkommt.«

»Ist Suessi sicher, daß sie gefunden haben, was wir hier brauchen?«

»Er ist ziemlich sicher.«

»Dieser neue Plan bedeutet, daß wir die *Streaker* bewegen müssen. Wenn wir die Triebwerke einschalten, wird uns das vielleicht verraten. Aber ich schätze, wir haben keine andere Wahl. Ich werde einen Plan für die Verlagerung des Schiffes ausarbeiten.«

Creideiki begriff, daß ihn dies alles nirgendwohin führte. Es blieben ihm allenfalls ein paar Stunden bis zur Ankunft Suessis, und da redete er hier *Anglisch* mit Hikahi und zwang sie damit, starr und sorgfältig zu denken! Kein Wunder, daß er keinen Hinweis erhielt, keine Gebärde, keine Andeutung erkennen konnte, die ihm gesagt hätte, ob sie seine Annäherung willkommenheißen oder zurückweisen würde.

Er antwortete auf Trinär.

Wir belegen das Schiff -
nur unter Wasser
Zum Thennanin-Wrack -
leer uns erwartend
Bald, wenn die Schlacht -
tobt noch im Dunkel
Anfüllt den Weltraum -
mit Krakengetöse
Gleichzeitig wird dann -
Orley-Befreier
In weiter Ferne
für Ablenkung
sorgen
In weiter Ferne
Wahrheit
entziffern
Haifische locken -
uns sicher zu machen

Hikahi starrte ihn an. Zum ersten Mal erfuhr sie von diesem Teil von Orleys Plan. Wie viele der weiblichen Personen an Bord empfand auch Hikahi eine platonische Zuneigung für Thomas Orley.

Ich hätte ihr diese Neuigkeit behutsamer beibringen sollen, oder ich hätte besser noch damit gewartet!

Ihre Augen blinzelten, einmal, zweimal, und schlossen sich dann. Langsam sank sie zum Grund, und aus dem melonenförmigen Rund ihrer Stirn drang ein leises, schrilles Pfeifen.

Creideiki beneidete die Menschen um ihre umschlingenden Arme. Er tauchte hinab, bis er neben ihr war, und berührte sie mit der Spitze seines flaschenförmigen Schnabels.

Trauere nicht um –
scharfäugigen Flieger
Orleys Lied –
werden Wale einst singen

Hikahi antwortete traurig:

Ich, Hikahi –
ehre Orley
Ehre Captain –
ehre Mannschaft
Es geschieht, doch –
eine schmerzt mich
Gillian Baskin –
Lebensretter
Ihr Verlust und –
Körperschmerz

Beschämt fühlte Creideiki, wie ein alles verhüllender Schleier der Melancholie sich um ihn herabsenkte. Er schloß ebenfalls die Augen, und das Wasser ringsumher war erfüllt vom Widerhall gemeinsamer, geteilter Trauer.

Lange lagen sie so Seite an Seite. Nur gelegentlich stiegen sie zum Atmen an die Oberfläche, aber dann ließen sie sich wieder auf den Grund sinken.

Creideikis Gedanken waren weit fort, als er schließlich fühlte, wie Hikahi davontrieb. Doch gleich darauf war sie wieder da, rieb sich sanft an seiner Seite und knabberte zärtlich mit scharfen kleinen Zähnen an seiner Haut.

Zunächst fühlte Creideiki beinahe gegen seinen Willen, wie sein Enthusiasmus zurückkehrte. Er rollte sich auf die Seite und stieß einen langen, blasenfunkelnden Seufzer aus, als ihr Knabbern immer herausfordernder wurde.

Dann begann das Wasser ein wenig nach Glück zu schmecken, während Hikahi ein vertrautes Lied summte, das einem der ältesten Primalsignale entstammte. Unter anderem schien es zu sagen: »Das Leben geht weiter.«

27
Die Insel

Die Nacht war ruhig.

Kithrups zahlreiche Monde ließen in knapp hundert Metern Entfernung eine leichte Flut gegen die Metallklippen schwappen. Die stets gegenwärtigen Winde, die ungebremst über den planetarischen Ozean heranwehten, zerrten an den Bäumen und zerzausten das Laub.

Dennoch war die Stille, verglichen mit dem, was sie seit Monaten gewöhnt waren, schwer und drückend. Nirgends hörte man die allgegenwärtigen Maschinengeräusche, die ihnen von der Erde überallhin gefolgt waren, das unaufhörliche Sirren und Klicken mechanischer Funktionen oder das gelegentliche rauchende Krachen eines Defekts.

Auch das quiekende, ächzende Einerlei delphinischer Konversation war nicht mehr da. Sogar Keepiru und Sah'ot waren verschwunden. Nachts begleiteten die beiden Delphine die kithrupanischen Eingeborenen bei ihren Jagdzügen über das Meer.

Auf dem Metallhügel war es beinahe zu still. Es war, als schallten die wenigen Laute bis in endlose Fernen: das Meer, das leise Grollen eines fernen Vulkans… Ein sanftes Stöhnen drang durch die Nacht, gefolgt von einem heiseren Aufschrei.

»Sie sind schon wieder dabei«, seufzte Dennie, ohne sonderlich darauf zu achten, daß Toshio sie hören konnte.

Die Geräusche kamen von einer Lichtung an der Südspitze der Insel. Der dritte und der vierte Mensch auf der Insel hatten sich ein privates Plätzchen gesucht, das möglichst weit von dem Eingeborenendorf und dem Tümpel am Eingangsschacht entfernt gelegen war. Dennie wünschte sich, sie hätten noch weiter weggehen können.

Jetzt hörte man Lachen, leise, aber deutlich.

»So was hab' ich noch nie gehört«, meinte sie seufzend.

Toshio errötete und schob einen Stock ins Feuer. Das Paar dort auf der Lichtung hatte einen ungestörten Platz verdient. Er überlegte, ob er Dennie darauf hinweisen sollte.

»Ich schwöre, die sind wie die Kaninchen!« erklärte Dennie, und sie versuchte es sardonisch und gespielt-neidisch klingen zu lassen. Aber es geriet ein wenig zu bitter.

Toshio bemerkte es. Wider besseres Wissen sagte er: »Dennie, uns allen ist bekannt, daß die Menschen zu den Sexualathleten der Galaxis gehören, auch wenn uns ein paar unserer Klienten ganz schön Konkurrenz machen.«

Er stocherte mit einem Holzscheit im Feuer herum. Das war eine ziemlich kecke Bemerkung gewesen, aber die Nacht ließ ihn kühner werden, und außerdem hätte er die Spannung am Feuer gern ein wenig gemildert.

»Was meinst du damit?« Dennie sah ihn scharf an.

Toshio spielte mit dem Stock. »Nun, in einem alten Theaterstück heißt es: ›Der Delphin hat größ're Wollust nicht gezeigt.‹ Shakespeare war nicht der erste, der die beiden geilsten unter den mit Gehirn ausgestatteten Säugetieren miteinander verglich, weißt du. Ich nehme nicht an, daß jemand schon einen Maßstab dafür entwickelt hat, aber ich wäre überrascht, wenn es nicht eine Vorbedingung für Intelligenz wäre. Natürlich ist das nur eine von mehreren Möglichkeiten. Wenn man sich zum Beispiel anhört, was die Galactics über das Liften von...« Und so plauderte er weiter, wobei er sich langsam von diesem anregenden Thema entfernte, und er bemerkte, daß Dennie dicht davorstand, aus der Haut zu fahren, bevor sie sich umdrehte und den Blick abwandte.

Er hatte es geschafft! Er hatte eine Runde gespielt und gewonnen! Es war ein unbedeutender Sieg in einem Spiel, von dem er sich gefragt hatte, ob er es je spielen würde.

Die Kunst des Hänselns war für Toshio immer eine einseitige Angelegenheit gewesen. Er hatte immer den kürzeren gezogen. Eine attraktive ältere Frau kraft seiner geistvollen Konversation und Charakterkenntnis zu besiegen, war schon eine feine Leistung!

Er hielt es nicht für grausam, wenngleich eine behutsame Grausamkeit zum Spiel zu gehören schien. Mit Sicherheit wußte er nur, daß dies eine Möglichkeit war, Dennie Sudman dahin zu bringen, ihn nicht wie ein Kind zu behandeln. Wenn dies teilweise auf Kosten der entspannten, gegenseitigen Sympathie ging, die sie bisher füreinander gezeigt hatten, dann war das Pech.

So wenig er Sah'ot auch mochte, Toshio war doch froh, daß der Fin ihm den Hebel verschafft hatte, den er brauchte, um Dennies Panzer aufzustemmen.

Er wollte sich eben zu einem weiteren Bonmot aufschwingen, als Dennie ihm das Wort abschnitt.

»Tut mir leid, Tosh. Ich würde zu gern den Rest hören, aber jetzt gehe ich schlafen. Wir haben morgen viel zu tun: Wir müssen Toms Gleiter startbereit machen, Gillian die Kiqui zeigen und die verdammten Roboterexperimente für Charlie durchführen. Ich würde vorschlagen, du legst dich auch ein wenig schlafen.«

Sie wandte sich ab und ging, um sich am hinteren Ende des Lagerplatzes bei den Wachtposten in ihren Schlafsack einzuwickeln.

»Yeah«, sagte Toshio, beinahe ein wenig zu herzlich, »das werde ich gleich tun, Dennie. Gute Nacht. Träume süß.«

Sie schwieg. Sie hatte dem kleinen, flackernden Feuer den Rücken zugewandt, und Toshio konnte nicht erkennen, ob sie schon schlief oder noch wachte.

Ich wünschte, wir Menschen wären besser in unseren Psi-Fertigkeiten, dachte er. *Es heißt, die Telepathie hätte Nachteile, aber es wäre schon schön, manchmal zu wissen, was im Kopf anderer Menschen vorgeht.*

Es würde einiges von der unruhigen Anspannung wegnehmen, wenn ich wüßte, was sie denkt... selbst wenn sich herausstellte, daß sie nur denkt, ich sei ein nerviger Bengel.

Er schaute zum wolkenbedeckten Himmel hinauf. Hier und dort hatten sich die Wolken zerteilt, durch langgestreckte, zackenförmige Risse sah er ein paar Sterne.

An zwei Stellen waren kleine Nebelformationen am Himmel zu sehen, die am Abend zuvor noch nicht dagewesen waren - Zeichen der Schlacht, die immer noch tobte. Die winzigen Pseudo-Nebulae strahlten in allen sichtbaren Farben und vermutlich noch in anderen Frequenzbereichen.

Toshio ließ eine Handvoll metallischen Kieselstaub durch seine Finger auf die brennenden Kohlen rieseln. Glitzernde Metallkörnchen blitzten wie leuchtendes Konfetti, wie funkelnde Sterne.

Er klopfte sich den Staub von den Händen und kroch dann selbst in seinen Schlafsack. Mit geschlossenen Augen lag er da. Er hatte keine Lust, die Sterne zu betrachten, oder das Pro und Kontra seines Benehmens zu erörtern.

Statt dessen lauschte er dem Rauschen von Wind und Brandung in der Nacht. Es war ein rhythmisches, beruhigendes Geräusch, wie ein Wiegenlied, wie das Meer seiner Heimat.

Nur hin und wieder glaubte er Seufzer und leises Lachen zu hören; kaum vernehmlich wehte es von Süden herüber. Es waren Laute einer tiefen Glückseligkeit, und sie erfüllten ihn mit trauriger Sehnsucht.

»Sie sind schon wieder dabei«, seufzte er. »Ich schwöre, so was hab' ich noch nie gehört.«

Die feuchte Luft ließ den Schweiß auf ihren Körpern nicht trocknen.

Gillian leckte sich einen Schnurrbart von tränenartigem Salz von der Oberlippe. Auf gleiche Weise nahm Tom ein wenig von dem Glanz fort, der ihre Brüste bedeckte. Die Feuchtigkeit seiner Lippen lag kühl auf ihren Brustwarzen und ihren Aureolen, als sein Mund sich wieder entfernte.

Sie keuchte und packte das wenige Haar an seinem Hinterkopf, wo es noch nicht schütter zu werden drohte, so daß seine Eitelkeit sich ihrem heftigen Griff nicht widersetzte. Er reagierte mit spielerischen Bissen, die ihr einen Schauer nach dem anderen über Waden, Schenkel und Gesäß laufen ließen.

Gillian drückte ihre Ferse in seine Kniekehle und hob ihr Becken gegen seines. Ihr Atem ging leise pfeifend, als er den Kopf hob und ihr in die Augen sah.

»Ich dachte, das, was ich hier mache, ist ein Nachspiel«, flüsterte er ein wenig heiser. Mit demonstrativer Umständlichkeit wischte er sich die Stirn ab. »Du solltest mich warnen, wenn ich die Grenze überschreite und Dinge verspreche, die ich dann nicht halten kann.« Er griff nach ihrer Hand und küßte ihre Handfläche und die Innenseite ihres Handgelenks.

Gillian fuhr ihm mit den Fingerspitzen über die Wange und strich ihm federleicht über Kinn, Hals und Schulter. Sie ergriff dünne Strähnen seines Brusthaars und zupfte spielerisch daran.

Sie schnurrte, nicht wie eine Hauskatze, sondern mit dem wilden Rollen einer Leopardin. »Wann immer du soweit bist, mein Lieber. Ich kann warten. Du magst der uneheliche Sohn eines fruchtbaren Reagenzglases sein, aber ich kenne dich besser, als deine Planer dich je kannten. Du hast Kraftreserven, von denen sie nie etwas ahnten.«

Tom wollte eben erklären, daß er – Planer hin, Planer her – als ehelicher Sohn von Mary und Bruce Orley im Staate Minnesota in der Konföderation Erde geboren worden sei... aber dann sah er die Feuchtigkeit in ihren Augen. Ihre Worte klangen rauh, leichtfertig und spöttisch, aber ihr Griff in seinem Brusthaar straffte sich, als sie ihm mit umherstreifenden Augen ins Gesicht schaute, als wolle sie sich jeden seiner Züge genau ins Gedächtnis einprägen.

Tom fühlte sich plötzlich verwirrt. In ihrer letzten gemeinsamen Nacht wollte er nah bei Gillian sein. Und wie konnten sie einander näher sein als jetzt? Sein Körper schmiegte sich an ihren, und ihr warmer Atem erfüllte seine Nase. Er wandte seinen Blick ab. Irgendwie hatte er das Gefühl, sie im Stich zu lassen.

Dann spürte er es – ein zärtliches Streicheln, das gegen ein versperrtes, schweres Gefühl in seinem Kopf anzukämpfen schien. Es war ein sanfter Druck, der nicht weichen wollte. Und er begriff, daß das, was sich dagegen sperrte, er selbst war.

Ich gehe morgen fort, dachte er.

Sie hatten gestritten, wer von ihnen gehen würde, und er hatte gewonnen. Aber es war bitter, gehen zu müssen.

Er schloß die Augen. *Ich habe sie abgeschnitten von mir! Vielleicht werde ich nie mehr zurückkommen, und ich habe mich vom tiefsten Teil meiner selbst abgeschnitten!*

Tom fühlte sich plötzlich sehr fremd und sehr klein, als sei er an einem gefährlichen Ort gestrandet, an der einsamen Barriere zwischen denen, die er liebte, und seinen gräßlichen Widersachern – kein Superheld, sondern ein einfacher Mensch, der einer gewaltigen Übermacht gegenüberstand und alles aufs Spiel setzen würde, was er hatte. Als wäre er er selbst.

Er fühlte eine Berührung auf seinem Gesicht und öffnete die Augen.

Er preßte seine Wange an ihre Hand. Immer noch schimmerten Tränen in ihren Augen, aber da war auch der Beginn eines Lächelns.

»Dummer Junge«, sagte sie. »Du kannst mich niemals verlassen. Hast du das denn noch nicht begriffen? Ich werde bei dir sein, und du wirst zu mir zurückkommen.« Erstaunt schüttelte er den Kopf.

»Jill, ich...« Er begann zu sprechen, aber sie schnitt ihm das Wort ab. Sie zog ihn zu sich herab und küßte ihn hungrig. Ihre Lippen preßten sich kreuzweise auf die seinen, heiß und zart. Die Finger ihrer rechten Hand vollbrachten Erregendes.

Aber es war ihr schwindelerregender, süßer Duft, der ihn begreifen ließ, daß sie recht hatte. Wieder einmal.

Teil Drei

DISSONANZ

»Tiere werden geformt von natürlichen Kräften,
die sie nicht begreifen.
In ihren Gedanken gibt es keine Vergangenheit
und keine Zukunft.
Es gibt nur die immerwährende
Gegenwart einer einzelnen Generation,
ihre Spuren im Wald,
ihre verborgenen Pfade in der Luft
und in der See.
Es gibt nichts im Universum, das einsamer wäre
als der Mensch.
Denn er hat die fremde Welt der Geschichte betreten.«

Loren Eiseley

28
Sah'ot

Die ganze Nacht hindurch war er ihnen gefolgt. Gegen Morgen spürte Sah'ot, daß er sie allmählich verstand.

Als der Morgen graute, verließen die Kiqui ihre nächtlichen Jagdgründe und schwammen zurück zu ihrer sicheren Insel. Sie verstauten ihre gewebten Netze und Fallen in versteckten Korallenspalten, nahmen ihre primitiven Speere und flüchteten vor dem nahenden Licht. Im Tageslicht würde der Killertang aktiv werden, und auch andere Gefahren würden erwachen. Tagsüber konnten die Kiqui die Wälder auf den Metallinseln durchstöbern, in der Vegetation nach Nüssen suchen und kleines Getier erjagen.

Unter Wasser sahen die Kiqui aus wie grüne Kugelfische mit kurzen Ärmchen, Schwimmhäuten zwischen den Fingern und Flossen an den Füßen. Ein Paar beinahe greiffähiger Bauchflossen half ihnen beim Manövrieren. Ihre starken Ruderbeine gestatteten ihnen, die Hände freizubehalten, so daß sie Lasten bei sich tragen konnten. Ihr Kopf wurde von einer flossenartigen Krone aus hauchfeinen Flimmerhärchen umweht, die gelösten Sauerstoff aus dem Wasser sammelten, der dazu diente, den aufgeblähten Luftsack der Kiqui nachzufüllen.

Die Jäger-Sammler zogen zwei Netze voller funkelnder, hummerähnlicher Meerestiere hinter sich her, die wie bunte Metallfiguren in den Maschen hingen. Dabei sangen die Kiqui ein Lied aus raschelnden, quakenden und klaffenden Lauten.

Sah'ot hörte ihnen zu, wie sie sich quiekend miteinander verständigten. Ihr spärliches Vokabular war kaum mehr als eine Serie von vokalisierten Signalen, mit denen sie ihre Bewegungen koordinierten. Immer wenn ein paar Kiqui zum Atmen an die Wasseroberfläche stiegen, wurde dieses Unterfangen von einer komplexen Folge von Zwitscherlauten begleitet.

Die Eingeborenen nahmen kaum Notiz von den fremdartigen Wesen, die ihnen folgten. Sah'ot blieb auf Distanz, sorgsam darauf bedacht, sie nicht zu stören. Natürlich wußten sie, daß er da war. Ab und zu schickte ein jüngerer Kiqui ein argwöhnisches Sonarzirpen in seine Richtung. Seltsamerweise schienen ihn die älteren Jäger völlig zu akzeptieren.

Sah'ot blickte erleichtert zum aufsteigenden Morgenlicht hinauf. Trotz der Finsternis hatte er die ganze Nacht hindurch sein eigenes Sonar auf ein Minimum reduziert, um die Eingeborenen nicht zu verschrecken. Er war sich beinahe blind vorgekommen, und einmal war leichte Panik in ihm aufgestiegen, als er gegen etwas geprallt, oder besser gesagt, ›etwas‹ gegen ihn geprallt war.

Trotzdem, es hatte sich gelohnt.

Er glaubte ihre Sprache inzwischen weitgehend ergründet zu haben. Die Signalstruktur basierte wie beim Delphin-Primal auf einer hierarchischen Herdenordnung und dem Zeittakt eines Atemzyklus. Die auf Ursache-und-Wirkungs-Analyse aufgebaute Logik war ein wenig komplizierter als beim Primal, was zweifellos auf den Hand- und Werkzeuggebrauch zurückzuführen war.

:?: *Sieh, wir jagen gut* *gut*
-gejagt *-gut*
:?: *Vorsicht, Vorsicht*
Opportunistisch
:?: *Essen, ESSEN gut, werden essen-*
-nicht gegessen *Nein!*
:?: *Sterben über Wasser,*
nicht in...

Nach ihren semantischen Fähigkeiten allein zu urteilen, schienen diese Geschöpfe für das Liften weniger reif zu sein, als es die Ur-Delphine auf der Erde seinerzeit gewesen waren. Aber jemand, der größeres Gewicht auf die

Benutzung von Werkzeugen legte, würde hier vermutlich anderer Meinung sein.

Aber da die Kiqui Hände besaßen, würden sie vermutlich niemals gute Dichter werden. Gleichwohl war einiges von ihrem augenblicklichen eitlen Geplapper nicht ohne einen gewissen Charme.

Die Gurte an Sah'ots Geschirr scheuerten, als er zum Atmen auftauchte. Trotz des leichtgewichtigen, stromlinienförmigen Designs hätte er das verfluchte Ding am liebsten abgelegt.

Aber natürlich waren diese Gewässer gefährlich, und vielleicht würde er diesen Schutz einmal brauchen. Außerdem war Keepiru irgendwo dort draußen. Wie befohlen, hielt er großen Abstand, aber er lauschte trotzdem. Und Keepiru würde ihm die Rückenflosse bis auf die Wirbelsäule herunterreißen, wenn er ihn ohne sein Geschirr erwischte.

Im Unterschied zu den ultratechnischen Fen der *Streaker*-Besatzung erfüllten Geräte Sah'ot mit Unbehagen. Er hatte nichts gegen Computer. Einige von ihnen konnten sprechen, und sie halfen ihm, mit anderen Rassen zu kommunizieren. Aber Geräte zum Bewegen, Formen oder Töten waren unnatürliche Dinge, und er wünschte, er könnte ohne sie auskommen.

Er haßte die beiden stummeligen kleinen ›Fin-Ger‹ an den Spitzen seiner Brustflossen – es hieß, eines Tages würden sich daraus vollständige Hände für seine Spezies entwickelt haben. Aber sie waren unästhetisch. Er verabscheute auch die Veränderungen, die man an den Delphinlungen vorgenommen hatte, um sie gegen gewisse Landkrankheiten resistent zu machen und sie zum Atmen im Oxywasser zu befähigen. Natürliche Cetaceen brauchten solche Mutationen nicht. Wilde *Stenos bredanensis* und *Tursiops truncatus*, an denen sich die Gen-Techniker nicht zu schaffen gemacht hatten, schwammen den *Amicus*-Züchtungen beinahe jederzeit davon.

Dem expandierten Sehvermögen stand er mit zwiespältigen Gefühlen gegenüber. Es war auf Kosten von grauen Zellen erworben worden, die einmal ausschließlich dem Klangverständnis gedient hatten.

Wieder stieg Sah'ot an die Oberfläche und holte Luft. Dann tauchte er wieder unter, um den Anschluß an die Aborigines nicht zu verlieren.

Die Ansicht, die er vertrat, legte mehr Gewicht auf die Entwicklung von Sprachbeherrschung als auf die Verbesserung der Werkzeugbeherrschung, denn jene erschien ihm eine natürlichere Ausweitung der Delphinnatur als das Herumjagen in Raumschiffen, wo man dann Astronaut und Techniker spielte.

Dies war einer der Gründe gewesen, weshalb er sich geweigert hatte, das Raumboot zu besteigen und die verlassene Flotte im Seichten Sternenhaufen zu untersuchen. Selbst wenn dort jemand oder etwas gewesen wäre, mit dem man hätte sprechen können – und darauf hatte nichts hingedeutet –, war er nicht bereit gewesen, dort herumzuschnüffeln, unterstützt nur von einer Bande inkompetenter Klienten! Wenn die *Streaker* sich allein an dieser verlassenen Flotte zu schaffen machen wollte, so war das, als spielte eine Horde Kinder mit einer scharfen Bombe.

Sein Handeln hatte ihm die Verachtung der Crew eingetragen, obgleich der katastrophale Verlust der Captainsgig seine Einschätzung bestätigt hatte.

Aber ihre Verachtung, mahnte sich Sah'ot, war ohne Bedeutung. Er war Zivilist. Solange er seine Arbeit tat, brauchte er sich vor niemandem zu rechtfertigen.

Ebensowenig interessierten ihn die mißbilligenden Klicks angesichts der Nachstellungen, die er Dennie Sudman angedeihen ließ. Schon lange vor dem Liften waren männliche Delphine hinter weiblichen Forschern hergewesen. *Es ist eine weit zurückreichende Tradition,* begründete er bewußt rational. Was immer für den geilen alten Flipper gut genug gewesen sein mochte, war für seinen intelligenten Nachfahren wohl auch gut genug.

Eines der Dinge, die er an den englischen Denkmustern verabscheute, war dieses Bedürfnis der Selbstrechtfertigung. Die Menschen fragten immer: »Warum?« Was *bedeutete* das Warum schon? Es gab noch andere Arten, die Dinge zu sehen, als die der Menschen. Da konnte man jeden Wal fragen.

Die Kiqui zwitscherten aufgeregt, als sie auf den Ostzipfel ihrer Insel zuschwammen und sich anschickten, ihren Fang durch einen Spalt an der Leeseite der Küste landeinwärts zu schleppen.

Sah'ot fühlte, daß ein Sonarstrahl wie ein Suchscheinwerfer über ihn hinwegstrich. Keepiru näherte sich von Norden, um ihn zum Lagerplatz der Menschen zurückzubegleiten.

Sah'ot stieß durch die Oberfläche. Er legte den Kopf schräg und spähte hinaus in den neuen Tag. Die Sonne erhob sich hinter einem Dunststreifen im Osten, und der Wind trug das Wispern eines Regenschauers herüber.

Ein metallischer Hauch schien schimmernd in der Luft zu liegen und erinnerte an die tödliche Bedrohung, der sie auf Kithrup ausgesetzt waren.

Zweifellos waren Creideiki und seine ›Ingenieure‹ dabei, einen Plan zusammenzuzimmern, der sie aus diesem Schlamassel befreien sollte. Zweifellos würde dieser Plan entsetzlich kühn und clever sein... und sie alle den Kopf kosten.

Sah denn niemand, daß sie als Neophyten im Spiel des Eroberns und Erschaffens die Galactics, die es seit Äonen spielten, nicht an der Nase würden herumführen können?

Selbstverständlich gehörte seine Loyalität den Menschen. Aber er kannte sie als das, was sie waren: als täppische Wölflinge, die in einer gefährlichen reaktionären Galaxis ums Überleben kämpften.

Es gab ein altes Delphinsprichwort, das lautete: »Alle Menschen sind Ingenieure, und alle Ingenieure sind Menschen.« Es war niedlich, aber ganz offenkundig gelogen.

Keepiru brach neben ihm durch die Wasseroberfläche.

Sah'ot blies ruhig, und sein Atem kondensierte zu Spray. So trieb er auf dem Wasser und betrachtete den Sonnenaufgang, bis Keepirus Geduld zu Ende ging.

»Esss ist-t hell, Sah'ot. Wir sollten nicht mehr hier draußen sein. Wir müssen Bericht erstatten, und dann will ich essen und mich ausruhen.«

Sah'ot spielte den geistesabwesenden Wissenschaftler. Er schrak zusammen, als fahre er aus Gedanken auf, die tiefer waren als alles, was Keepiru je würde denken können.

»Was? O ja. Natürlich, Pilot. Unbedingt. Ich habe interessante Daten mitzuteilen. Wissen Sie, ich glaube, ich habe ihre Sprache geknackt.«

»Wie nett.« Keepirus Antwort war semantisch Anglisch und phonemisch ein Quaken. Er tauchte und nahm Kurs auf den Höhleneingang.

Der Sarkasmus des Piloten ließ Sah'ot zusammenzukken. Aber er bedauerte nichts.

Vielleicht habe ich noch Zeit, ein paar anzügliche Limericks fertigzustellen, die ich dann in meinen Bericht an Dennie einflechten kann, dachte er. *Schade, daß sie immer am Ufer bleibt und nicht zu mir ins Wasser kommt. Aber vielleicht gibt sie ja heute nach.*

Und so verfaßte er schmutzige Gedichte, während er Keepiru folgte und in die nachtschwarze Finsternis zum Grunde des Meeres hinabtauchte.

Als sie am Fuße des ehemaligen Bohrbaumschachtes angekommen waren, wo jetzt ein kleines Phosphorlicht brannte, bemerkte Sah'ot, daß jemand beide Schlitten aus dem Schacht geholt und unten in der Höhle festgemacht hatte. Aber wenigstens einer der Schlitten hatte immer im Tümpel zu liegen, für den Fall, daß Dennie und Toshio plötzlich fliehen mußten! Hastig schwamm er Keepiru nach, den schmalen, vertikalen Tunnel hinauf.

Im Tümpel oben lagen zwei weitere Schlitten. Jemand mußte in der Nacht gekommen sein, begriff er.

Toshio und Dennie standen schon am Ufer und sprachen mit Keepiru. Sah'ot beäugte Dennie spekulativ, aber dann beschloß er, vorläufig nichts zu beginnen.

Heute abend werde ich versuchen, sie zu mir ins Wasser zu locken, dachte er. *Ich werde mir einen Vorwand ausdenken, vielleicht etwas mit der Mechanik der Bohrbaumwurzel. Wahrscheinlich wird's ja nicht klappen, aber schon der Versuch wird Spaß machen.*

Sah'ot vollführte einen Spähsprung. Mit flatternder Schwanzflosse stieg er über den Wasserspiegel und blickte über die Lichtung am Ufer. Er fragte sich, wer da wohl von der *Streaker* gekommen sein mochte.

Im Süden teilte sich das dichte Gestrüpp, und zwei Menschen, eine Fem und ein Mel, erschienen.

Gillian Baskin kniete am Wasser nieder und pfiff eine Trinär-Begrüßung.

Kühner Keepiru
Fest wie die Felsen
Orca-Bezwinger

Chamäleon-Sah'ot
Schmiegsam geschmeidig
Menschen vergleichbar

Ist es auch finster
Kenn' ich euch beide
Gegensatzbilder!

Keepiru antwortete auf anglisch mit einem geradezu lächerlich einfallslosen »Nett, Sie zu sehen, Gillian. Sie auch, T-Tom.«

Sah'ot sank ins Wasser zurück. Das Bewußtsein, einer Reputation entsprechen zu müssen, erfüllte ihn mit Unbehagen. Anders als Keepiru mußte er sich eine Begrüßung einfallen lassen, die Gillians Versen gleichkäme.

Er hätte sich lieber irgendwohin zurückgezogen, um über Gillians Bemerkung nachzudenken, vor allem über dieses ›Menschen vergleichbar‹... War das ein Kompliment gewesen, oder hatte er in den oberen Frequenzen einen Hauch von Mitleid vernommen, als sie diese Worte pfiff?

Thomas Orley stand wortlos neben Gillian. Sah'ot war, als sehe der Mann durch ihn hindurch.

Er atmete tief ein.

Seht her!
Ein monogames Wunder!

Ein Liebespaar
Als Schattenriß
Vor weitem Himmel.

Gillian klatschte in die Hände und lachte.

Thomas Orley lächelte nur knapp. Offensichtlich war er in Gedanken woanders.

»Ich bin froh, daß ihr beiden Fins zurück seid«, erklärte er. »Gillian und ich sind gestern abend gekommen, sie von der *Streaker* und ich von Toshios Tsunami-Wrack. Jill hat euch ein Monofaserkabel mitgebracht, so daß ihr mit dem Schiff Verbindung halten könnt. Sie wird in den nächsten paar Tagen in der wichtigen Angelegenheit der Kiqui mit euch zusammenarbeiten. Außerdem höre ich, daß ein paar Leute auf der *Streaker* euch bitten möchten, ein paar Daten für sie zu sammeln. Stimmt's, Gillian?«

Die blonde Frau nickte. Die Nachricht von Charlie Darts Begehren hatte Toshio und Dennie nicht mit Entzücken erfüllt.

Orley sprach weiter.

»Jill ist noch aus einem anderen Grunde hier: Sie hat mir einige Ausrüstungsgegenstände gebracht. Ich muß heute vormittag von hier weg. Ich werde einen Solargleiter benutzen.«

Keepiru sog Luft in seine Lunge. Er wollte etwas einwenden, aber Orley hob die Hand. »Ich weiß, es ist riskant. Aber ich muß ein Experiment durchführen, um zu sehen, ob der Fluchtplan, den wir ausgearbeitet haben, funktionieren wird. Und da ihr die einzigen seid, die zur Verfügung stehen, muß ich euch um eure Hilfe bitten.«

Sah'ots Schwanz schlug im Wasser hin und her. Er mühte sich angestrengt, seine Gefühle zu verbergen, aber das war schwer. So schwer!

Sie würden also tatsächlich zu fliehen versuchen! Von Orley und Baskin hatte er Besseres erhofft. Sie waren intelligente und erfahrene, beinahe-mythische Agenten des Terragenenrates. Überlebenskünstler.

Und jetzt redeten sie von Irrsinnsunternehmungen und erwarteten noch dazu *seine Hilfe!* War ihnen denn nicht klar, womit sie es zu tun hatten?

Er schwamm neben Keepiru, und auf seinem Gesicht lag die Maske des treu ergebenen, aufmerksamen Klienten. Aber in seinem Innern herrschte Aufruhr, als er dem verrückten ›Plan‹ lauschte, der sie vor den glubschäugigen Monstern retten sollte.

29

Takkata-Jim

»Die Sitzung des Schiffsrates war eine Katastrophe. Es ist schlimmer, als ich dachte.« Der Vize-Captain seufzte.

Sie denken an Täuschung
Die Täuscher zu narren
Sie denken an Schleier
Um Wale zu tarnen!

K'tha-Jon warf seinen großen, stumpfen Kopf zustimmend hin und her.

»Wie ich höre, issst das Codewort für dieses Projekt ›Trojanisches Seepferd‹. Was bedeutet-t das?«

»Es ist eine literarische Anspielung«, erwiderte Takkata-

Jim. Er fragte sich, wo der Bootsmann wohl zur Schule gegangen war. »Ich werde es Ihnen später einmal erklären. Jetzt muß ich nachdenken. Es muß doch noch einen anderen Weg geben als diesen selbstmörderischen Plan, den Creideiki und Orley entwickelt haben. Ich hatte gehofft, daß Creideiki vernünftig bleiben würde. Aber jetzt - ich weiß es einfach nicht.«

»Hat er Ihnen nicht zugehört-t?«

»Oh, er ist überausss höflich! Blasefisch Metz blieb ständig in meinem Kielwasser, und Creideiki hat uns beiden aufmerksam zugehört. Vier Stunden hat die Sitzung gedauert! Aber dann beschloß der Captain trotzdem, nach Orleys Plan zu verfahren. Die Baskin-Fem ist bereits zu ihm unterwegs, um ihm Material zu bringen.«

Eine ganze Weile trieben die beiden *Stenos* schweigend dahin. K'tha-Jon wartete darauf, daß der Vize-Captain weitersprach. Takkata-Jim schlug mit dem Schwanz aus. »Wieso will Creideiki nicht einmal in *Erwägung* ziehen, die Positionsdaten unseres Fundes bekanntzugeben und damit das Ganze hinter sich zu bringen? Statt dessen wollen er und Orley versuchen, Sophonten auszutricksen, die sich seit Jahrmillionen gegenseitig Fallen stellen. Die werden uns doch braten! Verglichen mit diesem Plan ist sogar Ihr Vorschlag, einfach zu starten und dabei aus allen Rohren zu feuern, noch besser!«

»Was ich vorschlage, issst nichts als eine glorreiche Alternative zu diesem Irrsinnsunternehmen«, erklärte K'tha-Jon. »Aber ich würde mich Ihrem Plan anschließen. Was denken Sie - wenn *wir* einen Weg fänden, Schiff und Mannschaft zu retten, würden wir dann nicht mehr gewinnen als nur unser Leben?«

Takkata-Jim schüttelte den Kopf. »Wenn ich das Kommando hätte, vielleicht. Aber wir werden von diesem wahnsinnigen, auf seine Ehre fixierten Genie geführt-t, das uns geradewegs ins Unheil steuert.«

Er drehte sich um und schwamm tief in Gedanken versunken den Gang hinunter zu seinem Quartier.

K'tha-Jons Augen wurden schmal, als er dem Vize-Captain nachblickte. Luftbläschen drangen in kurzen, rhythmischen Stößen aus seinem Blasmund.

30

Akki

Es war nicht fair! So gut wie jeder, der zählte, hatte Hikahi begleiten dürfen, um zusammen mit den anderen im Thennanin-Wrack zu arbeiten. Die Reparaturarbeiten an Bord der *Streaker* waren fast abgeschlossen, und er saß immer noch hier fest, wo überhaupt nichts Wichtiges passierte!

Akki ließ sich zu seiner Studienstation hinauftreiben, die unter einer Luftkuppel im oberen Bereich der Zentralkammer lag. Von unten stiegen Luftblasen ungehindert durch die Seiten eines Holotextes, der vor ihn projiziert wurde.

Das war wirklich eine strohdumme Idee! Ließen ihn Astrogation studieren, während das Schiff auf dem Grunde eines Ozeans festsaß!

Er versuchte sich auf die Feinheiten der Wurmlochnavigation zu konzentrieren, aber seine Gedanken schweiften ab. Wie lange war es her, seit sie einen ordentlichen Schabernack hatten abziehen können? Es mußte schon mehr als ein Monat vergangen sein, seit sie Brookidas Brille geklaut und mit Fresnel-Linsen ausgerüstet wieder zurückgelegt hatten.

Hoffentlich ging es Toshio gut! Aber zumindest konnte er etwas *tun! Wieso beharrte Creideiki darauf, daß ich hierbleibe, wenn sie jeden Ingenieur bei dem Wrack benötigen?*

Noch einmal versuchte Akki, sich dem Text zu widmen, aber ein Geräusch lenkte ihn ab. Er sah nach unten. Dort, bei einem der Essensspender, war ein lautstarker Streit ausgebrochen. Zwei Fen schlugen mit den Schwanzflossen aufeinander ein, während sich um sie herum ein Kreis von Zuschauern bildete.

Akki glitt aus der Luftkuppel und tauchte zu dem Aufruhr hinunter.

»Aufhören!« schrie er. Mit einem Schlag seiner eigenen Schwanzflosse trieb er Sth'ata und Sreekah-jo auseinander.

Die Zuschauer wichen ein wenig zurück, aber die Streithähne ignorierten ihn. Sie bissen und schlugen nach einander. Ein mächtiger Schwanzhieb traf Akki an der Brust, und wirbelnd trieb er davon.

Akki schluckte und schnappte nach Luft. Woher nahmen sie nur die Energie, sich in Oxywasser zu prügeln?

Er schwamm auf einen der Zuschauer zu. »Pk'Tow... Pk'Tow!« Er biß den Fin in die Flanke und nahm eine Dominanzhaltung ein, als dieser wütend herumfuhr. Es war nicht leicht, ihn niederzustarren. Akki fühlte sich sehr jung. Aber Creideiki hatte ihn gelehrt, was zu tun war. Wenn ein Fin regressiv wird, zwinge ihn, sich zu konzentrieren!

»Pk'Tow! Hör auf, ihnen zuzuhören und benutze *deine Augen! Sieh* mich an! Als *Schiffsoffizier befehle* ich dir, mir zu helfen, diesen Streit zu beenden!«

Der glasige Ausdruck verschwand aus Pk'Tows Gesicht. Er nickte. »Aye, Sssir.« Akki war verblüfft von der Dumpfheit dieses Burschen.

Blutstropfen verschwammen zu rosigen Schleiern, während die Kämpfenden langsamer wurden. Immer noch tauschten sie Hiebe aus, aber ihre Kiemenlungen schnappten nach Luft. Akki trieb noch drei Crew-Fen zusammen, schlug nach ihnen und brüllte sie an, um sie wieder zu sich zu bringen, dann schritt er ein. Endlich gelang es ihm, den *Stenos* und den Koch zu trennen und sie unter Bewachung zur Krankenstation zu schaffen. Dr. Makanee konnte die beiden dort isolieren, bis er dem Captain Meldung gemacht hätte.

Akki sah auf und bemerkte K'tha-Jon, den Bootsmann, der eben vorüberschwamm. Der riesenhafte Unteroffizier bot seine Hilfe nicht einmal an. Wahrscheinlich hatte er die ganze Sache mit angesehen, dachte Akki erbittert. K'tha-Jon hätte es nicht nötig gehabt, die Zuschauer zu mobilisieren. Er hätte die Kämpfer mit einem Knurren zur Räson bringen können.

K'tha-Jon war eilends auf dem Weg zur Außenschleuse, ein gespannter Ausdruck lag in seinem Gesicht.

Akki seufzte.

Okay, vielleicht hat Creideiki ja seine Gründe, mich an Bord zu behalten. Jetzt, da Hikahi mit den Ingenieuren unterwegs ist, braucht er Hilfe, um mit dem Pöbel fertig zu werden, der noch an Bord ist.

Er stieß Sreekah-jo mit der Nase voran. Der *Stenos* krächzte einen Fluch, der fast nach Primal klang, aber er gehorchte.

Wenigstens habe ich jetzt einen Grund, nicht Astrogation zu studieren, dachte Akki sardonisch.

31

Suessi

»Nein! Stop! Setzt zurück und versucht's noch einmal, aber mit etwas mehr Vorsicht.«

Hannes Suessi sah ihnen skeptisch zu, als die Delphiningenieure mit den schweren Schlitten zurücksetzten und den Träger aus der Kammer zogen.

Es war ihr dritter Versuch gewesen, einen Stützträger in einer klaffenden Öffnung im Heck des versunkenen Thennanin-Schiffes anzubringen. Sie waren dem Erfolg immer näher gekommen, aber immer noch war der Führungsschlitten zu weit zurückgeblieben und wäre mit dem Heck beinahe gegen die Innenwand des Schlachtschiffes gedrängt worden.

»Paß auf, Olelo, du weichst diesem Balken folgendermaßen aus«, erklärte er, an den Piloten des Führungsschlittens gewandt. Seine Stimme schallte aus den Hydrophonen seines Schlittens. »Wenn du bei dem Hieroglyphen-Dingsbums angekommen bist, das wie ein zweiköpfiger Schakal aussieht, nimmst du das Näslein hoch – und zwar so!« Er machte eine Bewegung mit beiden Armen.

Der Fin starrte ihn einen Moment lang ausdruckslos an, dann nickte er heftig.

Geht klar, Chef – mach' klar Schiff!

Suessi verzog das Gesicht bei dieser losen Bemerkung. Sie wären keine Fins, wenn sie nicht die halbe Zeit über sarkastisch und ansonsten übereifrig wären. Außerdem hatten sie wirklich hart gearbeitet.

Trotzdem, unter Wasser zu arbeiten, schlauchte wirklich entsetzlich. Verglichen damit war die Arbeit in der Schwerelosigkeit ein reines Vergnügen.

Seit dem einundzwanzigsten Jahrhundert hatten die Menschen eine Menge über das Bauen im Weltraum gelernt. Sie hatten Lösungen zu den Problemen von Trägheit und Rotation gefunden, die nicht einmal in der *Bibliothek* zu finden waren. Wesen, die seit einer Milliarde Jahren über die Antigravitation verfügten, brauchten derlei nicht.

Im Laufe der vergangenen dreihundert Jahre hatte man im Vergleich dazu wenig Erfahrung mit Schwerarbeit unter Wasser gemacht – selbst in den Delphin-Kommunen auf der Erde – und überhaupt keine im Zusammenhang mit dem Reparieren oder Ausschlachten von Raumschiffen auf dem Meeresgrund.

Wenn schon die Trägheit im schwerelosen Raum ein Problem darstellte, wie sehr dann erst der nahezu unvorhersehbare Auftrieb untergetauchter Werkstoffe? Die Kraft, die man benötigte, um ein beliebiges Objekt zu bewegen, variierte mit der Geschwindigkeit, mit der es sich bereits bewegte, und dem Querschnitt, den es gerade aufwies. Im All gab es derartige Komplikationen nicht.

Während die Fen den Träger neu ausrichteten, sah Suessi sich im Bauch des Schlachtschiffes um und überzeugte sich vom Fortgang der anderen Arbeiten. Gleißende Lasersägen, so hell wie die Heliarc-Lampen, beleuchteten die allmähliche Ausschlachtung des zentralen Hohlraums des Thennanin-Wracks. Schritt für Schritt legte man eine weiträumige zylindrische Kammer frei.

Lieutenant Tsh't beaufsichtigte diesen Teil der Arbeit. Ihre Arbeiter bewegten sich nach jenen einzigartigen Neo-Fin-Mustern. Jeder Delphin benutzte seine Augen oder Instrumente für die Arbeit, die er vor sich hatte. Aber wenn er sich einem Gegenstand näherte, bewegte der Arbeiter den Kopf in einer kreisförmigen Bewegung und versprühte schmale Tonstrahlen aus dem gewölbten ›Melonenkopf‹, der dem *Tursiops-Tümmler* sein intellektuelles Aussehen verlieh. Die klangempfindliche Spitze seines Unterkiefers bewegte er dabei hin und her, um ein stereoskopisches Bild empfangen zu können.

Die Kammer war voll von zwitschernden Lauten. Suessi empfand immer noch Staunen und Bewunderung angesichts der Tatsache, daß sie diese Kakophonie mit Sinn erfüllen konnten.

Sie waren lärmende Burschen, und er wünschte sich, mehr von ihnen zu haben.

Suessi hoffte, Hikahi würde mit einigen zusätzlichen Crew-Fen auftauchen. Sie sollte das Langboot oder das Skiff mitbringen, damit er ein trockenes Plätzchen fände und die anderen gute Luft zum Ausruhen hätten. Wenn seine eigene Truppe nicht bald abgelöst würde, würde es Unfälle geben.

Es war ein höllischer Plan, den Orley da vorgeschlagen hatte. Suessi hatte gehofft, Creideiki und der Schiffsrat würden sich eine Alternative dazu ausdenken, aber diejenigen, die Einwände gegen den Plan erhoben hatten, waren außerstande gewesen, etwas Besseres vorzuschlagen. Die *Streaker* würde sich in Bewegung setzen, sobald das Signal von Thomas Orley käme.

Anscheinend war Creideiki zu dem Schluß gekommen, daß sie alle recht wenig zu verlieren hatten.

KRRRRNNSCH! schallte es durch das Wasser. Suessi zog den Kopf zwischen die Schultern und sah sich um. Eine der Quantumbremsen des Thennanin-Schiffes hing baumelnd herab. Olelos Stützträger hatte sie aus der Halterung gerissen. Der sonst so unerschütterliche Fin schaute sichtlich betrübt zu ihm herüber.

»Tja, Buben und Mädels…« Suessi seufzte. »Wie wollen wir diesem Wrack ein anständiges Aussehen verleihen, wenn wir es selber schlimmer verbeulen, als es der Feind vermocht hat? Wie soll es da den Eindruck erwecken, es hätte ein Gefecht überstanden? Ich meine, wie soll denn einer glauben, daß es fliegen kann, wenn so viele Löcher in ihm sind?«

Olelo schlug mit dem Schwanz hin und her und stieß ein klägliches Zirpen aus.

Suessi seufzte noch einmal. Nach dreihundert Jahren mußte man Delphine immer noch behutsam behandeln. Jede Kritik war geeignet, sie niederzuschmettern. Mit positiver Bestärkung ging's viel besser.

»Also gut. Versuchen wir's noch mal, hm? Vorsichtig. Ihr wart schon viel näher dran diesmal.«

Suessi schüttelte den Kopf und fragte sich, welcher wahnsinnige Teufel ihn geritten haben mochte, als er Ingenieur zu werden beschloß.

32
Galactics

Die Schlacht hatte sich aus dieser Raumregion entfernt, und die Flotte der Tandu hatte wieder überlebt.

Die Pthaca-Einheiten hatten sich mit den Thennanin und den Gubru zusammengeschlossen, und die Soro-Meute war nach wie vor gefährlich. Die Brüder der Nacht waren so gut wie vernichtet.

Der Akzeptor hockte im Zentrum seines Netzes und öffnete langsam und einen nach dem anderen seine Geistesschirme, wie man es ihn gelehrt hatte. Die Tandu-Herren hatten Jahrtausende gebraucht, seiner Rasse die Verwendung von Geistesschirmen überhaupt beizubringen, so sehr verabscheute sie es, auch nur das mindeste unbemerkt vorübergehen zu lassen.

Die Barrieren fielen, und eifrig durchtastete der Akzeptor den umliegenden Raumsektor, er liebkoste Dunstwolken und treibende Trümmer. Leichthin übersprang er ausgespannte Psi-Falten und unaufgelöste Wahrscheinlichkeitsfelder. Schlachten boten einen wunderschönen Anblick, aber sie waren auch gefahrvoll.

Das Erkennen von Gefahr war auch etwas, das die Tandu ihnen gewaltsam hatten beibringen müssen. Insgeheim nahm die Spezies der Akzeptoren es nicht sehr ernst. Denn konnte etwas, das tatsächlich geschah, je schlecht sein? Der Episiarch war dieser Auffassung, und man sah schließlich, wie verrückt er war!

Der Akzeptor bemerkte etwas, das er normalerweise übersehen hätte. Wenn es ihm freigestanden hätte, Schiffe, Planeten und Geschosse nach Belieben zu erspüren, dann wäre er zu sehr abgelenkt gewesen, um eine so subtile Nuance zu bemerken: die Gedanken eines einzelnen, disziplinierten Geistes.

Entzückt erkannte der Akzeptor, daß der Sender eine Syn-

thierin war! Hier war eine Synthierin, und sie versuchte, mit den Erdlingen Kontakt aufzunehmen!

Das war eine Anomalie und deshalb wunderschön. Noch nie hatte der Akzeptor es mit einem mutigen Synthier zu tun gehabt.

Für ihre Psi-Talente waren die Synthier auch nicht eben berühmt, aber diese hier leistete Beachtliches, als sie sich durch die Myriaden von Psi-Detektoren schlängelte, die von allen Seiten hier errichtet worden waren.

Die Leistung war wundervoll, weil sie so unerwartet kam... ein neuerlicher Beweis für die Überlegenheit der objektiven Realität über die subjektive, mochte der Episiarch da noch so sehr toben! Überraschung war die Essenz des Lebens!

Der Akzeptor wußte, daß man ihn bestrafen würde, wenn er sich noch viel länger damit aufhielte, das Ereignis zu bestaunen, statt es zu melden.

Auch dies war ein Quell des Staunens, dieses ›Bestrafen‹, mit dem die Tandu in der Lage waren, das Volk des Akzeptors zu zwingen, sich für diesen statt für jenen Weg zu entscheiden. Seit vierzigtausend Jahren staunten sie darüber. Eines Tages würden sie vielleicht etwas dagegen tun können. Aber sie hatten es nicht eilig damit. Bis dahin würden sie vielleicht selbst Patrone sein. Nur noch sechzigtausend Jahre – das Warten war nicht schwer.

Das Signal der synthianischen Spionin schwand. Anscheinend trieb die Schlacht sie fort von Kthsemenee.

Der Akzeptor tastete umher, er bedauerte den Verlust ein wenig. Aber jetzt hatte sich die Schlacht in ihrer ganzen Pracht vor ihm aufgetan. Begierig auf den Reichtum von Stimuli, der hier seiner harrte, beschloß der Akzeptor, den Zwischenfall mit der Synthierin später zu melden, falls er sich daran erinnerte.

33

Thomas Orley

Tom schaute über die Schulter zu den aufziehenden Wolken hinauf. Es war noch zu früh, um erkennen zu können, ob das Unwetter ihn einholen würde. Er würde noch weit fliegen müssen, bevor er es herausfand.

Das Solarflugzeug summte in einer Höhe von viertausend Fuß dahin. Der kleine Flieger war nicht dazu gebaut, Rekorde zu brechen. Es war wenig mehr als ein schmales Skelett. Der Propeller wurde vom Sonnenlicht angetrieben, das auf die breite, durchscheinende Tragfläche fiel.

Kithrups Weltmeer unter ihm war von weißen Schaumkronen übersät. Tom flog in nordöstlicher Richtung, und die Passatwinde ließen ihn rasch vorankommen. Dieselben Winde würden den Rückflug – falls es einen gäbe – langwierig und gefährlich werden lassen.

Höhere, schnellere Winde trieben die dunklen Wolken nach Osten, jagten sie hinter ihm her.

Sein Kurs richtete sich fast ausschließlich nach seinen Unterlagen; er benutzte lediglich Kithrups rötliche Sonne zur ungefähren Navigation. Ein Kompaß wäre nutzlos gewesen, denn der metallreiche Planet war von komplizierten magnetischen Anomalien übersät.

Der Wind pfiff an der schmalen, konischen Nasenverkleidung des Flugzeugs vorüber. Wenn er so flach auf der schmalen Plattform lag, spürte er die Brise kaum.

Tom wünschte sich, er hätte noch ein Kissen bei sich. Er scheuerte sich allmählich die Ellbogen auf, und sein Nacken wurde steif. Er hatte die Liste seiner Ausrüstungsgegenstände ständig gekürzt, bis er schließlich die Wahl zwischen einer weiteren Psi-Bombe für den Einsatz am Ziel und einem Wasserdestillator für sein Überleben dortselbst hatte. Die Sammlung der Kompromisse klebte unter seinem Kissen auf der Plattform, und auf einer so holprigen Unterlage war es beinahe unmöglich, eine bequeme Position zu finden.

Der Flug war eine endlose Monotonie von See und Himmel.

Zweimal erblickte er Schwärme von fliegenden Geschöpfen in der Ferne. Es war der erste Hinweis darauf, daß es auf Kithrup fliegende Tiere gab. Konnten sie sich aus Fliegenden Fischen entwickelt haben? Es überraschte ihn ein wenig, fliegende Lebewesen auf einer Welt zu finden, auf der es doch so wenig Höhen gab.

Natürlich konnte es sein, daß diese Kreaturen von antiken galaktischen Bewohnern Kithrups geformt worden waren. *Wo die Vielfalt der Natur versagt, können sich Sophonten immer noch einmischen. Ich habe schon gespenstischere Produkte der Gen-Technologie gesehen als fliegende Wesen auf einer Wasserwelt.*

Tom erinnerte sich, wie er und Gillian den alten Jake Demwa einmal nach Cathrhennlin, eine Universitätswelt der Tymbrimi, begleitet hatten. Zwischen zwei Konferenzen hatte er zusammen mit Jill ein riesiges, kontinentales Wildreservat durchstreift, und dort hatten sie große Herden von Clideus gesehen, die in präzisen und komplexen geometrischen Mustern auf den Ebenen grasten. Die Arrangements der Herden hatten sich spontan verändert, von einer Minute zur anderen und ohne erkennbare Kommunikation zwischen den Individuen – wie das fließende Wehen in einem Moiré-Muster. Die Tymbrimi hatten ihnen erklärt, daß vor langen Zeiten eine uralte galaktische Rasse auf Cathrhennlin gelebt und den Clideus diese Muster einprogrammiert habe, um damit eine Art Puzzle zu formulieren. Niemandem war es seither gelungen, das Rätsel zu lösen, falls es tatsächlich eines war.

Gillian hatte vorgeschlagen, daß die Clideus diese Muster vielleicht zu ihrem eigenen Vorteil bildeten, aber die rätselbesessenen Tymbrimi zogen es vor, anderes zu glauben.

Tom lächelte, als er sich an diese Reise erinnerte. Es

war ihre erste Mission als Paar gewesen. Seither hatten er und Gillian mehr Wunder gesehen, als sie hätten aufzählen können.

Er vermißte sie schon jetzt.

Die einheimischen Vögel – oder was immer sie sein mochten – schwenkten vor der herannahenden Wolkenfront zur Seite. Orley sah ihnen nach, bis sie nicht mehr zu erkennen waren. In der Richtung, die sie genommen hatten, war kein Land zu entdecken.

Das Flugzeug flog mit einer Geschwindigkeit von beinahe zweihundert Knoten. Damit würde er die Nordwestkette der Vulkaninseln in etwa zwei Stunden erreichen. Radio, Satellitenpeilung und Radar waren allesamt verbotene Luxusartikel. Tom hatte zu seiner Orientierung nur die Karte an der Windschutzscheibe.

Auf dem Rückflug würde es besser gehen. Gillian hatte darauf bestanden, daß er einen Trägheitsrecorder mitnahm. Damit würde er im Blindflug punktgenau zu Hikahis Insel zurückfinden. Falls er Gelegenheit dazu hatte.

Langsam wuchsen die ihm nachjagenden Wolken über und hinter ihm. Die Meeresströmung unten brodelte. Tom mußte zugeben, daß er gar zu gerne einen Landeplatz gefunden hätte, ehe das Unwetter losbrach.

Im Laufe des Nachmittags sah er noch einmal einen Schwarm dieser fliegenden Wesen, und zweimal erhaschte er einen Blick auf etwas, das sich mächtig und schlangenförmig unten im Wasser bewegte. Aber beide Male verschwand es, bevor er es genauer erkennen konnte.

Verstreut zwischen den Wellen trieben vereinzelte Seegrasbüschel. Etliche hatten sich ineinander verfilzt und bildeten genau umgrenzte Vegetationsklumpen. Vielleicht ließen sich die fliegenden Dinger ja darauf nieder, dachte er müßig.

Tom kämpfte gegen die Langeweile und entwickelte nach und nach einen tiefen Haß auf den klumpigen Gegenstand, der unter seiner linken Niere lag.

Die bedrohliche Wolkenbank war nur noch zwei oder

drei Meilen hinter ihm, als er am nördlichen Horizont etwas entdeckte: einen matten Fleck am grauen Himmel.

Er ließ den Motor aufsummen und nahm Kurs auf die Rauchwolke. Bald erkannte er einen düsteren Trichter. Wallend und nach Nordosten verwehend, hing die Rauchsäule wie ein rußiges Banner am Himmel.

Tom kämpfte um Höhe, als die finsteren Wolken schon auf die Spätnachmittagssonne zukrochen und die ersten Schatten auf die Solarkollektoren seiner Tragflächen fielen. Donner grollte, kurze Blitze beleuchteten das Meer.

Als es zu regnen begann, zuckte der Zeiger des Amperemeters in den roten Bereich. Der winzige Motor begann zu ächzen.

Ja! Da war sie! Eine Insel! Bis zum Berg schien es noch ein gutes Stück Weges zu sein. Er war teilweise hinter Rauchwolken verborgen.

Er würde lieber auf einer Nebeninsel landen, auf einer, die nicht ganz so aktiv wäre. Orley grinste über die Vermessenheit, mit der einer in seiner Position noch Forderungen stellte. Er würde auch auf dem Meer landen, wenn es sein müßte! Das kleine Flugzeug war mit Pontons ausgestattet.

Das Licht schwand. Im matten Zwielicht sah Tom, daß der Meeresspiegel seine Farbe gewechselt hatte. Etwas an seiner Beschaffenheit ließ ihn nachdenklich die Stirn runzeln. Es war schwer zu sagen, was plötzlich anders war.

Bald hatte er nur noch wenig Zeit für Spekulationen. Er mußte mit seiner bockenden Maschine um jeden Meter Höhe kämpfen.

Er hoffte nur, daß es noch so lange hell bleiben würde, bis er einen Landeplatz gefunden hatte. Durch prasselnden Regen ließ er sein zerbrechliches Flugzeug auf den glühenden Vulkan zugleiten.

34
Creideiki

Er hatte nicht gewußt, daß das Schiff so schlimm aussah.

Creideiki hatte den Status jeder einzelnen beschädigten Maschine, jedes Instruments überprüft. Während die Reparaturarbeiten im Gange gewesen waren, hatten er und Takkata-Jim diskret alles doppelt und dreifach kontrolliert. Der größte Teil der Schäden, die repariert werden konnten, war repariert worden.

Aber als Herr des Schiffes war er derjenige, der sich auch um weniger Handfestes kümmern mußte. Jemand mußte schließlich auch den ästhetischen Aspekt berücksichtigen, so wenig Priorität dieser auch besitzen mochte. Und wenngleich die funktionalen Reparaturen erfolgreich waren, ein schönes Schiff war die *Streaker* nicht mehr.

Dies war der erste Ausflug, den er persönlich nach draußen unternahm. Mit einem Atmer ausgerüstet, schwamm er über dem zernarbten Rumpf dahin, um sich einen Überblick zu verschaffen.

Die Stasisflanschen sowie die Haupt-Gravitationstriebwerke würden funktionieren; darauf hatten Takkata-Jim und Emerson D'Anite ihm ihr Wort gegeben, und er hatte sich auch selbst davon überzeugt. Ein Raketentriebwerk war von einem Antimateriestrahl bei Morgran getroffen und zerstört worden, das andere war noch betriebsfähig.

Aber obgleich die Schiffshülle noch intakt war, konnte man sie nicht mehr als eine Augenweide bezeichnen. Der äußere Mantel war an zwei Stellen versengt, wo Strahlen die Schutzschilde durchdrungen und die Außenhaut blasig aufgeworfen hatten.

Brookida hatte ihm sogar von einer kleineren Fläche berichtet, an der die Metallegierung zu einer anderen geworden war. Strukturell war das Schiff unversehrt, aber es bedeutete, daß ihnen jemand mit einem Wahrscheinlichkeitsverzerrer gefährlich nahe gekommen war. Es war eine beunruhigende Vorstellung, daß dieses Stück der *Streaker* gegen ein ähnliches, aber eben geringfügig anderes Schiffsteil ausgetauscht worden war, mit ähnlicher, aber eben geringfügig anderer Zusammensetzung, das aus irgendeinem hypothetischen Paralleluniversum stammte.

In den Unterlagen der *Bibliothek* hieß es, niemand habe je gelernt, transuniversale Verzerrer so gut zu beherrschen, daß sie über ihre Funktion als Waffen hinaus zu anderen Zwecken eingesetzt werden konnten. Gerüchten zufolge allerdings hatten einige der alten Spezies, die von Zeit zu Zeit aus der Galaxis ›hinauswuchsen‹, das Geheimnis entdeckt und es dazu benutzt, diese Realität ›durch den Seiteneingang‹ zu verlassen.

Das Konzept der endlosen Paralleluniversen war den Delphinen geläufig gewesen, lange bevor die Menschen das Feuer benutzt hatten. Es war ein integraler Bestandteil des Wal-Traumes. Die großen Cetaceen seufzten behäbig von einer Weit, die endlos wandelbar war. Indem sie zu Werkzeugbenutzern wurden, hatten die *Amicus*-Delphine diese großartige Gleichgültigkeit verloren, und jetzt verstanden sie die Philosophie der Wale nur wenig besser als die Menschen.

Eine zahme Version des Wahrscheinlichkeitsverzerrers war eine aus dem Dutzend Methoden, die die Galactics kannten, um der Lichtgeschwindigkeit ein Schnippchen zu schlagen, aber vorsichtige Spezies zogen es vor, sie nicht zu benutzen. Schiffe mit Wahrscheinlichkeitstriebwerken *verschwanden* gelegentlich...

Creideiki stellte sich vor, aus der Überlichtgeschwindigkeit abzubremsen und sich in einer Versammlung von *Streakers* wiederzufinden – jede aus einem anderen Universum, jede von einer geringfügig anderen Version seiner selbst geführt. Die Wale mochten in der Lage sein, sich mit einer solchen Situation in philosophischer Gelassenheit abzufinden, aber was ihn betraf, war er da nicht so sicher.

Außerdem waren die Wale, genial, wie sie in philosophischer Hinsicht sein mochten, Schwachköpfe, sobald es um den Umgang mit Raumschiffen und Maschinen ging. Eine Flotte von Schiffen würden sie ebensowenig erkennen, wie ein Hund sein Spiegelbild im Wasser zu deuten wußte.

Nicht einmal zwei Monate waren vergangen, seit Creideiki sich einer Flotte verlassener Schiffe gegenübergesehen hatte, ein jedes so groß wie ein Mond und so alt wie ein mittlerer Stern. Er hatte ein gutes Dutzend Fen dort verloren, und seither war er unablässig auf der Flucht vor Schiffsflotten gewesen.

Es gab Zeiten, da er sich wünschte, er könnte gewissen Dingen gegenüber so animalisch blind sein wie die Wale. Oder so philosophisch gelassen.

Creideiki schwamm zu einem das Schiff überragenden Riff hinauf. Gleißende Heliarc-Lampen warfen lange Schatten im klaren, euphotischen Wasser. Unten war die Crew mit der Installation der Beute fertig, die Suessi aus dem Thennanin-Wrack mitgebracht hatte. Im Augenblick blieb ihnen nichts weiter zu tun, als die Landebeine freizulegen.

Hikahi war vor wenigen Stunden aufgebrochen. Sie hatte eine handverlesene Mannschaft und das Skiff mitgenommen. Creideiki hätte gern noch mehr Leute freigestellt, die Suessi unterstützen sollten, aber schon jetzt war die *Streaker* unterbesetzt.

Noch immer sah er keine Alternative zu Orleys Plan. Metz und Takkata-Jim hatten nichts Besseres als die Kapitulation vor dem Sieger der Raumschlacht vorzuschlagen gewußt, aber genau das würde Creideiki niemals gestatten können. Nicht, solange sie noch eine Chance hatten.

Passive Sensoren zeigten, daß der Kampf im All einem wütenden Höhepunkt entgegentobte. Innerhalb weniger Tage würde es vielleicht zu einer Entscheidungsschlacht kommen, und dies wäre für sie die allerletzte Gelegenheit, sich das Durcheinander zunutze zu machen und zu fliehen.

Ich hoffe, Tom ist unversehrt angekommen und sein Experiment hat Erfolg.

Das Wasser hallte wider vom leisen Grollen einiger Maschinen im Test. Creideiki selbst hatte die akzeptablen Geräuschpegel ausgerechnet. Es gab so viele Möglichkeiten, daß etwas leckte: Neutrinos vom Generator, Gravitone vom Stasisschirm, Psi von jedem an Bord... Lärm war seine geringste Sorge.

Während er über dem Schiff dahinschwamm, hörte Creideiki ein Geräusch über sich. Er richtete seine Aufmerksamkeit auf die Wasseroberfläche.

Ein einsamer Neo-Fin trieb neben einer der Detektorbojen und arbeitete mit seinen Geschirrmanipulatoren daran. Creideiki näherte sich ihm.

Gibt es dort -
Probleme, die
die Dienstbelange stören?

Er erkannte den riesigen *Stenos,* K'tha-Jon. Der Bootsmann erschrak. Seine Augen weiteten sich, und einen Moment lang sah Creideiki das Weiße rings um die flachen, bootsförmigen Pupillen.

K'tha-Jon faßte sich rasch. Sein Mund öffnete sich zu einem Grinsen.

Triebwerk stört -
Neutrino-Lauscher
Kann nicht hören
Schlachtgetöse

Schon behoben -
ist das Rauschen
Kehre jetzt -
zum Dienst zurück.

Dies war eine ernste Sache. Es war von lebenswichtiger Bedeutung, daß man auf der Brücke der *Streaker* wußte, was am Himmel vor sich ging, und in der Lage war, die Nachrichten von Thomas Orleys Mission zu empfangen.

Takkata-Jim hätte einen anderen mit dieser Arbeit betrauen sollen. Die Bojen gehörten zum Verantwortungsbereich der Brückenbesatzung. Aber vielleicht war K'tha-Jon jetzt, da Hikahi und Tsh't mit dem größten Teil der Brückenbesatzung unterwegs waren, der einzige Unteroffizier, den man erübrigen konnte.

Gut, mein großer –
Wellenspringer
Schnell zurück zu –
deinem Posten

K'tha-Jon nickte. Die Arme an seinem Geschirr klappten nach hinten. Ohne ein weiteres Wort stieß er eine kleine Blasenwolke aus und tauchte zu der hellerleuchteten Schleusenöffnung der *Streaker* hinunter.

Creideiki starrte dem Riesen nach.

Oberflächlich zumindest hatte K'tha-Jon anscheinend elastischer als viele der anderen Fen auf die unglückliche Lage der *Streaker* reagiert. Er hatte sogar den Eindruck gemacht, als genieße er den kämpfenden Rückzug von Morgran, jedenfalls hatte er seine Geschützbatterie mit wildem Enthusiasmus bedient. Er war ein tüchtiger Unteroffizier.

Wieso sträuben sich mir dann die Flossen, wenn ich in seine Nähe komme? Gehört er etwa auch zu Metz' Spielsachen? Ich muß darauf bestehen, daß Dr. Metz aufhört, mich hinzuhalten, und mir seine Unterlagen zeigt. Wenn nötig, werde ich die Türverriegelung seiner Kabine ausschalten. Zum Teufel mit der Etikette!

K'tha-Jon war zum ständigen Begleiter für Lieutenant Takkata-Jim geworden. Die beiden und Metz waren die Hauptgegner von Orleys Plan. Noch immer herrschte deswegen Mißstimmung. Takkata-Jim war verschlossener denn je.

Der Vize-Captain entwickelte sich allmählich zu einem echten Problem. Creideiki fühlte Mitleid mit dem Lieutenant. Es war nicht seine Schuld, daß diese Testfahrt zu einer Feuerprobe geworden war. Aber Mitleid würde Creideiki nicht daran hindern, Hikahi an seine Stelle zu setzen, wenn die Crew erst wieder vollständig an Bord war.

Takkata-Jim wußte wahrscheinlich, was auf ihn zukam, und es war ihm auch bekannt, daß der Captain über jeden seiner Offiziere einen Bericht über das *Lifting Center zu* schreiben hatte. Takkata-Jims Anrecht auf einen speziellen Nachkommen-Bonus war womöglich in Gefahr.

Creideiki konnte sich vorstellen, wie dem Vize-Captain zumute war. Es gab Zeiten, in denen auch er die alles überrollende Zudringlichkeit des Liftens als einen lastenden Druck empfand und in denen er am liebsten auf Primal gequakt hätte: *»Wer hat euch das Recht dazu gegeben?«* Und die süße Hypnose des Wal-Traumes rief ihn dann zur Rückkehr an den Busen der Alten Götter.

Aber solche Augenblicke vergingen stets wieder, und dann erinnerte er sich daran, daß es im Universum nichts gab, was er lieber wollte, als ein Raumschiff zu befehligen, Tapes mit den Liedern des Weltalls zu sammeln und die Strömungen zwischen den Sternen zu erforschen.

Ein Schwarm einheimischer Fische schwamm vorüber. Sie sahen aus wie Meeräschen, kitschige Meeräschen mit grellbunten, metallisch funkelnden Schuppen.

Er spürte den plötzlichen Drang, sie zu *jagen,* seine hart arbeitende Crew herbeizurufen und mit ihnen auf die Jagd zu gehen!

Er stellte sich vor, wie seine gesetzten Ingenieure und Techniker ihre Geschirre abstreiften und zu einer quiekenden Meute wurden, die diese erbarmungswürdigen Kreaturen vor sich herjagte und sie aus der Luft fing, wenn sie, von Panik getrieben, aus dem Wasser sprangen.

Selbst wenn einige der Fen dabei außer sich gerieten und etwas Metall verschluckten, würde es sich um der Moral willen immer noch lohnen.

Endlos rieselt der Regen des Frühlings,
und dann, heimlich, eines Abends
reitet auf den Wellen der Mond…

Es war ein Haiku des Bedauerns.

Sie hatten keine Zeit für Jagd und Spiele, solange sie selber gehetzt wurden.

Der Timer an seinem Geschirr summte und teilte ihm so mit, daß er nur noch Luft für dreißig Minuten hatte. Er schüttelte sich. Wenn diese Meditation noch ein wenig tiefer gegangen wäre, hätte Nukapai kommen können. Die chimärische Göttin hätte ihn geneckt, und ihre sanfte Stimme hätte ihn an Hikahis Abwesenheit erinnert.

Die Beobachtungsbojen dümpelten ganz in der Nähe. Dünne Kabel verankerten sie am Meeresgrund. Er näherte sich dem glatten, rot und weiß lackierten Ei, an dem K'tha-Jon gearbeitet hatte, und stellte fest, daß die Gehäuseklappe offenstand.

Creideiki schwenkte den Kopf hin und her, während er schmale, gebündelte Laute ausstieß. Die merkwürdige Geometrie von Boje und Ankerkabel hatte etwas an sich, das ihn störte.

Sein Sonarsprachempfänger summte. Eine verstärkte Stimme drang über die Neuralkupplung in sein Gehör.

»Captain, hier issst Takkata-Jim. Wir haben die Erprobung der Schubtriebwerke und der Stasisgeneratoren eben beendet. Sie funktionieren entsprechend den neuen Spezifikationen, die Sie ausgegeben haben. Außerdem hat Suessi angerufen, um mitzuteilen, daß das… Trojanische Seepferd *Fortschritte macht. Hikahi ist dort angekommen und sendet Grüße.«*

»Gut.« Creideiki antwortete direkt über die Neuralverbindung. »Gibt es Nachricht von Orley?«

»Nein, Sir. Und allmählich wird es spät. Sind Sie sicher, daß Sie seinen Plan weiterverfolgen wollen? Was ist, wenn er uns keine Psi-Bomben-Nachricht schicken kann?«

»Wir haben die Notfälle bereits besprochen.«

»Wir werden das Schiff also immer noch verlagern? Ich glaube wirklich, wir sollten darüber noch einmal sprechen.«

Creideiki fühlte, wie Ärger in ihm aufstieg. »Wir sollten unsere Strategie nicht über einen offenen Kanal diskutieren, Lieutenant. Abgesehen davon ist die Entscheidung bereits getroffen worden. Ich werde gleich zurückkommen. Lassen Sie unterdessen die letzten Aufräumungsarbeiten durchführen. Wir müssen bereit sein, wenn Tom uns ruft.«

»Aye, Sir.« In Takkata-Jims Stimme lag kein entschuldigender Unterton, als er die Verbindung unterbrach.

Creideiki konnte nicht mehr zählen, wie oft man ihn mittlerweile nach diesem Plan befragt hatte. Wenn sie kein Zutrauen hatten, weil er ›nur‹ ein Delphin war, sollten sie zur Kenntnis nehmen, daß die ursprüngliche Idee von Thomas Orley stammte! Außerdem war er, Creideiki, der Captain! Es war seine Aufgabe, ihr Leben und ihre Ehre zu retten.

Während seiner Dienstzeit an Bord des Forschungsschiffes *James Cook* hatte er niemals erlebt, daß der menschliche Kommandant, Captain Alvarez, in dieser Weise in Frage gestellt worden war.

Sein Schwanz peitschte das Wasser, bis sein Ärger sich halbwegs gelegt hatte. Er zählte, bis die beruhigenden Muster des Keneenk sich auf ihn herabsenkten.

Laß es gut sein, entschied er. Die Mehrheit der Crew stellte nichts in Frage, und der Rest befolgte immer noch seine Befehle. Für eine Experimentalmannschaft unter ungeheurem Druck mußte das genügen.

»Wo es einen Geist gibt, gibt es auch eine Lösung«, lehrte das Keneenk. Jedes Problem enthielt die Elemente einer Antwort.

Er steuerte seine Manipulatorarme nach vorn und ließ sie die Gehäuseklappe ergreifen.

Wenn die Boje in Ordnung wäre, würde er einen Weg finden, Takkata-Jim zu loben. Es würde einen Schlüssel geben, mit dem er den Lieutenant erreichen, ihn in die Schiffsgemeinschaft zurückholen und den Teufelskreis seiner Isolation durchbrechen könnte. »Wo es einen Geist gibt...«

Es würde nur ein paar Augenblicke dauern, herauszufinden, ob die Boje fehlerlos funktionierte. Creideiki verband seine Neuralbuchse über eine kurze Leitung mit dem Computer der Boje. Dann befahl er der Maschine, ihm eine Statusmeldung zu geben.

Der grelle Funke einer elektrischen Entladung blitzte vor ihm auf. Creideiki schrie, als der Schlag die Motoren seines Geschirrs durchbrennen ließ und die Haut rings um die Neuralbuchse versengte.

Ein Penetratorschlag! begriff er in gelähmter Starre. *Wieso...?*

Er durchlebte alles wie in Zeitlupe. Der Strom kämpfte mit den Schutzdioden seines Nervenverstärkers. Die Hauptsicherung unterbrach den Stromkreis, aber beinahe augenblicklich ließ der plötzliche Leerlauf die Isolierung aufbrechen.

Creideiki war gelähmt, und ihm war, als höre er eine Stimme in den pulsierenden, widerstreitenden Kraftfeldern, eine Stimme, die ihn verspottete.

Wo es einen Geist gibt - Geist gibt
gibt es auch - Täuschung
Täuschung gibt - es gibt

Creideikis Körper krümmte sich qualvoll ächzend, und er stieß zum ersten Mal in seinem Erwachsenenleben einen undisziplinierten Schrei auf primal aus. Dann drehte er den Bauch nach oben und trieb in eine Schwärze davon, die tiefer war als die Nacht.

TEIL VIER

LEVIATHAN

»Mein Vater hat's Feuer von Eddystone bewacht,
Er schlief mit der Nixe in finsterer Nacht.
Aus dieser Verbindung entsprossen wir drei:
Der Tümmler, der Barsch und ich noch dabei.
Oh, welch ein Leben auf rollender See!«

ALTES SHANTY

35

Gillian

»Wie die meisten Spezies mit ausschließlich fleischfressenden Vorfahren waren die Tandu schwierige Klienten. Sie neigten zum Kannibalismus, und Attacken gegen Individuen der Patronatsrasse, der Nght6, sollen im Anfangsstadium des Liftens durchaus vorgekommen sein.

Die Tandu sprechen emphatisch kaum auf andere vernunftbegabte Lebensformen an. Sie sind Angehörige einer pseudoreligiösen Richtung, deren Lehren zufolge jede als ›unwürdig‹ erkannte Spezies auszurotten sei. Zwar halten sie sich an die Gesetze der Galaktischen Institute, aber zugleich machen die Tandu kein Hehl aus ihrer Sehnsucht nach einem weniger bevölkerten Universum und aus ihrer eifrigen Erwartung jenes Tages, da eine ›höhere Macht‹ sämtliche Gesetze beiseite fegen werde.

Die Anhänger ihrer Glaubensrichtung, die sich als ›Erben‹ bezeichnen, behaupten, dies werde geschehen, wenn die Progenitoren in die Fünf Galaxien zurückkehren. Die Tandu nehmen an, daß sie an jenem Tage dazu ausersehen werden, die ›Unwürdigen‹ zur Strecke zu bringen.

Während sie dieses Millennium erwarten, bleiben die Tandu in Übung, indem sie an zahllosen kleinen Scharmützeln und Ehrenkämpfen teilnehmen. Sie beteiligen sich an jedem Maßregelungskrieg, den die Galaktischen Institute erklären, wie immer der Grund dafür lauten mag, und nicht selten fallen sie durch übermäßige Gewalttätigkeit auf. Die ›versehentliche Ausrottung‹ mindestens dreier verschiedener raumfahrender Spezies wird ihnen zugeschrieben.

Obgleich die Tandu zu ebenbürtigen Patronatslinien nur geringfügige Empathieverbindung hegen, gelten sie als Meister in der Kunst des Liftens. Schon als präintelligente Lebensform auf einem unbearbeiteten Planeten hatten sie mehrere einheimische Spezies als Jagdtiere abgerichtet, die etwa den Spürhunden von Terra entsprachen. Seit Ablauf ihres Dienstkontraktes haben die Tandu zwei der bedeutendsten psibegabten Rassen unter den Klienten der jüngeren Zeit akquiriert und adoptiert. Gegen die Tandu ist im Zusammenhang mit der Aufzucht dieser beiden ein Untersuchungsverfahren wegen exzessiver genetischer Manipulationen anhängig. Es wird ihnen zur Last gelegt, die beiden Rassen zu total abhängigen Instrumenten ihrer Jagdlust gemacht zu haben (siehe hierzu: EPISIARCH-cI-82f49; AKZEPTOR-cl-82f50)…«

Ein nettes Völkchen, diese Tandu, dachte Gillian.

Sie legte die flache Leseplatte neben dem Baum, unter dem sie saß, auf den Boden. Sie hatte sich für diesen Vormittag gestattet, eine Stunde zu lesen. Diese Stunde war fast vorüber. Jill hatte weitere zweihunderttausend Wörter verschlungen.

Dieser Eintrag über die Tandu war in der vergangenen Nacht über das Kabel von der *Streaker* gekommen. Anscheinend arbeitete die Niss bereits mit der Mini-*Bibliothek,* die Tom aus dem *Thennanin*-Wrack geborgen hatte. Dieser Report war zu deutlich und kam zu direkt zur Sache, als daß er der ins Englische übersetzten Software der lächerlichen kleinen Bordzweigstelle der *Streaker* hätte entstammen können.

Selbstverständlich hatte Gillian schon einiges über die Tandu gewußt. Jeder Terragenen-Agent wurde über diese geheimnisvollen und brutalen Feinde der Menschheit unterrichtet.

Dieser Bericht bestärkte sie nur in ihrem Gefühl, daß in einem Universum, in dem es solche Monster geben konnte, etwas nicht stimmte. Gillian hatte einmal einen Sommer damit zugebracht, alte Weltraumromane aus den Tagen vor dem Kontakt zu lesen. Wie offen und freundlich diese altertümlichen, fiktionalen Universen ihr erschienen waren! Selbst die seltenen ›Pessimisten‹ unter den Autoren hatten die beengte, bedrückende, gefährliche Realität nicht annähernd getroffen.

Das Nachdenken über die Tandu erweckte in ihr das melodramatische Bedürfnis, einen Dolch mit sich herumzutragen, um das uralte, letzte Vorrecht einer Menschenfrau auszuüben, sollten diese mörderischen Kreaturen sie je in ihre Fänge bekommen.

Der schwere, organische Humusgeruch überlagerte hier das scharfe Metallaroma, das überall am Wasser vorherrschte. Das Unwetter der letzten Nacht hatte dieses Aroma aufgefrischt. Grüne Laubwedel schwankten leise im sanften Wehen der immerwährenden Passatwinde von Kithrup.

Tom muß seine Feuerinsel inzwischen gefunden haben, dachte sie. *Sicher ist er schon bei den Vorbereitungen für sein Experiment.*

Wenn er noch lebt.

An diesem Morgen war sie sich dessen zum ersten Mal nicht mehr sicher. Dabei war sie so fest davon überzeugt gewesen, daß sie seinen Tod spüren würde, wo und wann es auch geschehen mochte. Aber jetzt war sie verwirrt. In ihrem Kopf ging alles drunter und drüber, und sie konnte nur eines mit Sicherheit sagen: In der vergangenen Nacht waren schreckliche Dinge passiert.

Gegen Sonnenaufgang hatte sie zuerst die Vorahnung beschlichen, daß Tom etwas zugestoßen sei. Sie konnte diese Ahnung nicht genauer fixieren, aber sie nagte in ihr.

Außerdem hatte sie in der Nacht eine Serie von Träumen erlebt.

Da waren Gesichter gewesen. ET-Gesichter, ledern, gefiedert und geschuppt, mit Zähnen bewehrt die einen, mit Zangen die anderen. Sie jammerten und heulten, aber sie, trotz ihrer kostspieligen Ausbildung, konnte kein einziges Wort, keinen Sinnglyph, verstehen. Einige in diesem Gewirr von Gesichtern hatte sie im Schlaf erkannt – ein xappisches Astronautenpaar, welches starb, als sein Schiff zerfetzt wurde, einen Jophur, der beim Anblick seines blutenden Armstumpfs qualumwölkt heulte, eine Synthierin, die dem Walgesang lauschte, während sie ungeduldig hinter einem vakuumkalten Steinbrocken wartete.

Im Schlaf war Gillian ihnen hilflos ausgesetzt gewesen.

Plötzlich war sie mitten in der Nacht aufgewacht, als ein Zittern ihre Wirbelsäule wie eine Bogensehne vibrieren ließ. Schweratmend lag sie in der Finsternis, und sie fühlte, wie ein verwandtes Bewußtsein sich an den Grenzen ihrer Empfindung in Qualen wand. Trotz der Ferne schmeckte Gillian das ambivalente Aroma dieses flüchtigen Psi-Glyphs. Es war zu menschlich, um nur von einem Fin, zu cetaceisch, um bloß von einem Menschen sein zu können.

Und dann brach es ab. Die psychische Attacke war vorüber.

Sie wußte nicht, was sie damit anfangen sollte. Aber welchen Nutzen hatte Psi, wenn seine Botschaften zu undurchsichtig waren, als daß man sie entschlüsseln konnte? Ihre genetisch verstärkte Intuition erschien ihr plötzlich als grausame Täuschung. Schlimmer als unnütz.

Ein paar Augenblicke blieben ihr noch von ihrer Stunde. Sie verbrachte sie mit geschlossenen Augen, sie lauschte den ansteigenden, abfallenden Geräuschen, mit denen die Brecher ihren endlosen Kampf gegen das westliche Ufer führten. Baumäste schwankten und raschelten im Wind.

Verwoben mit dem Knarren von Stämmen und Ästen drang auch das hohe, zwitschernde Quieken der vorbewußten Aborigines, der Kiqui, an Gillians Ohr. Von Zeit zu Zeit konnte sie Dennie Sudmans Stimme hören. Sie sprach dann in eine Maschine, die ihre Worte in den Hochfrequenzdialekt der Kiqui übertrug.

Obwohl sie täglich zwölf Stunden arbeitete und Dennie bei den Kiqui half, spürte Gillian immer wieder schuldbewußt, daß sie eigentlich Ferien machte. Sie rief sich in Erinnerung zurück, daß die kleinen Eingeborenen von äußerster Wichtigkeit seien und sie an Bord des Schiffes im Grunde nur Däumchen drehte.

Aber eines der Gesichter aus ihrem Traum war ihr den ganzen Vormittag über nicht aus dem Sinn gegangen. Erst vor einer halben Stunde war ihr klargeworden, daß es ihre eigene, unterbewußte Vorstellung von dem Aussehen gewesen sein mußte, das Herbie gehabt haben mußte, dieser uralte Kadaver, der für alle Probleme verantwortlich war.

In ihrem Traum, kurz bevor sie diese unheilvollen Vorahnungen empfunden hatte, da hatte das längliche, entfernt humanoide Gesicht des Alten sie angelächelt und langsam mit den Augen gezwinkert.

»Gillian! Dr. Baskin? Es ist Zeit!«

Sie öffnete die Augen. Dann hob sie den Arm und warf einen Blick auf ihre Uhr. Sie hätte sie nach Toshios Stimme stellen können. Dem Wort eines Kadetten konnte man vertrauen, erinnerte sie sich. Man trug ihm auf, in einer Stunde Bescheid zu sagen, und er stoppte die Zeit auf die Sekunde genau. Am Anfang der Reise hatte sie ihm noch entsetzliche Maßnahmen androhen müssen, um ihn dazu zu bringen, daß er sie erst nach jedem dritten Satz ›Sir‹ oder – ein wenig altmodisch – ›Ma'am‹ nannte und nicht nach jedem zweiten Wort.

»Bin unterwegs, Toshio! Eine Minute!« Sie stand auf und reckte sich. Die Ruhepause hatte ihr gutgetan. In ihren Gedanken hatten sich Klumpen gebildet, die sich nur durch Ruhe glätten ließen.

Sie hoffte, innerhalb von drei Tagen hier fertig zu sein und zur *Streaker* zurückkehren zu können, etwa zu dem Zeitpunkt, da Creideiki das Schiff zu verlagern gedachte. Bis dahin müßten sie und Dennie die Umweltbedürfnisse der Kiqui erforscht haben. Sie würden dann wissen, was zu tun war, um eine kleine Gruppe von Exemplaren heim zur Erde und zum *Lifting Center* zu bringen.

Wenn der *Streaker* die Flucht gelang, und wenn die Menschheit einen offiziellen Patronatsanspruch stellen könnte, würde dies die Kiqui möglicherweise vor einem weit schlimmeren Schicksal bewahren.

Auf ihrem Weg zwischen den Bäumen hindurch erhaschte Gillian einen Blick auf den Ozean, wo sich nordostwärts eine Lücke in der Vegetation auftat.

Werde ich es hier fühlen können, wenn Tom mich ruft? Die Niss meinte, sein Signal müßte überall auf diesem Planeten registrierbar sein.

Die ETs werden es alle hören, das ist sicher.

Sorgsam achtete sie darauf, ihre Psi-Energien zu dämpfen. Tom hatte darauf bestanden. Aber mit den Lippen formte sie ein altmodisches Gebet und sandte es nordwärts über das Meer.

»Ich wette, das wird Dr. Dart gefallen«, meinte Toshio. »Natürlich sind die Sensoren nicht von dem Typ, den er haben möchte. Aber die Sonde funktioniert immerhin noch.«

Gillian betrachtete den kleinen Robotmonitor. Sie war keine Expertin in Robotik oder Planetologie, aber sie verstand etwas von den Grundlagen dieser Wissenschaften.

»Ich glaube, du hast recht, Toshio. Das Röntgen-Spektrometer funktioniert noch. Der Lasertaster und das Magnetometer ebenfalls. Kann der Robot sich noch bewegen?«

»Wie ein kleiner Felsenhummer! Er kann bloß nicht wieder heraufkommen. Die Auftriebtanks sind leckgeschlagen, als Korallentrümmer auf ihn herunterfielen.«

»Und wo sitzt der Robot jetzt?«

»Auf einem Absatz in ungefähr neunzig Meter Tiefe.« Toshio tippte auf eine kleine Tastatur, vor dem Bildschirm erschien ein Holoschema. »Für diese Tiefe hat er mir eine Sonarkarte gegeben. Mit dem Tiefergehen warte ich, bis ich mit Doktor Dart gesprochen habe. Es geht nämlich nur abwärts, Sims für Sims. Wenn der Robot seinen Standort einmal verlassen hat, kann er nicht wieder zurück.«

Das Schema zeigte einen geringfügig enger werdenden zylindrischen Hohlraum, der in den metallreichen Silikatboden von Kithrups dünner Kruste hinunterreichte. Die

Wände waren übersät von Vorsprüngen und Simsen, und auf einer davon ruhte im Augenblick die defekte Sonde.

Ein massiver Schaft zog sich, ein wenig schräg geneigt, durch diesen Hohlraum. Es war die große Bohrwurzel, die Toshio und Dennie ein paar Tage zuvor abgesprengt hatten. Das obere Ende lehnte an der Wand der Unterwasserhöhle, die sie selbst geschaffen hatte, und nach unten hin, unter dem kartographierten Bereich, verschwand der Schaft in unbekannten Tiefen.

»Ich glaube, du hast recht, Toshio«, sagte Gillian grinsend und drückte die Schulter des Jungen. »Charlie wird sich darüber freuen. Vielleicht hat Creideiki ihn damit vom Hals. Willst du ihn selbst anrufen und ihm die Neuigkeit berichten?«

Toshio war offensichtlich erfreut über das Kompliment, aber er schrak vor Gillians Angebot zurück. »Äh, nein, danke, Sir, aber... ich meine, könnten Sie das nicht einfach dazwischenschieben, wenn Sie heute Ihren Bericht zum Schiff schicken? Ich bin sicher, Dr. Dart wird Fragen haben, zu deren Beantwortung ich nicht qualifiziert bin...«

Gillian konnte Toshio keinen Vorwurf machen. Charles Dart eine gute Nachricht zu präsentieren, war kaum angenehmer, als ihm schlechte Neuigkeiten zu bringen. Aber früher oder später würde Toshio mit dem Schimp-Planetologen zurechtkommen müssen. Es war also am besten, wenn er von Anfang an lernte, mit diesem Problem umzugehen.

»Tut mir leid, Toshio. Dr. Dart gehört dir. Vergiß nicht, daß ich in ein paar Tagen nicht mehr hier bin. Du bist derjenige, der Charlie... *zufriedenstellen* muß, wenn er verlangt, daß ihr Dreißig-Stunden-Schichten einlegt.«

Toshio nickte ernsthaft und nahm ihren Rat mit geschäftsmäßiger Nüchternheit zur Kenntnis, bis es ihr gelang, Augenkontakt mit ihm herzustellen. Sie grinste, bis er gegen seinen Willen rot anlief und ebenfalls lächelte.

36
Akki

Um noch vor dem Wachwechsel auf der Brücke zu sein, nahm Akki die Abkürzung durch die Außenschleuse. In seiner Hast hatte er die geräumige Kammer zur Hälfte durchquert, bevor er merkte, daß etwas anders war.

Mit einer Rolle bremste er ab. Seine Kiemenlunge arbeitete heftig, und er schalt sich selbst einen Idioten, weil er raste und aufwendige Manöver vollführte, während einfach nicht genug Sauerstoff zum Atmen da war!

Akki blickte umher. Die Außenschleuse war so leer, wie er sie noch nie gesehen hatte.

Die Captainsgig war im Seichten Sternenhaufen verlorengegangen. Schwere Schlitten und ein großer Teil der Geräte waren in das Thennanin-Wrack geschafft worden, und erst gestern hatte Lieutenant Hikahi das Skiff auch dorthin gefahren.

Beim Langboot, der letzten und größten unter den Pinassen der *Streaker,* herrschte einige Aktivität. Mit Hilfe mechanischer Spinnen schafften einige Crew-Fen Kisten in das kleine Raumschiff. Akki vergaß seine Eile, frühzeitig im Dienst zu sein, und schwamm in einer trägen Spirale auf das Treiben zu.

Er näherte sich einem der auf den Spinnen reitenden Delphine. Die Spinne trug eine große Kiste in ihren hydraulischen Armen.

»He, Sup-peh, w-was ist hier los?« Akki hielt seine Sätze kurz und einfach. Allmählich fiel es ihm leichter, im Oxywasser Anglisch zu sprechen, aber wenn ein *Calafier* es nicht richtig sprechen konnte, was sollten dann die anderen denken?

Der andere Delphin sah auf. »Oh, hallo, Mr. Akki. Neuer Befehl, das ist losss. Wir checken das Langboot auf seine Raumtüchtigkeit. Außerdem sollen wir diese Kisten verladen.«

»Wozu sollen denn… äh, wasss ist in den Kisssten?«

»Dr. Metz' Unterlagen, anscheinend.« Der Manipulatorarm der Spinne deutete auf einen Stapel wasserdichter Kartons.

»Wenn man bedenkt… alle unsere Großeltern und Enkelkinder sind auf Mag-Chips da drin. Gibt-t einem ein Gefühl von *Kontinuität,* nicht?« Sup-peh stammte aus der Südatlantik-Gemeinde, einem Klan, der sich etwas auf seine elaborierte Ausdrucksweise zugute hielt. Akki fragte sich, ob dahinter echte Exzentrizität oder schlichte Dummheit stecken mochte.

»Ich dachte, du wärst für den Materialtransport zum Thennanin-Schiff eingeteilt?« fragte er. Normalerweise erhielt Sup-peh nur Aufgaben, die ein Minimum an Finesse erforderten.

»War ich auch, Mr. Akki. Aber diese Transporte sind eingestellt-t worden. Das Schiff ist dichtgemacht, wußten Sie dasss nicht? Wir schwimmen alle im Kreisss herum, bis wir Klarheit-t über den Zustand des Captains haben.«

»Wasss?« Akki schnappte nach Luft. *»… der Captain…?«*

»Hat sich bei einer Inspektion außen am Schiff verletzt-t. Stromschlag, heißt es. Haben ihn in letzter Minute gefunden, kurz bevor sein Atmer leer war. War die ganze Zeit-t bisss jetzt bewußtlos. Takkata-Jim hat das Kommando.«

Akki war starr vor Schrecken. Er war so betäubt, daß er nicht bemerkte, wie Sup-peh plötzlich kehrtmachte und hastig an seine Arbeit zurückkehrte. Eine große, dunkle Gestalt war herangeschwommen.

»Kann ich Ihnen helfen, *Mister* Akki?« Der Tonfall des Riesendelphins war beinahe sarkastisch.

»K'tha-Jon.« Akki schüttelte sich. »Was ist mit dem Captain?«

Etwas in der Haltung des Bootsmanns ließ Akki eisige Schauer über den Rücken laufen. Und es war nicht nur die minimale Andeutung von Respekt vor Akkis Offiziersrang. K'tha-Jon stieß ein kurzes Trinärzwitschern aus.

Ich wüßte einen Weg,
Wie du mehr erfährst...

Geh, frag deinen Führer,
Der am Ufer wartet...

Mit einem beinahe unverschämten Schwenken seines Geschirrarms drehte K'tha-Jon sich um sich selbst und schwamm dann zu seinem Arbeitstrupp zurück. Der Strudel, den seine mächtige Schwanzflosse aufwirbelte, schleuderte Akki zwei Meter weit zurück. Akki rief ihn wohlweislich nicht zurück. Etwas in K'tha-Jons Trinärantwort sagte ihm, daß es sinnlos sein würde. Er beschloß, es als Warnung zu nehmen, und eilte auf den Lift zu, der ihn zur Brücke bringen würde.

Plötzlich war ihm bewußt, wie viele der besten Fen der *Streaker*-Crew nicht da waren. Tsh't, Hikahi, Karkaett, S'tat und Lucky Kaa, sie alle waren draußen beim Thennanin-Wrack. Damit war K'tha-Jon der leitende Unteroffizier an Bord!

Und Keepiru war auch weg. Akki hatte den Tratsch nicht geglaubt, den man sich über den Piloten erzählt hatte. Er hatte Keepiru immer für den mutigsten Fin der ganzen Besatzung gehalten, und außerdem für den schnellsten Schwimmer. Er wünschte sich, Keepiru und Toshio wären jetzt bei ihm. Sie würden ihm herauszufinden helfen, was hier vor sich ging! Am Lift traf Akki auf eine Gruppe von vier *Tursiops,* die sich untätig in eine Ecke der Außenschleuse drängten. Sie blickten verdrossen drein und zeigten eine lustlose Haltung.

»Sus'ta, was ist hier los?« fragte er. »Habt-t ihr Fen keine Arbeit?«

Der Steward sah auf und krümmte seinen Schwanz in einer Gebärde, die einem Achselzucken entsprach. »Was hätte das für einen Sinn, Mr. Akki?«

»Der Sinn ischt... issst, daß wir unsere Pflicht tun! Na los doch wieso habt-t ihr alle solchen Schiß?«

»Der C-captain«, begann einer.

Akki unterbrach ihn. »Der Captain wäre der erste, der euch sagen würde, ihr sollt weitermachen und den Mut nicht verlieren!« Auf Trinär fuhr er fort:

Richtet den Blick
zum fernen Horizont –
Zur Erde!
Wo man uns braucht –

Sus'ta blinzelte und versuchte, seine mutlose Haltung aufzugeben. Die anderen taten es ihm nach.

»Jawohl, Sir, Mr. Akki. Wir v-versuchen es.«

Akki nickte. »Sehr schön. Also, macht weiter im Geiste des K-k-keneenk.«

Er schwamm in den Lift und klickte den Code, der ihn zur Brücke bringen würde. Als die Tür ins Schloß glitt, sah er, daß die Fen davonschwammen, vermutlich zu ihren Arbeitsplätzen.

Ifni! Es war schwer gewesen, sich zuversichtlich zu zeigen und zu handeln, wenn er eigentlich viel lieber Informationen aus ihnen herausgequetscht hätte. Aber um ihnen wirklich Mut zu machen, mußte er den Eindruck erwecken, mehr zu wissen als sie!

Schildkrötenbiß! Motordefekt! Wie schlimm mochte der Captain verletzt sein? Was hätten sie noch für eine *Chance,* wenn Creideiki ihnen genommen würde?

Er beschloß, sich für eine Weile so harmlos und unauffällig wie möglich zu verhalten... bis er herausgefunden hatte, was hier vor sich ging. Er wußte, daß ein Kaddy die schlechteste Position von allen hatte. Er hatte Pflichten und Lasten eines Offiziers, aber nicht dessen Schutz.

Und ein Kaddy erfuhr immer als letzter, was los war!

37
Suessi

Der Hohlraum war nahezu fertig. Das Thennanin-Schlachtschiff war ausgeräumt und verstrebt. Bald würden sie die geplante Fracht in der zylindrischen Kammer verstauen und verschwinden können.

Hannes Suessi konnte es nicht erwarten. Er hatte es satt, unter Wasser zu arbeiten. Um die Wahrheit zu sagen, er hatte auch die Fins mehr oder weniger satt.

Himmel, was für Geschichten würde er erzählen können, wenn er wieder auf der Erde wäre! Er hatte Arbeitskolonnen in den Smogozeanen von Titan geführt, er hatte Kometenschwärme durch den Suppennebel geführt, ja, er hatte sogar mit diesen verrückten Amerindianern und Israelis gearbeitet, die versucht hatten, Venus zu terraformen! Aber noch nie hatte eine Arbeit ihm die Gesetze der Verkehrtheit so nahe gebracht wie diese hier.

So gut wie alle Materialien, mit denen sie hatten arbeiten müssen, waren von Aliens hergestellt worden. Sie waren von gespenstischer Formbarkeit und noch unglaublicherer Quantenleitfähigkeit. Er hatte die psionische Impedanz beinahe jeder Verbindung selbst überprüfen müssen, und trotzdem würde ihr maskiertes Wunderwerk sein telekinetisches Rauschen weithin in den Himmel blasen, wenn sie starteten!

Fins! Die waren wirklich die Sahne auf diesem Kuchen! Sie vollbrachten die verzwickteste Operation in makelloser Weise, und dann schwammen sie im Kreis herum und zwitscherten Primal-Unfug, weil die Öffnung einer Luke ein ganz bestimmtes Muster von Sonarreflexen zurückwarf.

Und jedesmal, wenn sie irgend etwas fertig hatten, riefen sie den alten Hannes. Überprüf das für uns, Hannes, baten sie dann. Sieh zu, daß wir alles richtig machen.

Sie gaben sich so verdammt viel Mühe. Sie konnten ja

nichts dazu, daß sie sich wie halbfertige Klienten einer wolfsjungen Rasse in einer unglaublich feindseligen Galaxis vorkamen – zumal sie damit recht hatten.

Suessi mußte sich eingestehen, daß er eigentlich nur nörgelte, um die Echos in seinem Kopf zu hören, und nicht, weil er wirklich Grund zur Klage hatte. Die Streakers hatten ihre Aufgabe erfüllt, und nur darauf kam es an. Er war stolz auf jeden von ihnen.

Es war ohnehin viel besser gegangen, nachdem Hikahi gekommen war. Sie gab den übrigen ein Beispiel, und sie neckte die Fen mit Keneenk-Parabeln, damit sie sich besser konzentrieren konnten.

Suessi rollte sich auf die Seite und stützte sich auf einen Ellbogen. Zwischen seiner schmalen Koje und der Decke lag nur ein Meter Zwischenraum. Eine Handbreit neben seiner Schulter lag die horizontale Luke zu seinem sargähnlichen Schlafabteil.

Ich habe mich lange genug ausgeruht, dachte er, obwohl seine Augen brannten und seine Arme noch schmerzten. Es hatte keinen Sinn, wenn er weiter zu schlafen versuchte. Er würde jetzt nur noch gegen seine Lider starren.

Suessi stieß die schmale Luke auf. Mit einer Hand beschirmte er die Augen vor dem Licht der Deckenlampen des Ganges. Er richtete sich auf und schwenkte die Beine über die Kante. Es platschte.

Uhh! Wasser! Bis auf den letzten Meter unterhalb der Decke war das Skiff voll Wasser.

Im grellen Licht der Gangbeleuchtung sah sein Körper bleich aus. *Ich frage mich, wann ich wohl gänzlich ausgeblichen bin,* dachte er, während er sich mit geschlossenen Augen ins Wasser gleiten ließ. Er schwamm zum Schott und schloß die Luke hinter sich.

Natürlich mußte er warten, bis die Kammer ausgepumpt war, bevor er die sanitären Anlagen benutzen konnte.

Wenig später war er im Kommandoraum des winzigen Schiffes. Hikahi diskutierte mit Tsh't vor dem Kommunikationsgerät. Sie benutzten eine schnelle, schnatternde Version des Anglischen, der er nicht folgen konnte.

»Holla!« rief er. »Wenn ihr mich nicht beteiligen wollt – okay. Aber wenn ich helfen kann, schaltet bitte auf dreiunddreißigeindrittel Umdrehungen. Ich bin nicht Tom Orley. Ich kann euer Geschnatter nicht verstehen!«

»Wir wissen nicht genau, ob wir da ein Problem haben, Hannes, aber wir haben keine Verbindung mehr zum Schiff.«

»Zur Streaker?« Suessi hob die buschigen Augenbrauen. »Werden sie angegriffen?«

Tsh't wiegte ihren Oberkörper ein wenig nach links. »Das glauben wir nicht. Ich war hier und habe auf die Nachricht gewartet, daß sie von Tom Orley gehört hätten und wir das Schiff demnächst verlagern würden. Ich habe nicht besonders auf das Intercom geachtet, plötzlich hörte ich, wie der Funker sagte: ›Stand by‹... und dann kam nichts mehr.«

»Wann war das?«

»Vor ein paar Stunden. Ich habe bis zum Wachwechsel gewartet, weil ich hoffte, es handele sich um einen technischen Defekt im Schiff, dann habe ich Hikahi gerufen.«

»Seither vermessen wir Schaltkreise«, schloß diese.

Suessi schwamm hinüber und betrachtete das Gerät. Natürlich war es ratsam, das Ding auseinanderzunehmen und von Hand zu überprüfen. Aber zum Schutz gegen das Wasser war die Elektronik versiegelt.

Wenn wir uns doch nur im freien Fall befänden, dann könnten die Fins ohne dieses verdammte Wasser überall arbeiten!

»Also gut«, seufzte er. »Mit Ihrer Erlaubnis, Hikahi, werde ich die beiden Offiziere und Gentlemen aus dem Kommandoraum hinauswerfen und mir die Einheit ansehen. Die Fen in der Ruhekammer brauchen Sie nicht zu stören.«

Hikahi nickte. »Ich werde unterdessen einen Trupp an

der Monofaser entlangschicken, um festzustellen, ob sie intakt ist.«

»Gute Idee. Und keine Sorge. Ich bin sicher, es ist nichts Ernstes. Wahrscheinlich sitzen nur ein paar Teufelchen drin.«

38

Charles Dart

»Ich fürchte, die haben den verdammten Robot nur achtzig Meter tiefer gesetzt. Der kleine Toshio arbeitet immer nur ein paar Stunden daran, und dann muß er los, um Dennie und Gillian dabei zu helfen, ihre neuen Klienten durch Labyrinthe zu jagen oder sie so weit zu bringen, daß sie mit Stöcken Bananen vom Baum schlagen. Ich sag' dir, das ist frustrierend! Diese verfluchte, halb zertrümmerte Sonde ist großenteils nicht mit den richtigen Instrumenten für geologische Arbeit ausgestattet. Kannst du dir vorstellen, wie schlimm es wird, wenn wir erst in anständige Tiefen gelangen?«

Das holographische Bild des Metallurgen Brookida schien einen Moment lang an Charles Dart vorbeizuschauen. Offenbar war der Delphin-Wissenschaftler mit seinen eigenen Displays beschäftigt. Auf seinen beiden Augen saßen Brillenlinsen, die einen Astigmatismus beim Lesen korrigieren sollten. Jetzt sah er seinen Schimp-Kollegen wieder an.

»Charlie, du redessst so zuversichtlich davon, diesen Robot-t tiefer in die Kruste hinabzusenken. Du beschwerst dich darüber, daß er ›erst‹ fünfhundert Meter tief sitzt. Das ist ein halber Kilometer, ist dir das bewußt?«

Charlie kratzte sich an seinem Stoppelkinn. »Yeah? Na und? Der Schacht verengt sich so geringfügig, daß das Ding mit Leichtigkeit viel weiter runter kann. Es ist ein wunderbares mineralogisches Labor! Schon jetzt erfahre ich eine Menge über die Unterzonen der Oberfläche.«

Broodika seufzte. »Charlie, bist du nicht neugierig, weshalb die Kaverne unter Toshios Insel auch nur *hundert* Meter tief reicht?«

»Hä? Was meinst du damit?«

»Ich meine, der sogenannte ›Bohrraum‹, der dafür verantwortlich ist, kann nicht so tief gegraben haben, nur weil er auf der Suche nach Karbon- und Silikatnährstoffen war. Er kann nicht-t…«

»Woher willst du das wissen? Bist du Ökologe?« Charlie stieß ein schnurrendes Gelächter aus. »Ehrlich, Brookida, worauf begründest du solche Vermutungen? Manchmal überraschst du mich!«

Brookida wartete geduldig, bis der Schimpanse zu Ende gelacht hatte. »Ich begründe sie auf den Kenntnissen der fundamentalen Naturgesetze, über die ein informierter Laie verfügt-t, und auf Ockhams Rasierklinge. Denk doch nur an das Volumen des Materials, das zu entfernen ist! Ist es im Wasser verstreut worden? Hast du schon einmal daran gedacht, daß es längs dieser tektonischen Grenze Zehntausende von diesen Metallhügeln gibt und auf den meisten davon Bohrbäume stehen? Daß es in jüngster geologischer Zeit womöglich Millionen solcher tiefreichenden Exkavationen gegeben hat?«

Dart wollte kichern, aber dann hielt er inne. Einen Moment lang starrte er das Bild seines cetaceischen Kollegen an, dann begann er wirklich zu lachen. Er trommelte auf seinen Schreibtisch.

»*Touché!* All right, Sir! Wir werden das ›Warum diese Löcher?‹ auf unsere Fragenliste setzen. Zum Glück habe ich mir in den letzten paar Monaten eine Ökologin als Laborkollegin herangezogen. Ich habe ihr zahllose Gefallen getan, und zufällig befindet sie sich jetzt am Ort unseres Problems. Ich werde Dennie bitten, sich umgehend damit zu beschäftigen. Du kannst beruhigt sein; wir werden bald wissen, was diese Bohrbäume im Sinn haben.«

Brookida ersparte sich eine Antwort. Er stieß lediglich einen kleinen Seufzer aus.

»Jetzt, da das geklärt ist«, fuhr Charlie fort, »wollen wir uns wieder den wirklich wichtigen Fragen zuwenden. Kannst du mir helfen, den Captain zu überreden, daß er mich persönlich hinausfahren und einen richtigen Tiefensondenrobot mitnehmen läßt, damit wir das lausige kleine Ding, das Toshio betreibt, ersetzen können?«

Brookidas Augen weiteten sich. Er zögerte.

»Der C-captain ist immer noch bewußtlosss«, sagte er schließlich. »Makanee hat ihn schon zweimal operiert. Nach den letzten Berichten sieht es nach wie vor schlecht ausss.«

Der Schimp starrte ihn lange an. »Ach ja. Das hatte ich vergessen.« Charlie wandte den Blick vom Holo-Display. »Na ja, vielleicht ist Takkata-Jim eher bereit. Schließlich wird das Langboot nicht gebraucht. Ich werde Metz bitten, mit ihm zu reden. Wirst du mir dabei helfen?«

Brookidas Augen waren in ihre Höhlen gesunken. »Ich werde mir die Massenspektrometerdaten anschauen«, antwortete er gleichmütig. »Ich melde mich, wenn ich die Ergebnisse habe. Jetzt muß ich Schluß machen, Charlesss Dart.«

Das Bild löste sich auf, Charlie war wieder allein.

Brookida war schrecklich schroff gewesen, dachte er. *Habe ich ihn wieder beleidigt?*

Charlie wußte, daß die Leute ihn gelegentlich als beleidigend empfanden. Er konnte nichts dafür. Sogar andere Schimpansen hielten ihn für grob und egozentrisch. Sie behaupteten, Neo-Schimps wie er brächten die Rasse in Verruf.

Nun, ich hab's versucht, dachte er. *Und wenn man es versucht und so oft scheitert, wenn die besten Bemühungen, galant zu sein, immer im Fauxpas münden, und wenn man auch noch dauernd die Namen anderer Leute vergißt - nun, dann sollte man vielleicht aufgeben. Andere Leute sind auch nicht immer beispielhaft freundlich zu mir.*

Charles Dart zuckte die Achseln. Es war nicht wichtig.

Welchen Sinn hatte es, einer stets vergänglichen Popularität nachzujagen? Er hatte immer noch seine private Welt aus Felsen und geschmolzenen Kerzen, aus Magma und lebendigen Planeten.

Trotzdem, ich hatte gedacht, wenigstens Brookida wäre mein Freund...

Er schob den Gedanken gewaltsam beiseite.

Ich muß Metz anrufen. Er wird mir beschaffen, was ich brauche. Ich werde ihnen zeigen, daß dieser Planet so einzigartig ist, daß sie... ihn umtaufen und nach mir benennen! Dafür gibt's Präzedenzfälle! Kichernd zupfte er sich mit einer Hand am Ohr, während die andere eine Nummer tippte. *Warteten nicht alle darauf, von Tom Orley zu hören? Das war es, wovon noch vor einer Weile alle gesprochen hatten.*

Dann fiel ihm ein, daß Orleys Bericht gestern hatte kommen sollen, etwa um die Zeit, da Creideiki verunglückt war.

Ah! Dann war Tom wahrscheinlich erfolgreich gewesen, was immer er getan hatte, und niemand hatte sich die Mühe gemacht, es ihm zu sagen. Vielleicht hatte es auch jemand gesagt, und er hatte wieder nicht zugehört. *Jedenfalls bin ich sicher, daß er mit den ETs alles geklärt hat. Wurde auch Zeit. Verdammt lästig, quer durch die Galaxis gescheucht zu werden und das Schiff unter Wasser setzen zu müssen...*

Metz' Nummer erschien auf dem Intercom. Die Leitung war frei.

Es war eine Schande, das mit Creideiki. Er war schrecklich steif und ernsthaft für einen Fin, und auch nicht immer vernünftig... aber Charlie konnte sich einfach nicht so recht freuen, weil er nun aus dem Weg war. Im Gegenteil, es verursachte ihm ein sonderbares Gefühl im Magen, wenn er daran dachte, daß der Captain nun von der Bildfläche verschwunden war.

Dann denk doch einfach nicht dran! Himmel! Haben sich Sorgen je ausgezahlt?

»Ah, Dr. Metz! Wollten Sie gerade weggehen? Ich habe mich gefragt, ob wir wohl demnächst mal miteinander reden könnten? Vielleicht heute nachmittag? Gut! Ja, ich habe Sie in der Tat um einen *winzigen* Gefallen zu bitten...«

39

Makanee

Ein Arzt muß teils Intellektueller und teils Alchimist sein, teils Schnüffler und teils Schamane, dachte Makanee.

Aber auf der medizinischen Hochschule hatten sie ihr nie gesagt, daß sie vielleicht auch noch Soldat und Politiker würde sein müssen.

Makanee fiel es schwer, eine geziemende Haltung zu bewahren. Tatsächlich war ihr weit mehr nach Insubordination zumute. Ihre Schwanzflosse schlug krachend auf die Wasseroberfläche und ließ einen Sprühregen auf die Kanäle der Krankenstation niedergehen.

»Ich sage Ihnen, ich kann nicht-t allein operieren! Meine Assistenten sind nicht in der Lage, mir zu assistieren! Und wenn sie es wären, könnte ich es womöglich immer noch nicht-t! Ich musss mit Gillian Baskin sprechen!«

Takkata-Jim, ein Auge träge über den Wasserspiegel erhoben und mit einem Geschirrarm an einen Träger geklammert, schaute Ignacio Metz an. Der Mensch erwiderte den Blick mit dem Ausdruck äußerster Geduld. Sie hatten eine Reaktion dieser Art von der Schiffsärztin erwartet.

»Ich bin sicher, Sie unterschätzen Ihre eigenen Fähigkeiten, Doktor«, meinte Takkata-Jim beschwichtigend.

»Sie sind also jetzt Arzt, wie? Kann ich etwas auf Ihre Meinung geben? Lassen Sie mich mit Gillian sprechen!«

Metz redete sie besänftigend an. »Doktor, Lieutenant Takkata-Jim hat Ihnen eben erklärt, daß es militärische

Gründe für einen partiellen Kommunikations-Blackout gibt, Daten von den Detektorbojen deuten darauf hin, daß es irgendwo im Umkreis von einhundert Kilometern ein PSI-Leck gibt. Verantwortlich ist entweder die Crew, die unter Hikahi und Suessi arbeitet, oder die Leute auf der Insel. Solange wir das Leck nicht geortet haben...«

»Sie handeln auf der Grundlage von Informationen einer Boje? Aber es war eine defekte Boje, die C-c-creideiki beinahe g-g-getötet hätte!«

Metz runzelte die Stirn. Er war es nicht gewohnt, von Delphinen unterbrochen zu werden. Er bemerkte, daß Makanee ziemlich erregt war. Zu erregt, genauer gesagt, um das Anglische mit einer einem Fin in ihrer Position zukommenden Diktion sprechen zu können. Dies war in der Tat eine Information für seine Unterlagen... wie auch ihr streitsüchtiges Auftreten.

»Dabei handelte es sich um eine andere Boje, Ärztin Makanee. Vergessen Sie nicht, wir haben drei stationiert. Zudem behaupten wir nicht, daß es sich tatsächlich um ein existentes Leck handelt, aber wir müssen es als existent *behandeln*, bis wir den Beweis des Gegenteils haben.«

»Aber dieser Blackout ist kein totaler! Wie ich höre, bekommt dieser Schimpanse immer noch seine Iki-verdammten Robotdaten! Wieso also lassen Sie mich nicht mit Dr. Baskin sprechen?«

Metz hätte gern geflucht. Er hatte Charles Dart gebeten, darüber den Mund zu halten. Zum Teufel mit der Notwendigkeit, den Schimp bei Laune zu halten!

»Wir eliminieren eine Möglichkeit nach der anderen.« Takkata-Jim versuchte Makanee zu beruhigen. Gleichzeitig nahm er mit gesenktem Kopf eine vorwärtsgerichtete Haltung ein – nachdrücklich dominante Körpersprache. »Sobald diejenigen, die mit Charles Dart in Kontakt stehen – die jungen Menschen Iwashika und Sudman sowie der Dichter Sah'ot –, als mögliche Lecks eliminiert sind, werden wir mit Dr. Baskin in Verbindung treten. Gewiß sehen

Sie doch ein, daß die Wahrscheinlichkeit, sie könnte diejenige sein, die unvorsichtig PSI-Energie verstrahlt, geringer ist als im Falle der anderen. Also müssen wir zuerst die anderen überprüfen.«

Metz hob die Augenbrauen. Bravo! Natürlich würde diese Erklärung einer genaueren Untersuchung nicht standhalten. Aber sie hatte den *Geruch* von Vernunft. Alles, was sie brauchten, war ein wenig Zeit! Wenn Makanee sich damit nur für zwei Tage beruhigen ließe, wäre das schon genug.

Takkata-Jim bemerkte offensichtlich, daß Metz an seiner Argumentation Gefallen fand. Dadurch ermutigt, wurde er bestimmter. »Aber jetzt genug gefackelt, Doktor. Wir sind heruntergekommen, um uns über den Zustand des Captains zu informieren. Wenn er nicht imstande ist, seinen Dienst wieder aufzunehmen, muß ein neuer Kommandant gefunden werden. Wir befinden uns in einer Krise und können uns deshalb keine Verzögerungen leisten!«

Wenn dies als Einschüchterung gedacht gewesen war, so hatte es die gegenteilige Wirkung. Makanees Schwanz ließ das Wasser aufbrodeln. Ihr Kopf erhob sich über die Oberfläche. Sie wandte dem männlichen Delphin ein schmales Auge zu und schnatterte in sarkastischen Versen:

Ich dachte schon
- du hättest vergessen
- Pflicht und Befehle

Wie schön zu sehen
- daß ich mich täuschte
- in deinem Verhalten

So beanspruchst du nicht
- in hastiger Bosheit
- die Würde des Captains?

Takkata-Jims Mund öffnete sich und offenbarte zwei V-förmige Doppelreihen rauher weißer Zähne. Einen Augenblick lang glaubte Metz, er werde über das kleine Weibchen herfallen.

Aber Makanee kam ihm zuvor. Sie sprang aus dem Wasser und landete mit einem Klatschen, das Metz und Takkata-Jim ins Taumeln brachte. Der Mensch prustete und glitt vom Absatz der Wand herunter.

Makanee wirbelte herum und verschwand hinter einer Reihe dunkler Lebenserhaltungscontainer. Takkata-Jim drehte sich um sich selbst. Er stieß Sonarklicks in rascher Folge aus, um sie zu finden. Metz packte ihn bei der Rückenfinne, ehe er ihr nachjagen konnte.

»Ah... ahem!« Er packte den Handlauf an der Wand. »Wenn wir dieses üble Betragen vielleicht mäßigen könnten, Finfreunde? Dr. Makanee? Würden Sie bitte zurückkommen? Es ist schlimm genug, daß die Hälfte des bekannten Universums uns ans Leder will. Da dürfen wir uns nicht noch untereinander bekämpfen!«

Takkata-Jim blickte hoch und sah, daß Dr. Metz es ernst meinte. Der Lieutenant atmete schwer.

»Bitte, Makanee!« rief Metz noch einmal. »Lassen Sie uns wie zivilisierte Leute miteinander reden.«

Sie warteten, und wenig später erschien Makanees Kopf zwischen zwei Autodoks. Ihr Gesichtsausdruck war nicht mehr trotzig, sondern nur noch müde. Ihr Arztgeschirr gab leise, sirrende Geräusche von sich. Die empfindlichen Instrumente daran bebten sanft, als würden sie von zitternden Händen gehalten.

Sie stieg gerade so hoch, daß ihr Blasmund die Oberfläche durchbrach.

»Ich bitte um Entschuldigung«, summte sie. »Ich weiß, Takkata-Jim würde den Captainsrang nicht auf Dauer annehmen, ohne das entsprechende Votum des Schiffsrates zu haben.«

»Selbstverständlich würde er das nicht tun! Wir sind hier nicht auf einem Kriegsschiff. Die Aufgaben des

Ersten Offiziers auf einem Forschungsschiff sind großenteils administrativer Natur, und seine Nachfolgerschaft als Kommandant muß durch einen Beschluß des Schiffsrates ratifiziert werden, sobald dieser in angemessener Form zusammentreten kann. Takkata-Jim ist sich der diesbezüglichen Vorschriften wohl bewußt. Stimmt's, Leutenant?«

»Ja.«

»Aber bis dahin müssen wir Takkata-Jims Autorität akzeptieren, oder das Chaos bricht aus. Es muß auf der *Streaker* einen genau geregelten Dienst- und Befehlsweg geben. Es gibt ihn aber erst, wenn Sie attestieren, daß Captain Creideiki seine Aufgaben nicht erfüllen kann.«

Makanee schloß die Augen und atmete schwer. »Ohne weitere Operationen wird Creideiki wahrscheinlich nicht zu Bewußtsein kommen. Selbst dann issst es unsicher. Der Schock ist durch die Neuralkupplung ins Gehirn geschlagen. Der größte Teil der beschädigten Partien befindet sich in den Neuen Zonen der Großhirnrinde... wo die zugrunde liegenden *Tursiopsss*-Hirnzellen massiv liftmodifiziert worden sind. Es finden sich Läsionen in den Bereichen, die für das Sehvermögen und die Sprechfähigkeit verantwortlich sind. Das *Corpus callosum* ist versengt...«

Makanees Augen öffneten sich wieder, aber sie schien die beiden nicht zu sehen.

Metz nickte. »Ich danke Ihnen, Doktor. Sie haben uns gesagt, was wir wissen müssen. Es tut mir leid, daß wir Ihnen soviel von Ihrer Zeit rauben mußten. Ich bin sicher, Sie tun Ihr Bestes.«

Als sie nicht antwortete, schob der Mann sich die Oxymaske über das Gesicht und ließ sich ins Wasser gleiten. Er winkte Takkata-Jim und wandte sich ab.

Der männliche Delphin bedachte Makanee noch einen Augenblick mit leisen Klicklauten, aber als sie sich nicht rührte, drehte er sich mit einem Flossenschlag um und folgte Metz zum Ausgang.

Ein Schauer durchlief Makanee, als die beiden in die

Schleuse hineinschwammen. Sie hob den Kopf und rief ihnen nach: »Wenn Sie den Schiffsrat-t einberufen, vergessen Sie nicht-t, daß ich ebenfalls Mitglied bin! Und Hikahi und Gillian und T-tom Orley!« Noch während sie rief, glitt die Schleusenluke zischend zu, und sie wußte nicht, ob die beiden sie gehört hatten.

Seufzend ließ Makanee sich ins Wasser zurücksinken. *Und Tom Orley,* dachte sie. *Ihn vergeßt nicht, ihr hinterlistigen Schufte! Er wird euch einen Strich durch die Rechnung machen!*

Makanee schüttelte den Kopf. Sie wußte, daß sie irrational dachte. Ihre Verdächtigungen beruhten nicht auf Tatsachen. Und selbst wenn sie berechtigt wären, würde Thomas Orleys Arm nicht zweitausend Kilometer weit reichen, um die Sache noch heute zum Guten zu wenden. Es kursierten Gerüchte, nach denen er bereits tot war.

Metz und Takkata-Jim hatten sie völlig durcheinandergebracht. Tief in ihrem Innern fühlte sie, daß die beiden ihr ein verzwicktes Sortiment von Wahrheiten, Halbwahrheiten und glatten Lügen erzählt hatten, das sie nicht zu entwirren vermochte.

Sie glauben, sie können mich zum Narren halten, nur weil ich weiblich bin, alt und um zwei Liftgenerationen roher als jeder andere Fin an Bord außer Brookida. Aber ich kann mir schon denken, weshalb sie dem einzigen Schimpansen im Schiffsrat besondere Vergünstigungen einräumen. Hier und jetzt haben sie die Mehrheit für jede Entscheidung, die sie treffen. Kein Wunder, daß sie nicht erpicht darauf sind, Hikahi oder Gillian zurückzubekommen!

Vielleicht hätte ich sie belügen sollen… ihnen erzählen, daß Creideiki jeden Augenblick zu sich kommen könne…

Aber andererseits, wer weiß, wie verzweifelt sie sind? Wozu sie imstande sind? War denn der Unfall bei der Boje wirklich ein Unfall? Vielleicht lügen sie, um ihre Unwissenheit zu überdecken, oder um eine Verschwörung zu tar-

nen... Könnte ich Creideiki mit nur zwei Assistentinnen an meiner Seite beschützen?

Makanee stöhnte leise. Solche Dinge fielen nicht in ihr Ressort! Manchmal wünschte sie sich, Delphinärzte hätten, wie in alten Zeiten, nichts weiter zu tun, als denjenigen, den sie zu retten versuchten, einfach mit der Stirn emporzuheben und seinen Kopf über Wasser zu halten, bis er sich erholt hatte, ihre Kräfte versiegten oder ihr eigenes Herz bräche.

Sie drehte sich um und schwamm auf die Intensivstation zu. Die Kammer war dunkel bis auf ein einzelnes Licht, das einen großen grauen Neo-Delphin beschien, der in einem abgeschirmten Gravitationstank schwebte. Makanee überflog die Meßdaten der Sauerstoff- und Kreislaufsysteme und sah, daß sie stabil waren.

Creideiki blinzelte ohne zu sehen, und einmal überlief ein kurzer Schauder seinen ganzen Körper.

Makanee seufzte und wandte sich ab. Sie schwamm zu einer in der Nähe stehenden Kommunikationseinheit und überlegte. Metz und Takkata-Jim können noch nicht wieder auf der Brücke sein, dachte sie. Sie klickte einen Sonarcode, der die Einheit aktivierte. Beinahe augenblicklich erschien das Gesicht eines jungen, blauflossigen Delphins vor ihr.

»Kommunikation. K-kann ich Ihnen helfen?«

»Akki? Ja, Kind, hier ist Dr. Makanee. Hast du schon irgendwelche Pläne zum Mittagessen? Weißt du, ich glaube, ich habe noch ein wenig von diesem kandierten Oktopus. Du hast Zeit-t? Wie schön. Dann bis gleich also. Ach, und wir behalten unsere kleine Verabredung für uns, ja? Okay, bissst ein braver Junge.«

Sie verließ die Intensivpflegestation, und in ihren Gedanken begann ein Plan Gestalt anzunehmen.

40

Creideiki

Durch die graue Stille des Tanks wehte ein leiser, klagender Schrei.

Er schwimmt verzweifelt
umhergeworfen von grauen Stürmen, die heulen:
Ertrinken! Ertrinken!

41

Tom Orley

Ein übelgelaunter Berg grollte inmitten eines schaumüberkrusteten Meeres.

Vor einer Weile schon hatte es aufgehört zu regnen. Der Vulkan rumpelte und spie Feuer gegen die tief über ihm hängenden Wolken, so daß ihre Unterseiten orangegelb erglühten. Dünne, gewundene Aschefahnen wehten zum Himmel. Wenn der heiße Staub schließlich herabfiel, verzischte er nicht in klarem Seewasser. Er landete in einer schlammigen Schicht auf einem Teppich aus stumpfgrauen Ranken, der in endlose Weiten zu reichen schien.

Thomas Orley hustete in der klammen, rußigen Luft. Er kroch auf eine kleine Anhöhe von glitschigen, verknoteten Pflanzen. Die leblose Last seines unförmigen Schlittens zerrte an einer Leine, die um sein linkes Handgelenk geschlungen war. Mit der Rechten umklammerte er eine dicke Ranke auf dem Gipfel des kleinen Lianenhügels.

Immer wieder rutschten die Beine unter ihm weg, während er sich hochzog. Selbst wenn es ihm gelang, die Füße in Lücken in der schleimigen Masse zu verkeilen, versanken sie oft in dem Modder zwischen den Ranken. Wenn er sie dann mühsam herauszog, ließ ihn der sumpfige Brei nur widerwillig los, und mit gräßlichem Schmatzen gab er ihn frei.

Manchmal kamen mit seinen Füßen auch ›Dinge‹ ans Licht. Sie wanden sich um seine Beine und fielen herunter, um sich in den Schlick zurückzuschlängeln.

Die enge Schlaufe der Leine schnitt ihm in die Hand, als er den Schlitten – einen mageren Überrest seines Solarfliegers und seiner Ausrüstung – zu sich heraufzog. Es war ein Wunder, daß er nach dem Absturz auch nur so viel hatte retten können.

Der Vulkan überstrahlte die Rankenlandschaft mit ockerfarbenem Flackern. Metallischer Staub umhüllte die Vegetation ringsumher mit regenbogenfarbenen Flecken. Es war spät am Nachmittag. Fast ein voller kithrupanischer Tag war vergangen, seit er seinen Gleiter auf die Insel zugesteuert und nach einem Landeplatz gesucht hatte.

Tom hob den Kopf und spähte ermattet über den Rankenteppich. Alle seine wohlausgewogenen Pläne waren dank dieser Ebene aus zähen, seilartigen Seepflanzen gescheitert.

Er hatte in einem Aufwind des Vulkans Schutz zu finden gehofft, oder, wenn das nicht ginge, auf dem Wasser landen und den Gleiter in ein breites, seetüchtiges Floß verwandeln wollen, von dem aus er sein Experiment hätte durchführen können.

Ich hätte diese Möglichkeit bedenken müssen. Die Bruchlandung, die hektischen Minuten danach, in denen er halb betäubt nach seiner Ausrüstung getaucht war und einen primitiven Schlitten zusammengezimmert hatte, während der Sturm auf ihn einpeitschte, und schließlich das stundenlange Umherkrauchen zwischen den stinkenden Schlingpflanzen auf den einsamen Vegetationshügel zu – alles das hätte sich vielleicht vermeiden lassen.

Er versuchte sich vorwärtszuziehen, aber ein Zittern in seinem rechten Arm drohte sich zu einem ausgewachsenen Krampf zu entwickeln. Bei der Bruchlandung hatte er ihn arg verrenkt, als die Pontons an den Flügeln des Gleiters abrissen und der Rumpf sich im Morast mehrmals überschlug und schließlich klatschend in einen einzelnen offenen Wassertümpel stürzte.

Eine Schnittwunde, die sich über die linke Hälfte seines Gesichts zog, hätte ihn in diesen ersten kritischen Augenblicken fast in einen Schock verfallen lassen. Sie reichte von seinem Kinn bis dicht unter die Neuralbuchse über dem linken Ohr. Die Plastikkappe, die dieses empfindliche Nerven-Interface normalerweise schützte, war in die Nacht hinausgeflogen und unwiederbringlich verloren.

Eine Infektion war jetzt seine geringste Sorge.

Das Zittern in seinem Arm wurde schlimmer. Tom versuchte es abklingen zu lassen. Er legte sich mit dem Gesicht nach unten in die stechenden, gummiartigen Ranken. Sandiger Schlamm kratzte ihm jedesmal, wenn er hustete, über die rechte Wange und die Stirn.

Irgendwoher mußte er jetzt Energie schöpfen. Er hatte keine Zeit für die Feinheiten der Selbsthypnose, mit der er seinen Körper mit sanftem Locken wieder funktionstüchtig machen könnte. Mit geballter Willenskraft *befahl* er den geschundenen Muskeln, sich zu einer letzten Anstrengung zusammenzureißen. Gegen das, was das Universum ihm ins Kreuz schleuderte, konnte er sich nicht wehren. Aber *verdammt!* Nach dreißig Stunden Mühsal würde er eine Rebellion seines Körpers wenige Meter vor seinem Ziel nicht akzeptieren!

Ein neuer Hustenanfall brannte ihm durch die wunde Kehle. Sein Körper schüttelte sich, und das Keuchen schwächte seinen Griff an der dürren Ranke. Als er schon glaubte, seine Lunge müsse zerreißen, ging der Anfall endlich vorüber. Tom sank erschöpft und mit geschlossenen Augen in den Schlamm.

Die Freuden der Bewegung zählen? –
Als erstes dann die Vorteile:
Abwesenheit der Langeweile –

Es fehlte ihm der Atem, um das Trinär-Haiku zu pfeifen, aber es hallte durch seinen Kopf, und er fand die Kraft zu einem kurzen Lächeln mit rissigen, schlammverkrusteten Lippen.

Irgendwoher nahm er die Kraftreserven zu einer letzten Anstrengung. Er biß die Zähne zusammen und zog sich über das letzte Stück. Fast hätte sein rechter Arm nachgegeben, aber er konnte sich festklammern, dann hob sich sein Kopf über den Gipfel des kleinen Hügels.

Tom blinzelte heftig, um die Asche aus einem Auge zu entfernen, und dann sah er, was hinter dem Hügel lag. Schlingpflanzen. So weit das Auge reichte, Schlingpflanzen.

Aus dem Gipfel der bescheidenen Anhöhe ragte eine dicke Ranke schlingenförmig auf. Tom zerrte seinen Schlitten so hoch, daß er die Leine um die Pflanze wikkeln konnte.

Das Gefühl strömte in seine abgestorbene Linke zurück, und in lautloser Qual riß er den Mund auf.

Er sank rücklings gegen den Hügel, sein Atem ging rasch und flach.

Die Krämpfe kehrten mit Macht zurück, und sein Körper krümmte sich unter ihnen. Am liebsten hätte er die tausend Zähne, die sich in seine Arme und Beine bohrten, abgestreift, aber seine Hände waren zu unbeweglichen Klauen geworden.

Irgendwie blieb der logisch denkende Teil von Toms Verstand unberührt von all diesen Qualen. Noch immer plante, kalkulierte und versuchte er, Fristen zu setzen. Schließlich war er aus einem bestimmten Grunde hergekommen. Es mußte einen Grund geben, dies alles durchzumachen... Wenn er sich nur erinnern könnte, weshalb er hier lag, in Gestank und Pein und Dreck und Schlamm...

Die beruhigenden Muster, nach denen er suchte, wollten sich nicht bilden. Er fühlte, daß er das Bewußtsein verlor.

Plötzlich, mit Augen, die schmal vom Schmerz waren, glaubte er Gillians Gesicht vor sich zu sehen.

Luftige Pflanzenwedel schwankten hinter ihr hin und her. Ihre grauen Augen schauten in seine Richtung, als suchten sie etwas, das knapp außer Sichtweite lag. Zweimal war es, als glitten sie über ihn hinweg, während er bebend auf seinem Hügel lag und sich nicht rühren konnte. Dann, endlich, trafen sich ihre Blicke. Sie lächelte!

Schmerzdurchtränktes Rauschen drohte die Traumworte zu ersticken.

*Ich sende *** gute *******
*Wenn du auch skeptisch ****, Geliebter,*
**** wenn die ganze **** mithört.*

Er versuchte, sich auf die Botschaft zu konzentrieren, auf eine Halluzination wohl eher. Aber es war ihm gleich, was es war. Es war ein Anker. Er klammerte sich daran, und die Krämpfe ließen seine Sehnen wie Saiten vibrieren.

Mitgefühl lag in ihrem Lächeln.

*Wie siehst ** *** aus! Der ****, den ich liebe,*
*ist ****** und unvorsichtig! Soll *** es*
besser machen?

Meta-Orley mißbilligte das. Wenn dies wirklich eine Botschaft von Gillian war, dann ging sie ein entsetzliches Risiko ein. »Ich liebe dich auch«, subvokalisierte er. »Aber wirst du jetzt wohl deine verdammte Klappe halten, sonst hören dich noch die Eaties!«

Das PSI-Bild – oder die Halluzination – flackerte, als ein neuerlicher Hustenanfall ihn schüttelte. Er keuchte, bis seine Lungenflügel wie trockene Schalen rasselten. Schließlich sank er seufzend zurück.

Und Meta-Tom ließ seinen ganzen Stolz fahren.

Ja!

Er strahlte es in die Finsternis vor seinen Augen, rief es ihrem schwindenden Bild nach.

Ja, Geliebte! Bitte komm zurück und mach es besser…

Gillians Gesicht schien sich in alle Richtungen zu brechen, und wie ein Bündel Mondstrahlen zerfloß es im schimmernden Vulkanstaub, der den Himmel erfüllte. Ob es nun eine echte Botschaft oder eine aus dem Delirium geborene Illusion gewesen war – es verflog wie ein Porträt aus Rauch.

Aber immer noch war ihm, als höre er den schwebenden Nachhall von Gillians innerer Stimme…

****** ist, was ist, was ist…*
und Heilung kommt im Traum…

Er lauschte, ohne zu merken, wie die Zeit verging, und ganz langsam ließ das Zittern nach. Allmählich gab er seine Embryonalhaltung auf und streckte sich.

Der Vulkan grollte und erleuchtete den Himmel. Der ›Boden‹ unter Tom wogte sanft und wiegte ihn in einen flachen Schlummer.

42
Toshio

»Nein, Dr. Dart. Die Enstatiteinschlüsse sind eine Sache, deren ich mir nicht ganz sicher bin. Das statische Rauschen vom Robot war ziemlich stark, als ich diese Werte ablas. Wenn Sie möchten, kann ich es noch einmal überprüfen.«

Toshios Lider waren schwer vor lauter Überdruß. Er

wußte nicht mehr, wieviel Zeit er schon damit verbracht hatte, auf Charles Darts Anweisungen hin Knöpfe zu drücken und Daten abzulesen. Der Schimp-Planetologe war einfach nicht zufriedenzustellen! So schnell und so gut Toshio auch antworten mochte, es war nie genug.

»Nein, nein, dazu haben wir keine Zeit«, entgegnete Charlie schroff vom Holobildschirm am Rande des Bohrbaumtümpels. »Sieh zu, daß du es allein herausfindest, *wenn ich gleich Schluß gemacht habe, okay? Das wäre ein* schönes Projekt, dem du dich nebenbei widmen könntest, weißt du das, Toshio? Ein paar dieser Steine sind ganz und gar einzigartig! Wenn du eine umfassende Untersuchung der Mineralogie dieses Schachtes anstellen könntest, würde ich dir mit Vergnügen helfen, alles niederzuschreiben. Das wäre wahrhaftig eine Feder für deinen Hut! Eine größere Veröffentlichung könnte deiner Karriere nicht schaden, weißt du.«

Das konnte Toshio sich vorstellen. Er lernte tatsächlich eine Menge bei der Arbeit für Dr. Dart, unter anderem etwas, das ihm gute Dienste leisten würde, wenn er je zur Akademie gehen sollte: Bei der Auswahl des Mentors war mit größter Sorgfalt zu verfahren.

Aber ob es dazu jemals kommen würde, stand in den Sternen, solange die Aliens dort oben sie abfangen wollten. Zum tausendsten Male verdrängte Toshio die Raumschlacht aus seinen Gedanken. Sie machte ihn nur depressiv.

»Danke, Doktor Dart, aber...«

»Kein Problem«, kläffte Dart in schroffer Herablassung. »Aber die Einzelheiten deines Projektes werden wir später erörtern, wenn du nichts dagegen hast. Vorher stellst du mir fest, wo die Sonde genau sitzt.«

Toshio schüttelte den Kopf. Es war unglaublich, wie verbohrt und einspurig dieser Kerl zu Werke ging! Leitender Forschungsbeauftragter oder nicht, wenn es noch schlimmer wurde, fürchtete er, die Geduld mit dem Schimp zu verlieren.

»Hmmm.« Toshio überflog die Instrumente. »Der Robot sitzt jetzt etwas mehr als einen Kilometer tief. Der Schacht wird schmaler und glatter, je frischer die Bohrung ist. Deshalb verankere ich den Robot bei jedem Stopp an der Wand.«

Toshio schaute über die Schulter nach Nordosten, und er wünschte, Dennie oder Gillian würden auftauchen und ihn ablenken. Aber Dennie war bei ihren Kiqui, und als er Gillian das letzte Mal gesehen hatte, hatte sie im Lotossitz auf einer Lichtung gehockt und auf den Ozean hinausgestarrt, als sei die Welt um sie herum versunken.

Gillian war ziemlich aufgebracht gewesen, als Takkata-Jim ihr erklärt hatte, alle an Bord des Schiffes seien mit den Vorbereitungen für die Verlagerung der *Streaker* so beschäftigt, daß niemand Zeit habe, mit ihr zu sprechen. Sogar ihre Fragen nach Tom Orley hatte er mit knapper Höflichkeit beiseite gewischt. Man würde sie anrufen, wenn man etwas hörte, hatte Takkata-Jim gesagt, und dann hatte er die Verbindung unterbrochen.

Toshio hatte gesehen, wie ihre Miene sich verfinsterte, als alle ihre Anrufe beim Schiff zurückgewiesen wurden. Ein neuer Kommunikationsoffizier hatte Akki ersetzt, und dieser Fin erzählte ihr, daß alle, die sie sprechen wollte, nicht zu erreichen seien. Das einzige Besatzungsmitglied, mit dem man sie reden ließ, war Charles Dart – offenbar, weil seine Fertigkeiten im Augenblick weniger dringlich gebraucht wurden. Aber der Schimp weigerte sich, über etwas anderes als seine Arbeit zu sprechen.

Daraufhin hatte sie unverzüglich ihre Vorbereitungen zum Verlassen der Insel getroffen. Aber wenig später kam ein Befehl vom Schiff, und zwar von Takkata-Jim persönlich: Sie solle auf unbestimmte Zeit bleiben und Dennie Sudman dabei helfen, ihren Bericht über die Kiqui abzufassen.

Diesmal hatte Gillian die Nachricht gleichmütig aufgenommen. Kommentarlos war sie im Dschungel verschwunden, um allein zu sein.

»...noch ein paar von Dennies Fasern«, sagte Charles Dart eben; während Toshios Gedanken noch umherschweiften. Toshio zwang sich, gerade zu sitzen und dem Schimpansen zuzuhören.

»...das aufregendste sind die Isotopenprofile von Kalium und Jod. Sie sind der Beweis für meine Hypothese, daß in jüngster geologischer Zeit eine vernunftbegabte Rasse ihren Abfall in dieser Subduktionszone des Planeten vergraben hat. *Das ist von kolossaler Wichtigkeit,* Toshio! In diesem Gestein findet sich der Beleg dafür, daß viele Generationen lang Material von oben abgelagert wurde, das von den Vulkanen der Umgebung rasch wieder an die Oberfläche befördert wurde. Es ist fast, als wäre es rhythmisch vonstatten gegangen, wie Ebbe und Flut. Hier ist lange Zeit etwas äußerst Verdächtiges vor sich gegangen! Kithrup soll brachgelegen haben, seit die antiken Karrank% hier lebten. Aber jemand hat bis in die jüngste Zeit hinein hochraffiniertes Zeugs in der Kruste dieses Planeten versteckt!«

Beinahe wäre Toshio unhöflich geworden. Bis in die jüngste Zeit hinein – wahrhaftig! Dart schnüffelte in geologischen Zeiten herum. Jeden Tag konnten ihnen die Eaties auf den Leib rücken, und da behandelte er die angebliche Ablagerung von Industriemüll vor Tausenden von Jahren wie den neuesten Kriminalfall von Scotland Yard!

»Jawohl, Sir. Ich werde mich sofort darum kümmern.« Toshio wußte nicht genau, ob Dart ihm eben etwas aufgetragen hatte, aber er wollte nichts riskieren. »Und machen Sie sich keine Sorgen, Sir. Die Sonde wird Tag und Nacht abgelesen werden. Keepiru und Sah'ot haben Befehl von Takkata-Jim, sich abwechselnd anzuschließen, wenn ich nicht zur Verfügung stehe. Sie werden mich rufen oder wecken, wenn sich irgend etwas ändert.«

Würde der Schimp sich damit zufriedengeben? Die Fen hatten diese Order vom Ersten Offizier der *Streaker* nicht ohne Maulen zur Kenntnis genommen, aber sie würden gehorchen, selbst wenn Sah'ots Arbeit mit den Kiqui dadurch verzögert würde.

Wunder über Wunder, Charles schien einverstanden zu sein. »Ja, das ist nett von ihnen«, brummte er. »Vergiß nicht, ihnen von mir zu danken. Ach, übrigens – wenn er angeschlossen ist, kann Keepiru vielleicht feststellen, woher das gelegentliche Rauschen kommt, das der Robot ausstrahlt. Es stört mich und wird immer schlimmer.«

»Jawohl, Sir. Ich werde ihn darum bitten.«

Der Schimpanse rieb sich mit dem haarigen Handrükken das rechte Auge und gähnte.

»Hör mal, Toshio«, seufzte er. »Tut mir leid, aber ich brauche jetzt wirklich 'ne Pause. Hättest du was dagegen, wenn wir hiermit später weitermachen? Ich werde dich nach dem Abendessen anrufen, dann beantworte ich alle deine Fragen, hm? Okay also, bis später dann.« Charlie streckte die Hand aus, und das Hologramm verschwand.

Eine Weile starrte Toshio den leeren Raum vor dem Monitor an. Es hatte ihm die Sprache verschlagen. Dagegen? Ob ich etwas dagegen hätte? Aber nein, Sir, ich glaube, ich hätte nicht das geringste dagegen! Ich werde einfach geduldig hier warten, bis Sie wieder anrufen oder bis mir der Himmel auf den Kopf fällt.

Er schnaubte. Hätte ich etwas dagegen!

Toshio stand auf. Seine Gelenke knackten, denn er hatte zu lange mit gekreuzten Beinen dagesessen.

Ich dachte, ich wäre noch zu jung für so was. Na ja. Ein Kadett soll schließlich jede Erfahrung mal machen.

Er blickte zum Wald hinüber. Dennie arbeitete fleißig mit den Kiqui. Sollte er Gillian stören? Wahrscheinlich machte sie sich Sorgen um Tom, und wer wollte ihr das verdenken? Er hätte sich schon gestern morgen melden müssen.

Aber vielleicht kann sie etwas Gesellschaft gebrauchen.

In letzter Zeit hatte er angefangen, Phantasien über Gillian zu entwickeln. Das war freilich nur natürlich. Sie war eine wunderschöne ältere Frau – mindestens dreißig –

und nach den meisten Maßstäben weit verlockender als Dennie Sudman.

Nicht, daß Dennie auf ihre Weise nicht auch attraktiv gewesen wäre, aber Toshio hatte keine Lust mehr, besonders viel an Dennie zu denken. Ihre unausgesprochene Zurückweisung, die sich darin äußerte, daß sie ihn absichtlich übersah, wenn sie miteinander allein waren, obgleich sie so viel miteinander gemeinsam hatten, war schon schmerzhaft.

Dennie hatte nichts Verletzendes gesagt oder getan, aber in letzter Zeit war sie launisch geworden. Toshio argwöhnte, daß sie gespürt hatte, wie er sich zu ihr hingezogen fühlte, und sie überreagierte, indem sie ihm die kalte Schulter zeigte. Er empfand dies als recht unreife Reaktion, aber das minderte den Schmerz keineswegs.

Über Gillian zu phantasieren war eine ganz andere Sache. Er hatte schon beschämende, aber gleichwohl unwiderstehliche Tagträume gehabt, in denen er bei ihr gewesen war, als sie einen Mann brauchte, und ihr geholfen hatte, ihren Verlust zu überwinden...

Wahrscheinlich wußte sie, was er empfand, aber ihr Verhalten ihm gegenüber ließ sie davon nicht beeinflussen. Diese Nachsicht war beruhigend, und sie machte sie zu einem ungefährlichen Objekt halbgeheimer Verehrung.

Es könnte natürlich auch sein, daß ich einfach durcheinander bin, dachte Toshio. *Ich versuche, ein Gebiet, auf dem ich überhaupt keine Erfahrung besitze, analytisch zu betrachten, und dabei kommen mir immer wieder meine eigenen Gefühle in die Quere.*

Ich wünschte, ich wäre nicht einfach ein ungeschickter Bengel, sondern mehr wie Mr. Orley.

Ein unregelmäßiger elektronischer Ton hinter ihm unterbrach seine Gedanken – das Intercom erwachte wieder zum Leben!

»O nein!« stöhnte Toshio. »Nicht schon wieder!«

Die Einheit rauschte, als der Tuner sich mühte, eine erratische Trägerwelle einzufangen. Toshio verspürte ein wildes Verlangen, hinüberzurennen und das Ding mit einem Tritt in die bodenlose Finsternis des Bohrbaumschachtes zu befördern. Plötzlich brach ein prasselndes, von Rauschen umhülltes Pfeifen aus dem Gerät.

Wenn (krrk) Kadetten
zusammenhalten –
wer kann uns dann widerstehen?
Und wer unter allen Kadetten
kann fliegen
wie die von Calafia?

»Akki!« Toshio eilte hinüber und kniete vor dem Gerät nieder.

Recht hast du,
mein tauchender Partner –
Weißt du noch,
wie wir Hummer gejagt?

»Ob ich das noch weiß? Ifni! Ich wünschte, wir wären zu Hause und täten es wieder! Aber was ist los? Habt ihr einen Gerätedefekt auf der Brücke? Ich bekomme kein Bild, und es rauscht stark. Außerdem dachte ich, sie hätten dich aus dem Kommunikationsdienst herausgenommen. Und weshalb das Trinär?«

Die Notwendigkeit
ist (krrk) jemandes Mutter –
Ich sende dies
über Nervenkupplung –
Besorgt suche ich
die Hohe Patronin –
Dringend
um sie (krrk) zu warnen –

Toshio spitzte die Lippen, als er den Funkspruch bei sich wiederholte. »... die Hohe Patronin.« Es gab nur wenige

Menschen, denen die Fins solche Titel verleihen. Und nur ein einziger Kandidat dafür befand sich jetzt auf der Insel.

»Du willst mit Gillian sprechen?«

Dringend
Um sie zu warnen –

Toshio blinzelte. Dann sagte er: »Ich hole sie sofort, Akki. Bleib dran!«

Er wandte sich ab und rannte in den Wald hinein. Aus Leibeskräften schrie er Gillians Namen.

43

Akki

Das Monofaserkabel war vor dem Geröll und dem Schlick auf dem Meeresboden beinahe unsichtbar. Sogar im Licht von Akkis Geschirrscheinwerfer blinkte nur hier und dort zwischen den Klippen und Sedimenten der zerklüfteten Riffkette ein spinnwebähnliches Schimmern auf.

Es lag in der Absicht der Konstrukteure, das Kabel vor Entdeckung zu schützen. Es war die einzige Möglichkeit für die *Streaker*, mit ihren beiden außerhalb eingesetzten Arbeitstrupps sicher zu kommunizieren, ohne ihre Position zu verraten. Akki war gezwungen gewesen, mehr als eine Stunde lang zu suchen, und zwar mit den besten verfügbaren Instrumenten und wohl wissend, wo er Ausschau zu halten hatte, bevor er die Leitung zur Insel entdeckte. Als er sich über seine Neuralbuchse in das Kabel geschaltet hatte, war mehr als die Hälfte des Sauerstoffs in seinem Atmer verbraucht.

Viel Zeit hatte es ihn gekostet, sich einfach vom Schiff zu entfernen, und trotzdem war Akki nicht sicher, daß man sein Verschwinden nicht doch bemerkt hatte. Der schweigsame Elektriker-Maat in der Gerätekammer hätte keine Fragen stellen dürfen, als er ihm befohlen hatte, ein Atemgerät herauszugeben. Ein anderer Fin, ein dienstfreier Maschinenraummatrose, war ihm in einigem Abstand gefolgt, nachdem er die Gerätekammer verlassen hatte, und Akki hatte sich auf Umwegen durch die Außenschleuse verdrücken müssen, um den *Stenos* abzuschütteln.

Innerhalb von weniger als zwei Tagen war eine kaum merkliche Veränderung über die Besatzung der *Streaker* gekommen. Ein neues Machtgerüst war entstanden. Besatzungsmitglieder, die früher wenig Einfluß besessen hatten, drängten sich jetzt an die Spitze der Essensschlangen und nahmen dominante Körperhaltungen ein, während andere mit niedergeschlagenen Blicken und hängenden Flossen ihren Aufgaben nachgingen.

Rang und offizielle Position hatten damit wenig zu tun. In dieser Hinsicht war es an Bord der *Streaker* schon immer informell zugegangen. Feine Verlagerungen der Machtstrukturen waren naturgemäß eher als formelle Autoritätsordnungen dazu geeignet, von den Delphinen beachtet zu werden.

Jetzt schien sogar Rassismus ein Faktor zu sein. Eine unverhältnismäßig große Anzahl der neuen Autoritätspersonen gehörten zur Untergruppe der *Stenos*-Fins.

Das Ganze kam einem formlosen Putsch gleich. Offiziell handelte Takkata-Jim im Namen des bewußtlosen Creideiki, bis der Schiffsrat zusammentreten könnte. Aber das Wasser in der *Streaker* schmeckte nach einer Herde mit einem neuen Leit-Fin. Diejenigen, die dem alten Bullen nahegestanden hatten, waren out, und die Spießgesellen des neuen schwammen plötzlich vorneweg.

Akki fand das alles recht unlogisch und ein bißchen widerlich. Es machte ihm deutlich, daß selbst die nach höchsten Standards ausgewählten Fen der *Streaker*-Crew unter Streß in die uralten Verhaltensmuster zurückfallen konnten. Er sah jetzt, was die Galactics meinten, wenn sie erklärten, dreihundert Jahre des Liftens seien eine zu kurze Zeit, um eine Rasse reif für die Raumfahrt zu machen.

Es war eine schmerzliche Erkenntnis. Akki fühlte sich so sehr wie ein *Klient,* wie er es in der gemischten, egalitären Kolonie von Calafia nie erfahren hatte.

In einer Hinsicht allerdings war die Entdeckung hilfreich: Sie verschaffte ihm eine tiefe Befriedigung angesichts seines meuterischen Aktes. Legalistisch betrachtet, beging er ein schwerwiegendes Verbrechen, indem er das Schiff gegen die ausdrückliche Anweisung des kommissarischen Kapitäns verließ, um Verbindung mit Gillian Baskin aufzunehmen.

Aber Akki spürte jetzt, daß er die Wahrheit kannte. Er gehörte zu einer Crew aus Raumfahrerimitationen. Wenn Creideiki nicht auf wunderbare Weise genäse, würden sie aus eigener Kraft und ohne die Intervention ihrer Patrone aus diesem Schlamassel nicht wieder herausfinden.

Dabei dachte er nicht an Ignacio Metz und auch nicht an Emerson D'Anite oder Toshio. Er stimmte mit Makanee überein, daß ihre einzige Hoffnung in der Rückkehr von Dr. Baskin oder Mr. Orley lag.

Inzwischen hatte er sich damit abgefunden, daß Orley verschollen war: Der Rest der Mannschaft glaubte es auch, und dies war ein weiterer Grund dafür, daß die Moral der Leute zum Teufel gegangen war, nachdem Creideiki den Unfall gehabt hatte.

Aus dem Kabel strahlte ein Trägerton direkt in seinen statoakustischen Nerv, während Akki ungeduldig auf Gillians und Toshios Rückkehr wartete. Die Leitung wurde im Augenblick von niemand anderem benutzt, nachdem Charles Dart sich zurückgezogen hatte, aber jede Sekunde, die verstrich, vergrößerte das Risiko, daß der diensthabende Kommunikations-Fin an Bord die Resonanz seiner Zwischenschaltung entdeckte. Akki hatte dafür gesorgt, daß man sein Gespräch mit Toshio nicht abhören konnte, aber die Nebeneffekte würden selbst einem stumpfsinnigen Komm-Sek-Fin auf die Dauer nicht entgehen können.

Wo bleiben *sie nur?* fragte er sich. *Sie müssen doch wissen, daß ich nicht unbegrenzt viel Luft habe! Und dieses metallhaltige Wasser läßt meine Haut jucken.*

Akki atmete langsam, um sich zu beruhigen. Ein Lehrvers aus dem Keneenk ging ihm durch den Sinn.

›Vergangenheit‹ ist das, was war –
der Nachhall heißt Erinnerung…
Und in ihr finden wir die ›Gründe‹ –
dessen, was jetzt ist.

Die ›Zukunft‹ ist das, was sein wird –
erdacht und selten gesehen…
in ihr liegen die ›Ergebnisse‹ –
dessen, was jetzt ist.

Die ›Gegenwart‹ ist dieser schmale Streif –
vergänglich, flackernd stets…
Sie ist Beweis nur für den ›Witz‹ –
dessen, was jetzt ist.

Vergangenheit, Zukunft und Gegenwart gehörten zu den schwierigsten Begriffen, die sich auf Trinär explizit ausdrücken ließen. Der Vers sollte die Vorstellung von Kausalität erhellen, wie sie die Patrone und die meisten der anderen Sophonten sahen, und gleichzeitig den essentiellen Glauben an die Lebenssicht der Cetaceen erhalten.

Das alles war Akki so einfach erschienen. Manchmal fragte er sich, weshalb einige dieser Delphine von der Erde so große Probleme mit solchen Ideen hatten. Man dachte, man stellte sich Handlungen und ihre Konsequenzen vor, erwog, wie die unterschiedlichen Resultate schmecken und sich anfühlen würden, und dann handelte man! Wenn die Zukunft unklar war, tat man sein Bestes und hoffte.

So hatten sich die Menschen durch die schrecklichen Zeiten der Unwissenheit ihrer Waisenkindheit gewühlt. Akki sah keinen Grund, weshalb es für seine Artgenossen so schwierig sein sollte, zumal man ihnen den Weg wies.

»Akki? Hier Toshio. Gillian ist unterwegs. Sie mußte irgend etwas Wichtiges unterbrechen, deshalb bin ich vorausgelaufen. Bist du okay?«

Akki seufzte.

In der Tiefe –
juckt der Blasmund
Und ich warte –
pflichtbewußt

Zykloiden –
rollen um mich…

»Moment«, unterbrach Toshio den Vers. Akki verzog das Gesicht. Stilgefühl würde Toshio niemals entwickeln.

»Hier ist Gillian«, erklärte Toshio. *»Sei vorsichtig, Akki.«*

Statisches Knistern erfüllte die Leitung.

Du auch –
mein tauchender,
fliegender Partner

»Akki?«

Es war Gillian Baskins Stimme, blechern durch die schlechte Verbindung, aber dennoch unendlich beglückend.

»Was gibt's, mein Freund? Kannst du mir sagen, was an Bord los ist? Wieso redet Creideiki nicht mit mir?«

Diese Frage hatte Akki nicht als erste erwartet. Aus irgendeinem Grunde hatte er vermutet, ihre Hauptsorge würde Tom Orley gelten. Nun, er würde das Thema nicht zur Sprache bringen, wenn sie es nicht täte.

Makanee –
die geduldige Ärztin

Schickt mich aus –
vor Gefahren zu warnen

Lautlos, reglos –
liegt Creideiki
Streakers Glück –
seltsam entschwindet

Der Geschmack –
von Atavismus
hängt im Wasser –

Am anderen Ende war es still. Zweifellos war Gillian dabei, ihre nächste Frage so zu formulieren, daß er eine eindeutige Antwort auf Trinär geben könnte. Dies war eine Fertigkeit, an der es Toshio gelegentlich in bedauerlichem Maße mangeln ließ.

Hastig hob Akki den Kopf. War da ein Geräusch gewesen? Es war nicht aus der Leitung gekommen, sondern aus den dunklen Wassern um ihn herum.

»Akki«, begann Gillian. *»Ich werde dir Fragen stellen, die so formuliert sind, daß sie Drei-Ebenen-Antworten ermöglichen. Bitte antworte mir lieber knapp als kunstvoll.«*

Mit Vergnügen, wenn ich kann, dachte Akki. Er hatte sich schon oft gefragt, weshalb es so schwierig war, auf Trinär unverblümt miteinander zu reden, ohne mit poetischen Anspielungen um den heißen Brei herumzuschleichen. Es war seine Muttersprache ebenso wie das Anglische, aber es frustrierte ihn, daß es sich jeder Abkürzung so beharrlich widersetzte.

»Akki, ignoriert Creideiki die Fische-des-Traumes, jagt er sie, oder füttert er sie?«

Gillian wollte wissen, ob Creideiki noch als Werkzeugbenutzer funktionierte, ob er durch eine Verletzung beeinträchtigt in bewußtloser Traum-Jagd schwebte, oder ob er – schlimmer noch – schon tot war. Irgendwie war es ihr gelungen, geradewegs zum Kern der Sache vorzustoßen. Akki gelang eine erfreulich knappe Erwiderung.

Er jagt den Fisch -
im tiefsten Wasser

Da war dieses Geräusch wieder! Ein rasches Klicken aus geringer Entfernung. Zur Hölle mit der Notwendigkeit, die Neuralkupplung an diese rauschende und knisternde Leitung zu schalten! Die Geräusche waren so nah, daß kaum ein Zweifel bleiben konnte. Jemand suchte ihn hier draußen.

»Gut, Akki. Nächste Frage. Beruhigt Hikahi sie alle mit Keneenk-Versen, widerhallt sie Herden gehorsam, oder singt sie abwesend stumm?«

Das Delphinsonar ist ein extrem richtungsgenaues Ding. Akki fühlte, wie der Rand eines Sonarstrahls knapp über ihm dahinstrich, ohne ihn voll zu treffen. Er schmiegte sich so flach an den Meeresboden, wie er nur konnte, und bemühte sich, sein eigenes nervöses Klicken in den weichen Sand zu richten. Gern hätte er einen seiner Geschirrarme bewegt und einen Stein ergriffen, um seine Lage zu stabilisieren, aber er fürchtete, daß man das leise Sirren der Motoren würde hören können.

Abwesend stumm -
verblaßt die Erinnerung -
an Hikahi

Abwesend stumm -
sind auch Tsh't
Und Suessi

Er wünschte sich, er könnte hier ebenfalls abwesend stumm und dafür in seiner ruhigen Kabine an Bord der *Streaker* sein.

»Okay. Sind sie stumm, weil netzgefangen? Stumm, weil Orca fürchtend wartend? Stumm, weil Fische fütternd?«

Akki wollte eben antworten, als er wie einer, dessen Augen plötzlich von grellem Licht geblendet wurden, von einem lauten, pulsierenden Schwall überschwemmt wurde, der extrem richtungsgenau von einem Punkt links über ihm ausging. Es stand außer Zweifel, daß ihn ein Delphin, der sich dort befand, gleich entdeckt haben mußte.

Takkata-Jim -
zerbeißt die Kabel

Mein eigener Job -
ist mein nicht länger

Sein Lügengesang –
wird nun verbreitet
von eigenen Fen

Akki war so aufgeregt, daß einiges davon tatsächlich als Geräusch hervordrang und nicht nur als Impuls in das Monofaserkabel geleitet wurde. Es hatte keinen Sinn mehr, sich länger verstecken zu wollen. Er schickte sich an, die Verbindung zu kappen, und wandte seine melonenförmige Stirnwölbung dem Eindringling zu. Er feuerte einen Sonarpuls ab, der, wie er hoffte, stark genug war, um den anderen vorübergehend zu betäuben.

Die Echos seines Pulses, die zu ihm zurückkehrten, vermittelten ihm ein deutliches Bild. Es rauschte, als ein sehr großer Delphin beiseite schwenkte und seinem Strahl auswich.

K'tha-Jon! Akki erkannte das Echo sofort.

»Akki? Was war das? Sind das Kampfgeräusche? Mach Schluß, wenn du mußt. Ich komme zurück, so schnell ich...«

Seine Pflicht war erfüllt. Akki riß die Neuralverbindung heraus und rollte sich auf die Seite.

Er handelte keinen Augenblick zu früh. Ein blaugrüner Laserblitz fuhr brutzelnd durch die Stelle, an der er sich noch eine Sekunde zuvor befunden hatte.

Aha, also so sieht's aus, dachte er, als er in den Canyon neben dem Riff hinabtauchte. *Der Hammerkopf will mir ans Leder, und mit den Höflichkeiten ist es aus.*

Er rollte sich flink nach rechts, und wie ein Pfeil schoß er hinunter in die Schattentiefen.

Delphine waren bekannt dafür, daß sie ungern Lebewesen töteten, aber eine eingeschränkte Rasse waren sie nicht. Schon vor dem Liften hatten Menschen Fälle erlebt, in denen ein Fin einen anderen ermordet hatte. Als die Menschen die Cetaceen befähigten, den Weltraum zu bereisen, verhalfen sie ihnen gleichzeitig auch zu größerer Effizienz, was das Töten anging.

Ein nadelfeiner Laserstrahl zischte kaum einen Meter vor ihm durch das Wasser. Akki biß die Zähne zusammen und tauchte durch die kochende Blasenkette dahinter. Ein neuer, glühend heißer Strahl fuhr zischend zwischen seinen Brustflossen hindurch. Er wirbelte herum und tauchte in den langgestreckten Schallschatten einer zerklüfteten Felsenklippe hinab.

K'tha-Jons Lasergewehr konnte über große Distanz töten, während der kleine Schweißbrenner an Akkis Geschirr, wie alle Handfeuerwaffen/Werkzeuge, nur im Nahkampf von Nutzen sein konnte. Es war klar, sein Heil konnte nur in der Flucht oder einer List liegen.

Es war sehr dunkel hier unten. Alle Rotfarben waren verschwunden. Nur Blau und Grün konnten bis hier herunterdringen, um die von Schatten erfüllte Szenerie zu illuminieren. Akki nutzte das zerklüftete Terrain und glitt zwischen die scharfen Wände einer engen Felsspalte. Dort verharrte er, um zu lauschen.

Die Echos, die er passiv empfangen konnte, verrieten ihm nur, daß K'tha-Jon irgendwo draußen war und nach ihm suchte. Akki hoffte, sein eigener, schneller Atem möge nicht wirklich so laut sein, wie er in seinem Gehör klang.

Er schickte eine Neuralanfrage in sein Geschirr. Der Mikrocomputer meldete ihm daraufhin, daß sein Atmer noch Luft für eine halbe Stunde enthalte. Damit war seinem Abwarten eine deutliche Grenze gesetzt.

Akkis Kiefer mahlten. Gern hätte er K'tha-Jons lange Brustflossen zwischen seinen Zähnen gespürt, wenngleich er wußte, daß er es weder an Kraft noch an Größe mit dem *Stenos* aufnehmen konnte.

Akki hatte keine Ahnung, ob K'tha-Jon sich auf eigene Initiative oder auf Takkata-Jims Befehl hin hier draußen herumtrieb. Aber wenn hier *Stenos*-Intrigen im Gange waren, dann traute er ihnen durchaus zu, den hilflosen Creideiki umzubringen, wenn sie ihren Plan damit verwirklichen konnten. So unvorstellbar dies auch war, es konnte ihnen sogar in den Sinn kommen, Gillian etwas anzutun, wenn sie bei ihrer Rückkehr zum Schiff nicht aufpaßte. Der bloße Gedanke, ein Fin könnte an einem solchen Verbrechen teilhaben, ließ Übelkeit in Akki aufsteigen.

Ich muß zurück und Makanee helfen, Creideiki zu verteidigen, bis Gillian kommt! Das hat Vorrang vor allem anderen!

Er schob sich aus seinem Spalt und schwamm dicht über dem Boden im Zickzack auf einen kleinen, südöstlich gelegenen Canyon zu. Dabei entfernte er sich sowohl von der *Streaker* als auch vom Thennanin-Wrack und von Toshios Insel. Dieser Richtung würde K'tha-Jon vermutlich die geringste Aufmerksamkeit widmen.

Er hörte, wie der Riese mit seinen Sonarpulsen nach ihm suchte. Für den Augenblick verfehlten ihn die starken Schallwellen. Er hatte eine gute Chance, einen Vorsprung zu gewinnen, ehe er entdeckt würde.

Aber diese Vorstellung war nicht ganz so köstlich wie die Befriedigung, mit der es ihn hätte erfüllen können,

K'tha-Jon unverhofft den Schnabel in die Genitalien zu rammen!

Gillian wandte sich vom Intercom ab und sah die Besorgnis in Toshios Gesicht. Sie ließ ihn sehr jung aussehen. Die Rolle des harten, weltgewandten Mel war von ihm abgefallen. Toshio war ein heranwachsender Kadett, der eben erfahren hatte, daß sein Captain verkrüppelt war. Und jetzt kämpfte womöglich sein bester Freund um sein Leben. Er schaute sie an und hoffte, bei ihr Zuversicht zu finden, daß alles gut werden würde.

Gillian nahm den Jungen bei der Hand und zog ihn an sich. Gegen seine Proteste umarmte sie ihn, bis die Spannung in seinen Schultern sich schließlich löste. Er vergrub sein Gesicht an ihrer Schulter und klammerte sich an sie.

Als er sich wieder von ihr löste, sah Toshio sie nicht an, sondern wandte sich ab und wischte sich mit dem Handballen über das linke Auge.

»Ich werde Keepiru mitnehmen müssen«, sagte Gillian. »Glaubst du, ihr könnt auf ihn verzichten, du, Sah'ot und Dennie?«

Toshio nickte. Die Worte wollten ihm im Halse steckenbleiben, aber bald hatte er seine Stimme wieder unter Kontrolle. »Jawohl, Sir. Sah'ot wird vielleicht Probleme machen, wenn ich ihm ein paar von Keepirus Aufgaben übertrage. Aber ich habe beobachtet, wie Sie mit ihm umgehen. Ich glaube, ich werde damit fertig.«

»Das ist gut. Sieh zu, daß du ihn auch von Dennie fernhältst. Du wirst jetzt der militärische Kommandant sein. Aber ich bin sicher, du wirst es schaffen.«

Gillian wandte sich dem kleinen Camp am Rande des Tümpels zu, um ihre Ausrüstung zusammenzupacken. Toshio ging ans Wasser und schaltete den Hydrophonverstärker ein, der den beiden Delphinen signalisieren würde, daß sie verlangt wurden. Sah'ot und Keepiru waren vor einer Stunde davongeschwommen, um auf den abendlichen Jagdausflug der Aborigines zu warten.

»Ich kann auch mit Ihnen zurückfahren, wenn Sie wollen, Gillian.«

Sie schüttelte den Kopf, während sie ihre Notizen und Geräte zusammentrug. »Nein, Toshio. Dennies Arbeit mit den Kiqui ist verdammt wichtig. Und du mußt verhindern, daß sie mit einem versehentlich weggeworfenen Streichholz den Wald abbrennt, weil sie mit den Gedanken woanders ist. Außerdem brauche ich dich, damit du so tun kannst, als sei ich noch hier. Glaubst du, das könntest du für mich tun?« Gillian verschloß ihre wasserdichte Aktenmappe und fing an, Hemd und Shorts abzustreiten. Toshio wollte sich abwenden und begann zu erröten.

Dann bemerkte er, daß es Gillian nicht zu stören schien, wenn er sie anschaute. *Vielleicht werde ich sie niemals wiedersehen,* dachte er. *Ob sie weiß, was sie da für mich tut?*

»Jawohl, Sir«, sagte er. Sein Mund war trocken. »Ich werde mich Doktor Dart gegenüber so genervt und ungeduldig wie immer benehmen. Und wenn Takkata-Jim nach Ihnen fragt, werde ich... werde ich ihm erzählen, Sie seien gerade irgendwo... äh... schmollen.«

Gillian hielt ihren Taucheranzug vor sich und wollte hineinsteigen. Aber dann hob sie den Kopf und sah ihn an, überrascht von der Trockenheit dieser Bemerkung. Sie lachte.

Mit zwei langbeinigen Schritten war sie bei ihm und umarmte ihn ein zweitesmal. Ohne zu überlegen, schlang Toshio beide Arme um die weiche Haut ihrer Taille.

»Du bist ein guter Mann, Tosh«, sagte sie und küßte ihn auf die Wange. »Und gewachsen bist du auch, weißt du? Du bist ein ganzes Stück größer als ich. Du belügst Takkata-Jim für mich, und ich verspreche dir, wir werden im Handumdrehen einen richtigen Meuterer aus dir machen.«

Toshio nickte und schloß die Augen. »Jawohl, Ma'am«, antwortete er und drückte sie an sich.

44

Creideiki

Seine Haut juckte. Sie hatte immer gejuckt, seit jenen verschwommenen Zeiten, da er im Kielwasser seiner Mutter dahingeschwebt war – als er gelernt hatte, was eine Berührung war, beim Säugen und bei den sanften Stößen mit der Nase, mit denen sie ihn daran erinnert hatte, zum Atmen aufzutauchen.

Bald hatte er gelernt, daß es auch noch andere Arten der Berührung gab. Es gab Wände und Pflanzen und die Seiten der Gebäude der Siedlung in Catalina-Under; es gab das streichelnde, stoßende und ja! beißende Spiel seiner Altersgenossen; es gab die zarten und oh! so köstlich unterschiedlichen Berührungen der Mels und Fems – der Menschen –, die wie Flossenfüßler umherschwammen, wie Seelöwen, und die lachten und unter und über Wasser mit ihm Fangen spielten.

Und da war das Gefühl des Wassers. Alle die verschiedenen Arten, wie das Wasser sich anfühlen konnte.

Das Platschen und Krachen, wenn man hineinfiel! Das geschmeidige, blättrige Fließen, wenn man so schnell dahinjagte, wie noch *niemand* zuvor je gejagt sein konnte! Das sanfte Lecken um den Blasmund, wenn man ruhte und sich selbst ein Schlaflied sang.

Oh, wie es juckte!

Schon vor langer Zeit hatte er gelernt, sich an Dingen zu reiben, und er hatte herausgefunden, was das bei ihm bewirken konnte. Seither hatte er masturbiert, wann immer ihm danach zumute gewesen war, wie es jeder gesunde Fin zu tun pflegte...

Creideiki wollte sich kratzen. Er wollte masturbieren.

Aber es gab keine Wand, an der er sich reiben konnte. Er schien unfähig zu sein, sich zu bewegen oder wenigstens die Augen zu öffnen, um zu sehen, was ihn umgab.

Er schwebte in der Luft, gehalten von nichts... von

einem vertrauten Zauber... ›Anti-Gravitation‹. Das Wort, wie auch die Erinnerung daran, schon viele Male so geschwebt zu sein, erschien ihm aus irgendeinem Grunde fremdartig, beinahe bedeutungslos.

Er staunte über seine Mattigkeit. Wieso öffnete er nicht die Augen und sah sich um? Wieso klickte er keinen Klangstrahl hinaus und hörte sich Form und Beschaffenheit dieses Ortes an?

In regelmäßigen Abständen fühlte er ein nasses Rieseln, das seine Haut feucht hielt. Es schien aus allen Richtungen zu kommen.

Er überlegte und kam dann zu dem Schluß, daß etwas ganz und gar nicht in Ordnung war. Er mußte sehr krank sein.

Ein unwillkürlicher Seufzer ließ ihn begreifen, daß er noch fähig war, Geräusche hervorzubringen. Er suchte nach den richtigen Mechanismen, experimentierte ein Weilchen, und dann gelang es ihm, das Geräusch zu wiederholen.

Sie müssen daran arbeiten, mich wieder in Ordnung zu bringen, dachte er. Ich muß verletzt worden sein. Ich fühle keinen Schmerz, aber ich fühle eine Leere. Man hat mir etwas weggenommen. Einen Ball? Ein Werkzeug? Eine Fähigkeit? Was auch immer. Die Leute versuchen wahrscheinlich schon, es zurückzubringen.

Ich vertraue den Leuten! dachte er glücklich. Und die Linie seines Mundes kräuselte sich zu einem feinen Lächeln.

!!!!

Die Linie seines Mundes tat was?
Oh. Ja. Lächeln. Dieses neue Zeugs.
Neues Zeugs? Ich hab's mein Leben lang getan!
Warum?
Weil es ausdrucksvoll ist! Weil es meine Mimik verfeinert! Weil...
Es ist redundant.

Creideiki stieß einen matten, gurgelnden Schrei der Verwirrung aus.

Im hellen Licht
des Sonnenscheins –
Schwärmen die Antworten
in Schulen, wie Fische

Jetzt erinnerte er sich ein wenig. Er hatte geträumt. Etwas Entsetzliches war geschehen, und er war in einen Alptraum der Verwirrung gestürzt. Gestalten waren auf ihn zugeschossen und hatten sich wieder entfernt, und er hatte gefühlt, wie alte Lieder neue, gespenstische Formen annahmen.

Er begriff, daß er immer noch mit beiden Gehirnhälften zugleich träumen mußte. Das erklärte, weshalb er sich nicht bewegen konnte. Er versuchte sich mit einem Lied behutsam zu wecken.

Es gibt manche Tiefen –
die kennt nur der Spermwal
Physeter, *der jagt*
in den Klüften des Traums
Er kämpft mit dem Kraken
dessen Kopf wie ein Berg ist
und dessen Tentakel
die Meere umschlingen…

Es war kein beruhigender Reim. Er hatte finstere Untertöne, vor denen er am liebsten angsterfüllt geflohen wäre. Creideiki versuchte das Lied aufzuhalten. Er fürchtete das, was es vielleicht heraufbeschwören würde. Aber unwillkürlich formte er die Klangglyphen weiter.

Geh hinab in die Tiefen –
wo Finsternis schwarz ist
Wo die ›Zykloide‹
nie hingelangt

Und wo alle Musik
endlich herabsinkt
Wo sie sich sammelt,
in Schichten gestapelt
Heulende Lieder
von uralten Stürmen
Und von Orkanen
die niemals verstummt...

Ein Wesen wuchs neben Creideiki. Eine große, massige Gestalt war ganz in der Nähe zu spüren, die sich aus dem Stoff seines Liedes formte. Creideiki fühlte ihre trägen Sonarpulse, die seine kleine Kammer erfüllten... eine kleine Kammer, die den Behemoth, der neben ihm Gestalt annahm, unmöglich aufnehmen konnte.

Nukapai?

Das Dröhnen von Erdbeben –
bewahrt durch die Zeiten
Das Donnern geschmolzenen
Urgesteins...

Das Klangwesen verfestigte sich mit jedem verhallenden Vers. Muskelkraft bildete sich in dem Wesen neben ihm. Träge, mächtige Flossenschläge drohten ihn kopfüber ins Taumeln zu stürzen. Als Es blies, klang Seine Gischt wie die Brandung, die der Sturm an ein felsiges Gestade trieb.

Die Angst verlieh ihm schließlich die Willenskraft, die Augen zu öffnen. Feuchter Schleim rann ihm über die Augäpfel, als er mühsam die Lider voneinander trennte. Die Augen lagen ganz tief in ihren Höhlen, und es dauerte eine Weile, bis sie etwas sahen.

Zuerst sah er nur den Suspensionstank der Krankenstation, klein und begrenzt. Er war allein.

Aber der Klang sagte ihm, daß er im offenen Meer schwamm, und ein Leviathan trieb neben ihm! Er *fühlte* seine gewaltige Kraft!

Er blinzelte, und plötzlich veränderte sich seine Sicht. Er erblickte den Referenzrahmen des Klanges. Der Raum verschwand, und er *sah* Es!

!!!!!!!

Das Ding neben ihm hätte in keinem der Ozeane, die er kannte, leben können. Creideiki erstickte fast vor Furcht.

Es bewegte sich mit der Gewalt einer Tsunami, mit der Unwiderstehlichkeit der Flut.

Es war ein Ding aus Dunkelheit und Tiefe.

Es war ein Gott.

K-K-Kph-kree!!

Es war ein Name, von dem Creideiki nicht gewußt hatte, daß er ihn kannte. Er quoll von irgendwo herauf, wie die Drachen in einem Alptraum.

Ein dunkles Auge betrachtete Creideiki mit einem Blick, der ihn zu versengen drohte. Er wollte sich abwenden, sich verstecken oder sterben.

Und dann sprach Er ihn an.

Er verschmähte Trinär, und er hatte gewußt, daß Er das tun würde. Er verwarf Primal, verachtete es als Sprache für kluge Tiere. Er sang ein Lied, das ihn mit physischer Gewalt überrollte, das ihn einhüllte und mit schrecklichem Verstehen erfüllte.

: Du Bist Uns Davongeschwommen Creideiki: Du Hattest Zu Lernen Begonnen : Und Dann Schwamm Dein Geist Davon : Aber Wir Sind Nicht Fertig: Noch Nicht :

: Wir Haben Lange Auf Einen Wie Dich Gewartet : Jetzt Brauchst Du Uns, So Wie Wir Dich Brauchen : Es Gibt Kein Zurück :

: Wie Du jetzt Bist : Bist Du Eine Hülse : Totes Fleisch : Leere Ohne Lied : Nie wieder Träumer oder Feuerbenutzer :

: Nutzloser *Creideiki : Weder Captain : Noch Cetacee : Unnützes Fleisch :*

: Es Gibt Nur Einen Weg Für Dich : Durch Den Bauch Des Wal-Traumes : Dort Vielleicht Findest Du Einen Weg : Einen Schweren Weg : Aber Einen Weg, Deine Pflicht Zu Tun : Dort Vielleicht Findest Du Einen Weg, Dein Leben Zu Retten…:

Creideiki stöhnte. Kraftlos wälzte er sich herum und rief nach Nukapai. Aber dann erinnerte er sich. Sie war eine von ihnen. Sie wartete tief unten mit seinen übrigen Peinigern, unter ihnen alte Götter, von denen er in den Sagen gehört hatte, und einige, von denen nicht einmal die Buckelwale je gesprochen hatten…

K-K-Kph-kree war gekommen, um ihn zurückzuholen.

Sein Anglisch hatte ihn verlassen, und er erhob ein Flehen in einer Sprache, von der er nicht gewußt hatte, daß er sie beherrschte.

: Ich bin verletzt : Ich bin eine Hülse! Ich *sollte* totes Fleisch sein! : Ich habe die Sprache verloren! Ich habe die Worte verloren! : Laßt mich sterben! :

Es antwortete mit sonorem Grollen, das unter der Erde geboren zu sein schien. Unter dem Schleim.

: Durch Den Wal-Traum Gehst Du : Wo Deine Vettern Niemals Waren : Auch Nicht Als Sie Wie Tiere Spielten Und Menschen Kaum Kannten : Tiefer Als Die Buckligen Gehen : In Müßiger Meditation : Tiefer Noch Als Physeter *: Auf Seiner Teufelsjagd : Tiefer Noch Als Die Dunkelheit Selbst…:*

: Dort Magst Du Entscheiden, Ob Du Sterben Willst, Wenn Die Wahrheit Nicht Ans Licht Kann…:

Die Wände der kleinen Kammer verschwammen, während sein Peiniger an Wirklichkeit zunahm. Das Wesen hatte die mächtige Stirn und die blitzenden Zähne des Spermwals, aber Seine Augen leuchteten wie Feuer, und Seine Flanken waren von funkelnden Silberstreifen bedeckt. Es war umgeben von einer schimmernden Aura, die aussah wie... wie das fluoreszierende Feld, das ein Raumschiff umgab...

Die Kammer verschwand vollends. Plötzlich war rings um ihn her nichts als die weite, offene See der Schwerelosigkeit. Der alte Gott schwamm mit kräftigen Schlägen seiner Schwanzflosse vorwärts. Creideiki stieß einen weichen, flötenden Klageruf aus, und hilflos wurde er vom Sog des Behemoth mitgerissen. Sie wurden schneller, schneller... und immer schneller...

Und obgleich es hier keine Rettung mehr gab, wußte er, sie schwammen nach UNTEN.

»Haben Sie das gehört-t-t?«

Makanees Assistentin schaute auf den Tank, in dem der Captain schwebte. Ein matter Scheinwerfer im Gravitationstank bestrahlte die Suturnarben mehrerer Operationen. Alle paar Sekunden besprühten in die Wände eingelassene Düsen den bewußtlosen Delphin mit einem feinen Dunst.

Makanee folgte dem Blick der Sanitäterin.

»Vielleicht. Vor einer Weile war mir, als hörte ich etwasss. Ein Seufzen womöglich. Was haben Sie gehört?«

Die Assistentin wiegte den Kopf von einer Seite zur anderen. »Ich bin nicht sicher. Es klang, als rede er mit jemandem, aber es war nicht Anglisch. Ein paar Fetzen Trinär, und dann... dann etwas anderes. Es klang gespenstisch!« Die Assistentin schauderte. »Glauben Sie, er träumt?«

Makanee sah zu Creideiki auf und seufzte. »Ich weiß es nicht. Ich weiß nicht einmal, ob das Träumen in seinem Zustand etwas ist, das man ihm wünschen sollte. Vielleicht sollte man lieber inständig beten, er möge nicht träumen.«

45

Tom Orley

Ein eisiger Seewind wehte von Westen her über ihn hinweg. Ein Zitteranfall riß ihn mitten in der Nacht aus dem Schlaf. Im Dunkeln öffnete er die Augen und starrte ins Leere.

Er konnte sich nicht erinnern, wo er war.

Laß dir Zeit, dachte er. *Gleich kommt es wieder.*

Er hatte vom Planeten Garth geträumt, wo die Meere klein und die Flüsse zahlreich waren. Er hatte dort eine Weile unter den Kolonisten, Menschen und Schimps, gelebt. Es war eine gemischte Kolonie, reich und voller Überraschungen wie Calafia, wo Menschen und Delphine zusammen hausten.

Garth war eine freundliche Welt, wenn auch fernab und isoliert von anderen Erdlingssiedlungen.

In seinem Traum war Garth einer Invasion zum Opfer gefallen. Riesige Schlachtschiffe hingen über seinen Städten und spien Gaswolken durch seine fruchtbaren Täler, so daß die Kolonisten in panischer Flucht auseinanderstoben. Blitzende Lichter hatten den Himmel erfüllt.

Er hatte Mühe, die unscharfen Enden seines Traumes von der Wirklichkeit zu trennen. Tom starrte in die kristallene Kuppel von Kithrups Nachthimmel. Sein Körper war verspannt – die Beine hochgezogen, die Hände umklammerten die gegenüberliegenden Schultern – und starr vor Erschöpfung wie vor Kälte. Nur langsam konnte er seine Muskeln lockern. Sehnen ächzten und Gelenke knackten, als er sich noch einmal von Grund auf zu bewegen lernte.

Der Vulkan im Norden war zu einem matten, roten Glühen erstorben. Lange, gezackte Risse klafften in den Wolken über ihm. Tom beobachtete die feinen Lichtpunkte am Himmel.

Er dachte an Sterne. Astronomie diente ihm als geistiger Sammelpunkt.

Rot bedeutet kühl, dachte er. Der rote dort drüben war vielleicht ein kleiner Alter ganz in der Nähe, oder ein ferner Riese, der bereits im Sterben lag. Und der helle hier oben war womöglich ein blauer Superriese. Äußerst selten. Gab es einen in dieser Raumregion?

Daran müßte er sich eigentlich erinnern.

Tom blinzelte. Der blaue ›Stern‹ bewegte sich.

Er beobachtete, wie er über den Sternenhimmel glitt, bis er die Bahn eines anderen leuchtenden Punktes kreuzte. Der zweite war hellgrün. Als die beiden winzigen Funken aufeinandertrafen, blitzte es. Dann zog der blaue Funke weiter, der grüne war verschwunden.

Wie groß war die Wahrscheinlichkeit, so etwas mitanzusehen? Wie wahrscheinlich war es, genau im richtigen Augenblick auf die richtige Stelle zu starren? Die Schlacht da oben muß noch recht wild und hitzig im Gange sein. Vorbei ist sie noch nicht.

Tom versuchte sich aufzurichten, aber sein Körper sank auf das Rankenbett zurück.

Okay, versuch's noch mal.

Er rollte sich auf die Seite, stützte sich auf einen Ellbogen, nahm alle seine Kraft zusammen und stemmte sich hoch.

Kithrups kleine, trübe Monde standen nicht am Himmel, aber es waren genug Sterne da, die die gespenstische Schlingpflanzenlandschaft beleuchteten. Wasser schwappte durch den wogenden Morast. Quakende, glitschende Geräusche erklangen ringsumher. Einmal hörte er einen dünnen Schrei, der plötzlich erstickt endete – der Todesschrei eines kleinen Beutetiers, vermutete er.

Er war dankbar für seine Hartnäckigkeit, die ihn auf diese bescheidene Anhöhe gebracht hatte. Schon zwei Meter machten einen Unterschied. Eine Nacht dort unten in diesem widerwärtigen Matsch hätte er nicht überleben können.

Mit steifen Gliedern drehte er sich um und begann,

seine dürftige Ausrüstung auf dem rohen Schlitten zu durchwühlen. Oberstes Gebot war zunächst, daß er sich wärmte. Er zerrte das Oberteil seines Taucheranzuges aus dem wüsten Haufen und streifte ihn unbeholfen über.

Er mußte sich um seine Wunden kümmern, aber ein Weilchen würden sie noch warten können, genau wie eine volle Mahlzeit ebenfalls – er hatte genügend Vorräte bergen können, um sich ein paarmal satt zu essen.

So kaute er nur einen Nahrungsriegel und nahm ein paar sparsame Schlucke aus seiner Wasserflasche, während er seinen kleinen Ausrüstungsberg durchsah. Im Augenblick waren seine drei PSI-Bomben das Wichtigste.

Er schaute zum Himmel hinauf. Abgesehen von einem schwach schimmernden Purpurnebel in der Nähe eines hell leuchtenden Sterns war von der Schlacht nichts zu sehen. Aber dieser eine kurze Blick hatte genügt. Tom wußte, welche Bombe er zünden mußte.

Gillian hatte ein paar Stunden mit der Niss-Maschine verbracht, bevor sie die *Streaker* verlassen hatte, um sich mit ihm auf Toshios Insel zu treffen. Sie hatte das Tymbrimi-Gerät mit der *Bibliothek* verbunden, die er von Bord des Thennanin-Schiffes geborgen hatte. Dann hatte sie zusammen mit der Niss die Signale entwickelt, mit denen die Bomben zu laden waren.

Das Wichtigste war der Thennanin-Notruf. Wenn die wankelmütige Ifni es zuließe, würde Tom damit das zentrale Experiment durchführen können, um herauszufinden, ob der Plan funktionierte.

Die ganze Arbeit, die Suessi, Tsh't und die anderen in das ›Trojanische Seepferd‹ gesteckt hatten, würde umsonst gewesen sein, wenn die Thennanin nicht unter denen wären, die noch am Kampf teilnahmen. Was würde es der *Streaker* nützen, wenn sie in ein ausgehöhltes Thennanin-Schiff schlüpfte und sich so getarnt ins All erhöbe, wenn alle Kombattanten sofort auf das Überbleibsel einer längst vernichteten Partei feuern würden?

Tom nahm eine der PSI-Bomben auf. Sie war kugelförmig und lag wie ein Reichsapfel in seiner Hand. An der Oberseite befanden sich ein Sicherungsschalter und ein Timer. Gillian hatte jede der Bomben mit einem Klebstreifen sorgfältig etikettiert. Diese trug außerdem ihre schwungvolle Unterschrift und ein kleines Herz mit einem Pfeil.

Tom lächelte und drückte die Bombe an die Lippen.

Das schlechte Gewissen wegen seines *machismo* verflüchtigte sich langsam. Er hatte starrsinnig darauf beharrt, den Flug zu unternehmen, während sie zurückbleiben mußte. Aber er hatte recht gehabt, das wurde ihm immer klarer. So zäh und kompetent Gillian auch war, als Pilotin konnte sie ihm nicht das Wasser reichen, und wahrscheinlich hätte sie die Bruchlandung nicht überlebt. Gewiß aber hätte sie nicht die Körperkraft besessen, den Schlitten bis hierher zu ziehen.

Verflucht, dachte er, *ich bin froh, daß sie in Sicherheit ist, bei Freunden, die sie beschützen werden. Das ist Grund genug. Mag sein, daß sie mit zehn Höhlenechsen von Bletzchuq fertig wird, wenn man ihr eine Hand auf den Rücken fesselt, aber sie ist mein Mädchen, und ich werde nicht zulassen, daß ihr etwas passiert, solange ich es verhindern kann.*

Tom spülte den letzten Rest des Proteinriegels hinunter. Er wog die Bombe in der Hand und überdachte seine Strategie. Sein ursprünglicher Plan war gewesen, neben dem Vulkan zu landen, abzuwarten, bis der Gleiter wieder hinreichend aufgeladen wäre, um starten zu können, die Bombe abzusetzen und abzufliegen, bevor sie hochginge. Er hätte in der Thermik des Vulkans hoch genug steigen können, um eine andere Insel zu finden, von der aus er die Ergebnisse seines Experimentes hätte beobachten können.

Wenn er keine zweite Insel gefunden hätte, wäre er einfach weit genug hinausgeflogen und auf dem Meer gelandet, um das Geschehen mit seinem Teleskop zu beobachten.

Es war ein hübscher Plan gewesen, aber er war durch ein tobendes Unwetter und einen unerwarteten Dschungel aus verrückten Ranken vereitelt worden. Sein Teleskop hatte sich zu den metallischen Ablagerungen auf dem Grunde von Kithrups Weltmeer gesellt, und mit ihm die meisten der Trümmer seines Solargleiters.

Vorsichtig stand Tom auf, und das Essen und die Wärme ließen diesen Vorgang lediglich zu einer Übung in kontrollierter Agonie werden.

Er durchwühlte seinen spärlichen Besitz und riß einen langen, schmalen Stoffstreifen aus der ausgefransten Ruine seines Schlafsacks. Der Streifen aus widerstandsfähiger Isoseide schien genau das richtige zu sein.

Die PSI-Bombe lag schwer und bedeutungsvoll in seiner Hand. Es war schwer vorstellbar, daß diese Kugel mit starken Illusionen vollgestopft sein sollte, eine superpotente Realitätsfälschung, die auf sein Kommando hin losbrechen würde.

Er stellte den Timer auf zwei Stunden und legte den Sicherungsschalter um. Das Ding war scharf.

Behutsam legte er die Bombe in seine provisorische Schleuder. Tom benahm sich dramatisch und wußte es. Distanz vom Ort der Explosion würde ihm nichts nützen. Überall im System von Kithrup würden Sensoren aufleuchten, wenn das Ding hochging. Ebensogut konnte er es gleich zu seinen Füßen zünden.

Aber man konnte nie wissen. Er würde die Bombe so weit werfen, wie er es vermochte.

Er ließ die Schleuder ein paarmal hin und her baumeln, um ein Gefühl dafür zu bekommen, dann ließ er sie kreisen. Langsam beginnend, entwickelte er immer mehr Schwung, und ein seltsames Gefühl des Wohlbehagens verbreitete sich aus seiner Brust bis in seine Arme und Beine. Die Erschöpfung schien von ihm abzufallen. Er fing an zu singen.

Oh, Daddy war ein Höhlenmensch,
Spielt Ball im Pelzgewand.
Er träumt von Lichtern hoch am Himmel
Und scharrt dabei noch im Sand.

Ihr ETs mit euren Sternen.

Oh, Daddy war ein Kämpfer,
Der seine Vettern all erschießt.
Er träumt von ewigem Frieden,
Und stirbt, an die Erde gespießt.

Ihr ETs mit euren Sternen!

Oh, Daddy war ein Liebhaber,
Doch schlug er seine Frau.
Er träumte von Verstand und Sinn,
Sein Leben war nur grau.

Oh, Daddy war ein Führer,
Er träumte, doch er log.
Er ängstigte die Massen,
bis die Rakete flog.

Ihr ETs mit euren Sternen!

Oh, Daddy hatte nichts gelernt,
Er war aus hartem Holz.
Er haßte seine Ignoranz
Und kämpfte voller Stolz.

Ihr ETs mit euren Sternen!

Am Schopf zog er sich aus dem Sumpf
Und weinte, als er oben war,
Vererbte mir, ein Waisenkind,
Herz und Verstand für immerdar.

Ihr ETs mit euren Sternen!

Verachtet mich, nennt mich wolfsjung –
Der Waisensohn muß noch viel lernen.
Doch sagt: WAS IST *EURE* ENTSCHULDIGUNG,
Ihr ETs mit euren Sternen?

Ihr Eaties mit euren Stehernen!

Toms Schultern dehnten sich, als er einen Schritt vorwärts tat. Sein Arm streckte sich, er ließ die Schleuder los. Die Bombe flog hoch hinauf in den Nachthimmel und wirbelte wie ein Kreisel. Die rotierende Kugel leuchtete kurz, stieg weiter und funkelte, bis er sie schließlich aus den Augen verlor. Er lauschte, aber er hörte nicht, wie sie landete.

Eine Weile blieb er regungslos stehen und atmete tief.

So, dachte er schließlich. *Das hat mir Appetit gemacht. Ich habe zwei Stunden, in denen ich essen, meine Wunden versorgen und mir einen Unterschlupf bauen kann. Jede Minute, die ich danach noch bekomme, o Herr, werde ich in demütiger Dankbarkeit annehmen.*

Er warf sich den ausgefransten Stoffetzen über die Schulter und machte sich daran, sich im Licht der Sterne ein Mahl zuzubereiten.

TEIL FÜNF

ERSCHÜTTERUNG

»In einer Welt, die älter- und komplexer ist als unsere, bewegen sie sich vollendet und vollständig, begabt mit Extensionen der Sinne, wie wir sie verloren oder niemals besessen haben, mit Stimmen, die wir niemals werden hören können… Es sind andere Nationen, die mit uns gefangen sind im Netz von Zeit und Leben…«

HENRY BATESON

46

Sah'ot

Es war Abend, und die Kiqui brachen gerade zu ihren Jagdgründen auf. Sah'ot hörte ihr aufgeregtes Quieken, während sie sich auf einer Lichtung westlich des umgestürzten Bohrbaumes versammelten. Auf ihrem Weg zu einem Felskamin am Südhang der Insel kamen die Jäger am Teich vorbei, und sie zwitscherten und bliesen pompös ihre Lungensäcke auf.

Sah'ot lauschte, bis die Abos fort waren. Dann ließ er sich einen Meter unter den Wasserspiegel sinken und blies deprimiert eine Kette von Luftblasen ab. Nichts lief, wie es sollte.

Dennie hatte sich verändert, und das gefiel ihm nicht. Sie hatte ihre gewohnte, entzückende Scheuheit verloren und ignorierte ihn jetzt regelrecht. Sie hatte sich zwei seiner besten Limericks angehört und ihm ernsthaft darauf geantwortet, und dabei war ihr die köstliche Doppeldeutigkeit vollständig entgangen.

Trotz ihrer wichtigen Forschungsarbeit mit den Kiqui hatte ihr Takkata-Jim befohlen, für Charles Dart das System des Bohrbaumschachtes zu analysieren. Zweimal war sie ins Wasser gekommen, um Gesteinsproben aus der Kaverne unter dem Metallhügel zu entnehmen, und sie hatte Sah'ots zärtliche Annäherungen entweder nicht beachtet oder, was noch schlimmer war, ihm geistesabwesend den Rücken getätschelt.

Sah'ot begriff, daß er – allen seinen früheren Anstrengungen, ihren Widerstand zu brechen, zum Trotz – ihre Veränderung nicht gewollt hatte. Zumindest nicht in dieser Weise.

Unglücklich trieb er dahin, bis ein Kabel von einem der Schlitten ihn aufhielt. Seine neue Aufgabe erforderte, daß er mit dieser elektrischen Obszönität verbunden blieb, eingepfercht und zusammengezwängt in diesem winzigen

Tümpel, während doch seine eigentliche Arbeit draußen im offenen Meer und bei den Präintelligenzen war!

Als Gillian und Keepiru die Insel verließen, hatte er angenommen, er würde in ihrer Abwesenheit mehr oder weniger tun können, was er wollte. Hah! Kaum waren der Pilot und die Ärztin verschwunden, da war Toshio – ausgerechnet *Toshio!* – gekommen und hatte das Kommando übernommen.

Ich sollte ihn doch in Grund und Boden quatschen können! Wie konnte er nur die Oberhand gewinnen?

Er konnte sich nicht so recht daran erinnern, wie es gekommen war. Aber jetzt war er hier, in den Monitor eines verdammten Robots geschaltet, und das alles für einen aufgeblasenen, egozentrischen Schimpansen, der sich nur für Steine interessierte! Der dämliche kleine Robot hatte nicht mal ein Gehirn, mit dem man SPRECHEN konnte! Man unterhält sich nicht mit Mikroprozessoren. Man sagt ihnen, was sie tun sollen, und dann betrachtet man hilflos die Katastrophe, wenn sie buchstabengetreu gehorcht haben.

Sein Geschirr summte. Es war Zeit, die Sonde zu kontrollieren. Sah'ot klickte eine sarkastische Erwiderung.

Aber freilich
Herr und Meister!
Eisenschwachkopf
Hirn voll Kleister!
Pfeif nach mir
schon bin ich hier!

Sah'ot brachte sein linkes Auge auf die Höhe des Monitors am Schlitten. Er sandte einen Codepuls an den Robot, und ein Strom von Daten kam daraufhin zurück.

Die Sonde hatte die jüngste Gesteinsprobe endlich verdaut. Er befahl ihr, die Daten des kleinen Speichers in die Datenbank des Schlittens zu transferieren. Toshio hatte ihn gedrillt, bis Sah'ot die Sonde beinahe im Schlaf hätte steuern können.

Er wies den Robot an, sich mit dem einen Ende einer Monofasertrosse am rauhen Felsgestein zu verankern und sich dann um weitere fünfzig Meter abzusenken.

Die alte Erklärung für das Loch unter dem Metallhügel hatte man verworfen. Es war undenkbar, daß der Bohrbaum einen kilometertiefen Tunnel hatte graben müssen, um Nährstoffe zu finden. Eigentlich sollte er die Kruste gar nicht so weit durchbohren können. Die Masse der Bohrwurzel war unzweifelhaft zu groß, als daß der bescheidene Baum, der einmal auf dem Gipfel des Hügels gestanden hatte, sie hätte drehen können.

Die Menge des ausgebohrten Materials hätte für zehn Metallhügel gereicht. Überall auf dem hochgelegenen Riff, auf welchem sich der Hügel erhob, war sie als Sediment zu finden.

Sah'ot war von diesen Geheimnissen nicht fasziniert. Sie waren nur ein neuer Beweis dafür, daß das Universum unheimlich war und Menschen, Delphine und Schimpe vielleicht noch ein Weilchen warten sollten, ehe sie sich mit seinen verzwickteren Puzzles beschäftigten.

Der Robot beendete seinen Abstieg. Sah'ot befahl ihm, die mit Diamantkrallen versehenen Greifklauen auszustrecken, sich damit an die Schachtwand zu klammern und schließlich die Trosse von oben einzuholen.

Schrittweise würde das Ding immer tiefer sinken. Für diese kleine Maschine würde es keinen Aufstieg mehr geben. Manchmal verglich sich Sah'ot mit ihr, vor allem, seit er hier auf Kithrup war. Er rechnete eigentlich nicht damit, daß er diese tödliche Welt je wieder verlassen würde.

Zum Glück arbeitete die Sonde mit ihren Gesteinsproben automatisch, wenn sie einmal in Gang gesetzt war. Sogar Charles Dart würde kaum einen Vorwand zum Klagen finden. Es sei denn...

Sah'ot fluchte. Da war es wieder, das statische Rauschen, das die Übertragungen der Sonde störte, seit sie die Fünfhundert-Meter-Marke überschritten hatte. Toshio und Keepiru hatten alles untersucht, aber sie hatten nicht feststellen können, wo das Problem lag.

Das Knistern war anders als jedes Störgeräusch, das Sah'ot bisher gehört hatte, allerdings war er in diesen Dingen kein Experte. Es war irgendwie synkopisch und eigentlich gar nicht so unangenehm anzuhören. Sah'ot hatte gehört, daß es Leute gab, die gern Weißes Rauschen hörten. Etwas Anspruchsloseres ließ sich gewiß nicht denken.

Die Uhr an seinem Geschirr tickte. Sah'ot lauschte dem Rauschen und dachte an Perversitäten, an Liebe und an Einsamkeit.

Ich schwimme –
Kreise – *wie die anderen*
und begreife –
traurig – *ich bin*
sichtlos –
seufzend – *allein*

Nur langsam dämmerte es Sah'ot. Er hatte den Rhythmus des ›Rauschens‹ von unten übernommen. Er schüttelte den Kopf. Aber als er lauschte, war es immer noch da.

Ein Lied. Es war ein Lied!

Sah'ot konzentrierte sich. Es war, als wollte man allen Teilen einer sechsteiligen Fuge gleichzeitig folgen. Die Strukturen überlappten einander mit unglaublicher Komplexität.

Kein Wunder, daß sie alle dachten, es sei ein Rauschen! Selbst *ihm* wäre es beinahe entgangen!

Der Timer an seinem Geschirr summte, aber Sah'ot bemerkte es nicht. Er war zu sehr darin vertieft, dem Planeten zu lauschen, der für ihn sang.

47
Streaker

Moki und Haoke hatten sich beide freiwillig zum Wachdienst gemeldet, allerdings aus verschiedenen Gründen.

Beide genossen es, zur Abwechslung einmal außerhalb des Schiffes zu sein. Und keinen der beiden Delphine störte es sonderlich, daß sie stundenlang ununterbrochen in den dunklen, lautlosen Wassern rings um das Schiff an einen Schlitten angestöpselt bleiben mußten.

Aber darüber hinaus unterschieden sie sich. Haoke war da, weil er fand, daß es notwendig war. Moki hingegen hoffte, der Wachdienst würde ihm Gelegenheit geben, etwas zu töten.

»Ich wünschte, Takkata-Jim hätte mich hinter Akki hergeschickt-t-t, und nicht K'tha-Jon«, schnarrte Moki. »Ich hätte den Klugscheißer ebensogut erwischen können.«

Mokis Schlitten ruhte zwanzig Meter weit von Haoke entfernt auf der unterseeischen Anhöhe, die das Schiff überragte. Noch beleuchteten Bogenlampen die Außenhaut der *Streaker,* aber die Umgebung lag jetzt verlassen – verbotenes Gelände für alle außer den wenigen, denen der Vize-Captain sein Okay gegeben hatte.

Moki sah Haoke durch die flexible Blasenkuppel seines Schlittens hindurch an. Haoke schwieg wie gewöhnlich. Er hatte Mokis Bemerkung völlig ignoriert.

Dieser arrogante Sproß eines Stinkkraken! Haoke war auch so ein *Tursiops*-Schlauberger, genauso wie Creideiki und dieser hochnäsige kleine Kadetten-Fin, dieser Akki!

Moki formte eine kleine Klangskulptur in seinem Kopf. Es war ein Bild des Rammens und Reißens. Einmal hatte er Creideiki die Rolle des Opfers gegeben. Der Captain, der ihn so oft erwischt hatte, wenn er sich drücken wollte, und der ihn immer wieder in Verlegenheit gebracht hatte, indem er seine englischen Grammatikfehler korrigierte, dieser Captain hatte endlich seinen gerechten Lohn bekommen. Moki war froh darüber, aber nun brauchte er ein anderes Ziel für seine Phantasien. Es machte keinen Spaß, sich vorzustellen, wie man einfach nur irgend jemanden zerfetzte.

Der Calafier, Akki, konnte gut dafür herhalten, nachdem man herausgefunden hatte, daß er den Vize-Captain verraten hatte. Moki hatte gehofft, er würde derjenige sein, den man hinter dem Kaddy herschickte, aber Takkata-Jim hatte statt dessen K'tha-Jon ausgesandt und dabei erläutert, es gehe darum, Akki zu disziplinieren, nicht zu ermorden.

Der Riese hatte auf solche feinen Unterscheidungen offenbar nichts gegeben, als er mit einem starken Lasergewehr bewaffnet aufgebrochen war. Vielleicht hatte der Vize-Captain K'tha-Jon ganz und gar nicht fest im Griff und ihn um seiner eigenen Sicherheit willen fortgeschickt. Als er das Funkeln in K'tha-Jons Auge gesehen hatte, war Moki klar gewesen, daß der Calafier nicht zu beneiden sein würde, wenn man ihn fände.

Aber K'tha-Jon sollte Akki ruhig haben! Der Verlust eines kleinen Vergnügens beeinträchtigte Mokis glänzende Laune nicht nennenswert.

Zur Abwechslung war es gut, GROSS zu sein! In seinen Freiwachen schwamm ihm jeder aus dem Weg, als sei er ein Schwarmführer! Er hatte bereits ein Auge auf eins oder zwei dieser sexy Weiber in Makanees Lazarettstation geworfen. Ein paar der jüngeren Männchen sahen auch ganz gut aus... Moki war da nicht wählerisch.

Sie würden es sich noch alle überlegen, wenn sie erst begriffen hatten, wohin die Strömung jetzt floß. Einen Augenblick lang widerstand er einem Drang, aber dann konnte er nicht anders – er stieß ein kurzes, triumphierendes Zwitschern in verbotener Form aus.

Ruhm! ist, ist
– Ruhm!
Beißen ist und Ruhm!
Weiber, unterwerft euch!
Ein neuer Bulle ist! ist!

Er sah, wie Haoke endlich reagierte. Der andere Wächter zuckte kurz auf und hob den Kopf, um Moki anzuschauen. Aber er schwieg, als Moki ihm trotzig ins Auge blickte. Moki sandte einen gebündelten Sonarstrahl direkt zu Haoke, um ihm zu zeigen, daß er auch *ihm* zuhörte!

Arroganter Stinkkrake! Haoke würde sein Fett auch noch kriegen, wenn Takkata-Jim die Situation erst fest im Schnabel hatte. Und die Menschen von der Erde würden niemals etwas einwenden, denn Groß-Mensch Metz war auf Takkata-Jims Seite, und er war mit allem einverstanden!

Moki stieß einen zweiten Primal-Schrei aus, und genußvoll schmeckte er die verbotene Primitivität in seinem Mund. Sie zerrte an etwas, das tief in ihm steckte, und jedesmal, wenn er ihren Geschmack spürte, weckte es neuen Hunger in ihm.

Sollte Haoke nur verächtlich klicken! Moki dachte an die Galactics. Sie sollten nur kommen und versuchen, sich mit ihm und seinem neuen Captain anzulegen!

Haoke ertrug Mokis bestialisches Quaken mit stoischer Gelassenheit. Aber es erinnerte ihn daran, sich mit einer Bande von Kretins und Lumpen zusammengetan zu haben.

Unglücklicherweise aber hatten die Kretins und Lumpen *recht*, und die hellsten Köpfe in der Besatzung der *Streaker* hatten sich in ein heilloses und irrwitziges Abenteuer gestürzt.

Haoke war angesichts des schrecklichen Unfalls, der Creideiki zugestoßen war, verzweifelt und betrübt. Der Captain hatte offensichtlich zum Besten gehört, was die

Rasse hervorzubringen vermochte. Aber der Unfall hatte eine ruhige und völlig legale Änderung der Politik ermöglicht, und darüber konnte er kein Bedauern empfinden. Takkata-Jim hatte zumindest erkannt, daß es töricht war, dieses verzweifelte Projekt mit dem ›Trojanischen Seepferd‹ weiterzuverfolgen.

Selbst wenn man die *Streaker* lautlos zum Thennanin-Wrack schaffen *könnte* und Tsh'ts Truppe die Dinge wunderbarerweise so geregelt hätte, daß die *Streaker* die Hülle des Wracks wie eine gigantische Verkleidung tragen und unter solchen Bedingungen tatsächlich damit starten könnte, was würden sie damit gewinnen?

Selbst wenn Thomas Orley gemeldet hätte, daß die Thennanin an der Raumschlacht noch beteiligt seien, wäre es fraglich, ob man diese Thennanin so gründlich an der Nase herumführen konnte, daß sie ein angeblich verlorenes Schlachtschiff bargen und aus dem Kampfgebiet geleiteten. Die Chancen dafür waren zweifelhaft.

Das Ganze war zweifelhaft. Orley war offensichtlich tot. Seit Tagen hatte man nichts mehr von ihm gehört, und jetzt hatte sich das Glücksspiel in einen verzweifelten Wunsch verwandelt. Weshalb wollte man diesen dreimal verdammten Galactics nicht einfach geben, was sie verlangten? Was sollte dieser romantische Quatsch, man müsse die Daten für den Rat der Terragenen retten? Was kümmert uns überhaupt ein Haufen gefährlicher, längst vergessener Schiffe? Es kann doch nicht unsere Angelegenheit sein, wenn die Galactics sich wegen dieser alten Flotte die Köpfe einschlagen wollen? Sogar die Aborigines von Kithrup waren es nicht wert, daß man für sie starb.

Das war alles offensichtlich, fand Haoke. Auch Takkata-Jim hatte es begriffen, und Haoke respektierte seine Intelligenz. Aber wenn es so offensichtlich war, wieso waren dann Leute wie Creideiki und Orley und Hikahi anderer Meinung?

Probleme wie dieses waren der Grund dafür gewesen, daß Haoke als Matrose im Maschinenraum geblieben war, anstatt die Unteroffiziers- oder Offizierslaufbahn einzuschlagen, wozu seine Testergebnisse ihn ermutigt hatten.

Moki plärrte eine neue Prahlphase auf Primal zu ihm herüber. Der *Stenos* versuchte ihn zu ärgern.

Haoke seufzte. Viele unter den Besatzungsmitgliedern legten neuerdings ein solches Benehmen an den Tag. Nicht so schlimm wie Moki, aber immer noch schlimm genug. Und es waren nicht nur die *Stenos.* Manche der *Stenos* benahmen sich besser als gewisse *Tursiops.* Und mit der Moral verfiel auch die Motivation, das Keneenk aufrechtzuerhalten, den täglichen Kampf gegen die animalische Seite, die stets nach oben drängte. Vor wenigen Wochen hätte man kaum voraussagen können, wer sich in dieser Hinsicht am meisten gefährdet zeigen würde.

Natürlich waren die besten Crew-Fen gar nicht da. Sie waren bei Suessi und Hikahi.

Zum Glück, dachte Haoke, und er grübelte über die Ironie, die darin lag, daß Gutes schlecht wurde und Richtiges falsch. Wenigstens Takkata-Jim schien zu verstehen, was er empfand, und er machte es ihm nicht zum Vorwurf. Der Vize-Captain hatte Haokes Unterstützung dankbar zur Kenntnis genommen.

Er hörte, wie Moki mit der Schwanzflosse hin und her schlug, aber bevor der wütende kleine *Stenos* noch eine Schmährede vom Stapel lassen konnte, erwachten die Lautsprecher ihrer beiden Schlitten zum Leben.

»Haoke und Moki? KommSek-Fin Heurka-pete hier... Könnt ihr mich hören?«

Der Anruf kam von dem Fin, der für Kommunikation und Detektion zuständig war. Die Tatsache, daß man diese beiden Jobs kombiniert hatte, zeigte, wie ernst die Lage war.

»Roger, hier Haoke. Moki ist im Augenblick indisponiert. Wasss gibt's?«

Er hörte, wie Moki einen Protest hervorwürgte. Der Fin würde noch ein Weilchen brauchen, um seinen Geist wieder so zu organisieren, daß er Anglisch sprechen könnte.

»Wir haben einen Sonar-Poltergeist östlich von hier, Haoke... klingt wie ein Schlitten. Falls feindlich - vernichten. Wenn es jemand von der Insel ist - zurückschicken. Wenn sie sich weigern - den Schlitten funktionsunfähig schießen.«

»Verstanden. Haoke und Moki sind schon unterwegs. Okay, Plappermäulchen«, zog er Moki auf, der immer noch mit seiner Sprachhemmung kämpfte. »Wir sehen esss uns mal an. Und sei vorsichtig mit dem Abzug! Wir sorgen nur für die Einhaltung einer Quarantäne. Wir schießen nicht auf Mannschaftskameraden, wenn es nicht unbedingt sein muß!«

Mit einem Neuralimpuls schaltete er den Motor seines Schlittens ein. Ohne sich umzusehen, erhob er sich von der schlammigen Anhöhe, beschleunigte langsam und nahm Kurs nach Osten. Moki sah Haoke nach, bevor er seinen Schlitten wendete und ihm folgte.

Verlockt, verlockt... verlockt, Moki, ist
Verlockung, köstlich ist-ist-ist!

Die Schlitten sanken einer hinter dem anderen in die Düsternis hinunter. Ein passiver Sonarschirm zeigte sie als kleine, verschwommene Punkte, die langsam durch den Schatten des Hügels trieben und dann dahinter verschwanden.

Keepiru öffnete die rechte Greifklaue seines Geschirrs und ließ das tragbare Lauschgerät fallen. Es trudelte auf den weichen Schlick hinunter. Er wandte sich an Gillian.

Es ist getan -
sie jagen unsere Schatten
Die falsche Beute -
wird sie verdrießen

Gillian hatte damit gerechnet, daß sie auf Wachen stoßen würde. Ein paar Kilometer weiter hinten hatten sie die Schlitten zurückgelassen und die Verzögerungsautomatik eingeschaltet. Dann waren sie davongeschwommen, zuerst nach Norden und danach in Richtung Westen. Als die Schlitten sich wieder in Gang setzten, waren sie im Bogen bis auf wenige hundert Meter an die Außenschleuse herangekommen.

Gillian berührte Keepirus Flanke. Die empfindsame Haut bebte unter ihrer Hand. »Du hast den Plan nicht vergessen, Keepiru?«

Mußt du fragen?

Gillian hob überrascht eine Augenbraue.

Ein dreifacher Aufwärtstriller und ein diskontinuierliches Interrogativklicken?

Das war eine ungewöhnlich knappe und direkte Antwort für Trinär. Keepiru war zu größerer Subtilität fähig, als sie geglaubt hatte.

»Natürlich nicht, mein lieber Bugwellenreiter. Ich bitte um Verzeihung. Ich werde meinen Teil tun und mich keine Sekunde lang darum sorgen, ob du deinen tust.«

Keepiru sah sie an, als wünschte er, keinen Atmer tragen zu müssen und in *ihrer* Muttersprache mit ihr zu sprechen. Gillian fühlte ein wenig davon in einer sanften telempathischen Berührung.

Sie umarmte den glatten grauen Rumpf. »Sei vorsichtig, Keepiru. Vergiß nicht, du wirst bewundert und geliebt. Sehr sogar.«

Der Pilot warf den Kopf nach hinten.

Schwimmen - oder
kämpfen
Warnen - oder
retten
Verdienen - dein Vertrauen

Sie ließen sich über den Rand des Hügels sinken und schwammen zügig auf die Schleuse zu.

48
Takkata-Jim

Es war unmöglich, sich auszuruhen.

Takkata-Jim beneidete die Menschen um die totale Bewußtlosigkeit, die sie Schlaf nannten. Wenn ein Mensch sich für die Nacht niederlegte, verschwand sein Bewußtsein von der Welt, und die Nerven, die in seine Muskeln mündeten, schalteten sich ab. Wenn er überhaupt träumte, dann brauchte er darauf zumeist keine physische Anstrengung zu verwenden.

Sogar ein Neo-Delphin konnte sich nicht in dieser Weise abschalten. Die eine oder die andere Hemisphäre seines Gehirns war stets auf dem Posten, um die Atemfunktion zu kontrollieren. Für einen Fin war Schlaf etwas Milderes und zugleich sehr viel Ernsteres.

Er schwamm in der Captainskabine hin und her und wünschte sich, er könnte in seine eigene, kleine Kabine zurückkehren. Aber Symbolismus war wichtig für die Crew, die er geerbt hatte. Seine Anhänger brauchten mehr als die Logik der Legalität, um ihn in der Position des Commanders bestätigt zu sehen. Sie mußten ihn als den Neuen Bullen sehen. Und das hieß, er mußte im Stil des vorherigen Herdenführers leben.

Er stieg an die Oberfläche, atmete tief und klickte leise, um den Raum akustisch zu illuminieren.

Creideiki hatte wahrlich einen eklektischen Geschmack gehabt. Ifni mochte wissen, was für Dinge der frühere Captain besessen hatte, die nicht naß werden durften und deshalb verpackt worden waren, bevor die *Streaker* auf Kithrup gelandet war, aber die zurückgebliebene Kollektion konnte immer noch Staunen erwecken.

Werke von Künstlern aus einem Dutzend verschiedener intelligenter Rassen lagen versiegelt in Glaskästen. Klangstrichphotos von fremden Welten und gespenstischen, abartigen Sternen zierten die Wände.

Creideikis Musikanlage war beeindruckend. Er besaß Tausende von Aufzeichnungen, Lieder und… unheimliche *Dinge*, die Takkata-Jim einen Schauer nach dem anderen über den Rücken jagten, wenn er sie abspielte. Die Sammlung von Wal-Balladen war kostbar, und zu einem großen Teil schien er sie persönlich zusammengetragen zu haben.

Neben dem Intercom auf dem Schreibtisch stand ein Photo mit Creideiki und den Offizieren der *James Cook*. Captain Helene Alvarez selbst hatte es signiert. Die berühmte Forscherin hatte einen Arm auf den breiten, glatten Rücken ihres Delphin-Offiziers gelegt, während sie und Creideiki für die Kamera grinsten.

Takkata-Jim hatte auf wichtigen Schiffen gedient, auf Frachtern, die Atlast und Calafia versorgten, aber Missionen wie die der legendären *Cook* hatte er nicht mitgemacht. Solche Szenen hatte er nie mitangesehen, solche Laute nie gehört.

Bis sie zum Seichten Sternenhaufen gekommen waren… bis sie tote Schiffe gefunden hatten, groß wie Monde…

Frustriert schlug er mit dem Schwanz. Schmerzhaft traf seine Flosse die Decke. Er atmete schwer.

Es war nicht wichtig. Nichts von dem, was er getan hatte, würde wichtig sein, wenn er Erfolg hätte! Wenn er die *Streaker* mit lebendiger Crew von Kithrup fortbrächte! Wenn ihm das gelänge, dann würde er selbst ein Photo haben. Und der Arm auf seinem Rücken würde dem Präsidenten der Konföderation der Erde gehören.

Eine schimmernde Wolke aus kleinen Fünkchen sammelte sich zu seiner Rechten. Die Funken verschmolzen nur wenige Zentimeter vor seinem Auge zu einem holographischen Bild.

»Ja, was issst?« schnappte er.

Ein aufgeregter Delphin nickte nervös, und seine Geschirrarme beugten und streckten sich. Es war Sup-peh, der Zahlmeister des Schiffes.

»Sssir! Etwass Merkwürdiges ist geschehen! Wir waren nicht-t sssicher, ob wir Sie wecken sollten, aber...«

Das Unterwasser-Anglisch des Fin war für Takkata-Jim beinahe unverständlich. Die oberen Lagen waren von einem unkontrollierten Zwitschern durchsetzt.

»Beruhigen Sie sich und reden Sie langsam!« befahl er mit einiger Schärfe. Der Fin zog sich zusammen, aber er gab sich Mühe, zu gehorchen.

»Ich... ich war in der Außenschleuse. Ich hörte, wie jemand sagte, wir hätten einen Alarm. Heurka-Pete hatte Haoke und Moki losgeschickt, weil man Schlittengeräusche aufgefangen hatte...«

»Wieso hat man mich nicht informiert?«

Sup-peh wich verzweifelt zurück. Einen Moment lang sah es so aus, als habe er zuviel Angst, um weiterzureden. Takkata-Jim seufzte und bemühte sich, seine Stimme ruhig klingen zu lassen. »Schon gut. Ist nicht Ihre Schuld. Reden Sie weiter.«

Sichtlich erleichtert, fuhr Sup-peh fort. »Ein p-paar Minuten später ging das Licht-t in der Personenschleuse an. Wattaceti schwamm hinüber, und ich kümmerte mich nicht weiter darum. Aber als die Lebens-Erneuerin und der Wurmloch-Pilot hereinkamen...«

Takkata-Jim schäumte. Nur die dringende Notwendigkeit, Sup-pehs Geschichte so rasch wie möglich zu Ende zu hören, hinderte ihn daran, frustriert in der Kabine hin und her zu jagen.

»...versuchte, sie aufzuhalten, wie Sie befohlen haben, aber Wattaceti und Hiss-kaa schlugen Saltos vor lauter Freude und jagten wie verrückt um die beiden herum.«

»Wo sind sie jetzt?« wollte Takkata-Jim wissen.

»Bassskin ist zusammen mit Wattaceti in die Zentralkammer geschwommen. Hiss-kaa ist verschwunden. Er verbreitet das Gerücht-t im ganzen Schiff. Keepiru hat sich einen Schlitten und einen Atmer geschnappt und ist gleich wieder losgefahren!«

»Wohin?«

»Wieder hinausss!« jammerte Sup-peh. Sein Anglisch verfiel zusehends. Takkata-Jim beeilte sich, den Rest von Haltung zu nutzen, den der Zahlmeister noch besaß. »Heurka-Pete soll Dr. Metz wecken. Metz soll mich mit drei Wachen in der Krankenstation treffen. *Sie* werden in den Spindraum des Trockenrades schwimmen und zusammen mit Sawtoot darauf achten, daß niemand dort hineinkommt. Verstanden?«

Sup-peh nickte heftig, und sein Bild verschwand.

Takkata-Jim betete, daß Heurka-Pete so klug sein würde, Haoke und Moki zurückzurufen und hinter Keepiru herzuschicken. Mit Haokes Verstand und Mokis wilder Rücksichtslosigkeit würde es ihnen vielleicht gelingen, dem Piloten den Weg abzuschneiden, ehe er das Thennanin-Wrack erreichte.

Wieso ist K'tha-Jon noch nicht wieder da? Ich habe ihm befohlen, diesen Kaddy zu jagen, um ihn für eine Weile von Bord zu haben. Ich hatte Angst, er könnte selbst mir gefährlich werden. Ich brauchte Zeit, ein paar Dinge zu organisieren, ohne daß er ständig um mich herumschwamm. Aber jetzt ist die Baskin-Fem früher zurückgekommen, als ich erwartete. Vielleicht hätte ich K'tha-Jon besser hierbehalten sollen. Die Talente des Riesen könnten jetzt ganz nützlich sein.

Takkata-Jim pfiff den Öffnungscode für die Tür und schwamm in den Gang hinaus. Jetzt stand ihm eine Konfrontation bevor, die er um wenigstens vierzig Stunden, wenn nicht auf unbestimmte Zeit hinauszuschieben gehofft hatte.

Hätte ich mich um Creideiki kümmern müssen, bevor es dazu kommt? Es wäre einfach gewesen... ein Stromausfall im Gravitationstank, ein vertauschter Katheter... Metz würde das nicht billigen, aber es ist schon so vieles passiert, von dem Metz nichts weiß. Vieles, von dem ich auch lieber nichts wüßte.

Er schwamm so schnell er konnte auf den Kammerlift zu.

Vielleicht werde ich K'tha-Jon ja gar nicht brauchen, um mit Gillian Baskin fertig zu werden, dachte er. *Was kann ein einzelner weiblicher Mensch schon groß tun?*

49

Die Psi-Bombe

Der Hügel aus zum Teil getrockneten Schlingpflanzen formte eine Kuppel auf dem Rankenmeer. Tom hatte sich ein flaches Dach zusammengezimmert. Mit Hilfe einiger Verstrebungen von seinem Schlitten hatte er eine plumpe Höhle gebaut. Jetzt saß er in ihrem Eingang, wartete auf das erste trübe Licht des Morgengrauens und kaute auf einem seiner wenigen Nahrungsriegel.

Er hatte seine Wunden so gründlich wie möglich gesäubert und mit medizinischem Schaum überzogen, der inzwischen hart war. Jetzt, da er etwas im Magen hatte und die Schmerzen ein wenig zurückgegangen waren, fühlte er sich beinahe wieder wie ein Mensch.

Er untersuchte seinen kleinen osmotischen Destillierapparat. Der obere Teil, ein transparenter Beutel mit einem Filterhahn an einem Ende, enthielt einen dicken Brei aus Salzwasser und Schlamm. Unter dem Filter stand eine seiner Wasserflaschen. Sie war beinahe voll.

Tom sah auf die Uhr. Noch fünf Minuten. Er hatte keine Zeit mehr, noch eine Ladung von dem schaumigen Wasser heraufzuholen und die Destille noch einmal zu füllen. Er würde nicht einmal mehr die Filter reinigen können, bevor die Bombe losging.

Er nahm die Flasche, schraubte sie fest zu und schob sie in seine Oberschenkeltasche. Dann ließ er den Filter aus der Halterung springen und schüttelte den Schlamm größtenteils heraus, bevor er ihn zusammenfaltete und in seinen Gürtel steckte. Wahrscheinlich zog der Filter nicht alle gelösten Metallsalze aus dem Wasser. Bei seiner Entwicklung hatte man nicht an Kithrup gedacht. Gleichwohl war das kleine Päckchen vermutlich sein wertvollster Besitz.

Drei Minuten, sagten die Leuchtziffern auf seiner Uhr.

Tom sah zum Himmel. Im Osten war ein matter Lichtstreifen erschienen, und die Sterne begannen zu verblassen. Es würde ein klarer Morgen werden und deshalb bitterkalt. Er schauderte und zog den Reißverschluß seines Anzugs hoch. Dann schlang er die Arme um die Knie.

Eine Minute noch.

Wenn die Bombe hochging, würde es wie das lauteste Geräusch sein, das er je gehört hätte. Wie das hellste Licht. Es würde keine Deckung oder Ausweichmöglichkeit geben.

Am liebsten hätte er sich Augen und Ohren zugehalten, wie bei einer richtigen Explosion. Statt dessen starrte er auf einen Punkt am Horizont und zählte, dabei atmete er langsam und kontrolliert. Zielstrebig ließ er sich so in Trance sinken.

»... sieben... acht... neun... zehn...« Leichtigkeit erfüllte seine Brust, und das Gefühl verbreitete sich betäubend und beruhigend nach außen.

Während er dahockte und auf eine lautlose Explosion wartete, brach sich das Licht der wenigen Sterne zu spinnennetzartigen Strahlen zwischen den Wimpern seiner fast geschlossenen Lider.

»Sah'ot, ich habe gesagt, ich kann jetzt übernehmen!«

Sah'ot wand sich erschrocken und blinzelte Toshio an. »Nur noch ein paar Minuten, okay? Ich höre hier etwasss.«

Toshio runzelte die Stirn. Das hatte er von Sah'ot *nicht* erwartet! Er hatte den Linguisten vorzeitig ablösen wollen, weil Sah'ot die Arbeit mit der Robotsonde haßte!

»Was ist los, Tosh?«

Dennie richtete sich in ihrem Schlafsack auf, rieb sich

die Augen und spähte in das frühmorgendliche Halbdunkel.

»Ich weiß nicht, Dennie. Ich habe ihm angeboten, den Robot zu übernehmen, damit er sich nicht mit Charlie abgeben muß, wenn er anruft. Aber er will nicht aufhören.«

Dennie zuckte die Achseln. »Das ist seine Sache, würde ich sagen. Wieso kümmerst du dich überhaupt darum?«

Toshio hatte eine scharfe Antwort auf den Lippen, aber er klappte den Mund zu und wandte sich ab. Er würde Dennie ignorieren, bis sie wirklich wach wäre und sich zu einem zivilisierten Benehmen entschlossen hätte.

Dennie hatte ihn nach Gillians und Keepirus Abreise überrascht. Ohne sich zu beschweren, hatte sie seine neue Autorität akzeptiert. In den letzten zwei Tagen hatte sie sich für nichts außer ihren Mikroskopen und Proben sonderlich interessiert gezeigt. Sie hatte sogar Sah'ots beiläufige sexuelle Anspielungen ignoriert und Fragen nur einsilbig beantwortet.

Toshio kniete sich vor die Kommunikationseinheit, die per Kabel mit Sah'ots Schlitten verbunden war. Er tippte eine Anfrage ein und runzelte die Stirn, als die Antwort auf dem Monitor erschien.

»Sah'ot!« rief er streng. »Kommen Sie her!«

»Gleich...« Der Delphin klang geistesabwesend.

Toshio spitzte die Lippen.

> SOFORT *will ich dich*
> *sehen*
> *Sonst wirst du* NICHTS *mehr*
> *hören!*

Er hörte, wie Dennie hinter ihm nach Luft schnappte. Wahrscheinlich hatte sie seinen Trinärpfiff nicht in allen Einzelheiten verstanden, aber sie hatte begriffen, was er meinte. Toshio fühlte sich im Recht. Dies war ein Test. So subtil wie Gillian Baskin konnte er nicht auftreten, aber er mußte sich dennoch Gehorsam verschaffen, denn sonst würde er nicht zum Offizier taugen.

Sah'ot starrte zu ihm herauf und blinzelte benommen. Dann seufzte er und schwamm zum Rand des Tümpels.

»Sah'ot, Sie haben seit vier Stunden keine geologischen Werte mehr abgelesen! Trotzdem haben Sie in dieser Zeit die Sonde um zweihundert Meter abgesenkt! Was haben Sie sich dabei gedacht?«

Der *Stenos* rollte verunsichert von einer Seite auf die andere. Schließlich antwortete er mit leiser Stimme: »Ich höre ein Lied...«

Das letzte Wort war verklungen, bevor Toshio wußte, ob er richtig hörte. Er starrte den Neo-Fin-Zivilisten an und traute seinen Ohren nicht. »Sie hören ein *was?*«

»Ein Lied...?«

Toshio hob beide Hände und ließ sie wieder herabfallen. *Jetzt ist er durchgedreht,* dachte er. *Erst Dennie, jetzt Sah'ot. Ich habe das Kommando über zwei Irre!*

Er merkte, daß Dennie herankam. »Hören Sie, Sah'ot«, sagte Toshio, »Dr. Dart wird gleich anrufen. Was glauben Sie, was der sagen wird, wenn...«

»Ich kümmere mich um Charlie, wenn er anruft«, unterbrach Dennie ihn ruhig.

»Du?« Dennie hatte die letzten vierzig Stunden damit zugebracht, das Bohrbaumproblem, mit dem sie betraut worden war, zu verfluchen und über Takkata-Jims Anordnungen und Charles Darts Wünsche zu meckern. Ihre Arbeit mit den Kiqui war dadurch fast unmöglich geworden. Toshio konnte sich nicht vorstellen, daß sie mit dem Schimpansen reden *wollte.*

»Ja, ich. Wenn er hört, was ich ihm zu sagen habe, vergißt er wahrscheinlich seinen Robot. Also laß Sah'ot in Ruhe. Wenn er sagt, er hört ein Lied, nun, dann hört er vielleicht ein Lied.«

Toshio starrte sie an, dann zuckte er die Achseln. *Mir auch recht. Mein Job ist es, die beiden zu beschützen, ich brauche nicht ihre wissenschaftlichen Torheiten zu korri-*

gieren. Ich hoffe nur, daß Gillian die Dinge auf der Streaker *wieder in Ordnung bringt, damit ich ihr berichten kann, was hier los ist.*

Dennie kniete am Rande des Wassers nieder, um mit Sah'ot zu sprechen. Sie sprach langsam und ernsthaft und sah über seine Schwerfälligkeit im Anglischen hinweg, an der er nach seiner langen Séance mit dem Robot litt.

Dennie wollte hinabtauchen, um sich den Kern des Metallhügels anzuschauen. Sah'ot erklärte sich bereit, sie zu begleiten, wenn sie warten würde, bis er ein wenig mehr von seiner ›Musik‹ transkribiert hätte. Dennie war einverstanden. Offenbar hatte sie keine Angst, mit Sah'ot ins Wasser zu gehen.

Toshio setzte sich hin und wartete auf das unausweichliche Summen des Intercoms. Die Leute veränderten sich über Nacht, und er hatte nicht die geringste Ahnung, wieso!

Seine Augen brannten. Er rieb sie mit den Handballen, aber das schien nicht zu helfen.

Er blinzelte und versuchte, Dennie und Sah'ot anzuschauen, aber die Schwierigkeiten, die ihm das Fokussieren seiner Augen bereitete, schienen sich nur zu verstärken. Ein Nebel senkte sich zwischen ihn und den Tümpel. Plötzlich empfand er ein Gefühl angstvoller Erwartung. Pulsierend schien es aus seinem Hinterkopf zu einem Punkt zwischen seinen Schulterblättern zu wandern.

Er hob die Hände an die Ohren. »Dennie? Sah'ot? Habt ihr...?« Die letzten Worte brüllte er, aber er konnte kaum seine eigene Stimme hören.

Die beiden anderen sahen zu ihm herauf. Dennie erhob sich und trat mit besorgter Miene einen Schritt auf ihn zu.

Dann riß sie überrascht die Augen auf. Toshio sah eine verschwommene Bewegung am Rande seines Gesichtsfeldes. Es waren *Kiqui,* die durch Wald und Gestrüpp herangestürmt kamen!

Toshio versuchte seine Nadelpistole zu ziehen, aber er wußte, daß es schon zu spät war. Die Eingeborenen hatten sie bereits erreicht, und sie schwenkten ihre kurzen Ärmchen und kreischten mit dünnen, schrillen Stimmen. Drei stürzten sich auf ihn, und zwei stießen Dennie zu Boden. Um sich schlagend, fiel er hintenüber und erwehrte sich verzweifelt der scharfen Klauen, die nach seinem Gesicht schlugen, während ein mahlendes Getöse in seinem Gehirn explodierte.

Dann, einen Augenblick später, waren die Kiqui verschwunden!

Trotz des knirschenden Dröhnens in seinem Schädel zwang sich Toshio zu Aktionen. Er drehte sich um und sah auf.

Dennie warf sich stöhnend am Boden hin und her und preßte sich die Hände an die Ohren. Toshio befürchtete, die Krallen der Kiqui hätten sie verwundet, aber als sie sich auf ihn zuwälzte, sah er, daß sie nur oberflächliche Kratzer davongetragen hatte. Mit seinen beiden zitternden Händen zog er den Nadler aus dem Halfter. Die paar Kiqui, die er sehen konnte, kamen nicht auf ihn zu, sondern hasteten quiekend auf den Tümpel zu und sprangen hinein.

Sie können nichts dazu, begriff er undeutlich.

Und plötzlich erkannte er dieses ›Geräusch‹ von tausend Fingernägeln, die über eine Schiefertafel kratzten.

Eine PSI-Attacke! Wir müssen uns verstecken! Vielleicht wird die Wucht durch Wasser gedämpft. Wir müssen tauchen wie die Abos!

In seinem Kopf toste es, als er auf den Tümpel zukroch. Dann hielt er inne.

Ich kann Dennie so nicht hineinziehen, und die Atemgeräte können wir nicht anlegen, solange wir derart zittern.

Er änderte seine Richtung, bis er an einem Baum neben dem Tümpel angelangt war. Dort richtete er sich auf und lehnte sich mit dem Rücken gegen den Stamm. Er versuchte sich trotz des Wirbels in seinem Gehirn zu konzentrieren.

Erinnere dich an das, was Mr. Orley dir beigebracht hat, Kaddy! Denke an deinen Verstand und dringe in ihn ein! SIEH *die Illusionen des Feindes... lausche leichthin seinen Lügen... nutze Yin und Yang... die doppelte Erlösung... Logik, die Maras Schleier durchdringt... und Glaube, um zu überstehen...*

Dennie stöhnte und wälzte sich ein paar Meter weit entfernt im Staub. Toshio legte sich die Pistole auf den Schoß, um sie bei der Hand zu haben, wenn der Feind käme. Er rief nach Dennie, und er brüllte, um das Kreischen im Kopf zu übertönen.

»Dennie! Hör auf deinen Herzschlag! Lausche deinem Atem! *Das* sind wirkliche Geräusche! Dies hier nicht!« Er sah, daß sie sich seiner Stimme zuwandte. Unaussprechliche Qual lag in ihren Augen, während sie blutlose Hände an ihre Ohren preßte. Das Kreischen wurde immer schriller.

»Zähl deine Herzschläge, Dennie! Sie sind... sie sind wie der *Ozean,* wie die Brandung! Dennie!« Er schrie aus Leibeskräften. »Hast du je ein Geräusch gehört, das die *Brandung* übertönen kann? Kann irgend etwas oder *irgend jemand* so laut brüllen, daß er das Meer daran hindert, zurückzulachen?«

Sie starrte ihn an und versuchte zu tun, was er sagte. Er sah, wie sie tief einatmete und wie sich ihre Lippen bewegten, als sie zählte.

»Ja! Zählen, Dennie! Atemzüge, Herzschläge! Gibt es *irgendein* Geräusch, über das die Flut deines Herzschlags nicht lachen kann?«

Ihr Blick bohrte sich in seinen, und seine Augen verankerten sich in ihren.

Langsam, während das Heulen in seinem Kopf dem Höhepunkt zustrebte, nickte sie, und Toshio sah, wie ein mattes, dankbares Lächeln ihre Lippen kräuselte.

Auch Sah'ot fühlte es. Noch während die Psychowelle über ihn hinwegrollte, schäumte der Tümpel plötzlich von panisch erregten Kiqui. Sah'ot versank in einem Babel von Lärm, der um ihn herum und in ihm ertönte. Es war schlimmer, als von einem Suchscheinwerfer geblendet zu werden.

Am liebsten wäre er tief hinabgetaucht, um der Kakophonie zu entgehen. Aber er kämpfte die Panik zurück und zwang sich, stillzuhalten.

Er versuchte das Getöse in seine Bestandteile zu zerlegen. Den menschlichen Anteil zuerst. Dennie und Toshio schienen schlimmer dran zu sein als er. Vielleicht waren sie empfindlicher gegen solche Anschläge. Von ihnen war jedenfalls keine Hilfe zu erwarten.

Die Kiqui waren von Entsetzen erfüllt. Kreischend stürzten sie sich ins Wasser.

:?: Flieht!   Flucht…
vor den großen, traurigen Wesen
:?: Helft doch   Jemand
den großen, traurigen, verwundeten Wesen!

Aus dem Munde der Kinder… Wenn er sich darauf konzentrierte, fühlte sich diese ›PSI-Attacke‹ tatsächlich ein wenig so an wie ein Hilferuf. Es schmerzte wie die Hölle der Tiefen, aber er stellte sich dem Schmerz und versuchte den Ruf zu erfassen.

Ihm war, als mache er Fortschritte – zumindest gab er nicht nach –, aber plötzlich gesellte sich *noch eine Stimme* dazu, und diese drang über die Neuralkupplung in sein Gehör! Das Lied aus der Tiefe, das er die ganze Nacht hindurch nicht hatte entschlüsseln können, war wieder erwacht. Aus den Tiefen von Kithrups Eingeweiden rollte es donnernd herauf. In seiner Einfachheit *gebot* es Verständnis.

WER   RUFT?
WER WAGT ES, ZU STÖREN?

Ächzend riß Sah'ot die Verbindung zum Robot ab. Drei gellende Geräusche auf verschiedenen Sinnesebenen reichten ihm völlig. Noch mehr davon, und er würde den Verstand verlieren!

Buoult, der Thennanin, hatte Angst, wenngleich ein Offizier der Großen Geister den Tod ebenso geringschätzte wie seine lebenden Feinde.

Das Shuttle schob sich durch die Schleuse seines Flaggschiffs, der *Quegsfire.* Das gewaltige Portal, beruhigend massiv und robust, schloß sich hinter ihnen. Der Shuttle-Pilot gab den Kurs zum Tandu-Flaggschiff ein.

Tandu!

Buoult spreizte seinen Rückenkamm in einer Demonstration der Zuversicht. Durch dieses Segel aus Nerven und Blutgefäßen würde er in der eisigen Atmosphäre des Tandu-Schiffes Wärme verlieren, aber es war unbedingt notwendig, den Anschein zu wahren.

Es wäre vielleicht um einen Hauch weniger abscheulich gewesen, statt dessen eine Allianz mit den Soro einzugehen. Zumindest waren die Soro thennaninoider als die gliederfüßigen Tandu, und sie lebten in anständigen Temperaturen. Außerdem waren die Klienten der Soro ein interessantes Völkchen, etwa von der Sorte, die Buoults Volk gern selbst geliftet hätte.

Für sie wäre es besser gewesen, wenn wir es getan hätten, dachte er. *Denn wir sind freundliche Patrone.*

Wenn die lederhäutigen Soro schon ungehobelt und streitsüchtig waren, so konnte man die spindeldürren Tandu wirklich nur als entsetzliche Geschöpfe bezeichnen. Ihre Klienten waren gespenstische Kreaturen, und der bloße Gedanke an sie versetzte Buoults Schwanzspitze in nervöse Zuckungen.

Buoult verzog angewidert das Gesicht. Die Politik führte zu eigenartigen Gen-Transfers. Die Soro waren jetzt die stärksten unter den Überlebenden. Die Thennanin waren die schwächsten unter den Großmächten. Die Philosophie der Tandu mochte die widerlichste von allen sein, die dem Abdikatorglauben gegenüberstanden, aber sie waren die einzigen, die einem Sieg der Soro noch im Wege standen. Die Thennanin waren gezwungen, sich vorläufig mit ihnen zu verbünden.

Sollte es so aussehen, als würden die Tandu siegen, würde man noch einmal Gelegenheit haben, die Seiten zu wechseln. So war es schon ein paarmal gewesen, und so würde es wieder sein.

Buoult wappnete sich für das vor ihm liegende Treffen. Er war entschlossen, sich das Grauen, mit dem er an Bord eines Tandu-Schiffes kam, nicht anmerken zu lassen!

Den Tandu schien es völlig gleichgültig zu sein, welches Risiko sie mit ihrem irrwitzigen, kaum verstandenen Wahrscheinlichkeitsantrieb eingingen. Die wahnsinnigen Realitätsmanipulationen ihrer episiarchischen Klienten gestatteten ihnen oft, sich rascher von einem Ort zum anderen zu bewegen, als ihre Gegner es vermochten. Aber manchmal verschlangen die daraus resultierenden Veränderungen der Raum-Zeit ganze Flotten von Schiffen, und unterschiedslos wurden die Tandu wie ihre Feinde für alle Zeiten aus diesem Universum herausgerissen! Es war Wahnsinn!

Laßt sie nur nicht ihre perversen Triebwerke benutzen, solange ich an Bord bin, subvokalisierten Buoults Gebetsorgane. *Laßt uns unsere Schlachtpläne besprechen und Schluß!*

Die Tandu-Schiffe kamen in Sicht, verrückte, stelzbeinige Strukturen, die zugunsten von hoher Geschwindigkeit und Schlagkraft auf jede Panzerung verzichteten.

Natürlich waren selbst diese ungewöhnlichen Schiffe nichts als Variationen uralter *Bibliotheks*-Entwürfe. Die Tandu waren waghalsig, aber der Frevel der Originalität stand nicht auf der Liste ihrer Untaten.

Erdlinge waren in mancher Hinsicht weniger konventionell als die Tandu. Ihr schludriges Zusammenzimmern von Taschenspielermaschinchen war eine vulgäre Angewohnheit, die aus ihrer schlechten Erziehung resultierte.

Buoult fragte sich, was die ›Delphine‹ wohl jetzt tun

mochten. Die armen Kreaturen wären zu bedauern, wenn die Tandu oder gar die Soro sie in ihre Klauen bekämen! Sogar diese primitiven Meeressäuger, Klienten einer primitiven, haarigen Wölflingsrasse, verdienten es, beschützt zu werden, so gut es möglich war.

Natürlich gab es Prioritäten. Man durfte ihnen nicht gestatten, die Daten zu behalten, die sie besaßen!

Buoult merkte, daß er in seiner Erregung die Fingerkrallen ausgefahren hatte. Er zog sie ein und übte sich in heiterer Gelassenheit, während das Shuttle sich der Tandu-Schwadron näherte.

Seine Betrachtungen wurden von einem plötzlichen Eishauch unterbrochen, der seinen Kamm erbeben ließ... eine Störung auf einem PSI-Band.

»Funker!« bellte er. »Rufen Sie das Flaggschiff! Stellen Sie fest, ob sie den Ruf bestätigen!«

»Sofort, Generalprotektor!«

Buoult brachte seine Erregung unter Kontrolle. Die psychischen Energien, die er fühlte, konnten zu einem Trick gehören. Aber sie fühlten sich echt an. Sie trugen das Bild der *Krondorsfire* in sich, und niemand hatte mehr gehofft, diese noch einmal wiederzusehen!

Entschlossenheit durchflutete ihn. In den vor ihm liegenden Verhandlungen würde er ein weiteres Zugeständnis verlangen. Für die Unterstützung der Thennanin sollten die Tandu ihnen in einer anderen Angelegenheit helfen.

»Bestätigt, Sir. Es ist das Schlachtschiff *Krondorsfire*«, meldete der Pilot, und seine Stimme rasselte vor Erregung. Buoults Kamm richtete sich bestätigend auf. Er starrte auf die vor ihnen anfragenden stählernen Heuschrecken und wappnete sich für die Konfrontation, die Verhandlungen und das Warten.

Beie Chohooan hörte sich Wal-Gesänge an – seltene und teure Aufnahmen, für die sie einmal eine ganze Monatsheuer ausgegeben hatte –, als ihre Detektoren den Richtstrahl auffingen. Widerwillig nahm sie die Kopfhörer ab und notierte Richtung und Intensität. Es gab hier so viele Signale... Bomben, Explosionen und Fallen. Eines der kleinen Wazoons hatte sie darauf aufmerksam gemacht, daß dieses Signal von der Wasserwelt selbst ausging.

Beie striegelte ihre Schnurrbarthaare und überlegte.

»Ich glaube, damit ändert sich die Sache, meine kleinen Hübschen. Wollen wir diesen Gürtel aus ungeborenem Geröll verlassen und uns ein wenig näher an den Ort der Handlung wagen? Ist es an der Zeit, den Erdlingen mitzuteilen, daß hier draußen ein Freund ist?«

Die Wazoon erwiderten zwitschernd, sie allein hätte über Politik zu befinden. Sie hätten sich an die gewerkschaftlichen Regelungen zu halten, und denen zufolge seien sie Spione und keine Strategen.

Beie nahm ihren Sarkasmus wohlwollend auf. Sie fand ihn geschmackvoll.

»Nun gut«, meinte sie. »Begeben wir uns ein wenig näher heran.«

Hastig befragte Hikahi den Kampfcomputer des Skiffs.

»Es ist irgendeine PSI-Waffe«, verkündete sie der Mannschaft, die im Alien-Wrack arbeitete, über die Hydrophone. Ihr Anglisch klang ruhig und präzis, akzentuiert mit den kühlen Untertönen des Keneenk. »Ich kann keine weiteren Anzeichen für einen Angriff entdecken, deshalb glaube ich, daß wir einen Ausläufer der Raumschlacht spüren. Wir haben dergleichen schon früher gespürt-t, wenn auch nicht so intensiv.

Wir befinden uns tief unter Wasser und sind dadurch wenigstens teilweise vor den PSI-Wellen geschützt. Beißt die Zähne zusammen, *Streakers*. Versucht es zu ignorieren. Tut eure Pflicht in tropisch-klarer Logik.«

Sie schaltete die Lautsprecher ab. Hikahi wußte, daß Tsh't in diesem Augenblick draußen zwischen den Arbeitern umherschwamm, scherzte und die Moral aufrechterhielt.

Der PSI-Lärm war wie ein brennendes Jucken, aber ein Jucken mit einem unheimlichen Rhythmus. Er pulsierte, als liege ihm ein Code zugrunde, den sie nicht so recht zwischen die Kiefer bekam.

Sie sah Hannes Suessi an, der auf einem Handlauf an der Wand saß und sehr müde aussah. Er hatte sich eben für ein paar Stunden aufs Ohr legen wollen, aber der psionische Überfall machte ihm offensichtlich noch mehr zu schaffen als den Delphinen. Er hatte ihn mit dem Kratzen von Fingernägeln auf einer Schiefertafel verglichen.

»Ich kann mir nur zwei Möglichkeiten denken, Hikahi. Eine davon wäre eine wunderbare Neuigkeit. Die andere wäre ungefähr das Schlimmste, was wir uns vorstellen können.«

Sie nickte mit dem schlanken Kopf. »Wir haben unsere Schaltungen mehrfach geprüft-t, wir haben drei Kuriere mit einer Nachricht zurückgeschickt, und trotzdem schweigt das Schiff. Ich muß das Schlimmste annehmen.«

»Man hat die *Streaker* gefaßt.« Suessi schloß die Augen.

»Ja. Diese PSI-Welle kommt von irgendeinem Punkt an der Oberfläche dieses Planeten. Womöglich kämpfen die Galactics jetzt um sie, oder um das, was von ihr übrig ist.«

Hikahi faßte einen Entschluß. »Ich fahre mit diesem Boot zur *Streaker* zurück. Ich werde nur noch so lange warten, bis Sie die Quartiere für die Arbeitstrupps im Wrack versiegelt haben. Sie werden Strom vom Skiff brauchen, um die Akkumulatoren des Thennanin-Schiffes zu laden.«

Suessi nickte. Hikahi brannte sichtlich darauf, so schnell wie möglich aufzubrechen. »Dann gehe ich hinaus und helfe.«

»Sie haben jetzt dienstfrei. Das kann ich nicht gestatten.«

Suessi schüttelte den Kopf. »Hören Sie, Hikahi, wenn wir die Kammern im Wrack so weit vorbereitet haben, können wir gefiltertes Sprudelwasser für die Fen reinpumpen, und dann können sie sich da ausruhen. Das Wrack ist auch gegen dieses Psychogekreisch sauber abgeschirmt. Und was das Wichtigste ist, ich habe da meine eigene Kabine, eine, die *trocken* ist und frei von diesen Schwärmen quiekender, ungezogener Kinder, die dauernd Spottverse singen, sobald ich ihnen den Rücken zukehre!« In seinen Augen schimmerte sanfte Ironie.

Hikahis Mundwinkel bogen sich leicht. »Dann warten Sie eine Minute, Wunderbarer Spielzeugmacher. Ich komme mit. Das Arbeiten wird uns von den Fingernägeln der ETs ablenken.«

Krat, die Soro, spürte nichts von diesem markerschütternden Kreischen. Ihr Schiff war gegen PSI-Störungen gefeit. Erst von ihrem Personal erfuhr sie davon. Mit einigem Interesse nahm sie die Datenrolle von dem Pila Cullalberra entgegen.

Sie hatten im Laufe der Schlacht sehr viele solcher Signale aufgefangen. Aber noch keines davon war vom Planeten ausgegangen. Nur in wenigen kleinen Scharmützeln war der Krieg bis hinunter nach Kithrup selbst gedrungen.

Normalerweise hätte sie einfach einen Lenktorpedo abfeuern lassen und die Sache vergessen. Die erwartete Allianz von Thennanin und Tandu kristallisierte sich in der Nähe des Gasgiganten heraus, und sie hatte Pläne zu schmieden. Aber etwas an diesem Signal fesselte sie.

»Stellt den exakten Ursprung dieses Signals auf einer Planetenkarte fest«, beauftragte sie den Pila. »Außerdem sind sämtliche Landungspositionen feindlicher Schiffe einzutragen.«

»Es gibt jetzt Dut-zen-de, und die Po-si-tio-nen sind sehr vage«, kläffte der Pila-Statistiker. Seine Stimme klang hoch und schrill, und für jede Silbe klappte er den Mund auf und zu. Über seinen kleinen, schwarzen Augen schwankten haarige Fühler.

Krat würdigte ihn keines Blickes. »Als die Soro intervenierten, um den pilanischen Dienstkontrakt mit den Kisa zu beenden«, zischte sie, »geschah dies nicht, um euch zu Großen Alten zu machen. Werde ich mit dir diskutieren wie ein Mensch, der seinen Schimpansen hätschelt?«

Cullalberra erbebte und verneigte sich hastig. Dann huschte der untersetzte Pila flink zu seiner Datenzentrale zurück.

Krat schnurrte glücklich. Ja, die Pila waren nahezu perfekt! Arrogant und herrisch gegen ihre eigenen Klienten und Nachbarn, waren sie bei jeder Laune eines Soro dienstbeflissen zur Stelle. Wie wundervoll es war, zu den Großen Alten zu gehören!

In dieser Hinsicht war sie den Menschen etwas schuldig. Innerhalb weniger Jahrhunderte hatten sie die Tymbrimi als Schreckgespenster für die Disziplinierung aufsässiger Klienten nahezu ersetzt. Sie symbolisierten alle Nachteile eines liberalistischen Liftings. Wenn Terra endlich gedemütigt wäre, wenn man die Menschen in den ihnen gebührenden Klientenstatus überführt hätte, dann würde man wohl ein neues schlechtes Beispiel finden müssen.

Krat schaltete sich in eine private Kommunikationsleitung. Auf dem Display erstrahlte das Bild der Soro Pritil, der jungen Kommandantin eines der Schiffe in ihrer Flotte.

»Ja, Flottenmutter.« Pritil verneigte sich, langsam und sparsam. »Ich höre.«

Krats Zungenspitzen zuckten angesichts der Dreistigkeit des jungen Weibchens. »Schiff Nummer sechzehn war ein wenig langsam im letzten Gefecht, Pritil.«

»Das ist eine Meinung.« Pritil betrachtete ihre Paarungsklaue. Dann machte sie sich daran, sie vor dem Monitor zu säubern, eine Ungezogenheit, die ihre Gleichgültigkeit demonstrieren sollte.

Junge Weibchen verstanden nur selten, daß eine echte Beleidigung subtil sein und das Opfer eine Weile brauchen mußte, um sie zu entdecken. Krat beschloß, Pritil diese Lektion zu erteilen.

»Sie braucht eine Ruhepause für die Reparaturarbeiten. Im nächsten Kampf würde Schiff Nummer sechzehn sonst so gut wie nutzlos sein. Aber es gibt einen Weg für sie, Ehre zu gewinnen – und vielleicht sogar die Beute.«

Pritil sah auf. Ihr Interesse war erregt.

»Ja, Flottenmutter?«

»Wir haben einen Ruf aufgefangen, der etwas zu sein vorgibt, vielleicht der Ruf eines Feindes nach Entsatz. Aber ich habe den Verdacht, es könnte auch etwas anderes sein.«

Der Hauch von Intrige wirkte sichtlich verlockend auf Pritil. »Ich will weiter hören, Gruppenmutter.«

Krat seufzte über soviel Berechenbarkeit. Sie wußte, daß die jüngeren Captains allesamt heimlich glaubten, was die Legenden über Krats Ahnungen erzählten. Pritil würde klein beigeben, das war ihr von vornherein klar gewesen.

Du hast noch viel zu lernen, dachte sie, *bevor du mich stürzt und meinen Platz einnimmst, Pritil. Zuvor wird dein junger Panzer viele Narben der Einsicht davontragen müssen. Mit Freuden werde ich dich bis zu jenem Tag lehren, Tochter.*

Gillian und Makanee sahen auf, als Takkata-Jim und Dr. Metz in die Krankenstation kamen, begleitet von drei kräftigen, hartgesichtigen *Stenos* im Kampfgeschirr.

Wattaceti stieß einen quiekenden, unverständlichen Schrei der Entrüstung aus und schoß nach vorn, um den Neuankömmlingen den Weg zu versperren. Makanees Assistentinnen blieben zwitschernd hinter der Ärztin.

Gillians und Makanees Blicke trafen sich. Sie waren gekommen, die Konfrontation war da. Jetzt würde man sehen, ob Makanee sich alles nur eingebildet hatte. Gillian hegte immer noch die Hoffnung, daß Takkata-Jim und Dr. Metz zwingende Gründe für ihr Handeln vorzuweisen hätten und Creideikis Verletzung tatsächlich auf einen Unfall zurückgehe.

Makanee indessen hatte keine Zweifel mehr. Akki, der kleine Kadett von Calafia, war immer noch nicht zurück. Die Ärztin funkelte Takkata-Jim an, als sei er ein Tigerhai. Der Gesichtsausdruck des männlichen Delphins trug wenig dazu bei, diesen Eindruck zu verändern.

Gillian besaß eine Geheimwaffe, aber sie hatte sich geschworen, sie nur in allerhöchster Not zu verwenden. *Sie sollen sich zuerst äußern,* dachte sie. *Sie sollen ihre Karten auf den Tisch legen, bevor wir das letzte As aus dem Ärmel ziehen.*

Die ersten Schritte würden womöglich nicht ungefährlich sein. Sie hatte von ihrem Büro aus nur kurz mit der Niss sprechen können, bevor sie in die Krankenstation geeilt war. Ihre Position konnte sich als schwierig erweisen, wenn sie den Grad des Atavismus, der an Bord der *Streaker* eingerissen war, unterschätzte. Vielleicht hätte sie Keepiru bei sich behalten sollen.

»Doktor Baskin!« Ignacio Metz kam nicht sehr dicht heran, sondern ergriff sogleich einen Handlauf an der Wand und ließ einen bewaffneten *Stenos* an sich vorübergleiten. »Es ist nett, Sie wiederzusehen, aber wieso haben Sie sich nicht angemeldet?«

»Eine grobe Verletzung der Sssicherheitsvorschriften, Doktor«, fügte Takkata-Jim hinzu.

So sollte der Hase also laufen, dachte Gillian. Vielleicht würden sie versuchen, diesen Prügel lang genug zu schneiden, um sie damit in die Zelle zu bringen.

»Aber ich bin zur Sitzung des Schiffsrates hergekommen, Gentlefin und -mel. Ich habe eine Nachricht von Dr. Makanee erhalten, die mich deshalb zurückrief. Tut mir leid, wenn Ihre Brückenmannschaft meine Antwort vertrödelt hat. Wie ich höre, sind jetzt großenteils neue und unerfahrene Leute da oben.,«

Takkata-Jim runzelte die Stirn. Es war sogar möglich, daß sie tatsächlich eine solche Nachricht geschickt hatte und sie in der Verwirrung auf der Brücke verlorengegangen war.

»Makanees Nachricht an Sie war ebenfalls ein Verstoß gegen meine Anordnungen! Und Ihre Rückkehr stellt-t eine eklatante Mißachtung meiner ausssdrücklichen Befehle dar!«

Gillian machte ein verblüfftes Gesicht. »Ja, stammte denn die Einberufung des Schiffsrates nicht von Ihnen, und hat sie sie nicht einfach weitergegeben? Die Vorschriften sind doch klar. Sie müssen innerhalb von vierundzwanzig Stunden nach Tod oder Ausfall des Captains eine Sitzung einberufen.«

»Die Vorbereitungen dazu waren im Gange. Aber in einer Notsituation kann der stellvertretende Captain auf das Votum des Rates verzichten. Wenn es um eine eindeutige Zuwiderhandlung meiner Befehle geht, so habe ich das Recht-t...«

Gillian straffte sich. Ihre Vorbereitungen würden nichts nützen, wenn Takkata-Jim sich irrational verhielte. Womöglich würde sie dann versuchen müssen, über die Reihe der Autodoks hinweg auf die Galerie oben zu springen. Bis zu ihrem Büro wären es dann nur wenige Schritte.

»...Sie in Gewahrsam nehmen, bis nach der Notsituation gegen Sie verhandeltet werden kann!«

Gillian betrachtete die Haltung der drei Wachen. Waren die Fin tatsächlich bereit, ein menschliches Wesen zu verletzen? Sie sah ihre Mienen und kam zu dem Schluß, daß sie es waren.

Ihr Mund war trocken, aber sie ließ sich nichts anmerken. »Sie mißdeuten Ihren Rechtsstatus, Lieutenant«, entgegnete sie mit Sorgfalt. »Ich glaube, nur wenige Fen an Bord wären überrascht, zu erfahren...«

Die Worte blieben ihr im Halse stecken. Gillian fühlte, wie ihre Wirbelsäule gefror, während die Luft um sie herum flackerte und vibrierte. Sie griff nach einem Handlauf, um sich festzuhalten, und ein tiefes Rollen erhob sich *in ihrem Kopf.*

Verwirrt von ihrem Benehmen, starrten sie die anderen an. Dann fühlten sie es auch.

Takkata-Jim wirbelte herum und schrie: »PSI-Waffe! Makanee, verbinden Sie mich mit der Brücke! Wir werden angegriffen!«

Die Delphin-Ärztin glitt zur Seite, und mit Verblüffung sah sie, mit welcher Geschwindigkeit Takkata-Jim an ihr vorbeirauschte. Gillian preßte sich die Hände an die Ohren und bemerkte, daß Metz das gleiche tat, als das Knirschen lauter wurde. Die Sicherheitsposten kreisten umeinander und flöteten verzweifelt. Ihre bootsförmigen Pupillen waren angstvoll geweitet.

Ob ich jetzt durchbrechen soll? versuchte Gillian zu denken. Aber wenn dies tatsächlich ein Angriff ist, dann müssen wir unsere Auseinandersetzung beenden und zusammenhalten.

»Inkompetentes Gesindel!« brüllte Takkata-Jim den KommSek-Fin an. »Was heißt das, ›nur tausend Meilen von hier‹? Stellen Sie es fessst! Genau!... *Wieso* funktionieren die Aktivsensoren nicht?«

»Moment!« rief Gillian. Sie klatschte in die Hände. In einem Nebel aufwallender Emotionen begann sie zu lachen. Takkata-Jim fauchte weiter die Brückenmannschaft an, aber alle anderen drehten sich um und musterten sie überrascht.

Gillian lachte. Sie schlug auf das Wasser, trommelte auf den nächsten Autodok und umarmte Wattacetis zitternde Flanken. Jetzt verstummte sogar Takkata-Jim, gefesselt von ihrem anscheinend psychotischen Freudentaumel. Er sah sie an, ohne die hektischen Triller von der Brücke zu hören.

»Tom!« rief sie laut. »Ich hab' dir *gesagt,* du konntest nicht sterben! Verflucht, ich liebe dich, du alter... Oh, wenn *ich* gegangen wäre, ich wäre inzwischen *zu Hause!*«

Die Fins starrten sie an. Als sie begriffen, wovon sie redete, rissen sie die Augen noch weiter auf.

Sie lachte, und Tränen rannen ihr übers Gesicht.

»Tom«, sagte sie leise. »Ich hab' dir *gesagt,* du konntest

nicht sterben!« Und tränenblind umarmte sie, was ihr am nächsten war.

Laute drangen zu Creideiki, während er in der Schwerelosigkeit schwebte.

Es war, als höre er Beethoven oder als versuche er, einen Buckelwal wirklich zu *verstehen*.

Jemand hatte das Audio eingeschaltet gelassen, falls er noch mehr Geräusche von sich geben würde. Niemand hatte daran gedacht, daß das Audio in beide Richtungen funktionierte. Worte drangen aus der äußeren Kammer in den Gravitationstank.

Sie waren peinigend wie die Geister der Bedeutung in einer großen Symphonie, die Andeutungen dessen, daß der Komponist einen Blick auf etwas erhascht hatte, das Noten nur verschwommen vermitteln und dem Worte sich nicht einmal nähern konnten.

Takkata-Jim prustete und murmelte. Der drohende Tonfall war unmißverständlich. Die vorsichtige Klarheit von Gillian Baskins Stimme ebenfalls. Wenn er doch nur die Worte verstehen könnte! Aber das Anglische hatte er verloren.

Creideiki wußte, daß sein Schiff in Gefahr schwebte und er nichts dagegen tun konnte. Die alten Götter waren noch nicht fertig mit ihm und erlaubten ihm nicht, sich zu bewegen. Sie hatten ihm noch viel zu zeigen, bevor er bereit wäre, ihren Zwecken zu dienen.

Er hatte sich mit periodischen Episoden des Grauens abgefunden – es war, als tauche man hinab, um mit einem gewaltigen Oktopus zu kämpfen, und als steige man wieder auf, um sich ein wenig auszuruhen, bevor man wieder hinunter ins Chaos tauchte. Wenn sie kamen, um ihn HINUNTER zu ziehen, fand er sich alsbald gefangen im Mahlstrom von Ideenglyphen und von pochenden Träumen, die seinem Ingenieursverstand mit beharrlichen Schlägen die Prägung der Andersheit einhämmerten.

Dieser Anschlag wäre ohne die Zerstörung seiner

Sprachzentren niemals möglich gewesen. Creideiki betrauerte den Verlust der Worte. Er lauschte den Sprachklängen der Außenwelt und konzentrierte sich, so gut er konnte, auf die unheimlichen, vertrauten Musikklänge.

Er hatte nicht *alles* verloren, stellte er schließlich fest. Hier und da erkannte er ein paar Worte wieder. Einfache Worte, zumeist die Namen von Dingen oder Leuten oder von simplen Aktionen, die damit verbunden waren.

Soviel konnten seine fernen Ahnen tun.

Aber mehr als drei oder vier Worte hintereinander konnte er nicht behalten, und so war es ihm unmöglich, einem Gespräch zu folgen. Unter großen Mühen mochte es ihm gelingen, einen Satz zu entziffern, aber er vergaß ihn sofort wieder, wenn er am nächsten arbeitete. Es war qualvoll schwierig, und schließlich befahl er sich, von diesen fruchtlosen Bestrebungen abzulassen.

So geht es nicht, folgerte er.

Statt dessen, so sagte er sich, sollte er versuchen, die *Gestalt* zu erfassen. Er konnte die Tricks benutzen, die die alten Götter bei ihm benutzt hatten. Umschlingen. Absorbieren... als versuche er zu fühlen, wie sich Beethoven anfühlte, indem er sich in das Geheimnis des Violinkonzertes versenkte.

Die murmelnden Laute zorniger Sophonten quakten aus dem Lautsprecher. Die Töne sprangen in der Kammer umher und spritzten umeinander wie bittere Tröpfchen. Nach der schrecklichen Schönheit des UNTEN fühlte er sich hiervon abgestoßen. Aber er zwang sich, zu lauschen, einen Weg zu suchen - einen bescheidenen Weg, der *Streaker* und seiner Crew zu helfen.

Ein Drängen erfüllte ihn, während er sich konzentrierte. Er suchte nach einem Zentrum, einem Fokus inmitten der chaotischen Geräusche.

Haß quillt
trüb in
reißender Flut

Mißachten
die Haie –
im Streit miteinander!

Einladen
die Haie –
Opportunisten...

Er merkte, daß er unwillkürlich laut zu klicken begonnen hatte. Er versuchte aufzuhören, denn er wußte, wohin das führen würde, aber das Klicken drang ohne sein Zutun aus seiner Stirn, und bald erklang dazu ein leises, rhythmisches Stöhnen.

Die Laute der Auseinandersetzung in der Lazarettstation verwehten, und sein eigener Gesang webte ein immer dichteres Netz um ihn herum. Die summenden, knisternden Echos ließen die Wände schwinden, eine neue Realität nahm ringsumher Gestalt an. Eine dunkle Wesenheit erwuchs langsam neben ihm.

Ohne Worte befahl er ihr, zu verschwinden.

: Nein : Wir Sind Wieder Da : Du Hast Noch Mehr Zu Lernen :

Ich weiß doch, daß ihr meinem Delirium entstammt! Keiner von euch kann je aus eigener Kraft einen Laut hervorbringen! Ihr sprecht nur in Reflexionen aus meinem eigenen Sonar!

: Und Waren Deine Echos Jemals So Komplex? :

Wer weiß denn, wozu mein Unterbewußtsein imstande war? In meiner Erinnerung gibt es mehr fremdartige Laute, als je ein anderer lebender Cetacee vernommen hat! Wo ich war, da sprachen lebendige Wolken pfeifend mit zahmen Hurrikanen! Ich habe das tödliche Dröhnen Schwarzer Löcher gehört, und ich habe dem Gesang der Sterne gelauscht!

: Ein Grund Mehr, Daß Du Derjenige Bist, Den Wir Brauchen : Der, Den Wir Wollen

Man braucht mich *hier!*

In Der Tat
Komm,
Creideiki

Der alte Gott, K-K-Kph-kree, kam näher. Seine akustisch durchscheinende Gestalt glitzerte. Seine scharfen Zähne blitzten. Einbildung oder nicht, das mächtige Wesen setzte sich in Bewegung und nahm ihn mit sich wie schon einmal, hilflos, wehrlos.

HINUNTER

Und dann, als die Resignation über Creideiki hinwegrollte, hörte er ein Geräusch. Und, o Wunder! Es war nicht eines, das er selbst hervorbrachte, sondern eines, das sich in seinem wahnsinnigen Traum brach. Es kam von anderswo, machtvoll und drängend!

Laß Es Dich Nicht Bekümmern : Komm

Creideikis Geist sprang hintendrein wie ein Schwarm Meeräschen, während das Geräusch zu ohrenbetäubender Lautstärke anschwoll.

: Du Bist Empfindsam Geworden : Du Hast PSI Wie Du Es Vorher Nicht Kanntest : Aber Du Beherrschst Es Noch Nicht : Strebe Nicht Nach Raschem Lohn: Geh Den Harten Weg…:

Creideiki lachte und öffnete sich dem Geräusch, das von draußen kam. Krachend stürzte es auf ihn ein und ließ das glänzende Schwarz des alten Gottes zu Sonarflecken zerstieben, die schillerten und langsam verschwanden.

: So Ist Der Weg Verschlossen Für Dich
: Creideiki…:

Und der Gott mit der mächtigen Stirn war verschwunden. Creideiki lachte ob der Befreiung von dieser grausamen Illusion, dankbar für den neuen Klang, der ihn befreit hatte.

Aber dieser Klang schwoll immer noch an. Triumph verwandelte sich in Panik, als das Dröhnen zu einem Druck in seinem Kopf wurde, der gegen die Wände seines

Schädels drängte und machtvoll hämmernd nach außen drängte. Die ganze Welt wurde zu einem wirbelnden, stöhnenden, fremdartigen Hilferuf...

Creideiki stieß einen trillernden Pfiff der Verzweiflung aus, während er auf der alles zermalmenden Flutwelle zu reiten versuchte.

50

Streaker

Endlich schwanden die Wellen des Pseudolärms.

»Creideiki!« rief Makanee und schwamm zu dem Tank, in dem der Captain schwebte. Auch die anderen wandten sich um, und erst jetzt sahen sie, in welcher Not der verwundete Delphin war.

»Was ist los mit ihm?« Gillian kam herangeschwommen und schob sich neben Makanee. Sie sah, daß der Captain sich kraftlos hin- und herwarf und immer leiser werdende Klagelaute ausstieß.

»Ich weiß nicht-t. Niemand hat ihn im Auge behalten, als die PSI-Bombe ihren Höhepunkt erreichte. Erst jetzt sehe ich, daß etwas mit ihm nicht stimmt.«

Die langgestreckte graue Gestalt im Tank schien sich allmählich zu beruhigen. Die Muskeln, die sich über Creideikis Rücken zogen, zuckten leise, während er matt und kläglich gurgelte.

Ignacio Metz erschien neben Gillian. »Ach, Gillian...«, begann er. »Sie sollen wissen, ich bin sehr froh darüber, daß Tom noch lebt, auch wenn diese Verzögerung ein schlechtes Zeichen ist. Ich würde immer noch meinen Kopf verwetten, daß sein Plan mit dem Trojanischen Seepferd ein schlimmes Ende nehmen wird.«

»Dann werden wir dies im Schiffsrat besprechen müssen, nicht wahr, Doktor Metz?« versetzte sie kühl.

Metz räusperte sich. »Ich bin nicht sicher, ob der stellvertretende Captain gestatten wird...« Ihr Blick ließ ihn verstummen, und er senkte den Kopf.

Sie sah zu Takkata-Jim hinüber. Wenn er jetzt etwas Unüberlegtes täte, würde dies die Moral auf der *Streaker* womöglich vollends zusammenbrechen lassen. Gillian mußte Takkata-Jim zu der Einsicht bringen, daß er verlieren würde, wenn er sich mit ihr anlegte. Und sie mußte ihm einen Ausweg bieten, denn sonst konnte es trotzdem zum Bürgerkrieg an Bord des Schiffes kommen.

Takkata-Jim erwiderte ihren Blick mit einem Gemisch aus unverhohlener Feindseligkeit und Berechnung. Sie sah, wie die klangempfindliche Spitze seines Kiefers sich nacheinander auf jeden der anwesenden Fen richtete, um ihre Reaktionen zu erkunden. Die Nachricht, daß Thomas Orley noch lebte, würde wie ein Fanfarenstoß durch das Schiff schallen. Schon jetzt blickte einer der bewaffneten *Stenos*-Wachen, die er vermeintlich sorgfältig ausgewählt hatte, meuterisch fröhlich drein und schnatterte hoffnungsvoll mit Wattaceti.

Ich muß schnell etwas unternehmen, dachte Gillian. Er ist verzweifelt.

Lächelnd schwamm sie auf Takkata-Jim zu. Er wich zurück, und ein loyaler *Stenos* an seiner Seite funkelte sie bedrohlich an.

Gillian sprach leise, damit die anderen sie nicht hören konnten. »Sie dürfen nicht mal dran denken, Takkata-Jim. Die Fen an Bord haben Tom Orley in neuer Frische im Kopf. Wenn Sie vorher gedacht haben, Sie könnten sich an mir vergreifen, so sollten selbst Sie es jetzt besser wissen.«

Takkata-Jims Augen weiteten sich. Gillian hatte ins Schwarze getroffen, indem sie sich die Legenden über ihre PSI-Begabung zunutze gemacht hatte. »Außerdem werde ich mich dicht bei Ignacio Metz aufhalten. Er ist ein leichtgläubiger Mann, aber wenn er mitansieht, daß Sie mir etwas antun, werden Sie ihn verlieren. Und Sie brauchen einen Menschen an Ihrer Seite, nicht wahr? Wenn

Sie nicht mindestens einen haben, werden sogar die *Stenos* von Ihnen abfallen.«

Takkata-Jim klapperte laut mit den Kiefern. »Versuchen Sie nicht, *mich* zu drangsalieren! Ich brauche Ihnen nichts ›anzutun‹! Ich bin das rechtmäßige Oberhaupt auf diesem Schiff! Ich kann Sie unter Arressst stellen!«

Gillian betrachtete ihre Fingernägel. »Sind Sie da sicher?«

»Sie würden die Besatzung dazu anstiften, dem rechtmäßigen Herrn des Schiffes den Gehorsam zu verweigern?« Takkata-Jim schien ehrlich erschrocken zu sein. Er mußte wissen, daß ihr viele, vielleicht die meisten der *Tursiops* folgen würden, was immer die Gesetze dazu sagen mochten. Aber das wäre Meuterei, und die Mannschaft würde auseinanderbrechen.

»Ich habe das Recht auf meiner Seite!« zischte er.

Gillian seufzte. Sie mußte ihren Trumpf ausspielen, trotz des Schadens, den sie damit anrichten würde, wenn die Delphine auf der Erde davon erführen. Sie wisperte die beiden Worte, die sie nicht hatte aussprechen wollen.

»Geheime Befehle.«

Takkata-Jim starrte sie an, dann stieß er einen markerschütternden Schrei aus. Er erhob sich auf die Schwanzflosse und überschlug sich rückwärts. Der Wach-Fin blinzelte verwirrt. Gillian drehte sich um und sah, daß Metz und Wattaceti verblüfft zu ihnen herüberschauten.

»Das glaube ich Ihnen nicht!« schrie Takkata-Jim. Er prustete, und das Wasser spritzte in alle Richtungen. »Auf der Erde hat man es unsss versprochen! Die *Streaker* ist unser Schiff!«

Gillian zuckte die Achseln. »Fragen Sie die Brückenbesatzung, ob die Waffensteuerung funktioniert«, schlug sie vor. »Lassen Sie jemanden versuchen, durch die Außenschleuse hinauszugelangen. Oder versuchen Sie, die Tür zur Waffenkammer zu öffnen.«

Takkata-Jim wirbelte herum und schoß auf einen Intercom-Monitor am hinteren Ende der Kammer zu. Sein Leibwächter starrte Gillian einen Moment lang an und folgte ihm dann. Sein Blick zeigte, daß er sich verraten fühlte.

Nicht die ganze Besatzung würde es so empfinden, das wußte Gillian. Die meisten würden wahrscheinlich entzückt sein. Aber tief in ihrem Innern würde sich die Implikation dieser Neuigkeit festsetzen. Eines der Hauptziele der *Streaker*-Mission, nämlich, den Neo-Fen ein Gefühl von Selbstvertrauen und Unabhängigkeit zu vermitteln, war damit aufs Spiel gesetzt.

Hatte ich eine andere Wahl? Gibt es irgend etwas *anderes, das ich vorher hätte versuchen müssen?*

Sie schüttelte den Kopf und wünschte sich, Tom bei sich zu haben. Vielleicht hätte Tom dies alles mit einem sarkastischen kleinen Trinärverschen in Ordnung gebracht, mit dem er alle beschämt hätte.

O Tom, dachte sie. *Ich hätte an deiner Stelle gehen sollen.*

»Gillian!«

Makanees Schwanzflosse peitschte das Wasser, und ihr Geschirr schwirrte. Mit einem ihrer stählernen Arme deutete sie auf den verletzten Delphin in seinem Gravitationstank.

Creideiki sah sie an!

»Joshua H. Bar...! Aber Sie haben doch gesagt, seine Hirnrinde sei verschmort!« Metz riß die Augen auf.

Ein Ausdruck tiefster Konzentration legte sich auf Creideikis Züge. Er atmete schwer, dann entrang sich ein verzweifelter Schrei seiner Brust.

»Hinaus!:«

»Das issst unmöglich!« seufzte Makanee. »Sein Sprachzentrum...«

Creideiki runzelte angestrengt die Stirn.

Hinaus :
Creideiki!
Schwimmen :
Creideiki!

Das war Baby-Trinär, aber es besaß einen merkwürdigen Unterton. Und in den dunklen Augen funkelte Intelligenz. Gillians telempathischer Sinn vibrierte.

»Hinaus!:« Er wirbelte in seinem Tank herum und ließ seine kraftvolle Schwanzflosse mit mächtigem Dröhnen gegen das Sichtfenster schlagen. Er wiederholte das anglische Wort, und die fallende Sprechmelodie ließ es klingen wie ein Trinärsatz.

»Hinausss!:«

»Helft ihm herausss!« befahl Makanee ihren Assistentinnen. »Vorsichtig! Aber schnell!«

Takkata-Jim kam pfeilschnell von seinem Intercom-Monitor zurück. Wut stand ihm im Gesicht. Aber beim Gravitationstank hielt er abrupt an und starrte in die leuchtenden Augen des Captains.

Das war das Ende.

Er rollte sich hin und her, als könne er sich nicht zu einer angemessenen Haltung entschließen. Schließlich wandte er sich Gillian zu. »Was ich getan habe, habe ich nach bessstem Wissen und Gewissen und im wohlverstandenen Interesse des Schiffes, der Crew und unseres Auftrags getan. Auf der Erde könnte ich meine Sache überzeugend vertreten.«

Gillian zuckte die Achseln. »Hoffen wir, daß Sie dazu Gelegenheit bekommen werden.«

Takkata-Jim lachte trocken. »Also gut, wir werden den Schiffsrat einberufen. Ich werde die Sitzung in einer Stunde eröffnen. Aber ich will Sie warnen: Gehen Sie nicht zu weit, Doktor Baskin. Ich habe immer noch Befugnisse. Wir müssen einen Kompromisss finden. Wenn Sie mich an den Pranger zu stellen versuchen, werden Sie die Besatzung spalten.

Und dann werde ich Sie bekämpfen«, fügte er sehr leise hinzu.

Gillian nickte. Sie hatte erreicht, was sie wollte. Selbst wenn Takkata-Jim die schrecklichsten Dinge getan hatte, deren Makanee ihn verdächtigte, ließe sich doch nichts beweisen. Entweder würde man einen Kompromiß schließen, oder das Schiff würde sich in einem Bürgerkrieg verzehren. Sie mußte dem Ersten Offizier eine Möglichkeit zum Rückzug bieten. »Ich werde es nicht vergessen, Takkata-Jim. In einer Stunde also. Ich werde dasein.«

Takkata-Jim wandte sich um und schwamm davon, gefolgt von seinen zwei loyalen Sicherheits-Fen.

Gillian sah, daß Ignacio Metz dem Delphin-Lieutenant hinterherstarrte. »Sie haben die Kontrolle verloren, wie?« fragte sie trocken, als sie an ihm vorüberschwamm.

Der Kopf des Genetikers fuhr herum. »Was, Gillian? Was meinen Sie damit?« Aber sein Gesichtsausdruck verriet ihn. Wie viele andere, neigte auch Metz dazu, ihre PSI-Kräfte zu überschätzen. Offensichtlich fragte er sich in diesem Augenblick, ob sie seine Gedanken gelesen haben mochte.

»Schon gut.« Gillian lächelte schmallippig. »Sehen wir uns lieber dieses Wunder an.«

Sie schwamm zu Makanee, die unruhig darauf wartete, daß Creideiki hervorkäme. Metz sah ihr unsicher nach, bevor er ihr folgte.

51

Thomas Orley

Mit zitternden Händen schob er die Ranken vor seinem Höhleneingang beiseite. Er kroch ins Freie hinaus und blinzelte in den dunstigen Morgen.

Eine dichte, tiefhängende Wolkendecke hatte den Himmel überzogen. Alienschiffe waren noch keine da, und das konnte ihm nur recht sein. Er hatte befürchtet, sie könnten kommen, während er hilflos gegen die Wirkung der PSI-Bombe kämpfte.

Ein Spaß war es nicht gewesen. In den ersten paar Minuten hatten die PSI-Wellen seine hypnotischen Verteidigungsmauern zertrümmert, waren über ihm zusammengeschlagen und hatten sein Gehirn in unfaßbarem Kreischen ertränkt. Zwei Stunden lang – es war ihm wie eine Ewigkeit vorgekommen – hatte er mit verrückten Trugbildern und mit pulsierenden, von seinen eigenen-Nerven produzierten Lichtern und Tönen gerungen. Noch immer zitterte er an allen Gliedern.

Ich hoffe nur, daß da draußen noch Thennanin sind und sie darauf reinfallen, dachte er. *Ich hoffe, es hat sich gelohnt.*

Gillian hatte erklärt, die Niss-Maschine habe zuversichtlich behauptet, aus der *Bibliothek,* die sie aus dem Thennanin-Wrack geborgen hatten, die richtigen Codes entnommen zu haben. Wenn im System noch Thennanin waren, würden sie zu antworten versuchen. Die Bombe mußte Millionen von Meilen weit in alle Richtungen gestrahlt haben.

Er schaufelte eine Handvoll Schlamm aus der Lücke zwischen den Schlingpflanzen und warf sie beiseite. Schaumiges Meerwasser quoll fast bis an den Rand des Loches herauf. Wenige Schritte hinter dem nächsten Hügelchen lag vermutlich wieder ein solches Loch – die Rankenlandschaft wogte und atmete unaufhörlich –, aber Tom wollte einen Zugang zum Wasser in nächster Nähe haben.

Er baggerte den Schleim beiseite, so gut es ging, dann wischte er sich die Hände ab und ließ sich nieder, um von seinem Unterschlupf aus den Himmel abzusuchen. Die restlichen PSI-Bomben legte er sich in den Schoß.

Zum Glück würden diese nicht so viel Getöse machen wie der Thennanin-Notruf. Sie enthielten nichts als vorweg aufgezeichnete Nachrichten. Sie beförderten lediglich einen knappen Code über eine Entfernung von ein paar tausend Kilometern.

Er hatte nur drei dieser Meldebomben aus dem Wrack des Gleiters bergen können, und so gab es nur eine kleine Auswahl von Nachrichten, die er verbreiten konnte. Je nachdem, welche Bombe er zündete, würden Gillian und

Creideiki wissen, welche Aliens auf den Notruf hin hergekommen waren, um zu sehen, was dahintersteckte.

Selbstverständlich konnte auch etwas passieren, das in keines der zuvor besprochenen Szenarios paßte. Dann würde er entscheiden müssen, ob er eine mehrdeutige Mitteilung zündete oder ob er sich ruhig verhalten und abwarten sollte.

Vielleicht wäre es besser gewesen, ein Radio mitzunehmen, dachte er. Aber ein Kriegsschiff in der Nachbarschaft würde den Ausgangspunkt eines Funkspruches beinahe augenblicklich orten können und seinen Standort nach den ersten Worten in die Luft gesprengt haben. Eine Meldebombe konnte ihre Aufgabe innerhalb von einer Sekunde verrichtet haben und war längst nicht so leicht zu lokalisieren.

Tom dachte an die *Streaker.* Ihm war, als sei eine Ewigkeit vergangen, seit er das letzte Mal an Bord gewesen war. Alles, wonach er sich sehnen konnte, war dort: Essen, Schlaf, heiße Duschen, seine Frau...

Er lächelte als er merkte, wie er in Gedanken seine Prioritäten gesetzt hatte. Ach was, Jill würde es verstehen. Die *Streaker* würde ihn vielleicht zurücklassen müssen, wenn sich aus seinem Experiment nur eine kurze Gelegenheit für die Flucht von Kithrup ergäbe. Aber es würde kein unehrenhafter Tod sein.

Er hatte keine Angst vor dem Sterben, nur davor, nicht alles in seinen Kräften Stehende getan zu haben und dem Tod nicht angemessen ins Auge zu spucken, wenn er denn käme. Diese letzte Geste war wichtig.

Und noch ein Gedanke kam ihm, weit unangenehmer diesmal: Die *Streaker* gestellt, die Raumschlacht vorüber, seine Anstrengungen umsonst.

Tom schauderte es. Die Vorstellung, sich für etwas geopfert zu haben, war angenehmer.

Eine steife Brise hielt die Wolken in Bewegung. Sie verschmolzen ineinander und trennten sich wieder in dicken, feuchten Schwaden. Tom hob die Hand über die Augen, um sie vor dem gleißenden Licht im Osten abzuschirmen. Etwa einen Radiant südlich der dunstverhangenen Morgensonne glaubte er eine Bewegung am Himmel zu sehen. Er schmiegte sich tiefer in seine behelfsmäßige Höhle.

Aus einem der Wolkenfelder im Osten senkte sich langsam ein dunkles Objekt herab. Wirbelnde Dämpfe hüllten es ein, so daß er vorläufig nicht sehen konnte, wie groß es war und wie es aussah. Es schwebte hoch über dem Rankenmeer.

Ein leises Dröhnen drang an Toms Ohren. Mit zusammengekniffenen Augen spähte er aus seinem Versteck und wünschte sich sein verlorenes Fernglas zurück. Der Nebel riß für einen Augenblick auf, und er konnte das schwebende Raumschiff deutlich und klar erkennen. Es sah aus wie eine monströse Libelle, scharf und spitz zulaufend und von bösartiger Gefährlichkeit.

Nur wenige Rassen durchwühlten die *Bibliothek* so tief nach derartig unheimlichen Bauplänen, wie die eigenwilligen und skrupellosen Tandu es taten. Wilde Auswüchse ragten nach allen Richtungen aus dem schlanken Schiff – ein Kennzeichen der Tandu.

An einem Ende jedoch bildete ein stumpfes, keilförmiges Anhängsel einen groben Kontrast zu dem Gesamteindruck von unbekümmerter und grausamer Zierlichkeit. Irgendwie schien es zum restlichen Design nicht zu passen.

Bevor Tom es sich genauer ansehen konnte, rückten die Wolken wieder zusammen und entzogen das Schiff seinen Augen. Aber das leise Summen kraftvoller Triebwerke wurde langsam lauter.

Tom kratzte sich über die juckenden Fünf-Tage-Stoppeln. Tandu – das war eine schlechte Nachricht. Wenn sie die einzigen wären, die sich zeigten, dann würde er Meldebombe Nummer drei zünden müssen, um der *Streaker* zu sagen, sie solle sich einigeln und auf einen Kampf auf Leben und Tod vorbereiten.

Dies war ein Feind, mit dem die Menschheit noch nie hatte verhandeln können. In kleinen Gefechten in galaktischen Sümpfen hatten terranische Schiffe nur selten einmal Tandu-Kreuzer bezwingen können, selbst wenn sie in der günstigeren Position gewesen waren. Und wenn keine Zeugen in der Nähe waren, brachen die Tandu nur zu gern einen Streit vom Zaun. Alle Terragenen-Schiffe hatten ständige Anweisung, ihnen unter allen Umständen aus dem Weg zu gehen, bis die Tymbrimi-Berater der menschlichen Crew eines Tages die seltene Fähigkeit beigebracht hatten, diese Meister des heimtückischen Überfalls in ihrer eigenen Disziplin zu schlagen.

Wenn die Tandu die einzigen wären, die sich zeigten, bedeutete dies darüber hinaus, daß er vermutlich seinen letzten Sonnenaufgang gesehen hatte, denn wenn er eine Meldebombe zündete, würde er damit todsicher seine Position preisgeben. Die Tandu hatten Klienten, die jeden Gedanken PSI-wittern konnten, wenn sie einmal die Nase auf der Spur hatten.

Ich sag' dir was, Ifni, dachte er. *Du schickst noch jemanden zu diesem Treffen. Ich bestehe nicht auf Thennanin. Ein Kampf-Planetoid der Jophur wird vollauf genügen. Du mischst die Brüder ein bißchen auf, und ich verspreche dir fünf Sutras, zehn Avemaria und den Kiddush, wenn ich wieder nach Hause komme. Okay? Ich werde sogar ein paar Credits in einen Automaten werfen, wenn du willst.*

Er stellte sich vor, wie eine Kriegsflotte von Tymbrimi, Menschen und Synthiern aus den Wolken brach, die Tandu in Fetzen schoß und den Himmel von Fanatikern säuberte. Es war eine wunderschöne Vorstellung, wenngleich ihm ohne Nachdenken ein Dutzend gute Gründe einfiel, weshalb es wahrscheinlich nicht geschehen würde. Zum einen würden die Synthier, so freundlich sie auch gesonnen waren, nicht intervenieren, solange sie sich ihrer Sache nicht völlig sicher waren. Die Tymbrimi indessen würden der Erde wahrscheinlich helfen, sich zu verteidigen, aber allzu bereitwillig würden sie ihre hübschen, humanoiden Hälse für einen Haufen verlorener Wölflinge auch nicht hinhalten.

Okay, Ifni, Dame Fortuna, Herrin der Wechselfälle. Er befingerte Bombe Nummer drei. *Einigen wir uns auf einen einzigen, alten, vergammelten Thennanin-Kreuzer.*

Ifni, die Unendlichkeit, gab keine Antwort.

Das Dröhnen schien über seinem Kopf hinwegzuziehen. Seine Nackenhaare sträubten sich, als das Kraftfeld des Schiffes über die Umgebung hinwegstrich. Sein bescheidenes PSI-Empfinden fühlte die kreischenden Schutzschilde.

Dann begann das langsame Grollen allmählich zu seiner Linken zu verklingen. Tom schaute nach Westen. Die Wolkenfetzen dort teilten sich gerade so lange, daß er den Tandu-Kreuzer – es war ein kleiner Zerstörer, das sah er jetzt, kein großes Schlachtschiff – noch einmal erkennen konnte. Er war nicht mehr als zwei oder drei Meilen weit von ihm entfernt.

Und noch während er das Schiff beobachtete, löste sich das stumpfe Anhängsel vom Mutterschiff und begann langsam nach Süden zu treiben. Tom runzelte die Stirn. Dieses Ding sah nicht aus wie die Tandu-Aufklärer, mit denen er vertraut war. Es war völlig anders gebaut, plump und klobig, wie ein...

Die Nebelschwaden rückten wieder zusammen und verdeckten zu seiner Enttäuschung beide Schiffe. Ihr leises Dröhnen überlagerte das gedämpfte Grummeln des nahe gelegenen Vulkans.

Plötzlich bohrten sich drei grelle grüne Lichtstrahlen lanzenartig durch die Wolken, hinter denen Tom die beiden Tandu-Schiffe zuletzt gesehen hatte, und trafen mit einem gleitenden Blitz auf den Meeresspiegel. Ein Überschalldonner ließ die Luft erbeben.

Im ersten Augenblick dachte er, die Tandu feuerten auf das Meer unter ihnen. Aber eine krachende, strahlende Explosion in den Wolken ließ ihn erkennen, daß der Zerstörer selbst der Empfänger gewesen war. Hoch über der Wolkendecke war jemand, der auf die Tandu schoß!

Er war zu sehr damit beschäftigt, seine Sachen zusammenzuraffen, als daß er daran gedacht hätte, Zeit mit Freudensprüngen zu verschwenden. Er achtete darauf, das Gesicht abgewendet zu halten, daher wurde er nicht geblendet, als der Zerstörer mit aktinischen Antimateriestrahlen zurückzufeuern begann. Hitzewellen versengten ihm den Hinterkopf und den linken Arm, als er sich die PSI-Bomben in den Hosenbund stopfte und seine Atemmaske über den Kopf streifte.

Die Annullierungsstrahlen rissen sonnenglühende Streifen aus dem Himmel. Er packte sein Bündel und sprang in das Loch, das er kurz zuvor zwischen den verfilzten Schlingpflanzen freigelegt hatte.

Das Donnern klang unvermittelt gedämpft, als er klatschend in dem Dschungel aus baumelnden Ranken versank. Flackernde Schlachtenblitze drangen in schnurgeraden Strahlen wie Speere durch Lücken in der Rankendecke herab in das Halbdunkel.

Tom merkte, daß er automatisch den Atem anhielt. Aber das war nicht sehr sinnvoll. Die Atemmaske würde nur wenig Sauerstoff entweichen lassen, wohl aber Kohlendioxyd. Er begann, ein- und auszuatmen und umklammerte eine starke Wurzel, um sich festzuhalten.

Dann bekam er plötzlich Atemnot. Bei all der Vegetation ringsumher hatte er einen hohen Sauerstoffgehalt im Wasser erwartet. Aber die winzige Anzeige am Rande seiner Maske überzeugte ihn vom Gegenteil. Im Vergleich zu dem üblichen, üppig mit Sauerstoff versehenen Seewasser von Kithrup war diese Brühe hier so gut wie tot. Die flimmernden Kiemenlamellen der Maske versorgten ihn bestenfalls mit einem Drittel dessen, was er an Sauerstoff benötigte, selbst wenn er völlig bewegungslos verharrte.

In ein paar Minuten würde ihm schwindlig werden. Und kurz darauf würde er das Bewußtsein verlieren.

Das Kampfgetöse drang in einer Serie von dumpfen Detonationen durch die Pflanzendecke. Durch Löcher im Blätterdach schossen blitzende Strahlen in die Düsternis, einer davon direkt vor Orley. Das Licht tat ihm in den Augen weh, obgleich es ihn nur indirekt traf. Er sah, wie Blattwedel knapp oberhalb der Wasserlinie, die noch kürzlich den Aschenregen aus einem Vulkan überstanden hatten, sich in der Hitze kräuselten, braun wurden und abfielen.

Soviel zu meinen restlichen Vorräten, dachte er.

Soviel zum Auftauchen, um Luft zu holen!

Er umschlang die dicke Wurzel mit seinen Beinen und wand sich aus den Gurten seines Rucksacks. Er durchwühlte die Tasche und suchte etwas, mit dem sich improvisieren ließe. Im dunklen Schatten des Rankendaches war er dabei hauptsächlich auf seinen Tastsinn angewiesen.

Der Trägheitsrecorder, den Gillian ihm gegeben hatte, ein Beutel mit Nahrungsriegeln, zwei Flaschen mit ›frischem‹ Wasser, Zündplättchen für eine Nadelpistole, ein Werkzeugetui.

Die Sauerstoffanzeige färbte sich bedrohlich orangegelb. Tom klemmte sich sein Bündel zwischen die Knie und zerrte das Etui mit dem Werkzeug heraus. Er griff nach einer kleinen Rolle mit Acht-Millimeter-Gummischlauch. Purpurne Flecken tanzten am Rande seines Gesichtsfeldes, als er mit seinem Taschenmesser ein Stück von dem dünnen Schlauch abschnitt.

Er bohrte ein Ende davon durch das Speiseventil der Maske. Das Ventil blieb dicht, aber der Inhalt des Schlauches spritzte in seinen Mund und ließ ihn würgen und husten.

Für Finesse blieb keine Zeit mehr. Wie ein Äffchen kletterte er an der Wurzel hinauf, bis er dicht unter einer Lücke zwischen den Schlingpflanzen angelangt war.

Er hatte den Schlauch am anderen Ende zusammengekniffen, aber als er ihn jetzt in die Höhe streckte, quoll doch bitteres, öliges Wasser heraus.

Das Filtersystem der Maske würde die Flüssigkeit reinigen, vorausgesetzt, es drang nicht zuviel davon ein.

Tom streckte den Arm aus und schob den Schlauch durch die schmale Lücke aus dem Wasser, während die Schlacht am Himmel neue Lichtblitze in die Tiefe jagte. Er sog heftig an dem Gummischlauch und spuckte Schleim und metallisch schmeckende Brühe aus. Mit verzweifelter Hast bemühte er sich, den Schlauch freizubekommen.

Wieder blitzte einer dieser gleitenden Strahlen herunter und versengte ihm die Finger noch unterhalb des Wasserspiegels. Er kämpfte einen instinktiven Drang, zu schreien oder vor der Hitze zurückzuweichen, nieder. Dann fühlte er, wie ihn das Bewußtsein verließ und mit ihm auch die Willenskraft, mit der er die Hand in diese brennende Gluthitze hinaufstreckte.

Noch einmal sog er aus Leibeskräften – und wurde durch einen dünnen Strom feuchter Luft belohnt. Hastig saugte er weiter. Die heiße, dampfige Luft schmeckte nach Rauch, aber sie war nahrhaft. Er atmete in die Maske aus und vertraute darauf, daß sie den hart erkämpften Sauerstoff speichern werde.

Der Schmerz in seiner Lunge ließ nach, und jetzt machte das Brennen an seiner Hand sich bemerkbar. Als er schon glaubte, nicht länger dort oben aushalten zu können, begann die Glut, die vom Himmel gekommen war, zu erkalten, und das Blitzen am Himmel verblaßte zu einem matten, flackernden Glühen.

Wenige Meter weiter klaffte noch eine Lücke in dem Rankenteppich. Dort würde es ihm vielleicht gelingen, den Schlauch zwischen zwei Wurzeln zu klemmen, ohne sich aus seiner Deckung zu begeben. Er nahm noch zwei, drei Atemzüge, und dann kniff er das Schlauchende zusammen. Aber bevor er weitere Vorbereitungen treffen konnte, erfüllte plötzlich ein scharfes, blaues Licht das ganze Wasser, heller als je zuvor, und blendende Schatten legten sich über alles. Eine ungeheure Detonation wühlte das Meer auf, und die Wogen warfen ihn umher wie eine leblose Puppe.

Etwas Gewaltiges hatte den Ozean getroffen und ihn in Wallung gebracht. Die Wurzel, an der er sich festhielt, löste sich aus dem Boden, und ein Strudel wirbelnder Ranken riß ihn fort.

Sein Bündel wurde davongeschwemmt. Er griff danach und bekam noch das Ende eines Traggurtes zu fassen, aber da traf ihn etwas am Hinterkopf, und alles begann sich zu drehen. Sein Gepäck verschwand in den tosenden, flackernden Schatten.

Tom rollte sich zu einer Kugel zusammen, und mit den Unterarmen schützte er den Rand seiner Maske vor den wild auf ihn einpeitschenden Ranken.

Als er zu sich kam, war seine erste Empfindung milde Überraschung darüber, daß er noch atmete.

Einen Moment lang glaubte er, der Kampf tobe immer noch, aber dann begriff er, daß das Beben, das er fühlte, ebenso von seinem eigenen Körper kam wie das Dröhnen in seinen Ohren.

Sein linker Arm war von schmerzhaftem Pochen erfüllt und lag auf einem waagerechten Pflanzenstumpf. Schaumiges, grünes Wasser reichte ihm bis ans Kinn und leckte über die lamellenumsäumte Gesichtsmaske. Seine Lunge brannte, und die Luft war schal.

Er hob die zitternde rechte Hand und zog die Maske vom Gesicht, so daß sie an seinem Hals baumelte. Die Filter hatten den beißenden Ozongeruch abgehalten, aber trotzdem atmete er tief und dankbar ein.

Offenbar hatte er sich im letzten Augenblick entschieden, als Brandopfer zu sterben, statt zu ersticken, und dann mußte er durch die Wasseroberfläche gestoßen sein. Zum Glück hatte der Kampf einen Augenblick zuvor sein Ende gefunden.

Tom widerstand der Versuchung, sich die brennenden Augen zu reiben; der Schleim an seinen Händen würde ihnen nicht guttun. Auf ein Biofeedback-Kommando hin stiegen ihm die Tränen in die Augen und spülten den klebrigen Schleim größtenteils heraus.

Als er wieder sehen konnte, hob er den Kopf.

Im Norden rauchte der Vulkan wie eh und je. Die Wolkendecke war hier und dort aufgerissen, und unzählige, sich windende, bunte Rauchfahnen zogen sich über den Himmel. Rings um ihn herum wanden sich kleine Kriechtiere aus dem Gestrüpp und nahmen das normale Geschäft des Fressens und Gefressenwerdens wieder auf. Am Himmel gab es keine Schlachtschiffe mehr, die mit Nova-Hitze aufeinander feuerten.

Zum erstenmal war Tom froh über die monotone Topographie des Rankenteppichs. Er brauchte sich nur wenig über die Oberfläche zu erheben, um mehrere Rauchwolken von langsam sinkenden Wracks aufsteigen zu sehen.

Noch während er ihn betrachtete, explodierte einer der fernen Metallklumpen. Der Donner der Explosion erreichte Tom Sekunden später in einer Serie von gedämpft hustenden und prasselnden Lauten, asynchron akzentuiert von hellen Blitzen. Die verschwommene Form des Wracks sank weiter. Tom wandte sich ab, um dem Blitz der letzten Detonation zu entgehen. Als er wieder hinschaute, sah er nur noch Dampfwolken, und ein schwaches Zischen verhallte und erstarb.

Auch woanders schwammen Trümmer. Tom drehte sich langsam im Kreis. Ehrfurchtsvolles Staunen erfüllte ihn angesichts solcher Zerstörung. Was hier an Wracks herumlag, deutete auf eine mittelgroße Schlacht.

Er lachte bei dem Gedanken an die Ironie, die darin lag, obgleich das Lachen seine mißhandelte Lunge schmerzen ließ. Die Galactics waren allesamt gekommen, um dem falschen Notruf auf den Grund zu gehen, und was ein Hilfseinsatz hätte sein sollen, war beim Zusammentreffen der Todfeinde zu einem mörderischen Gefecht geraten. Und jetzt waren sie tot, und er lebte noch. Das sah nicht nach Ifnis willkürlicher Launenhaftigkeit aus. Es war zu sehr wie das mysteriöse, unergründliche Wirken von Gott selbst.

Heißt das, ich bin wieder ganz allein? fragte er sich. *Das wäre ein starkes Stück. So viel Feuerwerk – und ein nichtswürdiger Mensch als einziger Überlebender?*

Aber vielleicht nicht lange. Die Schlacht hatte ihn fast aller Vorräte beraubt, deren Bergung ihn so viel Mühe gekostet hatte. Plötzlich runzelte Tom die Stirn. Die Meldebomben! Seine Hand fuhr an seine Taille, und die Welt um ihn herum schien zu versinken. Es war nur noch eine der Kugeln da! Anscheinend hatte er die anderen im Durcheinander dort unten zwischen den Schlingpflanzen verloren.

Als seine rechte Hand nicht mehr zitterte, schob er sie vorsichtig in seinen Hosenbund und zog die PSI-Bombe hervor: Seine letzte Verbindung zur *Streaker*... zu Gillian.

Es war die Bestätigungsmeldung... die, die er zünden sollte, falls er den Start des Trojanischen Seepferds empfahl. Jetzt würde er entscheiden müssen, ob er sie zünden wollte. Diese oder gar keine. Ja oder nein, das war alles, was er sagen konnte.

Ich wünschte nur, ich wüßte, wem die Schiffe gehörten, die auf die Tandu geschossen haben!

Er stopfte die Bombe in den Hosenbund und nahm seinen langsamen Rundblick wieder auf. Am Horizont im Nordwesten lag ein Wrack, das einer teilweise zerdrückten Eierschale glich. Es rauchte immer noch, aber es schien, nicht mehr zu brennen. Es explodierte nicht und sank offenbar auch nicht weiter.

Also gut, dachte Tom. *Einen Versuch ist es wert. Es scheint immerhin so weit intakt zu sein, daß es Möglichkeiten bietet. Vielleicht finden sich Lebensmittel und Geräte an Bord, die es lohnt zu bergen. Auf jeden Fall ist es ein Unterschlupf, falls die Radioaktivität nicht zu stark ist.*

Es lag schätzungsweise fünf Kilometer weit von ihm entfernt, wenngleich dieser Eindruck täuschen mochte. Aber mit einem Ziel hätte er wenigstens etwas zu tun. Er brauchte weitere Informationen. Vielleicht würde ihm das Wrack verraten, was er wissen mußte.

Er überlegte, ob er über ›Land‹ dorthin marschieren und seinen müden Beinen zutrauen sollte, über die Rankenlandschaft hinwegzukraxeln, oder ob er die Strecke unter Wasser zurücklegen sollte, von Luftloch zu Luftloch schwimmend, den unbekannten Kreaturen trotzig die Stirn bietend.

Plötzlich hörte er ein schwirrendes Singen hinter sich. Er drehte sich um und erblickte etwa einen Kilometer weit entfernt ein kleines Raumboot, das nur wenige Meter über dem Ozean dahinglitt. Seine fluoreszierenden Abschirmfelder flackerten. Die Triebwerke setzten immer wieder aus.

Tom zog die Maske vors Gesicht und machte sich bereit, ins Wasser hinabzutauchen, aber das kleine Schiff kam nicht auf ihn zu. Es zog westlich von ihm vorüber, und Funken sprühten aus seinen stumpfen Stasisflanschen. Häßliche, schwarze Streifen zogen sich über die Außenhaut, die an einer Stelle blasig aufgeworfen und weggeschmolzen war.

Tom hielt den Atem an, als das Schiff vorüberflog. Ein solches Modell hatte er noch nie gesehen, aber er hätte mehrere Rassen aufzählen können, zu deren Stil dieses Design paßte.

Der Aufklärer kippte nach vorn, als die Triebwerke erneut husteten. Das hohe Sirren des Gravitationsgenerators sank tiefer.

Die Besatzung des Bootes wußte offenbar, daß sie erledigt war. Das Gefährt legte sich schräg und nahm Kurs auf die Insel. Tom beobachtete es mit angehaltenem Atem. Unwillkürlich empfand er Mitgefühl für den verzweifelten Alienpiloten. Das Boot stotterte dicht über der Rankenfläche dahin, dann verschwand es hinter der Bergflanke.

Das leise *krrump!* seiner Landung wurde von den singenden Passatwinden herübergeweht.

Tom wartete. Nach ein paar Sekunden lösten sich die

Stasisfelder des Bootes mit einem Donnerschlag. Glühende Trümmer flogen hinaus aufs Meer. Sie verzischten im Wasser oder brannten sich langsam durch den Pflanzenteppich.

Er bezweifelte, daß jemand rechtzeitig herausgekommen war.

Tom änderte seine Pläne. Sein längerfristiges Ziel war immer noch das Eierschalenschiff, das ein paar Kilometer entfernt schwamm. Aber zuerst wollte er die Trümmer dieses Scoutbootes durchstöbern. Vielleicht würde er dort etwas finden, das ihm seine Entscheidung leichter machte, und wenn es etwas zu essen war.

Er versuchte sich aus seinem Wasserloch auf den Pflanzenteppich hinaufzuziehen, aber es war zu schwierig. Er zitterte immer noch.

Also gut. Schwimmen wir unter Wasser. Wahrscheinlich ist es sowieso piepegal, was ich tue.

Genieße ich also die Szenerie dort unten.

52

Akki

Dieser Sohn eines blutrünstigen Neunauges gab einfach nicht auf!

Akki war erschöpft. Das metallische Aroma des Wassers vermischte sich mit dem Geschmack von Galle aus seinem Vormagen, während er so schnell er konnte nach Südosten schwamm. Verzweifelt sehnte er sich nach einer kurzen Rast, aber er wußte, er würde es sich nicht leisten können, den Vorsprung gegenüber seinem Verfolger aufzugeben.

Hin und wieder erhaschte er einen Blick auf K'tha-Jon. Er schwamm etwa zwei Kilometer hinter ihm und verringerte den Abstand stetig. Der riesige, dunkel gefleckte

Delphin schien niemals müde zu werden. Sein Atem kondensierte zu hohen, senkrechten Fontänen, die wie kleine Nebelraketen aussahen, während er mit unermüdlichem Tempo das Wasser durchpflügte.

Akkis Atem ging stoßweise, und er war schwach vor Hunger. Er fluchte auf anglisch und fand es unbefriedigend. Daraufhin spielte er mit einer resonanten, obszönen kleinen Phrase auf Primal, und das half ein wenig.

Eigentlich hätte er in der Lage sein müssen, K'tha-Jon abzuhängen, zumindest auf einer kurzen Strecke. Aber da war etwas im Wasser, das die hydrodynamischen Eigenschaften seiner Haut beeinträchtigte. Irgendeine Substanz verursachte eine allergische Reaktion. Seine sonst glatte und geschmeidige Haut war aufgeschürft und bucklig. Ihm war, als wühle er sich durch Sirup und nicht durch Wasser. Akki fragte sich, warum noch niemand einen Bericht darüber gemacht hatte. Oder wirkte es nur auf Delphine von Calafia?

Es war nur eines aus einer Kette von Ereignissen, die bis zu dem Augenblick zurückreichte, da er das Schiff verlassen hatte.

K'tha-Jon zu entkommen, war nicht so leicht gewesen, wie er erwartet hatte. Bei Südostkurs hätte er in der Lage sein müssen, irgendwann nach rechts oder links abzuschwenken, um Hilfe zu erreichen, entweder Hikahi, die Crew beim Thennanin-Wrack oder die Leute auf Toshios Insel. Aber immer, wenn er seinen Kurs zu ändern versuchte, war K'tha-Jon sogleich abgebogen, um den Winkel abzuschneiden. Akki konnte sich nicht leisten, noch mehr von seinem Vorsprung zu verlieren.

Eine zielgerichtete Sonarwelle überspülte ihn von hinten. Jedesmal wenn es geschah, hätte er sich am liebsten zu einer Kugel zusammengerollt. Es war unnatürlich für einen Delphin, so lange vor einem anderen zu fliehen. In tiefer Vergangenheit hatte es geschehen können, daß ein jüngeres Männchen, das ein älteres verärgert hatte – zum Beispiel durch den Versuch, sich mit einem Weibchen aus dem Harem des alten Bullen zu paaren –, geknufft oder gebissen wurde. Aber nur selten grollte ein Delphin lange. Akki kämpfte das Bedürfnis nieder, anzuhalten und mit K'tha-Jon zu diskutieren.

Was würde ihm das nützen? Der Riese war offensichtlich verrückt.

Sein Geschwindigkeitsvorteil wurde durch das mysteriöse Hautjucken aufgehoben. Abzutauchen, um K'tha-Jon abzuhängen, kam nicht in Frage. Die *Stenos bredanensis* waren Hochseedelphine. K'tha-Jon konnte wahrscheinlich besser tauchen als irgend jemand sonst an Bord der *Streaker.*

Als er sich wieder umdrehte und zurückschaute, hatte K'tha-Jon seinen Vorsprung auf etwa einen Kilometer verringert. Akki seufzte zirpend auf und verdoppelte seine Anstrengungen.

Eine Kette grünbewachsener Hügel zog sich vielleicht vier oder fünf Kilometer entfernt am Horizont entlang. Er mußte durchhalten, bis er sie erreicht hatte!

53

Moki

Moki jagte den Schlitten mit Höchstgeschwindigkeit nach Süden, sein Sonar hallte ihm wie eine Fanfare voraus.

»...rufe Haoke, rufe Moki. Hier spricht Heurka-Pete. Kommt zurück. Bitte bestätigen!«

Moki warf irritiert den Kopf nach hinten. Wieder versuchte ihn das Schiff zu erreichen. Moki schaltete den Sender des Schlittens ein und gab sich Mühe, deutlich zu sprechen.

»Jaaa! Wasss wollt-t ihr?«

Nach einer kurzen Pause kam die Antwort. *»Moki, laß mich mit Haoke sprechen!«*

Moki lachte kaum verhohlen. »Haoke... tot! G-g-getötet-t von einem Eindringlinggg! Jage ihn jetzt-t-t. Ssssagt Takkata-Jim, ich kriege sie!«

Mokis Anglisch war nahezu unverständlich, aber er wagte nicht, Trinär zu benutzen, weil er fürchtete, dann in aller Öffentlichkeit in Primal zu verfallen, und dafür war er noch nicht bereit.

In der Sonarsprechleitung war es eine ganze Weile still. Moki hoffte, sie würden ihn nun in Ruhe lassen.

Als er und Haoke den leeren Schlitten der Baskin-Fern gefunden hatten, der mit halber Kraft langsam nach Westen trieb, war etwas in ihm endgültig durchgebrannt. Er war in einen wirren Erregungszustand, in wirbelnde Aktivität verfallen. Es war wie in einem gewalttätigen Alptraum gewesen.

Vielleicht hatte man sie überfallen, vielleicht hatte er es sich auch nur eingebildet. Aber als es vorüber gewesen war, hatte Haoke nicht mehr gelebt, und er, Moki, hatte keinerlei Reue verspürt.

Danach hatte sein Sonar ein Objekt registriert, das sich auf dem Weg nach Süden befand. Noch ein Schlitten. Ohne eine Sekunde nachzudenken, hatte er die Verfolgung aufgenommen.

In der Leitung krachte es. *»Hier noch mal Heurka-Pete, Moki. Du wirst gleich außer Sensor-Reichweite sein, und wir können immer noch kein Radio einsetzen. Ich gebe dir jetzt zwei Befehle: Erstensss: Du leitest eine Sonarsprechmitteilung an K'tha-Jon weiter und befiehlst ihm, zurückzukehren! Sein Einsatz ist abgebrochen! Zweitens: Danach kehrst du ebenfalls unverzüglich um! Das ist-t ein direkter Befehl!«*

Die Lichter und Punkte hatten für Moki nur noch wenig Bedeutung. Was zählte, waren die Klangmuster, die ihm die Schlittensensoren vermittelten. Der erweiterte Gehörsinn gab ihm ein Gefühl der Gottähnlichkeit, als sei er selbst einer der Großen Träumer. Er stellte sich vor, er sei ein großer *Catodon,* ein Spermwal, der Herr der Tiefen, auf der Jagd nach einer Beute, die bei seinem bloßen Herannahen die Flucht ergriff!

Nicht allzu weit südlich hörte man die gedämpften Geräusche von einem Schlitten. Es war der Schlitten, den er schon seit einer Weile jagte. Er holte allmählich auf, und er wußte es.

Viel weiter entfernt und zu seiner Linken schallten zwei feine, rhythmische Signale zu ihm herüber: Zwei schnell schwimmende Cetaceen. Das mußten K'tha-Jon und dieser naseweise Calafier sein.

Nur zu gern hätte Moki K'tha-Jon diese Beute abgejagt, aber das hatte Zeit. Der erste Feind war geradewegs vor ihm.

»Moki, hast du mich gehört! Antworte! Du hassst deine Befehle! Du mussst…«

Moki klappte angewidert die Kiefer auf und zu. Er unterbrach die Sonarsprechverbindung, noch ehe Heurka-Pete seine Tirade beenden konnte. Es wurde ohnehin immer schwieriger, den hochnäsigen kleinen Unteroffizier zu verstehen. Ein besonders guter *Stenos* war der nie gewesen. Dauernd hatte er mit den *Tursiops* zusammen Keneenk studiert und sich zu ›bessern‹ versucht.

Moki beschloß, sich das Bürschlein vorzunehmen, sobald er mit seinen Feinden außerhalb des Schiffes fertig wäre.

54

Keepiru

Keepiru wurde verfolgt. Er hatte damit gerechnet, daß man ihm jemanden nachschicken würde, um sein Zusammentreffen mit Hikahi zu verhindern.

Aber dieser Verfolger mußte ein Idiot sein. An dem fernen Singen der Triebwerke hörte er, daß der Fin seinen Schlitten mit weit überhöhter Geschwindigkeit voranpeitschte. Was wollte der Kerl damit erreichen? Keepiru hatte genug Vorsprung, um auf Sonarsprechreichweite an das Thennanin-Wrack heranzukommen, bevor sein Verfolger ihn erreicht hatte. Dazu brauchte er seinen eigenen Schlitten nur knapp in den roten Bereich hinein zu beschleunigen.

Der Fin hinter ihm übersprühte die ganze Gegend mit seinem Sonar, als wolle er Hinz und Kunz auf sich aufmerksam machen.

Mit seinem Gezeter machte es der Schwachkopf Keepiru nicht eben leichter, sich zusammenzureimen, was da im Südosten vor sich ging. Keepiru konzentrierte sich und versuchte den Lärm, der von hinten auf ihn eindrang, abzublocken.

Zwei Delphine, so schien es – der eine völlig außer Atem, der andere kräftig und immer noch frisch –, schwammen aus Leibeskräften auf eine Bank von Sonarschatten zu, die etwa fünfzig Kilometer weit entfernt lag.

Was war da los? Wer jagte wen?

Er lauschte so angestrengt, daß er plötzlich jäh zur Seite schwenken mußte, um nicht gegen einen steilen Hügel zu prallen. Er zog an der Westseite daran vorbei und verfehlte die Klippen nur um wenige Meter. Im Schatten der Anhöhe war es für eine Weile still.

Achte auf Untiefen,
Kind der Tursiops!

Er trillerte diesen Lehrvers und ließ dann ein Trinär-Haiku folgen.

Echos der Küste
sind wie treibende Federn
von Pelikanen!

Keepiru schalt sich selbst. Delphine, so hieß es, waren Spitzenpiloten – nur deshalb hatte man ihnen vor einem Jahrhundert die ersten Plätze in den Raumschiffen eingeräumt –, und er war weit und breit bekannt als einer der besten unter ihnen. Wieso also kam er mit vierzig Knoten unter Wasser schlechter zurecht als mit fünfzigfacher Lichtgeschwindigkeit in einem Wurmloch?

Sein summender Schlitten verließ den Schatten der Anhöhe und gelangte wieder in offenes Wasser. Aus ost-südöstlicher Richtung drang wieder das schwache Bild der jagenden Cetaceen in seine Sinne.

Keepiru konzentrierte sich. Ja, der Verfolger war ein *Stenos,* und zwar ein großer. Sein Suchsonar bildete seltsame Muster.

Der vordere…

…das muß Akki sein, dachte er. *Der Kleine hat Schwierigkeiten. Ernste Schwierigkeiten.*

Eine Lärmwoge vom Schlitten hinter ihm traf ihn in zielgenauem Strahl, und einen Augenblick lang war er so gut wie taub. Er schnatterte einen Fluchglyph und schüttelte den Kopf, um sein Gehör wieder freizubekommen.

Fast hätte er kehrtgemacht, um sich diesen verwichsten Kackfresser vorzunehmen; aber seine Pflicht lag vor ihm.

Keepiru spürte, daß er vor einer qualvollen Wahl stand. Strenggenommen war es seine Pflicht, Hikahi eine Nachricht zu überbringen. Aber es widerstrebte ihm im Innersten, den Kaddy im Stich zu lassen. Der Kleine schien völlig erschöpft zu sein. Sein Verfolger holte deutlich auf.

Aber wenn er jetzt nach Osten abböge, würde sein eigener Verfolger gleichfalls Gelegenheit. zum Aufholen haben…

Aber vielleicht konnte er auch K'tha-Jon ablenken und ihn zwingen, von dem Kleinen abzulassen.

Es ziemte sich nicht für einen Terragenen-Offizier. Es reflektierte nicht das Keneenk. Aber er konnte einfach keine logische Entscheidung treffen…

Er wünschte sich, irgendeiner seiner fernen Ururgroßenkel könnte jetzt hier sein, ein ausgereifter, logisch denkender Delphin, der seinem wilden, halb-tierischen Ahnen sagen würde, was zu tun sei.

Keepiru seufzte. *Wie komme ich darauf, daß sie mir gestatten werden, Ururgroßenkel zu haben?*

Er entschied sich dafür, sich selbst gegenüber ehrlich zu bleiben. Er legte den Schlitten auf die linke Seite und ließ den Tachometer noch ein Stück weiter in den roten Bereich vorrücken.

55

Charles Dart

Der eine der beiden Erdlinge im Raum – der Mensch – durchwühlte Kommodenschubladen und warf achtlos allerlei in einen offenen Koffer auf dem Bett. Er hörte zu, während der Schimpanse redete.

»...die Sonde sitzt jetzt in einer Tiefe von zwei Kilometern. Die Radioaktivität steigt rasch, die Temperaturkurve ebenfalls. Ich glaube kaum, daß die Sonde noch mehr als ein paar hundert Meter durchhalten wird, und der Schacht geht immer noch tiefer! Aber wie auch immer, ich bin jetzt hundertprozentig sicher, daß hier von einer technologischen Rasse Müll deponiert worden ist, und zwar erst kürzlich. Und damit meine ich: *Vor ein paar hundert Jahren!*«

»Das ist sehr interessant, Dr. Dart. Nein, wirklich.« Ignacio Metz versuchte sich seinen Verdruß nicht anmerken zu lassen. Mit Schimps mußte man Geduld haben, vor allem mit Charles Dart. Dennoch, man konnte nur schwer packen, während der Schimp auf einem Stuhl in seiner Kabine hockte und wie ein Wasserfall redete.

Und Dart erzählte immer weiter, ohne etwas zu merken. »Seit ich mit diesem lausigen Delphin-Linguisten, diesem Sah'ot, arbeiten muß, weiß ich Toshio erst zu schätzen, so ineffizient der Junge auch sein mag! Trotzdem, ich bekam hervorragende Daten, bis Tom Orleys verdammte Bombe hochging und Sah'ot etwas über ›Stimmen aus der Tiefe‹ zu quasseln begann. Dieser irrsinnige Fin…«

Metz sortierte seine Besitztümer. *Wo ist denn mein blauer Landanzug? Ach ja, schon gepackt. Mal sehen… Duplikate meiner sämtlichen Aufzeichnungen sind bereits an Bord des Bootes. Was gibt's sonst noch?*

»…sagte ich, Dr. Metz!«

»Hmm?« Rasch hob er den Kopf. »Verzeihen Sie, Doktor Dart. Das liegt an den plötzlichen Veränderungen und all dem. Ich bin sicher, Sie haben Verständnis. Was sagten Sie?«

Dart stöhnte verärgert. »Ich sagte, ich möchte mit Ihnen gehen. Für Sie bedeutet diese Reise vielleicht eine Art Verbannung, aber für mich wäre es eine Befreiung. Ich muß hinaus, dorthin, wo meine Arbeit ist!« Er trommelte mit den Fäusten gegen die Wand und bleckte zwei Reihen großer, gelber Zähne.

Metz dachte einen Moment kopfschüttelnd nach. Verbannung? Vielleicht sah Takkata-Jim es so. Er und Gillian waren wirklich wie Öl und Wasser. Sie war fest entschlossen, Orleys und Creideikis Plan mit dem ›Trojanischen Seepferd‹ ablaufen zu lassen. Takkata-Jim widerstand ihr dabei ebenso stahlhart.

Metz war mit Takkata-Jim einer Meinung, und er war überrascht gewesen, als der Lieutenant die Position des stellvertretenden Captains auf der Schiffsratssitzung bescheiden an Gillian abgetreten hatte, bis Hikahi zurückgerufen worden wäre. Das bedeutete, der Seepferd-Plan würde tatsächlich seinen Lauf nehmen. Die *Streaker* würde in wenigen Stunden mit ihrer Unterwasserreise beginnen.

Wenn man dieses Täuschungsmanöver wirklich versuchen wollte, dann würde Metz froh sein, von Bord gehen zu dürfen. Das Langboot war geräumig und bequem genug. Er und seine Unterlagen würden darin sicher sein, und die Aufzeichnungen über seine Spezialexperimente würden irgendwann zur Erde gelangen, selbst wenn…

selbst wenn die *Streaker* bei ihrem Fluchtversuch zerstört werden würde.

Außerdem konnte er jetzt mit Dennie Sudman zusammen die Kiqui studieren. Metz war nicht wenig erpicht darauf, diese Präsophonten in Augenschein zu nehmen.

»Da werden Sie mit Gillian sprechen müssen, wenn Sie mitkommen wollen, Charlie.« Er schüttelte den Kopf. »Aber sie gestattet uns, Ihren neuen Robot mit auf die Insel zu nehmen. Ich vermute, darüber werden Sie sich mit ihr auseinandersetzen müssen.«

»Aber Sie und Takkata-Jim haben mir versprochen, wenn ich mit Ihnen kooperiere, wenn ich Toshio gegenüber den Mund halte und Ihnen im Schiffsrat mein Stimmrecht übertrage...«

Der Schimp verstummte, als er Metz' Gesichtsausdruck sah. Er preßte die Lippen zusammen und sprang vom Stuhl.

»Heißen Dank«, knurrte er und ging zur Tür.

»Aber Charlie...«

Dart marschierte hinaus auf den Gang. Die Tür glitt hinter ihm ins Schloß und schnitt Metz das Wort ab.

Der Schimp stapfte den aufwärtsgeschwungenen Korridor entlang, den Kopf entschlossen gesenkt.

»Ich muß da raus!« brummte er. »Ich *muß* einen Weg finden!«

56

Sah'ot

Als Gillian ihn anrief, um ihn zu bitten, mit Creideiki zu reden, war sein erster Impuls gewesen, sich über die Arbeitsüberlastung zu beschweren.

»Ich weiß, ich weiß«, hatte ihn ihr winziges Abbild zustimmend unterbrochen. »Aber Sie sind der einzige, den ich erübrigen kann und der die notwendigen Qualifikationen besitzt. Nein, ich will es anders formulieren: Sie sind der *einzige*, der das kann. Creideiki ist offensichtlich bei Bewußtsein und wach, aber er kann nicht sprechen! Wir brauchen jemanden, der ihm hilft, über Partien seines Gehirns zu kommunizieren, die unversehrt geblieben sind. Da sind Sie unser Experte.«

Eigentlich hatte Sah'ot Creideiki nie gemocht. Und die Art der Verletzung, die der Captain davongetragen hatte, rief Unbehagen in ihm hervor. Aber diese Aufgabe war eine Herausforderung an seine Eitelkeit.

»Und was ist mit Charlesss Dart? Er hat Toshio und mich angetrieben, bis unsere Flossen herabhingen, und er hat oberste Priorität auf dieser Leitung.«

Auf dem kleinen Holo wirkte Gillian abgespannt. »Jetzt nicht mehr. Wir schicken mit Takkata-Jim und Metz eine neue Robotsonde zu euch hinaus, eine, die er über die Kommunikationsleitung selber steuern kann. Bis dahin steht sein Projekt vorerst an letzter Stelle. An *letzter*. Verstanden?«

Sah'ot klapperte zum Zeichen der Zustimmung lautstark mit den Kiefern. Es tat gut, einmal wieder mit einer entschlossenen Führungskraft zu tun zu haben. Die Tatsache, daß die Stimme einem Menschen gehörte, den er respektierte, bestärkte ihn in seiner Genugtuung.

»Das mit Metz und Takkata-Jim...«

»Ich habe Toshio informiert«, erklärte Gillian. »Er wird Sie ins Bild setzen, sobald er Gelegenheit hat. Er hat jetzt die absolute Führung. Sie haben ihm unbedingt Gehorsam zu leisten. Ist das klar?«

Gillian vernachlässigte ihr Vokabular auch nicht, wenn sie unter Druck stand. Das gefiel Sah'ot. »Ja. Unbedingt. Aber was nun diese Resonanzen betrifft-t, die ich aus der Kruste des Planeten empfange... was soll ich tun? Sie sind meines Wissens beispiellosss! Können Sie jemanden erübrigen, der bei der *Bibliothek* für mich ein paar Nachforschungen anstellt-t?«

Gillian runzelte die Stirn. »Sie sagen, aus den tieferen

Schichten von Kithrups Kruste kommen Resonanzen anscheinend intelligenten Ursprungs herauf?«

»Genau, so ist es.«

Gillian verdrehte die Augen. »Ifni! Diese Welt in *Ruhe und Frieden* zu erforschen, würde ein Dutzend Forschungsschiffe zehn Jahre lang beschäftigen!« Sie schüttelte den Kopf. »Nein. Auf Anhieb würde ich vermuten, daß es in den unteren Schichten der Kruste wahrscheinlichkeitssensitive Gesteinsformationen gibt, die durch Abstrahlungen der Schlacht dort oben in Schwingungen versetzt worden sind. Auf jeden Fall muß dieses Problem hinter anderen zurückstehen. Vorrang haben: die Sicherheit, die Kiqui und Ihr Gespräch mit Creideiki. Damit haben Sie einiges zu tun.«

Sah'ot schluckte einen Protest hinunter. Wenn er sich beschwerte, würde er Gillian nur veranlassen, ihm den Umgang mit der Sonde explizit zu verbieten. Das hatte sie noch nicht getan, also hielt er besser den Mund.

»Und jetzt überlegen Sie sich, wofür Sie sich entscheiden wollen«, erinnerte ihn Gillian. »Wenn die *Streaker* einen Ausbruchsversuch unternimmt, werden wir versuchen, das Skiff loszuschicken, um Tom sowie alle auf der Insel, die mitkommen wollen, aufzunehmen. Sie können dann ebenfalls mitkommen, oder Sie können mit Metz und Takkata-Jim dortbleiben und im Langboot abwarten, bis alles vorüber ist. Wenn Sie sich entschieden haben, informieren Sie bitte Toshio über Ihren Entschluß.«

»Ich habe verstanden. Ich werde esss mir überlegen.« Irgendwie erschien ihm das Problem weniger dringlich, als er noch vor ein paar Tagen geglaubt hätte. Die Laute aus der Tiefe waren nicht ohne Wirkung auf ihn geblieben.

»Falls ich hierbleibe, wünsche ich Ihnen allen viel Glück.«

»Das wünsche ich Ihnen auch, Mel-Fin.« Gillian lächelte. »Sie sind ein komischer Heiliger, aber wenn ich wieder zu Hause bin, werde ich empfehlen, daß Sie einen Haufen

Enkelkinder bekommen sollen.« Ihr Bild löste sich auf, als sie die Verbindung unterbrach.

Sah'ot starrte auf den toten Bildschirm. Dieses völlig unerwartete Kompliment hatte ihn für einen Moment verblüfft. Aber dann sahen ein paar Kiqui, die in der Nähe nach Wurzeln suchten, voller Staunen, wie ein Delphin sich in dem Tümpel auf die Schwanzflosse stellte und im Kreis herumtanzte.

Bemerkt zu werden
von einem Buckelwal
Gelobt zu werden
endlich –
weil ich ich bin

57

Dennie und Toshio

»Ich habe Angst.«

Beinahe ohne nachzudenken, legte Toshio seinen Arm um Dennies Schulter und drückte sie beruhigend an sich. »Wovor? Es gibt nichts, wovor du Angst haben müßtest.«

Dennie hob den Blick von den donnernden Brechern, um zu sehen, ob er es ernst meinte. Dann begriff sie, daß er sie aufziehen wollte. Sie streckte ihm die Zunge heraus.

Toshio atmete tief ein und war zufrieden. Ihm war nicht klar, wohin seine neue Halbbeziehung mit Dennie führen würde. Eine körperliche Sache war es jedenfalls nicht. Sie hatten in der vergangenen Nacht nebeneinander geschlafen, in voller Kleidung. Toshio hatte erwartet, daß so etwas frustrierend sein würde, und das war es in gewisser Hinsicht auch gewesen. Aber nicht so sehr, wie er geglaubt hatte.

Es würde sich schon etwas ergeben, so oder so. Im Augenblick brauchte Dennie nur jemanden, der in der Nähe war. Es befriedigte ihn, dieses Bedürfnis zu erfüllen.

Wenn dies alles vorüber war, würde sie ihn vielleicht wieder als Jungen betrachten, der vier Jahre jünger war als sie. Aber irgendwie bezweifelte er das. Sie berührte ihn jetzt eher öfter als seltener, sie hakte sich bei ihm ein, und sie knuffte ihn in gespieltem Zorn, als die Effekte der PSI-Bombe langsam verklangen.

»Wann werden sie mit dem Langboot hier sein?« Wieder spähte sie auf den Ozean hinaus.

»Irgendwann morgen. Spät am Tage«, antwortete er. »Takkata-Jim und Metz wollten mit den ETs verhandeln. Was könnte sie daran hindern, ihre Befehle zu mißachten und es einfach trotzdem zu versuchen?«

»Gillian packt soviel Energie in das Boot, daß sie es bis hierher schaffen. Sie haben einen Regenerator, damit werden sie es in einem Monat bis zur Raumtüchtigkeit aufgeladen haben. Aber bis dahin ist die *Streaker* weg, so oder so.«

Dennie erschauerte.

Toshio verfluchte seine schwatzhafte Zunge. »Takkata-Jim wird kein Radio haben. Unseres werde ich bewachen, bis das Skiff kommt, um uns abzuholen. Aber davon abgesehen, was hätte er den Galactics schon anzubieten? Er hat keine der Karten, auf denen die verlassene Flotte eingezeichnet ist.

Ich schätze, er und Metz werden warten, bis alle weg sind, dann werden sie sich mit Metz' Tapes und einem Laderaum voll Bauchschmerzen zur Erde zurückschleichen.«

Dennie schaute hoch zu den ersten Sternen der langen Dämmerung von Kithrup. »Gehst du zurück?« fragte sie.

»Die *Streaker* ist mein Schiff. Gott sei Dank lebt Creideiki noch. Aber auch, wenn er nicht mehr Skipper ist, schulde ich ihm, daß ich an Bord bleibe, wie es sich für alle seine Offiziere gehört.«

Dennie warf ihm einen kurzen Blick zu. Dann nickte sie und starrte wieder aufs Meer hinaus.

Sie glaubt, wir haben keine Chance, erkannte Toshio. *Und vielleicht haben wir wirklich keine. In der Verkleidung eines Thennanin-Streitwagens werden wir so wendig sein wie ein calafianischer Schlammbeißer. Und vielleicht ist es auch gar nicht so wünschenswert, daß es uns gelingt, die Galactics an der Nase herumzuführen. Die* Streaker *wollen sie gefangennehmen, aber vermutlich werden sie hemmungslos feuern, wenn sie sehen, daß ein geschlagener Gegner sich noch einmal aufrappelt, um eine neue Runde zu wagen. Wenn der Plan überhaupt funktionieren soll, müssen noch Thennanin da sein.*

Aber wir können ja nicht einfach dasitzen und warten, oder? Wenn wir das tun, werden die Galactics denken, sie können die Erdlinge beliebig herumschubsen. Wir können nicht zulassen, daß jemand sich eins von unseren Forschungsschiffen schnappt und es wissenschaftlich ausschlachtet.

Dennie wirkte besorgt. Toshio wechselte das Thema. »Wie läuft's mit deinem Bericht?«

»Oh, ganz gut, denke ich. Die Kiqui sind voll und ganz als Präsophonten zu bezeichnen, das steht zweifelsfrei fest. Sie haben sich über lange Zeit ungestört entwickelt. Ein darwinistischer Häretiker könnte schon glauben, daß sie im Begriff sind, sich allein zu intelligenten Geschöpfen aufzuschwingen. Sie lassen Anzeichen dafür erkennen.«

Es gab immer noch Ikonoklasten unter den Menschen, die die Idee vertraten, eine vorbewußte Rasse könne den Sprung zur raumfahrenden Intelligenz allein im Zuge der Evolution vollbringen, ohne daß ein Patron intervenierte. Die meisten Galactics betrachteten diese Vorstellung als absurd und sonderbar, aber die Tatsache, daß es nicht gelungen war, die Wohltäter der Menschheit ausfindig zu machen, hatte die Anhängerzahl dieser Theorie vermehrt.

»Und was ist mit dem Metallhügel?« Das war Dennies

zweites Forschungsprojekt, das auf Charlie Darts Begehren hin begonnen wurde, als der Schimp noch Priorität gehabt hatte. Jetzt wurde dieses Projekt aus Interesse weitergeführt.

Dennie zuckte die Achseln. »Oh, der Hügel ist lebendig. Die professionelle Biologin in mir würde ihren rechten Arm dafür geben, ein Jahr mit einem kompletten Labor auf dieser Insel bleiben zu können, um das Ding zu studieren. Die metallfressenden Pseudokorallen, der Bohrbaum, der lebendige Kern der Insel - sie alle sind Symbionten. Effektiv sind sie die Organe eines gigantischen Wesens. Wenn ich das zu Hause alles niederschreiben könnte, würde ich berühmt werden... wenn mir jemand glaubte.«

»Man wird dir glauben«, versicherte Toshio. »Und du wirst berühmt werden.«

Er machte eine Handbewegung, um anzudeuten, daß sie sich auf den Rückweg zum Camp machen sollten. Nach dem zweiten Abendessen hatten sie nur eine kurze Pause, um spazierenzugehen und zu plaudern. Jetzt, da er das Kommando hatte, mußte er sicherstellen, daß die Zeitpläne eingehalten wurden.

Dennie ergriff seinen Arm, als sie sich umdrehten und sich auf den Rückweg zum Lagerplatz machten. Durch das Rascheln und Rauschen des Windes im Laub hörte man das unregelmäßige Quieken der Eingeborenen, die sich von ihrer Siesta erhoben und sich zur abendlichen Jagd bereit machten.

Schweigend wanderten sie über den schmalen Pfad zurück.

58

Galactics

Krat leckte bedächtig an ihrer Paarungsklaue und ignorierte geflissentlich die Wesen, die umherhuschten, um die blutige Sudelei in der Ecke zu beseitigen.

Diese Sache würde ihr Ärger einbringen. Der Hohe Rat der Pila würde Protest einlegen.

Selbstverständlich war sie als Großadmiral berechtigt, mit jedem Angehörigen ihrer Flotte so zu verfahren, wie sie es für richtig hielt. Aber dieses Recht schloß traditionell nicht ein, daß sie einen leitenden Bibliothekar aufspießen durfte, nur weil er schlechte Nachrichten überbracht hatte.

Ich werde alt, *begriff sie.* Und die Tochter, von der ich gehofft hatte, sie würde bald stark genug sein, um mich zu stürzen, ist nun tot. Wer wird mir jetzt die Ehre erweisen, mich zu beseitigen, ehe ich senil und eine Gefahr für den Klan werde?

Der kleine, pelzige Leichnam wurde hastig fortgeschafft, und ein kräftiger Paha wischte den blutigen Schleim vom Boden auf. Der andere Pila starrte sie an.

Sollen sie glotzen. Wenn wir die Erdlinge fangen, wird das alles vergessen sein. Ich werde berühmt sein, und alle werden über diesen kleinen Zwischenfall hinwegsehen – vor allem die Pila. Wenn wir die ersten sind, die sich den Progenitoren mit einem Opfer nähern, wird das Recht keine Bedeutung mehr haben. Die Pila werden nicht länger unsere erwachsenen Verbündeten und Klienten sein. Sie werden wieder uns gehören, und wir werden sie wieder manipulieren, neu konstruieren und neu gestalten können.

»Zurück an die Arbeit! Alle!« Sie schnappte mit ihrer Paarungsklaue. Der scharfe Laut ließ die Brückenbesatzung hastig auf ihre Posten zurückeilen, und einige machten sich daran, den qualmenden Defekt zu beheben, den

ein Streifschuß im letzten Gefecht mit den Tandu verursacht hatte.

Jetzt denke nach, Soro-Mutter. Kannst du Schiffe erübrigen, die du zu diesem Planeten schicken könntest? Zu diesem höllischen Vulkan, zu dem jede Flotte bereits eine Staffel geschickt hat und bei dem sie alle gestorben sind?

Es sollten doch keine Gubru mehr übrig sein! Aber ein zerbeulter Gubru-Scout war just dort aufgetaucht, wo der Notruf hergekommen war. Er war in Rauch und Flammen aufgegangen, und mit ihm ein Tandu-Zerstörer, Pritils Schiff Nummer sechzehn und zwei weitere Schiffe, die nicht einmal ihre Kampfcomputer identifizieren konnten. Vielleicht war eines davon ein überlebendes Speerschiff der Brüder der Nacht gewesen, das sich bis dahin auf einem von Kithrups Monden versteckt hatte!

Unterdessen kristallisierte sich im ›Endkampf‹ mit der unheiligen Tandu-Allianz ein blutiges Unentschieden heraus. Die Soro besaßen noch einen geringen Vorteil, und so verharrten die übriggebliebenen Thennanin an der Seite der Tandu.

Sollte sie im nächsten Zusammentreffen alles riskieren? Ein Sieg der Tandu wäre entsetzlich. Wenn sie die Macht erlangten, würden sie zahllose wunderbare Rassen vernichten, die sonst eines Tages den Soro gehören könnten.

Im Augenblick der Entscheidung, vermutete sie, würden die Thennanin noch einmal die Fronten wechseln.

»Strategiesektion!« fauchte sie.

»Flottenmutter?« Ein Paha-Krieger kam heran, aber er blieb außerhalb der Reichweite ihres Armes stehen und beäugte sie wachsam.

Wenn sie Gelegenheit dazu bekäme, würde sie den Paha-Genen Respekt einprägen, so tief, daß sich daran nie wieder etwas ändern lassen würde.

Der Paha wich unwillkürlich zurück, als sie die Klaue ausstreckte. »Stellt fest, welche Schiffe im Augenblick nicht benötigt werden. Stellt sie zu einer kleinen Schwadron zusammen. Wir werden uns den Planeten noch einmal ansehen.«

Der Paha salutierte und kehrte rasch zu seiner Station zurück. Krat ließ sich auf das Vleetorkissen zurücksinken.

Wir werden eine kleine Ablenkung brauchen, *dachte sie.* Sonst werden die Thennanin vielleicht nervös, wenn sie merken, daß wir eine zweite Expedition zu dem Vulkan unternehmen, und die Tandu werden denken, wir wüßten etwas.

Andererseits, *erinnerte sie sich,* kann es natürlich sein, daß die Tandu selber etwas wissen, was wir nicht wissen.

59

Creideiki

Aus weiter Ferne
Rufen sie

Die Giganten
Die Geister OZEANS
Die Leviathane

Creideiki beginnt zu verstehen – ja, ja, er beginnt –

Die alten Götter sind teils Fiktion, teils Stammeserinnerung, teils Geister… und teils noch etwas anderes… etwas, das zu hören ein Ingenieur seinen Ohren niemals gestattet, das zu sehen er seinen Augen nicht erlaubt hätte…

Aus weiter Ferne
Rufen sie
Leviathane…

Noch nicht. Noch nicht, nein. Creideiki hat noch eine Pflicht zu erfüllen, er hat eine Pflicht, jawohl.

Ein Ingenieur nicht mehr, nicht mehr – aber Creideiki

bleibt ein Spacer. Creideiki, nicht nutzlos, wird tun, was er kann, was er kann, was er kann, um zu helfen.

Er kann Helfen, seine Crew zu retten, sein Schiff zu retten…

60

Gillian

Sie hätte sich gern die Augen gerieben, aber die Gesichtsmaske war ihr im Weg. Zu viel war noch zu tun.

Die Fins kamen und gingen, sie schossen an ihr vorbei, wohin sie sich auch bewegte, schwammen sie schier über den Haufen in ihrem Eifer, Bericht zu erstatten und wieder davonzueilen, um neue Befehle auszuführen.

Ich hoffe, Hikahi kommt bald zurück. Ich glaube, ich mache meine Sache nicht schlecht, aber ein Raumschiffsoffizier bin ich nicht. Sie ist dazu ausgebildet, eine Mannschaft zu führen.

Hikahi weiß noch gar nicht, daß sie Captain ist, dachte Gillian. *So sehr ich hoffe, daß die Leitung bald offen ist, so ungern werde ich ihr diese Neuigkeit beibringen.*

Sie schrieb eine kurze Mitteilung an Emerson D'Anite, und der letzte Kurier verschwand pfeilschnell in Richtung Maschinenraum. Als sie sich umwandte und in die Außenschleuse hineinschwamm, blieb Wattaceti an ihrer Seite.

In der Kammer befanden sich zwei kleine Gruppen von Delphinen, die eine bei der vorderen Ausfahrluke, die andere am Langboot.

Das kleine Raumboot berührte mit dem Bug fast die Irisluke, die nach außen führte. Mit dem Heck verschwand es in einer stählernen Ausbuchtung im hinteren Ende der Außenschleuse.

Wenn das Langboot nicht mehr da ist, wird's hier ziemlich leer aussehen, dachte sie.

Ein Fin von der Gruppe bei der Luke sah sie und kam

auf sie zu. Er hielt dicht vor ihr an und schwebte in Habtachtstellung im Wasser.

»Geleitschützer und Scouts sind marschbereit und warten auf Ihren Befehl, Gillian.«

»Danke, Zaa'pht. Es dauert nicht mehr lange. Hat der Kabelinstandsetzungstrupp sich noch nicht gemeldet? Und Keepiru?«

»Nein, Sssir. Der Kurier, den Sie Keepiru nachgeschickt haben, müßte allerdings bald das Wrack erreicht haben.«

Es war frustrierend. Takkata-Jim hatte die Verbindung zum Thennanin-Wrack abschneiden lassen, und jetzt schien es unmöglich zu sein, die Unterbrechung zu lokalisieren. Zum ersten Male verfluchte sie die Tatsache, daß ein Monofaserkabel so leicht zu verstecken war.

Sie wußten nicht einmal, ob nicht eine schreckliche Katastrophe über die Arbeitskolonne im Wrack hereingebrochen war – just an dem Ort, zu dem sie die *Streaker* zu schaffen gedachte.

Zumindest wiesen die Detektoren darauf hin, daß die Raumschlacht noch mit kaum verminderter Wut im Gange war.

Aber wodurch wurde Tom aufgehalten? Sie hatten vereinbart, daß er eine Meldebombe zünden sollte, wenn ETs dem Notruf auf den Grund gehen wollten. Aber nach diesem falschen Notruf war es still geblieben.

Und zu allem Überfluß wollte die verdammte Niss-Maschine noch mit ihr reden. Sie hatte zwar nicht den verborgenen Alarm in ihrem Büro ausgelöst, mit dem sie auf eine Notsituation hinweisen konnte, aber jedesmal, wenn Gillian ein Kommunikationsgerät benutzte, hörte sie das leise Klicken, mit dem die Niss ihr mitteilte, sie wolle mit ihr sprechen.

Das alles war wirklich genug, um eine Fern an den Rand der Verzweiflung zu bringen: Am liebsten hätte sie sich in ihrem Bett verkrochen.

In der Nähe der Ausfahrluke erhob sich plötzliche Unruhe. Aus dem Lautsprecher an der Wand drang ein kurzer, liederlicher Schrei auf Trinär, gefolgt von einem längeren Bericht in nicht weniger schlampigem, schrillem Anglisch.

»Sssir!« Zaa'pht drehte sich aufgeregt um. »Sie melden...«

»Hab' ich gehört.« Gillian nickte. »Die Leitung ist repariert. Gratulieren Sie dem Reparaturtrupp von mir und holen Sie die Leute herein, damit sie sich ein paar Stunden ausruhen können. Dann bitten Sie Heurka-Pete, er möge sich umgehend mit Hikahi in Verbindung setzen. Er soll sich einen Lagebericht geben lassen und ihr mitteilen, daß wir um 21.00 Uhr anfangen, das Schiff zu bewegen, wenn sie keine Einwände hat. Ich werde sie später anrufen.«

»Aye, Sssir!« Zaa'pht wirbelte herum und jagte davon.

Wattaceti beobachtete sie schweigend und wartete.

»Okay«, sagte sie. »Verabschieden wir Takkata-Jim und Metz. Sie haben dafür gesorgt, daß alles von Bord geschafft wurde, was nicht auf unserer Checkliste stand, und alles inspiziert, was die Exilanten an Bord genommen haben?«

»Ja. Sie haben nicht einmal eine Strahlenwaffe. Kein Radio, und gerade so viel Energie, daß sie damit die Insel erreichen können.«

Einige Stunden zuvor, während Metz und Takkata-Jim packten, hatte Gillian das Boot selbst inspiziert. Sie hatte dabei eine Reihe zusätzlicher Sicherheitsvorkehrungen getroffen, von denen niemand sonst wußte.

»Wer wird sie begleiten?«

»Drei Freiwillige, allesamt ›sonderbare‹ *Stenos*. Alle männlich. Wir haben sie bis auf die Penisscheiden durchsucht. Sie sind sauber. Jetzt sind alle im Langboot-t. Sie sind startbereit.«

Gillian nickte. »Dann sollen sie jetzt ausfahren. Ich wünsche ihnen Hals- und Beinbruch. Wir müssen uns mit anderen Dingen beschäftigen.«

Sie dachte bereits darüber nach, was sie Hikahi sagen wollte.

61
Hikahi und Suessi

»Vergeßt nicht, um jeden Preisss Funkstille zu bewahren«, mahnte sie Tsh't und Suessi. »Und versucht, die verrückten Fen im Wrack daran zu hindern, gleich in den ersten paar Tagen sämtliche Vorräte aufzufressen, hmm?«

Tsh't brachte ihre Zustimmung mit einem Kieferklappern zum Ausdruck, wenngleich ihre Augen von Widerwillen getrübt waren. Suessi fragte: »Sind Sie sicher, daß keiner von uns mitkommen soll?«

»Ja, ich bin sicher. Sollte ein Unglück geschehen sein, dann will ich nicht, daß noch mehr Leute ums Leben kommen. Falls ich Überlebende finde, werde ich womöglich jedes bißchen Platz benötigen. Im Grunde läuft das Skiff sowieso von allein. Ich muß es nur im Auge behalten.«

»Aber solange Sie das Ding steuern, können Sie nicht kämpfen«, gab Hannes zu bedenken.

»Wenn ich einen Schützen an Bord hätte, würde ich mich vielleicht *versucht* fühlen, zu kämpfen. So aber muß ich fliehen. Wenn die *Streaker* zerstört oder aufgebracht worden ist, muß ich in der Lage sein, mit dem Skiff hierher zurückzukommen, denn sonst seid ihr alle zum Tode verurteilt-t.«

Suessi runzelte die Stirn. Er mußte ihr recht geben. Er war dankbar, daß Hikahi überhaupt noch so lange dageblieben war und ihnen ermöglicht hatte, mit der Energie des Skiffs im Innern des Wracks ein Wohnquartier einzurichten.

Wir alle machen uns Sorgen um die Streaker *und den Captain,* dachte er, *Aber Hikahi muß Höllenqualen leiden.*

»Also gut. Leben Sie wohl, und viel Glück, Hikahi. Möge Ifnis Boß Sie beschützen!«

»Ihnen beiden wünsche ich das gleiche.« Hikahi nahm Suessis Hand sanft zwischen die Kiefer und dann Tsh'ts

Brustflosse. Tsh't und Suessi verließen das Schiff durch die kleine Luftschleuse. Sie steuerten ihren Schlitten rückwärts auf die klaffende Öffnung in dem versunkenen Alienschiff zu.

Ein leises Sirren drang aus dem Skiff, als die Triebwerke ansprangen. Das Geräusch wurde von der Mammutklippe, die das Wrack überragte, zu ihnen zurückgeworfen.

Das winzige Raumboot setzte sich langsam in östlicher Richtung in Bewegung. Mit wachsender Geschwindigkeit glitt es unter Wasser davon. Hikahi hatte sich für eine Kreisroute entschieden. Sie fuhr weit hinaus, bevor sie im Bogen zurück und auf das Versteck der *Streaker* zusteuern würde. Damit würde sie fast zwei Tage für niemanden zu erreichen sein, aber man würde auch so nicht feststellen können, woher sie kam, falls ein Feind dort lauerte, wo die *Streaker* gelegen hatte.

Sie sahen dem Boot nach, bis es im Dämmerlicht verschwand. Suessi hörte schon lange nichts mehr, als Tsh't noch immer den Kopf langsam hin- und herschwenkte und das schwindende Geräusch verfolgte.

Zwei Stunden später, als Hannes sich zu seinem ersten Nickerchen im neuen Trockenquartier niederlegte, begann das provisorische Intercom neben seiner Pritsche zu krächzen.

Nicht *noch mehr* schlechte Nachrichten. Er seufzte.

In der Dunkelheit, einen Arm über die Augen gelegt, berührte er das Gerät. »Was?« fragte er knapp.

Es war Lucky Kaa, der junge Elektroniktechniker und Hilfspilot. Seine Stimme sprudelte vor Aufregung. »Sssir! Tsh't sagt Sie sollen rasch kommen. Es ist das Schifff!« Suessi rollte auf die Seite und stützte sich auf einen Ellbogen.

»Die Streaker?«

»Jawohl! Die Leitung ist wieder offen! Sie wollen sofort mit Hikahi sprechen!«

Alle Kraft verließ Suessis Arme. Er fiel auf den Rücken und stöhnte. *O blumer Tag! Inzwischen ist sie längst außer Sonarsprechreichweite!*

Es sind Gelegenheiten wie diese, die mich wünschen lassen, ich beherrschte das Delphingeplapper wie Tom Orley! Vielleicht könnte ich auf Trinär mit einem angemessenen ironischen und vulgären Ausdruck bezeichnen, wie das Universum läuft!

62

Exilanten

Das Langboot glitt zügig durch die Luke und hinaus in das blaue Zwielicht des kithrupanischen Ozeans.

»Das ist der falsche Kurs«, reklamierte Ignacio Metz, nachdem die Irisluke sich hinter ihnen geschlossen hatte. Statt sich ostwärts zu wenden, fuhr das Boot in einer Spiralbahn nach oben.

»Nur ein kleiner Abstecher, Dr. Metz«, beruhigte ihn Takkata-Jim. »Sreekah-jo, melden Sie der *Streaker*, ich sei dabei, die Trimmung zu justieren.«

Der Delphin auf dem Platz des Kopiloten sprach zwitschernd mit seinem Gegenüber an Bord des Schiffes. Zorniges Quäken kam über die Sonarsprechleitung zurück. Auch die *Streaker* hatte die Kursänderung bemerkt.

Metz' Sitz befand sich über und hinter Takkata-Jims Platz. »Was tun Sie da?« fragte er.

»Ich muß mich an die Steuerung gewöhnen...«

»Na, dann passen Sie auf! Sie steuern geradewegs auf die Detektorbojen zu!«

Verblüfft sah Metz zu, wie das Boot auf die Delphinkolonnen zujagte, die damit beschäftigt waren, die Lauschbojen zu demontieren. Die Fen stoben unter schrillem Fluchen auseinander, als das Boot die zusammengeketteten Bojen krachend rammte. Metallsplitter trudelten klappernd am Bug entlang und verschwanden unten in der Dunkelheit.

Takkata-Jim schien nichts von alledem zu merken. Gelassen zog er das kleine Schiff herum und lenkte es in gemäßigtem Tempo nach Osten, wo die Insel lag, die ihr Ziel sein sollte.

Das Sonarsprech krächzte. Dr. Metz errötete. Ein wohlerzogener Fin benutzte doch solche Ausdrücke nicht!

»Melden Sie ihnen, daß es ein Unfall war«, befahl Takkata-Jim dem Kopiloten. »Die Trimmung hat nicht gestimmt, aber jetzt haben wir alles unter Kontrolle. Wir sind befehlsgemäß zur Insel unterwegsss.«

Das Langboot fuhr in einen schmalen Canyon hinein und ließ die hellerleuchtete Unterseemulde mit der *Streaker* hinter sich.

»Ein Unfall - beim Sack meines haarigen Onkels Fred!«

Diesen Worten folgte kicherndes Gelächter aus dem rückwärtigen Teil der Brücke. »Wissen Sie, irgendwie hab' ich mir ja *gedacht,* Sie würden hier nicht verschwinden, ohne vorher das inkriminierende Beweismaterial zu vernichten, Takkata-Jim!«

Dr. Metz kämpfte mit seinen Haltegurten, um sich umzudrehen. »Charles Dart! Was tun Sie hier?«

Auf einem Regal in einem Materialspind - dessen Tür jetzt offenstand - hockte ein Schimpanse im Raumanzug und grinste ihn an. »Na, ich zeige 'n bißchen *Initiative,* Doktor Metz. Jetzt dürfen Sie aber nicht vergessen, das in Ihren Unterlagen festzuhalten. Es muß sich ja schließlich auszahlen.« Er brach in kreischendes Gekicher aus, das durch den Verstärker in seinem Anzug noch schriller klang.

Takkata-Jim beugte sich nach hinten, um den Schimp einen Moment lang anzusehen. Dann schnaubte er und wandte sich wieder seinen Instrumenten zu.

Es ging Charlie sichtlich an die Nerven, aus seinem Schrank herausrutschen und ins Wasser springen zu müssen, auch wenn durch den Raumanzug kein Tröpfchen davon an seinen Körper dringen konnte. Er versank sogleich bis an den Helmring.

»Aber wie…?« begann Metz.

Charlie schleppte einen schweren, wasserdichten Sack aus dem Spind zu einem Mannsitz neben Metz. »Deduktives Denken«, erklärte er, während er den Sitz erklomm. »Ich dachte mir, daß Gillians Boys irgendwelche Zicken nur von ein paar verbiesterten *Stenos* erwarten und deshalb sonst niemanden im Auge behalten würden. Also, dachte ich, weshalb sollte ich mich nicht auf einem Weg ins Langboot schleichen, den ohnehin *niemand* beobachten würde?«

Metz riß die Augen auf. »Die Kammerausbuchtung! Sie sind durch einen der versiegelten Wartungsgänge gekrochen, die von den Konstruktionstechnikern auf der Erde benutzt wurden, und dann sind Sie hinten bei den Schubaggregaten in das Boot eingedrungen!«

»Gratuliere!« Charlie strahlte, als er die Schnalle seines Sitzgurtes einrasten ließ.

»Wahrscheinlich mußten Sie dazu in der Kammerwand ein paar Stahlplatten aufstemmen – Sie mußten ein Stemmeisen benutzen. Kein Delphin könnte dergleichen in einem so beengten Raum schaffen, und deshalb kam ihnen diese Möglichkeit überhaupt nicht in den Sinn.«

»Kam sie nicht, nein.«

Metz musterte den Schimp von oben bis unten. »Sie sind ziemlich dicht an den Aggregaten vorübergekrochen. Sind Sie nicht gekocht worden?«

»Hmm. Der Strahlungsmesser an meinem Anzug stand zwischen ›blutig‹ und ›medium‹.« Charlie blies spöttisch auf seine Fingerspitzen.

Metz grinste. »Ich werde mir diese ungewöhnliche Demonstration von Erfindungsreichtum in der Tat notieren, Doktor Dart. Willkommen an Bord! Ich werde mit dem Studium der Kiqui ohnehin zu beschäftigt sein, als daß ich mich angemessen um Ihren Robot kümmern könnte. Jetzt können Sie es selbst richtig machen.«

Dart nickte eifrig. »Deshalb bin ich hier.«

»Ausgezeichnet. Vielleicht können wir auch hin und wieder eine Partie Schach spielen.«

»Das wäre schön.«

Sie lehnten sich zurück und betrachteten die Meeresriffe, die draußen vorüberzogen. Ab und zu sahen sie einander an und brachen in Gelächter aus. Die *Stenos* schwiegen.

»Was haben Sie in dem Sack?« Metz deutete auf die umfangreiche Tasche auf Darts Schoß.

Charlie zuckte die Achseln. »Persönliches Zeug, Instrumente. Nur die allerwichtigsten, winzigsten Sachen – geradezu spartanisch.«

Metz nickte und lehnte sich wieder zurück. Es würde tatsächlich nicht unangenehm sein, den Schimpansen auf dieser Reise dabeizuhaben. Selbstverständlich waren Delphine nette Leute. Aber die ältere Klientenrasse der Menschheit hatte er immer als unterhaltsamer empfunden. Sie brachte die besseren Plauderer hervor, und außerdem spielten Delphine ein miserables Schach...

Erst eine Stunde später entsann sich Metz der ersten Worte, mit denen Charlie seine Anwesenheit an Bord bekanntgegeben hatte. Was hatte der Schimp eigentlich gemeint, als er Takkata-Jim bezichtigte, ›Beweismaterial zu vernichten‹? Das war eine merkwürdige Anschuldigung.

Er fragte Dart. »Fragen Sie den Lieutenant«, schlug Charlie vor. »Er schien zu wissen, was ich meinte. Eigentlich sprechen wir nicht miteinander.« Er knurrte.

Metz nickte ernsthaft. »Ich *werde* ihn fragen. Sobald wir uns auf der Insel eingerichtet haben, werde ich ihn fragen.«

63

Tom Orley

Durch das Schattengewirr unter dem Rankenteppich bewegte er sich vorsichtig von Luftloch zu Luftloch. Mit der Gesichtsmaske reichte ein tiefer Atemzug über eine weite Strecke, vor allem, als er sich der Insel näherte und nach einer Öffnung zum Ufer hin suchen mußte.

Schließlich aber kroch Tom auf trockenen Boden hinauf, eben als die orangegelbe Sonne Kthsemenee hinter einer Wolkenbank im Westen versank. Der lange kithrupanische Tag würde noch ein Weilchen andauern, aber die Wärme der direkten Sonnenstrahlung erreichte ihn jetzt nicht mehr. Verdunstungskälte ließ ihn erschauern, als er sich durch eine Lücke in den Schlingpflanzen auf das steinige Ufer hinaufzog. Auf Händen und Füßen erklomm er eine kleine Anhöhe, die sich ein paar Meter über den Meeresspiegel erhob, dann ließ er sich rücklings auf den rauhen Basalt fallen. Er zog sich die Atemmaske vom Gesicht und ließ sie an seinem Hals baumeln.

Die Insel schien langsam zu schaukeln, wie ein Korken, der auf dem Meer dümpelte. Es würde eine Zeitlang dauern, bis er sich wieder an festen Boden gewöhnt hätte – gerade so lange, erkannte er ironisch, bis er getan hätte, was hier zu tun war, und wieder ins Wasser zurückgekehrt wäre.

Er wischte grüne Schleimklumpen von seinen Schultern, und ihn schauderte, als die Nässe langsam verdunstete.

Hunger. Ach ja. Den hatte er auch.

Zumindest lenkte er ihn von der Kälte und der Feuchtigkeit ab. Er überlegte, ob er den letzten Nahrungsriegel herausholen sollte, aber dann beschloß er, noch damit zu warten. Im Umkreis von tausend Kilometern war dieser Riegel das einzige, was er essen konnte – abgesehen von dem, was er vielleicht in Alienwracks finden würde.

Noch immer kräuselte sich an der Absturzstelle des ET-Scouts Rauch in die Luft. Sie lag gleich hinter dem Berg. Die dünne Rauchfahne stieg empor, bis sie hoch oben mit den rußigen Schwaden aus dem Krater des Vulkans verschmolz. Hin und wieder hörte Tom den Berg selbst leise grollen.

Okay. Auf geht's.

Er zog die Füße an und stemmte sich hoch.

Die Welt wankte unstet um ihn herum. Dennoch stellte er mit angenehmer Überraschung fest, daß er ohne allzu große Schwierigkeiten aufrecht stehen konnte.

Vielleicht hat Jill recht, dachte er. *Vielleicht habe ich Reserven, die ich noch niemals eingesetzt habe.*

Er wandte sich nach rechts, tat einen Schritt und wäre beinahe gestürzt. Er fing sich und stolperte dann den felsigen Hang entlang, dankbar für seine Schwimmhandschuhe. Als er zerklüftete Felsklippen, scharf wie Feuersteinsplitter, zu überklettern hatte, war er für seine Schwimmhandschuhe dankbar. Schritt für Schritt näherte er sich dem Ursprung der Rauchsäule.

Als er den Gipfel eines kleinen Hügels erstiegen hatte, sah er das Wrack vor sich liegen.

Der Aufklärer war in drei Teile zerbrochen. Die Hecksektion lag im Wasser und ragte nur mit ihrem zerfetzten Vorderende aus dem verkohlten Pflanzenteppich auf dem seichten Uferwasser. Tom warf einen Blick auf den Strahlungsmesser am Rande seiner Gesichtsmaske. Er würde diese Dosis ein paar Tage lang aushalten können, wenn es notwendig wäre.

Die Vorderhälfte des Wracks war der Länge nach auseinandergefallen und der Inhalt des Cockpits über den steinigen Strand verstreut. Lose Strähnen aus feinem Draht wehten über Metallschotten, die zerrissen und verbogen waren, als wären sie aus weichem Karamel.

Er überlegte, ob er seine Nadelpistole ziehen sollte, doch dann hielt er es für besser, beide Hände frei zu haben, falls er stolpern sollte.

Sieht ja ganz einfach aus, dachte er. *Ich gehe einfach runter und inspiziere das verdammte Ding. Schritt für Schritt.*

Vorsichtig kletterte er den Hang hinunter und kam ohne größere Katastrophen unten an.

Viel war nicht mehr da.

Tom stocherte durch die verstreuten kleinen Brocken und erkannte verschiedene Maschinenteile. Aber nichts verriet ihm, was er wissen wollte.

Und er fand keine Lebensmittel.

Überall lagen große, zerbeulte Metallbleche. Tom näherte sich einem, das sich abgekühlt zu haben schien. Er versuchte es aufzuheben. Es war so schwer, daß es sich nur um wenige Zoll bewegen ließ, bevor er es wieder fallen lassen mußte.

Einen Moment lang stand er keuchend da und stützte die Hände auf die Knie, bis er wieder zu Atem kam.

Ein paar Schritte weiter lag ein großer Berg Treibholz. Er ging hinüber und zog ein paar der stärkeren Strünke aus dem getrockneten Rankengestrüpp. Sie waren zäh, aber zu biegsam, um als Brechstangen dienen zu können.

Tom kratzte sich seinen Stoppelbart und dachte nach. Er schaute auf das Meer hinaus, das bis zum Horizont mit widerlich schleimigen Schlingpflanzen bedeckt war. Schließlich begann er dürre Ranken zusammenzutragen und aufzuschichten.

Als es dunkel war, saß er bei einem Treibholzfeuer und flocht zähe Rankenfasern zu einem Paar großer, flacher Fächer, die ein wenig so aussahen wie Tennisschläger mit einer Schlaufe an einer Seite. Er war nicht sicher, ob sie die gewünschten Dienste leisten würden, aber morgen würde er es herausfinden.

Er sang leise auf Trinär vor sich hin, um sich von seinem Hunger abzulenken. Das geträllerte Kinderlied hallte zart von den nahe gelegenen Klippen wider.

Feuer und Hände?
Feuer und Hände!
Nutzt sie, nutzt sie
Zu springen behende!

Traum und Gesang?
Traum und Gesang!
Nutzt sie, nutzt sie
Zu springen recht lang!

Plötzlich brach er ab und legte den Kopf schräg. Einen Augenblick lang saß er stumm da, dann ließ er lautlos die Pistole aus dem Halfter gleiten.

Hatte er ein Geräusch gehört? Oder war es Einbildung gewesen?

Leise rollte er sich aus dem Lichtkreis des Feuers und kauerte sich in die Schatten. Er spähte in die Finsternis und versuchte, wie ein Delphin die Gestalt der Dinge um sich herum zu erlauschen. Jede Deckung ausnutzend, pirschte er sich gebückt über den trümmerübersäten Strand.

»Barkeemkleph Antiatan P'Klenno. V'Humane'ph?«

Tom warf sich hinter ein Stück Stahlwand und rollte sich auf die Seite. Er atmete mit offenem Mund, um kein Geräusch von sich zu geben, und lauschte.

»V'Humane Kent'thoon ph?«

Die Stimme hallte, als komme sie aus einem metallenen Hohlraum... unter einem der großen Trümmer vielleicht? Ein Überlebender? Wer hätte das gedacht?

»Birkech'kleph«, rief Tom. *»V'Humane ides'k. V'Thennan'kleph ph?«*

Er wartete. Als die Stimme aus dem Dunkel antwortete, sprang er auf und rannte weiter.

»Idatess. V'Thennan'kleeph...«

Wieder warf er sich zu Boden und drückte sich gegen einen Metallbrocken. Dann robbte er weiter und lugte um das zerrissene Schott herum.

Seine Pistole zielte direkt auf die Augen eines großen reptilienhaften Gesichtes, kaum einen Meter vor ihm. Das Gesicht verzerrte sich im matten Sternenlicht.

Erst einmal war er Thennanin begegnet, und auf der Schule auf Cathrhennlin hatte er sie eine Woche lang studiert. Das Wesen lag halb zerquetscht unter einer massiven, verbogenen Stahlplatte. Sein Gesichtsausdruck spiegelte Qual wider. Das Wrackteil hatte dem Piloten Arme und Rücken zermalmt.

»V'Humane t'barrchit pa...« Tom stellte sich auf den Dialekt ein, den sein Gegenüber sprach. Der Thennanin benutzte eine Variante von Galactic Sechs.

»...würde dich nicht töten, Mensch, selbst wenn ich die Mittel dazu hätte. Ich will dich nur dazu überreden, mit mir zu sprechen und mich so für eine Weile abzulenken.« Tom schob die Nadelpistole zurück in den Halfter und setzte sich mit gekreuzten Beinen vor dem Piloten auf den Boden. Es war nur höflich, dem Wesen zuzuhören – und es von seinen Qualen zu erlösen, wenn es darum bäte.

»Es schmerzt mich, daß ich dir nicht helfen kann«, antwortete Tom auf Galactic Sechs. »Wenn du auch ein Feind bist, so habe ich die Thennanin doch niemals für ganz und gar böse Geschöpfe gehalten.«

Wieder verzog das Wesen sein Gesicht. Sein Rückenkamm schlug mehrmals gegen das Metall, und jedesmal zuckte es zusammen.

»Auch wir halten *Humane'vleich* nicht für gänzlich wertlos, wenngleich sie aufsässig, wild und respektlos sind.«

Tom verneigte sich und nahm die Bemerkung als halbes Kompliment.

»Ich bin bereit, dir den letzten Dienst zu erweisen, solltest du es wünschen«, bot er an.

»Du bist sehr freundlich, aber derlei entspricht nicht unserer Art. Ich werde warten, bis mein Schmerz meiner Lebenskraft schließlich gleichkommt. Die Großen Geister sollen mich tapfer finden.«

Tom senkte den Blick. »Mögen sie deine Beherztheit erkennen.«

Der Thennanin atmete unregelmäßig und mit geschlossenen Augen. Toms Hand bewegte sich zum Hosenbund. Er berührte die Wölbung, die von der Meldebombe verursacht wurde. *Ob die Streaker noch wartet?* fragte er sich. *Was wird Creideiki wohl unternehmen, wenn er nichts von mir hört?*

Ich muß wissen, wie die Schlacht über Kithrup verlaufen ist.

»Wollen wir, um zu plaudern und dich abzulenken, einander Fragen stellen?« schlug er vor.

Der Thennanin öffnete die Augen. Tatsächlich schien so etwas wie Dankbarkeit in ihnen zu schimmern. »Hübsch. Eine hübsche Idee. Als der Ältere werde ich beginnen. Ich werde einfache Fragen stellen, um dich nicht zu überfordern.«

Tom zuckte die Achseln. *Seit dreihundert Jahren haben wir die Bibliothek. Seit sechstausend Jahren haben wir hochentwickelte Zivilisationen. Und noch immer glaubt niemand, die Menschen könnten etwas anderes sein als ignorante Wilde.*

»Warum seid ihr von Morgran nicht in einen sicheren Hafen geflüchtet?« fragte der Scout. »Die Erde vermochte euch nicht zu beschützen. Nicht einmal die Tymbrimi, diese Unholde, die euch ständig auf den falschen Weg bringen, könnten es. Aber die Abdikatoren sind stark. Bei uns hättet ihr Sicherheit gefunden. Warum habt ihr euch nicht in unsere Arme gerettet?«

So, wie er es darstellte, klang alles so einfach! Wenn es nur auch so gewesen wäre. Wenn es nur wirklich mächtige Verbündete gegeben hätte, zu denen sie sich hätten flüchten können, Verbündete, die dafür nicht mehr gefordert hätten, als sich die *Streaker* oder die Erde leisten konnte. Aber wie sollte er dem Thennanin erklären, daß seine Abdikatoren fast genauso ungenießbar waren wie die meisten übrigen Fanatiker?

»Es ist unser Prinzip, einschüchternden Drohungen niemals nachzugeben«, erwiderte Tom. »Niemals. Unsere Geschichte hat uns gelehrt, wie wertvoll diese Tradition ist, und das wissen wir besser als die, welche im Geiste der Annalen der *Bibliothek* erzogen wurden. Was wir entdeckt haben, bekommen nur die Galaktischen Institute, und nur die Führer des Terragenenrates werden es ihnen geben.«

Bei der Erwähnung dessen, was die *Streaker* ›entdeckt‹ hatte, zeigte das Gesicht des Thennanin unverkennbares Interesse. Aber er wartete, bis er wieder an der Reihe war, und ließ zuvor Tom seine Frage stellen.

»Sind die Thennanin siegreich dort oben?« erkundigte Tom sich gespannt. »Ich habe Tandu gesehen. Wer ist der Sieger am Himmel?«

Luft strömte pfeifend durch den Atemapparat des Piloten. »Die Glorreichen scheitern. Die Tandu-Mörder sind im Vormarsch, und Soro-Heiden gibt es im Überfluß. Wir bedrängen sie, wo wir können, doch die Glorreichen sind gescheitert. Ketzer werden den Preis davontragen.«

Dies war eine recht taktlose Formulierung, angesichts dessen, daß einer der ›Preise‹ vor ihm hockte. Tom fluchte bei sich. Was sollte er tun? Einige Thennanin hatten bis jetzt überlebt, aber konnte er Creideiki auf dieser Basis grünes Licht für den Start geben? Sollten sie es mit einer List versuchen, die, selbst wenn sie gelänge, ihnen nur Verbündete einbrächte, die zu schwach wären, um ihnen nützen zu können?

Der Thennanin atmete abgehackt.

Obwohl er nicht an der Reihe war, stellte Tom gleich die nächste Frage. »Ist dir kalt? Ich werde mein Feuer herholen. Außerdem habe ich eine Arbeit zu tun, während wir reden. Verzeih mir jungem Patron, wenn ich mich damit ungebührlich benehme.«

Der Thennanin betrachtete ihn mit purpurroten Augen; seine Iris war wie die einer Katze. »Höflich gesprochen. Man sagt uns, ihr Menschen wäret ohne Manieren. Aber vielleicht seid ihr ja nur ungebildet und habt dabei die besten Absichten...«

Der Scout röchelte und blies Sandkörner aus seinen Atemschlitzen, während Tom rasch sein Lager verlegte. Als das flackernde Feuer ihn beleuchtete, seufzte der Thennanin. »Es ist wohl angemessen, daß ich, gestrandet und sterbend auf einer primitiven Welt, mich von den Fertigkeiten eines geschickten, feuerkundigen Wölflings wärmen lasse. Ich werde dich nun bitten, einem Todgeweihten von eurer Entdeckung zu erzählen... Keine Geheimnisse, nur eine Geschichte... eine Geschichte über das Wunder der Großen Wiederkehr...«

Tom brachte eine Erinnerung zutage, eine, die ihm noch immer eisige Schauer über den Rücken laufen ließ.

»Denke dir Schiffe«, begann er. »Raumschiffe – alt, zernarbt und so groß wie Monde...«

Als er neben der warmen Glut seines Feuers erwachte, war eben der Morgen angebrochen, und lange, trübe Schatten lagen über dem Strand.

Tom fühlte sich viel besser. Sein Magen hatte sich mit dem langen Fasten abgefunden, und der Schlaf hatte ihm gutgetan. Er war zwar noch schwach, aber er fühlte sich bereit, zu seinem nächsten Hafen aufzubrechen.

Er stand auf, klopfte sich den buntfarbigen Sand von den Kleidern und spähte nach Norden. Ja, die schwimmende Ruine war noch da, eine Hoffnung am Horizont.

Links neben ihm, unter dem massigen Schott, lag der Thennanin. Er atmete leise und starb langsam. Er war über Toms Geschichte von dem Seichten Sternenhaufen, den schimmernden Riesenschiffen und den geheimnisvollen Symbolen auf ihnen eingeschlafen. Tom bezweifelte, daß das Wesen je wieder aufwachen würde.

Er wollte sich eben umdrehen und die Schuhe aufheben, die er in der Nacht gewoben hatte, als er plötzlich die Stirn runzelte und unter der flachen Hand hinweg zum östlichen Horizont spähte.

Wenn er doch nur sein Fernglas gerettet hätte!

Er kniff die Augen zusammen, und schließlich erkannte er eine Kette von Schatten, die sich langsam vor dem immer heller werdenden Horizont abhoben, spinnenbeinige Silhouetten und ein kleineres, taumelndes Wesen: Eine Kolonne winziger Gestalten, die sich langsam nordwärts bewegte.

Tom fröstelte. Sie waren unterwegs zu dem Wrack, das wie eine Eierschale aussah. Wenn er nicht schleunigst etwas unternähme, würden sie ihn von seiner einzigen Überlebenschance abschneiden.

Und schon jetzt konnte er sehen, daß es Tandu waren.

Teil Sechs

VERSTREUT

»Die strittige Frage ist, ob Leviathan eine so ausgedehnte Jagd und ein so gnadenloses Zerfleischen lange wird ertragen können … Und der letzte Wal, wie der letzte Mensch, rauche seine letzte Pfeife und versprühe sich dann selbst in seinem letzten Atem.«

Herman Melville

64
Creideiki/Sah'ot

Creideiki starrte auf das Holo-Display und konzentrierte sich. Sprechen war leichter als Zuhören. Er konnte die Wörter heraufholen, eines oder jeweils zwei, konnte sie langsam sprechen, sie aneinanderreihen wie Perlen auf eine Schnur.

»...Neuralverbindung... repariert... von Gillian... und Makanee... aber... aber... Sprechen immer noch...«

»Immer noch fort.« Sah'ots Bild nickte. »Aber Sie können jetzt Werkzeuge benutzen?«

Creideiki konzentrierte sich auf Sah'ots einfache Frage: Sie-können-Werkzeuge... Jedes Wort war klar, seine Bedeutung offenkundig. Aber in einer Reihe bedeuteten sie nichts. Frustrierend!

Sah'ot versuchte es mit Trinär.

Ein Werkzeug zum Stoßen?
Den Ball
Das Raumschiff –

Ist dein Kiefer?
Der Spieler
Der Spacer –

Creideiki nickte. Das war viel besser, obgleich selbst das Trinär ihn wie eine Fremdsprache anmutete, so schwierig war es.

Spinnenschreiter zum Gehen zum Gehen
Holocom-Displays zum Sehen zum Sehen
sind mein Spielzeug, sind –

Creideiki wandte die Augen ab. Er wußte, daß diese simple Äußerung in ihren Wiederholungen und ihren schrillen Pfeiftönen Primalelemente enthielt. Es war demütigend, einen fähigen und aktiven Verstand zu besitzen und dabei zu wissen, daß man auf seine Umgebung wirkte, als sei man retardiert.

Gleichzeitig fragte er sich, ob Sah'ot wohl bemerkte, daß auch eine Spur der Sprache aus seinen Träumen mitklang – der Stimmen der alten Götter.

Sah'ot empfand Erleichterung, als er dem Captain zuhörte. Ihr erstes Gespräch hatte gut angefangen, aber zum Ende hin war Creideikis Aufmerksamkeit immer wieder abgeschweift, vor allem, als Sah'ot angefangen hatte, ihn durch eine ganze Batterie von linguistischen Tests zu schleusen.

Jetzt aber, nach Makanees letzter Operation, schien er sehr viel aufmerksamer zu sein.

Er beschloß, Creideikis Fähigkeit zum Zuhören auf die Probe zu stellen, indem er ihm von seiner Entdeckung berichtete. Langsam und sorgfältig erklärte er auf Trinär, wie er das ›Singen‹ gehört hatte, als er an den Robot im Bohrbaumschacht gekoppelt gewesen war.

Eine geraume Weile wirkte Creideiki verwirrt, während er sich auf Sah'ots langsame, simplifizierte Schilderung konzentrierte, aber schließlich schien er zu verstehen, ja, seinem Gesichtsausdruck nach zu urteilen schien es für ihn das natürlichste auf der Welt zu sein, daß ein Planet gelegentlich sang.

»Koppelt... koppelt mich... b-bitte... Ich... ich will... hören... hören...«

Sah'ot klapperte zustimmend mit den Kiefern; er war erfreut. Allerdings würde Creideiki mit seinen ausgebrannten Sprachzentren nur statisches Rauschen hören. Den Refrain aufzuspüren, erforderte Sah'ots ausgefeiltes Training und seine ganze Erfahrung. Abgesehen von jenem einen Mal, da die Stimmen aus der Tiefe anscheinend im Zorn heraufgebrüllt hatten, waren die Klänge beinahe amorph gewesen.

Noch immer schauderte ihn, wenn er sich an diese Episode der plötzlichen Klarheit erinnerte.

»Okay, Creideiki«, sagte er, während er die Verbindung herstellte. »Hören Sie aufmerksam zu.«

Creideikis Augen sanken konzentriert in ihre Höhlen zurück, und statisches Knistern und Rauschen drang durch die Leitung in sein Gehör.

65

Gillian

»Dreimal verflucht! Nun, wir können nicht warten, bis sie hier ist, bevor wir mit dem Umzug beginnen. Womöglich braucht Hikahi zwei Tage für die Fahrt mit dem Skiff hierher. Bis dahin will ich die *Streaker* aber schon in das Seepferd geschafft haben.«

Suessis Abbild zuckte die Achseln. »Na ja, Sie können ihr ja eine Nachricht hinterlassen.«

Gillian rieb sich die Augen. »Genau das werden wir tun. Wir werden an der gegenwärtigen Position der *Streaker* eine Monofaser-Relaisverbindung absetzen, damit wir mit der Gruppe auf der Insel in Kontakt bleiben. An dem Relais werde ich eine Mitteilung hinterlassen, der sie entnehmen kann, wo wir sind.«

»Was ist mit Toshio und Dennie?«

Gillian zuckte die Achseln. »Ich hatte gedacht, ich würde das Skiff schicken können, um sie und Sah'ot abzuholen… und vielleicht auch Tom. Aber wie die Dinge liegen, ist es besser, wenn Dennie und Sah'ot mit dem Schlitten zu uns kommen. Das paßt mir nicht. Es ist gefährlich, und ich brauche Toshio auf der Insel, damit er Takkata-Jim im Auge behält, bis wir starten.«

Den zweiten Grund, warum sie Toshio so lange wie möglich auf der Insel lassen wollte, erwähnte sie nicht. Sie wußten beide, daß Tom Orley, wenn er mit dem Gleiter zurückkäme, zur Insel fliegen würde. Jemand sollte ihn dort erwarten.

»Werden wir Metz und Takkata-Jim tatsächlich zurücklassen?« Suessi war perplex.

»Und, wie es aussieht, auch Charles Dart. Er hat sich als blinder Passagier ins Langboot geschlichen. Ja, es war ihre eigene Entscheidung. Sie hoffen, sich nach Hause durchschlagen zu können, wenn die Galactics uns in die Ewigen Jagdgründe befördert haben. So wie die Dinge liegen, haben sie vielleicht sogar recht. Aber die endgültige Entscheidung darüber liegt bei Hikahi, wenn sie erst aufgetaucht ist und erfährt, daß sie das Kommando hat.« Sie schüttelte den Kopf. »Ifni hat sich sichtlich Mühe gegeben, uns Knüppel zwischen die Beine zu werfen, nicht wahr, Hannes?«

Der alte Ingenieur grinste. »Fortuna war schon immer unzuverlässig. Ist ja auch 'ne Dame.«

»Hmmph!« Aber Gillian hatte nicht mehr die Energie, um ihn mit einem besonders giftigen Blick zu bedenken. Ein Licht blinkte an der Konsole neben dem Holo-Display. »Es ist soweit, Hannes. Der Maschinenraum ist bereit. Ich muß jetzt los. Wir brechen auf.«

»Viel Glück, Gillian.« Suessi formte Daumen und Zeigefinger zum O und schaltete ab.

Gillian schaltete sich in die Leitung von der *Streaker* zur Insel ein. »Sah'ot, hier ist Gillian. Tut mir leid, wenn ich so hereinplatze, aber sagen Sie dem Captain bitte, daß wir uns jetzt in Bewegung setzen werden?« Es war eine Geste der Höflichkeit, Creideiki zu informieren. Die *Streaker* war einmal sein Schiff gewesen.

»Ja, Gillian.« Es folgte eine Serie von hohen, mehrfach wiederholten Pfiffen in sehr primalartigem Trinär. Ein großer Teil davon schrillte sogar über die Obergrenze von Gillians genetisch verstärktem Gehör hinweg.

»Der Captain will hinaus, um zuzuschauen«, erklärte Sah'ot dann. »Er verspricht, daß er niemandem im Weg sein wird.«

Gillian sah keinen Grund, ihm diesen Wunsch abzuschlagen. »Gut. Aber sagen Sie ihm, er soll sich zuerst mit Wattaceti absprechen. Er soll einen Schlitten benutzen und äußerst vorsichtig sein. Wir werden niemanden erübrigen können, der ihm folgt, falls er plötzlich davonschwimmt.«

Wieder erscholl eine Kette von hohen Pfiffen, denen Gillian kaum zu folgen vermochte. Creideiki signalisierte, daß er verstanden habe.

»Ach, übrigens Sah'ot«, fügte Gillian hinzu, »sagen Sie Toshio bitte, er soll mich anrufen, sobald das Langboot da ist.«

»Jawohl.«

Gillian schaltete sich aus und stand auf, um sich anzuziehen. Sie hatte mit so vielen Dingen gleichzeitig zu jonglieren!

Ob es wohl richtig war, Charlie Dart davonschleichen zu lassen? dachte sie. *Wenn er oder Takkata-Jim etwas Unerwartetes anstellen, was mache ich dann?*

Ein winziges Lämpchen leuchtete am Rande ihrer Konsole. Die Niss-Maschine wollte immer noch mit ihr sprechen. Aber das Lämpchen blinkte nicht besonders dringlich. Gillian beschloß, es zu ignorieren und machte sich auf den Weg, um den Umzug zu beaufsichtigen.

66

Akki

Mit schmerzenden Muskeln schwamm Akki langsam aus der Mulde heraus, in der er bis zum Morgengrauen gerastet hatte.

Er nahm mehrere tiefe Atemzüge und tauchte wieder hinab, dabei zersprengte er einen Schwarm buntgeschuppter, fischartiger Kreaturen, die in den Strahlen der Morgensonne auseinanderstoben. Ohne zu überlegen, schoß er wie ein Speer durch den Schwarm und schnappte einen großen Fisch. Genußvoll fühlte er, wie das Tier zwischen seinen Kiefern heftig zappelte. Aber der metallische Geschmack war zu bitter, spuckend schleuderte er seine Beute beiseite.

Als er wieder an die Oberfläche stieß, verbreiteten rote Wolken im Osten ein rosig glühendes Licht. Der Hunger grollte in seinen Mägen. Er fragte sich, ob das Geräusch wohl so laut war, daß sein Verfolger es auffangen konnte.

Es ist unfair. Wenn K'tha-Jon mich findet, wird zumindest er etwas zum Essen haben.

Akki schüttelte sich. Welch ein bizarrer Gedanke! »Du drehst durch, Kaddy. K'tha-Jon ist kein Kannibale. Er ist ein...«

Ein... was denn? Akki dachte an das letzte Stück, gestern gegen Sonnenuntergang, als er nur wenige Meter vor seinem Verfolger die Kette der Metallhügel erreicht hatte. Die Hatz zwischen den winzigen Inselchen war ein einziger Wirbel von Blasen, Gischt und Jagdrufen gewesen. Noch Stunden nachdem er schließlich ein Versteck gefunden hatte, waren Sonarstakkatos auf die Umgebung herabgerieselt, die ihm sagten, daß K'tha-Jon ganz in seiner Nähe war.

Der Gedanke an den Bootsmann ließ Akki eisige Schauer über den Rücken laufen. Was für ein Wesen *war* der Riese? Es war nicht nur die Irrationalität seiner mörderischen Jagd, da war noch etwas anderes – seine seltsame Art, wie er jagte. K'tha-Jons Sonarstrahlen enthielten etwas Bösartiges, vor dem Akki sich am liebsten zu einer Kugel zusammengerollt hätte.

Sicher, seine Größe und Reizbarkeit waren wahrscheinlich auf *Stenos*-Gene zurückzuführen. Aber da war noch mehr in diesem K'tha-Jon. Das Gen-Programm des Bootsmannes mußte noch etwas anderes enthalten. Etwas Schreckliches. Etwas, das Akki, der auf Calafia aufgewachsen war, noch nie gesehen hatte.

Akki schwamm dicht an den Rand des Korallenhügels

und hob den Kiefer an der Nordseite aus dem Wasser. Aber er vernahm nur die natürlichen Laute des kithrupanischen Meeres.

Er erhob sich auf seine Schwanzfinne und spähte über das Meer. Sollte er sich nach Westen oder nach Norden wenden? Zu Hikahi oder zu Toshio?

Nach Norden. Diese Inselkette erstreckte sich vielleicht bis zu jener, auf der sich das Lager befand. Dann würde sie ihm Schutz bieten.

Pfeilschnell überwand er die zweihundertfünfzig Meter bis zur nächsten Insel, dann lauschte er regungslos. Alles blieb still. Ein wenig entspannter atmend, durchquerte er den nächsten und dann den übernächsten Kanal. Er schwamm die kurzen Strecken, so schnell er konnte. Dazwischen hielt er inne und lauschte immer wieder.

Einmal hörte er ein merkwürdiges, komplexes Schnattern zu seiner Rechten. Er schwebte bewegungslos im Wasser, bis er begriff, daß es nicht K'tha-Jon sein konnte. Er wich ein Stück weit von seinem Weg ab, um nachzusehen.

Es war eine unter Wasser dahinschwimmende Gruppe kleiner, ballonförmiger Geschöpfe mit aufgeblähten Luftblasen und lebhaften blauen Gesichtern. Sie trugen rohe Gerätschaften und Netze mit zappelnder Beute bei sich. Abgesehen von einigen Holos, die Dennie Sudman und Sah'ot zum Schiff geschickt hatten, war dies die erste Gelegenheit für Akki, die kithrupanischen Eingeborenen zu sehen: die Kiqui. Fasziniert beobachtete er sie und schwamm dann auf sie zu. Er hatte geglaubt, noch weit im Süden von Toshios Insel zu sein, aber wenn diese Gruppe identisch war mit…

Kaum hatten sie ihn erblickt, begannen die Jäger in panischem Schrecken zu quieken. Sie ließen ihre Netze fallen und krabbelten hastig auf die Uferböschung einer nahe gelegenen Insel hinauf. Akki sah, daß er auf einen anderen Stamm gestoßen war, auf einen, der noch nie einen Delphin gesehen hatte.

Aber es war trotzdem ein Erlebnis, sie zu sehen. Er schaute zu, bis der letzte aus dem Wasser geklettert und außer Sicht geflohen war. Dann wandte er sich wieder nordwärts.

Aber als er das Nordufer der nächsten Insel passierte, strich ein scharfer Klangstrahl über ihn hinweg.

Mit einem Schlag verlor Akki allen Mut. Wie denn! Hatte K'tha-Jon seine Schlußfolgerung mit der Inselkette nachvollzogen? Oder hatte ihm ein dämonischer Instinkt verraten, wo seine Beute zu suchen war?

Wieder vernahm er den unheimlichen Schrei, der sich durchs Wasser fortpflanzte. Er hatte sich im Laufe der Nacht offenbar weiter gewandelt und war zu einem durchdringenden, klagenden Geräusch geworden, das Akki erzittern ließ.

Wieder gellte der Ruf, näher jetzt, und Akki wußte, daß er sich nicht verstecken konnte. Dieser Ruf würde in jeder Spalte, in jedem Riff nach ihm tasten, nach ihm suchen, bis die Panik ihn überwältigte. Er mußte zu fliehen versuchen, solange er seinen Verstand noch unter Kontrolle hatte!

67

Keepiru

Der Kampf hatte vor dem Morgengrauen begonnen.

Wenige Stunden zuvor hatte Keepiru erkannt, daß der Schlitten seines Verfolgers keine Anzeichen für einen baldigen Motorschaden erkennen ließ. Das Triebwerk kreischte, aber es lief, und es würde weiterlaufen. Keepiru ließ das seine weit über die rote Linie aufheulen, aber es war zu spät. Wenig später hörte er das Schwirren eines Torpedos, der von hinten auf ihn zukam. Er schlug einen Haken nach links und abwärts, und der Strahl aus seinen Ballasttanks ließ eine lärmende Luftblasenwolke hinter ihm aufperlen.

Der Torpedo kreischte an ihm vorüber und verschwand in der Dunkelheit. Ein blechern verstärkter Aufschrei der Enttäuschung und Entrüstung hallte zwischen Bodenfurchen und Felsenklippen wider. Keepiru war inzwischen daran gewöhnt, von seinem Verfolger Primal-Obszönitäten zu hören.

Fast hatte er die Kette der Metallhügel erreicht, hinter der die beiden schwimmenden Delphine einige Stunden zuvor verschwunden waren. Beim Näherkommen hatte Keepiru den fernen Jagdrufen gelauscht. Sie hatten nagende, schaudererregende Assoziationen in ihm geweckt, an die zu glauben er sich weigerte. Er machte sich Sorgen um Akki.

Aber jetzt hatte Keepiru seine eigenen Probleme. Er wünschte Akki viel Glück, bis er sich des Idioten entledigt hätte, der sich an seinen Schwanz geheftet hatte.

Das erste Tageslicht sickerte von oben herab. Keepiru ließ seinen Schlitten hinter ein unförmiges Riff sinken, drosselte den Motor und wartete.

Moki fluchte, als der kleine Torpedo nicht detonierte.

Zähne, Zähne sind - sind -
Besser besser als -
Dinge!

Er schwenkte den Kiefer hin und her. Die Sensoren des Schlittens beachtete er nicht mehr, und die Maschine steuerte er nur noch gewohnheitsmäßig.

Wo *steckte* der Klugscheißer? Er sollte rauskommen und es hinter sich bringen!

Moki war müde, verdreht und unsagbar gelangweilt. Er hätte nicht gedacht, daß es so öde wäre, ein Großer Bulle zu sein. Moki wollte diese heiße, beinahe orgasmische Wut wieder spüren! Er versuchte den Blutdurst noch einmal zu wecken, aber immer dachte er nur daran, Fische zu töten, nicht Delphine.

Wenn er nur die Wildheit erreichen könnte, die er in

K'tha-Jons Jagdruf vernommen hatte! Moki haßte den furchterregenden Bootsmann nicht mehr. Allmählich sah er den Riesen als Geistwesen von reiner und bösartiger Natur. Erst würde er diesen neunmalklugen *Tursiops* umbringen und dann K'tha-Jon seinen Kopf bringen – zum Zeichen dessen, daß er würdig sei, sein Jünger zu sein. Und danach würde auch er dieses elementare Grauen verbreiten, ein Entsetzen, vor dem jeder zurückweichen mußte.

Moki zog seine Maschine im Bogen herum. Er hielt sich dicht am Meeresgrund, um die Klangschatten dort auszunutzen. Der *Tursiops* war mit hoher Geschwindigkeit nach links abgebogen. Die Kurve, die er beschrieben hatte, *mußte* weiter sein als Mokis, und so hatte Moki nichts weiter zu tun als auf der richtigen Kreisbahn zu bleiben, um ihn zu finden.

Moki hatte Wachdienst gehabt, als die Jagd begonnen hatte, deshalb war sein Schlitten mit Torpedos bestückt. Er war sicher, daß der Klugscheißer keine haben würde. Er zwitscherte in gieriger Erwartung des Endes dieser ermüdenden Jagd.

Ein Geräusch! Er fuhr so hastig herum, daß er mit dem Schnabel gegen die Plastikwand der Blasenkuppel stieß. Er peitschte seinen Schlitten voran und machte den nächsten Torpedo bereit. *Dieser* würde den Gegner erledigen!

Hinter einer Klippe ging es plötzlich steil hinunter in einen breiten Meeresgraben. Moki flutete die Ballasttanks und ließ sich dicht an der Felswand hinabsinken. Dann drosselte er den Motor und stellte ihn ganz ab.

Minuten vergingen, allmählich wurde gedämpfter Motorklang zu seiner Linken lauter und lauter. Der herannahende Schlitten hielt sich ebenfalls dicht an dem Kliff, aber er befand sich in größerer Tiefe.

Und plötzlich war er unter ihm! Moki beschloß, nicht sofort zu feuern. Das wäre zu einfach! Der Klugscheißer sollte den Tod unverhofft von hinten herannahen hören, zu nah, um noch ein Entkommen zu ermöglichen! Er sollte sich in panischer Angst winden, bevor Mokis Torpedo seinen Körper in Fetzen riß!

Der Schlitten knurrte auf und sank dann tiefer. Sein Opfer würde niemals rechtzeitig wenden können! Moki krähte:

Ein Herdenbulle ist – ist!
Ein Großer Bulle…

Moki brach den Gesang ab. Wieso versuchte der Schlaumeier nicht zu fliehen?

Er hatte sich ganz und gar auf die Geräusche verlassen. Erst jetzt wandte er seine Augen dem vermeintlichen Opfer zu.

Der andere Schlitten war leer! Langsam surrte er ohne seinen Piloten dahin! Aber dann – wo…?

Mit Jagdgehör
wirst du zum Bullen –

Doch mit Augen
und Gehirn
wirst du zum Space-Fin –

Die Stimme war über ihm! Moki schrie auf und versuchte den Schlitten zu wenden und gleichzeitig einen Torpedo abzufeuern. Das Triebwerk heulte verzweifelt auf und erstarb jäh. Seine Neuralkupplung war tot, als er zwei Meter über sich einen schlanken grauen *Tursiops*-Fin erblickte, dessen weiße Zähne im Licht von oben blitzten.

Und als Narr
wirst du
zur Leiche –

Moki kreischte, als der Schneidbrenner am Geschirr des Piloten in laserblauer Brillanz explodierte.

68
Tom Orley

Woher kamen sie nur alle?

Tom Orley kauerte geduckt hinter einem niedrigen Rankenberg. Sein Blick wanderte zwischen den verschiedenen Alienkolonnen am Horizont hin und her. Mindestens drei Gruppen zählte er, und sie alle näherten sich aus verschiedenen Richtungen dem eierschalenähnlichen Wrack am Horizont.

Der Vulkan befand sich eine Meile hinter ihm und grollte noch immer. Im Morgengrauen hatte er das zerschellte Thennanin-Boot verlassen – nicht ohne dem sterbenden Piloten einen Napf mit kostbarem Trinkwasser vor das Gesicht zu stellen, wo er es leicht würde erreichen können, falls er noch einmal zu sich käme.

Kurz nachdem er die Tandu-Gruppe gesichtet hatte, war er aufgebrochen und hatte seine neugeflochtenen Faserschuhe auf dem schleimigen Rankenteppich erprobt. Die gespreizten, schneeschuhartigen Konstruktionen halfen ihm, über die glitschige Pflanzendecke zu laufen.

Zuerst war er schneller gewesen als die anderen. Aber bald entwickelten die Tandu eine neue Technik. Sie hörten auf, durch den Morast zu waten, und bewegten sich mit flottem Tempo voran. Tom blieb geduckt und fragte sich besorgt, was wohl geschehen würde, wenn sie ihn jetzt entdeckten.

Dann tauchten noch weitere Gruppen auf. Eine kam aus Südwesten, eine aus Westen. Er konnte sie noch nicht deutlich erkennen, sie waren nur Punkte, die langsam und mühselig am niedrigen, gezackten Horizont entlanghüpften. Aber woher, zum Teufel, kamen sie alle?

Die Tandu waren am nächsten. Es waren mindestens acht oder neun, und sie marschierten hintereinander. Jedes dieser Wesen bewegte sich mit weitgespreizten Spinnenbeinen voran, um sein Gewicht zu verteilen. In den Armen trugen sie lange, glitzernde Instrumente, bei denen es sich nur um Waffen handeln konnte. Sie kamen zügig voran.

Tom fragte sich, wie ihre neue Taktik aussehen mochte. Dann sah er, daß der vorderste der Tandu keine Waffe trug. Statt dessen hielt er die Leine eines zottigen, schwerfällig wankenden Wesens und beugte sich hin und wieder vor, wie um das Ungetüm zur fortwährenden Erfüllung seiner Aufgabe zu ermuntern.

Tom riskierte einen Blick über den kleinen Rankenhügel.

»Der Teufel soll mich holen!«

Das zottige Wesen *erschuf* Land – oder zumindest Festigkeit – auf einem schmalen Pfad vor der Kolonne! Vor diesem Pfad und zu beiden Seiten war ein mattes Schimmern zu sehen, wo die Realität gegen eine schädliche Verdrehung anzukämpfen schien.

Ein Episiarch! Dankbar für diesen seltenen Anblick vergaß Tom einen Augenblick lang die Klemme, in der er saß.

Während er noch zusah, schien der feste Weg an einer Stelle durchzubrechen. Das leuchtende Band von den Rändern schnappte mit lautem Knall zusammen. Der Tandu, der sich über diese Stelle bewegte, sank mit den Armen wedelnd und strampelnd in das Rankendickicht. Aber je mehr er sich wehrte, desto weiter riß der Pflanzenteppich auf. Das Wasserloch wurde immer größer, und kurz darauf versank der Tandu wie ein Stein im Meer.

Keiner der anderen schien davon Notiz zu nehmen. Die beiden nachfolgenden sprangen über das ›Loch‹ hinweg auf den vorübergehend ›festen‹ Boden dahinter. Die Kolonne setzte in verminderter Stärke ihren Marsch unbekümmert fort.

Tom schüttelte den Kopf. Er *mußte* als erster beim Wrack sein! Er konnte nicht zulassen, daß die Tandu ihn überholten.

Aber wenn er etwas unternahm – und wenn er nur weitermarschierte –, würden sie ihn bemerken. Er bezweifelte nicht, daß sie mit den Waffen, die sie bei sich trugen, wirkungsvoll umzugehen verstanden. Kein menschlicher Soldat hatte die Tandu je lange unterschätzt.

Widerwillig kniete er nieder und band die Faserschuhe los. Er warf sie fort und kroch vorsichtig an den Rand des nächsten Wasserloches.

Er zählte langsam und wartete, bis er die Kolonne der Galactics herannahen hörte. Im Geiste probte er seine nächsten Bewegungen.

Dann atmete er mehrmals tief ein und aus und zog sich die Atemmaske vors Gesicht. Er vergewisserte sich, daß sie dicht anlag und die Kollektorlamellen sauber waren. Er zog die Nadelpistole aus dem Halfter und hielt sie mit beiden Händen umklammert.

Er stellte sich auf zwei feste Ranken und rutschte ein paarmal mit den Füßen hin und her, um eine sichere Position zu finden. Das Wasserloch lag direkt vor ihm.

Er schloß die Augen.

Lausche –
nach dem zischenden Schwanz
des Tigerhais –

Sein Empathiesinn erfaßte die kraftvollen PSI-Emissionen des wahnsinnigen ET-Adepten, der jetzt nur noch achtzig Meter entfernt war.

»Gillian…«, seufzte er. Dann stand er in einer plötzlichen, fließenden Bewegung auf und hob die Waffe. Seine Augen öffneten sich, und er feuerte.

69
Toshio

Gegen Toshios Einwände hatten sie den letzten Rest der Energie des Langbootes dazu benutzt, das Boot zu einem Landeplatz oben auf der Insel zu heben. Toshio hatte ihnen angeboten, eine größere Öffnung in die Kammer unter dem Metallhügel zu sprengen, aber Takkata-Jim hatte diesen Vorschlag wortlos zurückgewiesen.

Das bedeutete zwei Stunden Knochenarbeit, denn sie mußten das kleine Schiff von vorn bis hinten mit Laub überhäufen, um es zu tarnen. Dabei war Toshio nicht einmal sicher, ob ihnen das etwas nützen würde, wenn die Galactics die Schlacht im All beendet hätten und ihre ganze Aufmerksamkeit der Planetenoberfläche zuwendeten.

Metz und Dart sollten ihm eigentlich helfen. Toshio hatte sie beauftragt, Reisig zu schneiden, aber er stellte bald fest, daß er sie zu jeder Kleinigkeit eigens auffordern mußte. Dart war störrisch und wütend, weil ihn ein Kaddy herumkommandierte, dem er noch vor wenigen Tagen selbst Anweisungen erteilt hatte. Ganz offensichtlich zog es ihn zu seinen Sachen, die er aufgeregt neben dem Bohrbaumtümpel abgelegt hatte, bevor er zum Arbeitsdienst herangezogen worden war. Metz war zwar willig gewesen, aber er brannte so sehr darauf, mit Dennie zu reden, daß er nicht im mindesten bei der Sache und deshalb zu nichts zu gebrauchen war.

Schließlich schickte Toshio die beiden weg und beendete die Arbeit allein.

Schließlich hatte er das Boot zugedeckt. Er ließ sich zu Boden fallen und lehnte sich mit dem Rücken an einen Olinußbaum.

Zur Hölle mit Takkata-Jim! Toshio und Dennie sollten für die Sicherung des Lagerplatzes sorgen, und dann sollten sie Metz über die Resultate ihrer Arbeit mit den Kiqui informieren, ihre Schlitten besteigen und von hier *verschwinden!* Gillian rechnete damit, daß sie in ein paar Stunden aufbrechen, und noch war *nichts* getan!

Zu allem Überfluß hatte die *Streaker* ihn erst eine Stunde zuvor darauf vorbereitet, er würde wohl mit einem blinden Passagier rechnen müssen. Gillian hatte entschieden, Charlie nicht wegen Verstoßes gegen bestehende Anweisungen in Arrest zu nehmen, obgleich er dem Anschein nach aus mindestens einem Dutzend Labors an Bord des Schiffes Material gestohlen hatte. Toshio war froh, daß ihm dieser zusätzliche Auftrag erspart geblieben war. Es gab hier sowieso nicht viel, was sich als Gefängnis hätte verwenden lassen.

Links neben ihm raschelte es im Gebüsch. Mechanisches Sirren begleitete das Geräusch von knackenden Zweigen. Dann brachen vier ›Spinnen‹ durch das Gestrüpp und traten auf die kleine Lichtung heraus. Auf jedem der Schwebenetze an den gepanzerten Schreitern lag ein *Stenos*-Delphin, der die hochgliedrigen Beine über eine Neuralkupplung steuerte. Toshio stand auf, als die vier herankamen.

Takkata-Jim ging an ihm vorbei und beäugte ihn kühl und stumm. Die drei anderen Spinnen folgten ihm quer über die Lichtung und verschwanden wieder im Wald. Dabei unterhielten sich die *Stenos* trillernd auf Gossen-Trinär.

Toshio starrte ihnen nach. Er merkte plötzlich, daß er den Atem angehalten hatte.

»Bei Takkata-Jim bin ich nicht sicher, aber die Fen, die er bei sich hat, sind verrückter als die Molennister von Atlast«, sagte er zu sich und schüttelte den Kopf. Auf Calafia hatte er nur wenige der sogenannten *Stenos* kennengelernt. Einige hatten Schrullen gezeigt, positive und negative – wie Sah'ot. Aber keiner von ihnen hatte jemals einen Ausdruck erkennen lassen, wie er in den Augen der Fen lag, die mit dem ehemaligen Vize-Captain gekommen waren.

Die Geräusche der kleinen Prozession verhallten langsam. Toshio streckte sich.

Weshalb hatte Gillian Takkata-Jim überhaupt gehen lassen? Weshalb hatte sie ihn und seine Kohorten nicht einfach in die Arrestzellen gesteckt, und damit basta?

Zugegeben, es war eine gute Idee, eine Gruppe mit dem Langboot zurückzulassen, die versuchen könnte, sich zur Erde zurückzuschleichen, wenn die *Streaker* es nicht schaffen sollte. Vermutlich konnte Gillian von den zuverlässigen Besatzungsmitgliedern keinen entbehren. Aber...

Er ging auf das Dorf der Kiqui zu und dachte nach.

Selbstverständlich hatte man das Langboot so gut wie ausgeschlachtet. Takkata-Jim würde keinen Kontakt mit den Galactics aufnehmen können, selbst wenn er dies wollte. Und Toshio konnte sich nicht vorstellen, weshalb ihm daran gelegen sein sollte.

Aber wenn er einen Grund *hätte?* Und wenn er einen Weg *fände?*

Beinahe wäre Toshio in seinem sorgenvollen Grübeln gegen einen Baum geprallt. Er fuhr zusammen und korrigierte den Kurs.

Ich werde mich vergewissern müssen, entschied er. *Heute abend werde ich feststellen müssen, ob er Ärger machen kann.*

Heute abend.

Die Erwachsenen des Stammes hockten im Kreis auf einer Lichtung in der Mitte des Dorfes. Ignacio Metz und Dennie Sudman saßen am Rande. Die Nest-Mutter hatte sich ihnen gegenüber niedergelassen, und ihre bunten, grün und rot gestreiften Luftsäcke waren zu voller Größe aufgeblasen. Die Ältesten rechts und links von ihr blähten sich und pufften wie eine Reihe buntbemalter Ballons im laubgefilterten Sonnenschein.

Toshio blieb am Rande der Dorflichtung stehen. Die Sonnenstrahlen drangen durch das Blätterwerk und beleuchteten ein Rassenpalaver.

Die Nest-Mutter der Kiqui schnatterte und schwenkte dabei ihre Pfoten in einem merkwürdigen, auf und ab führenden Muster, welches, wie Dennie erklärt hatte, fröhliche Emphase konnotierte. Wäre das alte Weibchen erzürnt gewesen, hätte es horizontal gestikuliert. Es war ein dankenswert schlichtes Ausdrucksmuster. Der Rest des Stammes wiederholte die Laute, die sie von sich gab, und manchmal nahm er sie in einem ansteigenden und wieder fallenden Singsang der Zustimmung vorweg.

Ignacio Metz nickte aufgeregt und bedeckte mit einer Hand seinen Ohrhörer, durch den er dem Übersetzungscomputer lauschte. Eine lange Reihe von schrillen, mehrmals wiederholten Quieklauten drang aus dem Lautsprecher des Gerätes.

Gillian war sichtlich erleichtert. Sie hatte der ersten Begegnung des Lifting-Experten mit den Kiqui mit Bangen entgegengesehen. Aber Metz hatte ihre langen und behutsamen Unterhandlungen mit den Präsophonten anscheinend nicht um den Erfolg gebracht. Das Palaver schien sich einem zufriedenstellenden Abschluß zu nähern.

Dennie bemerkte Toshio und lächelte ihm strahlend zu. Ohne jede Zeremonie stand sie auf und verließ den Kreis. Eilig kam sie zu ihm an den Rand der Dorflichtung, wo er wartete.

»Wie läuft's?« fragte er.

»Ausgezeichnet! Es hat sich herausgestellt, daß er jedes Wort gelesen hat, das ich zum Schiff geschickt habe! Er hat ihr Hordenprotokoll verstanden, er kennt ihre körperlichen Merkmale von Alter und Geschlecht, und er findet, meine Verhaltensanalyse sei ›beispielhaft‹. Beispielhaft!«

Toshio lächelte und teilte ihre Freude.

»Er hat davon gesprochen, mir eine Stelle als Mitarbeiterin im *Lifting Center* zu verschaffen! Kannst du dir das vorstellen?« Dennie sprang vor Aufregung unwillkürlich auf und ab.

»Wie steht's mit dem Vertrag?«

»Oh, damit sind sie jeden Augenblick fertig. Wenn Hikahi es schafft, mit dem Skiff herzukommen, nehmen wir ein Dutzend Kiqui mit zur *Streaker.* Wenn nicht, werden einige zusammen mit Metz im Langboot zur Erde reisen. Es ist alles geregelt.«

Toshio warf einen Blick auf die glücklichen Dorfbewohner und war darauf bedacht, sich seinen Mißmut nicht anmerken zu lassen.

Für die Kiqui als Spezies war es natürlich gut so. Unter dem Patronat der Menschheit würde es ihnen weit besser ergehen, als wenn irgendeine der anderen Raumfahrerrassen sich um sie kümmerte. Und die Genetiker der Erde mußten lebende Individuen untersuchen, bevor ein Adoptionsversuch geltend gemacht werden konnte.

Man würde alles daransetzen, die erste Gruppe der Aborigines gesund zu halten. Dennies Aufgabe hatte zur Hälfte darin bestanden, ihre physischen Bedürfnisse zu analysieren, einschließlich der erforderlichen Spurenelemente. Aber es war dennoch unwahrscheinlich, daß auch nur ein einziger aus dieser ersten Gruppe überleben würde. Selbst wenn dies doch der Fall wäre, bezweifelte Toshio, daß die Kiqui eine Vorstellung davon hatten, wie ganz und gar fremdartig das Abenteuer sein würde, auf das sie sich eingelassen hatten.

Sie sind noch nicht intelligent, erinnerte er sich. Nach dem galaktischen Recht sind sie immer noch Tiere. Und anders als irgend jemand sonst in den Fünf Galaxien werden wir ihrem beschränkten Verständnisvermögen entsprechend versuchen, ihnen alles zu erklären und sie um ihre Einwilligung zu bitten.

Aber er mußte an eine stürmische Nacht denken, an prasselnden Regen und Blitz und Donner, und an die kleinen Amphibien, die sich um ihn und einen verwundeten Delphin, seine Freundin, geschmiegt, sie warmgehalten und durch ihre Gesellschaft die Verzweiflung abgewehrt hatten.

Er wandte der sonnenbeschienenen Lichtung den Rükken zu.

»Dann hält dich hier nichts mehr auf?« fragte er Dennie.

Sie schüttelte den Kopf. »Natürlich würde ich gern noch ein Weilchen hierbleiben. Jetzt, da ich mit den Kiqui fertig bin, könnte ich ernsthaft am Problem des Metallhügels arbeiten. Deswegen war ich vor ein paar Tagen auch so mürrisch. Abgesehen davon, daß ich müde war, weil ich zwei wichtige Arbeiten gleichzeitig zu tun hatte, war ich frustriert. Aber jetzt sind wir der Lösung einen Schritt näher. Und wußtest du, daß der Kern des Metallhügels immer noch lebt? Er ist...«

Toshio mußte ihren Redeschwall unterbrechen. »Dennie! Laß es für einen Augenblick gut sein! Ich habe dich etwas gefragt. Kannst du jetzt hier weg?«

Dennie blinzelte. Ihre Miene veränderte sich, sie runzelte die Stirn. »Ist es die *Streaker*? Stimmt etwas nicht?«

»Sie haben vor ein paar Stunden mit dem Umzug angefangen. Ich möchte, daß du deine Notizen und Proben einsammelst und auf dem Schlitten verstaust. Morgen früh wirst du zusammen mit Sah'ot abfahren.«

Sie starrte ihn an, und nur allmählich begriff sie. »Du meinst, zusammen mit dir und Sah'ot, nicht wahr?«

»Nein, ich bleibe noch einen Tag. Ich muß.«

»Aber warum?«

»Schau, Dennie, ich kann darüber jetzt nicht reden. Tu, was ich dir sage. Bitte.«

Als er sich umdrehte, um zum Bohrbaumtümpel zurückzugehen, packte sie ihn beim Arm. Sie hielt ihn fest, und er zog sie hinter sich her.

»Aber wir wollten zusammen gehen! Wenn du hier noch etwas zu erledigen hast, dann warte ich eben auf dich!«

Ohne zu antworten, stapfte er weiter. Er wußte auch nicht, was er sagen sollte. Es war bitter, endlich ihre Achtung und ihre Zuneigung zu gewinnen, nur um sie nach ein paar Stunden schon wieder zu verlieren.

Wenn das Erwachsensein bedeutet, können sie's behalten, dachte er. *Es stinkt.*

Als sie sich dem Tümpel näherten, hallte ihnen eine laute Streiterei entgegen. Toshio beschleunigte seinen Schritt. Dennie trabte neben ihm her, und zusammen erreichten sie die Lichtung.

Charles Dart kreischte und klammerte sich an einen schlanken Zylinder, dessen anderes Ende am Manipulatorarm von Takkata-Jims Spinne hing. Charlie stemmte sich gegen den Zug der hydraulischen Mechanik. Takkata-Jim grinste mit offenem Mund.

Das Tauziehen dauerte ein paar Sekunden. Die kraftvollen Muskeln des Schimpansen waren bis zum Zerreißen gespannt, aber schließlich rutschte ihm der Zylinder aus den Fingern. Er fiel rücklings in den Staub und konnte nur mit knapper Not verhindern, daß er in den Tümpel rollte. Er sprang auf die Füße und stieß schrille Wutschreie aus.

Toshio sah, daß die drei anderen von *Stenos* gesteuerten Spinnen sich zum Langboot hin in Marsch setzten. Jeder von ihnen trug einen gleichartigen, länglichen Zylinder bei sich. Toshio blieb wie angewurzelt stehen, als er den, welchen Takkata-Jim an sich gebracht hatte, genauer sehen konnte. Seine Augen öffneten sich weit.

»Es besteht keine Gefahr mehr«, erklärte Takkata-Jim. Seine Stimme klang gleichgültig. »Ich habe sie konfisziert. Sie werden auf meinem Boot in sicheren Gewahrsam genommen, und es wird nichts damit geschehen.«

»Sie gehören mir, du Dieb!« Charles Dart hüpfte wütend auf und ab, wobei er hektisch mit den Armen fuchtelte. »Du Verbrecher!« knurrte er. »Denkst du, ich weiß nicht, daß du Creideiki zu erm-morden versucht hast? Wir wissen es alle! Du hast die Bojen gerammt, um das Beweismaterial zu vernichten! Und jetzt stiehlst du mir m-mein H-handwerkszeug!«

»Welches Sie ohne Zweifel aus der Waffenkammer der *Streaker* entwendet haben. Oder möchten Sie Dr. Baskin anrufen, damit sie bestätigt, daß es wirklich Ihnen gehört-t?«

Dart grollte und bleckte eindrucksvoll die Zähne. Abrupt drehte er dem Neo-Delphin den Rücken zu, um sich auf den Boden vor einen komplizierten Tauchrobot zu setzen, der frisch ausgepackt am Ufer des Tümpels stand.

Takkata-Jims Spinne begann sich umzudrehen, aber der Fin bemerkte Toshios Blick. Für einen winzigen Augenblick geriet Takkata-Jims kühle Reserviertheit unter dem wütenden Starren des Jungen ins Wanken. Er wandte den Blick ab und sah Toshio dann wieder an.

»Glaube nicht allesss, was du hörst, Mensch-Knabe«, sagte er. »Vieles habe ich getan und werde ich noch tun, und ich bin überzeugt, ich habe recht. Aber nicht ich war esss, der Creideiki verletzt hat.«

»Haben Sie die Bojen zerstört?« Toshio spürte Dennies Atem, die dicht hinter ihm stand und den großen Delphin über seine Schulter hinweg stumm beobachtete.

»Ja. Aber nicht ich habe die Falle gestellt-t. Wie König Henry bei Beckett-t, so erfuhr auch ich erst später davon. Sag das denen auf der Erde, falls du durch einen unverhofften Zufall entkommen solltest und ich nicht-t. Jemand anders hat die Initiative ergriffen.«

»Wer hat es getan?« Toshios Finger ballten sich zu harten Fäusten.

Ein langer Seufzer drang aus Takkata-Jims Blasmund. »Unser Doktor Metz hat dem Institut Schiffsplätze für einige abgerungen, die auf dieser Reise nicht hätten dabeisein dürfen. Er war zu ungeduldig. Ein paar seiner *Stenos* haben... ungewöhnliche Stammbäume.«

»Die *Stenos*...«

»Einige *Stenos*. Ich gehöre nicht zu Metz' Experimenten! Ich bin Raumschiffoffizier! Ich habe mir meinen Platz verdient!« Die Stimme des Delphins klang trotzig. »Als der Druck sich bis zu einem kritischen Punkt steigerte, wandten sich einige von ihnen mir zu. Ich dachte, ich könnte sie unter Kontrolle halten, aber es war einer darunter, mit dem ich, wie sich herausstellte, nicht fertig werden konnte. Sag ihnen das, wenn du nach Hause kommssst, Toshio Iwashika. Sag denen auf der Erde, daß es möglich ist, einen Delphin in ein Monsssster zu verwandeln. Es soll ihnen als Warnung dienen.«

Takkata-Jim sah ihn lange und eindringlich an, dann wendete er seine Spinne und folgte seiner Crew zum Langboot.

»Er ist ein Lügner«, wisperte Dennie, als er gegangen war. »Was er sagt, klingt vernünftig und logisch, aber mich schaudert, wenn ich ihm zuhöre.«

Toshio schaute der Spinne nach, die auf dem Pfad zwischen den Büschen verschwand.

»Nein«, meinte er. »Er ist ehrgeizig und vielleicht auch verrückt. Und ein Verräter ist er wahrscheinlich noch dazu. Aber aus irgendeinem Grunde glaube ich, daß er die blanke Wahrheit gesagt hat. Vielleicht klammert er sich jetzt an eine oberflächliche Ehrlichkeit, um seines Stolzes willen.« Kopfschüttelnd wandte er sich ab. »Es macht ihn aber nicht weniger gefährlich.«

Er näherte sich Charles Dart, der freundlich grinsend zu ihm aufsah, und hockte sich neben dem Schimp-Planetologen auf den Boden. »Dr. Dart, wie groß waren sie?«

»Wie groß war was, Toshio? He! Hast du diesen neuen Robot schon gesehen? Ich habe ihn speziell hergerichtet. Er kann bis zur Basis des Schachtes tauchen, um sich dann lateral zu diesen großen Magmatunnels durchzugraben, die wir entdeckt...«

»Wie groß waren die Dinger, Charlie?« wiederholte Toshio. Er war angespannt und bereit, den Schimpansen zu erwürgen. »*Sagen* Sie's mir!«

Dart warf Toshio einen kurzen, schuldbewußten Blick zu und starrte dann wehmütig in den Tümpel. »Nur jeweils eine Kilotonne«, seufzte er. »Eigentlich kaum groß genug, um wirklich anständige Krustenwellen auszulösen.« Mit großen, unschuldigen braunen Augen hob er den Kopf. »Es waren wirklich nur ganz winzigkleine A-Bömbchen. Ehrlich!«

70
Hikahi

Da sie gezwungen war, sich leise zu bewegen, mußte sie ihre Geschwindigkeit drosseln. Mit einem Schlitten wäre sie kaum langsamer vorangekommen. Es war frustrierend.

Seit über einem Tag hatte sie mit niemandem mehr Kontakt, also studierte Hikahi die Meereslandschaft ringsumher, um nicht ständig daran zu denken, welches Schicksal über Creideiki und die *Streaker* womöglich gekommen war. Früher oder später würde sie herausfinden, was passiert war. Bis dahin würde sie allzuviel Kopfzerbrechen nur zermürben.

Das Morgenlicht drang bis auf den Grund des Grabens herab, als sie erst ostwärts und später nach Norden bog. Klumpen schlaffer Algen trieben über ihr dahin, kupfern glänzende Fische huschten flink vorüber und blieben hinter dem Skiff zurück.

Einmal erhaschte sie einen Blick auf etwas Langes, Schlangenartiges, das flugs in eine Höhlenspalte glitt, als sie sich ihm näherte. Sie hatte keine Zeit, anzuhalten und nachzuschauen, aber sie photographierte das Ungeheuer im Vorüberfahren.

Was mache ich, wenn ich die Streaker *zerstört finde?* Der Gedanke kam ungebeten.

Ich fahre einstweilen zum Thennanin- Wrack zurück. Man wird mich dort brauchen. Aber dann wäre ich Commander. Eine langfristige Lösung ist dieses Versteckspiel auf dem Meeresgrund sicher nicht. Nicht in diesem tödlichen Gewässer.

Kann ich es über mich bringen, Kapitulationsverhandlungen zu führen?

Wenn ja, würde sie sich den Galactics nicht persönlich in die Hände begeben. Sie gehörte zu den wenigen, die mit den richtigen Unterlagen einen exakten Kurs zu der verlassenen Flotte programmieren konnten.

Vielleicht würde ich dafür sorgen, daß die Crew sicher interniert wird, und dann versuchen, mit dem Skiff durchzubrechen, dachte sie. Das Skiff würde es nicht bis zur Erde schaffen, selbst wenn es ihm gelänge, eine Blockade der Galactics zu durchbrechen, aber jemand mußte versuchen, die Nachricht zur Erde zu bringen. Vielleicht gab es ja einen Weg, die Fanatiker zu bestrafen… ihnen einen so hohen Preis für ihr Benehmen aufzubrummen, daß sie es sich in Zukunft zweimal überlegten, bevor sie die Erdlinge noch einmal fertigzumachen versuchten…

Hikahi wußte, daß sie träumte. In ein paar tausend Jahren würden die Menschen und ihre Klienten vielleicht solche Macht haben. Vielleicht.

Hikahi lauschte. Da war ein Geräusch…

Sie drehte am Lautstärkeregler der Hydrophone. Filter hielten das Hintergrundsummen der Triebwerke und das Rauschen des Wassers zurück. Sie hörte die leisen, wischenden Laute der Meereslebewesen.

»Computer! Filter für Cetaceen-Output!«

Die Klangmuster veränderten sich. Das Meer wurde still. Trotzdem, da war noch eine Spur von anderen Geräuschen.

»Lauter!« Der Geräuschpegel stieg. Durch das statische Rauschen hörte sie die leisen, aber unverkennbaren Schreie schwimmender Delphine. Es waren verzweifelt klingende Kampfschreie.

Waren es die Überlebenden einer Katastrophe, deren Hilferufe bis hierher hallten? Was sollte sie tun? Sie wollte den bedrängten Fen zu Hilfe eilen. Aber wer bedrohte sie?

»Filter für Maschinen-Output-t!« befahl sie, aber am Detektor-Display blinkte ein rotes Licht, welches anzeigte, daß es in Hörweite keine Maschinengeräusche aufzufangen gab. Die Delphine hatten also keinen Schlitten.

Wenn sie einen Rettungsversuch unternähme, würde sie damit die einzige Hoffnung der Crew im ›Trojanischen

Seepferd‹ aufs Spiel setzen. Aber sollte sie den Flüchtenden ausweichen und wie geplant so schnell wie möglich zur *Streaker* weiterfahren? Es war eine qualvolle Wahl.

Hikahi verringerte ihre Geschwindigkeit, um noch leiser voranzukommen, doch dann steuerte sie das Skiff nach Norden, auf die fernen Schreie zu.

71

Charles Dart

Er wartete, bis alle gegangen waren, bevor er die Rückenklappe seines neuen Robots aufschraubte und seinen Inhalt überprüfte.

Ja, sie war noch da. Sicher verborgen.

Na ja, dachte er. *Ich hatte gehofft, das Experiment wiederholen zu können. Aber eine Bombe sollte eigentlich reichen.*

72

Streaker

AUS GILLIAN BASKINS TAGEBUCH

Wir sind unterwegs. Alle an Bord scheinen erleichtert zu sein, daß sich endlich etwas bewegt.

Gestern, am späten Abend, hat die Streaker *sich vom Meeresgrund erhoben. Von den Triebwerken war kaum ein Ticken zu hören. Ich war auf der Brücke, habe die Berichte der Fen entgegengenommen, die draußen waren, und dabei die Spannungsmeter im Auge behalten, bis wir sicher waren, daß die* Streaker *es schaffte. Eigentlich klang sie sogar, als sei sie ziemlich erpicht darauf, endlich wieder in Aktion zu treten.*

Emerson und seine Crew im Maschinenraum können

stolz auf ihre Leistung sein, wenn auch die von Tom und Tsh't gefundenen Spulen das Ganze eigentlich erst ermöglicht haben. Die Streaker *summt wieder wie ein richtiges Raumschiff.*

Wir sind auf Südkurs. Wir haben ein Monofaser-Relais abgesetzt, um mit den Leuten auf der Insel in Verbindung zu bleiben, und bei ihnen liegt eine Nachricht für Hikahi – wenn sie auftaucht.

Ich hoffe, sie beeilt sich. Commander zu sein, ist komplizierter, als ich dachte. Ich muß dafür sorgen, daß alles in der richtigen Reihenfolge und korrekt gemacht wird, dabei aber so unauffällig wie möglich bleiben, damit die Fen nicht das Gefühl bekommen, die ›Alte‹ sitze ihnen im Nacken. Manchmal wünsche ich mir ein wenig von der militärischen Ausbildung, die Tom genossen hat, als ich auf der Medizinischen Akademie war.

Es wird nicht einmal dreißig Stunden dauern, dann sind wir auf dem Thennanin-Wrack. Suessi sagt, sie sind auf uns vorbereitet. Bis dahin haben wir Kundschafter an allen Seiten, und Wattaceti ist uns mit einem Lotsenschlitten voraus. Seine Instrumente zeigen keine nennenswerten Lecks. Wir dürften also vorläufig in Sicherheit sein.

Ich würde ein Jahresgehalt dafür geben, Hikahi oder Tsh't oder wenigstens Keepiru hier zu haben. Bisher habe ich nie begreifen können, weshalb ein Captain so viel Wert auf einen guten Ersten legt.

Apropos Captain, unserer ist ein Wunder.

Nachdem er aus der Krankenstation herauskam, wirkte Creideiki lange Zeit sehr benommen. Aber sein langes Gespräch mit Sah'ot scheint ihn wieder zu sich gebracht zu haben. Ich weiß nicht, was Sah'ot mit ihm gemacht hat, aber ich hätte nie geglaubt, daß jemand, der solche Schäden davongetragen hat wie Creideiki, so energisch sein und sich so nützlich machen könnte.

Als wir abhoben, bat er um die Erlaubnis, die Scouts und den Flankenschutz beaufsichtigen zu dürfen. Ich hatte ganz verzweifelt nach einem zuverlässigen Fin gesucht, den ich dort draußen einsetzen konnte, und ich dachte, es wäre vielleicht gut für die Moral, wenn er präsent wäre. Sogar die Stenos *waren entzückt, ihn zu sehen. Der letzte Rest ihrer Erbitterung über meinen ›Putsch‹ – und Takkata-Jims Verbannung – scheint verflogen zu sein.*

Creideiki muß sich auf die simpelsten Trinär-Rufe beschränken, aber das ist offensichtlich genug. Gegenwärtig ist er draußen. Er flitzt mit seinem Schlitten hin und her und achtet auf Ordnung, indem er diesen und jenen anstößt oder ihnen etwas zeigt. In wenigen Stunden müßte Tsh't auf die Scouts treffen, die wir vorausgeschickt haben, und dann kann Creideiki wieder an Bord kommen.

An meinem Intercom ist ein winziges Lämpchen. Es blinkt, seit ich wieder hier bin. Das ist die verrückte Niss-Maschine von den Tymbrimi. Die ganze Zeit schon lasse ich das verdammte Ding warten.

Ich schätze, Tom würde das nicht billigen. Aber eine Fen hat keine unbegrenzten Kräfte, und ich muß ein Nickerchen machen. Wenn es dringend wäre, hätte die Niss-Maschine sich sowieso schon dazwischengeschaltet und etwas gesagt.

Ach, Tom – jetzt könnten wir deine Ausdauer gebrauchen. Bist du schon auf dem Rückweg? Fliegt dein kleiner Gleiter in diesem Augenblick heim zu Toshios Insel?

Wem will ich eigentlich etwas vormachen? Seit der ersten PSI-Bombe haben wir nichts mehr aufgefangen, nur den Lärm von der Raumschlacht und von kurzfristigen Gefechten in Höhe seiner letzten Position. Er hat keine der Meldebomben gezündet. Also hat er entweder beschlossen, keine mehrdeutige Nachricht zu schicken, oder es steckt etwas Schlimmeres dahinter.

Aber wie sollen wir ohne Nachricht von Tom entscheiden, was zu tun ist, wenn wir im Trojanischen Seepferd sind? Sollen wir starten und unser Glück versuchen, oder sollen wir uns in der Hülse verstecken, solange es geht?

Hikahi wird das entscheiden müssen, wenn es soweit ist.

Gillian klappte das Tagebuch zu und hinterließ ihren Daumenabdruck auf dem Selbstzerstörungsmechanismus. Sie stand auf und schaltete das Licht aus.

Auf dem Weg durch das Labor kam sie an dem Stasisbett mit dem uralten Kadaver vorbei, den sie um einen so hohen Preis aus dem Seichten Sternenhaufen geborgen hatten. Herbie lag unter seinem kleinen Spot einfach da und grinste. Ein Geheimnis.

Ein Unruhestifter.

Die mitgenommene, vom Kampf zernarbte *Streaker* bewegte sich langsam über den Grund des unterseeischen Tals, und ihre Triebwerke liefen mit gedämpfter, gedrosselter Kraft. Dunkler, schaumiger Dunst wirbelte unter ihr auf, wo der Strom der Schubaggregate den Schlick aufwühlte.

Der stumpfnasige Zylinder glitt über finstere, schwarze Rillen und Abgründe, vorbei am Fuße von Meeresbergen und am Rande von Talwänden. Winzig wirkende Schlitten hielten sich längsseits und leiteten das Schiff über Sonarsprechkontakt.

Creideiki beobachtete sein Schiff, das endlich wieder in Bewegung war. Er lauschte den knappen Meldungen der Scouts und Beobachter und den Antworten der Brückenbesatzung. Er konnte dem Sprechverkehr nicht in allen Einzelheiten folgen. Der raffinierte Technikerjargon war ihm so unerreichbar wie der Wein vom letzten Jahr. Aber er spürte die allem zugrunde liegende Bedeutung: Die Mannschaft hatte alles im Griff.

In dem matten blauen Licht hier unten, fünfzig Meter unter dem Wasserspiegel, leuchtete die *Streaker* nicht mehr, aber er konnte sie hören. Sein eigenes Sonar klickte leise begleitend, während er genüßlich dem tiefen Rumoren der Maschinen lauschte. Er stellte sich vor, daß er bei ihr sein würde, wenn sie wieder flöge.

: Nie Wieder Creideiki : Du Wirst Nie Wieder Mit Ihr Fliegen :

Der Geist, K-K-Kph-kree, nahm langsam neben ihm Gestalt an, eine gespenstische Gestalt aus Silber und Sonarschatten. Die Anwesenheit des Gottes überraschte Creideiki nicht, sie störte ihn nicht einmal. Er hatte Sein Kommen erwartet. Träge schwamm Er dahin und hielt mühelos Schritt mit Creideikis Schlitten.

: Du Bist Uns Entflohen : Gleichwohl formst Du Mich Nun Mit Bedacht In Deinem Gesang : Weil Du Die Alten Stimmen Gehört Hast? : Die Stimmen Aus Der Tiefe? :

: Ja :

Creideiki dachte nicht in Anglisch oder Trinär, sondern in der neuen Sprache, die er gelernt hatte.

: Es wohnt ein uralter Zorn in den Tiefen dieser Welt : Ich habe seinen Gesang gehört :

Die mächtige Stirn des Traumgottes funkelte sternenhell. Der schmale Kiefer öffnete sich. Zähne blitzten.

: Und Wie Lautet Dein Plan? :

Creideiki spürte, daß Er die Antwort schon wußte.

: Meine Pflicht zu tun : antwortete er in Seiner Sprache.
: Was könnte ich sonst tun? :

Und aus den Tiefen des Wal-Traumes pflichtete Er seufzend bei.

Creideiki drehte die Lautstärke seiner Hydrophone auf. Aus weiter Ferne drangen aufgeregte Rufe zu ihm – überschwengliche Begrüßungslaute.

Creideiki schaute auf das Sonar-Display seines Schlittens. An der Grenze seiner Reichweite war eine kleine Traube von Punkten zu erkennen, die sich langsam auf ihn zubewegte. Sie vermischten sich mit den Punkten, die die Scouts der *Streaker* bezeichneten. Bei der ersten Gruppe mußte es sich um Tsh'ts Leute handeln, die vom Seepferd kamen.

Er vergewisserte sich, daß niemand in der Nähe war und ihn beobachtete, dann bog er mit seinem Schlitten in einen kleinen Nebengraben ab. Er glitt in den Schatten einer Felsenklippe und stellte den Motor ab. Dann wartete er. Er beobachtete, wie die *Streaker* unter seinem Versteck vorbeizog, und wie mit ihr die letzten der Geleit-Fen hinter einer Biegung des langen Grabens verschwanden.

»Lebt wohl...« Er konzentrierte sich auf die englischen Wörter und formte eines nach dem anderen. »Lebt wohl... und... viel Glück...«

Als alle fort waren, startete er seinen Schlitten und stieg aus seiner engen Nische empor. Er wendete und nahm Kurs nach Norden, zu der Stelle, die sie zwanzig Stunden zuvor verlassen hatten.

: Du Kannst Mitkommen Wenn Du Willst : sagte er zu dem Gott, der teils eine Fiktion seines Geistes, teils etwas anderes war. Die geisterhafte Gestalt antwortete in Un-Worten, die sich aus Creideikis eigenen Sonarlauten bildeten.

: Natürlich Begleite Ich Dich : Für Kein Lied Der Welt
Möchte Ich Das Versäumen :

TEIL SIEBEN

DIE NAHRUNGSKETTE

»Meister, so sagt mir, wie leben die Fische im Meer?«
»Nun, just wie die Menschen an Land:
Die Großen fressen die Kleinen.«

WILLIAM SHAKESPEARE
König Richard der Zweite

73
Akki

Es war ein Schrei, der ihm das Mark gefrieren ließ. Nur ein Monster konnte einen solchen Laut von sich geben. Er floh vor dem Schrei beinahe ebenso angstvoll wie vor dem Wesen, das ihn hervorbrachte.

Gegen Mittag begriff Akki, daß es beinahe vorüber war. Seine Erschöpfung zeigte sich im wilden Stampfen seines Herzens und in seiner Atemlosigkeit, aber auch in einem schmerzhaften Abblättern seiner äußeren Hautschichten. Seine allergische Reaktion auf das Wasser schien durch die Erschöpfung nur schlimmer zu werden. Sie hatte sich verstärkt, als er in panischer Hast zwischen den winzigen Inselchen dahingeschnellt war. Seine einstmals glatte, hydrodynamisch geschmeidige Haut war jetzt rauh und von Wunden übersät. Und sein Geist war inzwischen fast ebenso ermattet wie sein Körper.

Mehrmals war er Fallen entschlüpft, die ihm eigentlich hätten den Garaus machen müssen. Einmal war er vor einem Sonarreflex beinahe schnurstracks zwischen K'tha-Jons Zähne geflohen. Der Riese hatte gegrinst und sein Lasergewehr geschwenkt, während Akki im letzten Moment Reißaus nahm. Nicht weil er so schnell oder so gerissen war, hatte er entkommen können: Er begriff, daß sein Feind mit ihm spielte. Er hatte gehofft, nordwärts flüchten zu können, zu Toshios Insel, aber jetzt war er in die entgegengesetzte Richtung getrieben worden, und der Norden war für ihn nicht mehr erreichbar. Wenn er wartete, bis die Sonne unterginge, dann könnte er vielleicht...

Nein. So lange halte ich nicht mehr durch. Es wird Zeit, ein Ende zu machen.

Der markerschütternde Jagdschrei ertönte wieder. Das Geheul schien das Wasser um ihn gerinnen zu lassen.

Ein großer Teil von Akkis Erschöpfung entsprang dem unwiderstehlichen Grauen, mit dem dieser Schrei ihn erfüllte. *Was,* zum Teufel, jagte ihn da nur?

Vor einer Weile hatte er geglaubt, in weiter Ferne einen anderen Schrei zu hören. Es hatte wie ein *Tursiops*-Suchsignal geklungen. Aber wahrscheinlich war er ein Opfer seiner Einbildungskraft. Was immer bei der *Streaker* vor sich gehen mochte, sie würden gewiß niemanden erübrigen können, der sich auf die Suche nach ihm machte. Und selbst wenn sie doch jemanden ausgesandt hatten, wie sollte der ihn in der Weite des Ozeans je finden?

Er hatte der *Streaker* einen Dienst erwiesen, indem er das Monster K'tha-Jon ablenkte. Indem er ihn von dort fortlockte, wo er noch größeren Schaden hätte anrichten können.

Ich hoffe nur, Gillian und Hikahi sind wieder da und haben alles in Ordnung gebracht, dachte er. Ich bin sicher, daß sie es geschafft haben.

Im Schatten einer Felsspalte atmete er tief und ruhig. Natürlich wußte K'tha-Jon, wo er war. Es war nur eine Frage der Zeit, wann ihn die Hatz langweilen und er sich seiner Beute endgültig bemächtigen würde.

Ich bin bald am Ende, dachte Akki. *Ich muß Schluß machen, solange noch die Chance besteht, wenigstens etwas dabei zu gewinnen - und wenn es nur die Ehre ist, mich selbst für die Art meines Todes zu entscheiden.*

Er überprüfte die Ladung seiner Geschirrbatterien. Sie reichten nur für zwei gute Schüsse aus seinem Schneidbrenner, und die würde er aus kürzester Entfernung abgeben müssen. K'tha-Jons Gewehr war zweifellos voll geladen.

Mit seinen Geschirrgreifern zog Akki den Atmer über seinen Blasmund zurück. Der Sauerstoff reichte noch für zehn Minuten. Mehr als genug.

Wieder gellte der Schrei eisig und höhnisch durchs Wasser.

Okay, Monster. Er biß die Zähne zusammen, um nicht wieder zu zittern. *Nur die Ruhe. Ich komme schon.*

74

Keepiru

Keepiru jagte nach Nordosten auf die Kampflaute zu, die er in der Nacht gehört hatte. Er schwamm angestrengt und so schnell er konnte dicht unter der Oberfläche. Er krümmte sich und schoß wie ein Pfeil durch das Wasser. Er verfluchte das hinderliche Geschirr, aber es abzuwerfen kam nicht in Frage.

Wieder fluchte er, diesmal über sein verdammungswürdiges Pech. Beide Schlitten, seiner und Mokis, waren unbrauchbar gewesen – leer: Er hatte sie zurücklassen müssen.

Als er in das Labyrinth der winzigen Inseln eindrang, konnte er den Jagdschrei zum erstenmal deutlich hören.

Bis dahin hatte er sich einreden können, er bilde sich alles nur ein – die Entfernung oder irgendeine merkwürdige Brechung im Wasser täusche seinem Gehör Dinge vor, die nicht sein konnten.

Der schrille Schrei erfüllte das Wasser, und die Metallhügel warfen ihn zurück. Keepiru wirbelte herum. Einen Augenblick lang schien es, als hätte ihn eine Rotte Jäger eingekreist.

Dann erklang ein anderer Laut: ein tapferes, sehr schwaches Trinär-Gezwitscher in der Ferne. Keepiru schwenkte den Kiefer hin und her, fand die Richtung und schwamm aus Leibeskräften.

Seine Muskeln spannten sich kraftvoll, als er seine Bahn durch das Insellabyrinth zog. Ein schnurrender Summton machte ihn darauf aufmerksam, daß sein Atmer beinahe leer war. Fluchend klinkte er das Ding aus und schoß weiter dicht unter der Wasseroberfläche dahin, und er prustete und blies bei jedem schnellenden Bogen.

Er kam an eine kleine Kreuzung von mehreren Kanälen und wandte sich ratlos hierhin und dorthin.

Welche Richtung? Er drehte sich im Kreis, bis der Jagdschrei erneut erscholl. Dann folgte ein furchtbares Krachen. Er hörte einen Schrei voller Wut und Schmerz und das leise Sirren eines Geschirrs in Betrieb. Eine neuerliche, schwache Trinär-Herausforderung wurde von einem bebenden Schrei und einem zweiten Krachen beantwortet.

Keepiru setzte zum Spurt an. Es konnte nicht mehr weit sein! Seine letzten Reserven mobilisierend, schoß er voran, und in diesem Moment erklang der letzte, völlig erschöpfte Trotzruf:

Für die Ehre
Calafias...

Die Stimme ertrank in einem wilden Triumphschrei. Dann war es still.

Es kostete ihn noch einmal fünf Minuten hektischer Suche in engen Passagen, bis er das Schlachtfeld gefunden hatte. Der Geschmack des Wassers in der schmalen Meerenge sagte ihm, daß er zu spät gekommen war.

Er schwenkte ab und verharrte vor einer kleinen Talmulde zwischen drei Metallhügeln. Die kupferschimmernden Stränge der Treibalgen schwebten über ihm.

Rosiger Schaum breitete sich im Zentrum der kleinen Senke aus, und rote Streifen zogen sich wie wehende Fahnen in die Richtung der vorherrschenden Strömung. Mittendrin, verheddert in einem Gewirr von zerfetzten Geschirrteilen, trieb der Leichnam eines jungen *Amicus*-Neo-Fin mit dem Bauch nach oben. Er war teilweise schon verstümmelt, und an ihm zupften und zerrten die geröteten Kiefer eines Riesendelphins.

Eines Riesendelphins? Wie hatte es nur geschehen können, daß er dies während der langen Zeit seit ihrem Start von der Erde nicht bemerkt hatte? Verzweifelt ließ er einen frischen Atmer an seinem Geschirr einrasten und atmete keuchend, während er den Killer beobachtete und belauschte.

Sieh dir doch seine Schattierung an! dachte er. *Sieh sie dir an, die kurze Schnauze, die mächtigen Zähne, die kurze, scharfe Brustfinne!*

Hör ihn dir an!

K'tha-Jon grunzte behaglich und riß ein Stück aus Akkis Flanke. Die Brandwunde an seiner linken Seite schien der Riese ebensowenig zu bemerken wie den Bluterguß, der sich langsam an der Stelle ausbreitete, wo ihn Akkis letzter, verzweifelter Rammstoß getroffen hatte.

Das Monstrum war sich seiner Anwesenheit bewußt. K'tha-Jon schlang seinen Bissen faul hinunter und stieg dann zur Wasseroberfläche auf, um zu atmen. Als er wieder herunterkam, sah er Keepiru an.

»Nun, Pilot?« murmelte er zufrieden.

Keepiru sprach Anglisch, wenngleich der Atmer seine Worte gedämpft klingen ließ. »Eben habe ich ein Monstrum zur Strecke gebracht, K'tha-Jon, aber deine Entartung ist eine Schande für uns alle!«

K'tha-Jon brachte seinen Hohn in einer Reihe schriller Schnaufer zum Ausdruck. »Du glaubst, ich sei regressiv, wie dieser lächerliche *Stenos* Moki, wasss, Pilot?«

Keepiru konnte nur den Kopf schütteln. Er konnte nicht sagen, wofür er den Bootsmann hielt.

»Spricht denn ein regressiver Delphin so gut Anglisch wie ich?« spottete K'tha-Jon. »Oder kann er in dieser Weise logisch argumentieren? Hätte ein regressiver *Tursiops* oder wenigstens ein reinrassiger *Stenosss* ein luftatmendes Beutetier mit solcher Entschlossenheit verfolgt... und mit solcher Befriedigung? Es stimmt schon, die Krise der letzten Wochen hat etwasss aus meinem tiefsten Innern heraufbrechen lassen. Aber kannssst du mir ernstlich zuhören und mich dann einen *regressiven Delphin* nennen?«

Keepiru starrte auf den rosaroten Schaum, der das stumpfe, kraftvolle Maul des Riesen bedeckte. Akkis Leichnam trieb langsam mit der Strömung davon.

»Ich weiß, was du bist, K'tha-Jon.« Keepiru wechselte zu Trinär.

Kaltes Wasser brodelt
und dein Schrei läßt es schäumen
Blutig rote Gier
tost in deinen Träumen
Harpunen meuchelten
die Wale
Die Netze von Iki
zerrten uns aufs Land
Doch dich allein
fürchteten wir des Nachts
Dich allein –
...Orca!

K'tha-Jon riß zufrieden den Rachen auf, als nehme er eine Beifallskundgebung entgegen. Er stieg auf, um zu atmen, und kam grinsend wieder herunter, den Abstand zu Keepiru langsam verringernd.

»Ich habe die Wahrheit schon vor einer Weile erraten. Ich bin eines der kossstbaren Experimente eures geliebten Menschen-Patrons Ignacio Metz. Dieser Tor hat, bei all seiner Dummheit-t, eine große Leistung vollbrachtet. Ein paar der anderen, die er außer mir in die Crew der *Streaker* einschmuggelte, sind in der Tat regressiv oder gar verrückt geworden. Aber *ich* bin ein Erfolg...«

»Du bist eine Katastrophe!« prustete Keepiru, und nur der Atmer hinderte ihn daran, andere, treffendere Ausdrücke zu benutzen.

K'tha-Jon kam ein paar Meter näher heran, und Keepiru

wich unwillkürlich zurück. Der Riese hielt inne; befriedigtes Klicken drang aus seiner Stirn.

»Bin ich das, Pilot? Kannst du, ein schlichter Fisch-Fresser, überhaupt verstehen, was diejenigen bewegt, die größer sind als du? Bist du würdig, dein Urteil über einen zu fällen, dessen Ahnen an der Spitze der ozeanischen Nahrungskette standen? Dessen Ahnen die Richter des Meeres für dich und deinesgleichen waren?«

Keepiru hörte kaum noch zu, denn er sah voller Unbehagen, wie der Abstand zwischen ihm und dem Ungeheuer immer kleiner wurde.

»Du b-bildest dir z-zuviel ein. Du hast nichts als ein paar Gen-Einschübe von...«

»Ich bin ORCA!« schrie K'tha-Jon, und der Schrei gellte durch das Meer wie ein Fanfarenstoß. »Der äußere, oberflächliche Körper ist *nichts!* Das Gehirn, das *Blut,* das ist es, was zählt-t! Höre mich und wage zu bestreiten, was ich bin!«

K'tha-Jon klappte die Kiefer zusammen, daß es knallte wie ein Gewehrschuß. Der Jagdschrei brach aus ihm hervor, und unter seinem direkten Ansturm verspürte Keepiru einen tiefen Instinkt in sich, ein Verlangen, sich einwärts zu stülpen, sich zu verstecken oder zu sterben. Aber Keepiru widerstand diesem Instinkt. Er zwang sich zu einer herrischen Körperhaltung und schleuderte dem Riesen trotzige Worte entgegen.

»Du *bist* regressiv, K'tha-Jon! Schlimmer noch, du bist ein Mutant ohne Erbteil! Metz' Gen-Übertragungen sind schiefgegangen. Denkst-t du denn, ein echter Orca würde tun, was du getan hassst? Es stimmt, sie jagen wilde Delphine auf der Erde, aber sie tun es niemalsss, wenn sie satt sind! Der echte Mörderwal ermordet nicht aus Bosheit!«

Keepiru entleerte seinen Darm und schleuderte den Kot mit der Schwanzflosse dem Riesen entgegen.

»Du bist ein mißlungenes Experiment, K'tha-Jon! Du sagst, du kannst noch logisch argumentieren, aber du hast keine Heimat mehr! Und wenn mein Bericht zur Erde gelangt, wird man dein Gen-Plasma in den Ausguß schütten! Deine Linie wird enden, wie Monster immer enden!«

K'tha-Jons Augen glitzerten. Er berieselte Keepiru mit seinem Sonar, als wolle er sich jede Rundung seines Opfers genauestens einprägen.

»Wie kommst-t du darauf, daß du jemals irgend jemandem Bericht erstatten wirssst?« zischte er.

Keepiru grinste mit offenem Mund. »Ja, schlichtweg deshalb, weil du ein verkrüppeltes, irrsinniges Ungeheuer bist, das mit seiner stumpfen Schnauze nicht einmal einen Pappkarton durchstoßen könnte und dessen Männlichkeit allenfalls das Abflußgitter im Bassin zufriedenstellen kann und nichts als abgestandenes Wasser hervorbringt...«

Der Riese brüllte, diesmal wutentbrannt. Als K'tha-Jon angriff, wirbelte Keepiru herum und schoß in einen Seitenkanal. Mit knapper Not entging er den mächtigen Kiefern.

Während Keepiru einen dichten Vorhang aus baumelnden Algen zerriß, beglückwünschte er sich selbst. Indem er K'tha-Jon durch seine Hohnreden zu einer persönlichen Vendetta gereizt hatte, war es ihm gelungen, ihn sein Geschirr vergessen zu lassen... und das Lasergewehr. Offensichtlich hatte K'tha-Jon die Absicht, Keepiru auf die gleiche Weise zu töten, wie er Akki ermordet hatte.

Keepiru schnellte durch das Wasser, dem Mutanten um nicht mehr als eine Körperlänge voraus.

So weit, so gut, dachte er, während die funkelnden Flanken der Metallhügel vorüberflogen.

Aber es erwies sich als schwierig, den Verfolger abzuschütteln. Und angesichts des furchteinflößenden Rachens fragte Keepiru sich, ob seine Strategie tatsächlich so klug war. Die Jagd ging weiter und immer weiter, und der Nachmittag verstrich. Als die Sonne unterging, war sie immer noch nicht zu Ende.

Mit Einbruch der Dunkelheit wurde die Verfolgungsjagd zu einem Kampf, bei dem es auf Gerissenheit und feines Gehör ankam.

Die nächtlichen Bewohner des Archipels flüchteten entrüstet, als die beiden flinken, fremdartigen Ungeheuer durch die Kanäle zwischen den Inseln flitzten, hin- und herschossen und pfeilgeschwind verschwanden, wehende Wolken von Luftblasen hinter sich zurücklassend. Wo sie vorüberhuschten, übersprühten sie Abgründe mit komplexen, verwirrenden Klangmustern – mit künstlichen Bildern und lebensechten Echo-Illusionen. Die heimischen Fische, selbst die Riesen unter ihnen, flohen aus der Umgebung und überließen sie den beiden streitenden Aliens.

Es war ein gespenstisches Spiel mit Bildern und Schatten, mit Trug und Hinterhalt.

Keepiru glitt aus einem engen, sandigen Kanal heraus und lauschte. Eine Stunde war vergangen, seit er den Jagdschrei zuletzt gehört hatte, aber das bedeutete nicht, daß K'tha-Jon schwieg. Aus den Klangreflexen, die ihn erreichten, errichtete Keepiru sich im Geiste eine Karte der Umgebung, und er wußte, daß einige Bilder, die er sah, geschickt konstruierte Illusionen waren. Der Riese war ganz in der Nähe und benutzte seine immens entwickelten Sonarorgane dazu, die Echos der See mit einem Schleier von Unwahrheit zu bedecken.

Keepiru wünschte sich, etwas sehen zu können. Aber Mitternachtswolken hüllten alles in tiefe Dunkelheit. Nur matt phosphoreszierende Pflanzen beleuchteten den Meeresgrund.

Er stieg an die Oberfläche, um zu atmen, und warf einen Blick auf die schwach schimmernde, silbrige Unterseite der Wolken. Ein trister, trostloser Nieselregen fiel herab, während die Vegetation auf den hingeduckten Metallhügeln wogte und rauschte.

Nach sieben Atemzügen tauchte Keepiru wieder hinab. Dort unten würde der Kampf sein Ende finden.

Phantome schwammen durch offene Kanäle. Ein falsches Echo schien auf eine Öffnung nach Norden zu weisen, in die Richtung also, in die Keepiru die Jagd zu lenken versucht hatte, aber nach sorgfältiger Prüfung kam er zu dem Schluß, daß es eine Täuschung sei.

Durch eine ähnliche falsche Passage hatte er sich schon einmal zum Narren halten lassen, bis er im letzten Moment umgeschwenkt war - zu spät, um noch zu verhindern, daß er gegen den von Ranken überwucherten Rand eines Metallhügels prallte. Benommen hatte er sich gerade noch rechtzeitig aus dem Gewirr von Schlingpflanzen befreien können, um einem Rammstoß zu entgehen. K'tha-Jons Riesenmaul hatte ihn um wenige Zentimeter verfehlt. Auf der Flucht war Keepiru von einem sengenden Strahl aus dem Lasergewehr getroffen worden. An der linken Flanke hatte er eine stechende Brandwunde davongetragen, die jetzt höllisch schmerzte.

Nur seine größere Wendigkeit hatte ihm hier noch ein Entkommen ermöglicht. Er hatte sich einen Unterschlupf gesucht, in dem er die Wellen des Schmerzes über sich hinwegrollen lassen konnte.

Vermutlich würde er dem Pseudo-Orca am Ende entrinnen können, aber er würde zuviel Zeit benötigen. K'tha-Jon hatte sich einer rituellen Jagd verschrieben, und für alles, was danach käme, hatte er keinen Gedanken übrig. Er hatte nicht die Absicht, zur Zivilisation zurückzukehren. Er hatte nichts weiter zu tun, als Keepiru daran zu hindern, der Erde Bericht zu erstatten, und darauf zu vertrauen, daß Ignacio Metz auf der Erde sein Geburtsrecht schützte.

Keepiru hingegen hatte Verantwortung, er hatte Pflichten zu erfüllen. Und die *Streaker* würde nicht auf ihn warten, wenn sie Gelegenheit zur Flucht fände.

Aber, dachte er, *gebe ich mir denn wirklich alle erdenkliche Mühe, ihm zu entfliehen?*

Stirnrunzelnd schüttelte er den Kopf. Noch zwei Stunden zuvor war er beinahe sicher gewesen, K'tha-Jon verloren zu haben. Aber anstatt seine Flucht zu vollenden, hatte er sich umgedreht – mit irgendeiner Begründung, an die er sich nicht mehr erinnerte – und war zurückgeschwommen, bis er die Klangwitterung des Riesen wieder aufgenommen hatte. Auch sein Feind hatte ihn wahrgenommen. Augenblicke später war der Jagdschrei erklungen, und der Mutant war wieder hinter ihm hergewesen.

Warum habe ich das getan?

Einen Moment lang schimmerte eine Idee auf... die Wahrheit... Aber Keepiru schob sie beiseite. K'tha-Jon kam. Er fühlte kaum den Adrenalinschwall, der die Schmerzen von seinen Verbrennungen und Hautabschürfungen erstickte.

Die Illusionen verschwanden wie eine verwehende Nebelbank, sie lösten sich in einzelne Klick- und Wisperlaute auf. In einem Wirbel kraftvoller Flossenschläge schwamm der Riese unterhalb von Keepiru in den Kanal hinein. Der weißschimmernde Bauch des Burschen leuchtete durch die Finsternis, als er aufstieg, um zu atmen, und dann an Keepirus Nische vorüberglitt und Sonarstrahlen vorausschickte.

Keepiru wartete, bis das Monster vorüber war, und stieg selbst zum Atmen an die Oberfläche. Fünfmal blies er leise, dann sank er wieder hinab, ohne eine Flosse zu regen.

Das Ungeheuer war nur zehn Meter weit entfernt. Keepiru gab keinen Laut von sich, als K'tha-Jon hochstieg und wieder blies. Aber als der *Stenos* sich wieder herabsenkte, ließ Keepiru einen schmalen Strahl von Klicklauten von zwei Metallhügeln auf der anderen Seite des Kanals abprallen.

Der Halb-Orca fuhr behende herum und glitt nach links, dicht unter Keepiru hindurch, um die Illusion zu jagen.

Wie ein Torpedo stieß Keepiru, die Nase voran, auf seinen Feind hinab.

Die Sinne des Jägers waren von unglaublicher Feinheit, denn trotz der unnatürlichen Lautlosigkeit Keepirus hörte K'tha-Jon etwas herannahen und schwenkte wie ein Derwisch herum, so daß er aufrecht im Wasser stand und Keepiru sein Gesicht halb zuwandte.

Plötzlich war der Winkel für einen Reiß- oder Rammstoß nicht mehr geeignet. Keepiru sah, wie sich das Lasergewehr auf ihn richtete und der gewaltige Rachen sich öffnete. Wenn er den Angriff jetzt abbräche und sich zur Flucht wendete, würde er einen zielsicheren Laserstrahl geradezu herausfordern.

Eine Erinnerung durchzuckte ihn wie ein Blitz. Er sah seinen Taktikausbilder von der Akademie vor sich, der über die Vorzüge des Überraschungseffekts referierte.

...er ist die einzigartige Waffe in unserem Arsenal, die von anderen nicht nachgeahmt werden kann...

Keepiru beschleunigte und fuhr direkt vor K'tha-Jon plötzlich aufwärts, so daß er Bauch an Bauch mit dem verblüfften Monstrum verharrte. Er grinste.

Wer weist zurück
den aufmerksamen Freier –
Komm, laß uns tanzen!

Keepirus Geschirr sirrte, und die drei hydraulischen Arme fuhren heraus, packten K'tha-Jons mechanische Glieder und umklammerten sie fest.

Der verdatterte Ex-Bootsmann schrie wutentbrannt auf und schnappte nach Keepiru, aber er konnte sich nicht weit genug herunterbeugen. Er versuchte, mit seiner massigen Schwanzfinne zu schlagen, aber Keepirus Schwanz bog sich im Takt der gegnerischen Flossenbewegungen vor und zurück.

Keepiru fühlte eine beginnende Erektion, und er ermutigte das Gefühl. In den erotischen Kinderspielen zwischen heranwachsenden männlichen Delphinen übernahm der dominante Partner zumeist die männliche Rolle. Er drängte sich gegen K'tha-Jon und rief damit ein entrüstetes Geheul hervor.

Der Riese wand und schüttelte sich. Er bockte und bäumte sich auf und raste dann planlos davon. Das Wasser hallte wider von seinem Geheul. Keepiru klammerte sich fest. Er wußte, welche Taktik K'tha-Jon als nächstes einschlagen würde.

Der Halb-Orca raste schräg auf einen steilen Metallhügel zu. Keepiru hielt sich fest, bis K'tha-Jon im Begriff war, sich mit ihm als Polster gegen den Hang zu werfen. Da plötzlich krümmte er sich und warf sein Gewicht in wildem Ruck zur Seite.

K'tha-Jon mochte ein Riese sein, aber ein echter Orca war er nicht. Keepiru wog genug, um sie beide knapp vor dem Aufprall herumzudrehen. K'tha-Jons rechte Flanke traf auf die Wand aus scharfkantigen Metallkorallen, und blutige Schlieren blieben dort zurück und verwehten im Wasser.

K'tha-Jon schwamm weiter und schüttelte benommen den Kopf. Eine rote Wolke trieb hinter ihm her. Im Augenblick schien das Monstrum sich nur noch für Luft zu interessieren. Es tauchte auf und blies.

Ich werde auch sehr bald Luft brauchen, erkannte Keepiru. *Aber jetzt ist der Augenblick zum Zuschlagen gekommen!*

Er versuchte sich zurückzuziehen, um seinen Schneidbrenner ins Spiel zu bringen.

Er hing fest! Das Ding hatte sich in K'tha-Jons Geschirr verheddert! Keepiru zerrte daran, aber es kam nicht frei.

K'tha-Jon beäugte ihn.

»Jetzt bissst du dran, du kleines Meerschwein.« Er grinste. »Du hast mich überrascht-t. Aber jetzt brauche ich nichtsss weiter zu tun, als dich unter Wasser zu halten. Es wird interessant sein, dir zuzuhören, die du um Luft bettelssst!«

Keepiru hätte am liebsten geflucht, aber er mußte mit seinen Kräften haushalten. Verzweifelt mühte er sich,

K'tha-Jon auf den Rücken zu drehen, damit er den Wasserspiegel, der kaum einen Meter über ihm lag, erreichen konnte. Aber jetzt war der Halb-Orca gewarnt und blokkierte jede seiner Bewegungen.

Denken! befahl Keepiru sich. *Ich muß denken! Wenn ich nur das Keneenk besser beherrschte! Wenn ich nur...*

Seine Lunge brannte. Beinahe hätte er einen Primal-Notruf ausgestoßen.

Er erinnerte sich an das letzte Mal, da er den Drang zum Primal in sich verspürt hatte. Toshios Stimme erklang in seinem Kopf – Patronsschelte, Patronstrost. Und er erinnerte sich an sein geheimes Gelübde, eher zu sterben, bevor er noch einmal auf diese animalische Ebene hinabsinken wollte!

Aber natürlich! Ich bin ein idiotischer, völlig überschätzter Fisch! Wieso habe ich nicht nachgedacht?

Als erstes klinkte er mit einem Neuralkommando den Schneidbrenner aus. Er war ohnehin nutzlos. Dann setzte er seine Geschirrarme in Bewegung.

Wer sich entschließt
zur Regression
Ist kein Spacer
und braucht kein Werkzeug

Mit einem Greifer packte er die Neuralkupplung an K'tha-Jons Schädel. Das Monster riß die Augen auf, aber noch bevor es etwas unternehmen konnte, hatte Keepiru den Stecker herausgerissen, darauf bedacht, möglichst großen Schaden und starke Schmerzen zu verursachen. Unter dem Gekreisch seines Gegners riß er das Kabel restlos aus dem Gehäuse und machte das Geschirr vollends unbrauchbar.

K'tha-Jons Geschirrarme, die unter dem Griff seiner eigenen pulsiert hatten, erstarben. Das leise Singen des Lasergewehrs verstummte. K'tha-Jon heulte und schlug um sich.

Keepiru schnappte nach Luft, als die Bocksprünge des Mutanten sie beide in hohem Bogen durch die Luft schleuderten. Krachend stürzten sie wieder ins Wasser, und er verlagerte seinen Griff an K'tha-Jons Geschirr. Mit zwei hydraulischen Armen hielt er sich fest. *»Kille-kille«*, gurrte er spöttisch, während er den dritten nach hinten bog und sich anschickte, seinem Gegner die Kralle in die Flanke zu schlagen.

Aber mit einer ruckartigen Windung seines Körpers gelang es K'tha-Jon, ihn fortzuschleudern. Keepiru flog durch die Luft und landete auf der anderen Seite einer schmalen Schlammbank.

Keuchend beäugten sie einander über die Untiefe hinweg. Dann klapperte K'tha-Jon mit den Kiefern und suchte nach einem Weg, der ihn um die Barriere herumführte. Eine neue Runde der Jagd hatte begonnen.

Mit dem Licht des Morgens verlor der Kampf alle Finesse. Zarte Schallillusionen, elegante Finten fanden nicht mehr statt. K'tha-Jon hetzte Keepiru mit gräßlicher Ausschließlichkeit. Erschöpfung schien für dieses Ungeheuer ein leeres Wort zu sein. Der Blutverlust schien seine Wut nur noch anzustacheln.

Keepiru flüchtete sich durch die engen Kanäle. Einige davon waren nicht einmal zwölf Zoll tief. Er wollte den verwundeten Pseudo-Orca ausbluten lassen, bevor er selbst zusammenbrach. An ein Entkommen war nicht mehr zu denken. Dies war ein Kampf auf Leben und Tod.

Aber K'tha-Jons Kraft schien grenzenlos zu sein.

Der Jagdschrei hallte durch das seichte Wasser. Wenige Kanäle weiter war das Monster auf der Suche nach ihm.

»Pilot-t-t! Wieso kämpfst du nicht-t-t? Du weißt, ich habe die Nahrungskette auf meiner Ssseite!«

Keepiru blinzelte. Wie konnte K'tha-Jon sich auf die Religion berufen!

Früher, vor dem Liften, war das Konzept der Nahrungskette als mystischer Hierarchie ein zentraler Bestandteil cetaceischer Moral, jenes vorübergehenden Abschnitts des Wal-Traumes, gewesen.

Keepiru klickte in alle Richtungen.

»K'tha-Jon, du bist wahnsinnig. Nur weil Metz deine Zygote mit ein paar Mini-Orca-Genen ausgestopft hat, hast du noch lange nicht das Recht, irgend jemanden zu fressen!«

In den alten Zeiten hatten sich die Menschen verwundert gefragt, weshalb die Delphine und auch viele Wale ihnen gegenüber freundlich geblieben waren, nachdem sie den Massenmord durch Menschenhand erlebt hatten. Ein wenig davon hatten die Menschen zu verstehen begonnen, als sie versuchten, Orcas und Delphine in ihren Meereszoos in nebeneinanderliegenden Bassins unterzubringen, und als sie zu ihrer Verblüffung feststellten, daß die Delphine die höchsten Barrieren übersprangen, um bei den Mörderwalen zu sein – aber nur, solange die Orcas keinen Hunger hatten.

Zu Primal-Zeiten hatte es kein Cetacee einem Angehörigen einer anderen Rasse verübelt, wenn dieser ihn tötete, sofern diese andere Rasse in der Nahrungskette höher stand. Jahrhundertelang hatten Cetaceen einfach vorausgesetzt, daß der Mensch auf der höchsten Stufe stehe, und gemurrt hatten sie nur angesichts der allersinnlosesten seiner Metzeleien.

Es war ein Ehrenkodex, der die Scham der Menschen über das, was geschehen war, eher vergrößerte als verringerte, als sie von ihm erfuhren.

Keepiru glitt in den offenen Kanal hinaus, um die Position zu wechseln. K'tha-Jon hatte ihn bei diesem letzten Wortwechsel angepeilt, dessen war er sich sicher.

Die Gegend hier hatte etwas Vertrautes an sich. Keepiru wußte nicht genau, was es war, aber es lag am Geschmack des Wassers. Ein Hauch von schalem Delphintod durchzog es.

Beißen - gebissen
Fressen - gefressen
Zahl deinen Tribut...
Komm her und füttere mich!

Zu dicht. K'tha-Jons Stimme war viel zu nahe, als er diesen religiösen Lästergesang anstimmte. Keepiru schwamm auf einen Felsspalt zu, um sich dort zu verstecken, doch dann hielt er inne, denn der Todesgeschmack wurde plötzlich überwältigend.

Langsam schob er sich weiter und hielt jäh an, als er das Skelett zwischen den Schlingpflanzen schweben sah.

»Hist-t!« seufzte er.

Sie hatten sie an jenem ersten Tag verloren, an dem die Woge Hikahi auf den Strand geworfen und er sich wie ein Vollidiot aufgeführt hatte. Aasfresser hatten den Kadaver abgenagt, und die Todesursache war nicht mehr ersichtlich.

Ich weiß, wo ich bin... dachte Keepiru. In diesem Augenblick gellte wieder der Jagdschrei durch das Wasser. Nahe bei ihm! Sehr nahe!

Er wirbelte herum und schoß wieder hinaus in den Kanal, sah eine blitzartige Bewegung und tauchte hinab, während die monströse Gestalt an ihm vorüberschnellte. Ein Schlag der riesigen Schwanzflosse ließ ihn hilflos durch das Wasser kreiseln.

Keepiru bäumte sich auf und hastete davon, obwohl seine Seite schmerzte, als sei eine Rippe gebrochen. Er rief:

Folge mir, Mörder - regressiver
Ich weiß - es ist Zeit, dich zu füttern

K'tha-Jon brüllte auf und stürmte ihm nach.

Keepiru war ihm um eine Körperlänge voraus, jetzt um zwei, dann um eine halbe... ihm blieben nur noch wenige Augenblicke. Der gähnende Schlund klaffte dicht hinter ihm. *Es ist ganz in der Nähe,* dachte er. *Es muß hier sein!*

Dann sah er den Spalt und wußte sofort, daß er recht hatte.

K'tha-Jon stieß einen Triumphschrei aus, als er sah, daß Keepiru am Fuße der Insel in eine Sackgasse geraten war.

Langsam, langsam
oder schnell, schnell –
Zeit, mich zu füttern – mich zu füttern!

»Ich werde dich füttern«, keuchte Keepiru und tauchte in den engen Spalt hinunter. Schlingpflanzen schwankten zu allen Seiten, wie von einer Strömung bewegt.

Gefangen! In der Falle!
Ich habe dich…

K'tha-Jon krächzte überrascht. Keepiru schoß oben aus dem Spalt hinaus. Aus Leibeskräften und so schnell er konnte, versuchte er, nach oben in freies Gewässer zu gelangen, bevor die Schlingpflanzen ihn umschließen konnten. Er brach durch die Wasseroberfläche und blies. Schweratmend schmiegte er sich an den Uferhang.

Das Wasser ringsumher brodelte und schäumte. Voller Entsetzen sah und hörte Keepiru, wie K'tha-Jon allein, ohne Geschirr oder sonstige Hilfe, um sich schlug und mächtige Stränge des Killertangs mit den Zähnen zerfetzte, und wie er sich zuckend wand, während Ranke um Ranke sich um seinen riesigen Leib schlang.

Auch Keepiru konnte nicht untätig bleiben. Er zwang sich, Ruhe zu bewahren und sein Geschirr zu benutzen. Die starken Klauen seiner hydraulischen Arme zerschnitten die Ranken, die nach ihm griffen. Er rezitierte seine Multiplikationstabellen, um weiter in englischen Gleisen zu denken, und dabei nahm er sich eine Ranke nach der anderen vor.

Der Kampf des Halb-Orcas ließ Geysire von Seewasser

und Pflanzenfetzen in den Himmel spritzen. Bald hatte sich der Meeresspiegel in einen gischtenden, grün-roten Schaumteppich verwandelt. Der Jagdschrei erfüllte trotzig schrillend den unterseeischen Spalt.

Aber die Minuten vergingen. Die Schlingpflanzen, die Keepiru zu ergreifen versuchten, wurden immer weniger. Immer mehr hingegen senkten sich auf den wild um sich schlagenden Riesen hinab. Wieder ertönte der Jagdschrei, schwächer diesmal – immer noch trotzig, aber jetzt auch verzweifelt.

Keepiru sah und hörte, wie der Kampf ruhiger wurde. Eine seltsame Trauer erfüllte ihn, fast so, als bedauerte er dieses Ende.

Ich habe gesagt, ich werde dich füttern

Leise sang er der sterbenden Kreatur unter ihm sein Lied.

Doch ich habe nicht gesagt –
an wen ich dich füttern werde...

75
Hikahi

Seit die Nacht herabgesunken war, suchte sie nach den Flüchtlingen, zuerst langsam und vorsichtig, doch dann mit wachsender Verzweiflung. Irgendwann kam ein Punkt, an dem sie alle Vorsicht beiseite schob und einen Sonarstrahl aussendete, an dem sie sich orientieren konnte.

Nichts! Dort draußen waren Fen, aber sie ignorierten sie völlig!

Erst nachdem sie in das Labyrinth zwischen den Inseln eingefahren war, konnte sie die Laute genauer orten, und jetzt erkannte sie, daß einer der Fen verzweifelt und wahnsinnig war und sich beide in einem rituellen Kampf befanden. Nichts im Universum würde zu ihnen durchdringen können, bevor dieser Kampf vorüber wäre.

Von allen möglichen Ereignissen stellte dies die größte Überraschung für Hikahi dar. Ein ritueller Kampf? Hier? Was konnte das mit der Funkstille der *Streaker* zu tun haben?

Sie hatte das unbehagliche Gefühl, daß es bei *diesem* rituellen Kampf um Leben und Tod ging.

Sie stellte das Sonar auf Automatik, worauf sich das Skiff selbst steuerte. Dann schlummerte sie, indem sie erst die eine, dann die andere Hirnhemisphäre in den Alphastatus versetzte, während das kleine Schiff stets auf Nordostkurs durch die schmalen Kanäle glitt.

Ein lauter Summton riß sie aus ihrem Dösen. Das Skiff hatte gestoppt. Ihre Instrumente zeigten die Spuren sich bewegender Cetaceen gleich hinter einem schroffen Riff aus metallischem Gestein, die sich langsam westwärts verlagerten,

Hikahi aktivierte die Hydrophone.

»Wer immer dort ist«, dröhnte ihre Stimme durch das Wasser. »Kommt sofort heraus!«

Als Antwort kam ein matter Fragelaut, ein erschöpftes, konfuses Pfeifen.

»Hierher, Idiot-t! Folge meiner Stimme!«

Eine Gestalt erschien in einem breiten Kanal zwischen zwei Inseln. Sie schaltete die Scheinwerfer ein. Ein grauer Delphin blinzelte in das grelle Licht.

»Keepiru!« rief Hikahi verblüfft.

Der Körper des Piloten war von Wunden übersät, und an seiner Flanke leuchtete eine schreckliche Brandwunde, aber er grinste trotzdem.

Ah, der sanfte Regen –
Lady, du, du bist gekommen,
mich zu retten...

Das Grinsen verschwand wie ein Feuer, das gelöscht wurde, und er rollte mit den Augen. Dann, nur noch einem Instinkt folgend, stieg sein halb bewußtloser Körper an die Oberfläche, um dort zu treiben, bis sie ihn hereinholte.

Teil Acht

DAS ›TROJANISCHE SEEPFERD‹

Schwarzglänzende Halbmonde schweben dahin
Aus Seen, die bergen des Halblichts Beginn,
Doch zu welchem Gestade, und wann sind sie dort?
Delphin? Delphin?

Hamish MacLaren

76
Galactics

Beie Chohooan verfluchte die Knausrigkeit ihrer Vorgesetzten. Wenn das sytithianische Oberkommando ein Mutterschiff für die Beobachtung der Raumschlacht abgestellt hätte, wäre sie vielleicht in der Lage gewesen, sich in einem Flitter der Kampfzone zu nähern – in einem Schiff also, das so klein war, daß man es nicht entdecken würde. So aber war sie genötigt gewesen, ein Raumschiff zu benutzen, das zwar groß genug war, um über Transferpunkte und durch den Hyperspace zu reisen, aber zu klein, um sich adäquat zu verteidigen, und wiederum zu groß, um sich unbemerkt an den kämpfenden Parteien vorbeizuschleichen.

Beinahe hätte sie auf die winzige Kugel gefeuert, die dort bei dem Asteroiden herumschnüffelte, hinter dem sich ihr Schiff verbarg. Erst im letzten Augenblick erkannte sie die kleine, wazoon-gesteuerte Sonde. Sie betätigte einen Schalter, der eine Andockschleuse öffnete, aber das Wazoon hielt sich zurück und sendete eine hastige Serie von knappen Laserpulsen herüber.

Eure Position entdeckt! *blitzte es.* Feindliche Geschosse im Anflug...

Beie stieß die wüstesten Flüche aus, die sie kannte. Jedesmal, wenn sie so weit gekommen war, daß sie durch die Zerhackerfelder eine Nachricht an die Erdlinge schicken konnte, mußte sie vor irgendeinem planlosen, paranoiden Tentakel der Schlacht zurückweichen!

Komm schnell in die Andockschleuse! *blinkte sie dem Wazoon. Zu viele der loyalen kleinen Klienten waren schon für sie gestorben.*

Negativ. Flieh, Beie. Wazoon-Zwei wird sie ablenken...

Beie verzog das Gesicht wegen dieser Befehlsverweigerung. Die drei Wazoons, die noch auf dem Regal neben ihr verblieben waren, wippten hin und her und blinkten sie mit ihren großen Augen an.

Die kleine Kundschafterkugel jagte davon und verschwand in der Nacht.

Beie schloß die Dockschleuse und startete die Triebwerke. Behutsam schlängelte sie sich durch die Gassen zwischen den urzeitlichen Steinbrocken und entfernte sich aus der Gefahrenzone.

Zu spät, *dachte sie, als sie einen Blick auf den Risikomonitor warf. Die Geschosse kamen zu schnell heran.*

Ein grelles Auflodern hinter ihr kündete von dem Schicksal des kleinen Wazoons. Beies schnurrbärtige Oberlippe kräuselte sich, als sie über eine Möglichkeit nachdachte, den Fanatikern dies alles heimzuzahlen, falls sie je Gelegenheit dazu bekäme.

Dann waren die Geschosse da, und unvermittelt war sie selbst für niederträchtige, genußvolle Gedankenspiele zu beschäftigt.

Zwei der Geschosse ließ sie mit ihrer Partikelkanone zu feinem Dunst zersprühen. Zwei andere aber schossen zurück, und das Schutzfeld ihres Schiffes vermochte die Strahlen kaum zu brechen.

Ach, ihr Erdlinge! *dachte sie.* Ihr werdet nicht einmal wissen, daß ich je hier war. Ihr müßt glauben, das ganze Universum habe euch verlassen.

Aber laßt euch deshalb nicht aufhalten, Wölflinge! Kämpft weiter! Zeigt euren Verfolgern die Zähne! Und wenn eure Waffen versagen, dann beißt sie!

Beie ließ noch vier Geschosse verdampfen, bevor eines ganz in der Nähe explodierte und ihr zerplatztes Schiff wirbelnd und brennend ins staubige Dunkel der Galaxis schleuderte.

77
Toshio

Die Nacht triefte von böigen, brausenden Regenschauern. Die glänzenden, breitblättrigen Pflanzen schwankten unstet unter wirren Windstößen, die sich anscheinend für keine Richtung dauerhaft entscheiden konnten. Das tropfende Laub funkelte auf, als zwei von Kithrups nahen winzig kleinen Monden für einen kurzen Augenblick durch die Wolken leuchteten.

Am hinteren, südlichen Ende der Insel ließ ein grob geflochtenes Schutzdach das Regenwasser in dünnen Rinnsalen durchsickern. Das Wasser tröpfelte auf die von freien Narben übersäte Außenhaut eines kleinen Raumschiffs. Es bildete kleine, gewölbte Pfützen auf der sanft geschwungenen Oberfläche und rann dann in schmalen Bächlein seitlich herunter. Das Klatschen der schweren Regentropfen wurde von einem steten Prasseln untermalt, als das ablaufende Wasser in den aufgewühlten Schlamm und das zerfetzte Gestrüpp unter der zylindrischen Flugmaschine floß.

Die Rinnsale wanderten über stummelartige Stasisflanschen. Sie zogen zickzackförmige Spuren über die vorderen Sichtluken, die dunkel und klar im ab und zu aufstrahlenden Mondlicht erschienen.

Sie drangen in die schmalen Spalten rings um die Luke der Heckschleuse ein und nutzten die geradlinigen Kanäle, um in tröpfelnden Strömen auf den schlammigen Boden zu plätschern.

Ein feines, mechanisches Zischen ertönte, kaum lauter als das Rauschen des Regens. Der Spalt rings um die Schleusenluke verbreiterte sich kaum merklich. Benachbarte Bäche strömten zusammen und füllten die neue Rinne. Eine Lache bildete sich in einer lehmigen Mulde unter der Luke.

Die Luke öffnete sich um einen Spaltbreit weiter. Noch

mehr Rinnsale flossen zusammen und ergossen sich in die Öffnung, als wollten sie in das Schiff fluten. Unvermittelt entströmte ein gurgelnder Schwall dem unteren Bereich der Lukenöffnung, wobei die Rinnsale zu einem rauschenden Wasserfall wurden, der in die Pfütze am Boden prasselte. Ebenso unvermittelt riß der Sturzbach im nächsten Moment wieder ab.

Die gepanzerte Luke öffnete sich mit gedämpftem Seufzen. Eine Regenbö wehte einen Schleier von Wassertropfen schräg nach unten in die Schleusenöffnung.

Eine dunkle, behelmte Gestalt stand in der Öffnung; sie ignorierte den Regen. Sie spähte nach links und nach rechts, dann trat sie hinaus, daß die Pfütze aufspritzte. Die Luke schloß sich mit leisem Sirren und feinem Klicken.

Die Gestalt neigte sich in den Wind und suchte in der Dunkelheit nach dem Pfad.

Das Geräusch von Schritten auf dem nassen Boden ließ Dennie hochfahren. Sie preßte eine Hand an die Brust und flüsterte: *»Toshio?«*

Die Vorzeltplane wurde beiseite geschoben, und der Reißverschluß des Eingangs öffnete sich. Einen Moment lang ragte eine dunkle Gestalt vor der Klappe. Dann flüsterte eine ruhige Stimme: »Ja, ich bin's.«

Dennies rasender Puls beruhigte sich wieder. »Ich hatte Angst, es wäre jemand anders.«

»Wen hast du erwartet, Dennie? Charlie Dart? Der sich aus seinem Zelt herüberschleicht, um dich zu vergewaltigen? Oder – noch besser – einer von den Kiqui?« Er neckte sie sanft, aber die Anspannung in seiner Stimme konnte er nicht verbergen. Er schälte sich aus Tauchanzug und Helm und hängte die Sachen an einen Haken neben dem Eingang. In Unterhosen kroch er zu seinem Schlafsack und schlüpfte hinein.

»Wo warst du?«

»Nirgendwo. Schlaf weiter, Dennie.«

Der Regen trommelte einen ungleichmäßigen Wirbel auf dem Vorzelt. Sie blieb aufrecht sitzen und schaute ihn in dem matten Licht, das durch die Öffnung hereinfiel, forschend an, aber sie sah kaum mehr als das Weiße seiner Augen, die nach oben ins Nichts starrten.

»Bitte, Tosh, sag's mir. Als ich aufwachte und du warst nicht in deinem Schlafsack...« Ihre Stimme versiegte, als er sich umdrehte und sie anschaute. Die Veränderung, die sich im Laufe der vergangenen acht Tage in Toshio Iwashika vollzogen hatte, manifestierte sich nirgends stärker als in seinem angespannten Gesichtsausdruck, in der schmaläugigen Intensität seines Blicks.

Sie hörte, wie er schließlich seufzte. »Okay, Dennie. Ich war rasch drüben beim Langboot. Ich hab' mich hineingeschlichen und ein bißchen umgeschaut.«

Dennies Puls begann wieder zu rasen. Sie wollte etwas sagen, brach ab und meinte schließlich: »War das nicht gefährlich? Ich meine, man weiß doch wirklich nicht, wie Takkata-Jim reagiert? Vor allen Dingen, wenn er wirklich ein Verräter ist!«

Toshio hob die Schultern. »Ich mußte aber etwas herausfinden.«

»Aber wie konntest du hinein- und wieder herauskommen, ohne daß man dich erwischte?«

Toshio rollte sich auf die Seite und stützte sich auf einen Ellbogen. Sie sah ein weißes Blitzen, als er lächelte. »Ein Kaddy weiß manchmal Sachen, die nicht einmal die technischen Offiziere herausfinden, Dennie. Vor allem, wenn es darum geht, sich an Bord eines Schiffes zu verstecken. Weißt du, wenn wir dienstfrei haben, findet sich immer ein Pilot oder ein Lieutenant, der sich Hausaufgaben für tatenlose Kadetten ausdenkt... immer noch ein *bißchen* mehr Astrogation oder Protokollstudium zum Beispiel. Akki und ich haben uns immer in den Lagerraum des Langbootes verzogen, wenn wir ein Nickerchen machen wollten, und dazu haben wir gelernt, wie man die Schleusenluke öffnet, ohne daß es im Kontrollraum blinkt.«

Dennie schüttelte den Kopf. »Ich bin doch froh, daß du mir nicht gesagt hast, wohin du gehen wolltest. Ich wäre vor lauter Angst gestorben.«

Toshio runzelte die Stirn. Jetzt klang Dennie allmählich doch wieder wie seine Mutter. Sie war immer noch nicht glücklich darüber, daß sie die Insel verlassen sollte, während er noch eine Weile dablieb.

Sie legte sich wieder hin und sah ihn an, den Arm wie ein Kissen unter den Kopf gelegt. Sie überlegte einen Moment und flüsterte dann: »Was hast du herausgefunden?«

Toshio schloß die Augen. »Warum sollst du es eigentlich nicht wissen?« meinte er. »Ich möchte, daß du es Gillian erzählst, falls ich morgen früh nicht zu ihr durchkommen kann. Ich habe herausgefunden, was Takkata-Jim mit den Bomben macht, die er Charlie Dart abgenommen hat.

Er konvertiert sie zu Treibstoff für das Langboot.«

Dennie blinzelte. »Aber... aber was können wir dagegen tun?«

»Ich weiß es nicht! Ich weiß nicht einmal, ob wir überhaupt etwas dagegen tun *müssen!* Ich meine, in zwei Wochen sind seine Akkumulatoren sowieso wieder so weit aufgeladen, daß er starten kann. Vielleicht ist es Gillian egal.

Andererseits ist es möglicherweise verdammt wichtig. Ich bin mir noch längst nicht über alles im klaren. Kann sein, daß ich ziemlich drastische Maßnahmen ergreifen muß.«

Er hatte die teilweise zerlegten Bomben im Probenlabor des Langbootes liegen sehen, als er durch die dicke Glasscheibe in der Sicherheitstür gespäht hatte. Sie in die Finger zu bekommen, würde zweifellos um einiges schwieriger sein, als sich nur an Bord des Langbootes zu schleichen.

»Was immer geschieht«, versuchte er sie zu beruhigen, »ich bin sicher, es wird gutgehen. Vergiß nur nicht, morgen früh alle deine Aufzeichnungen zusammenzupacken. Die Daten über die Kiqui sind das Zweitwichtigste bei dieser verrückten Odyssee. Sie dürfen unter keinen Umständen verlorengehen. Okay?«

»Klar, Tosh.«

Er ließ sich von der Gravitation auf den Rücken rollen, schloß die Augen und atmete in langsamen Zügen, um Schlaf vorzutäuschen.

»Toshio?«

Der junge Mann seufzte. »Ja, Denn...«

»Äh... wegen Sah'ot – er geht nur mit, weil er mich begleiten soll. Sonst hättest du vermutlich eine Meuterei zu erwarten.«

»Ich weiß. Er will hierbleiben und seinen unterirdischen ›Stimmen‹ lauschen.« Toshio rieb sich die Augen und fragte sich, weshalb Dennie ihn mit all diesem Zeug wach hielt. Er hatte sich bereits ausgiebig mit Sah'ots aufdringlichem Genörgel befaßt.

»Das kannst du nicht so leichtfertig abtun, Toshio. Er sagt, Creideiki habe sie auch gehört, und er habe die Leitung am Ende abschalten müssen, um den Captain aus seiner Trance zu wecken, in die er beim Zuhören verfallen war. Die Klänge hatten ihn fasziniert.«

»Der Captain ist ein Krüppel mit einem Hirnschaden.« Toshios Worte klangen verbittert. »Und Sah'ot ist ein Egozentriker, instabil...«

»Das habe ich auch immer gedacht«, unterbrach Dennie. »Er hat mir angst gemacht, bis ich sah, daß er in Wirklichkeit ganz lieb und harmlos ist. Aber selbst wenn wir annehmen, die beiden Fen hätten halluziniert, sind da immer noch die Entdeckungen, die ich im Zusammenhang mit den Metallhügeln gemacht habe.«

»Mmmmph«, bemerkte Toshio schläfrig. »Was für Entdeckungen? Immer noch die, daß die Metallhügel lebendig sind?«

Dennie verzog das Gesicht über Toshios Geringschätzung.

»Jawohl, darum geht es. Und um die eigenartige ökologische Nische, in der die Bohrbäume existieren. Toshio, ich habe mit meinem Taschencomp eine Analyse angestellt, und es gibt nur eine einzige mögliche Lösung! Die Bohrbaumschächte sind Teil des Lebenszyklus eines Organismus – eines Organismus, der einen Teil seines Lebens als scheinbar einfache Korallenkolonie an der Planetenoberfläche verbringt, und der später in die Grube fällt, die für ihn vorbereitet worden ist...«

»So viel clevere Anpassung und Energie, nur um sich selbst ein Grab zu schaufeln?« warf Toshio ein.

»Nein! Nicht ein Grab! Einen Kanal! Der Metallhügel ist nur der *Anfang* des Lebenszyklus für dieses Wesen... das Larvenstadium, sozusagen! Seine Bestimmung als erwachsene Lebensform liegt unten, unter der dünnen Planetenkruste, wo konvergierende Magma-Adern ihm alle Energie zufließen lassen, die ein metallo-organisches Wesen nur braucht!«

Toshio bemühte sich zuzuhören, aber seine Gedanken schweiften immer wieder ab – zu Bomben und Verrätern, zu seinen Sorgen um Akki, seinen vermißten Kameraden, und zu einem Mann irgendwo hoch im Norden, der es verdiente, daß jemand ihn erwartete, falls... *wenn* er schließlich zu dieser Insel zurückkehrte, von der er aufgebrochen war.

»...einzige Haken ist, daß ich nicht sehe, wie eine solche Lebensform sich entwickelt haben könnte! Es gibt keine Spur von Zwischenformen, keine Erwähnung von möglichen Vorläufern in den alten *Bibliotheks*-Daten *über* Kithrup! Dabei ist dieses Geschöpf wirklich einzigartig genug, um einer besonderen Erwähnung wert zu sein...«

»Mmm-hmm.«

Dennie sah Toshio an. Er hatte sich den Unterarm über die Augen gelegt und atmete langsam, als sinke er allmählich in tiefen Schlummer. Aber sie sah, daß eine feine Ader an seiner Schläfe rasch pulsierte und er in regelmäßigen Abständen die andere Faust ballte und öffnete.

Sie lag da und betrachtete ihn im matten Lichtschein. Am liebsten hätte sie ihn geschüttelt und ihn zum Zuhören *gezwungen!*

Warum plage ich ihn so sehr? fragte sie sich plötzlich. *Klar, die Sache ist wichtig, aber sie ist von rein akademischem Interesse, und dabei trägt Toshio unsere Ecke der Welt auf seinen Schultern. Er ist noch so jung, und er muß die Last eines kämpfenden Mannes tragen.*

Und wieso benehme ich mich so?

Etwas in ihrem Magen zog sich zusammen und sagte es ihr. *Ich plage ihn, weil ich Aufmerksamkeit haben will.*

Ich will seine Aufmerksamkeit, berichtigte sie sich sogleich. *Auf meine ungeschickte Art versuche ich, ihm Gelegenheiten zu bieten…*

Nervös dachte sie, wie töricht sie doch sei. *Wenn ich, als die ältere, es schaffe, meine Signale so gründlich zu verheddern, dann kann ich kaum erwarten, daß er versteht, was ich ihm sagen will,* begriff sie.

Sie streckte die Hand aus und hielt dicht vor dem glänzenden, schwarzen Haar inne, das in langen, nassen Strähnen an seinen Schläfen klebte. Zitternd überprüfte sie noch einmal ihre Gefühle und sah, daß nur die Angst vor einer Zurückweisung sie noch hinderte.

Wie aus eigener Willenskraft bewegte sich ihre Hand und berührte die zarten Stoppeln auf Toshios Wange. Der Junge erschrak und fuhr herum, um sie mit weit aufgerissenen Augen anzustarren.

»Toshio.« Sie schluckte. »Mir ist kalt.«

78

Tom Orley

Als ein Augenblick relativer Ruhe eintrat, machte Tom sich im Geiste eine Notiz. *Erinnere mich beim nächsten Mal daran, daß ich nicht wieder in Hornissennester treten darf,* sagte er sich.

Er sog am einen Ende seines behelfsmäßigen Atemschlauches. Das andere Ende ragte durch eine winzige Öffnung in der Rankendecke hinaus in die Luft. Zum Glück brauchte er diesmal nicht ganz soviel Luft anzusaugen, um den Ertrag seiner Maske zu ergänzen, denn in dieser Gegend enthielt das Wasser erheblich mehr Sauerstoff.

Kampfstrahlen brutzelten über ihm dahin, und gedämpft drangen Schreie zu ihm herunter, die ihm anzeigten, daß der Miniaturkrieg in vollem Gange war. Zweimal ließen Explosionen ganz in der Nähe das Wasser erbeben.

Zumindest brauche ich diesmal keine Angst zu haben, daß mich Blindgänger rösten könnten, dachte er. *Diese Streuner haben nur Handfeuerwaffen.*

Tom lächelte über die Ironie dieser Feststellung. *Sie* hatten *nur* Handfeuerwaffen.

Mit seinem Überraschungsangriff hatte er zwei Tandu erwischt, bevor die übrigen ihre Partikelgewehre in Anschlag bringen und das Feuer erwidern konnten. Was noch wichtiger war: Er hatte den zottigen Episiarchen verwunden können, bevor er kopfüber in ein Loch zwischen den Schlingpflanzen gesprungen war.

Er war ihnen mit knapper Not entwischt. Ein knapper Fehlschuß hatte Verbrennungen zweiten Grades an seiner bloßen linken Fußsohle hinterlassen. In diesem letzten Augenblick hatte er gesehen, wie der Episiarch sich wutentbrannt aufgerichtet hatte. Ein gleitender Nimbus von Un-Realität hatte seinen Kopf wie ein feuriger Heiligenschein umgeben. Tom hatte einen kurzen Moment lang die Sterne hinter diesem schillernden Strahlen zu sehen geglaubt.

Die Tandu hatten mit allen Gliedmaßen gewedelt, um auf ihrem wild sich räumenden Pfad zu bleiben. Dies hatte natürlich ihre vielgepriesene Zielsicherheit merklich beeinträchtigt, und nur deshalb war er jetzt noch am Leben.

Seinen Erwartungen entsprechend, hatte der Rachefeldzug die Tandu westwärts geführt. Von Zeit zu Zeit war er aufgetaucht und hatte sie mit kurzen Nadelsalven bedacht, damit ihr Interesse nicht erlahmte.

Und dann, während er noch von einem Loch im Rankenteppich zum nächsten geschwommen war, hatte der Kampf offenbar ohne ihn seinen Fortgang genommen. Er hatte Gefechtslärm gehört und gleich gewußt, daß seine Verfolger auf eine andere Truppe von ET-Streunern gestoßen waren.

Daraufhin hatte Tom sich unter Wasser abgesetzt und nach einer Gelegenheit für neue Missetaten gesucht.

Das Kampfgetöse entfernte sich allmählich von seiner gegenwärtigen Position. Wenn der kurze Blick, den er etwa eine Stunde zuvor auf die Szene geworfen hatte, ihn nicht getäuscht hatte, dann waren an diesem speziellen kleinen Gefecht ein halbes Dutzend Gubru und drei zerbeulte, ballonbereifte Allterrainfahrzeuge irgendeiner Art beteiligt. Tom hatte nicht erkennen können, ob es sich bei den Fahrzeugen um Robots handelte oder ob sie bemannt waren, aber ganz offensichtlich waren sie – bei all ihrer Feuerkraft – mit dem tückischen Untergrund nicht zurechtgekommen.

Er lauschte eine Minute lang, dann rollte er seinen Schlauch zusammen und schob ihn in seinen Hosenbund. Lautlos stieg er an die Oberfläche des kleinen Wasserloches und riskierte einen Blick über die verschlungenen Pflanzenschleifen.

Im Zuge seiner Moskitoattacken gegen die Aliens hatte er sich auf das Eierschalenwrack zubewegt. Jetzt sah er, daß er bis auf wenige hundert Meter herangekommen war. Zwei rauchende Ruinen ließen erkennen, welches Schicksal die Geländefahrzeuge ereilt hatte. Noch während er sie betrachtete, versank erst das eine, dann das andere. Drei schleimverschmierte Gubru, anscheinend die letzten ihrer Truppe, stolperten über den morastigen Untergrund auf das Wrack zu. Ihr Gefieder klebte naß an den schlanken, falkenartigen Körpern. Sie wirkten verzweifelt und unglücklich.

Tom erhob sich und sah, daß im Süden immer noch gekämpft wurde. Lichtblitze flackerten dort über den Himmel.

Drei Stunden zuvor war ein kleiner Soro-Aufklärer herabgestoßen und hatte auf alles geschossen, was sich bewegte, bis ein deltaflügeliger Atmosphärenjäger der Tandu aus den Wolken herunterkam und ihn abfing. Sie hatten einander – unter fortwährendem Beschuß von unten – unter Feuer genommen, waren schließlich in einer lodernden Explosion zusammengeprallt und, zu zahllosen Trümmern zerfetzt, ins Meer gestürzt.

Etwa eine Stunde danach hatte die Geschichte sich wiederholt. Diesmal waren die Streithähne ein schwerfälliger Rettungskreuzer der Pthaca und ein zernarbtes Speerschiff der Brüder der Nacht gewesen. Auch ihre Wracks hatten sich bald zu den rauchenden Ruinen gesellt, die allenthalben im Meer versanken.

Nichts zu essen, kein Platz zum Verstecken, und die einzigen Fanatiker, die ich wirklich gern sehen würde, sind in diesem feucht-glitschigen Leichenhaus überhaupt nicht repräsentiert.

Die Meldebombe klemmte drückend hinter seinem Hosenbund. Wieder hätte er nur zu gerne gewußt, ob er sie benutzen sollte oder nicht.

Gillian muß sich inzwischen Sorgen machen, dachte er. *Zum Glück ist wenigstens sie in Sicherheit.*

Und die Schlacht ist immer noch im Gange. Das heißt also, wir haben noch Zeit. Wir haben immer noch eine Chance.

Ja. Und Delphine machen gern ausgedehnte Spaziergänge am Strand.

Na ja. Mal sehen, ob ich nicht irgendwo noch ein bißchen Ärger machen kann.

79

Galactics

Fluchend betrachtete die Soro Krat das Strategieschema. Ihre Klienten wichen vorsichtshalber zurück, als sie ihrer Wut Luft machte und lange Streifen aus dem Vleetorkissen riß.

Vier Schiffe verloren! Und die Tandu nur eines! Dieses letzte Gefecht war eine Katastrophe gewesen!

Und unterdessen kostete sie das Intermezzo dort unten auf dem Planeten ein kleines Hilfsboot nach dem anderen!

Anscheinend hatten sich kleine Überreste aller aus dem Felde geschlagenen Flottenverbände, versprengte Einheiten, die sich auf Monden oder Planetoiden versteckt gehalten hatten, überlegt, daß die Erdlinge sich in der Nähe des Vulkans auf den mittleren Breitengraden der Nordhälfte verbargen. Aber warum nahmen sie das an?

Weil doch gewiß niemand wegen nichts eine solche Schlacht entfesseln würde, oder? Die Gefechte hatten inzwischen eine eigene Dynamik entwickelt. Wer hätte gedacht, daß die besiegten Allianzen noch über solche Reserven zu einem letzten, verzweifelten Griff nach der Trophäe verfügten?

Krats Paarungsklaue krümmte sich wütend. Sie konnte sich nicht leisten, die Möglichkeit zu ignorieren, daß die anderen recht hatten. Wenn nun der Notruf tatsächlich vom Schiff der Erdlinge gekommen war? Zweifellos wäre dies ein hinterhältiges Ablenkungsmanöver der Menschen, aber immerhin bestand die Chance, daß die Flüchtlinge tatsächlich dort saßen.

»Haben die Thennanin sich schon gemeldet?« fauchte sie.

Ein Pil aus der Kommunikationssektion verbeugte sich hastig und antwortete: »Noch nicht, Flottenmutter. Aber sie haben sich von ihren Tandu-Alliierten zurückgezogen. Wir erwarten, bald etwas von Buoult zu hören.«

Krat nickte knapp. »Ich will augenblicklich informiert werden.« Der Pil nickte beflissen und entfernte sich rückwärts.

Erneut erwog Krat die Alternativen. Letzten Endes mußte sie entscheiden, welches ihrer beschädigten und nahezu unbrauchbaren Schiffe sie im kommenden Kampf würde erübrigen können, damit es noch einmal die Oberfläche des Planeten erkundete.

Ein Weilchen spielte sie mit dem Gedanken, ein Thennaninschiff zu beauftragen, wenn die Allianz gegen die derzeit übermächtigen Tandu erst vollzogen wäre. Aber dann kam sie zu dem Schluß, daß dies keine kluge Entscheidung wäre. Es wäre besser, die eingebildeten, dünkelhaften Thennanin hier oben zu behalten, wo sie ein Auge auf sie haben könnte. Besser wäre es, einen ihrer eigenen kleinen Krüppel loszuschicken.

Krat rief sich das Bild der Erdlinge vor ihr geistiges Auge – teighäutige, spindeldürre, zottelmähnige Wesen, Verkörperung der Hinterlist – und dazu ihre lächerlichen, quiekenden, handlosen Klienten, die Delphine.

Wenn sie erst mir gehören, *dachte sie,* werden sie es bereuen, mir solche Schwierigkeiten bereitet zu haben. Dafür werde ich sorgen.

80

Aus Gillian Baskins Tagebuch

Wir sind da.

Während der letzten vier Stunden war ich die Matriarchin in einem Irrenhaus. Dem Himmel sei Dank für Hannes, Tsh't, Lucky Kaa und alle die wunderbaren, kompetenten Fen, die wir so lange haben missen müssen. Erst als wir hier ankamen, wurde mir klar, wie viele unserer Besten wir vorausgeschickt hatten, damit sie unser neues Heim vorbereiteten.

Es gab eine ekstatische Wiedersehensfeier. Die Fen schossen umher, stießen gegeneinander und machten einen Lärm, daß ich mir immer wieder sagen mußte, die Galactics würden uns ja nicht wirklich *hören… Die Stimmung dämpfte sich erst wieder, als wir an die Besatzungsmitglieder dachten, die noch fehlten – unter ihnen Hikahi, Akki und Keepiru. Und Tom natürlich.*

Erst wesentlich später entdeckten wir, daß auch Creideiki fehlte.

Nach einer kurzen Feier machten wir uns an die Arbeit. Lucky Kaa übernahm das Steuer, und er tat es beinahe ebenso umsichtig und sicher, wie Keepiru es getan hätte. Er führte die Streaker *über eine doppelte Leitschiene in den hohlen Innenraum des Thennanin-Wracks. Riesige Klampen senkten sich herunter und umschlossen unser Schiff, so daß es mit der Außenhaut zu einer Einheit verschmolz. Es paßt alles tadellos ineinander. Unverzüglich machten sich die Techniker daran, die Sensoren zu integrieren und die Impedanzen der Stasisflanschen abzustimmen. Die Schubaggregate sind bereits angeschlossen. Für den Fall, daß wir kämpfen müssen, sind sorgfältig getarnte Waffenluken in die Außenhaut geschnitten worden.*

Was für ein Vorhaben! Nie hätte ich so etwas für möglich gehalten. Ich kann mir nicht vorstellen, daß die Galac-

tics auch nur im entferntesten damit rechnen. Tom hat wirklich eine unglaubliche Phantasie.

Wenn wir nur endlich sein Signal auffingen…

Ich habe Toshio gebeten, Sah'ot und Dennie mit dem Schlitten herzuschicken. Wenn sie mit Höchstgeschwindigkeit und auf direktem Wege herkommen, dürften sie kaum mehr als einen Tag brauchen. So lange aber werden wir mindestens benötigen, um uns hier vollständig einzurichten.

Es ist äußerst wichtig, daß wir Dennies Aufzeichnungen und die Plasmaproben bekommen. Wenn Hikahi sich meldet, werde ich sie bitten, bei der Insel haltzumachen und die Kiqui-Vertreter abzuholen. Unsere Pflicht, die kleinen Amphibien vor einem Dienstkontrakt bei irgendeiner verrückten Rasse von galaktischen Patronen zu bewahren, ist kaum weniger wichtig als die Notwendigkeit, mitsamt unseren Daten von hier zu entkommen.

Toshio hat sich entschieden zu bleiben, um ein Auge auf Takkata-Jim und Metz zu werfen und um Tom zu treffen, falls er wieder auftauchen sollte. Ich glaube, diesen zweiten Grund hat er hinzugefügt, weil er wußte, daß ich dann mit seiner Entscheidung einverstanden sein würde… Natürlich hatte ich mit diesem Angebot gerechnet. Ich hätte fast darauf gewettet.

Es trägt nicht eben zu meinem Wohlbehagen bei, wenn ich den Jungen dazu benutze, Takkata-Jim in Schach zu halten. Selbst wenn unser Ex-Vize-Captain mich enttäuscht und brav bleibt, weiß ich nicht, wie Toshio rechtzeitig hierher kommen soll, vor allem dann, wenn wir zu einem überstürzten Start gezwungen sind.

Ich begreife immer besser, was die Leute meinen, wenn sie von den ›Leiden des Kommandanten‹ sprechen.

Ich mußte ihm Bestürzung und Schrecken vorspielen, als Toshio mir von den Mini-Bomben erzählte, die Charlie Dart aus der Waffenkammer geklaut hat. Toshio hat sich erboten, sie Takkata-Jim wieder abzunehmen, aber ich habe es ihm nicht erlaubt. Ich habe ihm gesagt, dieses Risiko müßten wir auf uns nehmen.

Ich konnte ihn nicht ins Vertrauen ziehen. Toshio ist ein helles Bürschchen, aber er hat kein Pokerface.

Ich glaube, ich habe alles gut vorbereitet, und mein Timing stimmt. Wenn ich nur sicher sein könnte…

Die verdammte Niss ruft mich schon wieder. Diesmal werde ich nachsehen müssen, was sie will.

Ach, Tom. Hättest du auch den Captain verloren, wenn du hiergewesen wärst? Wie kann ich mir je verzeihen, daß ich Creideiki allein habe hinausfahren lassen?

Dabei schien er so gut zurechtzukommen! Was mag in Ifnis Würfelspiel schiefgegangen sein?

81

Charles Dart

Früh am Morgen stand er vor seiner Konsole am Ufer des Tümpels und trieb fröhliche Konversation mit seinem Robot. Die Sonde war bereits einen Kilometer tief gesunken und hatte unterwegs winzige Detektoren in dem Schacht abgesetzt.

Charles Dart brummelte munter vor sich hin. In ein paar Stunden würde sie so tief sein wie die alte, nahezu wertlose Sonde, die er aufgegeben hatte. Jetzt nur noch ein paar Tests zur Bestätigung seiner Theorien über die lokalen Krustenformationen, und dann würde er sich mit größeren Fragen beschäftigen können, etwa mit der nach der Beschaffenheit des *Planeten* Kithrup! Niemand, überhaupt niemand, konnte ihn jetzt noch aufhalten!

Er dachte an die Jahre, in denen er in Kalifornien gearbeitet hatte, in Chile, in Italien – er hatte Erdbeben studiert, während sie sich ereigneten, und zwar zusammen mit einigen der bedeutendsten Köpfe der Geophysik. Das war aufregend gewesen. Trotzdem war ihm nach einigen Jahren allmählich klargeworden, daß etwas nicht stimmte.

Er hatte Zugang zu allen wichtigen Berufsvereinigungen gefunden, seine Schriften wurden mit höchstem Lob und gelegentlich auch mit vehementem Widerspruch aufgenommen – beides Reaktionen, die ein anständiger Wissenschaftler gepflegter Langeweile vorzog. An prestigeträchtigen Stellenangeboten hatte es ihm nicht gefehlt.

Aber es kam eine Zeit, da er sich plötzlich fragte, wo die *Studenten* blieben.

Warum ließen sich Examenskandidaten nicht von ihm beraten? Er sah, wie seine Kollegen von eifrigen Bewerbern um Forschungsassistentenstellen belagert wurden, während zu ihm, trotz der langen Liste seiner Veröffentlichungen, trotz seiner weithin bekannten und umstrittenen Theorien, nur die Zweitklassigen kamen, Studenten, die keinen Mentor, sondern wohlfeile Hilfe suchten. Keiner der wirklich brillanten jungen Mels und Fems erwählte ihn als akademischen Patron.

Natürlich hatte es ein-, zweimal geringfügige Zwischenfälle gegeben, bei denen er die Beherrschung verloren hatte, und ein paar Studenten hatten sich in erbittertem Groll von ihm getrennt. Aber das konnte doch nicht der Grund für die Flaute in seiner pädagogischen Karriere sein, oder?

Nach und nach gelangte er zu der Überzeugung, daß es sich um etwas anderes handeln müsse, um etwas... Rassistisches.

Dart hatte sich stets über die Obsessionen, die viele Schimps hinsichtlich des Liftings an den Tag legten, erhaben gefühlt – sei es nun die kleinliche Hochachtung der Mehrheit gegen die Menschen, sei es die schmollende Trotzhaltung einer kleinen, aber lautstarken Minderheit. Aber vor einigen Jahren hatte er doch angefangen, sich dafür zu interessieren, und bald hatte er eine Theorie gehabt. Die Studenten mieden ihn, weil er ein Schimpanse war!

Das hatte ihn erschüttert. Volle drei Monate hatte er jede andere Arbeit eingestellt und das Problem studiert. Er las die Protokolle über das Patronat der Menschheit gegenüber seiner eigenen Rasse, und seine Empörung über die absolute Autorität der Menschen über seine Spezies wuchs – das heißt, sie wuchs, bis er von den Praktiken des Liftings in der Galaxis insgesamt las. Er erfuhr, daß kein anderer Patron einer vierhundert Jahre alten Klientenrasse das Stimmrecht in ihren Höchsten Räten gegeben hatte.

Charles Dart war verwirrt. Aber dann dachte er über das Wort ›gegeben‹ nach.

Er las von den alten Rassenkämpfen der Menschen. War es wirklich weniger als ein halbes Jahrtausend her, daß die Menschen bloß wegen bestimmter Pigmentschattierungen gigantische, einfältige Lügen über einander erfunden hatten? Daß Millionen einander umgebracht hatten, bloß weil sie ihre eigenen Lügen geglaubt hatten?

Dann erfuhr er von dem Zusammenhang zwischen ›Klient‹ und ›Statussymbol‹, und brennende Scham stieg in ihm auf. Er meldete sich freiwillig für eine Weltraummission, fest entschlossen, nicht ohne den *Beweis* für seine akademischen Fähigkeiten zurückzukehren. Er mußte zeigen, daß seine wissenschaftliche Begabung der eines jeden Menschen ebenbürtig war.

Zu seinem Verdruß hatte man ihn der *Streaker* zugeteilt, einem Schiff voller quiekender Delphine – und voller *Wasser!* Und zu allem Überfluß hatte dieser selbstgefällige Fatzke, dieser Ignacio Metz, ihn von Anfang an wie eines seiner unfertigen, experimentellen Halbblutgeschöpfe behandelt!

Er hatte gelernt, damit zu leben. Er hatte sich mit Metz arrangiert. Er würde alles ertragen, bis seine Forschungsergebnisse über Kithrup veröffentlicht waren.

Und dann würden sie sich erheben, wenn Charles Dart einen Hörsaal beträte! Sie alle würden sehen, daß zumindest *er* kein Statussymbol war!

Charlies Nachdenken wurde von Geräuschen unterbrochen, die aus dem nahe gelegenen Wald herüberschallten. Hastig klappte er den Schutzdeckel über eine Reihe von Schaltern am unteren Rande seiner Konsole. Er würde nicht riskieren, daß jemand den *geheimen* Teil seines Experimentes entdeckte.

Dennie Sudman und Toshio Iwashika erschienen auf dem Pfad, der vom Dorf herüberführte. Sie sprachen leise miteinander und trugen kleine Bündel bei sich. Charlie gab sich geschäftig und erteilte seinem Robot eine Serie von detaillierten Befehlen, aber verstohlen schlichen sich seine Blicke immer wieder zu den Menschen hinüber, und er fragte sich, ob sie einen Verdacht haben mochten.

Aber nein. Sie waren zu sehr ineinander vertieft mit ihrem ständigen Getratsche und Gegrabsche und Gemurmel. Charlie schnaubte leise angesichts der menschlichen Sexbesessenheit tagein, tagaus, aber als sie zu ihm herübersahen, grinste er und winkte ihnen zu.

Sie ahnen nichts, dachte er, sich selbst gratulierend, als sie zurückwinkten und sich dann wieder ihren eigenen Angelegenheiten zuwandten. *Welch ein Glück für mich, daß sie verliebt sind.*

»Ich will immer noch hierbleiben. Was ist, wenn Gillian sich irrt? Was ist, wenn Takkata-Jim die Bomben früher konvertieren kann?«

Toshio zuckte die Achseln. »Ich habe immer noch etwas, das er braucht.« Er schaute hinunter auf den zweiten der beiden Schlitten im Tümpel, auf den, der Tom Orley gehört hatte.

»Genau!« rief Dennie mit Nachdruck. »Das Radio würde er brauchen, sonst würden ihn die ETs zerstrahlen, ehe er mit ihnen verhandeln konnte! Aber du wirst ganz allein sein! Dieser Fin ist gefährlich!«

»Das ist einer der vielen Gründe, weshalb ich dich so schnell wie möglich von hier fortschicken will.«

»Spricht da der große Macho-Mel?« Dennie versuchte

sarkastisch zu klingen, aber sonderlich viel Biß hatte ihre Bemerkung nicht.

»Nein.« Toshio schüttelte den Kopf. »Hier spricht dein militärischer Kommandant. Damit hat sich's. Laß uns jetzt die letzten Proben verstauen. Ich werde dich und Sah'ot ein paar Meilen begleiten, ehe wir uns endgültig verabschieden.«

Er beugte sich vor, um eines der Bündel aufzuheben, aber noch bevor er es berührt hatte, spürte er eine Hand in seinem Kreuz. Ein heftiger Stoß warf ihn aus dem Gleichgewicht, und er ruderte hilflos mit den Armen.

»Denniiiie!« Er erhaschte einen Blick auf ihr Gesicht. Sie grinste teuflisch. Im letzten Moment zuckte seine Linke nach vorn und packte die ihre. Ihr Lachen verwandelte sich in ein Quietschen, als er sie mit sich ins Wasser riß.

Prustend tauchten sie zwischen den Schlitten wieder auf. Mit einem Triumphschrei legte Dennie ihm beide Hände auf den Kopf und drückte ihn unter Wasser. Dann fuhr sie senkrecht aus dem Wasser, als etwas sie von hinten streichelnd berührte.

»Toshio!« rief sie vorwurfsvoll.

»Das war ich nicht.« Er schnappte nach Luft und wich zurück, bis er außer Reichweite war. »Wahrscheinlich war es dein zweiter Liebhaber.«

»Mein... o nein! Sah'ot!« Dennie fuhr herum, spähte suchend im Wasser umher und trat um sich, dann kreischte sie auf, als wieder etwas sie von hinten berührte. »Habt ihr Männer euren Verstand eigentlich zwischen den Beinen? Könnt ihr niemals an etwas anderes denken?«

Ein gefleckter Delphinkopf brach neben ihr durch die Wasseroberfläche. Der Atmer, der über seinem Blasmund saß, konnte sein meckerndes Gelächter nur geringfügig dämpfen.

Lange bevor die Menschen
Im Einbaum herauskamen
Haben wir eine
Erfindung gemacht.

Bist du deinem jungen
Manager treu
Oder hast du Lust
zu einer
Ménage à trois?

Er grinste sie lüstern an, und Toshio brach in Gelächter aus, als er sah, wie Dennie errötete. Daraufhin begann sie, ihn mit Wasser zu bespritzen, bis er zu ihr herüberschwamm und ihre beiden Arme gegen einen der Schlitten preßte. Um den Strom der Verwünschungen aus ihrem Munde zu ersticken, küßte er sie. Auf ihren Lippen lag der bittere Geschmack von Kithrup, als sie seinen Kuß erwiderte. Sah'ot glitt heran und knabberte mit seinen scharfzackigen Zähnen sanft an ihren Beinen.

»Du weißt, daß wir uns dieser Brühe nicht aussetzen sollen, wenn wir es vermeiden können«, sagte Toshio, während sie einander umarmt hielten. »Das hättest du nicht tun dürfen.«

Dennie schüttelte den Kopf, dann vergrub sie das Gesicht an seiner Schulter, um es zu verstecken.

»Wem wollen wir denn etwas vormachen, Toshio?« murmelte sie. »Warum sollen wir uns wegen einer schleichenden Metallvergiftung den Kopf zerbrechen? Wir werden tot sein, bevor unser Zahnfleisch blau wird.«

»Ach, Dennie, das ist doch Quatsch...« Er suchte nach den passenden Worten, um sie zu trösten, aber er konnte nichts weiter tun, als sie an sich zu drücken, und der Delphin umschlang sie beide.

Ein Intercom summte. Sah'ot schwamm zu Orleys Schlitten und schaltete das Gerät ein. Es war dasjenige, das durch Monofaserkabel mit der alten Position der *Streaker* verbunden war.

Er lauschte einem kurzen Schwall primitiver Klicklaute und antwortete dann mit schnellem Schnattern. Danach erhob er sich aus dem Wasser und ließ den Atmer aus seinem Blasmund schnappen.

»Es ist für dich, Toshio!«

Toshio fragte nicht erst, ob es wichtig sei. Was über diese Leitung kam, mußte wichtig sein. Sanft löste er sich von Dennie. »Du kannst schon weiter packen. Ich komme gleich und helfe dir.«

Sie nickte und rieb sich die Augen.

»Bleiben Sie ein Weilchen bei ihr, ja, Sah'ot?« bat er, als er auf das Intercom zuschwamm. Der *Stenos* schüttelte den Kopf.

»Dasss würde ich nur zu gern tun, Toshio. Ich bin ohnediesss an der Reihe, die Dame zu unterhalten. Aber leider brauchst du mich hier als Übersetzer.«

Toshio sah ihn verständnislos an.

»Es ist der Captain«, erklärte Sah'ot. »Creideiki will mit uns beiden sprechen. Und dann möchte er, daß wir ihm helfen, mit den Techno-Bewohnern dieser Welt Kontakt aufzunehmen.«

»Creideiki? Er ruft hier an? Aber Gillian sagt doch, er sei verschollen!«

Toshios Stirn legte sich in Falten, als ihm die Bedeutung von Sah'ots letztem Satz klar wurde.

»Techno... er will mit den *Kiqui* sprechen?«

Sah'ot grinste.

»Nein, Sir, ich glaube kaum, daß sie die notwendigen Qualifikationen besitzen, o furchtloser Militärkommandant-t. Nein, unser Captain wünscht mit meinen ›Stimmen‹ zu sprechen. Er will mit denen sprechen, die in der Tiefe wohnen.«

82

Tom Orley

Der Bruder der Zwölf Schatten flötete leise. Sein Behagen verbreitete sich im Wasser unter dem Rankenteppich. Schwimmend entfernte er sich vom Schauplatz des Überfalls, und hinter ihm erstarben die matten Geräusche der zuckenden Opfer.

Die Dunkelheit unter der Pflanzendecke störte ihn nicht. Sie würde einem Bruder der Nacht niemals mißfallen.

»Bruder der Trüben Düsternis«, zischte er. »Frohlockst du wie ich?«

Irgendwo zu seiner Linken, zwischen schwankenden Tangwedeln, erscholl eine freudige Erwiderung.

»Ich frohlocke, Älterer Bruder. Diese Gruppe von Paha-Kriegern wird niemals wieder vor perversen Soro-Weibern knien. Dank sei den alten Kriegsherrn!«

»Wir werden ihnen persönlich unseren Dank abstatten«, antwortete der Bruder der Zwölf Schatten, »wenn wir von den halbintelligenten Erdlern die Position ihrer wiederkehrenden Flotte erfahren haben. Vorläufig danke lieber unseren längst verschiedenen Nachtjäger-Patronen, die uns zu so furchterregenden Kämpfern gemacht haben.«

»Ich danke ihren Geistern, Älterer Bruder.«

Sie schwammen weiter, und zwischen ihnen lagen dreimal zwanzig Körperlängen, wie es die Doktrin für Unterwasserkämpfe verlangte. In diesem Pflanzengewirr war es hinderlich, die Formation einzuhalten, und seltsame Echos erfüllten das Wasser aber Doktrin war Doktrin und ebensowenig in Frage zu stellen wie der Instinkt.

Der Ältere Bruder lauschte, bis die letzten, kraftlosen Zuckungen der ertrinkenden Paha verhallt waren. Nun würde er mit seinem Gefährten zu einem der schwimmenden Wracks eilen, wo zweifellos weitere Opfer auf sie warteten.

Es war, als pflücke man Früchte von einem Baum. Selbst machtvolle Krieger wie die Tandu waren auf diesem Teppich aus tückischen Schlingpflanzen nichts als stolpernde Tölpel – doch nicht so die Brüder der Nacht! Anpassungsfreudig, mutierfähig, schwammen sie *unter Wasser* dahin und richteten Verwüstungen an, wo immer es möglich war.

Seine Kiemenschlitze pulsierten, und metallscharfes Wasser durchströmte sie. Der Bruder der Zwölf Schatten entdeckte eine Stelle mit einem etwas höheren Sauerstoffgehalt und machte einen kleinen Umweg, um hindurchzuschwimmen. Gewiß, es war wichtig, sich an die Doktrin zu halten, doch was sollte ihnen hier, unter Wasser, schon zustoßen?

Unverhofft erhob sich links von ihm ein lärmendes Getöse, ein kurzer Aufschrei ertönte, dann war es wieder still.

»Niederer Bruder, was bedeutet dieser Lärm?« rief er in die Richtung, in der er seinen überlebenden Partner vermutete. Aber seine Worte trugen unter Wasser nicht weit. Er wartete mit wachsender Besorgnis.

»Bruder der Trüben Düsternis!«

Er tauchte unter einem Büschel herabhängender Fadenwurzeln hindurch und hielt ein Nadelgewehr in jeder seiner vier Werkzeughände.

Was konnte hier unten einen so gewaltigen Kämpfer wie seinen Niederen Bruder überwunden haben? Weder Patrone noch Klienten kannte er, die dergleichen vermocht hätten! Und ein Robot hätte seine Metalldetektoren ausschlagen lassen.

Plötzlich fiel ihm ein, daß die halbintelligenten ›Delphine‹, nach denen sie suchten, vielleicht im Wasser gefährlich sein konnten.

Doch nein. Delphine waren Luftatmer. Und sie waren groß. Lauschend drehte er sich in die Runde, doch kein Reflex drang zu ihm zurück.

Der Ältere Bruder – der die Überreste der Flottille von einer Höhle auf einem kleinen Mond aus befehligte – war zu dem Schluß gekommen, daß die Erdlinge sich nicht hier in diesem nördlichen Meer befinden konnten, aber er hatte gleichwohl ein kleines Schiff ausgesandt, das Störmanöver und Erkundungsflüge durchführen sollte. Sie, die beiden Brüder hier im Wasser, waren die einzigen Überlebenden dieses Schiffes. Und alles, was sie bisher gesehen hatten, deutete darauf hin, daß die Gejagten nicht hier waren.

Der Bruder der Zwölf Schatten drückte sich flink am Rande eines offenen Wasserloches vorbei. War sein jüngerer Bruder versehentlich ins freie Wasser geraten und von einem der dort oben Dahinstolpernden zur Strecke gebracht worden?

Er schwamm mit den Waffen im Anschlag auf ein leises Geräusch zu.

In der Dunkelheit spürte er einen massigen Körper vor sich. Er zirpte leise und konzentrierte sich auf die komplexen Echomuster.

Die zu ihm zurückkehrenden Laute zeigten ihm, daß in nächster Nähe nur ein einziges großes Wesen stumm und regungslos trieb.

Er schwamm darauf zu, ergriff es und begann zu jammern. Das Wasser pulsierte durch seine Kiemenschlitze, und er klagte:

»Ich werde dich rächen, Bruder!
Ich werde alles töten, was denkt in diesem Meer!
Ich werde Finsternis bringen über alle, die noch hoffen!
Ich werde…«

Es klatschte laut. Ein Geräusch wie ›urk!‹ entwich ihm, als etwas Schweres von *oben* auf seine rechte Seite herabfiel und ihn mit langen Armen und Beinen umschlang.

Der Bruder der Zwölf Schatten setzte sich zur Wehr. Verdattert begriff er, daß sein Gegner ein Mensch war! Ein halbintelligenter, dünnhäutiger, wolfsjunger *Mensch!*

»Bevor du alle diese Dinge tust, wirst du etwas anderes tun«, schnarrte eine Stimme auf Galactic Zehn dicht hinter seinen Hörorganen.

Der Bruder heulte auf. Etwas feurig Scharfes durchbohrte seine Kehle gleich neben dem Brustnervenstrang.

Er hörte noch, wie sein Feind beinahe mitfühlend sagte: *»Du wirst sterben.«*

83
Gillian

»Ich kann Ihnen nur eines sagen, Gillian Baskin: Er wußte, wie er mich finden konnte. Er kam mit einem Schreiter hierher und sprach mit mir vom Gang aus.«

»Creideiki war hier? Tom und ich hatten uns gedacht, er würde irgendwann schlußfolgern, wir hätten einen privaten Hochleistungscomputer an Bord, aber daß er ihn ausfindig machen könnte, hatten wir für unmöglich...«

»Ich war nicht so furchtbar überrascht, Dr. Baskin«, unterbrach die Niss-Maschine und überdeckte diese Unhöflichkeit mit einem besänftigenden Muster aus abstrakten Bildern. »Der Captain kennt sein Schiff, das ist nicht verwunderlich. Ich hatte damit gerechnet, daß er meinen Standort aufspüren würde.«

Gillian setzte sich neben die Tür und schüttelte den Kopf. »Ich hätte gleich bei deinem ersten Rufzeichen herkommen sollen. Vielleicht hätte ich verhindern können, daß er fortging.«

»Das ist nicht Ihre Schuld«, antwortete die Maschine mit ganz uncharakteristischem Feingefühl. »Ich hätte Sie nachdrücklicher gerufen, wenn ich die Situation für dringlich gehalten hätte.«

»Ach ja«, versetzte Gillian sarkastisch. »Es ist ja nichts Dringliches, wenn ein wertvoller Flottenoffizier unter Druck in atavistische Verhaltensformen verfällt und in der Folge in einer tödlichen Alienwildnis verschwindet!«

Die Muster drehten sich im Kreis. »Aber Sie irren sich. Captain Creideiki ist nicht etwa einer Regressionsschizophrenie zum Opfer gefallen.«

»Woher willst du das wissen?« fragte Gillian hitzig. »Seit

dem Überfall bei Morgran zeigt mehr als ein Drittel der Besatzung auf diesem Schiff solche Anzeichen, einschließlich fast aller Fen mit Eigenschaften der *Stenos*. Woher weißt du, daß Creideiki nicht auf eine frühere Stufe zurückgefallen ist, nach allem, was er hat durchmachen müssen? Wie kann er Keneenk üben, wenn er nicht einmal sprechen kann?«

Die Niss antwortete gelassen: »Er kam her, weil er spezifische Informationen haben wollte. Er wußte, daß ich Zugang nicht nur zur Mini-*Bibliothek* der *Streaker*, sondern auch zu der weit vollständigeren Thennanin-Einheit habe. Er konnte mir nicht sagen, was er wissen wollte, aber wir haben einen Weg gefunden, die Sprachbarriere zu überwinden.«

»Welchen?« Gillian war fasziniert trotz ihrer Wut und ihres schlechten Gewissens.

»Durch Piktogramme – visuelle und akustische Bilder von Alternativmöglichkeiten, die ich ihm in rascher Folge präsentierte. Er reagierte mit Ja- oder Neinlauten, je nachdem, ob das, was ich ihm präsentierte, wie Sie sagen, ›wärmer‹ oder ›kälter‹ war. Nach kurzer Zeit schon führte *er mich*, und er stellte Assoziationen her, die zu erwägen ich noch nicht einmal begonnen hatte.«

»*Zum* Beispiel?«

Die Lichtpunkte funkelten. »Zum Beispiel, wie viele der Geheimnisse hinsichtlich dieser einzigartigen Welt sich ineinanderzufügen scheinen; wie merkwürdig lange dieser Planet schon brachliegt, seit seine letzten Bewohner degeneriert waren und sich hier ansiedelten, um zu sterben; die unnatürliche ökologische Nische der sogenannten Bohrbaumhügel; Sah'ots sonderbare ›Stimmen aus der Tiefe‹ …«

»Delphine vom Schlage Sah'ots hören immer ›Stimmen‹.« Gillian seufzte. »Und vergiß nicht, er gehört ebenfalls zu diesen experimentellen *Stenos*. Ich bin sicher, einige von denen wurden ohne die obligatorischen Streßtests in die Mannschaft eingeschmuggelt.«

Nach einer kurzen Pause sagte die Maschine: »Es gibt Beweismaterial, Dr. Baskin. Anscheinend ist Dr. Ignacio Metz der Vertreter einer ungeduldigen Fraktion im *Lifting Center*…«

»*Lifting!* Zum Teufel! Ich *weiß*, was Metz getan hat! Denkst du, ich bin blind? Ich habe durch seine irrsinnigen Ränke mehrere gute Freunde und eine Reihe von unersetzlichen Besatzungsmitgliedern verloren! Oh, er hat seine Kameraden wahrhaftig unter heißen Bedingungen getestet. Und ein paar der neuen Modelle sind unter Druck ausgerastet. Aber das ist jetzt erledigt. Was hat das Lifting mit Stimmen aus der Tiefe zu tun? Oder mit Bohrbaumhügeln? Mit der Geschichte dieses Planeten – oder, ganz nebenbei, mit unserem freundlichen Kadaver Herbie? Hat irgend etwas davon auch nur das geringste mit der Rettung unserer Vermißten und unserer Flucht von diesem Planeten zu tun?«

Ihr Herz raste, und sie merkte, wie sie die Fäuste ballte.

»Sehen Sie, Doktor Baskin«, erwiderte die Niss sanft, »genau das habe ich Ihren Captain Creideiki gefragt. Als er das Puzzle für mich zusammensetzte, begriff auch ich, daß das Lifting in diesem Zusammenhang keine irrelevante Frage ist. Es ist die einzig wichtige Frage. Hier auf Kithrup ist alles vertreten, was in diesem viele Milliarden Jahre alten System gut und böse ist. Es ist fast so, als stehe die Basis der galaktischen Gesellschaft hier auf dem Prüfstand.«

Gillian blinzelte die abstrakten Formen an.

»Welche Ironie«, fuhr die körperlose Stimme fort, »daß diese Frage nun bei euch Menschen liegt – bei der ersten intelligenten Rasse seit Äonen, die von sich behauptet, durch ›Evolution‹ zu ihrer Intelligenz gelangt zu sein.

Ihre Entdeckung im sogenannten ›Seichten Sternenhaufen‹ führt vielleicht zu einem Krieg, der die Fünf Galaxien überzieht, oder die Erinnerung an sie wird im Laufe der Zeit verblassen, wie es mit vielen anderen chimärischen Krisen der Fall war. Aber was hier auf Kithrup geschieht, wird in die Legenden eingehen. Alle notwendigen Elemente sind vorhanden.

Und Legenden haben die Tendenz, Ereignisse auszulösen, wenn Kriege längst vergessen sind.«

Lange starrte Gillian das Hologramm an. Dann schüttelte sie den Kopf.

»Würdest du mir verraten, *wovon du redest*, verdammt?«

84

Hikahi/Keepiru

»Wir müssen unsss beeilen!« drängte der Pilot.

Keepiru lag angeschnallt auf einem Porta-Dok. Aus dem Netz, in dem er über der Wasseroberfläche schwebte, schlängelten sich Katheter und Schläuche in die Maschine. Der Klang der Triebwerke erfüllte die kleine Kammer.

»*Du* mußt dich entspannen«, beschwichtigte ihn Hikahi. »Ich habe den Autopiloten eingeschaltet. Wir fahren so schnell, wie es unter Wasser geht. Wir müßten bald da sein.«

Hikahi hatte sich von den Neuigkeiten über Creideiki immer noch nicht ganz erholt, und Takkata-Jims Verrat hatte sie erschüttert. Aber trotz allem war sie nicht bereit, Keepirus hastigem Drängen nachzugeben. Was ihn trieb, war offensichtlich seine ergebene Treue zu Gillian Baskin, und er wollte möglichst unverzüglich zu ihr zurückkehren, um ihr zu helfen. Hikahi sah die Dinge aus einer anderen Perspektive. Sie wußte, daß Gillian die Lage an Bord vermutlich längst wieder unter Kontrolle hatte. Verglichen mit den Katastrophen, die die Phantasie ihr in den letzten Tagen vorgegaukelt hatte, waren die Nachrichten beinahe erfreulich. Selbst Creideikis Verletzung vermochte Hikahis Erleichterung über das Überleben der *Streaker* nicht zu beeinträchtigen.

Ihr Geschirr sirrte. Mit einer Greifhand berührte sie einen Knopf und ließ Keepiru ein mildes Schlafmittel verabreichen.

»Ich möchte, daß du jetzt schläfst-t«, sagte sie. »Du mußt wieder zu Kräften kommen. Das kannst du als Befehl auffassen, wenn ich, wie du sagst, jetzt kommissarischer Captain bin.«

Keepirus Augen sanken in die Höhlen zurück; langsam schlossen sich die Lider. »Tut-t mir leid, Shir. Ich... ich glaube, ich bin nich' sehr viel logischer alsss Moki. Ich mache nichtsss alsss Ärger...«

Seine Worte wurden undeutlich, als das Narkotikum zu wirken begann. Hikahi schwamm dicht unter den schläfrigen Piloten und sang ein kurzes, leises Schlummerlied.

Träume, Beschützer –
Träume von denen, die dich lieben
und die deinen Mut preisen –

85

Gillian

»Du sagst, diese... Karrank%... waren die letzten Sophonten, die eine Lizenz für den Planeten Kithrup hatten, und zwar vor hundert Millionen Jahren?«

»So ist es«, antwortete die Niss-Maschine. »Ihre Patrone hatten sie auf wüste Weise mißbraucht und weit über das Maß des gesetzlich Zulässigen hinaus mutieren lassen. Nach Auskunft der *Bibliothek* aus dem Thennanin-Schlachtschiff verursachte dies seinerzeit einen beträchtlichen Skandal. Zum Ausgleich entließ man die Karrank% aus ihrem Dienstkontrakt als Klienten und gab ihnen eine Welt, die ihren Bedürfnissen angemessen war, eine Welt mit geringem Potential für die Entwicklung präintelligenter Lebensformen. Aus diesem Grunde sind Wasserwelten stets gute Altersruhesitze. Nur selten entstehen auf solchen Planeten Präsophonten. Die Kiqui scheinen hier eine Ausnahme darzustellen.«

Gillian stapfte über die aufwärts geschwungene Decke der schiefen Kammer. Gelegentlich ließen metallische Schläge die Stahlwände erdröhnen – ein Anzeichen dafür, daß die letzten Vorkehrungen getroffen wurden, mit denen die *Streaker* im Bauch des Trojanischen Seepferdes gesichert wurde.

»Du willst damit aber nicht sagen, daß zwischen den Kiqui und diesen Alten ein Zusammenhang...«

»Nein. Es scheint, sie sind eine echte Entdeckung und ein wesentlicher Grund dafür, daß sie versuchen sollten, aus dieser Falle zu entrinnen und mit dem, was Sie herausgefunden haben, zur Erde zurückzugelangen.«

Gillian lächelte ironisch. »Danke. Wir tun unser Bestes. Wie brachte man nun die Karr... Karrank%...«, sie gab sich mit dem doppelten Glottalverschlußlaut redlich Mühe, »...dazu, sich auf Kithrup zu verstecken und nie wieder mit der galaktischen Kultur in Berührung zu kommen?«

»In ihrem präintelligenten Stadium waren sie maulwurfähnliche Wesen auf einer metallreichen Welt wie dieser«, erklärte die Niss. »Ihr Stoffwechsel basierte auf Kohlenstoff-Sauerstoff, wie der Ihre, und sie waren ausgezeichnete Tunnelgräber.«

»Laß mich raten. Man züchtete sie für den Einsatz in Bergwerken, damit sie auf metallarmen Welten Erze zutage förderten. Es war vermutlich billiger, Karrank%-Bergleute zu züchten und zu importieren, als große Mengen von Metallen durch den interstellaren Raum zu transportieren.«

»Sehr gut geraten, Doktor Baskin. Die Karrank%-Klienten wurden in der Tat zu Bergleuten modifiziert, und in einem Aufwasch konvertierte man dabei ihren Stoffwechsel dergestalt, daß sie Radioaktivität direkt in Energie umsetzen konnten. Ihre Patrone glaubten, dies werde sie anspornen.«

Gillian stieß einen Pfiff aus. »Aber eine solche drastische Strukturveränderung konnte doch kaum sonderlich erfolgreich sein. Ifni, was müssen sie gelitten haben!«

»Es war eine Perversion«, stimmte die Niss zu. »Als man es entdeckte, wurden die Karrank% freigesetzt, und man bot ihnen Schadenersatz. Aber nachdem sie ein paar Jahrtausende versucht hatten, sich an den Standard einer Raumfahrerrasse anzupassen, beschlossen sie, sich lieber auf Kithrup zur Ruhe zu setzen. So überließ man ihnen diesen Planeten für die Dauer der Existenz ihrer Rasse. Niemand rechnete damit, daß sie noch lange leben würden.

Aber anstatt auszusterben, haben sie sich anscheinend auf eigene Faust weiterentwickelt. Es sieht so aus, als hätten sie sich eine Lebensweise angeeignet, wie sie im bekannten Universum einzigartig ist.«

Gillian fügte die Fäden des ersten Teils ihrer Unterredung zusammen und kam zu einer Schlußfolgerung. Ihre Augen weiteten sich. »Willst du damit sagen, die Metallhügel...«

»...sind die Larven einer intelligenten Lebensform, die in der Kruste dieses Planeten lebt. Ja. Ich hätte diesen Schluß vielleicht aus den letzten Daten ziehen können, die uns Dr. Dennie Sudman übermittelt hat, aber Creideiki war bereits zu dieser Erkenntnis gelangt, bevor wir von ihr hörten. Deshalb kam er zu mir. Er wollte sich seine Hypothese bestätigen lassen.«

»Sah'ots ›*Stimmen*‹«, flüsterte Gillian. »Das sind die Karrank%!«

»Eine akzeptable hypothetische Deduktion«, pflichtete die Niss bei. »Es wäre die Entdeckung des Jahrhunderts, wären da nicht noch andere Dinge, die Sie auf Ihrer Expedition gefunden haben. Sie haben – ich glaube, im Englischen – ein altes Sprichwort: ›Wenn es mal regnet, dann gießt es gleich.‹ Es klingt wunderlich, aber doch zutreffend.«

Gillian hörte nicht zu. »Die Bomben!« Sie schlug sich mit der flachen Hand gegen die Stirn.

»Ich bitte um Verzeihung?«

»Ich habe Charles Dart ein paar leichte Bomben aus unserer Waffenkammer entwenden lassen. Ich wußte, Takkata-Jim würde sie konfiszieren und zu Treibstoff umwandeln. Das war Teil eines Planes, den ich mir zurechtgelegt hatte. Aber…«

»Sie haben angenommen, daß Takkata-Jim alle Bomben konfiszieren werde?«

»Jaa! Ich wollte ihn anrufen und ihm einen Tip geben, falls er sie übersehen sollte, aber er war tüchtig und hat sie sofort gefunden. Ich mußte Toshio deswegen belügen, aber daran war nichts zu ändern.«

»Wenn alles plangemäß verlaufen ist, dann sehe ich nicht, wo das Problem liegt.«

»Möglicherweise hat Takkata-Jim nicht *alle* Bomben an sich genommen! Ich habe ja nie daran gedacht, daß Charlie lebende Sophonten überhaupt verletzen könnte, wenn er noch eine hat! Aber jetzt… Ich muß sofort Verbindung mit Toshio aufnehmen.«

»Hat das nicht noch ein paar Minuten Zeit? Takkata-Jim war vermutlich gründlich, und ich möchte noch eine zweite Angelegenheit mit Ihnen besprechen.«

»Nein! Du verstehst nicht! Toshio ist dabei, sein Intercom zu sabotieren! Das ist Teil meines Planes! Wenn auch nur die geringste Möglichkeit besteht, daß Charlie noch eine Bombe hat, dann müssen wir es rasch herausfinden!«

Das holographische Muster wirbelte aufgeregt im Kreis.

»Ich werde sofort eine Verbindung herstellen«, erklärte die Niss. »Es wird ein paar Augenblicke dauern, bis ich mich unentdeckt durch das Kommunikationssystem der *Streaker* geschlängelt habe. Warten Sie.«

Gillian ging besorgt auf und ab. Hoffentlich war es noch nicht zu spät.

86
Toshio

Toshio schob den letzten Steckkontakt zusammen, klappte den Sender an Thomas Orleys Schlitten zu und schmierte etwas Schmutz über den Deckel, damit es so aussähe, als sei er lange nicht geöffnet worden. Dann ließ er die Monofaserleitung aus der Einheit ausklinken, band ein schmales rotes Markierungsfähnchen um das Ende und ließ die beinahe unsichtbare Faser in die Tiefe hinuntertreiben.

Jetzt hatte er keinen Kontakt mehr mit der *Streaker.* Er fühlte sich so allein wie nie zuvor – einsamer noch als am Morgen, an dem Dennie und Sah'ot davongefahren waren.

Er hoffte, Takkata-Jim würde seinen Befehlen folgen und hier warten, bis die *Streaker* startete. Wenn er das täte, würde Gillian, bevor sie den Planeten verließen, zu ihm herunterrufen um ihn über die Modifikationen, die an dem Langboot und an dem Sender vorgenommen worden waren, zu informieren und zu warnen.

Aber wenn Takkata-Jim nun tatsächlich ein Verräter war? Wenn er nun frühzeitig startete?

Charles Dart würde dann wahrscheinlich an Bord sein, und dann noch Ignacio Metz, drei *Stenos* und vielleicht drei oder vier Kiqui. Toshio wünschte keinem von ihnen Unglück. Es war eine qualvolle Entscheidung.

Er blickte auf und sah Charles Dart, der glücklich vor sich hinmurmelte, während er mit seinem neuen Robot spielte.

Toshio schüttelte den Kopf. Er war froh, daß wenigstens der Schimp glücklich war.

Er ließ sich ins Wasser gleiten und schwamm zu seinem eigenen Schlitten hinüber. Das kleine Radio an diesem Schlitten hatte er schon eine Stunde zuvor abgeworfen. Er schnallte sich an und startete die Motoren.

Er mußte noch einen Anschluß unter der Insel schalten. Der alte Robot, die beschädigte Sonde, die Charles Dart nahe dem Grunde des Bohrbaumschachtes aufgegeben hatte, wurde von einem letzten Kunden verlangt. Creideiki, der sich am alten Platz der *Streaker* herumtrieb, wollte mit Sah'ots ›Stimmen‹ sprechen. Toshio fand, daß er dem Captain diesen Gefallen schuldig war, auch wenn er das Gefühl hatte, bei einem Betrug mitzuspielen.

Während der Schlitten sank, dachte Toshio an den Rest seiner Aufgaben hier... an das, was er vielleicht würde tun müssen, bevor er von hier verschwand.

Laß Tom Orley oben auf mich warten, wenn ich auftauche, betete er flehentlich. *Damit wären alle Probleme gelöst. Laß Mr. Orley mit seiner Arbeit oben im Norden fertig sein und da oben landen, während ich hier unten bin!*

Und er sank durch den schmalen Schacht in die Finsternis hinab.

87

Gillian

»Mist! Dreimal verfluchter! Die Leitung ist tot. Toshio hat sie schon getrennt.«

»Seien Sie nicht übermäßig beunruhigt.« Die Niss sprach zuversichterweckend auf sie ein. »Es ist sehr wahrscheinlich, daß Takkata-Jim sämtliche Bomben beschlagnahmt hat. Hat Kadett Iwashika nicht gemeldet, er habe gesehen, daß mehrere bereits zur Antriebsenergiegewinnung zerlegt worden seien, wie Sie es erwartet hatten?«

»Ja, und ich habe ihm gesagt, er solle sich deswegen keine Sorgen machen. Aber ich habe doch nicht daran gedacht, ihn zu fragen, ob er sie *gezählt* hat! Ich hatte mit den Einzelheiten des Verlagerungsmanövers zu tun, und ich habe nicht geglaubt, Charlie würde ernsthaften Schaden anrichten können, selbst wenn es ihm durch einen dummen Zufall gelingen sollte, eine seiner Bomben zu behalten!«

»Jetzt wissen wir es natürlich besser.«

Gillian hob den Kopf. Sie fragte sich, ob die Tymbrimi-Maschine diese Bemerkung taktvoll oder versteckt sarkastisch gemeint hatte.

»Naa«, sagte sie, »was geschehen ist, ist geschehen. Was immer passiert, kann sich hier nicht auf uns auswirken. Ich hoffe nur, daß wir unseren zweifelhaften Ruhmestaten auf dieser Reise nicht noch ein Verbrechen gegen eine intelligente Rasse hinzufügen.« Sie seufzte. »Würdest du mir jetzt bitte noch einmal erklären, wie das alles zu einer Legende werden wird?«

88

Toshio

Der Anschluß war hergestellt. Jetzt konnte Creideiki nach Herzenslust unterirdischen Klängen lauschen. Toshio ließ das Monofaserkabel in den Schlamm sinken. Er stieß Ballast aus, und der Schlitten stieg in einer Spiralbahn auf den Bohrbaumschacht zu.

Als er an die Oberfläche kam, wußte Toshio sofort, daß sich etwas verändert hatte. Der zweite Schlitten, derjenige, der Tom Orley gehört hatte, war auf die steile Uferböschung heraufgezogen worden und lag auf der Wiese an der Südseite des Tümpels. Drähte baumelten aus einem geöffneten Teil der Armaturen.

Charles Dart hockte am Rande des Wassers. Der Schimp beugte sich vor und preßte einen Finger auf die Lippen.

Toshio stellte die Motoren ab und ließ die Gurte aufschnappen. Er setzte sich auf und spähte auf der Lichtung umher, doch er sah nur die schwankenden grünen Wedel des Waldes.

Charlie sagte in gutturalem Flüstern: »Ich glaube, Takkata-Jim und Metz planen, demnächst von hier zu verschwinden, Toshio – mit mir oder ohne mich.« Dart wirkte verwirrt, als verblüffe ihn die Torheit einer solchen Idee.

Toshio versuchte, sich nichts anmerken zu lassen. »Weshalb glauben Sie das, Dr. Dart?«

»Nun, kaum warst du unten, da kamen zwei von Takkata-Jims *Steno*-Typen und bauten das Radio aus dem Schlitten aus. Außerdem haben sie die Maschinen getestet, während du unten warst. Erst klangen sie etwas holprig, aber jetzt arbeiten sie dran. Ich glaube, inzwischen ist es ihnen sogar egal, ob du dich wieder zurückmeldest oder nicht.«

Toshio hörte ein leises Grollen im Süden, ein fernes Heulen, das ungleichmäßig an- und wieder abschwoll.

Eine rasche Bewegung im Norden zog seinen Blick auf sich. Er sah, wie Ignacio Metz auf dem Waldweg in Richtung Süden hastete. Er schleppte dicke Aktenbündel mit sich. Hinter ihm marschierten vier stämmige Kiqui im Gänsemarsch – Freiwillige aus dem Dorf. Ihre Luftsäcke blähten sich stolz, aber es war ihnen sichtlich unangenehm, sich dem lauten Maschinenlärm zu nähern. Sie trugen unförmige Bündel vor sich her.

Im Laub funkelten mehrere Dutzend weit aufgerissene Augenpaare, die die Prozession nervös beobachteten.

Toshio lauschte dem Klang der Triebwerke und fragte sich, wieviel Zeit ihm noch blieb. Takkata-Jim war mit dem Recycling der Bomben schneller fertig, als er erwartet hatte. Vielleicht hatten sie den Delphin-Lieutenant unterschätzt. Was hatte er sonst noch alles improvisieren können, um das Langboot vor der Zeit startklar zu machen?

Sollte ich versuchen, den Start zu verzögern? Wenn ich noch länger warte, werde ich die Streaker *kaum noch rechtzeitig erreichen.*

»Und was sagen Sie dazu, Doktor Dart? Sind Sie bereit, hier Schluß zu machen und an Bord zu hüpfen, wenn Takkata-Jim Sie ruft?«

Dart warf einen Blick auf seine Konsole und schüttelte

den Kopf. »Ich brauche noch sechs Stunden«, grollte er. »Vielleicht haben wir zwei ja 'n gemeinsames Interesse daran, den Start des Langbootes zu verzögern. Hast du 'ne Idee?«

Toshio überlegte.

Tja, das ist es wohl, was? Dies ist der Augenblick, in dem du zu entscheiden hast. Verschwinde jetzt, *falls du je von hier weg willst.*

Toshio atmete tief aus. *Ach ja.*

»Wenn mir eine Möglichkeit einfällt, sie noch ein wenig aufzuhalten, Dr. Dart, werden Sie mir dann helfen?«

Dart zuckte die Achseln. »Im Augenblick habe ich nichts weiter zu tun, als darauf zu warten, bis mein Robo eine... ein Instrument in die Kruste eingegraben hat. Bis dahin habe ich frei. Was soll ich tun?«

Toshio hakte die Monofaserspule von seinem Schlitten los und schnitt das freie Ende durch.

»Tja, für den Anfang werden wir jemanden brauchen, der auf ein paar Bäume klettern kann...«

Charlie zog eine Grimasse. »Klischees«, brummte er vor sich hin. »Immer wieder Klischees. Ich werd' sie einfach nicht los.«

89

Gillian

Langsam schüttelte sie den Kopf. Vielleicht lag es ja an ihrer Müdigkeit, aber sie verstand nicht mehr als einen Bruchteil dessen, was die Niss ihr erklärte. Jedesmal, wenn sie die Maschine dazu bringen wollte, einen verzwickten Sachverhalt galaktischer Traditionen zu vereinfachen, beharrte das Ding darauf, Beispiele zu bringen, die alles nur noch verworrener erscheinen ließen.

Sie kam sich vor wie ein Cro-Magnon, der die Intrigen am Hofe Ludwigs XIV. zu verstehen versuchte. Die Niss wollte anscheinend sagen, daß die Entdeckungen der

Streaker Konsequenzen haben würden, die weit über die gegenwärtige, durch die verlassene Flotte ausgelöste Krise hinausreichten. Aber die verzwickten Zusammenhänge, die zu dieser Behauptung führten, entzogen sich ihrem Verständnis.

»Doktor Baskin.« Die Maschine versuchte es noch einmal von vorn. »Jede Epoche hat ihren Wendepunkt. Manchmal liegt er auf dem Schlachtfeld. Manchmal zeigt er sich in einem technologischen Fortschritt. Manchmal ist das entscheidende Ereignis philosophischer Natur und so obskur, daß die zeitgenössischen Spezies sich der Tatsache, daß sich etwas verändert hat, kaum bewußt sind, bevor ihre ganze Weltsicht in Scherben geht.

Aber oft, sehr oft, geht einer solchen Umwälzung eine Legende voraus. Ich weiß kein anderes englisches Wort dafür... eine *Geschichte,* deren Bilder den Geist beinahe aller Sophonten beherrschen... eine *wahre* Geschichte von gewaltigen Taten und machtvollen archetypischen Symbolen, welche die bevorstehenden Veränderungen ankündigt.«

»Willst du mir sagen, *wir* könnten zu einer solchen Legende werden?«

»Genau dies sage ich.«

Gillian konnte sich nicht erinnern, sich jemals so klein gefühlt zu haben. Das Gewicht dessen, was die Niss implizierte, war zu schwer für ihre Schultern. Ihre Pflichten gegenüber der Erde und dem Leben von einhundertfünfzig Besatzungsmitgliedern und Freunden waren ihr Bürde genug.

»Archetypische Symbole, sagst du...«

»Was könnte symbolischer sein, Dr. Baskin, als die *Streaker* und ihre Entdeckungen? Schon eine einzige davon, die Verlassene Flotte, hat die Fünf Galaxien buchstäblich auf den Kopf gestellt. Und nun fügen Sie die Tatsache hinzu, daß diese Entdeckung der jüngsten aller Klientenrassen zuzuschreiben ist – einer Rasse, deren Patrone Wölflinge sind, die ihrerseits behaupten, niemals einen Patron gehabt zu haben! Hier auf Kithrup, wo sich angeblich kein bewußtes Leben hat entwickeln können, *finden* Sie eine reife, präintelligente Rasse, und Sie nehmen ein großes Risiko auf sich, um diese Unschuldigen vor einer erstarrten und verkalkten Zivilisation zu beschützen…«

»Moment, jetzt…«

»Und nehmen Sie nun noch die Karrank%. In keiner Epoche der jüngeren Vergangenheit ist eine vernunftbegabte Rasse von dem System, das sie zu beschützen hatte, so gemein mißhandelt, so skrupellos mißbraucht worden.

Wie groß nun waren die Chancen, daß ausgerechnet *dieses* Schiff zufällig zu dem Planeten fliehen würde, der *ihre* letzte Zuflucht war? Sehen Sie nicht die Bilder, die all dem zugrunde liegen, Doktor Baskin? Von den Progenitoren bis hinunter zu der allerjüngsten Rasse: Was man sieht, ist eine machtvolle Predigt über das System des Liftens.

Wie immer Ihr Fluchtversuch auch ausgehen mag, ob er nun gelingt oder scheitert, den Sternen wird nichts anderes übrigbleiben, als ein großartiges Lied aus Ihrem Abenteuer zu machen. Und dieses Lied, so glaube ich, wird mehr verändern, als Sie sich vorstellen können.« Die Stimme der Niss nahm einen gedämpften, beinahe ehrfurchtsvollen Ton an, ehe sie verstummte. Die Bedeutung dessen, was sie gesagt hatte, hing gewichtig in der Stille.

Gillian stand auf der schräggeneigten Decke der dunklen, kopfübergekehrten Kammer und blinzelte in das Funkeln der holographischen Lichtpunkte. Die Stille war drückend.

Nach einer Weile schüttelte Gillian den Kopf.

»Einer von deinen dämlichen Tymbrimi-Späßen«, seufzte Gillian. »Ein gottverdammtes Ammenmärchen. Du willst mich auf den Arm nehmen.«

Eine Zeitlang drehten sich die Funken stumm umeinander. »Würden Sie sich wohler fühlen, wenn ich sagte, daß es so ist, Dr. Baskin? Und würde sich an dem, was Sie zu tun haben, auch nur ein Jota ändern, wenn ich sagte, daß es nicht so ist?«

Sie zuckte die Achseln. »Vermutlich nicht. Na, wenigstens hast du mich für ein Weilchen von meinen eigenen Sorgen abgelenkt. Mir schwirrt der Kopf von all diesem philosophischen Quatsch, vielleicht kann ich jetzt sogar ein wenig schlafen.«

»Ich bin Ihnen immer gern zu Diensten.«

Gillian verzog die Mundwinkel. »Das kann man wohl sagen.« Sie kletterte auf eine Verpackungskiste, um die Tür zu erreichen, aber bevor sie sie öffnete, warf sie noch einmal einen Blick auf die Maschine. »Sag mir noch eines, Niss. Hast du Creideiki den gleichen Stuß erzählt, den du mir gerade vorgesetzt hast?«

»Nicht in englischen Worten, nein. Aber wir haben ungefähr diese Themen besprochen.«

»Und hat er dir geglaubt?«

»Ja, das hat er, glaube ich. Offen gesagt, ich war ein wenig überrascht. Es war fast, als hätte er das alles schon einmal gehört, aus einer anderen Quelle.«

Damit war das Geheimnis seines Verschwindens zum Teil gelüftet. Im Augenblick zumindest konnte sie nichts unternehmen.

»Mal angenommen, er hat dir tatsächlich geglaubt: Was will er denn da draußen erreichen?«

Die Funken rotierten ein paar Sekunden lang. »Dr. Baskin, ich vermute, sein vordringliches Ziel ist es, *Verbündete* zu finden. Auf einer ganz und gar anderen Ebene versucht er wohl, der Legende ein paar ausgesuchte Verse hinzuzufügen.«

90
Creideiki

Sie stöhnten. Sie hatten schon immer Schmerzen empfunden. Seit Äonen tat ihnen das Leben weh.

: Hört zu :

Er rief nach ihnen in der Sprache der alten Götter, umschmeichelte die Karrank%, damit sie ihm antworteten.

: Hört zu : Ihr In Der Tiefe Verborgenen – Ihr Traurigen, Mißbrauchten : Ich Rufe Euch Von Außen: Ich Bitte Um Eine Audienz :

Das gramvolle Singen verstummte, und er fühlte, wie ihn ein Hauch von Gereiztheit im akustischen wie im PSI-Bereich erreichte – ein knappes Achselzucken, mit dem man einen lästigen Floh verscheuchte.

Dann erhob sich wieder der Klagegesang.

Creideiki ließ sich nicht abweisen, er drängte, tastete. Er schwebte über dem Relais, das die *Streaker* zurückgelassen hatte, atmete unter der Luftkuppel seines Schlittens und versuchte, die Aufmerksamkeit der alten Einsiedler zu gewinnen. Das elektrische Summen eines fernen Robots half ihm, seine schwache Botschaft zu verstärken.

: Ich Rufe Euch Von Außen: Ich Suche Hilfe: Eure Alten Peiniger Sind Auch Unsere Feinde :

Diese Behauptung strapazierte die Wahrheit ein wenig, aber nicht in ihrer Essenz. Hastig fuhr er fort, Klangbilder zu formen, als er fühlte, wie sich ihre Aufmerksamkeit auf ihn zu bewegte.

: Wir Sind Eure Brüder: Wollt Ihr Uns Helfen? :

Das grollende Summen explodierte plötzlich. Sein PSI-Anteil fühlte sich wütend und fremdartig an. Der Klanganteil prasselte wie ein starkes statisches Geräusch. Ohne seine Lehrzeit im Meer der Träume, dessen war Creideiki sicher, hätte er es nicht ergründen können.

+ STÖRT UNS NICHT! -
- BLEIBT NICHT HIER! +
+ WIR HABEN KEINE BRÜDER -
- WIR WEISEN ES ZURÜCK +
+ DAS UNIVERSUM -
- GEHT FORT! +

Creideikis Kopf dröhnte von dieser machtvollen Abweisung. Dennoch, die Gewalt dieser PSI-Kraft war ermutigend.

Was die Crew der *Streaker* die ganze Zeit über gebraucht hatte, war ein Verbündeter gewesen, *irgendein* Verbündeter. Sie brauchten unbedingt Hilfe, zumindest eine Ablenkung, wenn Thomas Orleys Täuschungs- und Verkleidungsplan eine Chance haben sollte. So fremdartig und verbittert diese unterirdischen Wesen auch waren, sie waren einst Raumfahrer gewesen. Vielleicht würde es ihnen ein wenig Befriedigung verschaffen, anderen Opfern der galaktischen Zivilisation helfend beizustehen.

Er gab nicht auf.

: Schaut! : Lauscht! : Eure Welt Ist Umringt Von Genpfuschern : Sie Suchen Uns : Und Die Kleinen, Die Den Planeten Mit Euch Teilen : Sie Wollen Uns Verkrüppeln : Wie Sie Es Mit Euch Getan Haben: Sie Werden In Die Zone Eurer Eigenen Pein Eindringen :

Er modellierte ein Klangbild gewaltiger Flotten, verziert mit klaffenden Rachen, und er überdeckte das Bild mit einem Ausdruck bösartiger Entschlossenheit.

Eine donnernde Erwiderung zerschmetterte sein Gemälde.

+ WIR HABEN DAMIT NICHTS ZU SCHAFFEN! -

Creideiki schüttelte den Kopf und konzentrierte sich. : Vielleicht versuchen sie, auch *Euch* zu fassen :

+ WIR SIND NUTZLOS FÜR SIE! -
IHR SEID ES, DIE SIE SUCHEN! +
+ NICHT WIR! -

Die Antwort betäubte ihn fast. Creideiki hatte nur noch Kraft für eine einzige Frage. Er wollte sie fragen, was die Karrank% tun würden, wenn man sie tatsächlich angriffe.

Bevor er noch geendet hatte, antwortete ihm ein Knirschen, das sich nicht einmal in die Sinnglyphen der uralten Götter zerlegen ließ. Es war eher ein trotziges Aufbrüllen als eine entzifferbare Äußerung. Dann, einen Augenblick später, brachen Gebrüll und geistige Echos jäh ab. Er schwebte allein im Wasser, und sein Kopf dröhnte von ihrem Zorn.

Er hatte sein Bestes getan. Was nun?

Da er nichts Besseres zu tun hatte, schloß er die Augen und meditierte. Klickend bildete er Sonarspiralen und verwob die Echos, die von den Riffen ringsum widerhallten, zu Mustern. Seine Enttäuschung schwand, als er spürte, wie Nukapai neben ihm Gestalt annahm. Ihr Körper war ein komplexes Gewebe aus seinen eigenen Klängen und den Geräuschen der See. Sie schien sich an seiner Flanke zu reiben, und Creideiki war, als könne er sie *beinahe* fühlen. Ein kurzes sexuelles Beben durchströmte ihn.

: Keine Netten Leute : bemerkte sie.

Creideiki lächelte betrübt.

: Nein, Keine Netten Leute : Aber Sie Leiden : Ich Würde Solche Einsiedler Nicht Stören, Wenn Es Nicht So Notwendig Wäre :

Er seufzte.

: Das Welt-Lied Scheint Zu Sagen, Daß Sie Uns Nicht Helfen Werden :

Nukapai grinste über seinen Pessimismus. Sie wechselte die Tonart und pfiff leise und in amüsiertem Ton.

Geh hinunter
Und höre das Wetter von morgen
Geh hinunter
Vorahnung, Vorahnung…

Creideiki konzentrierte sich, um sie zu verstehen. Wieso sprach sie Trinär, eine Sprache, die für ihn inzwischen fast so schwierig war wie Anglisch? Es gab doch eine andere Sprache, subtil und kraftvoll, deren sie sich jetzt bedienen konnte. Wieso erinnerte sie ihn an seine Behinderung?

Verwirrt schüttelte er den Kopf. Nukapai war eine Fiktion seines eigenen Geistes... oder sie war doch wenigstens beschränkt auf die Laute, die seine eigene Stimme hervorbringen konnte. Wie also konnte es sein, daß er überhaupt Trinär sprechen konnte?

Es gab noch immer Geheimnisse. Je tiefer er kam, desto mehr Geheimnisse schien es zu geben.

Geh hinunter
Nächtlicher Taucher
Geh hinunter
Vorahnung, Vorahnung...

Er wiederholte den Spruch bei sich. Meinte sie, daß aus der Zukunft etwas zu erfahren sei? Daß ein unausweichliches Geschick die Karrank% aus ihrer Isolation herausreißen werde?

Er versuchte immer noch, das Rätsel zu lösen, als er Maschinengeräusche vernahm. Creideiki lauschte ein paar Augenblicke. Aber er brauchte nicht erst die Hydrophone an seinem Schlitten einzuschalten, um das Klangmuster dieser Motoren zu erkennen.

Vorsichtig tastend schob sich ein kleines Raumschiff langsam in den Canyon. Ein Sonarstrahl strich langsam von einem Ende zum anderen. Ein Suchscheinwerfer richtete sich auf die Narben, die die *Streaker* im Meeresgrund hinterlassen hatte. Sonar und Licht belasteten die verstreuten Ausrüstungsgegenstände, die zurückgelassen worden waren, und verharrten schließlich auf dem kleinen Relaiskasten und seinem Schlitten.

Creideiki blinzelte in dem grellen Lichtstrahl. Seine Kiefer öffneten sich zu einem breiten Begrüßungsgrinsen. Aber seine Stimme gefror. Zum erstenmal seit Tagen empfand er Schüchternheit. Er war unfähig zu sprechen, weil er Angst hatte, über die simpelsten Wörter zu stolpern und sich dadurch zum Narren zu machen.

Aus den Schiffslautsprechern erklang, blechern verstärkt, ein einziger, glücklicher Seufzer von eleganter Einfachheit.

Creideiki!

Mit wohliger Freude erkannte er die Stimme. Er ließ die Motoren seines Schlittens an und löste sich von dem Relais. Als er auf die sich öffnende Schleuse des Skiffs zujagte, rief er langsam und sorgfältig artikulierend englische Worte.

»Hikahi... Gut... deine... Stimme... wieder... zu... hören...«

91

Tom Orley

Nebel zogen über dem Rankenmeer dahin. Das war bis zu einem gewissen Grade gut. Er kam dadurch leichter ungesehen voran. Aber es machte die Suche nach verborgenen Fallen schwieriger.

Während er über das letzte Stück des Lianenteppichs vor dem offenen Heck des abgestürzten Kreuzers hinwegkroch, spähte Tom aufmerksam umher. Unter Wasser war dieses Stück nicht zu überwinden, und er zweifelte nicht daran, daß diejenigen, die in dem Wrack untergeschlüpft waren, ihre Vorkehrungen getroffen hatten.

Er fand die Anlage wenige Schritte vor der klaffenden Öffnung. Dünne Drähte von einer flach anfragenden Ranke zur nächsten gespannt. Tom untersuchte das Arrangement und wühlte sich dann behutsam unter den Stolperdrähten hindurch. Als er sie hinter sich gebracht hatte, kroch er leise an das schwimmende Wrack heran und lehnte sich gegen die zernarbte Außenhaut.

Das Ungeziefer, das zwischen den Ranken hauste, hatte während der Kämpfe Deckung genommen. Jetzt aber, da fast alle Kombattanten tot waren, hatte es sich wieder hervorgewagt. Das froschartige Krächzen der kleinen Kriechtiere brach sich gespenstisch in dem ungesunden Nebeldunst. In der Ferne hörte Tom das Rollen des Vulkans. Sein leerer Magen knurrte; es klang laut genug, um die Progenitoren wiederzuerwecken.

Er überprüfte sorgfältig seine Waffe. Im Magazin der Nadelpistole waren nur noch wenige Schuß. Hoffentlich irrte er sich nicht, was die Zahl der ETs betraf, die in dem Schiff Schutz gesucht hatten.

Hoffentlich habe ich auch in einigen anderen Dingen recht, erinnerte er sich. *Es hängt eine Menge davon ab, daß ich hier etwas zu essen finde - und die Informationen, die ich brauche.*

Er schloß die Augen zu einer kurzen Meditation, dann drehte er sich um und kroch unter die Öffnung. Mit einem Auge lugte er über die ausgezackte Kante hinweg.

Drei vogelähnliche Gubru kauerten um ein buntes Sammelsurium von Ausrüstungsgegenständen auf dem schräggeneigten Deck. Ein kleines, unzureichendes Heizgerät beanspruchte die Aufmerksamkeit zweier Aliens, die ihre zartgliedrigen Arme darüberhielten, um sie zu wärmen. Der dritte hockte vor einer verkratzten Instrumentenkonsole und zirpte auf Galactic Vier, einer Sprache, die unter den vogelartigen Spezies weit verbreitet war.

»Keine Spur von den Menschen oder ihren Klienten«, piepste das Wesen. »Aber wir haben unser Tiefensuchgerät verloren, deshalb können wir nicht ganz sicher sein. Zu sehen ist von den Erdlingen jedenfalls nichts. Wir können hier nichts weiter erreichen. Bitte kommt und holt uns.«

Das Radio krachte. »Unmöglich, das Versteck zu verlassen. Unmöglich, derzeit letzte Kräfte zu verschwenden. Ihr müßt aushalten. Ihr müßt euch verstecken. Ihr müßt warten.«

»Warten? Wir sitzen in einem Wrack, in dem radioaktive Lebensmittel liegen! Wir sitzen in einem Wrack, dessen Ausrüstung zerstört ist! Und dieses Wrack ist das beste von allen, die noch schwimmen! Ihr müßt uns holen!«

Tom fluchte im Geiste, als er dies hörte. Adieu, Proviant!

Der Gubru am Radio beharrte auf seinen Protesten. Die beiden anderen hörten ihm zu und traten ungeduldig von einem Bein aufs andere. Einer von ihnen stampfte mit den klauenbewehrten Füßen und fuhr abrupt herum, als wolle er den Funker unterbrechen. Sein Blick glitt über die Öffnung in der Wand. Bevor Tom sich hatte ducken können, wurden die Augen des Vogelwesens groß. Es hob eine Klaue, um auf ihn zu deuten.

»Ein Mensch! *Schnell…*«

Tom schoß ihm in die Brust. Ohne sich die Zeit zu nehmen, es fallen zu sehen, hechtete er durch die Öffnung und rollte hinter eine halb umgekippte Instrumentenkonsole. Auf den Ellbogen kroch er dahinter entlang und gab rasch nacheinander zwei Schüsse ab, als der zweite Gubru auf ihn anlegte. Der Alien taumelte rückwärts, und eine feine Flamme zischte aus dem kleinen Handstrahler und versengte die ohnedies geschwärzte Decke.

Der Galactic am Radio starrte Tom an. Dann wanderte sein Blick auf das Radio neben ihm.

»So was darfst du nicht mal denken«, krächzte Tom in seinem schwerfälligen akzentuierten Galactic Vier. Der Zackenkamm des Alien kräuselte sich überraschend. Er ließ die Hände sinken und blieb reglos stehen.

Tom erhob sich vorsichtig, ohne die Mündung seiner Waffe von dem überlebenden Gubru zu wenden. »Wirf deinen Waffengurt ab und geh weg von dem Sender.

Langsam. Vergiß nicht: Wir Menschen sind Wölflinge. Wir sind wilde, fleischfressende Raubtiere und unglaublich schnell! Bring mich nicht dazu, dich zu fressen!« Er grinste sein breitestes Grinsen, um möglichst viele Zähne blitzen zu lassen.

Das Wesen erschauerte und schickte sich an, zu gehorchen. Tom ermutigte es mit einem Knurren zu diesem Gehorsam. Gelegentlich konnte es von Nutzen sein, wenn man einen Ruf als Primitiver besaß.

»Okay«, sagte er, als der Alien sich dorthin bewegte, wohin er deutete: Neben die klaffende Öffnung. Tom zielte weiter auf ihn und setzte sich neben das Radio. Ein aufgeregtes Zwitschern drang aus dem Gerät.

Er kannte das Modell – *Ifni sei Dank!* – und stellte es ab.

»Warst du auf Sendung, als dein Freund hier mich entdeckte?« fragte er seinen Gefangenen. Ob der Commander der versteckten Gubru-Streitkräfte das Wort ›Mensch‹ wohl gehört hatte?

Der Kamm des ET flatterte. Seine Antwort war so unsinnig, daß Tom sich einen Moment lang fragte, ob er vielleicht die Frage falsch formuliert hatte.

»Du mußt deinen Stolz aufgeben«, sang das Geschöpf und plusterte sich auf. »Alle Jungen müssen ihren Stolz aufgeben. Stolz führt zum Irrtum. Hybris führt zum Irrtum. Nur der rechte Glaube kann retten. Wir können...«

»Das reicht!« bellte Tom.

»...können euch vor den Ketzern retten. Führt uns zu den wiederkehrenden Progenitoren. Führt uns zu den alten Meistern. Führt uns zu den Regelgebern. Führt uns zu ihnen. Sie gedenken in das Paradies zurückzukehren, das sie anordneten, als sie vor langer Zeit davonzogen. Sie erwarten das Paradies, und sie wären hilflos, träfen sie auf Gelichter wie die Soro, die Tandu, die Thennanin oder...«

»Thennanin! Das ist es, was ich wissen muß! Kämpfen die Thennanin noch? Nehmen sie an der Schlacht noch teil?« Tom schwankte, so intensiv war seine Not, dies zu erfahren.

»...die Dunklen Brüder. Sie werden Schutz brauchen, bis man ihnen helfen kann zu verstehen, welche gräßlichen Dinge in ihrem Namen geschehen – Verstöße gegen den rechten Glauben, Ketzerei im Überfluß. Führt uns zu ihnen, helft uns, das Universum zu säubern. Euer Lohn wird groß sein, die Modifikationen klein, der Dienstkontrakt kurz...«

»Schluß jetzt!« Tom spürte, daß Anspannung und Erschöpfung der letzten paar Tage eine kochende Wut in ihm aufsteigen ließen. Neben den Soro und den Tandu hatten die Gubru zu den schlimmsten Verfolgern der Menschheit gehört. Von diesem hier hatte er nun hingenommen, was er hinzunehmen bereit war.

»Hör auf damit und beantworte meine Frage!« Er feuerte auf den Boden neben den Füßen des Alien. Dieser hüpfte überrascht beiseite und riß die Augen auf. Tom schoß noch zweimal. Einmal wich der Gubru wie tanzend einem Querschläger aus, dann fuhr er zusammen, als die Nadelpistole fehlzündete und eine Ladehemmung bekam.

Der Galactic starrte Tom an und krähte dann entzückt auf. Er spreizte die gefiederten Arme und entblößte lange Krallen. Zum erstenmal äußerte er sich direkt und verständlich.

»Jetzt wirst *du* reden, du impertinenter, halbfertiger, herrenloser Emporkömmling!«

Kreischend stürzte er sich auf Tom.

Tom warf sich zur Seite, und das kreischende Vogelwesen rauschte an ihm vorbei. Durch Hunger und Erschöpfung langsamer geworden, konnte er nicht verhindern, daß eine rasiermesserscharfe Kralle seinen Anzug durchdrang und ihm an einer Rippe entlang die Seite aufschlitzte. Er schnappte nach Luft und taumelte gegen die blutbefleckte Wand während der Gubru sich umdrehte, um erneut anzugreifen.

Keiner von ihnen verschwendete einen Gedanken an

die Waffen, die am Boden lagen. Leer und glitschig, waren sie das Risiko nicht wert, sich zu bücken und sie zu ergreifen.

»Wo sind die Delphiiine?« schnarrte der Gubru und tänzelte vor und zurück. »Sag es mir, oder ich werde dich auf andere Weise lehren, Respekt zu haben vor denen, die über dir stehen.«

Tom nickte. »Lern doch schwimmen, Spatzenhirn. Dann bringe ich dich zu ihnen.«

Wieder spreizte der Gubru die Krallen. Kreischend griff er an.

Tom nahm seine letzten Kräfte zusammen. Er sprang in die Höhe und traf die Kehle des Wesens mit einem verzweifelten Tritt. Das Kreischen brach abrupt ab, und er fühlte, wie die Wirbelsäule brach. Der ET ging zu Boden und glitt über das feuchte Deck, bis er gegen die Wand prallte, wo er als formloses Bündel liegenblieb.

Tom landete hart neben ihm. Tränen standen ihm in den Augen. Keuchend kauerte er auf Händen und Knien und sah auf seinen Gegner hinunter.

»Ich hab'... hab' dir gesagt, wir sind... Wölflinge...«, murmelte er.

Sobald er konnte, ging er auf unsicheren Beinen zu dem scharfkantigen Riß in der Flanke des Schiffes, lehnte sich gegen die einwärtsgerollte, geschwärzte Unterkante und starrte hinaus in die treibenden Nebelschwaden.

Jetzt hatte er nichts mehr außer seiner Maske, seinem Destillator, seinen Kleidern und... ach ja, die beinahe wertlosen Waffen der Gubru waren noch da. Und natürlich die Meldebombe. Er spürte ihr Gewicht an seinem Leib.

Ich habe die Entscheidung lange genug hinausgeschoben, befand er. Solange gekämpft worden war, hatte er so tun können, als suche er nach Antworten. Aber vielleicht hatte er auch nur gezaudert.

Ich wollte sichergehen. Ich wollte wissen, ob der Trick

eine Chance hatte, zu klappen. Und damit er klappen kann, muß es Thennanin geben.

Ich habe diesen Scout gefunden. Der Gubru hat von Thennanin gesprochen. Muß ich erst ihre Flotte sehen, um zu glauben, daß da oben noch ein paar von ihnen an der Schlacht teilnehmen?

Er begriff, daß es noch einen Grund gab, weshalb er die Entscheidung hinausgezögert hatte.

Wenn ich das Ding gezündet habe, sind Creideiki und Gillian fort. Sie werden keine Möglichkeit haben, mich aufzulesen. Ich sollte, wenn überhaupt, allein zum Schiff zurückfinden.

Während seiner Kämpfe auf dem Rankenteppich hatte er stets gehofft, ein funktionierendes Schiff in seine Hand zu bringen. Irgend etwas, womit er nach Hause fliegen konnte. Aber hier waren nur Wracks.

Er lehnte sich mit dem Rücken gegen das kühle Metall und zog die Meldebombe heraus.

Soll ich sie zünden?

Das ›Seepferd‹ war seine Idee gewesen. Wozu war er hier draußen, weit weg von Gillian und von zu Hause, wenn nicht, um herauszufinden, ob sie funktionierte?

Sein Blick fiel über das blutbeschmierte Deck des Alienkreuzers auf das Gubru-Radio.

Weißt du, sagte er zu sich selbst, *ich könnte ja noch etwas probieren. Selbst wenn ich mich damit zu einer mustergültigen Zielscheibe mache, so erfahren Jill und die anderen doch wenigstens alles, was ich weiß.*

Und vielleicht erreiche ich ja sogar mehr als das.

Er sammelte seine Kräfte, um noch einmal aufzustehen. *Na ja,* dachte er, während er taumelnd auf die Beine kam. *Hier gibt es sowieso nichts zu essen. Warum soll ich nicht stilvoll von hier verschwinden?*

TEIL NEUN

AUFSTIEG

»Die Sonne geht, ein Stern steigt auf,
Man ruft mich deutlich zu sich her.
So laßt mir klaglos meinen Lauf,
Wenn ich denn fahr' hinaus aufs Meer.«

A. TENNYSON

92
Dennie & Sah'ot

»Der Weg issst weiter, Dennie. Bist du sicher, daß wir nicht einfach geradewegs nach Südwesten schwimmen sollten?«

Sah'ot glitt neben dem Schlitten dahin. Mühelos hielt er das Tempo. Alle paar Flossenschläge stieg er schwungvoll an die Oberfläche, um zu blasen, und kam dann wieder zu seiner Gefährtin herunter, ohne auch nur im mindesten zurückzufallen.

»Ich weiß, daß es schneller gehen würde, Sah'ot«, antwortete Dennie, ohne den Blick von ihrem Sonar-Display zu wenden. Sie achtete sorgfältig darauf, sich von den Metallinseln fernzuhalten. Es war die Gegend, in der der Killertang wuchs. Toshios Erzählung von seiner Begegnung mit der tödlichen Pflanze hatte sie in Angst und Schrecken versetzt, und sie war entschlossen, die unbekannten Hügel im weiten Bogen zu umschiffen.

»Weshalb kehren wir dann zu dem alten Platz der *Streaker* zurück, bevor wir nach Süden weiterschwimmen?«

»Aus mehreren Gründen«, erklärte Dennie. »Erstens *kennen* wir diesen Teil der Route, weil wir hier schon einmal waren. Der Weg vom alten Liegeplatz zum Seepferd führt uns dann schnurstracks nach Süden, und so besteht kaum Gefahr, daß wir uns verirren.«

Sah'ot lachte ohne Überzeugung. »Und?«

»Und außerdem besteht auf dieser Strecke die Möglichkeit, daß wir Hikahi finden. Ich schätze, sie dürfte jetzt etwa am alten Liegeplatz umherstreifen.«

»Hat Gillian dich gebeten, nach ihr Ausschau zu halten?«

»Yeah«, log Dennie. Tatsächlich hatte sie ihre eigenen Gründe, Hikahi finden zu wollen.

Sie hatte Angst vor dem, was Toshio zu tun beabsichtigte. Es war möglich, daß er seinen Abschied von der

Insel zu verzögern gedachte, bis die Vorbereitungen der *Streaker* beendet wären und Takkata-Jim keine Zeit mehr für Störmanöver hatte. Aber dann würde es für ihn natürlich zu spät sein, das Schiff mit dem Schlitten zu erreichen.

In diesem Falle wäre das Skiff Toshios einzige Chance. Sie mußte Hikahi vor Gillian finden, denn Gillian würde das Skiff vielleicht zu Tom Orley schicken und nicht zu Toshio.

Sie wußte, sie dachte die Dinge nicht zu Ende und hatte ein schlechtes Gewissen bei ihrem Entschluß. Aber wenn sie einen Delphin belügen konnte, dann konnte sie auch noch einen zweiten belügen.

93

Tokkato-Jim & Metz

Der frühere Vize-Captain warf den Kopf hin und her und knirschte mit den Zähnen, während er den neuesten Sabotagefall überdachte.

»Ich werde ihre Gedärme an die Äsßste des Waldes hängen!« zischte er. Die schweren hydraulischen Arme seiner gepanzerten Spinne surrten.

Ignacio Metz starrte auf die dünnen, beinahe unsichtbaren Drähte, die sich wie ein engmaschiges Netz über das Langboot spannten und es am Boden festhielten. Er kniff die Augen zusammen und versuchte den feinen Fasern bis in den Wald zu folgen. Dann schüttelte er den Kopf. »Sind Sie sicher, daß Sie nicht überreagieren, Vize-Captain? Mir scheint, der Junge wollte doch nur dafür sorgen, daß wir nicht vor dem vereinbarten Zeitpunkt starten.«

Takkata-Jim wirbelte herum und funkelte den Mann an. »Und haben *Sie* es sich plötzlich anders überlegt? *Doktor* Metzzz? Meinen Sie jetzt, wir sollten zulassen, daß die wahnsinnige Frau, die jetzt das Kommando auf der *Streaker* hat, unsere Kameraden in den sicheren Tod führt?«

»N-nein! natürlich nicht!« Metz wich vor dem beißenden Zorn des Delphin-Offiziers zurück. »Ich bin Ihrer Meinung, wir sollten nicht aufgeben. Wir müssen den Galactics unser Kompromißangebot unterbreiten, aber...«

»Aber?«

Metz zuckte die Achseln. »Ich denke nur, Sie dürften es Toshio nicht zum Vorwurf machen, wenn er seine Arbeit tut...«

Takkata-Jim klappte die Kiefer zusammen, daß es knallte wie ein Gewehrschuß, und bewegte seinen Schreiter auf Metz zu. Weniger als einen Schritt vor dem nervösen Mann hielt er an.

»Sie *denken!* Sie DENKEN! Von allen Komödien ist dasss wirklich die größte! Sie, der Sie in Ihrer Arroganz glaubten, Ihre Klugheit übersteige die aller irdischen Räte! Sie, der Sie Ihre zahmen Monster in eine ohnedies fragile Mannschaft schmuggelten! Sie, der Sie sich selbst belogen, indem Sie so taten, als sei alles in Ordnung, und der Sie die Anzeichen der Gefahr ignorierten, als Ihre verzweifelten Klienten Ihre ›Klugheit‹ so dringend brauchten – *jawohl,* Ignacio Metz! Sie denken! Sagen Sie mir, was denken Sie?«

»A-aber wir... Sie und ich, wir waren doch fast immer einer Meinung! Meine genmutierten *Stenos* waren Ihre loyalsten Anhänger! Sie waren die einzigen, die hinter Ihnen standen!«

»›Ihre‹ *Stenos* waren keine *Stenos!* Sie waren umnachtete, unberechenbare Kreaturen, die auf dieser Mission nichtsss verloren hatten! Ich habe sie *benutzt,* wie ich auch *Sie* benutzt habe! Aber stellen Sie mich nicht auf eine Stufe mit Ihren Monstern, Metz!«

Wie betäubt ließ Metz sich gegen die Wand des Langbootes sinken.

In der Nähe hörte man die Geräusche zurückkehrender Schreiter. Mit einem glühenden Blick gebot Takkata-

Jim dem Mann zu schweigen. Sreekah-Pols Spinne brach durch das Gebüsch.

»Die Monofasern f-führen zum T-tümpel«, erklärte der Fin. Sein Anglisch klang so schrill, daß Metz ihm beinahe nicht mehr folgen konnte. »Sie verschwinden im Wassser und sind um den St-stamm des Bohrbaumesss gewickelt-t.«

»Hast du sie durchgeschnitten?«

»Jjjaaa!« Der Neo-Fin schwenkte den Kopf auf und ab.

Takkata-Jim nickte. »Dr. Metz, bitte machen Sie die Kiqui bereit. Sie sind unser zweitwichtigstes Handelsobjekt, und wir müssen dafür sorgen, daß jede Rasse, mit der wir Kontakt aufnehmen, sie in Augenschein nehmen kann.«

»Wohin gehen Sie?« fragte Metz.

»Das brauchen Sie nicht zu wissen.«

Metz sah Takkata-Jims entschlossenen Gesichtsausdruck. Dann fiel sein Blick auf die drei *Stenos*. In ihren Augen glitzerte gieriger Wahnsinn.

»Sie haben sie auf Primal angestachelt!« keuchte er. »Das sehe ich! Sie haben diese Fen in den Wahnsinn getrieben! Und Sie werden sie zu Mördern machen!«

Takkata-Jim seufzte. »Ich werde später mit meinem Gewissen ringen, Dr. Metz. Bis dahin aber werde ich tun, was ich tun muß, um das Schiff und unsere Mission zu retten. Da ein vernünftiger Delphin keinen Menschen töten kann, brauche ich irrsinnige Delphine.«

Die drei *Stenos* grinsten Metz an. Von Grauen erfüllt, schaute er in ihre Augen und lauschte ihrem wilden Klicken.

»Takkata-Jim, Sie sind verrückt!« wisperte er.

»Nein, Dr. Metz.« Takkata-Jim schüttelte mitleidig den Kopf. »*Sie* sind verrückt. Diese Fen sind verrückt. Aber *ich* handle nicht anders, als ein verzweifelter und opferbereiter Mensch vielleicht ebenfalls handeln würde. Krimineller oder Patriot, das war schon immer Ansichtssache. Aber ich bin bei Verstand.«

Metz riß die Augen auf. »Aber Sie können niemanden mit zur Erde nehmen, der weiß…« Er erbleichte, dann drehte er sich um und wollte auf die Schleuse zulaufen.

Takkata-Jim brauchte nicht einmal einen Befehl auszusprechen. Ein aktinischer blauer Lichtstrahl zischte aus dem Laser an Sreekah-Pols Schreiter. Ignacio Metz seufzte und fiel vor der Einstiegsschleuse des Langbootes in den Schlamm. Er starrte Sreekah-Pol an wie ein Vater, der von seinem geliebten Sohn verraten worden war.

Takkata-Jim wandte sich seinen Leuten zu, ohne sich die Übelkeit anmerken zu lassen, die ihm schier den Magen umdrehte.

Findet Findet
Findet Tötet

Tötet
Weichhaut Mensch
Behaarten Affen

Ich warte warte
Hier
Warte hier…

Die Fen stießen einen schrillen Schrei der Zustimmung aus, wandten sich ab und verschwanden im Gleichschritt im Wald. Die schweren Manipulatorarme bogen junge Bäume beiseite, als wären es Zweige.

Der Mann stöhnte. Takkata-Jim schaute auf ihn hinunter und überlegte, ob er ihn von seinen Qualen erlösen sollte. Er hätte es gern getan. Aber er konnte sich nicht dazu überwinden, unmittelbare Gewalt gegen ein menschliches Wesen anzuwenden.

Egal, dachte er. *Es sind noch Reparaturen vorzunehmen. Ich muß bereit sein, wenn meine Monster zurückkehren.*

Takkata-Jim stieg behende über den am Boden liegenden Menschen hinweg und kletterte durch die Schleusenluke.

»Dr. Metz!« Toshio zog den verwundeten Mann zur Seite und hob seinen Kopf. Er flüsterte ihm eindringlich ins Ohr, während er dem Genetiker eine Spray-Ampulle mit Schmerzkiller an den Hals drückte. »Dr. Metz, können Sie mich hören?«

Metz starrte den jungen Mann mit stumpfen Augen an. »Toshio? Mein Junge, du mußt verschwinden! Takkata-Jim hat...«

»Ich weiß, Dr. Metz. Ich war im Gebüsch, als sie Sie niederschossen.«

»Dann hast du gehört...« Metz seufzte.

»Ja, Sir.«

»Und du weißt, was für ein Narr ich gewesen bin...«

»Für so etwas ist jetzt keine Zeit, Dr. Metz. Wir müssen Sie fortschaffen. Charlie Dart versteckt sich hier in der Nähe. Ich werde ihn jetzt holen, während die *Stenos* den anderen Teil der Insel absuchen.«

Metz umklammerte Toshios Arm. »Sie suchen auch nach ihm.«

»Weiß ich. Und einen verblüffteren Schimp haben Sie noch nie gesehen. Er hat ehrlich geglaubt, sie würden nie darauf kommen, daß er mir geholfen hat! Ich werde ihn jetzt holen, und dann bringen wir Sie von hier weg.«

Metz hustete, roter Schaum quoll über seine Lippen. Er schüttelte den Kopf. »Nein. Genau wie Victor Frankenstein scheine auch ich von meiner eigenen Hybris umgebracht zu werden. Laß mich hier. Du mußt zu deinem Schlitten, damit du von hier fortkannst.«

Toshio verzog das Gesicht. »Als erstes sind sie am Tümpel gewesen, Dr. Metz. Ich bin ihnen gefolgt und habe gesehen, wie sie meinen Schlitten versenkten. Da bin ich vorausgelaufen, um die Kiqui von der Insel zu jagen. Dennie hat mir ihr Paniksignal beigebracht, und sie sind auseinandergespritzt wie verrückte Lemminge, als ich es pfiff. Also sind zumindest sie im Augenblick vor den *Stenos* sicher...«

»Keine *Stenos*«, korrigierte Metz. »*Cetus demens Metzii*, würde ich sagen: ›Metz' verrückter Delphin‹... Weißt du, ich glaube, ich bin der erste von Delphinen begangene Mord seit...« Er hob die Faust vor den Mund und hustete wieder.

Metz betrachtete den roten Speichel an seiner Hand und sah dann wieder Toshio an. »Wir wollten die Kiqui den Galactics geben, weißt du. Ich war nicht allzu glücklich darüber, aber er hat mich überzeugt...«

»Takkata-Jim?«

»Ja. Er meinte, es würde nicht genügen, den ETs die Position der verlassenen Flotte mitzuteilen...«

»Hat er denn *Tapes?*« Toshio war verdattert. »Aber wie...?«

Metz hörte nicht zu. Es schien schnell mit ihm zu Ende zu gehen.

»...er glaubte nicht, daß es genügen würde, um die *Streaker* freizukaufen, deshalb... meinte er, wir sollten ihnen die Kiqui noch dazugeben.«

Der Mann packte Toshio matt am Arm. »Du mußt sie freilassen, Toshio. Sie dürfen den Fanatikern nicht in die Hände fallen. Sie sind so vielversprechend. Sie müssen freundliche Patrone bekommen. Vielleicht die Linten... oder die Synthier... Aber wir sind für diese Aufgabe nicht geeignet... Wir wir würden sie zu Karikaturen unserer selbst machen... Wir würden...«

Der Genetiker sackte zusammen.

Toshio wartete neben ihm. Mehr konnte er für den Mann nicht tun. Mit dem, was in seiner kleinen Erste-Hilfe-Tasche enthalten war, konnte er allenfalls seine Schmerzen lindern.

Eine Minute später richtete Metz sich noch einmal auf. Er starrte in die Höhe, ohne etwas zu sehen.

»Takkata-Jim«, keuchte er. »Daran habe ich noch nie gedacht. Aber er ist genau das, was wir gesucht haben! Es war mir nie klar, aber er ist gar kein Delphin! Er ist ein *Mensch*... Wer in aller Welt hätte gedacht...«

Seine Stimme wurde zu einem Rasseln. Seine Augen verdrehten sich nach oben.

Toshio konnte keinen Pulsschlag mehr feststellen. Er ließ den Toten zu Boden gleiten und schlüpfte zurück ins Dickicht.

»Metz ist tot«, sagte er, als er Charles Dart gefunden hatte. Der Schimp starrte ihn aus dem Gebüsch an. Das Weiße seiner Augen leuchtete.

»A-a-aber d-d-das...«

»Das ist Menschenmord. Ich weiß.« Toshio nickte. Er wußte, was Charles Dart fühlte. Die einzige Standardtechnik des Liftens, die die Menschen unverändert von den Galactics übernommen hatten, war die Einprägung eines unüberwindlichen Abscheus gegen Patronenmord in das Gen-Material ihrer Klienten. Einige betrachteten dies als ganz besondere Heuchelei, wenn man das liberale Verhalten der Menschen auf anderen Gebieten bedachte. Aber dennoch...

»Dann w-werden sie nicht einen Augenblick zögern, auch dich und mich abzuschießen!«

Toshio zuckte die Achseln.

»Was machen wir jetzt?« Charlie hatte alle professoralen Manierismen abgelegt. Toshio würde ihm jetzt sagen müssen, was zu tun sei.

Er ist der Erwachsene, und ich bin das Kind, dachte Toshio erbittert. *Es müßte also umgekehrt sein.*

Aber nein. Das ist töricht. Das Alter oder der Patron-Klient-Status hat nichts damit zu tun. Ich bin der militärische Leiter. Es ist mein Job, uns am Leben zu erhalten.

Er verbarg seine Nervosität. »Wir werden tun, was wir bisher getan haben, Dr. Dart. Wir müssen sie stören und ihren Start so lange wie möglich verzögern.«

Dart klappte ein paarmal mit den Augendeckeln und protestierte dann. »Aber wir kommen dann nicht mehr *weg!* Kannst du nicht die *Streaker* rufen, damit sie uns holt?«

»Wenn das überhaupt möglich sein sollte, dann wird Gillian entsprechende Vorkehrungen treffen, dessen bin ich sicher. Aber Sie und ich, wir sind jetzt entbehrlich. Versuchen Sie das zu verstehen, Dr. Dart. Wir sind Soldaten. Man sagt, es liege eine Art Befriedigung darin, sich für andere zu opfern. Ich schätze, das stimmt, denn sonst würde es niemals Legenden geben.«

Der Schimp versuchte ihm zu glauben. Seine Hände flatterten. »Wenn sie zur Erde z-zurückkommen, w-werden sie allen erzählen, was wir getan haben, ja?«

Toshio grinste. »Darauf können Sie Gift nehmen.«

Charlie sah einen Augenblick lang zu Boden. In der Ferne hörten sie die *Stenos* durch das Unterholz brechen.

»Äh, Toshio... da ist etwas, das du wissen solltest...«

»Was denn, Dr. Dart?«

»Äh... erinnerst du dich, daß ich sie wegen einer bestimmten Sache mit dem Start habe warten lassen wollen?«

»Ihr Experiment. Ja, ich erinnere mich.«

»Na ja, die Instrumente, die ich an Bord der *Streaker* zurückgelassen habe, werden die Daten aufzeichnen. Also werden die Informationen nach Hause gelangen, auch wenn ich es nicht schaffe.«

»He, das ist ja großartig, Dr. Dart! Das freut mich für Sie!« Toshio wußte, was dies für den Wissenschaftler bedeutete.

Charlie grinste schwach. »Yeah, und... es ist jetzt zu spät, das Ganze noch zu stoppen, deshalb finde ich, du solltest Bescheid wissen, damit du nicht überrascht bist.«

Etwas an der Art, wie er das sagte, weckte ein leises Unbehagen in Toshio. »Sagen Sie's mir.«

Charlie sah auf die Uhr. »In achtzig Minuten ist der Robot da, wo ich ihn haben will.« Er warf Toshio einen nervösen Blick zu. »Und dann geht meine Bombe hoch.«

Toshio fiel rückwärts gegen einen Baumstamm. »Oh. Großartig. Das ist alles, was uns noch fehlt...«

»Ich wollte es Takkata-Jim kurz vorher sagen, so daß

wir darüber schweben könnten, wenn sie explodiert«, erklärte Charlie belämmert. »Aber ich würde mir keine allzu großen Sorgen machen. Ich hab' mir Dennies Karte von der Kaverne unter der Insel angesehen. Ich würde sagen, die Chancen stehen eins zu eins, daß der Hügel nicht mal einstürzt, aber... weißt du...« Er spreizte die Arme.

Toshio seufzte. Sie würden sowieso sterben. Zum Glück schien diese allerneueste Wendung keinerlei kosmische Implikationen in sich zu bergen.

94

Streaker

»Wir sind fertig.« Er ließ seine Meldung völlig sachlich klingen.

Gillian hob den Blick von ihrem Holo-Display. Hannes Suessi stand bei der Tür und salutierte mit zwei Fingern. Das Licht aus dem hellerleuchteten Gang malte ein scharf konturiertes Trapez auf den Boden des halbdunklen Raumes.

»Die Impedanzangleichungen...?« fragte sie.

»So gut wie perfekt. Anders ausgedrückt: Wenn wir zur Erde kommen, werde ich vorschlagen, den Thennanin ein paar alte Schiffe abzukaufen, um alle Snarks damit auszustatten. Wir werden langsam sein, und zwar doppelt langsam, weil die Zentralkammer voll Wasser ist. Aber die *Streaker* wird hochkommen, sie wird fliegen, und sie wird den Krümmungssprung schaffen. Außerdem bedarf es schon eines höllischen Hammers, die Außenhaut zu durchschlagen.«

Gillian legte einen Fuß auf ihren Schreibtisch. »Da draußen sind noch ein paar höllische Hämmer, Hannes.«

»Sie wird fliegen. Was den Rest angeht...« Der Ingenieur zuckte die Achseln. »Ich würde allerdings vorschlagen, das technische Personal für etwa eine Stunde unter die Schlafmaschinen zu beordern, wenn Sie nicht wollen, daß wir beim Start durchhängen. Ansonsten aber liegt der Rest bei Ihnen, Madame Captain.« Er schnitt ihr das Wort ab, bevor sie etwas sagen konnte. »Und erwarten Sie von *uns* keine Ratschläge, Gillian. Sie haben bis jetzt gute Arbeit geleistet, und weder Tsh't noch ich werden etwas anderes sagen als ›Aye aye, Sir‹, und wir werden springen, wenn Sie es befehlen.«

Gillian schloß die Augen und nickte. »Gut«, sagte sie leise.

Hannes spähte durch die offene Tür aus ihrem Büro hinüber in ihr Labor. Er wußte von dem alten Kadaver. Er hatte Tom Orley geholfen, ihn an Bord zu schaffen. Undeutlich erkannte er die Silhouette, die dort in einem Glasbehälter schwebte. Ihn schauderte, und er wandte sich ab.

Gillians Holo-Display zeigte eine kleine Darstellung des Planeten Kithrup, so groß wie ein Pingpongball, sowie eine Anzahl verstreuter Punkte, die die Monde des Planeten repräsentierten. Zwei Schwärme von blauen und roten Punkten, begleitet von winzigen Computercodezeichen, schwebten im Raum.

»Sieht nicht so aus, als ob noch viele von diesen unangenehmen Halunken übrig wären«, meinte Hannes.

»Das hier sind nur die Schiffe in der unmittelbaren Umgebung. Eine expandierte Darstellung, die etwa ein Kubik-Astron umfaßt, zeigt zwei immer noch beträchtliche Galactic-Schwadronen. Selbstverständlich können wir diese Flottenverbände nicht tatsächlich identifizieren, aber der Kampfcomputer belegt sie mit Farben auf der Grundlage großräumiger Bewegungsmuster. Sie wechseln noch immer die Bündnisse dort draußen.

Außerdem verstecken sich Scharen von Überlebenden auf den diversen Monden.«

Suessi schürzte die Lippen. Fast hätte er ihr die Frage gestellt, die allen auf der Seele lastete, aber er drängte sie zurück. Gillian beantwortete sie dennoch.

»Wir haben immer noch keine Nachricht von Tom.« Sie betrachtete ihre Hände. »Bisher hatten wir eigentlich noch keinen Bedarf nach diesen Informationen. Aber jetzt...« Sie verstummte.

»Aber jetzt müssen wir wissen, ob ein Start nicht womöglich einem Selbstmord gleichkommt«, vollendete Suessi ihren Gedanken. Er sah, daß Gillian wieder ihr Display studierte.

»Sie versuchen es selbst herauszufinden, wie?«

Gillian zuckte die Achseln. »Nehmen Sie sich Ihre Stunde, Hannes – oder drei, oder zehn. Sagen Sie Ihren Fen, sie sollen ihr Nickerchen auf ihren Stationen machen und ihre Schlafmaschinen auf der Brücke installieren.«

Mit gerunzelter Stirn betrachtete sie die umeinandertreibenden Punkte. »Vielleicht irre ich mich. Vielleicht entscheiden wir uns am Ende für das geringere Übel: Wir verstecken uns hier unten, bis unser Zahnfleisch von der Metallvergiftung blau anläuft oder bis wir verhungern. Aber ich habe das Gefühl, eine Art Vorahnung, daß wir bald etwas unternehmen müssen.« Sie schüttelte den Kopf.

»Was ist mit Toshio, Hikahi und den anderen?«

Gillian antwortete nicht. Eine Antwort war nicht erforderlich. Nach einer Weile wandte sich Suessi ab und ging. Er schloß die Tür hinter sich.

Punkte. Mehr konnten die Passivsensoren der *Streaker* nicht ausmachen: umhertreibende Punkte, die gelegentlich zu funkelnden Schwärmen zusammenströmten und nach einer Weile in verringerter Zahl wieder auseinanderstrebten. Der Kampfcomputer untersuchte die Bewegungsmuster und zog hypothetische Schlußfolgerungen. Aber die Antwort, die sie suchte, bekam sie nicht. Würden die überlebenden Flotten sich dem plötzlichen Wiederauftauchen eines lange vermißten Thennanin-Kreuzers gegenüber indifferent verhalten, oder würden sie ihn mit vereinten Kräften vernichten?

»Wo bist du, mein Junge? Du lebst, das weiß ich. Ich fühle deinen fernen Atem. Was tust du gerade?«

Links von ihr begann ein grünes Licht zu blinken. »Ja?« fragte sie, dem Intercom zugewandt.

»Dr. Bassskin!« Es war Wattacetis Stimme. Er rief von der Brücke aus an. »Hikahi ist-t in der Leitung! Sie issst beim Relais! Und sie hat Creideiki!«

»Stellen Sie sie durch!«

Es rauschte, als der Funker das schwach hereinkommende Signal lauter drehte.

»Gillian! Bist du das?«

»Ja, Hikahi! Gott sei Dank! Ist alles in Ordnung? Ist Creideiki noch beim Relais?«

»Wir sind beide okay, Lebenserneuerin. Nach dem, was die Fen auf der Brücke unsss erzählt haben, scheint es, als brauchtet ihr uns dort gar nicht.«

»Das sind verdammte, patronsgläubige Lügner! Und ich würde für jeden von ihnen meinen linken Arm hergeben. Hör zu: Wir vermissen fünf Crew-Fen. Ich muß dich warnen. Zwei von ihnen sind atavistisch und höchst gefährlich.«

Eine ganze Weile rauschte es nur. Dann kam die Antwort. »Das Schicksal der fünf ist geklärt, Gillian. Vier von ihnen sind tot.«

Gillian schloß die Augen. »Mein Gott...«

»Keepiru ist bei mir«, beantwortete Hikahi ihre Frage, bevor sie sie stellen konnte.

»Armer Akki«, seufzte Gillian.

»Ihr müßt Calafia mitteilen, daß er seine Pflicht getan hat. Keepiru sagt, er war stolz und vernünftig bis zum Schluß.«

Die Implikationen dieser Nachricht behagten Gillian ganz und gar nicht. »Hikahi, du hast jetzt das Kommando. Wir brauchen dich hier – *sofort.* Ich übergebe dir in diesem Augenblick offiziell...«

»Nein, Gillian«, unterbrach die flötende Stimme. »Bitte. Noch nicht-t. Es müssen noch einige Dinge mit dem Skifff erledigt werden. Die Leute auf der Insel müssen abgeholt werden, und die Kiqui-Freiwilligen ebenfalls.«

»Ich weiß nicht, ob wir dazu noch Zeit haben, Hikahi.« Die Worte schmeckten bitter, als sie sie aussprach. Sie dachte an die brillante, ständig mit sich selbst hadernde Dennie Sudman, an den gelehrten Sah'ot und an Toshio, so jung und so nobel.

»Hat T-tom sich gemeldet? Brennt es?«

»Nein. Aber...«

»Was?«

Sie konnte es nicht erklären. Sie versuchte es auf Trinär.

Welch schriller Lärm dringt an mein Ohr –
Fanfarenstoß und Triebwerksklang –
Die Tränen der verlaß'nen Liebe –
Bald, so furchtbar bald –

Vom Skiff kam lange Zeit keine Antwort. Dann aber war es nicht Hikahi, sondern Creideiki, der seine Stimme erhob. In seinem wiederholungsreichen, einfach phrasierten Trinär lag etwas, von dem Gillian nur einen Hauch zu erfassen vermochte, etwas Tiefes und irgendwie Gespenstisches.

Laute, alle Laute
Beantworten etwas
Beantworten etwas

Taten, alle Taten
Machen Laute
Machen Laute

Aber Pflicht, alle Pflicht
Ruft lautlos
Ruft lautlos

Gillian hielt den Atem an, während sie dem Nachhall der letzten Note lauschte. Es war, als sei ihr Rückenmark gefroren.

»Bye, Gillian«, meldete sich Hikahi. »Tu, was du tun mußt. Wir kommen zurück, so schnell wir können. Aber warte nicht auf unsss.«

»Hikahi!« Gillian griff nach dem Intercom, aber die Trägerwelle brach ab, noch ehe sie ein weiteres Wort hervorbrachte.

95

Toshio

»Beide Schleusen sind von innen verriegelt.« Toshio keuchte, als er zum Versteck zurückkehrte. »Sieht so aus, als müßten wir es auf Ihrem Weg versuchen.«

Charles Dart nickte und führte ihn zu den Impulstriebwerken am Heck des kleinen Raumschiffes.

Zweimal hatten sie sich auf hohen Bäumen versteckt, als die patrouillierenden *Stenos* vorüberkamen. Die wahnsinnigen Fen schienen nicht auf die Idee zu kommen, auch in luftiger Höhe nach ihren Opfern Ausschau zu halten. Aber Toshio wußte, es würde den Tod bedeuten, wenn sie ihn und Charlie Dart im Freien erwischten.

Charlie nahm die hintere Klappe vor der Wartungskammer zwischen den Triebwerken ab. »Ich bin zwischen den Zuleitungen hindurchgekrochen, bis ich an die Einstiegsklappe dort hinten im Schott gelangte.« Er streckte den Zeigefinger aus. Toshio spähte durch ein Labyrinth von Rohrleitungen.

Verblüfft sah er Dart an. »Kein Wunder, daß niemand mit einem blinden Passagier gerechnet hat. Sind Sie so auch in die Waffenkammer eingedrungen? Indem Sie durch Kabelschächte krochen, durch die sich kein Mensch hätte hindurchzwängen können?«

Der Schimp nickte. »Ich schätze, du kannst nicht mit mir dort hineinkriechen. Das bedeutet, daß ich die kleinen Viecher allein herausholen muß. Richtig?«

Toshio nickte. »Ich vermute, sie sind im Achterstauraum. Hier ist der Voder.«

Er reichte dem Planetologen das Übersetzungsgerät. Es sah aus wie ein großes Medaillon an einer Halskette. Alle Neo-Schimps kannten sich mit Vodern aus, denn die meisten von ihnen hatten Sprachschwierigkeiten, bis sie etwa drei Jahre alt waren. Charlie hängte sich das Gerät um den Hals. Er schickte sich an, in die kleine Öffnung zu klettern, doch dann hielt er inne und sah Toshio aus den Augenwinkeln an. »Sag mal, Toshio – wenn du dir vorstellst, das hier wäre eines dieser ›Zoo‹-Schiffe aus dem Zwanzigsten Jahrhundert und diese Kiqui wären eine Horde präintelligenter Schimpansen im Laderaum eines Clippers – oder was immer sie damals benutzten – auf dem Weg von Afrika zu einem Labor oder einem Zirkus: Wärst du hineingeschlichen, um *die* zu retten?«

Toshio hob die Schultern. »Ich weiß es wirklich nicht, Charlie. Ich würde gern glauben, daß ich es getan hätte. Aber ich weiß ehrlich nicht, was ich getan hätte.«

Der Neo-Schimp starrte dem jungen Menschen lange in die Augen, dann grunzte er. »Okay. Du deckst mir den Rücken.«

Er ließ sich von Toshio hinaufstemmen und verschwand in dem technischen Labyrinth. Toshio hockte sich unter die Schubdüsen und lauschte in den Wald hinein. Als Charlie mit der inneren Einstiegsplatte kämpfte, machte er dabei ein für Toshios Empfinden ohrenbetäubendes Getöse. Dann war es wieder still.

Toshio schlich sich in den Wald, um den Standplatz des Langbootes vorsichtig zu umrunden.

Dem Krachen, das aus der Richtung des Kiqui-Dorfes herüberhallte, entnahm er, daß die drei *Stenos* sich mit einer Zerstörungsorgie amüsierten. Er hoffte, daß noch keiner der kleinen Eingeborenen zurückgekommen sein möge, um die Gewalttätigkeiten mit anzusehen oder gar in sie verwickelt zu werden.

Er kehrte zum Langboot zurück und sah auf die Uhr.

Noch siebzehn Minuten bis zur Zündung der Bombe. Die Zeit wurde knapp.

Er langte in die Wartungskammer und verbrachte ein paar Minuten damit, an einigen Ventilen herumzudrehen und ihre Einstellung zu verändern. Natürlich würde Takkata-Jim die Schubaggregate überhaupt nicht benötigen. Wenn er sich wirklich mit Antriebsenergie hatte versehen können, würde er mit den Gravitationstriebwerken starten. Wenn man die Zugangsklappe offenließ, würde dies die aerodynamische Stabilität des Bootes beeinträchtigen, aber selbst dieser Effekt würde geringfügig sein. Langboote wie dieses waren robust konstruiert.

Er erstarrte und spitzte die Ohren. Der Verwüstungslärm im Wald näherte sich wieder. Die Fen waren auf dem Rückweg.

»Beeilen Sie sich, Charlie!« Er befingerte den Griff der Nadelpistole in seinem Halfter. Er war nicht sicher, ob er gut genug zielen konnte, um die verwundbaren Partien zu treffen, wo die Delphine nicht durch die Stahlplatten der Schreiter geschützt waren.

»Kommen Sie!«

Im Innenraum des Bootes erklangen feine, naß klatschende Laute. Hin und wieder erscholl ein Quieken in der engen Kammer, dann erblickte er ein Paar weitgespreizte, grünflossige Hände.

Dahinter erschien der Kopf eines ziemlich betrübt dreinschauenden Kiqui. Der Abo wischte durch die Einstiegsluke und schlängelte sich durch das Leitungsgewirr, bis er schließlich in Toshios Armen landete.

Toshio mußte das verängstigte Wesen von sich losreißen und auf den Boden setzen, um das nächste in Empfang nehmen zu können. Die kleinen Kiqui erhoben ein angstvolles Gezeter und quiekten herzerweichend.

Endlich waren sie alle vier draußen. Toshio spähte hinein und sah, wie Charlie Dart sich damit abmühte, die Klappe wieder vor die Luke zu setzen.

»Lassen Sie das!« zischte Toshio.

»Ich muß es zumachen! Takkata-Jim wird die Luftdruckveränderung an seinen Instrumenten ablesen können! Wir können von Glück sagen, daß er noch nichts gemerkt hat!«

»Kommen Sie! Sie...« Er hörte das Singen der Motoren und das Prasseln der niedergewalzten Vegetation. »Sie sind da! Ich werde sie von Ihnen ablenken! Viel Glück, Charlie!«

»Warte!«

Toshio kroch ein paar Meter tief ins Dickicht, damit sie nicht sehen könnten, woher er kam. Dann sprang er auf und rannte los.

Da! Da!
Walfänger!
Iki-Netzmann!
Thunfischjäger!
Da! Töten! Da!

Das Quaken der *Stenos* kam aus nächster Nähe. Toshio hechtete hinter einen Olinußbaum, als blauleuchtende Todesblitze über ihm dahinzischten. Die Kiqui kreischten und spritzten in panischer Flucht auseinander.

Toshio rollte sich ab und kam auf die Beine, stets darauf bedacht, den Baumstamm zwischen sich und seinen Verfolgern zu halten.

Er hörte Geräusche zur Rechten und zur Linken, als die Fen sich flink daranmachten, ihn zu umzingeln. Sein Trockenanzug behinderte ihn beim Laufen, aber er versuchte trotzdem, die Uferklippen zu erreichen, bevor der Kreis sich schloß.

96

Tom Orley

Er verbrachte eine Weile damit, den Funkverkehr im Radio abzuhören, aber obgleich er ein paar Spezies-Typen an ihren Stimmen erkannte, fand der größte Teil der Kommunikation zwischen Computern statt, so daß auf diese Weise nur wenig zu erfahren war.

Also gut, sagte er zu sich. *Dann wollen wir jetzt mal die richtige Formulierung ausarbeiten. Wir können uns keinen Schnitzer mehr leisten.*

97

Das Skiff

Dennie stolperte über die Worte, die sie sich so sorgfältig zurechtgelegt hatte. Sie versuchte, ihre Argumente neu zu formulieren, aber Hikahi fiel ihr ins Wort.

»Doktor Sudman, geben Sie sich weiter keine Mühe! Unsere nächste Station ist ohnehin die Insel. Wir werden Toshio abholen, wenn er nicht schon fort ist. Vielleicht werden wir uns auch Takkata-Jim vornehmen. Wir machen uns auf den Weg, sobald Creideiki fertig issst.«

Mit einem tiefen Seufzer blies Dennie den Rest ihrer Anspannung von sich. Man hatte ihr die Sache aus der Hand genommen. Jetzt würden die Profis sich um alles kümmern. Also konnte sie sich entspannen.

»Wie lange...?«

Hikahi warf den Kopf nach hinten. »Creideiki rechnet nicht damit, daß es diesmal besser klappt als beim letzten Mal. Es wird kaum sehr lange dauern. Warum ruhen Sie und Sah'ot sich in der Zwischenzeit nicht ein wenig ausss?«

Dennie nickte und wandte sich ab, um in der winzigen

Kabine einen Platz zu finden, wo sie sich ausstrecken konnte.

Sah'ot schwamm neben ihr her.

»He, Dennie! Solange wir uns entspannen, könnten wir uns doch auch gegenseitig den Rücken massieren, oder?«

Dennie lachte. »Klar, Sah'ot. Laß dich nur nicht von deiner Begeisterung überwältigen, okay?«

Creideiki versuchte noch einmal auf sie einzureden.

: Wir Sind Verzweifelt : Wie Ihr Es Einst Wart :

Wir Bieten Den Kleinen Unvollendeten Auf Dieser Welt Hoffnung :

Hoffnung, Ungebeugt Heranwachsen Zu Können :

: Unsere Feinde Werden Auch Euch Verletzen :

: Helft Uns :

Das Rauschen pulsierte und stampfte zur Antwort. Es trug ein zum Teil psychisches Gefühl von Eingeschlossenheit, Druck und geschmolzener Hitze in sich. Es war ein klaustrophiler Gesang, ein Loblied an rauhes, hartes Gestein und flüssiges Metall.

\+ FRIEDEN –
– IN FRIEDEN +
\+ BEFREIUNG!! –

– ISOLATION +

Plötzlich, nach einem Aufschrei gepeinigter Technik, war es still. Der alte Robot, der so lange zweihundert Meter tief im engen Schacht des Bohrbaumes gesteckt hatte, war zermalmt worden.

Creideiki klickte einen vertrauten Satz auf Trinär.

Es ist, was ist –

Er fühlte sich versucht, wieder in den Traum einzutauchen. Aber auf dieser Ebene der Realität war für solche Dinge keine Zeit.

Auf dieser Ebene der Realität lag die Pflicht, zumindest für den Augenblick. Später vielleicht. Später würde er Nukapai wieder besuchen. Vielleicht würde sie ihm die unsagbaren Dinge zeigen, die ihm durch die verschwommenen Alleen der Vorahnung zur Kenntnis gelangt waren.

Er machte sich auf den Rückweg zur Luftschleuse des winzigen Raumschiffes. Als Hikahi ihn herankommen sah, startete sie die Triebwerke.

98

Tom Orley

»...eine kleine Gruppe von Delphinen gesichtet, nur wenige hundert Paktaar nördlich meiner Position! Sie bewegten sich ziemlich eilig nach Norden! Vielleicht sind sie hergekommen, um zu sehen, weshalb hier gekämpft wurde. Beeilt euch! Dies ist der Augenblick, da wir zuschlagen müssen!«

Tom schaltete das Radio ab. Sein Kopf schmerzte von der Konzentration, die es erforderte, Galactic Zehn so schnell zu sprechen. Nicht, daß er damit rechnete, die Brüder der Nacht würden glauben, dies sei die Stimme eines ihrer vermißten Scouts. Aber das war für seinen Plan auch ohne Bedeutung. Er wollte nichts weiter, als ihr Interesse erregen, bevor er ihnen den letzten Stich versetzte.

Er stellte eine andere Frequenz ein und spitzte die Lippen zur Vorbereitung auf Galactic Zwölf.

Eigentlich machte es Spaß! Es lenkte ihn von Erschöpfung und Hunger ab und befriedigte seinen Sinn für Ästhetik, auch wenn es in Wirklichkeit bedeutete, daß in kürzester Zeit Hinz und Kunz mitsamt ihren Klienten hier unten sein würden, um ihn zu suchen.

»...Paha-Krieger! Paha ab-Klepko-ab-puber ab-Soro ab-Hul! Teilt der Soro-Flottenmutter mit, daß wir Neuigkeiten haben!«

Tom gluckste, als ihm ein Wortspiel einfiel, das sich nur auf Galactic Zwölf ausdrücken ließ und das die Soro dennoch – dessen war er sicher – nicht begreifen würden.

99

Gillian

Irgend etwas veranlaßte die Flotten unversehens, sich in Bewegung zu setzen. Kleine Geschwader lösten sich aus den zerzausten Verbänden, schlossen sich mit winzigen Staffeln zusammen, die sich von Kithrups Monden erhoben, und nahmen allesamt Kurs auf den Planeten. Als sie sich einander näherten, wirbelten die kleinen Schwärme umeinander, und kleine Explosionen traten an die Stelle individueller Lichtpunkte.

Was, um alles in der Welt, war jetzt wieder los? Was immer es sein mochte, Gillian empfand das krabbelnde Gefühl einer nahenden Gelegenheit.

»Dr. Bassskin! Gillian!« Tsh'ts Stimme drang aus dem Lautsprecher. »Wir fangen Funksprüche von der Oberfläche des Planeten auf. Sie kommen von einem einzigen Sssender, aber es sind Sprüche in lauter verschiedenen Galactic-Sprachen. Trotzdem könnte ich schwören, es issst immer dieselbe Stimme!«

Gillian beugte sich vor und berührte einen Knopf. »Ich bin auf dem Weg nach oben, Tsh't. Bitte lassen Sie die Hälfte der Wachfreien auf ihren Stationen antreten. Die übrigen lassen wir noch ein Weilchen schlafen.« Sie schaltete das Intercom ab.

Ach, Tom, dachte sie, während sie zur Tür hinaushastete. *Warum denn das? Konntest du dir nicht etwas Eleganteres einfallen lassen? Etwas weniger Verzweifeltes?*

Selbstverständlich konnte er das nicht! schalt sie sich selbst, während sie den Gang hinunterlief. *Reiß dich zu-*

sammen, Jill. Du solltest dir das Nörgeln verkneifen; es ist das mindeste, was du tun kannst.

Wenige Augenblicke später war sie auf der Brücke und hörte es selbst.

100

Toshio

Toshio saß in der Klemme. Nicht einmal einen Baum erklettern konnte er. Sie waren zu nahe. Sobald er eine Bewegung machte, würden sie sich auf ihn stürzen.

Er hörte, wie sie sich ihm in Spiralen näherten und die Schlinge immer enger zogen. Toshio umklammerte seine Pistole und kam zu dem Schluß, daß es ratsam war, sie anzugreifen, bevor sie so dicht herangekommen waren, daß sie einander helfen konnten. Eine kleine Nadelpistole stand gegen gepanzerte Maschinen mit Hochleistungslasern, und er war kein Scharfschütze wie Tom Orley. Er hatte noch nie auf ein denkendes Wesen geschossen. Aber das wäre immer noch besser, als hier zu warten.

Er kauerte sich auf den Boden und begann nach rechts zum Ufer hin zu kriechen. Er achtete darauf, nicht auf dürres Reisig zu treten, aber eine Minute nachdem er sein Versteck verlassen hatte, scheuchte er irgendein kleines Tier auf, das sogleich unter Gezeter ins Gebüsch flüchtete.

Augenblicklich hörte er das Geräusch herannahender Mechanicos. Toshio glitt behende unter einem dichten Busch hindurch, doch als er an der anderen Seite hervorschlüpfte, starrte er auf den breiten Fußblock einer Spinne.

Hab' dich! Hab' dich!

Ein schriller Triumphschrei erscholl. Er fuhr auf und blickte Sreekah-Pol in die irrsinnigen Augen. Der Fin grinste obszön und hob das Bein des Schreiters.

Toshio rollte sich zur Seite, und der Fuß senkte sich dröhnend auf die Stelle, an der noch einen Augenblick zuvor sein Kopf gewesen war. Er warf sich zur anderen Seite und entging mit knapper Not einem Tritt. Der Schreiter bäumte sich nach hinten und brachte beide Vorderbeine ins Spiel. Toshio sah nicht, wohin er sich hätte wenden können. Er feuerte mit seiner kleinen Pistole gegen den gepanzerten Bauch der Maschine, und feine Nadeln schwirrten harmlos in den Wald.

Das triumphierende Pfeifen war pures Primal.

Hab' dich! Hab' dich!

Und dann begann die Insel zu beben.

Der Boden hob und senkte sich. Toshio wurde nach rechts und links geschleudert, und sein Kopf schlug rhythmisch auf den Lehmboden. Die Spinne strauchelte und stürzte krachend rückwärts ins Gestrüpp.

Das Beben wurde schneller. Irgendwie gelang es Toshio, sich auf den Bauch zu wälzen, und dann kam er, von Erdstößen geschüttelt, auf die Knie.

Mit dröhnendem Knirschen kamen zwei Spinnenreiter auf die Lichtung galoppiert. Der eine donnerte in panischem Schrecken an Toshio vorbei. Der andere aber sah ihn und krächzte wütend auf.

Toshio wollte seine Nadelpistole heben, doch da begann der bebende Boden der Insel sich schräg zu neigen, und plötzlich war es ein Wettstreit zwischen ihm und dem Delphin, bei dem es darauf ankam, wer als erster zielen und feuern könnte.

Dann erhob sich ein Schrei, der in ihren Köpfen widerhallte und sie beide taumeln ließ.

+ BÖSE -
- IHR SEID +
+ BÖSE!! -

- *LASST* +
+ *UNS* -
- *IN RUHE!!* +

Es war ein Brüllen der Zurückweisung. Toshio stöhnte und preßte sich die Hände an die Schläfen; die Nadelpistole entglitt ihm und fiel auf den rapide sich neigenden Boden.

Der Delphin pfiff gellend, als sein Schreiter krampfhaft zuckend umkippte. Er jammerte kläglich.

Verzeih! Verzeih!
Patron verzeih!
Verzeih!

Taumelnd rannte Toshio los. »Schon verziehen«, brachte er hervor, als er vorüberhastete. Im Augenblick konnte er sich mit dem schizoiden Umschwenken des Fins nicht befassen. »Komm mit, wenn du kannst!« rief er über die Schulter zurück und nahm Kurs auf den Strand. Der Lärm in seinem Kopf dröhnte wie ein Erdbeben. Irgendwie gelang es ihm, auf den Beinen zu bleiben und so durch den Wald zu galoppieren.

Als er den Rand der Insel erreichte, bemerkte er, wie das Wasser unter ihm brodelte und schäumte. Rechts und links von ihm sah es nirgends besser aus.

In diesem Augenblick erhob sich gellendes Maschinengebrüll. Er fuhr herum und sah, wie nur hundert Meter weit hinter ihm ein Tornado losgerissener Vegetationsfetzen aufwirbelte. Das stahlgraue Langboot erhob sich aus dem Wald, der sich immer schräger neigte. Es war von einem glühenden Ionisationsnimbus umgeben. Toshios Nackenhaare sträubten sich, als das vibrierende Antigrav-Feld über die Insel strich. Das Boot drehte sich langsam und schien zu zögern. Dann schoß es mit einem Donnerschlag pfeilgeschwind in den östlichen Himmel.

Toshio kauerte sich zusammen, als die Druckwelle über ihn hinwegrollte und an seinem Anzug zerrte.

Er hatte keine Zeit mehr zu verlieren. Entweder war Charles Dart noch davongekommen oder nicht. Toshio zog sich die Maske vors Gesicht, hielt sie mit einer Hand fest und sprang.

»Ifnis Boß«, betete er. Dann versank er in den Fluten.

101

Galactics

Über dem Planeten hielten kleine Flottillen von zerbeulten Schlachtschiffen in ihrem allseitigen Gemetzel jäh inne.

Auf die Möglichkeit hin, daß die merkwürdigen Funksprüche von der nördlichen Hemisphäre des Planeten menschlichen Ursprungs waren, hatten sie es riskiert, ihre Verstecke auf Kithrups kleinen Monden zu verlassen. Auf dem Weg hinunter zum Planeten beschossen die winzigen Allianzen einander mit schwindenden Kräften, bis eine Woge von psychischem Lärm unverhofft über den bunt zusammengewürfelten Schwarm hereinbrach. Sie ging von dem Planeten aus, und mit einer Kraft, die niemand hätte erwarten können, überrannte sie PSI-Schirme und lähmte die Besatzungen der Schiffe vorübergehend.

Die Schiffe setzten ihren Sturz zum Planeten fort, aber die Crewmitglieder blinzelten regungslos und schlaff auf den Kommandobrücken, unfähig, die Waffen abzufeuern oder die Schiffe zu lenken.

Wäre der PSI-Schrei eine Waffe gewesen, hätte er sicher die Hälfte der Schiffe ihrer Mannschaften beraubt. So aber hallte ein geistiger Aufschrei von wütender Zurückweisung in ihren Gehirnen wider, und einige der am wenigsten Flexiblen brachte er um den Verstand.

Endlose Sekunden trieben die Kreuzer unkontrolliert

und in sich auflösender Formation hinunter in die oberen Bereiche der Atmosphäre.

Endlich begann der PSI-Schrei zu verhallen. Der markerschütternde Zorn versiegte grollend und hinterließ brennende Nachklangbilder, während die benommenen Besatzungen allmählich wieder zu sich fanden.

Die Xatinni und ihre Klienten, die vom Verband der übrigen weggetrieben waren, sahen sich um und stellten fest, daß ihnen der Appetit auf weitere Kämpfe vergangen war. Sie beschlossen, der pointierten Einladung zur Abreise zu folgen. Ihre vier mitgenommenen Schiffe verließen das System von Kthsemenee, so schnell die ächzenden Triebwerke es zuließen.

Die J'8lek kamen nur langsam wieder zu Bewußtsein. Als der lähmende PSI-Donner sie betäubt hatte, waren sie zwischen die Schiffe der Brüder der Nacht getrieben. Die Brüder wachten vor ihnen auf und benutzten die J'8lek als Übungsziel.

Hochentwickelte Autopiloten ließen zwei Jophur-Schlachtschiffe am Hang eines dampfenden Berges, weit südlich ihres ursprünglichen Zielgebietes, landen. Automatische Waffen hielten Ausschau nach Feinden, während die Jophur mit ihrer Verwirrung kämpften. Endlich, als der betäubende Psycholärm verebbte, kamen die Crews wieder zu sich, so daß sie die Steuerung ihrer gelandeten Schiffe übernehmen konnten.

Sie wollten gerade wieder starten und auf Nordkurs gehen, um sich erneut in das Handgemenge zu stürzen, als die ganze Spitze des Berges, auf dem die Schiffe standen, in einer Säule aus superheißem Dampf auseinanderflog.

102
Streaker

Mit offenem Mund starrte Gillian vor sich hin, bis der knirschende ›Lärm‹ verklungen war. Sie schluckte. Ihre Trommelfelle knackten, und sie schüttelte den Kopf, um das taube Gefühl loszuwerden. Dann sah sie, daß die Delphine sie anstarrten.

»Das war schrecklich«, stellte sie fest. »Ist jemandem was passiert?«

Tsh't wirkte erleichtert. »Uns geht es gut-t, Gillian. Vor wenigen Augenblicken haben wir eine PSI-Explosion von beträchtlicher Stärke verzeichnet. Sie hat unsere Schilde mit Leichtigkeit durchdrungen und sie für eine Weile betäubt. Aber abgesehen von einem vorübergehenden Unbehagen haben wir kaum etwas davon gespürt.«

Gillian rieb sich die Schläfen. »Wahrscheinlich hat meine PSI-Sensitivität mich so empfindlich gemacht. Hoffen wir nur, die Eaties lassen nicht noch solch eine Attacke folgen, aus größerer Nähe womöglich...« Sie brach ab. Tsh't schüttelte den Kopf.

»Gillian, ich glaube nicht, daß es die Eaties waren. Das heißt, wenn sie es waren, haben sie nicht auf uns gezielt. Die Instrumente lokalisieren den Ursprung der Welle in nächster Nähe. Sie war so perfekt abgestimmt, daß Cetaceen von ihr *nicht* berührt wurden. Das Menschenhirn ist dem unseren sehr ähnlich, und so haben Sie auch nur wenig gespürt. Suessi meldet, er habe ebenfalls kaum etwas gemerkt.

Aber ich könnte mir vorstellen, daß ein paar der Galactics in diesem PSI-Sturm große Probleme bekommen haben.«

Wieder schüttelte Gillian den Kopf. »Ich verstehe nicht.«

»Dann sind wir schon zwei. Aber wir müssen es nicht unbedingt verstehen. Alles, was ich Ihnen sagen kann, ist diesss: Beinahe im selben Augenblick, in dem die PSI-

Woge losbrach, hat sich nicht einmal zweihundert Kilometer von hier ein intensives Erdbeben ereignet. Die Krustenwellen treffen jetzt hier ein.«

Gillian schwamm hinüber zu Tsh't's Station in der Glaskugel der Kommandobrücke. Der Delphin-Lieutenant deutete mit dem Kopf auf ein Kugelmodell des Planeten.

Nicht weit von der Position der *Streaker* auf diesem Globus leuchtete eine kleine Ansammlung von roten Blinkzeichen auf.

»Das ist Toshios Insel!« Gillian erschrak. »Dann *hatte* Charlie also noch eine Bombe!«

»Wie b-bitte?« Tsh't war verwirrt. »Aber ich dachte, Takkata-Jim hätte sie konfisziert…«

»Ein Schiff startet!« meldete ein Detektor-Offizier. *»Anti-g und Stasis – auf derselben Position wie das Krustenbeben, einhundertfünfzig Ka-Emm von hier. Verfolge… verfolge… Schiff entfernt sich jetzt mit Mach Zwo, Kurs Ost.«*

Gillian sah Tsh't an. Sie dachten beide das gleiche. *Takkata-Jim.*

Gillian sah die Frage im Auge des Fin. »Wir werden vielleicht bald eine Entscheidung treffen müssen. Verfolgen Sie ihn auf dem Schirm, um zu sehen, wohin er will. Und wir sollten wohl den Rest der dienstfreien Crew wecken.«

»Aye, Sir. Das heißt, diejenigen, die es geschafft haben, während der letzten paar Minuten weiterzuschlafen.« Tsh't drehte sich um und gab den Befehl weiter.

Ein paar Minuten später begann der Kampfcomputer zu schnattern.

»Was ist jetzt wieder los?« fragte Gillian.

Leuchtend gelbe Lichtpunkte glühten in einer langen, auf- und abwärtsführenden Kette auf dem Globus von Kithrup, die bei Toshios Insel begann.

»Irgendwelche Detonationen«, bemerkte Tsh't. »Der Computer interpretiert sie als Bombardierungen, aber wir haben keine Trägerraketen registriert! Und weshalb diese unregelmäßige Kette? Die Detonationen ereignen sich nur auf dem schmalen Streifen zwischen diesen beiden Längengraden!«

»Weitere PSI-Störungen!« meldete ein Sensorüberwacher. *»Sehr stark! Und ausgehend von zahlreichen Punkten überall auf dem Planeten!«*

Gillian runzelte die Stirn. »Diese Detonationen sind keine Bombardierungen. Ich erinnere mich, daß ich dieses Muster schon einmal gesehen habe. Es ist die Begrenzungslinie dieser planetaren Krustenplatte. Bei den Störungen kann es sich um Vulkane handeln.

Ich würde sagen, die Einheimischen zeigen uns auf diese Weise, daß ihnen etwas nicht paßt.«

»?« Tsh't war verdutzt.

Gillian machte ein nachdenkliches Gesicht, als betrachte sie etwas, das in weiter Ferne lag. »Ich glaube, ich beginne zu verstehen, was hier los ist. Wir können uns beispielsweise bei Creideiki dafür bedanken, daß sich die PSI-Störungen nicht auf Delphine auswirken.«

Die Delphine starrten sie an. Gillian lächelte und tätschelte Tsh'ts Flanke.

»Keine Sorge, Fem-Fin. Es ist eine lange Geschichte, aber ich werde Ihnen alles erklären, sobald wir Zeit dazu haben. Ich schätze, das Schlimmste, was wir von all dem mitbekommen werden, sind ein paar Krustenbeben. Die dürften bald anfangen. Werden wir sie hier unten durchstehen können?«

Tsh't runzelte die Stirn. Wie die Menschen es schafften, mitten im Zuge das Gleis ihrer Gedanken zu wechseln, überstieg ihr Fassungsvermögen.

»Ja, ich denke schon, Gillian. Das heißt, solange dieses Ding dort-t stabil bleibt.« Sie deutete durch eine Sichtluke auf das Riff, das ihr getarntes Schiff überragte.

Gillian schaute hinauf zu dem mächtigen Felsmassiv, das durch einen Spalt in der Thennanin-Hülse sichtbar war. »Das hatte ich vergessen. Wir sollten es im Auge behalten.«

Sie wandte sich wieder ihrem Holo-Display zu und beobachtete das Muster der Störungen, die sich immer weiter ausbreiteten.

Komm schon, Hikahi! drängte sie in Gedanken. *Sammle Toshio und die anderen auf und komm hierher zurück! Vielleicht muß ich bald eine Entscheidung treffen, und womöglich kommst du zu spät!*

Die Minuten vergingen. Ein paarmal schien das Wasser zu vibrieren, als ein leises Rollen durch den Meeresboden lief.

Gillian behielt den blauen Globus im Auge. Eine Kette von flackernden gelben Lichtpunkten wanderte langsam nordwärts – wie eine zornige Wunde in der Seite des Planeten. Schließlich vereinigten sich die gelben Punkte mit einer kleinen Gruppe winziger Inselchen im nordöstlichen Quadranten.

Dort ist Tom! entsann sie sich.

Plötzlich bäumte sich der Funker an seinem Platz erregt auf.

»Commander! Ich fange einen Funksp-pruch auf! Und er issst Anglissschh!«

103

Tom Orley

Unbeholfen hielt er das Mikrophon; das Design war für Alienhände gedacht. Tom fuhr sich mit der Zunge über die rissigen Lippen. Er hatte keine Zeit mehr, seine Rede noch einmal zu überarbeiten. Bald würde er Gesellschaft bekommen.

Er drückte auf den Sendeknopf.

»Creideiki!« Er sprach sorgfältig und deutlich. »Hören Sie genau zu! Was ich sage, müssen Sie aufzeichnen und für Gillian abspielen. Sie wird es interpretieren.«

Er wußte, daß inzwischen jedes Schiff in diesem Sektor seine Sendungen abhörte. Vermutlich war eine beträchtliche Anzahl von ihnen bereits auf dem Weg hierher. Wenn er seine neuen Lügengeschichten richtig komponierte, konnte er sicher sein, daß noch mehr kommen würden.

»Meine direkte Verbindung zum Schiff ist unterbrochen«, erklärte er. »Und hundert Kilometer sind ein schönes Stück für einen einfachen Funkspruch. Deshalb riskiere ich es mit diesem neuen Coder hier. Ich hoffe, er ist bei den heftigen Kämpfen in dieser Gegend nicht hopsgegangen.«

Das letztere war ein Phantasiegespinst, mit dem die Galactics sich beschäftigen sollten. Nun zu seiner eigentlichen Mitteilung. In einem Kontext verborgen, mußte er der *Streaker* zu verstehen geben, was er wußte.

»Jill? Unser Ei ist ausgebrütet, und ein ganzer Zoo ist ausgeschlüpft. Ein Zoo mit wilden Biestern!

Aber ich habe nur ein einziges, ziemlich zerzaustes Exemplar der Gattung gefunden, auf die wir aus sind. Ich habe Hinweise darauf bekommen, daß noch einige erhältlich sind, in den oberen Regalen dieses Ladens, aber es waren eben nur Hinweise. Du und H und C, ihr werdet eure Entscheidung auf dieser Basis treffen müssen.

Weißt du noch, wie der alte Jake Demwa uns auf die Reise zur Zentral-*Bibliothek* auf Tanith mitnahm? Erinnerst du dich an das, was er über Ahnungen sagte? Erzähl Creideiki davon. Es ist seine Entscheidung, aber meinem Gefühl nach solltet ihr euch an Jakes Rat halten.«

Er fühlte, wie seine Kehle eng wurde. Es war ratsam, Schluß zu machen. Die Eaties allzu dicht herankommen zu lassen, war wenig sinnvoll.

»Jill?« Er hustete. »Ich spiele jetzt nicht mehr mit. Bringt Herbie und die restlichen Daten vor den Rat. Und diese Abos ebenfalls. Ich muß glauben können, daß sich alles das gelohnt hat.«

Er schloß die Augen, und seine Finger umklammerten das Mikrophon. »Wenn du den alten Jake siehst, trinkt einen auf mein Wohl, ja?«

Er wollte noch mehr sagen, aber er merkte, wie er

schon jetzt ein wenig zu eindeutig wurde. Er konnte es sich nicht leisten, daß die Sprachcomputer der Galactics sich zusammenreimten, wovon er redete.

Er spitzte die Lippen und sagte adieu, in einer Sprache, die für solche Dinge geschaffen war.

Blütenblätter schweben dahin
Gleiten durch die Hand der Geliebten
Und sie erinnert sich an mich –

Die Trägerwelle rauschte, bis er die Verbindung unterbrach. Er stand auf und trug das Radio hinaus. Vorsichtig trat er an den Rand eines offenen Wasserloches und ließ den Sender hineinfallen. Falls jemand eine Resonanzpeilung auf die Kristalle in dem Gerät gerichtet hatte, mußte dieser Eatie jetzt tauchen.

Er blieb neben dem Tümpel stehen und sah den tiefhängenden Wolken zu, die dunkel und schwer und aufgedunsen von umgefallenem Regen über ihm dahinrollten.

Sie würden jeden Augenblick hier sein. Seine Waffen steckten im Gürtel, daneben sein Atemschlauch und eine volle Wasserflasche. Er war bereit, sie zu empfangen.

So stand er noch und wartete schauend, als der dampfende Vulkan am Horizont zu grollen, zu husten und schließlich wütend grelles Feuerwerk in den Himmel zu speien begann.

Die Brücke verschwamm vor ihren Augen, aber wenn Gillian zwinkerte, rannen die Tränen nicht über ihre Lider, um herabzutropfen. Ihre Augen hielten sie fest wie kostbare Juwelen.

»Sollen wir antworten?« fragte Tsh't neben ihr ganz leise.

Gillian schüttelte den Kopf. *Nein,* wollte sie sagen, aber sie konnte das Wort nur mit den Lippen formen. Telempathisch spürte sie das Mitgefühl, das sie umgab.

Wie kann ich denn trauern, fragte sie sich, *wenn ich ihn immer noch leise fühle? Er lebt doch noch, irgendwo da draußen. Wie kann ich trauern?*

Ein sanfter Wirbel im Wasser sagte ihr, daß ein Fin sich behutsam genähert hatte. Er wollte Tsh't eine Meldung machen, ohne Gillian zu stören.

Gillian preßte die brennenden Lider zusammen. Endlich rannen ihr die Tränen in schmalen Bächen über die Wangen. Sie konnte nicht unter ihre Atemmaske greifen, um sie abzuwischen, daher ließ sie sie rinnen. Als sie die Augen öffnete, war ihre Sicht wieder klar.

»Ich habe gehört, was Sie gesagt haben, Wattaceti. Welchen Kurs hat Takkata-Jim genommen?«

»Auf die Galactic-Flottillen zu, Commander. Obgleich die Flotten sich anscheinend in einem ziemlich chaotischen Zustand befinden. Nach der Verwirrung, die diese PSI-Welle verursacht hat, schießen sie wild durcheinander. Da oben, über Mr. Orleys Position, scheint-t sich ein größeres Handgemenge anzubahnen.«

Gillian nickte. »Wir werden noch ein wenig länger warten. Rufen Sie Stufe Gelb aus und halten Sie mich auf dem laufenden.«

Das dienstfreie Personal wurde alarmiert. Suessi und D'Anite meldeten, daß die Maschinen warmgelaufen seien.

Deine letzte Chance, Hikahi, dachte Gillian. *Kommst du nun?*

»Gillian!« rief da Lucky Kaa. Mit einem Geschirrarm deutete er durch eine der Luken hinaus. »Das Riff!«

Gillian eilte hinüber und spähte in die Richtung, in die der Pilot zeigte. Das gesamte Felsmassiv bebte. Risse klafften in der mächtigen Wand über der *Streaker.*

»Start frei!« befahl Gillian. »Tsh't, bringen Sie uns hier raus!«

104

Galactics

Cullcullabra verneigte sich tief vor der Soro Krat.

»Habt ihr den Funkspruch des Menschen übersetzen können?« schnappte diese.

Der untersetzte Pila verneigte sich wieder und wich kaum merklich zurück. »Nein, Flottenmutter, noch nicht ganz. Der Mensch benutzte ihre beiden Primitivsprachen, die sie ›Anglisch‹ und ›Trinär‹ nennen. Selbstverständlich besitzen wir Übersetzungsprogramme für diese beiden Sprachen, aber sie sind äußerst chaotisch und kontextabhängig – anders als jede zivilisierte Sprache…«

Der Bibliothekar zuckte zusammen, als Krat ihn anfauchte. »Habt ihr gar nichts?«

»Herrin, wir vermuten, daß der letzte Teil des Funkspruchs, der in der Delphinsprache gehalten war, vielleicht der wichtigste Teil gewesen ist. Womöglich handelte es sich um einen Befehl an seine Klienten, oder…«

Der Bibliothekar pfiff verzweifelt und zog sich rückwärts zu seinem Posten zurück, als eine Lingpflaume ihn nur um wenige Zoll verfehlte.

»Hypothesen! Ungesicherte Schlußfolgerungen!« tobte Krat. »Sogar die Tandu kochen vor Aufregung und schikken eine erfolglose Mistexpedition nach der anderen zu der Stelle auf dem Planeten, von der die Sendung kam. Und wir müssen ihnen notgedrungen folgen, wie?«

Mit funkelnden Augen starrte sie in die Runde. Die Crew wich ihrem Blick aus.

»Hat jemand von euch auch nur eine Hypothese, mit der sich diese PSI-Attacke erklären ließe, die vorhin jeden Sophonten in diesem System durcheinandergebracht zu haben scheint? War sie etwa ebenfalls eine Chimäre, die von den Erdlingen heraufbeschworen wurde? Sind die Vulkane, deren statisches Rauschen unsere Instrumente lahmlegt, bloßes Gaukelspiel?«

Die Besatzung versuchte aufmerksam und geschäftig zugleich auszusehen. Niemand wollte es riskieren, den Zorn der Flottenmutter auf sich zu lenken.

Ein Paha-Krieger kam forschen Schritts aus der Detektor-Sektion.

»Herrin«, verkündete er. »Wegen der Vulkane haben wir es nicht gleich bemerkt, aber auf der Planetenoberfläche ist ein Schiff gestartet.«

Krat fühlte, wie Entzücken in ihr aufwallte. Das war es, worauf sie gewartet hatte! Zwar hatte auch sie Schiffe zu dem Ausgangspunkt der Funksprüche hinuntergeschickt, aber den Kern ihrer Flotte hatte sie zusammengehalten.

»Ablenkungsmanöver! Alles Ablenkungsmanöver! Die Funksprüche, die PSI-Attacken, sogar die Vulkane!«

Ein Teil von ihr fragte sich neugierig, wie die Erdlinge vor allem die beiden letzteren Manöver zustande gebracht haben mochten. Aber diese Frage würde beantwortet werden, wenn sie die Menschen und ihre Klienten gefangen hätte und verhören könnte.

»Die Erdlinge haben gewartet, bis der Schwerpunkt der Schlacht sich in die Nähe des Planeten bewegt hat«, murmelte sie. »Und jetzt unternehmen sie einen Fluchtversuch. Jetzt müssen wir...«

Cullcullabra erschien neben ihr und verbeugte sich. »Herrin, wir haben eine Fundamentalanfrage an die Bibliothek *gerichtet, und ich glaube, jetzt weiß ich, woher die PSI-Attacke und die vulkanischen Störungen...«*

Die Augen des Pila quollen aus ihren Höhlen, als Krat ihm ihre Paarungsklaue in den weichen Leib schlug. Krat erhob sich, nahm den Bibliothekar auf und schleuderte den leblosen Körper an die Wand.

Sie blieb vor dem Kadaver stehen und atmete die Todesdünste tief ein. Aus diesem Mord zumindest würden ihr keine Schwierigkeiten entstehen! Dieser idiotische Pila hatte sie wahrhaftig unterbrochen! *Niemand würde ihr bestreiten, daß sie diesmal im Recht gewesen war.*

Sie zog ihre Klaue in die Scheide zurück. Es war ein gutes Gefühl gewesen. Nicht ganz so, wie wenn sie sich mit einem männlichen Individuum ihrer eigenen Rasse gepaart hätte, das sich auf gleiche Weise hätte zur Wehr setzen können - aber doch gut.

»Erzähle mir von dem Schiff der Erdlinge«, forderte sie den Paha gurrend auf.

Sie bemerkte, daß der Paha eine ganze Sekunde wartete, bevor er auf ihr Geheiß antwortete. »Herrin«, sagte er, »es ist nicht ihr Mutterschiff. Es sieht eher aus wie eine Art Aufklärer.«

Krat nickte. »Ein Abgesandter. Ich habe mich schon gefragt, wieso sie nicht eher eine Kapitulationsvereinbarung angestrebt haben. Setzt die Flotte in Bewegung, damit wir das Schiff abfangen können. Wir müssen handeln, bevor die Tandu etwas merken!

Sorgt dafür, daß unsere Thennanin-Verbündeten stets die Nachhut bilden. Sie sind in diesem Unternehmen die Juniorpartner, und das sollen sie begreifen.«

»Herrin, die Thennanin treffen bereits Vorbereitungen, sich von uns abzusetzen. Sie scheinen erpicht darauf zu sein, sich in das Chaos auf der Oberfläche des Planeten zu stürzen.«

Krat grunzte. »Sollen sie nur. Wir sind so stark wie die Tandu. Und die Thennanin sind sowieso bald verbraucht. Laßt sie abziehen. Wir kümmern uns um diesen Aufklärer.«

Sie ließ sich wieder auf ihr Vleetorkissen sinken und summte vor sich hin.

Bald. Bald.

Die Herren verlangten zuviel. Wie konnten sie erwarten, daß der Akzeptor spezifische Berichte lieferte, wenn so viel geschah!

Es war wunderschön! Alles *passierte gleichzeitig! Glitzernde kleine Schlachten über der Oberfläche des Planeten… strahlend heiße Vulkane… und dann dieses macht-*

volle psychische Wutgebrüll, das vor einer kleinen Weile aus dem Planeten selbst erklungen war!

Noch immer dampfte und schäumte diese Wut. Weshalb waren die Meister nur so wenig interessiert an etwas so Einzigartigem? So viel hätte der Akzeptor den Tandu über diese zornerfüllte Stimme sagen können, aber sie waren nur daran interessiert, sie abzuwehren. Sie lenkte sie ab und gab ihnen das Gefühl der Verwundbarkeit.

Der Akzeptor aber erlebte dies alles mit Entzücken, bis die Strafe ihn ereilte. Die Herren benutzten die Neuralpeitsche. Seine Beine zuckten bei dem scheußlichen Gefühl, das sein Gehirn durchfuhr.

Sollte er auch diesmal sein Verhalten durch diese ›Bestrafung‹ beeinflussen lassen? Der Akzeptor überlegte.

Er beschloß, den ›Schmerz‹ zu ignorieren. Sollten sie doch toben und brüllen. Der Akzeptor war gefesselt von den erzürnten Stimmen, die von dort unten heraufwogten, und er lauschte ihnen mit ganzer Kraft.

105

Das Skiff

»Was, zum Teufel…?«

Dennie rollte vom Trockenbord und fiel klatschend ins Wasser. Sah'ot krächzte verdutzt, als die Kabine des kleinen Schiffes sich neigte.

Dann, gleich nachdem der physische Aufruhr losgebrochen war, erfüllte eine Woge von psychischem Unbehagen ihre Köpfe. Dennie schluckte Wasser, hustete und packte nach einer Wandstrebe. Gern hätte sie sich die Hände auf die Ohren gepreßt.

»Nicht schon wieder«, stöhnte sie. Sie versuchte die Techniken anzuwenden, die Toshio ihr beigebracht hatte… Sie konzentrierte sich auf ihren Herzschlag, um das mahlende Rauschen in ihrem Kopf zu vertreiben. So merkte sie es kaum, als Sah'ot aufschrie. »*Sssie* sind esss!«

Mit dem Schnabel drückte der Fin auf den Knopf, der die Luke öffnete, und schoß hinaus auf den Gang. Im nächsten Augenblick war er im Cockpit.

»Creideiki«, begann er und vergaß einen Moment lang, daß der Captain ihn nicht verstehen konnte. »*Sie* sind es! Die Stimmen aus der Tiefe!«

Creideiki sah ihn an, und Sah'ot begriff, daß der Captain es bereits wußte. Er schien nicht einmal überrascht zu sein. Creideiki gurrte ein leises Lied des Einverständnisses. Er wirkte zufrieden.

Von seinem Pilotenplatz aus meldete Keepiru: »Ich registriere Neutrinos und Anti-g-Strom! Der Ausgangspunkt liegt geradeaus vor uns! Ein kleines Schiff, das startet!«

Hikahi nickte. »Wahrscheinlich Takkata-Jim. Ich hoffe, Gillian hat recht, wenn sie sagt, von ihm drohe keine Gefahr.«

Sie setzten ihre Unterwasserfahrt in Richtung Osten fort. Etwa eine halbe Stunde später rief Keepiru: »Da, wieder Anti-g! Ein großes Schiff diesmal! Startet südwestlich von uns!«

Creideikis Schwanzflosse schlug klatschend auf das Wasser.

Hoch, hoch!
Hoch und schauen!
Schauen!

Hikahi nickte Keepiru zu. »Bring uns hinauf.«

Das Skiff brach durch den Wasserspiegel. Das Seewasser rauschte in Sturzbächen über die Sichtluken.

Sie drängten sich vor einer nach Süden gewandten Luke und sahen, wie sich in der Ferne ein keilförmiges Objekt über den Horizont erhob, schwerfällig in den Himmel stieg und langsam Geschwindigkeit gewann. Sie starrten ihm nach, wie es nach Süden flog, die Schallgeschwindigkeit durchbrach und schließlich hoch oben in den Wolken verschwand.

Sie schauten immer noch, als der Kondensstreifen der *Streaker* langsam verwehte und sich in den unsteten Winden von Kithrup allmählich auflöste.

TEIL ZEHN

EKSTASE

»Sie sind die Jungs, die immer
vor dem Wind leben.«

HERMAN MELVILLE

106
Toshio

Toshio schwamm aus Leibeskräften gegen die Dünung an, die ihn zurückzuschwemmen drohte. Mit der Strömung kämpfend, strebte er dem offenen Meer zu. Endlich, als er schon spürte, daß seinen schmerzenden Armen und Beinen die Kräfte ausgingen, gelangte er in ruhigeres Wasser. Mit brennender Lunge drehte er sich um und sah zu, wie der Metallhügel, der jetzt fast zwei Kilometer entfernt war, langsam in seine eigene Grube fiel.

Aber der Hügel würde nicht gänzlich versinken können. Der Bohrbaum hatte seine Aushöhlungsarbeiten noch nicht vollendet, als er und Dennie ihn gesprengt hatten. Die Insel würde sich voraussichtlich absenken, bis der Schacht verstopft wäre.

Dumpfe Detonationen rollten rings um ihn her. Wassertretend sah Toshio sich um. Überall auf den Inseln schwankten die Bäume, und es war nicht der Wind, der sie schwanken ließ. In der Ferne sah er mindestens drei wabernde Wolken aus Dampf und Rauch, die dort, wo das Meerwasser zu kochen schien, in den Himmel stiegen. Unterseebeben erfüllten das Wasser mit ihrem Grollen.

Alles das nur wegen einer einzigen kleinen Bombe? Trotz allem, was er durchgemacht hatte, fragte Toshio sich ruhig und gelassen nach dem Grund für diesen Aufruhr. Ihm blieb nichts mehr zu tun, als sich zu entscheiden, auf welche Weise er sterben wollte. Er fühlte sich auf eine merkwürdige Weise befreit.

Was ist, wenn die Bombe eine Magma-Ader freigelegt hat? überlegte Toshio. *Wenn sich irgendwo ein Vulkan auftäte, dann doch vermutlich dort in diesem Bohrbaumschacht. Aber ich schätze, die Insel hat ihn verstopft.*

Die Metallinsel, die zwei Wochen lang seine Heimat gewesen war, hatte anscheinend aufgehört zu sinken. Ein paar Baumwipfel schwankten über dem Wasserspiegel.

Was wohl aus Charles Dart geworden sein mochte? Toshio konnte sich nicht vorstellen, daß der Schimpanse weit hinausgeschwommen war. Vielleicht war es besser so. Wenigstens hatte Charlie einen sauberen Abgang gehabt.

Als er sich ausgeruht hatte, fühlte er sich ein wenig besser. Er schwamm weiter, hinaus aufs offene Meer.

Etwa zwanzig Minuten später erhob sich noch einmal ein leises Grollen. Toshio schaute gerade noch rechtzeitig zurück, um zu sehen, wie die ferne Insel von einer furchtbaren Explosion geschüttelt wurde. Erde und Pflanzenfetzen flogen nach allen Richtungen. Die Insel selbst wölbte sich auf, erhob sich aus dem Wasser, brach auseinander und versank in einer Wolke von Dampf.

107

Takkata-Jim

»Ich rufe die Kampfflotte! Ich rufe die Kampfflotte! Hier spricht Lieutenant Takkata-Jim vom Terragenen Forschungsdienst. Ich will verhandeln! Bitte ant-tworten Sie!«

Der Empfänger blieb stumm. Takkata-Jim fluchte. Das Radio *mußte* funktionieren! Er hatte es von Thomas Orleys Schlitten, und dieser Mensch hielt seine Ausrüstung *jederzeit* in Schuß! Wieso also antworteten die Galactics nicht?

Um das Langboot zu fliegen, war mehr als eine Person erforderlich. Die plötzliche und unerwartete Katastrophe auf der Insel hatte ihn gezwungen, alle seine *Stenos* zurückzulassen. Jetzt hatte er niemanden, der ihm helfen konnte. Er mußte mit zwei oder drei Tätigkeiten gleichzeitig jonglieren.

Er blickte auf das Taktik-Display. Eine Gruppe von gelben Lichtpunkten kam aus Galaktisch-Nord auf ihn zu. Es war eine armselige Flottille, verglichen mit den gewaltigen

Armadas, die vor nur wenigen Wochen über dieses System hergefallen waren. Aber es war immer noch eine schreckenerregende Ansammlung von Feuerkraft. Und sie kam schnurstracks auf ihn zu.

Ansonsten herrschte überall Chaos. Energieausbrüche überzogen den Planeten wie Pockennarben, und siedende Dampftornados tobten, wo Vulkane sich in die See erbrachen. Über der nördlichen Hemisphäre des Planeten feuerte jeder gegen jeden in planloser Schlacht.

Takkata-Jim vergrößerte den Maßstab auf seinem Display und sah eine zweite Flotte. Auch sie war jetzt auf dem Weg zu ihm.

Der Äther war von einem wüsten Stimmengewirr erfüllt. AM, FM, PCM – überall auf der Skala herrschte großes Durcheinander. War dies der Grund, weshalb niemand ihn hörte?

Nein. Die Galactics besaßen hochentwickelte Computer. Es mußte an seinen eigenen Geräten liegen. Er hatte eben keine Zeit gehabt, vor dem Start alles zu kontrollieren.

Takkata-Jim beobachtete nervös das Display.

Er flog geradewegs auf einen Schwarm von Tigerhaien zu, in der Hoffnung, für die *Streaker* freies Geleit und am Ende die Freilassung heraushandeln zu können. Aber er erinnerte sich auch an das Gesicht, das Gillian Baskin eine Woche zuvor machte, als er vorgeschlagen hatte, den ETs alles zu geben, was sie haben wollten. Metz hatte ihn dabei unterstützt, aber jetzt sah er plötzlich den Gesichtsausdruck der Frau vor sich. Sie hatte ihn mitleidsvoll angeschaut und gesagt, Fanatiker ließen sich auf solche Dinge niemals ein.

»Sie werden uns alles wegnehmen, was wir haben, sie werden sich höflich bedanken, und dann werden sie uns in siedendem Öl braten«, hatte sie erklärt.

Takkata-Jim warf den Kopf zurück. *Ich glaube das nicht. Außerdem ist alles, was ich tun kann, besser als das, was sie plant!*

Er behielt das Taktik-Holo im Auge. Die vordere der beiden Flotten war jetzt nur noch hunderttausend Kilometer entfernt. Der Computer gab ihm endlich auch Daten über die Schiffe. Es waren Soro-Kampfkreuzer.

Soro! Takkata-Jim spürte den Geschmack von Galle aus seinem Vormagen im Mund. Alle Geschichten, die er über diese Spezies gehört hatte, kamen ihm in den Sinn.

Was ist, wenn sie zuerst schießen? Was ist, wenn sie an Gefangenen nicht interessiert sind? Er warf einen Blick auf seinen eigenen Gefechtsstand. Die Bewaffnung des Langbootes war armselig, aber...

Eine Greifklaue seines Geschirrs berührte einen Hebel und entsicherte die Waffensysteme. Immerhin ein kleiner Trost...

108

Streaker

»Jetzt haben sich beide großen Flotten Takkata-Jim zugewandt!«

Gillian nickte. »Halten Sie mich auf dem laufenden, Wattaceti.« Sie drehte sich um. »Tsh't, wie lange können uns diese tektonischen Störungen noch verbergen?«

»Unser Anti-g ist seit fünf Minuten registrierbar, Gillian. Ich glaube nicht, daß wir unsere Energieabstrahlung noch länger tarnen können, indem wir über den Vulkanen fliegen. Wenn wir einen Ausbruchsversuch unternehmen wollen, müssen wir Höhe gewinnen.«

»Ein Langstrecken-Scanner hat uns erfaßt!« meldete der Detektor-Fin. »Zwei Schiffe aus der Meute über Orleys Position sind neugierig geworden!«

»Das war's dann«, bemerkte Tsh't. »Wir hauen ab.« Gillian schüttelte den Kopf.

»Schlagen Sie noch fünf Minuten für mich raus, Tsh't. Die Einzelkämpfer dort oben im Norden sind mir egal.

Verstecken Sie uns nur noch ein wenig länger vor den Hauptflotten.«

Tsh't flog durch das Oxywasser und hinterließ eine funkelnde Spur von Luftblasen. »Lucky Kaa! Kurs Süd-Südwest, auf den neuen Vulkan zu!«

Gillian starrte wie gebannt auf das Display. Ein winziger blauer Punkt zeigte das Langboot an. Es flog auf einen Schwarm von mehr als dreißig *sehr* viel größeren Punkten zu.

»Na los, Takkata-Jim«, murmelte Gillian leise. »Ich dachte, ich hätte dich durchschaut. Jetzt zeig mir, daß ich recht hatte!«

Im Radio war kein Wort von dem abtrünnigen Lieutenant zu hören. Toshio hatte offenbar getan, was sie ihm aufgetragen hatte, und die Geräte auf der Insel unbrauchbar gemacht.

Der blaue Punkt näherte sich dem Feind bis auf einhunderttausend Kilometer.

»Hier Telemetrie! Takkata-Jim hat seine Waffensysteme entsichert!« verkündete Wattaceti.

Gillian nickte. *Ich hab's gewußt. Der Kerl ist beinahe menschlich. Er müßte eine sehr viel stärkere Persönlichkeit haben, als ich je gedacht habe, wenn er das nicht tun würde. So nutzlos es auch sein mag, aber wer würde denn diesen Feinden mit gesicherten Waffensystemen gegenübertreten?*

So, jetzt noch ein bißchen näher…

»Gillian!« rief der Detektor-Offizier. »Ich kann es nicht glauben! Takkata-Jim hat-t…«

Gillian lächelte ein wenig traurig.

»Lassen Sie mich raten. Unser tapferer Vize-Captain hat die komplette Kampfflotte unter Beschuß genommen.«

Tsh't und Wattaceti drehten sich um und sahen sie mit großen Augen an. Sie zuckte die Achseln. »Na wirklich! Bei all seinen Fehlern hat doch niemand je behauptet, Takkata-Jim sei nicht tapfer.«

Sie grinste, um ihre eigene Nervosität zu verbergen. »Los jetzt! Alle auf ihre Plätze!«

109

Takkata-Jim

Takkata-Jim schrie auf, und sein Greifarm langte nach dem Kippschalter. Er funktionierte nicht! Die Waffensteuerung aktivierte sich, ohne daß er sie gezündet hatte!

Alle paar Sekunden lief ein Schauer durch das kleine Schiff, wenn die kleinen Suchgeschosse aus dem einzelnen Torpedorohr des Langbootes hinausjagten. Kurze Feuerstöße aus Antimaterie blitzten aus der Nase des Langbootes und richteten sich automatisch gegen das nächste der Alienschiffe.

Ein Glückstreffer ließ das vorderste Soro-Schiff aufblühen wie eine feurige Blüte, die sich im Raum entfaltete. Die ganz und gar unerwartete Attacke hatte Verteidigungssysteme durchbrochen, die darauf angelegt waren, Nova-Hitze zu überstehen.

Fluchend versuchte er es mit der Override-Schaltung. Auch sie zeigte keinen Effekt.

Als die Soro-Flotte sein Feuer zu erwidern begann, heulte Takkata-Jim auf und riß den kleinen Scout durch eine Serie gewagter Ausweichmanöver. Mit dem natürlichen, dreidimensional operierenden Sinn eines Delphins wirbelte er in extremer Gravitationsrotation davon und schlängelte sich zwischen Geschoßsalven hindurch, die ihn oft nur um Haaresbreite verfehlten.

Es gab nur eines, was er tun konnte, nur eine Möglichkeit, Hilfe zu finden. Takkata-Jim nahm Kurs auf die zweite der beiden Flotten. Ihr war sein Angriff auf die Soro bestimmt nicht verborgen geblieben. Sie würden ihn als Verbündeten betrachten, wenn er lange genug am Leben blieb, um sie zu erreichen.

So jagte er hinaus ins All, gehetzt von einer Herde Behemoths, die jetzt wendeten und ihm nachsetzten.

110

Streaker

»Jetzt, Gillian?«

»Gleich, meine Liebe. Noch eine Minute.«

»Aber die Schiffe im Norden scheinen esss sich überlegt zu haben! Ein paar von ihnen kommen auf uns zu... ich korrigiere: Die ganze Meute bewegt sich nach Süden, auf uns zu!«

Gillian konnte kein schlechtes Gewissen empfinden, weil sie das Feuer von Toms Position abgelenkt hatte. Es war nicht mehr als ein kleines Dankeschön für das, was er getan hatte.

»Okay. Berechnen Sie eine Flugbahn. Ich will ostwärts aus der Ekliptik hinaus, sobald die zweite Flotte sich dem Langboot zugewendet hat.«

Tsh't stieß ungeduldig einen zwitschernden Seufzer aus. »Aye, Sir.« Sie schwamm zum Pilotenplatz hinüber und beriet sich mit Lucky Kaa.

111

Tom

Er hob den Kopf über den Wasserspiegel des Tümpels, in dem er Zuflucht genommen hatte.

Wohin waren plötzlich alle verschwunden?

Noch wenige Minuten vorher hatte der Himmel von pyrotechnischen Wunderwerken gelodert. Brennende Schiffe waren zur Rechten wie zur Linken vom Himmel gefallen. Jetzt sah er nur noch ein paar Nachzügler, die hoch oben und fern am Himmel mit Höchstgeschwindigkeit südwärts jagten.

Es dauerte einen Moment, bis ihm ein Verdacht kam.

Danke, Jill, dachte er. *Und jetzt zeig's ihnen – mit einem Gruß von mir.*

112

Takkata-Jim

Takkata-Jim blubberte frustriert. Er hatte so viel zu tun, daß er keine Zeit fand, sich um die Waffensteuerung zu kümmern. In seiner Verzweiflung gab er Impulse ab, mit denen er Computerspeicher blockweise lahmlegte. Endlich klappte etwas. Die Waffensysteme schalteten sich ab.

Hektisch rollte er das Schiff nach links und ließ die Triebwerke mit voller Kraft laufen, um einem Schwarm Torpedos auszuweichen.

Die beiden Flotten schwebten rasch aufeinander zu, ihre Fronten rückten immer näher an ihn heran.

Takkata-Jim beabsichtigte, in die zweite Flotte hineinzufliegen und dahinter beizudrehen, um damit kundzutun, was er mit dem Radio nicht sagen konnte: Daß er Schutz suchte.

Aber die Steuerung reagierte nicht! Er konnte das letzte Ausweichmanöver nicht mehr korrigieren! Offenbar hatte er zu viele Speicher abgeschaltet!

Das Langboot schoß nach außen davon, im rechten Winkel zu den Flugbahnen der sich nähernden Flotten, weg von beiden. Beide Flotten änderten ihren Kurs und folgten ihm.

113
Streaker

»Jetzt!« rief sie.

Der Pilot brauchte nicht erst angetrieben zu werden. Er hatte die Maschinen bereits aufgedreht, und nun schaltete er auf volle Kraft. Die Triebwerke brüllten auf, und die *Streaker* verließ die Atmosphäre auf einer knisternden Ionisationsspur. Die Beschleunigung war sogar im Stasisfeld noch zu spüren, selbst in der wassergefüllten Kommandobrücke.

Das graue Meer verschwand unter einer weißen Wolkendecke. Der Horizont wurde zu einer Kurve, dann zu einem Bogen. Die *Streaker* stürzte auswärts in ein Meer von Sternen.

»Sie folgen uns schon. Die Streithähne aus dem Norden.«

»Wie viele?«

»Zirka zwanzig.« Tsh't lauschte einen Moment lang den Informationen, die ihr über die Neuralkupplung ins Bewußtsein drangen. »Sie kommen in einer Kette. Abgesehen von einer relativ großen Gruppe am Ende scheinen nicht zwei Schiffe derselben Spezies zu gehören. Ich kann Gefechtslärm hören. Sie kämpfen gegeneinander, während sie uns jagen.«

»Wie viele gehören zu dem Haufen am Schluß?«

»Hmm… sechs, schätze ich.«

»Na, mal sehen, wie wir zurechtkommen, wenn wir die Beine in die Hand nehmen.«

Der Planet versank hinter ihnen, während Lucky Kaa die *Streaker* weiter beschleunigte und den Kurs einschlug, den Gillian ausgewählt hatte.

Jenseits von Kithrups Horizont hatte eine mächtige Schlacht begonnen. Auf ihrer Flugbahn blieb die *Streaker* ein paar Minuten hinter der Silhouette des Planeten verborgen. Dann aber kam die Feuersbrunst in Sicht.

Eine Million Kilometer entfernt loderte das All von gleißenden Explosionen, und haarsträubende Schreie drangen stark gedämpft durch die PSI-Schilde.

»Die großen Jungs prügeln sich um Takkata-Jim«, kommentierte Tsh't. »Vielleicht-t schaffen wir es sogar, aus dem System zu verschwinden, bevor die Hauptflotten uns einholen können.«

Gillian nickte. Toshio hatte sich nicht umsonst geopfert.

»Unser Problem sind die Einzelkämpfer, die sich an unsere Fersen gehängt haben«, meinte sie. »Irgendwie müssen wir sie abschütteln. Vielleicht können wir hinter dem Gasriesenplaneten einen Haken schlagen. Wie lange wird es bis dahin dauern?«

»Schwer zu sagen, Gillian. Vielleicht eine Stunde. Innerhalb des Systems können wir den Overdrive nicht benutzen, und wir schleppen eine Menge zusätzlicher Masse mit uns herum.«

Tsh't lauschte konzentriert ihrer Kupplung. »Die Jungs, die uns an der Schwanzflosse hängen, prügeln kaum noch aufeinander ein. Vielleicht sind sie beschädigt, aber ich schätze, daß uns mindestens zwei der vordersten Schiffe einholen werden, bevor wir den Gasriesen überhaupt erreichen.«

Gillian blickte auf das Holo-Display. Kithrup war zu einer winzigen Kugel in einer Ecke geschrumpft, und dahinter funkelte die Schlacht. Auf der der *Streaker* zugewandten Seite zeigte eine Kette kleiner Lichtpunkte die Verfolgerschiffe.

Im vorderen Teil des Holo-Displaytanks begann eine leuchtende, pastellfarben gestreifte Kugel anzuwachsen. Eine riesige Welt aus gefrorenem Gas, die große Ähnlichkeit mit Jupiter besaß, schwoll langsam, aber merklich an.

Gillian spitzte die Lippen und stieß einen leisen Pfiff aus. »Tja, wenn wir ihnen nicht weglaufen können, müssen wir es wohl mit einem Hinterhalt versuchen.«

Tsh't starrte sie an. »Gillian, das sind Schlachtschiffe! Wir sind nur eine übergewichtige Snark!«

Gillian grinste. »Diese Snark hat sich in einen großen Buhmann verwandelt, mein Mädchen. Die Thennanin-Haut wird mehr tun, als uns zu bremsen. Vielleicht können wir etwas versuchen, was sie wirklich nicht erwarten.«

Sie erwähnte nicht, daß sie gern noch ein wenig in diesem System verweilen wollte, wenn sich die Gelegenheit dazu böte. Vielleicht geschah ja noch ein Wunder.

»Sind alle beweglichen Gegenstände gesichert?«

»Routine. Längssst passiert.«

»Gut. Die Besatzung soll die Zentralkammer bis auf den letzten Fin räumen. Sie sollen sich festschnallen, wo immer sie einen Platz finden.«

Tsh't gab diesen Befehl weiter und wandte sich dann mit fragendem Gesichtsausdruck wieder an Gillian.

Gillian erklärte ihr, was sie vorhatte. »Wir sind zu langsam, weil wir Übergewicht haben, stimmt's? Sie werden uns beschießen, ehe wir den Schutz des Gasriesen erreichen können, von der Overdrive-Distanz zum System gar nicht zu reden. Aber sagen Sie mir, Tsh't: Wieso haben wir Übergewicht?«

»Wegen der Thennanin-Haut.«

»Und? Weshalb noch?«

Tsh't sah sie ratlos an.

Gillian zitierte einen Rätselvers, um ihr auf die Sprünge zu helfen.

Lebendige Berührung
Die Substanz der Bewegung –
Wie die Luft ist sie vergessen
Bis sie plötzlich fehlt!

Tsh't starrte sie verständnislos an. Dann ging ihr ein Licht auf.

»Nicht ganz einfach. Aber es könnte tatsächlich klappen. Ich bin nur froh, daß Sie es mir gesagt haben. Die Crew wird die entsprechende Ausrüstung anlegen wollen.«

Gillian versuchte, unter Wasser mit den Fingern zu schnippen, doch es gelang ihr nicht. »Raumanzüge! Sie haben recht! Tsh't, was würde ich ohne Sie anfangen?«

114

Galactics

»Das Nebengefecht zwischen den Flottenresten scheint sich von dem Planeten zu entfernen«, meldete ein Paha-Krieger. »Sie haben Kithrup verlassen und verfolgen ein ziemlich großes Schiff.«

Krat, die Soro, schälte eine Ling-Pflaume. Mühsam kämpfte sie das nervöse Zittern in ihrem linken Arm nieder.

»Könnt ihr das Schiff, das sie jagen, identifizieren?«

»Es scheint nicht das zu sein, welches wir suchen.«

Taktvoll ignorierte der Paha die offenkundige Woge der Erleichterung, die die Flottenherrin durchströmte, als sie dies hörte. »Es ist zu groß für ein Erdenschiff. Wir haben es vorläufig als beschädigten Thennanin-Kreuzer identifiziert, wenngleich...«

»Ja!« drängte Krat scharf.

Der Paha zögerte. »Es benimmt sich sonderbar. Es ist ungewöhnlich massereich, und die Triebwerke haben einen Tymbrimi-Klang, irgendwie... Aber es ist schon zu weit weg, als daß wir noch klare Daten auffangen könnten.«

Krat grunzte. »Wie ist unser Status?«

»Die Tandu liegen parallel zu uns und beschießen unsere Flanken wie wir die ihren. Wir jagen beide den Scout der Terraner. Keiner von uns schießt mehr auf das Boot, solange es der anderen Seite nicht zu nahe kommt.«

Krat knurrte. »Dieses Boot zieht uns immer weiter vom Planeten und unserer eigentlichen Jagdbeute weg. Habt ihr in Betracht gezogen, daß dies möglicherweise die Aufgabe des kleinen Aufklärers ist?«

Der Paha überlegte und nickte dann. »Jawohl, Flottenmutter, das wäre eine List, wie sie den Tymbrimi oder diesen Wölflingen ähnlich sähe. Was schlagt Ihr vor?«

Frustration stieg in Krat auf. Es mußte ein Trick sein! Trotzdem konnte sie die Verfolgung nicht abbrechen, denn dann würden die Tandu den Scout in die Klauen bekommen. Aber je länger diese Jagd dauerte, desto zermürbender wurde sie für beide Seiten!

Sie schleuderte die Pflaume quer durch den Raum. Klatschend traf sie mitten in den strahlenumkränzten Spiralglyph der Bibliothek. Ein erschrockener Pila sprang in die Höhe und quiekte verdutzt, dann funkelte er sie in dreister Wut an.

»Sendet den Standardspruch Waffenstillstand Drei!« befahl sie angewidert. »Schafft mir eine Verbindung mit dem Tandu-Pirschmeister. Wir müssen dieser Farce ein Ende machen und schleunigst zum Planeten zurückkehren!«

Der Pirschmeister fragte den Bändiger noch einmal. »Kannst du den Akzeptor aufrütteln?«

Der Bändiger kniete vor dem Pirschmeister und bot ihm seinen Kopf dar. »Nein, ich kann es nicht. Er ist in einen orgasmischen Zustand verfallen. Er ist überstimuliert. Alle Manipulationen sind erfolglos geblieben.«

»Dann haben wir keine metaphysische Möglichkeit, die sonderbare Jagd hinter uns genauer zu untersuchen?«

»Nein, keine. Wir können nur unsere physikalischen Mittel benutzen.«

Die Beine des Pirschmeisters schnarrten. »Geh und nimm dir den Kopf ab. Lege ihn mit deinem letzten Willensakt in mein Trophäenregal.«

Mit einem Rasseln äußerte der Bändiger sein Einverständnis.

»Möge der neue Kopf, der mir wachsen wird, dir besser dienen.«

»Wohlan! Doch zuvor«, befahl der Pirschmeister, »wirst

du mir eine Sprechverbindung mit den Soro herstellen. Selbstverständlich werde ich mir nachher das Bein abreißen, das ich benutze, um mit ihnen zu reden. Aber reden müssen wir jetzt mit ihnen.«

Buoult kaute an seinen Ellbogenstacheln und striegelte dann damit seinen Rückenkamm. Seine Einschätzung war richtig gewesen. Er hatte die letzten sechs Thennanin-Schiffe aus der Schlacht zwischen Tandu und Soro abgezogen und war gerade noch rechtzeitig über dem Planeten angekommen, um sich an der Hetzjagd zu beteiligen. Zehn übel zugerichtete Schiffe waren vor ihm. Sie jagten ein Objekt, das nur verschwommen auszumachen war.

»Schneller!« drängte er. »Die anderen sind unkoordiniert. Solange die Tandu und die Soro einen Lockvogel jagen, sind wir die einzige Schwadron von nennenswerter Größe in dieser Gegend. Wir müssen sie jagen!«

Weit vor den Thennanin plusterte ein Gubru-Captain sein Gefieder auf und gackerte.

»Wir holen auf! Wir holen das schwerfällige Ding ein! Und schaut nur! Jetzt, da wir ihm nahe sind, schaut und seht, daß seine Ausdünstungen menschlich sind! Sie fliegen in einer Schale, aber jetzt sind wir ihnen nahe, und wir können schauen und sehen und fangen, was in dieser Schale hockt!

Jetzt sind wir ihnen nahe, und wir werden sie fangen!«

Natürlich konnte das Unterfangen noch scheitern. Aber ein totaler Fehlschlag wäre jetzt unverzeihlich.

»Wenn wir sie nicht fangen können«, krähte der Gubru, »dann müssen wir sie unbedingt vernichten!«

115

Streaker

Vor ihnen ragte der Gasriese auf. Die schwerbeladene *Streaker* bewegte sich plump auf ihn zu.

»Sie werden erwarten, daß wir in geringem Abstand darauf zuhalten, um eine enge Hyperbel zu fliegen«, meinte Tsh't. »Das ist allgemein eine gute Taktik, wenn man in einem Planetensystem gejagt wird. Ein kurzer Schub, während man um den Planeten herumschwingt, läßt sich leicht in eine Kursänderung umsetzen.«

Gillian nickte. »Genau das erwarten sie, deshalb werden wir es nicht tun.«

Sie beobachteten den Monitor, auf dem drei große Punkte weiter wuchsen und schließlich Gestalt annahmen: Schiffe mit häßlichen Kampfesnarben und noch häßlicheren Waffen.

Der Horizont des gewaltigen Planeten schob sich ins Bild, während die Verfolger immer größer wurden.

»Sind alle Fen angeschnallt?«

»Jawohl, Sssir!«

»Sie werden den Zeitpunkt bestimmen, Lieutenant. Sie haben ein besseres Gefühl für Raumgefechte als ich. Sie wissen, was wir tun wollen.«

Tsh't klapperte mit den Kiefern. »Ich weiß Bescheid.«

Sie stießen auf den Planeten hinunter.

»Gleich... gleich bekommen sie esss...« Tsh'ts Augen wurden schmal. Sie konzentrierte sich auf die Klangbilder, die ihr über die Neuralkupplung zugeleitet wurden. Auf der Brücke hörte man nichts außer dem nervösen Klicken des Delphin-Sonars. Gillian fühlte sich an Situationen der Anspannung auf Menschenschiffen erinnert, bei denen die Hälfte der Crew durch die Zähne pfiff, ohne sich dessen bewußt zu sein.

»Haltet euch bereit«, befahl Tsh't durch das Intercom dem Maschinenraum.

Die Verfolgerschiffe verschwanden für kurze Zeit hinter dem Rand des Planeten.

»Jetzt!« rief sie Suessi über das Intercom zu. »Heckschleusen öffnen! Alle Pumpen einschalten!« Sie wandte sich dem Piloten zu. »Ablenksonde abschießen! Volle Lateralbeschleunigung! Totale Stasiskompensation bis auf ein g achtern! Ich wiederhole: Im Heckbereich ein g zulassen!«

Die Hälfte der Steuerkonsolen auf der Brücke war von grell blinkenden roten Warnlampen überstrahlt. Die Besatzung war darauf vorbereitet und hatte die automatischen Sicherheitsabschaltungen deaktiviert, und so ließ die *Streaker* den Inhalt ihrer Zentralkammer in das Vakuum des Alls spritzen.

Mit Besorgnis sah der Gubru-Captain, daß ein Schiff der Pthaca ihm die Führung streitig zu machen drohte. Er erwog ein Manöver zur Vernichtung der Pthaca, aber da verlangte der Mastercomputer plötzlich quäkend nach Aufmerksamkeit.

»Das haben sie nicht getan!« rief der Captain singend und starrte voller Unglauben auf das Display. »So etwas können sie nicht getan haben! Eine so teuflische Falle können sie nicht erdacht haben! Sie können nicht…«

Er sah, wie das Pthaca-Schiff mit knapp halber Lichtgeschwindigkeit in eine Barriere raste, die vor wenigen Minuten noch nicht dagewesen war.

Es war nichts als ein diffuser Strom von Gaspartikeln, der in ihrer Flugbahn hing. Aber da er völlig unerwartet auftauchte, traf er die Schutzschilde des Pthaca-Schiffes wie eine massive Mauer. Bei einem nennenswerten Bruchteil der Lichtgeschwindigkeit war jede Art von Barriere tödlich.

»Abschwenken!« befahl der Gubru. »Feuert mit sämtlichen Waffensystemen auf sie!«

Feurige Energiestrahlen schossen aus dem Schiff, aber

sie trafen auf eine beinahe stofflose Wand zwischen den Gubru und dem mit unglaublicher Geschwindigkeit abschwenkenden Erdenschiff.

»Wasser!« kreischte der Gubru, als er die Spektralanalyse sah. »Eine Barriere aus Wasserdampf! Eine zivilisierte Rasse hätte eine derart heimtückische List in der Bibliothek *nicht finden können! Eine zivilisierte Rasse hätte niemals so tief sinken können! Eine zivilisierte Rasse hätte niemals…«*

Er kreischte immer noch, als sein Schiff gegen eine Wolke treibender Schneeflocken prallte.

Um Megatonnen leichter, raste die *Streaker* mit Getöse durch eine Kurvenbahn, die weit enger war als alles, was sie noch vor Minuten hätte durchfliegen können. Ihre Schleusen schlossen sich, und langsam füllte sich das Schiff wieder mit Luft. Die interne Antigravitation wurde reaktiviert. Die in Raumanzüge gehüllten Crew-Fen schwebten aus den Räumen, in denen sie Zuflucht gesucht hatten, zurück auf ihre Stationen.

Auf der noch immer mit Wasser gefüllten Brücke beobachtete Gillian die Zerstörung der beiden vordersten Verfolgerschiffe. Die Mannschaft jubelte, als der dritte der arg zerschossenen Kreuzer ein verzweifeltes Ausweichmanöver unternahm, im letzten Augenblick einer Fehlfunktion zum Opfer fiel und mit verheerender Wucht in die diffuse Wolke raste. Er versprühte zu einer flachen Plasmakugel.

»Die übrigen sind immer noch hinter dem Gasriesen verborgen«, meinte Gillian. »Nach der Jagd von Kithrup bis hierher werden sie glauben, unsere Dynamik zu kennen, und sie werden nie auf die Idee kommen, wir könnten eine so enge Kurve fliegen.«

Tsh't schien da weniger sicher zu sein. »Vielleicht-t. Wir haben immerhin eine Ablenkungssonde abgefeuert, die auf unserer alten Flugbahn weiterfliegt und dabei unsere Abstrahlung imitiert. Kann sein, daß sie dem Ding folgen.

Aber ich möchte wetten, sie kommen in einer engen, schnellen Hyperbel hinter uns her.«

»Dann schießen wir sie einen nach dem anderen ab.«

Gillian fühlte sich ein wenig benommen. Es bestand der Hauch einer Chance, es unauffällig zu tun, so unauffällig, daß sie sich danach noch ein Weilchen verstecken und auf Hikahi und Creideiki warten konnten. Auf ein weiteres Wunder.

Ächzend kämpfte sich die *Streaker* durch die Kurve. »Suessi sagt, die Wandverstrebungen werden hart belastet«, meldete Lucky Kaa. »Er läßt fragen, ob Sie die Stasis noch einmal abschalten oder noch eins von diesen... äh, er sagt, ›eins von diesen wilden, verrückten Weibermanövern abziehen‹ wollen. Das waren seine Worte, Sssir!«

Gillian gab keine Antwort. Suessi erwartete sicher keine.

Die *Streaker* hatte ihre scharfe Kehre beendet und jagte in die Richtung zurück, aus der sie gekommen war. Im selben Augenblick erschienen über dem Rand des Gasgiganten zwei weitere Kampfkreuzer.

»Packen Sie sie, Tsh't«, befahl Gillian. Eine Wut, die sie sich in Wochen voller Frustration nicht hatte anmerken lassen, schwang jetzt in ihrer Stimme mit. »Gehen Sie nach Ihrer eigenen Taktik vor. Aber packen Sie sie!«

»Jawohl!« Tsh't bemerkte, daß Gillian die Fäuste geballt hatte. Sie empfand das gleiche. »Sofort!«

Sie wirbelte herum und wandte sich der Besatzung zu.

Geduldig
ließen wir uns beleidigen –
Geduldig
begegneten wir böser Absicht –

Doch jetzt ist Schluß
Die Geduld hat ein Ende
Traum und Logik
Verschmelzen im Kampf!!

Die Brückenbesatzung jubelte. Die *Streaker* stieß auf ihre überraschten Opfer hinunter.

116
Galactics

Die Stimme der Soro-Matriarchin drang grollend aus dem Kommunikationsnetz. »So kommen wir also überein, diese Jagd zu beenden und unsere Streitkräfte zusammenzuschließen?«

Der Pirschmeister der Tandu gelobte innerlich, aus Scham über diese Übereinkunft nicht nur eines, sondern zwei seiner Beine abzutrennen.

»Ja«, erwiderte er. »Wenn wir unser bisheriges Treiben fortsetzen, werden wir uns unnütz aufreiben. Ihr Soro kämpft wacker - für Ungeziefer. Laßt uns ein Ende machen und uns zusammenschließen.«

Krat besiegelte den Vertrag. »Wir schwören bei Pakt Nummer Eins, dem ältesten und verbindlichsten, der in der ganzen Bibliothek *zu finden ist, daß wir die Erdlinge gemeinsam ergreifen werden. Gemeinsam werden wir ihnen die Informationen entlocken, und gemeinsam werden wir die Abgesandten unserer Vorfahren aufsuchen, auf daß sie über unseren Disput entscheiden.«*

»So soll es sein«, stimmte der Tandu zu. »Jetzt laßt uns schließen und gemeinsam umkehren, um die Trophäe zu ergreifen!«

117
Takkata-Jim

Er verstand jetzt, was die Menschen meinten, wenn sie von einer ›Nantucketer Schlittenfahrt‹ sprachen.

Takkata-Jim war müde. Ihm war, als sei er schon stundenlang auf der Flucht. Jedesmal, wenn er versuchte, sein Boot zu einer Seite hinübertreiben zu lassen, damit er sich der einen dieser beiden Flotten ergeben könnte, feuerte die andere wütende Salven zwischen ihn und sein Ziel und zwang ihn so wieder zurück in die Mitte.

Vor einiger Zeit hatte er eine lange Kette von Schiffen entdeckt, die Kithrup in anderer Richtung verließen. Ganz offensichtlich hatte die *Streaker* mit ihrem Ausbruchsversuch begonnen.

Dann ist es also vorbei, dachte er. *Ich habe versucht, meine Pflicht zu tun, wie ich sie sah, und dabei gleichzeitig mein Leben zu retten. Jetzt sind die Würfel gefallen. Mein Plan ist gescheitert.*

Ich bin verloren. Ich kann nichts mehr tun, außer... vielleicht kann ich für die Streaker *noch ein paar Minuten herausschinden.*

Vor einer Weile hatten die beiden Flotten aufgehört, sich gegenseitig zu beschießen, während sie ihn hetzten. Takkata-Jim begriff, daß sie zu einer Einigung gelangt waren.

Plötzlich summte in seinem Radio ein Basis-Kontaktcode in Galactic Eins. Die Botschaft war einfach: Halt an und ergib dich der vereinigten Flotte der Soro und Tandu.

Takkata-Jim klapperte mit den Kiefern. Er hatte keinen Sender, und so konnte er nicht antworten. Aber wenn er jetzt mitten im All stoppte, würden sie das vermutlich als Kapitulation auffassen. Er wartete, bis sie den Funkspruch dreimal wiederholt hatten. Dann verringerte er seine Geschwindigkeit... aber langsam. Sehr langsam. Jetzt kämpfte er um die Zeit.

Als die Galactics herangekommen waren und ihre Drohungen einen endgültigen Klang bekamen, seufzte Takkata-Jim und schaltete die Waffensteuercomputer des Langbootes wieder ein.

Das Boot bäumte sich auf, als die kleinen Lenkwaffen davonschossen. Er ließ die Triebwerke mit voller Kraft aufheulen.

Als ihm beide Flotten gleichzeitig ihre Geschoßsalven nachsandten, versuchte er natürlich, ihnen auszuweichen. Es wäre unsportlich gewesen, jetzt einfach aufzugeben.

Aber zu ernsthaften Anstrengungen hatte er keine Lust mehr. Statt dessen beschäftigte er sich mit einem Gedicht, während er wartete.

Für einen Delphin - auch für mich -
Ist das Traurigste von allem,
Allein zu sterben...

118
Streaker

Mit dem Hinterhalt bei dem Gasriesen hatte niemand gerechnet. Die Feinde kamen dicht über dem Planeten herein und machten sich seine Gravitation zunutze, um in einer engen Hyperbel um ihn herumzuschleudern. Auf einen Angriff gegen ihre Flanken waren sie nicht vorbereitet.

In Relation zu ihrem halsbrecherischen Sturzflug hing die *Streaker* derweilen beinahe bewegungslos hinter dem Planeten. Sie stieß auf die beiden Kreuzer hinunter, als sie vorüberzogen, und legte ein netzartiges Gitter aus Antimaterie über ihre Flugbahn. Der eine Kreuzer erblühte in einem Feuerball, noch bevor die Computer der *Streaker* ihn identifizieren konnten. Wahrscheinlich hatten die wochenlangen Kämpfe seine Abschirmfelder bereits in Mitleidenschaft gezogen.

Der zweite Kreuzer war besser gerüstet. Seine Schilde erstrahlten in bedrohlichem Violett, und schmale Streifen von explodierendem Metall beleuchteten seine Außenhaut. Aber es gelang ihm, die Barriere zu durchbrechen, und in einem waghalsigen Manöver verringerte er seine Geschwindigkeit.

»Pech – er wird unsere Minen verfehlen«, meinte Tsh't. »Wir hatten nicht genug Zeit, um sie in einem perfekten Muster auszulegen.«

»Man kann nicht alles haben«, antwortete Gillian. »Sie haben Ihre Sache ausgezeichnet gemacht. Es wird ein Weilchen dauern, bis er zu uns zurückkommen kann.«

Tsh't studierte ihren Monitor und lauschte in ihre Neuralkupplung. »Es wird sehr lange dauern, wenn seine Triebwerke weiter aussetzen. Er befindet sich in einer Kollisionsspirale mit Richtung auf den Planeten.«

»Na prima! Lassen Sie ihn. Mal sehen, was die anderen treiben.«

Der Kurs der *Streaker* führte sie langsam fort von dem Riesenplaneten und einer heranjagenden Gruppe von fünf weiteren Kreuzern entgegen. Diese hatten den Überfall teilweise mit angesehen und korrigierten jetzt mit wütender Hast ihren Kurs.

»Jetzt werden wir sehen, wie gut das ›Trojanische Seepferd‹ funktioniert«, meinte Gillian. »Die vordersten waren nahe genug herangekommen, um unsere Triebwerksabstrahlung zu registrieren und zu erkennen, daß wir *Made on Terra* sind. Aber diese Burschen hier waren zu weit hinten. Hat Suessi unseren Energie-Output dem Thennanin-Profil angeglichen, wie wir es geplant hatten?«

Wattaceti pfiff eine Bestätigung. »Hat-t er. Aber Suessi sagt, es wird die Leissstung beeinträchtigen. Er erinnert Sie daran, daß unsere Triebwerke keine Thennanin-Produkte sind.«

»Sagen Sie ihm, ich bedanke mich vielmals. Jetzt geht es um Leben und Tod, und was als nächstes geschieht, hängt davon ab, ob sie eine phantasielose Bande sind, wie Tom vermutete, oder ob sie es nicht sind. Die PSI-Abschirmung auf volle Kraft!«

»Aye, Sssir!«

Energie-Detektoren leuchteten auf, als die herannahenden Schiffe sie mit Abtaststrahlen bestrichen. Die kunterbunte Schar der ET-Schiffe schien zu zögern und teilte sich dann.

»Nummer eins, vier und fünf beschleunigen, um an uns vorbeizuziehen!« meldete Tsh't. Schnatternder Delphinapplaus erfüllte die Brücke.

»Was ist mit den anderen?«

Tsh'ts Manipulatorarm deutete auf zwei Punkte im Holo-Display. »Sie stoppen und machen sich kampfbereit. Wir empfangen einen Funkspruch auf Galactic Zehn! Es ist eine rituelle Herausforderung!« Tsh't schüttelte den Kopf. »Die glauben wirklich, wir seien Thennanin! Aber sie wollen uns abschießen.«

»Wer sind sie?«

»Brüder der Nacht.«

Die Vergrößerungsmonitore zeigten die beiden herannahenden Schlachtschiffe. Groß und tödlich kamen sie unerbittlich näher.

Was nun? Gillian behielt ihren gelassenen Gesichtsausdruck. Sie wußte, daß die Fen sie beobachteten.

Wir können ihnen nicht entkommen, vor allem nicht, solange wir Thennanin-Maschinen vortäuschen und diese schwere Thennanin-Haut tragen. Aber nur ein Irrer würde versuchen, sie im direkten Kampf anzunehmen.

Ein kämpferischer Irrer wie Tom, dachte sie ironisch. *Oder Creideiki. Wenn jetzt einer der beiden das Kommando hätte, dann würde ich für die Brüder der Nacht bereits die Trauerkränze binden.*

»Gillian?« fragte Tsh't nervös.

Gillian schüttelte sich. Entscheide dich. Sofort.

Sie warf einen Blick auf die herannahenden Todesmaschinen.

»Zur Hölle mit ihnen«, sagte sie. »Kurs auf Kithrup.«

119
Galactics

»Wir werden die Hälfte unserer vereinigten Flotte über dem Planeten zurücklassen. Keiner der anderen wird es wagen, zurückzukehren, jetzt, da wir uns verbündet haben. Wir werden sodann Schwadronen aussenden, die die Monde von versteckten Feinden säubern und erkunden werden, was dort hinter dem Gasgiganten vor sich geht.«

Der Pirschmeister der Tandu hatte nur noch vier Beine, nicht mehr sechs, wie früher. Die Soro Krat fragte sich, was für ein Mißgeschick dem Anführer ihrer widerwärtigen Alliierten wohl zugestoßen sein mochte.

Aber es interessierte sie nicht wirklich. Krat träumte von dem Tag, an dem sie höchstpersönlich dem Pirschmeister die restlichen Beine und dann auch noch sämtliche Kopfknospen ausreißen würde.

»Wird das Chaos bei diesem äußeren Planeten möglicherweise von den Erdlingen verursacht?« fragte sie.

Der Gesichtsausdruck des Tandu erschien auf dem Display unergründlich. »Alles ist möglich, selbst das Unmögliche.« Das klang wie ein Tandu-Gemeinplatz. »Aber selbst der kleinen Schar dieser Versprengten könnten die Erdlinge nicht entgehen. Wenn sie sie gefaßt haben, werden die Streuner sich um die Beute prügeln, und wenn unser Einsatzkommando dort eintrifft, werden wir sie übernehmen. Ganz einfach.«

Krat nickte. Es klang in der Tat nach einer eleganten Lösung.

Bald, *dachte sie,* bald schon werden wir die Informationen aus den Erdlingen herauspressen, oder wir werden sie aus ihren Trümmern herausfiltern. Und bald darauf werden wir vor unseren Ahnen stehen.

Ich muß nur zusehen, daß ein paar der Menschen und Delphine am Leben bleiben, nachdem sie uns gesagt haben, wo die Flotte der Progenitoren steht. Meine Klienten mögen es nicht, wenn ich sie zu meiner Unterhaltung verwende. Es würde mir Ärger ersparen, könnte ich mich außerhalb der Familie amüsieren.

Sehnsüchtig dachte sie an ein streitbares Männchen ihrer eigenen Spezies, während eine Tandu-Soro-Schwadron von dreizehn Schiffen mit voller Kraft auf den Gasriesen zujagte.

120

Streaker

»Beschädigung der Stasisflanschen auf der Backbordseite!« meldete Wattaceti. »Sämtliche Geschützluken in dieser Sektion sind ausgefallen!«

»Hat die Innenhaut etwas abbekommen?« erkundigte sich Gillian besorgt.

Der Fin wirkte unbeteiligt, als er den Schadenskontrollcomputer abfragte. »Nein. Bisss jetzt hat die Thennanin-Haut alles aufgefangen. Aber Suessi sagt, die Verstrebungen würden müde.«

»Sie werden ihr Feuer auf die Backbordseite zu konzentrieren, weil sie angeschlagen ist«, meinte Tsh't. »Und sie werden erwarten, daß wir abzudrehen versuchen. Gefechtsbatterien an Steuerbord! Minen abfeuern – vierzig Grad Azimut zu einhundert Süd! Langsame Schubkraft und Verzögerungszündung!«

»Aber da issst doch niemand!«

»Sie *werden* da sein! Feuer! Pilot! Schiff um zwei *rad* pro Minute nach backbord rollen und um einen pro Minute aufwärts ziehen!«

Bebend und ächzend drehte die *Streaker* sich langsam im Raum. Kraftvolle Kampfstrahlen, denen sie nichts entgegenzusetzen hatte, ließen ihre Monitore gefährlich flackern. Nicht ein einziges Mal hatte sie ihre Gegner treffen können, diese aber folgten ihren schwerfälligen Ausweichmanövern behende.

Aus der im Schattendunkel liegenden Seite der *Streaker* fielen sechs kleine Lenkgeschosse träge nach außen, und einen Augenblick später verstummten ihre Schubdüsen. Die *Streaker* drehte weiter ab, um ihre lädierte Flanke zu schützen, ein wenig langsamer allerdings, als sie tatsächlich hätte abdrehen können.

Die feindlichen Schlachtschiffe vermuteten eine tödliche Schwäche und folgten dem Kurvenmanöver. Gleißende Strahlen bohrten sich in die beschädigte Seite der *Streaker* – in das, was die Brüder der Nacht für die Außenhaut ihres schwerfälligen Gegners hielten.

Die *Streaker* erzitterte, als die Strahlen ihre Schilde durchdrangen und auf die Thennanin-Panzerung trafen. Die Stasis flackerte, was der Crew ein gespenstisch lebendiges Gefühl von *Déjà vu* einflößte. Sogar in der wassergefüllten Kommandozentrale schleuderten die Erschütterungen der Treffer die Crew beinahe von ihren Plätzen. Schadenkontrollsensoren meldeten gellend Rauch und Feuer, schmelzende Panzerplatten und sich wölbende Wände.

Die Kreuzer aber folgten der *Streaker* zuversichtlich in die verminte Region, und die Geschosse explodierten.

Gillian umklammerte einen Haltegriff, und ihre Fingerknöchel wurden weiß. Auf den Monitoren der Sensoren, die noch nicht verdampft waren, war der Feind nicht zu sehen. Eine Wolke von quellendem Gas hielt ihn verborgen.

»Schubkraft erhöhen! Zwanzig Grad zu zwo siebenzig!« rief Tsh't. »Roll- und Steigmanöver einstellen!«

Die gepeinigten Triebwerke keuchten. Die Verstrebungen, die die *Streaker* in ihrer gepanzerten Schale befestigt hielten, knirschten, als das Schiff mit neuem Kurs beschleunigte.

»Gesegnet sei diese verdammte Thennanin-Panzerung!« seufzte einer der Fin. »Diese Strahlen hätten die *Streaker* wie ein Toastbrot in Scheiben geschnitten!«

Gillian spähte in einen der wenigen noch funktionierenden Holo-Displaytanks. Es war schwer, in dem von

Rauch und Trümmern erfüllten Raumsektor noch etwas zu sehen. Aber schließlich entdeckte sie den Feind.

»Ein Treffer! Ein richtiger Treffer!« frohlockte sie.

In einem der Schlachtschiffe klaffte ein gähnendes Leck. Brennendes Metall rollte sich ineinander, und Sekundärexplosionen erschütterten den Kreuzer.

Der andere schien unbeschädigt zu sein, aber er bewegte sich mit größerer Vorsicht als vorher.

Oh, zögert noch ein bißchen! bat sie in Gedanken. *Gebt uns einen kleinen Vorsprung!*

»Sonst noch welche?« fragte sie Tsh't. Wenn diese beiden Schiffe als einzige noch übrig waren, dann würde sie die Triebwerke jetzt wieder auf volle Kraft schalten. Von ihr aus sollte selbst der Teufel erfahren, daß sie ein terranisches Schiff waren!

Der Lieutenant blinzelte. »Ja, Gillian. Noch sechs. Sie nähern sich rasch.« Tsh't schüttelte den Kopf. »Wir haben keine Möglichkeit mehr, diesem neuen Schwarm zu entkommen. Sie sind zu schnell. Sssorry, Gillian.«

»Die Brüder der Nacht haben es sich überlegt-t!« verkündete Wattaceti. »Sie folgen unsss!«

Tsh't verdrehte die Augen. Gillian pflichtete ihr insgeheim bei.

Noch einmal führen wir sie nicht an der Nase herum.

»Suessi ruft an. Er will wissen, ob...«

Gillian seufzte. »Sagen Sie Hannes, es sind wohl keine neuen ›Weibertricks‹ mehr zu erwarten. Mir sind eben die Ideen ausgegangen.«

Die beiden Schlachtschiffe kamen langsam näher. Sie folgten dem Heck der *Streaker,* aber sie feuerten nicht. Sie sparten sich ihre Energien für einen letzten Totalangriff auf.

Gillian dachte an Tom, und unwillkürlich hatte sie das Gefühl, ihn schmählich im Stich gelassen und enttäuscht zu haben.

Es war wirklich ein guter Plan, Schatz. Ich wollte, ich hätte ihn vernünftig ausgeführt.

Die beiden Gegner hatten sie fast erreicht. Bedrohlich ragten die Schlachtschiffe vor der *Streaker* auf.

Dann fing Lucky Kaa zu schreien an. »Vektoränderung!« Der Pilot schlug aufgeregt mit der Schwanzflosse hin und her. »Die schwenken ab! Sie laufen wie die Hasen!!«

Gillian zwinkerte verblüfft. »Aber sie hatten uns doch!«

»Es liegt-t an den Neuen, Gillian! Die sechs Schiffe, die auf uns zukommen!« rief Tsh't entzückt.

»Wieso? Was ist denn mit denen?«

Tsh't grinste so breit, wie es einem Neo-Fin nur möglich war. »Es sind *Thennanin!* Sie feuern aus allen Rohren! Und sie feuern nicht auf unsss!«

Die Monitore zeigten die beiden Kreuzer, die sie gejagt hatten, plötzlich Reißaus nehmen, wobei sie auf ihrer Flucht nach Art der Parther auf die herannahende Mini-Flotte feuerten.

Gillian lachte. »Wattaceti! Sagen Sie Suessi, er soll die Maschinen abschalten! Er soll alles stillegen und Rauch abblasen! Wir wollen jetzt den schwerverwundeten Soldaten spielen.«

Einen Augenblick später kam die Antwort des Ingenieurs. »Suessi sagt-t, das sei kein Problem. Überhaupt kein Problem.«

121

Galactics

Wellen der Erregung ließen Buoults Kamm vibrieren. Die Krondorsfire *schwebte arg mitgenommen, aber stolz vor ihnen. Seit dem ersten Tag dieser Schlacht hatte er den alten Kreuzer verloren geglaubt, und mit ihm Baron Ebremsev, seinen Commander. Buoult sehnte sich danach, seinen Kameraden wiederzusehen.*

»Geben sie immer noch keine Antwort?«

»Nein, Commander, das Schiff bleibt stumm. Es ist möglich, daß sie soeben einen tödlichen Treffer davongetragen

haben, der... Aber halt! Da ist etwas! Ein Blinksignal in unverschlüsselter, offener Sprache! Sie blinken durch eines ihrer Sichtfenster.«

Buoult trat eifrig einen Schritt vor. »Was sagen sie denn? Brauchen sie Hilfe?«

Der Kommunikationsoffizier beugte sich über seinen Monitor, beobachtete die blinkenden Lichter und machte sich Notizen.

»Alle Waffen und Kommunikationssysteme zerstört«, las er. »Lebenserhaltungssysteme und Hilfstriebwerke noch funktionsfähig... Erdlinge voraus, werden gejagt von einigen Versprengten... Wir ziehen uns zurück... Viel Glück bei der Jagd... Krondorsfire *Ende.«*

Buoult fand diese Mitteilung ein wenig sonderbar. Weshalb wollte Ebremsev sich zurückziehen, wenn er ihnen noch folgen und das feindliche Feuer auf sich ziehen konnte?

Vielleicht spielte er den Tapferen, um sie nicht aufzuhalten. Buoult gedachte darauf zu beharren, ihnen unverzüglich Hilfe hinüberzuschicken, aber da redete der Kommunikationsoffizier weiter.

»Commander! Vom Wasserplaneten her nähert sich eine Schwadron! Mindestens zehn Schiffe! Ich identifiziere sowohl Tandu als auch Soro!«

Buoults Rückenkamm klappte für einen Augenblick zusammen. Es war soweit! Die allerletzte Allianz der Ketzer!

»Wir haben noch eine Chance! Wir müssen sofort die Flüchtlinge verfolgen! Wir können die Einzelschiffe überwältigen, während sie die Erdlinge überwältigen, und dann verschwinden, bevor die Tandu und die Soro an Ort und Stelle sein können!«

Während sein Schiff schon davonjagte, ließ er der Krondorsfire *eine Botschaft zusenden. »Mögen die Großen Geister bei Euch bleiben...«*

122
Streaker

»Das ist ein ziemlich raffinierter kleiner Computer, den Sie da die ganze Zeit versteckt gehalten haben«, bemerkte Tsh't.

Gillian grinste. »Eigentlich gehört er Tom.«

Die Fins nickten weise. Das war Erklärung genug.

Gillian dankte der Niss-Maschine für ihre hastige Thennanin-Übersetzung. Die körperlose Stimme drang flüsternd aus einem Schwarm bunter Funken, die neben ihr schwebten und in den prickelnden Oxywasserblasen rotierten und tanzten.

»Was sollte ich sonst tun, Gillian Baskin?« erwiderte die Niss. »Ihr paar versprengten Erdlinge habt, während ihr Katastrophe über Katastrophe auf euer Haupt häuftet, mehr Daten akkumuliert, als meine Herren in den letzten tausend Jahren zusammentragen konnten. Allein die Lektionen über das Liften werden den Tymbrimi von großem Nutzen sein. Die Tymbrimi sind nämlich stets bereit, etwas dazuzulernen - selbst von Wölflingen.«

Die Stimme verstummte, und die Funken verschwanden, ehe Gillian etwas erwidern konnte.

»Das Signalkommando ist von der Luke zurück, Gillian«, sagte Tsh't. »Die Thennanin sind unterwegs zu unseren Beschattern, aber sie werden zurückkommen. Was tun wir jetzt?«

Gillian spürte das Vibrieren der Adrenalinreaktion. Über diesen Punkt hinaus hatte sie nichts geplant. Es gab nur eines, was sie jetzt sehnlichst zu tun wünschte. Es gab nur ein Ziel im ganzen Universum, zu dem es sie zog.

»Kithrup«, wisperte sie. Sie schüttelte sich. »Kithrup?« Fragend sah sie Tsh't an, und sie wußte, wie die Antwort lauten würde, aber sie wünschte sich eine andere.

Tsh't schüttelte den schmalen Kopf. »Im Augenblick patrouilliert eine Flotte im Orbit über Kithrup, Gillian. Es wird nicht mehr gekämpft-t. Es muß einen Sieger in dieser gewaltigen Schlacht gegeben haben. Eine andere Schwadron ist mit hoher Geschwindigkeit auf dem Weg hierher. Eine große Schwadron. Wir können unsss nicht leisten, sie nahe herankommen zu lassen, denn dann durchschauen sie unsere Verkleidung.«

Gillian nickte. Ihre Stimme wollte ihr den Dienst verweigern, aber sie zwang die Worte hervor.

»Nach Norden«, sagte sie. »Gehen Sie auf Galaktisch-Nord-Kurs, Tsh't... zum Transferpunkt. Mit voller Kraft. Wenn wir dicht davor sind, werfen wir das Seepferd ab und sehen zu, daß wir – mit... mit den Schätzen, die wir gewonnen haben – aus dieser Ifni-verdammten Gegend verschwinden.«

Die Delphine kehrten auf ihre Posten zurück. Das Grollen der Maschinen nahm zu.

Gillian schwamm in einen dunklen Winkel in der Kristallkuppel. Dort war ein Riß in der Thennanin-Panzerung, und sie konnte die Sterne sehen.

Die *Streaker* wurde immer schneller.

123
Galactics

Die Tandu-Soro-Schwadron verringerte den Abstand zwischen sich und der weit auseinandergezogenen Schar der übrigen Schiffe.

»Herrin, ein verkrüppelter Thennanin-Kreuzer nähert sich dem Transferpunkt auf Fluchtkurs.«

Krat krümmte sich auf ihrem Polster und rauchte. »So? Es ist nicht das erste Mal, daß ein beschädigtes Schiff das Kampfgebiet verläßt. Alle Seiten versuchen, ihre Verwundeten in Sicherheit zu bringen. Weshalb belästigst du mich jetzt damit, wo wir sie bald haben?«

Der kleine Detektor-Offizier, ein Pila, huschte schleu-

nigst zurück in seine Zelle. Krat beugte sich vor, um die vorderen Monitore zu beobachten.

Eine kleine Schwadron von Thennanin gab sich alle Mühe, ihren Vorsprung zu wahren. Weiter vorn, am Rande des Detektionsbereiches, zeigte das Funkeln planloser Gefechtsoperationen, daß die vordersten Schiffe sich immer noch nicht geeinigt hatten, obgleich sie der Beute dicht auf den Fersen sein mußten.

Aber was ist, wenn sie sich irren? *dachte Krat.* Wir jagen die Thennanin, die Thennanin jagen die Reste der anderen, und die wiederum jagen – was? Womöglich jagen sie sich gegenseitig, diese Narren!

Aber es war nicht mehr wichtig. Die Hälfte der Tandu-Soro-Flotte patrouillierte im Orbit über Kithrup. Also saßen die Erdlinge so oder so in der Falle.

Beizeiten werden wir uns auch um die Tandu kümmern, *dachte sie.* Und dann treten wir den Alten allein entgegen. *»Herrin!« schrie der Pila plötzlich schrill. »Da kommt ein Funkspruch vom Transferpunkt!«*

»Störst du mich noch einmal mit solchen Belanglosigkeiten…«, knurrte sie, und dabei spreizte sie bedrohlich ihre Paarungsklaue. Aber der Pila fiel ihr ins Wort. Der Klient wagte es, ihr ins Wort zu fallen!

»Herrin, es ist das Schiff der Terraner! Sie verhöhnen uns! Sie trotzen uns! Sie…«

»Zeig es mir!« zischte Krat. »Das muß ein Trick sein! Zeig es mir sofort!«

Der Pila zog sich geduckt in seine Kammer zurück. Einen Augenblick später erschien auf Krats Hauptmonitor das Holo eines Menschen und mehrerer Delphine. An der Gestalt des Menschen *sah Krat, daß es sich um ein Weibchen handeln mußte. Vermutlich die Anführerin.*

»…stupide Kreaturen, unwürdig, ›Sophonten‹ genannt zu werden, törichte, präintelligente Abkömmlinge streunender Herren! Wir entschlüpfen eurer ganzen bewaffneten Macht, und wir lachen über eure Tölpelhaftigkeit! Wir entkommen euch, wie wir euch immer entkommen wer-

den, ihr erbärmlichen Geschöpfe! Und jetzt, da wir einen wirklichen Vorsprung haben, werdet ihr uns überhaupt nicht mehr finden! Gibt es einen besseren Beweis dafür, daß die Huld der Progenitoren nicht euch gehört, sondern uns? Gibt es einen besseren Beweis…«

Und so ging die Schmährede weiter. Krat lauschte ihr, rasend vor Wut und gleichzeitig das kunstvolle Manöver der Erdlinge genießerisch bewundernd.

Sie sind besser, als ich dachte, diese Menschen. Ihre Beleidigungen sind wortreich und aufgeblasen, aber sie haben Talent. Sie verdienen einen ehrenvollen, langsamen Tod.

»Herrin! Die Tandu, die uns begleiten, ändern ihren Kurs! Und ihre übrigen Schiffe verlassen Kithrup und steuern den Transferpunkt an!«

Krat zischte verzweifelt. »Ihnen nach! Folgt ihnen unverzüglich! Wir sind ihnen bis hierher durch den Weltraum gefolgt! Die Jagd ist noch nicht zu Ende!«

Resigniert wandte sich die Crew ihren Aufgaben zu. Das terranische Schiff befand sich in einer günstigen Fluchtposition. Selbst unter glücklichsten Umständen würde dies eine lange Jagd werden…

Krat begriff plötzlich, daß sie nicht mehr rechtzeitig zur Paarung heimkehren würde. Sie würde hier draußen sterben.

Auf dem Monitor fuhr der Mensch unterdessen fort, sie zu beschimpfen.

»Bibliothekar!« rief Krat. »Ich verstehe nicht alles, was dieser Mensch sagt. Stelle fest, was dieser Ausdruck ihrer bestialischen Wölflingssprache bedeutet: ›Äätsch bäätsch!‹«

124

Tom Orley

Mit gekreuzten Beinen saß er auf einer aus Pflanzenfasern geflochtenen Matte im Schatten eines treibenden Wracks, und er lauschte dem Vulkan, dessen Grollen allmählich und stotternd verstummte. Er dachte an den Hungertod, und er lauschte den sanften, feuchten Lauten der endlosen Rankenlandschaft, bis er in ihnen anheimelnde Schönheit entdeckte. Das planlos rhythmische Zischeln verschmolz schließlich zu einem Hintergrund für seine Meditation.

Wie ein Fokus-Mandala lag die Meldebombe, die er nicht gezündet hatte, vor ihm auf der Matte. Der Container glitzerte im Sonnenschein des ersten schönen Tages, den die Nordhalbkugel des Planeten Kithrup seit Wochen erlebte. Lichtreflexe funkelten in den Beulen, die das Metall des Wracks bedeckten, und die zerschrammte Fläche schimmerte hell.

Wo bist du jetzt?

Die Meeresdünung unter dem Rankenteppich ließ seine Plattform leise schwanken. Er schwebte in Trance durch verschiedene Ebenen des Bewußtseins, wie ein alter Mann, der müßig seinen Speicher durchstöberte, wie ein erfahrener Tramp, der mit milder Neugier durch die Lattenwand eines dahinrollenden Güterwaggons spähte.

Wo bist du jetzt, Geliebte?

Er erinnerte sich an ein japanisches Haiku aus dem achtzehnten Jahrhundert. Es stammte von dem großen Dichter Yosa Buson.

Im sanften Frühlingsregenfall
liegt auf dem Dach, schon feucht durchtränkt,
des Kindes bunter Lumpenball.

Er betrachtete formlose Bilder in den Beulen der PSI-Kugel, und er lauschte dem Knarren des flachen Dschungels, dem Rascheln der kleinen Tiere darin, dem Wind, der durch nasse, breite Blätter strich.

Wo ist der Teil von mir, der fortgegangen ist?

Er lauschte dem langsamen Puls eines weltumspannenden Meeres, betrachtete die Muster im Metall, und nach einer Weile formte sich in den Lichtreflexen zwischen Dellen und Wellen ein Bild.

Ein stumpfes, klobiges, keilförmiges Objekt näherte sich einem Ort, der ein *Nicht-Ort* war, ein schimmerndes Schwarz im All. Und während er es beobachtete, riß das klobige Ding auf. Der dicke Panzer brach langsam auseinander, wie bei einem Ei, das ausgebrütet war. Die Scherben fielen ab, und was blieb, war ein schlanker, knotiger Zylinder, der ein wenig Ähnlichkeit mit einer Raupe besaß. Er war von einem leuchtenden Nimbus umgeben, einer immer dicker werdenden Schale aus Wahrscheinlichkeit, die sich zusehends härtete.

Keine Illusion, entschied er. *Das kann keine Illusion sein.*

Er öffnete sich dem Bild und nahm es an. Und von der Raupe löste sich ein Gedanke und flog zu ihm.

Blütenpracht am Birnbaum sprießt
und im Mondlicht eine Frau
dort in einem Briefe liest...

Seine langsam verheilenden Lippen schmerzten, als er lächelte. Noch ein Haiku von Buson. Ihre Botschaft war so eindeutig, wie sie es unter den Umständen nur sein konnte. Irgendwie war es ihr gelungen, sein Trance-Gedicht aufzufangen, und jetzt antwortete sie ihm auf die gleiche Weise.

»Jill...« Er konzentrierte sich mit aller Kraft.

Die Raupengestalt, in einen Kokon aus Stasis gehüllt, näherte sich dem großen Loch im All. Sie stürzte vorwärts, auf den *Nicht-Ort* zu, wurde transparent und verschwand.

Lange Zeit saß Tom ganz still da und sah zu, wie die Lichtreflexe über die Metallkuppel wanderten, während der Vormittag verstrich.

Endlich kam er zu dem Schluß, daß es weder ihm noch dem Universum schaden würde, wenn er allmählich anfinge, sich um sein Überleben zu kümmern.

125

Das Skiff

»Habt ihr beiden verrückten Mel-Fen inzwischen eine Ahnung, wovon er spricht-t?«

Keepiru und Sah'ot starrten Hikahi nur an. Dann setzten sie ihre Diskussion fort, ohne sie einer Antwort zu würdigen. Sie tuschelten mit Creideiki und versuchten, die verworrenen Anweisungen des Captains zu interpretieren.

Hikahi verdrehte die Augen und wandte sich an Toshio. »Man sollte doch denken, daß sie mich bei ihren Seancen mit Creideiki mitmachen lassen, nicht wahr? Schließlich sind Creideiki und ich ein Paar!«

Toshio zuckte die Achseln. »Creideiki braucht Sah'ots Sprachtalent und Keepirus Fähigkeiten als Pilot. Aber Sie haben doch ihre Gesichter gesehen. Die sind inzwischen halb versunken im Wal-Traum. Wir können uns nicht leisten, daß Ihnen das auch passiert, solange Sie das Kommando haben.«

»Hmmmph!« Hikahi war ein wenig besänftigt, aber sie zürnte immer noch. »Ich vermute, du bist mit der Inventur fertig, Toshio?«

»Jawohl, Sir.« Er nickte. »Ich habe eine schriftliche Liste angelegt. Wir haben genug Proviant, um bis zum ersten Transferpunkt und mindestens darüber hinaus zum nächsten zu kommen. Wir sind hier natürlich in der Mitte von Nirgendwo, und um auch nur in die Nähe zivilisierter Gegenden zu gelangen, brauchen wir wenigstens fünf Transfersprünge. Unsere Karten sind betrüblich unzureichend, unsere Triebwerke werden längerfristig vermutlich irgendwann ausfallen, und wenige Schiffe unserer Größe haben die Transferpunkte bisher überhaupt erfolgreich befahren können. Aber abgesehen davon und von den leicht beengten Unterkünften an Bord können wir uns vermutlich nicht beklagen.«

Hikahi seufzte. »Ein Versuch kann nicht schaden, zu verlieren haben wir dabei nichts. Zumindessst sind ja die Galactics nicht mehr da.«

»Ja.« Toshio pflichtete ihr bei. »Es war ein schlauer Zug von Gillian, die Eaties vom Transferpunkt aus zu beschimpfen. Dadurch wußten wir, daß sie entkommen sind und uns die Eaties nicht mehr im Nacken sitzen.«

»Sag nicht immer ›Eaties‹ Toshio. Es ist unhöflich. Es könnte passieren, daß du eines Tages ein paar nette Kanten oder Linten beleidigst, wenn du es dir erst angewöhnt hast.«

Toshio schluckte und zog den Kopf zwischen die Schultern. Noch nie, wann und wo auch immer, hatte man gehört, daß ein Lieutenant einem Kaddy einmal etwas hätte durchgehen lassen. »Jawohl, Sir«, antwortete er.

Hikahi grinste, und mit einer knappen Bewegung ihres Unterkiefers bespritzte sie den Jungen mit Wasser.

Die Pflicht, die Pflicht
mein Haifisch-Beißer
Welcher Lohn
kann besser schmecken?

Toshio errötete und nickte.

Das Skiff setzte sich wieder in Bewegung. Keepiru hatte seinen Platz im Pilotensattel eingenommen. Creideiki und Sah'ot unterhielten sich aufgeregt schnatternd in einem rhythmischen Halb-Primal, dessen Klang noch immer einen Schauder nach dem anderen über Hikahis Wirbelsäule laufen ließ. Und dabei hatte Sah'ot ihr gesagt, Creideiki mäßige sich mit Absicht!

Noch immer mußte sie sich an die Vorstellung erst gewöhnen, daß durch Creideikis Verwundung eine Tür geöffnet und nicht geschlossen worden war. Das Skiff stieg aus dem Wasser und begann, einer Ahnung Creideikis folgend, mit hoher Geschwindigkeit nach Osten zu fliegen.

»Wie ist die Moral unter den Passagieren?« erkundigte sich Hikahi bei Toshio.

»Oh, ich denke, ganz gut. Die beiden Kiqui sind glücklich, solange sie mit Dennie zusammen sind. Und Dennie ist glücklich... na ja, im Moment ist sie bester Stimmung.«

Hikahi war amüsiert. Wieso machte der Grund für Dennies Fröhlichkeit den Jungen verlegen? Sie war froh darüber, daß die beiden jungen Menschen einander hatten, so wie sie Creideiki hatte.

Trotz der neuen, gespenstischen Seite seines Wesens war Creideiki ganz der alte Delphin. Das Neue war etwas, das er benutzte, etwas, das er anscheinend erst zu erforschen begonnen hatte. Er konnte kaum sprechen, aber er vermochte seinen großartigen Intellekt und seine liebevolle Fürsorge auf andere Art zum Ausdruck zu bringen.

»Und was ist mit Charlie?« fragte sie Toshio.

Toshio seufzte. »Der schämt sich immer noch.«

Sie hatten den Schimp einen Tag nach dem großen Erdbeben gefunden. Triefend naß hatte er sich an einen treibenden Baumstamm geklammert. Zehn Stunden hatte er kein Wort sprechen können, und immer wieder war er im winzigen Laderaum des Skiffs die Wände hinaufgeklettert, bevor er sich schließlich beruhigt hatte.

Und dann hatte er zugegeben, in den Wipfel eines hohen Baumes geklettert zu sein, als die Insel zu beben begonnen hatte. Es hatte ihm das Leben gerettet, aber dieses Klischee war die größte Demütigung seines Lebens.

Toshio und Hikahi drängten sich hinter Keepirus Platz und sahen zu, wie der Ozean unter dem Skiff rasch dahinrollte. Hin und wieder war der Meeresspiegel minutenlang leuchtend grün, wenn sie über weite, von Rankenteppichen bedeckte Flächen dahinjagten.

Fast eine Woche dauerte der Suchflug jetzt. Er hatte begonnen, als die *Streaker* das System verlassen hatte.

Als ersten hatten sie Toshio gefunden, der zielstrebig westwärts schwamm und nicht aufgeben wollte. Dann hatte Dennie sie zu einer anderen Insel geführt, wo es ebenfalls einen Kiqui-Stamm gab. Während sie einen neuen Vertrag aushandelten, hatten sie Charles Dart gesucht und gefunden.

Takkata-Jims *Stenos* waren vermißt oder tot.

Dies war die letzte und anscheinend aussichtsloseste Suche.

Hikahi stand kurz davor, aufzugeben. Sehr viel länger würden sie Zeit und Vorräte auf diese Weise nicht verschwenden können. Nicht angesichts der Reise, die noch vor ihnen lag.

Dabei war ihre Chance eigentlich gleich Null. Niemand hatte je von einer Reise gehört, wie sie sie planten. Gegen die Galaxis-Durchquerung im Skiff war Captain Blighs epische Pazifik-Reise im Langboot der *Bounty* ein Nachmittagsspaziergang.

Diese Einschätzung hatte Hikahi allerdings für sich behalten. Creideiki und Keepiru machten sich wahrscheinlich keine Illusionen über das, was sie erwartete. Toshio schien es mindestens teilweise schon erraten zu haben. Es gab keinen Grund, auch die anderen zu informieren, bevor sie die Rationen zum vierten Mal kürzen mußte.

Sie seufzte.

Woraus sonst
sind Helden gemacht,
Als aus Männern und Frauen,
die, ganz so wie wir,
Versuchen –

Keepirus triumphierendes Pfeifen klang wie ein gellender Fanfarenstoß. Er quiekte und warf sich auf seinem Netz hin und her. Das Skiff rollte sich wie watschelnd nach rechts und nach links und ging dann in einen kreischenden, steilen Steigflug über.

»Was machst du da, verdammte Sch…!« Toshio schluckte den Rest hinunter. »Heiliger Krötenfisch, Keepiru! Was ist denn los?«

Hikahi hielt sich mit dem Geschirrarm an einem Handlauf fest und spähte durch ein Bullauge hinaus. Sie seufzte zum dritten Mal, lange und tief.

Der Rauch von seinem Feuer verbarg das Boot zunächst vor seinen Blicken. Als erstes nahm er den Donner wahr, der über ihn hinwegrollte und fast seine Darre umgeworfen hätte.

Beinahe hätte sich der Mensch, der auf der geflochtenen Matte stand, flach hingestreckt, um sich zu verstecken, aber eine innere Stimme ließ ihn stehenbleiben und zum Himmel schauen.

Seine Augen waren schmal von der Sonne. Krähenfüße, die vor wenigen Wochen noch nicht dagewesen waren, kräuselten die Augenwinkel. Sein Bart war schwarz mit schmalen grauen Strähnen; er war ausgewachsen und juckte fast nicht mehr. Eine gezackte Narbe, die sich über die Wange zog, war darunter beinahe nicht mehr zu sehen.

Er hob die Hand über die Augen und erkannte die waghalsigen Manöver, noch ehe er die Umrisse des Schiffes sehen konnte. Es stieg steil in den Himmel, beschrieb einen Looping und schoß kreischend noch einmal an ihm vorüber.

Er streckte die Hände aus, um seine Darre festzuhalten, damit der Donner sie nicht umkippte. Es gab keinen Grund, das Dörrfleisch zu vernachlässigen. Es war viel Arbeit gewesen, es zu besorgen, in Streifen zu schneiden und zuzubereiten. Vielleicht würden sie es auf der Reise, die vor ihnen lag, noch bitter nötig haben.

Er war nicht sicher, ob die Fen das Zeug mochten, aber es war nahrhaft… das einzige auf diesem Planeten, was ein Erdling essen konnte.

Gepökelter Gubru, Tandu-Streifen und Episiarchen-Filets würden zwar niemals Zugang zur *Haute Cuisine* finden, aber vielleicht konnte man sich ja an den Geschmack gewöhnen. Er grinste und winkte, als Keepiru sich schließlich so weit beruhigt hatte, daß es ihm gelang, das Skiff in der Nähe herunterzubringen.

Wie konnte ich je daran zweifeln, daß er noch am Leben ist? dachte Hikahi voller Freude. *Gillian meinte, er müsse noch leben. Keiner der Galactics könne ihm etwas anhaben. Wie sollten sie?*

Und wieso, um alles im Universum, habe ich je befürchtet, wir könnten es nicht nach Hause schaffen?

Epilog

: Ruhe : Ruhe Und Lausche :
: Ruhe Und Lausche Und Lerne, Creideiki :
: Denn Die Sternenflut Steigt :
: In Den Strömungen Der Dunkelheit :
: Und Wir Haben Lange Auf Das Gewartet,
Was Sein Muß :

Post Scriptum

Delphinnamen klingen oft, als seien sie polynesischer oder japanischer Herkunft. In einigen Fällen sind sie es auch. Meistens jedoch erwählt sich der Neo-Fin ein Wort zum Namen, dessen Klang ihm gefällt – gewöhnlich ein mehrsilbiges Wort mit kraftvoll alternierenden Vokalen und Konsonanten.

Im Anglischen bezeichnen die Worte ›man‹, ›men‹ und ›mankind‹ Menschen ohne Berücksichtigung des Geschlechts. Da, wo das Geschlecht von Bedeutung ist, wird eine weibliche Person als ›fem‹ und eine männliche als ›mel‹ bezeichnet.

Die Delphinsprachen sind eine Erfindung des Autors. Sie sollen nicht die Kommunikation der natürlichen Delphine und Wale unserer Zeit repräsentieren. Wir beginnen gerade erst den Stellenwert der Cetaceen in unserer Welt zu begreifen, so wie wir gerade erst unseren eigenen Stellenwert zu begreifen beginnen.

Der Autor möchte allen danken, die ihm mit Rat, Kritik und Ermutigung bei seiner Arbeit geholfen haben, vor allem Mark Grygier, Anita Everson, Patrick Maher, Rick und Pattie Harper, Ray Feist, Richard Spahl, Tim LaSelle, Ethan Munson und, wie immer, Dan Brin. Lou Aronica und Tappan King von Bantam Books waren mit ihren Ermutigungen immer dann eine große Hilfe, wenn die Moral am tiefsten stand.

Die amerikanische Fassung der Haikus von Yosa Buson stammt aus dem Buch *An Anthology of Japanese Literature,* das von Donald Keene zusammengestellt und herausgegeben wurde und bei Grove Press erschienen ist.

Die zahllosen Wege der Welt divergieren in der Wirklichkeit ebenso wie in der Phantasie. Die Geschöpfe dieses

Romans sind allesamt phantastisch. Aber es kann sein, daß einige unserer Säugetier-Verwandten eines Tages unsere Partner sind. Wir schulden es dieser möglichen Zukunft, daß wir ihr Potential heute überleben lassen.

David Brin

Von

DAVID BRIN

sind im

WILHELM HEYNE VERLAG

erschienen:

Im Herzen des Kometen (mit Gregory Benford) · 06/4236
Der Übungseffekt · 06/4449
Gordons Berufung · 06/4594; auch als: Postman · 01/20012
Erde · 06/5145
Die Clans von Stratos · 06/5931

DER ENTWICKLUNGS-ZYKLUS:

Sternenflut · 06/4450; als Sonderausgabe: 06/8208
Sonnentaucher · 06/5278
Entwicklungskrieg · 06/4634

Jubiläums-Edition
40 Jahre Heyne Science Fiction

Herausgegeben von Sascha Mamczak

Leserinnen und Leser haben in einer weltweiten Umfrage über die besten Science Fiction-Romane abgestimmt, die je geschrieben wurden. Zum 40. Jubiläum seiner SF-Reihe präsentiert der Heyne-Verlag eine Auswahl dieser Meisterwerke in einmaligen Sonderausgaben – kommentiert von den renommiertesten SF-Autoren unserer Zeit.

06/8201
Arthur C. Clarke: 2001 – Odyssee im Weltraum
Mit einem Vorwort von Stephen Baxter

06/8202
William Gibson: Die Neuromancer-Trilogie
Mit einem Vorwort von Jack Womack

06/8203
Philip K. Dick: Das Orakel vom Berge
Mit einem Vorwort von Kim Stanley Robinson

06/8204
Ray Bradbury: Fahrenheit 451
Mit einem Vorwort von Brian W. Aldiss

06/8205

Anthony Burgess: Clockwork Orange

Mit einem Vorwort von Tom Shippey

06/8206

Joe Haldeman: Der ewige Krieg

Mit einem Vorwort von Ben Bova

06/8207

Ursula K. Le Guin: Die linke Hand der Dunkelheit

Mit einem Vorwort von John Clute

06/8208

David Brin: Sternenflut

Mit einem Vorwort von Charles Sheffield

06/8209

Isaac Asimov: Die Foundation-Trilogie

Mit einem Vorwort von David Brin

06/8210

Alfred Bester: Der brennende Mann

Mit einem Vorwort von Robert Silverberg

06/8211

Walter M. Miller jr.: Lobgesang auf Leibowitz

Mit einem Vorwort von Carl Amery

06/8212

Frank Herbert: Der Wüstenplanet

Mit einem Vorwort von Norman Spinrad